ちくま文庫

『新青年』名作コレクション

『新青年』研究会 編

筑摩書房

『新青年』名作コレクション

『新青年』研究会 編

目次

はじめに――『新青年』研究と本書の編集方針……8

1章　探偵小説壇の成立

誌面ギャラリー　1920〜1926……12
田中支隊全滅の光景……田所成恭　16
決闘家倶楽部……エル・ジェイ・ビーストン、横溝正史訳　31
ニッケルの文鎮……甲賀三郎　54
代表作家選集?……久山秀子　83
神ぞ知食す……城昌幸　103
毒及毒殺の研究より……小酒井不木　110
編輯局より……132

2章　花開くモダニズム

誌面ギャラリー　1927〜1932 …… 134
白い襟をした渡り鳥 …… 谷譲次 138
追いかけられた男の話 …… 水谷準 169
降誕祭 …… 渡辺温 182
黄昏の告白 …… 浜尾四郎 191
空を飛ぶパラソル …… 夢野久作 226
未来望遠鏡 より …… 平林初之輔、ムサシ・ジロウ 249
戸崎町より …… 258

3章　探偵小説の新展開

誌面ギャラリー　1933〜1938 …… 260
地獄横町 …… 渡辺啓助 264

妄想の原理……木々高太郎 285
軍用鮫……丘丘十郎（海野十三） 314
エメラルドの女主人……蘭郁二郎 329
阿呆宮一千一夜譚 より……乾信一郎 351
編輯だより……357

4章　戦時のロマンティシズム

誌面ギャラリー　1939〜1945……360
祖国は炎えてあり……摂津茂和 364
聖汗山の悲歌……中村美与子 392
クレモナの秘密……立川賢 427
血と砂……小栗虫太郎 453
奇妙な佳人……大下宇陀児、茂田井武、久生十蘭、石黒敬七、橘外男 498
編輯さろん……510

5章　新時代の夢

誌面ギャラリー　1946～1950 …… 512
山茶花帖 …… 山本周五郎 516
不思議な帰宅 …… 稲村九郎（三橋一夫） 554
放浪の歌 …… 鈴木徹男 559
揚場町だより …… 598

補章『新青年』ナビ
『新青年』の翻訳 …… 600
『新青年』の科学記事 …… 602
『新青年』の挿絵 …… 604

執筆者紹介 …… 606

はじめに――『新青年』研究と本書の編集方針

『新青年』研究会

『新青年』は、戦前における探偵小説の牙城として江戸川乱歩を初めとする多くの作家をデビューさせた雑誌で、一九二〇年から一九五〇年までに四〇〇冊が刊行されている。出版界の老舗博文館の総合娯楽雑誌であるとともに探偵小説の運動体であったが、本書はその各時代において『新青年』を飾った名作のコレクションである。

戦後、雑誌『宝石』や探偵作家クラブを中心とした推理小説の展開においても『新青年』は繰り返し回顧されてきたが、創刊五〇周年にあたる一九七〇年には、立風書房から『新青年傑作選』全五巻が刊行された。万国博開催、よど号ハイジャック事件、三島由紀夫自決とこの年の出来事を並べれば時代の空気は彷彿としよう。正統への異議申し立てが行われる時代思潮の中で、文学においても夢野久作や小栗虫太郎、久生十蘭らが、異端の作家として復権し、彼らの全集や選集がさまざまに編纂された時代であった。

続く一九八〇年代、バブルの時代に、『新青年』は都会的メンズマガジンの出発点として再発見される。言語や性の越境がクローズアップされ、都市論、メディア論が隆盛する研究シーンの中で、横溝正史や渡辺温、水谷準らモダニズムを先導した作家たちの、編集者としての姿にも光が当てられた。九〇年代には『新青年』全巻の復刻版が刊行される一方、同人誌活動やインターネット上の交流で愛読者の研究や交流が進み、二〇〇〇年代に入ると各作家の遺稿や新資料の発見など研究も進展し、主要作家については本文校合を経た個人全集が刊行され、マイナーな作家もミステリ叢書にまとまった収録がされるようになる。

本書の編集主体である『新青年』研究会は一九八六年に結成され、これまで『『新青年』読本』（作品社）、『叢書『新青年』』（博文館新社）などを編んできた。現在は月例で研究会を持ち、機関誌『『新青年』趣味』を発行している。今回、ちくま文庫の誘いによりあらたなアンソロジーを編集するに至ったが、創刊百年、終刊からも七〇年という時間を隔てると、雑誌の刊行されていたそれぞれの時代の営みがいずれも意味深く見えてくる。作品選択に際しては、探偵小説ジャンルに限らず現在読んで面白さを感じられる作品を選ぶこととした。既に評価の定まったかに見える定番に加え、戦中戦後の諸作品を紹介したのは、やや本書の特徴と言えるかもしれない。

作品によっては全集類との校合も行ったが、底本はすべて『新青年』本誌とした。ルビについては初期の総ルビからやがてパラルビになるが、特徴的な読み方を示すもの以外はおおむね今日の必要に合わせて取捨した。原則として新字体新仮名遣いに統一したが、別字や異体字の一部は残している。明らかな誤植は直したが、同時代において通用していた表記や作者の癖と判断されるものは残し、用字や送り仮名などの揺れも可能な範囲で残すこととした。総じて、作品の定本作りよりも発表された誌面の再現を優先したため、今日的なルールからは外れて見える箇所もあろうが、表記の自由さを味わっていただければ幸いである。

編集作業は二〇二〇年の暮れから二一年初頭にかけて、コロナ禍のもとで行われたが、思えば『新青年』創刊当時の日本も、世界的に感染爆発したスペイン風邪の第三波まっただ中であった。人類が迎えるであろう新しい時代への希望をこめて、本書を送りたい。

編集協力　県立神奈川近代文学館
（公財）神奈川文学振興会

1章

探偵小説壇の成立

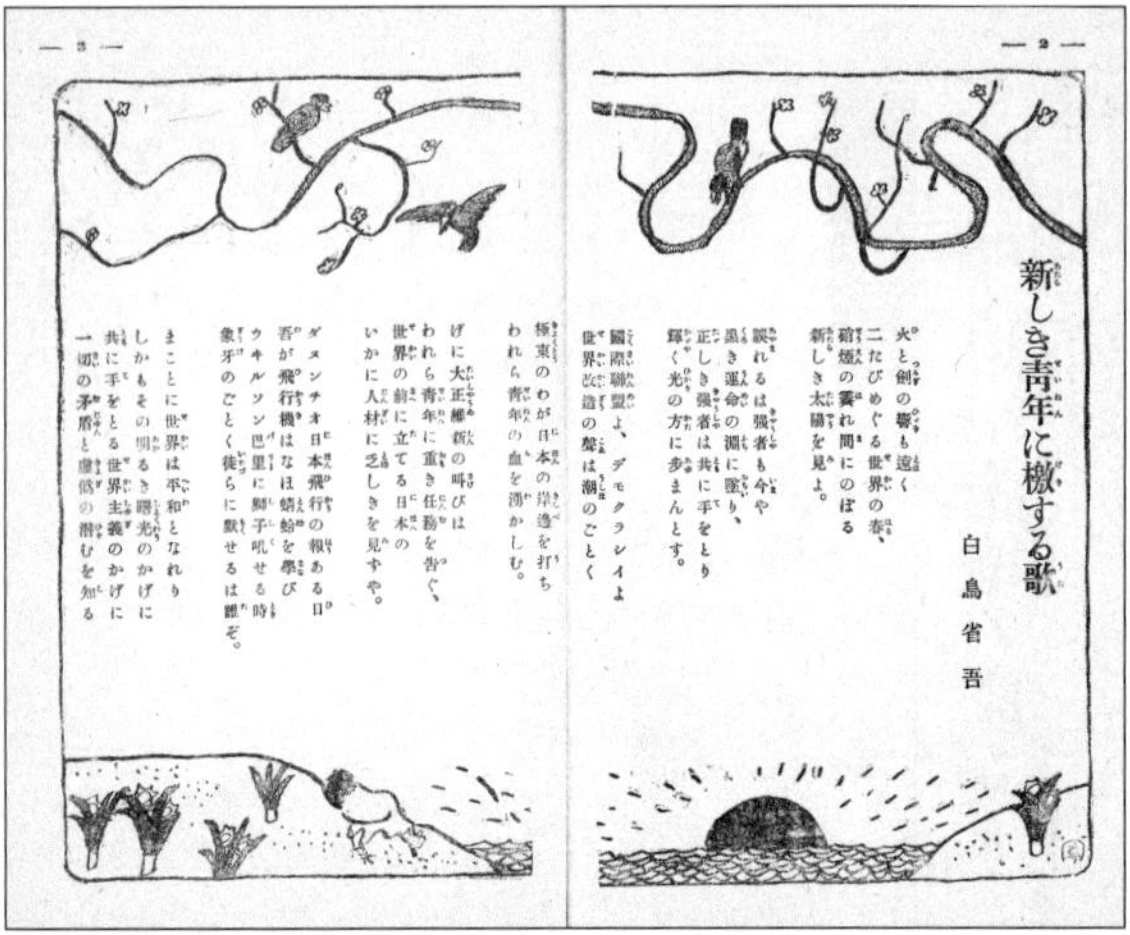

白鳥省吾「新しき青年に檄する歌」（1920年1月号）

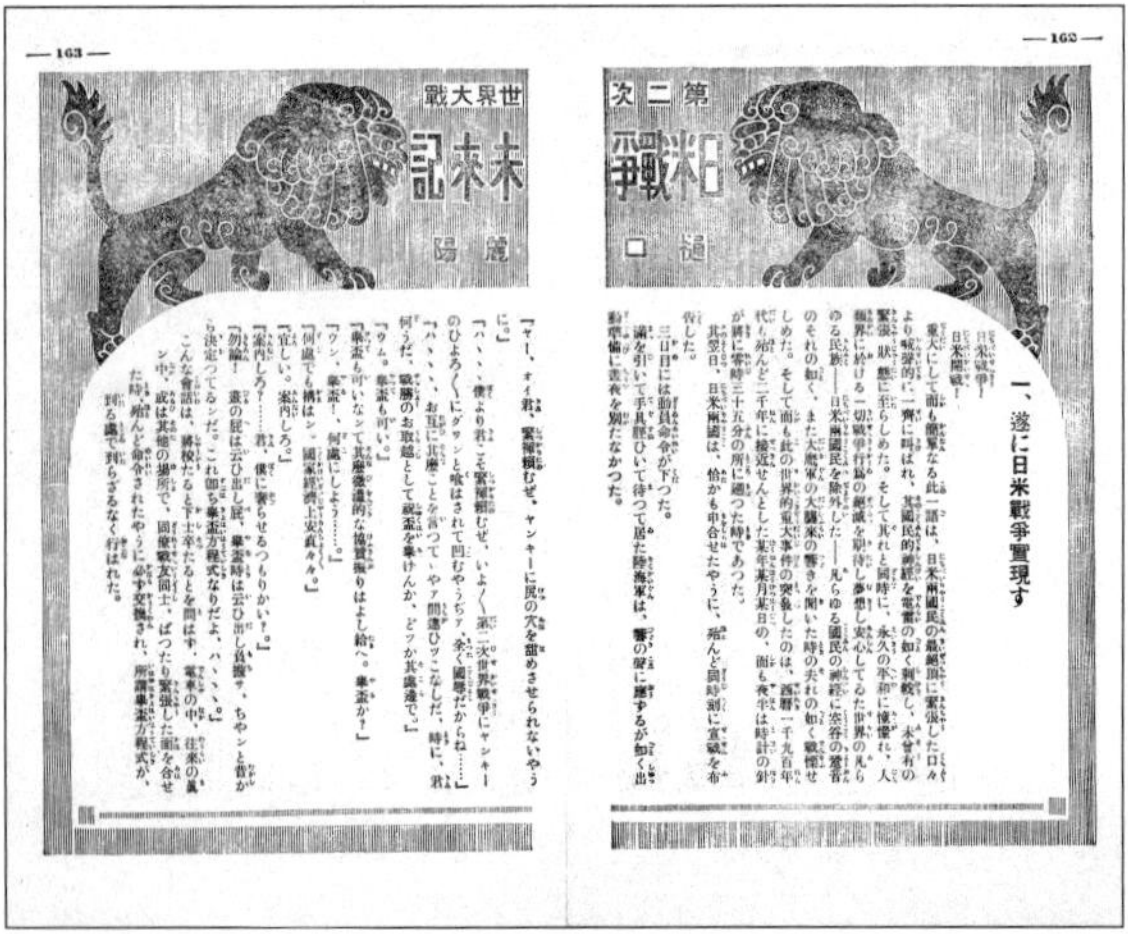
— 163 —
— 162 —
第二次 世界大戰
日米戰爭 未來記
樋口 麗陽

一、遂に日米戰爭實現す

日米戰爭！

日米開戰！

重大にして而も簡單なる此一語は、日米兩國民の最絶頂に緊張した口々より戰撃的に一齊に叫ばれ、其國民的神經を電雷の如く刺戟し、未曾有の緊張狀態に至らしめた。そして其れと同時に、永久の平和に憧憬れ、人類界に於ける一切戰爭行爲の絶滅を期待し夢想し安心してゐた世界の凡らゆる民族――日米兩國民を除外した――凡らゆる國民の神經に空谷の跫音のそれの如く、また大颶風の大襲來の響きを聞いた時の夫れの如く戰慄せしめた。そして而も此の世界的重大事件の突發したのは、西暦一千九百年代も殆んど二千年に接近せんとした某年某月某日の、而も夜半は時計の針が將に零時三十五分の所に廻つた時であつた。

其翌日、日米兩國は、恰かも申合せたやうに、殆んど同時刻に宣戰を布告した。

三日目には動員命令が下つた。

滿を引いて手具脛ひいて待つて居た陸海軍は、響の聲に應ずるが如く出動準備に晝夜を別たなかつた。


「ヤー、オイ君、緊褌頼むぜ、ヤンキーに尻の穴を甜めさせられないやうに。」

「ハ、、、僕より君こそ緊褌頼むぜ、いよ〳〵第二次世界戰爭にヤンキーのひよろ〳〵にダヴンと喰はされて凹むやうぢァ、全く國辱だからね……」

「ハ、、、、お互に其麼ことを言つてゝやァ間違ひッこなしだ、時に、君何うだ、戰勝のお取越として祝盃を擧げんか、どッか其處邊で。」

「ウム。擧盃も可い。」

「擧盃も可いなンて其麼發達的な協賛振りはよし給へ。擧盃か？」

「ウン、擧盃！、何處にしよう……。」

「何處でも構はン、國家經濟上安眞々々。」

「宜しい。案内しろ。」

「案内しろ？……君、僕に奢らせるつもりかい？。」

「勿論！　盡の屁は云ひ出し屁、擧盃時は云ひ出し負擔サ、ちやンと昔から決定つてるンだ。これ即ち擧盃方程式なりだよ、ハ、、、。」

こんな會話は、將校たると下士卒たるとを問はず、電車の中、往來の眞ン中、或は其他の場所で、同僚戰友同士、ばつたり緊張した面を合せた時、殆んど命令されたやうに必ず交換され、所謂擧盃方程式が、到る處で到らざるなく行はれた。


樋口麗陽「日米戦争未来記」（1920年1月号）

創作探偵小説

二銭銅貨《ぜんどうくわ》

江戸川亂歩

上

「あの泥棒が羨しい。」二人の間にこんな言葉が交される程、其頃は窮迫してゐた。場末の貧弱な下駄屋の二階の、たゞ一間しかない六疊に、一閑張りの破れ机を二つ並べて、松村武とこの私とが、變な空想ばかり逞しうして、ゴロ〳〵してゐた頃のお話である。もう何もかも行詰つて了つて、動きの取れなかつた二人は、恰度その頃世間を騒がせた大泥棒の、巧みなやり口を羨む様な、さもしい心持になつてゐた。

その泥棒事件といふのが、このお話の本筋に大關係を持つてゐるので、茲にザッとそれをお話して置くことにする。

芝區のさる大きな電氣工場の職工給料日當日の出來事であつた。十數名の賃銀計算係が、一萬に近い職工のタイム・カードから、夫々一ヶ月の賃銀を計算して、山と積まれた給料袋の中へ、當日銀行から引出された、一番の支那鞄に一杯もあ

江戸川乱歩「二銭銅貨」(1923年4月号)

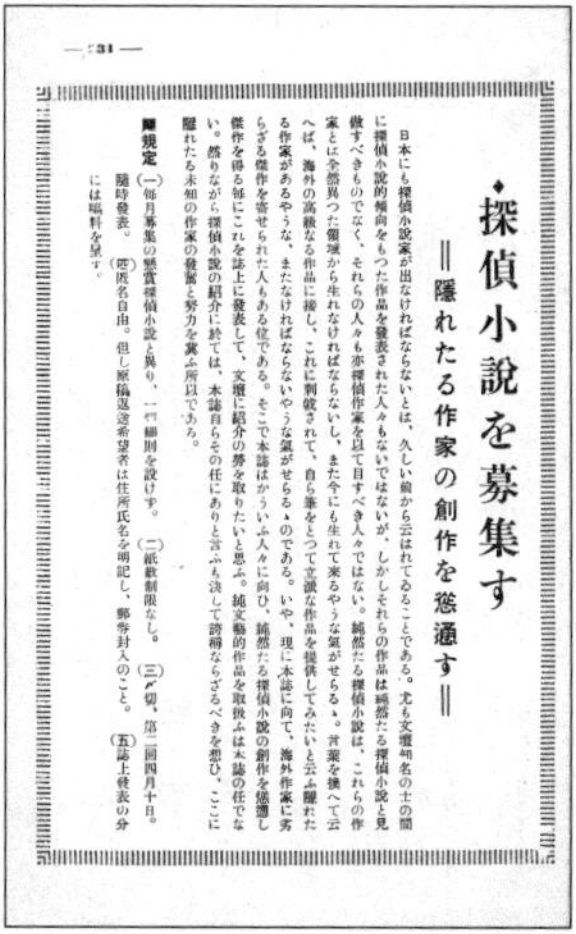

—31—

◆探偵小説を募集す
‖隠れたる作家の創作を慫慂す‖

日本にも探偵小説家が出なければならないとは、久しい前から云はれてゐることである。尤も文壇知名の士の間に探偵小説的傾向をもつた作品を發表された人々もないではないが、しかしそれらの作品は純然たる探偵小説と見做すべきものでなく、それらの人々も亦探偵作家を以て目すべき人々ではない。純然たる探偵小説は、これらの作家とは全然異つた領域から生れなければならないし、また今にも生れて來るやうな氣がせらるゝ。言葉を換へて云へば、海外の高級なる作品に接し、これに刺戟されて、自ら筆をとつて立派な作品を提供してみたいと云ふ隠れたる作家があるやうな、またなければならないやうな氣がせらるゝのである。いや、現に本誌に向て、海外作家に劣らざる傑作を寄せられた人もある位である。そこで本誌はかういふ人々に向ひ、純然たる探偵小説の創作を慫慂し傑作を得る毎にこれを誌上に發表して、文壇に紹介の勞を取りたいと思ふ。純文藝的作品を取扱ふは本誌の任でない。然りながら探偵小説の紹介に於ては、本誌自らその任にありと言ふも決して誇稱ならざるべきを想ひ、ここに隠れたる未知の作家の發奮と努力を冀ふ所以である。

■規定 (一)毎月募集の懸賞探偵小説と異り、一切細則を設けず。(二)紙數制限なし。(三)〆切、第二回四月十日。(四)匿名自由。但し原稿返送希望者は住所氏名を明記し、郵券封入のこと。(五)誌上發表の分には稿料を呈す。

「探偵小説を募集す」(1923年3月号)

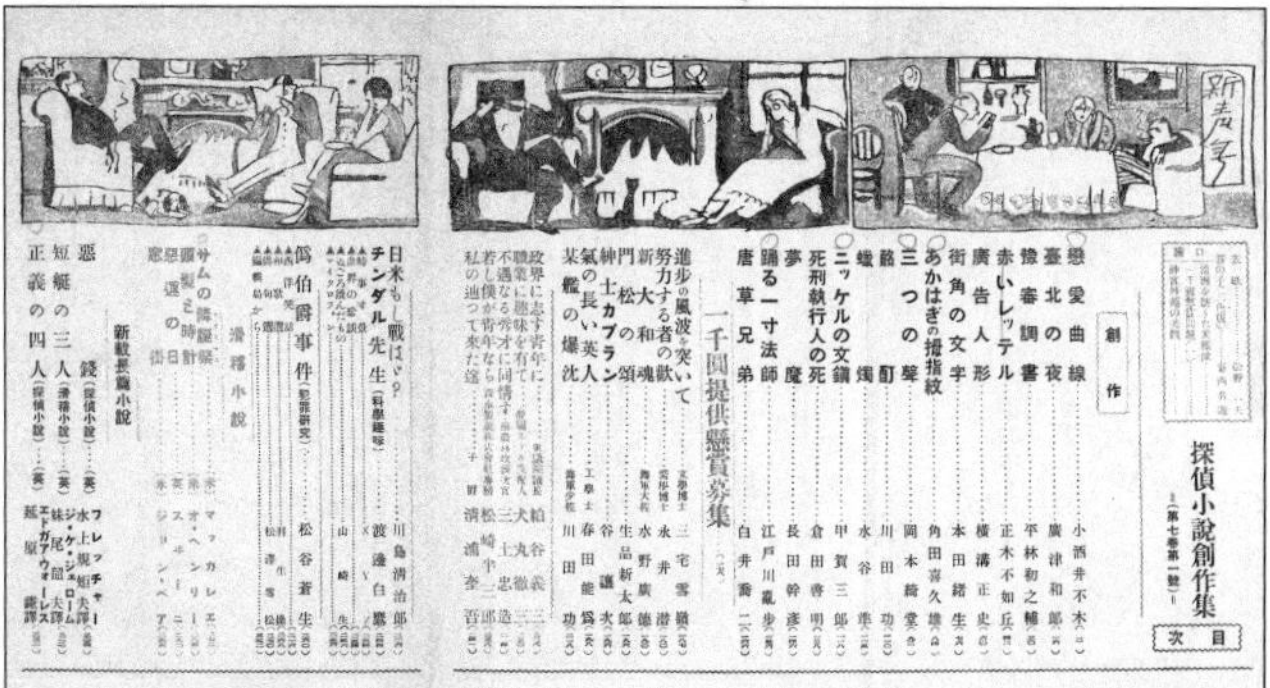

探偵小説創作集
(第七巻第一號)

目次

創作

戀愛曲線……小酒井不木
臺北の夜……廣津和郎
擬春調書……平林初之輔
赤いレッテル……正木不如丘
廣告人形……横溝正史
街角の文字……本田緒生
あかはぎの拇指紋……角田喜久雄
三つの聲……岡本綺堂
酩酊……川田功
蠟燭……水谷準
ニッケルの文鎭……甲賀三郎
死刑執行人の死……倉田啓明
夢魔……長田幹彦
踊る一寸法師……江戸川亂歩
唐草兄弟……白井喬二

一千圓提供懸賞募集

進歩の風波を突いて……文學博士 三宅雪嶺
努力する者の歡……法學博士 永井潜
新大和魂……海軍大佐 水野廣德
門松の頌……生品新太郎
紳士カプラン……谷讓次
氣の長い英人……工學士 春田能爲
某艦の爆沈……海軍少佐 川田功
政界に志す青年に……粕谷義三
職業に趣味を有て……大丸徹三
不遇なる秀才に同情す……三土忠造
若し僕が青年なら……松崎半三郎
私の辿つて來た途……清浦奎吾

日米もし戰はゞ?……川島清治郎
チンダル先生(科學趣味)……渡邊白鷗
偽伯爵事件(犯罪研究)……松谷蒼生

滑稽小説

サムの降靈祭……マッカレエ
頭髪と時計……オー・ヘンリー
選擧の日……スチーブン
……ジョン・ベア

新輯長篇小説

惡錢(探偵小説)……(英)フレッチャー/水上規矩夫譯
短艇の三人(滑稽小説)……(英)ジェローム/妹尾韶夫譯
正義の四人(探偵小説)……(英)エドガア・ウォーレス/延原謙譯

目次(1926年1月号)

『新青年』の誕生と探偵小説の再編

松田祥平

一九二〇年一月、博文館発行の雑誌『新青年』は、『少年少女譚海』、『美術写真画報』とともに産声を上げた。『新青年』といえば、一般には、モダニズムを牽引する都会的なメンズ・マガジンというイメージを持たれているように思われるが、実は、創刊当初の同誌は、館主の意向のもとで地方青年の啓発を目指す、極めて実直な性格の雑誌であった。創刊号冒頭に掲載された白鳥省吾の「新しき青年に檄する歌」は、そのような『新青年』の有り様を端的に示すものであり、当時流行の改造論を高らかに掲げつつ、日本の新青年に世界をリードしろと檄を飛ばすこの詩からは、この時期の同誌に顕著であるところの強いナショナリズムを帯びた教導性が確認できる。創刊号から七月号まで連載されて人気を博した樋口麗陽の「日米戦争未来記」もまた、そうした同誌のナショナリスティックな側面を象徴するものだと言えるだろう。

このように、創刊当初の『新青年』は、華やかなモダン・マガジンとはむしろ対照的とも言うべき地平に位置していたわけなのだが、そうしたあまりにかけ離れた二つの地点を架橋したのは、初代編集主任の森下雨村が限られた裁量の中で選択したという探偵小説であった。

この時期の探偵小説というのは、一般に低級な読み物として認知されており、したがって教導的な雑誌空間に配置されるべき代物では決してあり得なかった。そこで雨村ら編集サイドは「高級探偵小説」の名のもと、『新青年』の探偵小説は娯楽性と有用性を兼ね備えた有益な読み物であるという主張を繰り返すことで、探偵小説ジャンルの再編をはかった。結果として『新青年』が選んだ探偵小説というコンテンツは在来の読者に受け入れられるばかりでなく、探偵小説ファンという新たな読者層の開拓にも成功し、ジャンルの急速な発展を促したのである。

従来、翻訳が中心であった探偵小説ジャンルに創作のルートが整備されていくのはそうした発展の最たる事例であるが、具体的に創作の機運を醸成する契機となったのは、『新青年』が定期的に試みた創作探偵小説の公募や、「二銭銅貨」による江戸川乱歩のデビューであっただろう。殊に乱歩は、質の高い創作や、谷崎潤一郎をはじめとする文壇作家の犯罪小説を探偵小説ジャンルと関連付ける発言によって探偵小説のイメージ改善を促進し、文学としての地位を高めるのに大きな役割を果たしたのである。

先に述べたような探偵小説の低級イメージからの脱却が、乱歩の登場を境とする雨村編集長時代前半における主要な動向だったとすれば、後半のそれは探偵小説の文学化であったと言える。乱歩の芸術的な創作探偵小説に牽引される形で、斯界には芸術的、文学的な探偵小説を目指すべきだという規範が生まれたのであった。また、そのように探偵小説が文学へと接近していく一方では既成文壇の作家側も探偵小説を意識した作品や、あるいは探偵小説そのものを手掛けるようになる。そうした両者の交錯を象徴するのは『新青年』一九二六年一月号であり、「探偵小説創作集」と題された同号には探偵文壇内外の作家による芸術的な探偵小説が並んだのであった。

こうして、かつて低級なものとされた探偵小説ジャンルは、『新青年』というメディアにおいて再編成された結果、文学の一員たり得るものとみなされるようになった。実際に、これ以後探偵小説は広く文学ジャーナリズムに流通するようになり、確固たる文芸ジャンルとしての地位を確立するに至るのである。

田中支隊全滅の光景

【一九二〇（大正九）年五月】

歩兵第七十二聯隊長
陸軍歩兵大佐　田所成恭

昨年の二月廿五、六日、第十二師団第七十二聯隊の田中支隊が、西伯利《シベリヤ》スクラムスコエ附近に於いて、過激派軍のために全滅の悲運に陥ったことは、今尚諸君の記憶に新なるところであろう。本記事は第七十二聯隊長田所大佐がその一周忌に際し、当時を追懐して、部下の勇士三百名の英霊を弔うべく、その勇戦奮闘の状況を、親しく筆を執って記されたるもの、悲壮惨絶一読壮士の腸《はらわた》を絶たしむるものがある。

1　両軍の衝突するまで

第十二師団が西伯利《シベリヤ》に出征したのは、大正七年の夏であった。当時過激派は未だ日本軍が到着したとは思わず、チェック兵が日本の軍服を貰うて、戦っているのだとばかり思っていたらしい。所が実際戦闘をしてみると、今迄のチェックとは戦さ振が違う、愈よ《いよい》近寄って顔を見ると、違うも道理、真の日本兵なので、驚いて直ちに退却と決め、大部分は沿海州や黒龍州の方に退却した。そこで第十二師団は八月下旬に、浦潮《うらじお》の北方約六十里のクライエフスキーで第一回の戦闘を交えたきり、爾後二ケ月を経ずして、約五百里奥の「ゼーヤ」金坑地帯まで平定した。

がその平定は表面丈のもので、浮草の中を舟を漕いでゆくと同様、舳《へさき》に抵抗するものはないが、其代り舟の通った後は元の通り一面の浮草、舟が通ったゝめに浮草がとれてしまった訳ではない。即ち過激派はその浮草も同様、抵抗を避けて、一時良民を装うたゞけであった。併し抵抗がなければ平定である。この上、何時《いつ》までも兵力を駐《とゞ》めておく必要もないと云うので、大正八年一月から、予後備兵《よこうびへい》を内地へ送還することゝなった。それを聞きつけた過激派は、時は冬なり、日本軍の勢力が減するとなれば乗ずるのは此時とばかり、主力をブラゴエシチェンスクの東方に集めだした。そして彼等の兵力は忽ちにして、千、二千、四千、五千という風に、段々と増加して、ブラゴエシチェンスクをその目標とするらしい形勢が見え出した。

武市《ぶし》支隊長山田少将は、このまゝ敵の来襲を待つよりも、此方から攻勢に出ようとした。過激派軍では早くも、それと知って一と先ず退却と決し、愴惶《そうこう》北行して、亜市《アし》へ向うと、そこには日本守備隊が儼然として控えていたので、已むを得ず、其西方約十里のスクラムスコエ村に避けて思案を始めた。

山田少将はこれを討伐に出掛けたが、後へ守備隊も残しておかねばならぬので、実際の兵力は極く僅《わずか》で、一個中隊漸く三十人位に過ぎず、これでは迚《とて》も足りないので、ハルビンや浦潮方面の増援隊を乞うこと丶なった。我が歩兵第七十二聯隊の主力が、四百里の後方から第一線に飛び出すようになったのは、この時であった。そして是等の増援部隊の第一着として汽車で駈けつけたのが、我が田中少佐の指揮する歩兵二中隊と機関銃隊一隊で、之が二月二十四日の午後、亜市に着いた。この時、恰度《ちょうど》山田少将も同市に到着して、田中少佐に次の意味の命令を与えた。

『敵の主力はスクラムスコエ附近にいるらしい。自分は旅団の主力を以って、南方から之を追窮するから、貴官は汽車でこのま丶北進して、敵の向う側に出で、その逃路を押えよ。そして敵を挟撃殲滅しよう。』

と、そこで田中少佐は列車のま丶北進して、二十五日の早朝、亜市の北方八九里の「チスムスコエ」村にある二十一番待避線に着て、先ず香田《こうだ》小隊を橇《そり》で「スクラムスコエ」村の偵察に向わしめた。

一方支隊の主力は橇の徴発にか丶った。というのは雪は二尺から積っているし、迚も歩けるものでない。それに敵は悉く《ことごと》橇を用いていて、一時間平均三里位行動するので、この敵と戦闘するには否でも応でも徒歩では間に合わない。殊に日本軍は凡て厚い防寒服を着け、防寒靴を穿いていて、馬に乗ることは勿論、一尺位の橇に乗り下りするさえ容易でない。歩くとなれば一時間に半里位が関の山で、四五里も行けば疲れて目が眩《くら》んでバタバタ雪の中に倒れてしまう。身体の内側は汗で繻袢《じゆばん》靴下まで絞るようになっている、従って止れば直ちに凍傷になる。それ故橇を用いねば、誰が何んと云うても頭から喧嘩に成らぬから仕方がない。そこで田中支隊の主力は二十五日中に、附近の村落から橇の徴集をした。

2　香田小隊先ず全滅

一方「スクラムスコエ」の偵察に飛んだ香田小隊約五十名は、露国将校三名の案内で午後四時頃「スクラムスコエ」村の北側に着いた。向うを見ると山の南側に十軒程ばら〳〵に見える家からは煙突が盛に煙《けむ》を吐て居る、家の周りには沢山馬が繋がれて居る。村落内を伝令か、軽橇《そり》に乗った者が急速の歩度で往来して居る。成る程敵が居るらしい。同行の露国将校は『敵が居る、危険だから早々退却を』と勧めるけれども、敵が居るにしても、其れが主力か一部かを見別《みわ》けなければ香田少尉は帰る訳にゆかん。所が幸にも村の北方に対しては敵が警戒兵を出して居ない、そこで香田少尉は部下の大部分を松林中に伏せて置いて、手兵十名ばかりを連れて窃《ひそ》かに村落に接近した。見ると家の周りの馬、橇悉く敵のものに相違ない。家の内で露人の多勢がしゃべって居るのも聞える、露国将校は『確に過激派だ』と云う、併《しか》し村の大部は茲《ここ》からも見えぬから予《かね》て聞いて居る約四、五千の敵が現在するのか、それとも一部が残って居るのか、判断が著《つ》かない。どちらかに廻って見ようかと思うても、右も左も河原に沿うて一望千里でそれも駄目、そこで『威力偵察をやろう』と決心した。此巣には蜂が居るのか、それとも空巣か、見た丈ではどうしても判らんから、一鞭たたいて見ようと決心したのである。蜂が居るならワーンと出て来る、居なければそれ丈《だ》け、今や此策より外はない、『ヨシ決行』と決心の刹那、松の樹の本で一発射撃した者がある、見れば同行露将校の発射であった、訳を聞けば、

『敵の一人《にん》が家の蔭から此方《こっち》を見て後方へ駈け出した、報告に行《いく》と見たから猶予は出来ぬ』

と云うのであった。此銃声に連れて家の中の敵は周章狼狽出て来た、乱射するのもあれば山の彼方へ逃げるのもある。斯くして互に火蓋を切った。が何しろ距離が僅に二三十間《けん》した無いのだから敵も斃したが此方《こちら》も負傷者が出来た、香田少尉も肩を撃たれて血が片胸と片袖とを染めた、少尉は負傷者に大隊長への報告を命じた。

『此村に敵が居る、主力らしい、己《おれ》は、も少し偵察して帰るから之れ丈け直に大隊長へ報告せよ。』

部下は小隊長の身を気遣うた、

『気遣うな直に後から帰る。』

負傷者四名は後髪を引かれながらも、後方森林に退き橇に乗って大隊長の許へと飛んだ。

山の彼方側《むこう》で此村の中央に小学校がある、敵の首脳連《どん》は丁度此時此小学校で会議中であった。戦闘を続けるか、断然解散するか、続けるなら如何な方法で、解散するなら、どんな方法でと、議論百出の真ッ最中に村の北端で射撃が始った。其内バタ〳〵逃げて来る奴がある。

『何か』と問えば『日本軍の来襲だ』と云う。スワコソと直に警急集合をした。と同時に日本軍が少数で後続部隊の無い事が判ったので、手あきの部隊を後方へ〳〵と迂回させ包囲させた。

香田少尉は一旦敵が逃げたと見る内に再び出て来る。其他村内の混雑も明かに察せられる。そこで『確に敵の主力が此村に居る』と判断がついた。『ヨシ退却』と決めて『後《あと》へ』の号令をして後《うしろ》を見ると、先に後方に残した小隊の残部を分隊長が連れて駈歩《かけあし》で河原を前進して来た。早や二十間ばかり後方にある。分隊長は先刻帰した負傷兵から小隊長負傷の事を聞き、又銃声が劇《はげ》しいので『捨てては置けん』と飛んで来たものらしい、少尉は手を挙げて、

『大丈夫〳〵、心配無用、兎に角後の森林迄。』

と命じた、小隊は直に廻れ右、前へ駈歩をして少尉の手兵も共に後へ駈歩をした。けれども雪は股迄ある防寒服はつけて居る。何分にも思う如《よう》に動けぬ、転んだり起きたり、其間敵は後から乱射する、一人傷つき二人倒れ、森林に著《つ》く迄に二十一名の負傷者が出来た。他の二十余名はやっと森林迄漕ぎ著けたが、何分何十倍の多勢で忽ち四面を囲まれた。

『一方の血路を開いて逃げられぬでもあるまい。さりながら戦友の半数は已に雪の河原に斃れて居る。其れを見殺にして自分等ばかりが逃げるは情に忍びぬ。不充分ながら先刻《さつき》返した負傷兵に依て、大略の敵情報告も出来た。同行の露国将校一名は松の樹の根で斃れたが他の二名は見えぬ。軍曹から聞けば「先刻《せんこく》只《た》ッた一つ残って居た橇に乗って、待避線の方へと飛んだ」と云う、さすれば彼等も大隊長への報告はして呉れるに相違ない。今は是

迄だ、此仲間の一人でもある間は敵を殺せる丈殺して共に枕を並べよう。』と決心した。撃った〳〵弾が続く限りは撃ったが元々多勢に無勢である。一人減り二人減り、遂に小隊長を真中に圏形《わがた》になって二十幾名。斯くして香田小隊は「スクラムスコエ」村北側の雪の上で全滅した。

3　支隊主力の突進

田中少佐は二十五日夕迄に、支隊に必要の橇を徴発し得て何時でも行動の出来る準備を完成した。

『さるにても香田少尉は如何《どう》したろ。山の雪路七里とは云いながら、モー何とか情報のある時分、無事であれ、恙《つつが》なかれ』

と祈りつつ、二十一番待避線の列車中で心配して居ると、夜の九時頃彼と同行した露将校二名が息せき切って帰って来た其報告は

『香田小隊は「スクラムスコエ」で斯く〳〵、香田少尉は最初に負傷したが片袖血に染みて勇気益々倍して居た、自分等は早く退却をと勧めたけれども「主力か否かを確めぬ内は」とて聞かなんだ、小隊は或は全滅されたかもしれん云々』

さてこそ、敵の主力の在所《ありか》は知れた。我が行進目標は決った。南方よりする旅団主力も今頃は「スクラムスコエ」に到着の時分、殊に香田が危《あやう》いと聞く上は一刻も猶予ならずと田中少

佐は直に警急集合を命じ、明日をも待たず出発する事にした。そして此事を亜市の山田少将に報告し、夜の十一時過、前の露国将校二名を道案内にして二十一番待避線を出発した。零下四十度の雪の夜路を、勇みに勇んで橇を叱しつゝ。其出発前《ぜん》に香田少尉が返した負傷兵四名も帰ったが報告は同じ事実、四名中の一人は哀れ途中で息が絶えた。

　二十一番待避線から西へ進むと約一里半で一部落がある。旧名「チヂノフカ」新名「ユフタ」と云う、支隊は此処で三時間ばかり休憩して朝食をした。是が此世の食事の仕納めだった。「スクラムスコエ」の危急一刻も猶予ならずと夜中に飛び出した支隊が途中で、三時間の大休止は受取れぬと云う人が内地にあるが、それは西伯利亜《シベリヤ》の冬の野外を知らぬからである。何しろ彼《あ》の寒さで炊き立の飯を飯盒に入れ、羅紗や「ネル」の様な毛織物で包み、其れを毛皮胴着の下に携帯しても、其間は無事だが、野外で其れを取り出せば、包をとき蓋を開けると同時に、表が真ッ白に凍る。凍って箸を持てぬ手で無器用に匙や肉叉《ホーク》を鷲握《わしづかみ》で差込み一塊り載せて、口に持って来る途中で飯粒は心迄凍る。口に著けた時は、カチ割氷を食うが如くカチ／＼と音がしてチュッと解ける。歯にしみ腹の底迄冷え渡る。迚も食えたものじゃない。露西亜《ロシア》の生麵麭《なまぱん》を持っても見たが之も心迄凍って岩の如く、歯も立たねば砕く事も出来ない。だから冬の西伯利亜では誰が何と云うても食事の為には大休止をして火を焚き飯盒を丸焼にし、生麵麭を丸焼にし、其熱いのを食うより仕方がない。之が為には是非共三時間を要するのである。「チヂノフカ」の大休止三時間、田中少佐としては随分気がせけたろうと思うけれども是非がない。斯うして支隊は払暁に「チヂノフカ」を出発した、永野小隊を前衛、他を本隊として。

敵は二十五日夕香田小隊を殲滅して『マア善かった』と再び元の宿舎に入ったが、其後続々来る情報で愈々《いよいよ》旅団主力が南方から迫って来る事を知った。其儘此処に長居は危ないので、夜中《やちゆう》の二時に出発して二十一番待避線の方向に逃げた。元より田中支隊が其路を進みつつあるのを知ってではなかったが、偶然にも同じ路を田中支隊と相対して互に進むことになった。

4　六時間の奮闘遂に全滅

夜が明けて間もなく午前六時頃に双方の前衛は「チヂノフカ」西方約一里の森林中で遭遇した。永野少尉は直に小隊を橇から下し、散開して射撃を開始した。敵も同様、永野小隊に続いて田中支隊本隊も直に下橇して戦闘準備を完了した。敵の前衛は瞬く間に潰乱して再び橇に乗って逃げ其本隊の先頭に雪崩れかゝった。永野小隊は直に追撃に移った、本隊も之に続いた。が悲しい事には我支隊の橇は総て露民の傭役であるから、一度弾が飛び始めて、軍隊が下橇するや、モー給料よりも命が大事だし、殊に日本軍に御奉公した此面体を若しや敵に見られたら後日の復讐が恐ろしいと十人や二十人の橇の監視兵の制止など聞かばこそ、皆一斉に馬の頭を立て直し一目散に我が居村に向って早駈《はやかけ》逸走。折角敵の前衛を打破った勢で早く追撃をと思っても最早全部が徒歩だし雪は深し、身には防寒服、心は如何に逸っても体が動かぬ、遺憾千万。予は常に思う事であるが彼の戦闘が若し厳寒でなかったなら田中支隊は必ず数十倍の敵を潰乱させて非常な殊勲を樹てたに相違ない。元来遭遇戦と云うものは最初の火蓋が大切で若しも其れに敗けたら幾倍の兵力を後方に持っていても、敗れた味方が我が銃先《つゝさ》きに雪崩《なだれ》て来るから射撃は出来ず助け様がない結局本隊自身迄が潰乱の渦に巻き込まれるより仕方がない。然るに今日に限って敵は橇、味方は徒歩逃げる兎を亀が追うと同じ事、見る〳〵敵を逃した、残念千万ながら歯がみをしても及ばぬ。

後で捕虜となった敵の指揮官の話に、

『彼の時、自分は本隊の先頭に居たが、前方前衛で銃声が始まったと思う間に、早や我前衛が潰走して来て本隊の先頭に雪崩かかる。為に本隊も早や、潰走に陥らん気色、こは一大事自ら先頭に立って励声叱咤「儘よ逃げて来る奴は味方でも撃殺せ」と厳命した。そして無理槍に本隊先頭の一部隊を正面に展開し、日本軍の追撃に対抗させたが、幸にも日本軍の前進は思うたより遅く来た。』

と、その遅く来たのは前記の理由、即ち味方の不運、敵の僥倖だったのである。

斯くてやっとの事、本隊の先頭で形勢を挽回した敵は其本隊の七分を左に、三分を右に区処して逐次戦線を拡張した。田中大隊の兵力は百五十、敵は戦闘員だけでも少なくも千五百を下らぬ。何しろ十数倍であるから殺しても〳〵新手を差換え結局包囲を成功した。田中大隊は追撃に当り右翼の小高い高地に渡部《わたべ》茂《も》吉《きち》軍曹以下十二名を上げた。此高地の如き敵の指揮官が、直ぐ其前五六十間前の高地迄来て居て『該高地を速《すみやか》に奪取せよ』と頻りに激励し、数百の兵を向けたに不拘《かゝわらず》、三時間を費して漸く渡部軍曹以下を全滅した後に漸く占領して居る『実に骨が折れた』と話していた。

斯くして田中大隊は悪戦苦闘約六時間、旅団主力は遂に敵の背後に現われず、其経過中多勢に無勢、敵は殺しても予備がある。後に「チヂノフカ」村小学校に集めてあった敵の死体だけでも二百以上あった位、味方は最初から全兵力百五十、一人減り二人減り、終《つい》に一人もなくなって、全滅した。

其の勇戦の有様は後に親しく此戦場を視察した者誰でも敬服せぬ者はない。立樹に中《あた》って居る敵の弾は右側方又は後方のものが多い。死骸は樹木の右側にあるのが普通であるのに、此時の死者に限って死骸は皆左側にあった、で見ても敵の弾は横と後から来た事が判る。戦場の経験者は誰でも知って居るが側方殊に後から撃たるる位厭《いや》なものはない。斯うなると兎角部隊は志気沮喪して潰乱に陥りがちのものである。然るに此支隊には潰乱者が一人《にん》もない。機関銃の如きも打殻《うちがら》が山をなして居た、小銃弾の打殻も然りであった。野外に止ること数分間でも、指も凍り落つる寒さの中を、揃いも揃うてよくもあれだけ射撃を続けたものだと驚歎する外はない。最後の一人まで皆立派な戦闘をして居る。大隊旗手三木軍曹の如き敵に渡すまいとて既に数弾を食て居る大隊旗の桿を脱して、旗を引き裂きそれを雪に埋《うず》めて其上に死んで居た。田中中佐は胸部の貫通銃創に気絶もせず、勇敢な指揮を続けて部下の最期を見届けた後、不自由の体で凍えた手で見事に咽喉をかき切って果てて居た。其他下士卒も後に、捕虜が、

『自分は三年も欧洲戦線を往来したけれども、此度の日本軍の様な戦闘振りは嘗て見た事がない。日本軍は怪我をするほど、人数が減るほど、益〻強くなって只一人になっても、まだ四方から群がる十数名を引受けて格闘する、彼の寧ろ乱暴の有様は常識をはずれて居るから何とも批評の言葉がない。』

と驚歎して居たのを見ても最後の一人まで、どれもこれも勇猛果敢、沈著剛胆に奮闘し、従容自若死に就た事が想像される。

5　砲兵中隊亦全滅

如斯《かくのごとく》にして田中支隊が終に一人の生還者も無く全滅したに反し、道案内をした露将校二名は何時戦場を脱したものか午後二時頃再び二十一番待避線に帰って来た。其処には昨日亜市附近に残留した田中支隊の一部、西川砲兵中隊（二門）と其護衛の森山歩兵小隊がいた。

西川大尉等は右露将校から田中支隊主力の危急を聞いた。彼等は予て山田少将から『スクラムスコエ方面の敵情が心許ないから、若し二十一番待避線に到着した時に已に田中大隊が其地に居なかったら独《ひとり》で山地に入らぬがよい』と注意されて居たのであるけれども、今我支隊主力の此危急を聞いては最早打捨てては置けぬので直に出発した。橇を傭う暇《いとま》がないから歩兵は徒歩で先頭に、砲兵は続いて、其総兵力は僅に百二十名。

敵は田中支隊を全滅して『マー仕合せ』と「チヂノフカ」村に入って昼食《ちゅうじき》をして居た。所

が斥候から報告が来た、

『別に日本軍が前進して来る、今朝程の兵力は無いが砲兵はある。』

「ヨシ」と云うので敵は直に警急集合して、二た並びに陣形を立てて前進した。『何所《どこ》でも日本軍と遭遇したら先頭は直に正面戦闘を始める、後方の部隊は逐次右と左へ延伸増加して日本軍を包囲する』と斯う云う部署を定めて。

此敵と西川中隊とは二十一番待避線の西方約半里の山中で出会した。森山歩兵小隊は直に戦闘を始めた、砲兵も直に陣地を占めた、然し起伏地で且森林であるから砲兵の射撃界は甚だ充分でない。敵は漸次地形を利用して左右に迂回増加して来る。約二時間の後には四面悉く敵となった。其内に敵の主力は我砲兵の左後方から先ず段列を襲った。茲に二十六頭の馬の死体があった。其雲霞《うんか》の敵は直に我砲兵に迫った。砲兵は後方に砲口を向けて猛射した。殺しても〳〵敵は幾らでも代りがある。砲兵中隊を取囲んで小銃を乱射した。西川大尉以下皆砲車を中心に圏形《わがた》になって全滅した。森山小隊は前面及側面の敵に当って居た。中尉は早く已に右股《みぎもも》に貫通銃創を受け「タオル」を以って、自分で繃帯して、帯革を吊りあげ死者の銃と弾薬を持って、兵卒と共に射撃戦闘をして居たが、前後左右の敵は殺しても〳〵増加するばかり、其内に砲兵は後方から襲われて全滅した。歩兵小隊も今は早や中尉と従卒と外一人のみ。最早我事終れりと最後の三人銃剣を揮うて敵中に突入した。三人の死体は折重って道路の左側十米《メートル》程の稍《やゝ》右斜に傾いた樹の下に在った。西川砲兵隊も森山小隊も斯様《かよう》に全滅した。尤も右の従卒は翌日助けられて蘇生した、其他此小隊には助けられて後に蘇生した者が四五名あるが、其等も皆一度死ななんだ者はなかったのである。

以上述べた如くで田中支隊は三箇所に分れて同じ敵と戦闘し三箇所とも一人《にん》たりとも逃げ隠れた者無く真の全滅を遂げたのである。斯くの如き真の全滅が古今東西を通じて外に例があるであろうか。三箇所共戦闘が相当劇烈になって後に、同行の露国将校は戦場を脱して帰還したのに、我が士卒に限って一人も逃げ隠れた者がない。若し潰走して各個に活路を求めたなら、或は指揮官が各個退却を命じたなら必ず、其内の若干は助かったに相違ない。けれども指揮官も解散を命ぜず、各自も一人として潰走した者がない、そこが日本武士の尊い所である。

解説

一八七五年愛媛県生まれの**田所成恭**《たどころしげやす》は、一九〇三年陸軍大学校第十七期卒。執筆当時、陸軍歩兵大佐で大分にある歩兵第七十二連隊長だったが、一九二〇年八月、四十代半ばで退役。東京に戻り、一九二七年頃まで『新青年』にエッセイなどを多数寄せた。著書に『応用築城・防禦陣地の編成』（一九〇八）、『田中支隊の戦闘真相』（一九二〇）、『弔合戦』（一九二一）など。一九五四年歿。

シベリア出兵の際、ロシア、アムール州のユフタでパルチザン（過激派）と戦った田中勝輔支隊は、極寒の中でほぼ全滅、初の犠牲者となった。これは支隊長田中少佐の失策であり、また犬死であると噂されたため、田所が部下の名誉回復のために描いたのが「**田中支隊全滅の光景**」だった。一九二〇年三月頃、陸軍省情報部の某氏から「是非新青年に掲載して広く青年に読ませたいものがある」と言われて渡された原稿だった。編集長の森下雨村は内容に感動し、五月号にまず掲載する。翌六月号には、全滅当時の各勇将の奮闘の様子が詳述され、さらに郷里にいる家族や子供、親兄弟の気持ちまでもが語られていた。反響すさまじく、編集部には毎日のように各地から感謝感激の手紙が送られてきた。現在、田中支隊の全滅を紹介する記事には隠蔽が多いとされるが、極東の大陸進出を進めたい軍部にとって『新青年』の読者に伝えたいことは明らかだったのであろう。（湯浅篤志）

決闘家倶楽部

【一九二五（大正十四）年十月】

エル・ジェイ・ビーストン 著
横溝正史 訳

1

『勿論その結果はこうなるんです。』と、マーリス君は言った。『その襲撃を試みる者は逮捕されるに違いないのです。逮捕されたが最後、この種の犯罪の性質として、何処の法廷へ持出しても罰金位で済む筈がない。少くとも一年やそこらは臭い飯を食わなければならないでしょう。社会的自滅――そうです。輝やかしい地位や名望に満ちた現在から、一躍じめ〳〵とした古沼の様などん底生活の群に落ちるのです。』

彼は鳥渡《ちょっと》言葉を休め、ぐるりと一同を見渡した後、再びその後を続けた。

『会長閣下、私の提出しつゝあるこの動議が、あまりにも残酷である事は私もよく承知しています。しかし我が二人の闘士は、どちらか一方を倒さねばやまぬという固い決心を持っておられるのです。』

それは彼の言う通り身の毛も慄《よだ》つ様な恐ろしい手段であった。吾輩も長い間此の決闘家倶楽部の会長として勤めているが、こんな恐ろしい動議を受けたのは今度が始めてである。しかし今の場合、彼等はそれを要求しているのだ。

カスレーク君とドレッスラーズ君との間の確執は、大臣コープストーン卿の副秘書官の空席を中心として、その最高調に達していた。両君とも社会的には勿論立派な地位に居られる――そうでなければこの決闘家倶楽部の一員たる資格はないのだ――ところが茲《こゝ》に何者か譏謗者がいて、コープストーン卿の耳へ、カスレーク君の事を散々悪しざまに誣告《ぶこく》した。その事は忽ち何事も与かり知らぬカスレーク君の上に、不名誉な結果となって影響して来た。彼は熟考の末、競争者が自分を競争場裡《うち》から駆逐するために、あらぬ忌わしい風評を立てたのであろうと考え、或る日激しくドレッスラーズ君を面責した。大きな声では言えないが、吾輩にしても彼の採ったその処置は極めて当然だと思えるのである。

かくして万事は頗る面倒な問題となって来た。既に刃の柄《つか》に手をかけていた彼等が、倶楽部の仲裁に耳を籍《か》す意志のないのは当然である。却《か》えって彼等は、自分達の一方を永遠に破壊して了《しま》う様な恐ろしい決闘の準備を、我々に要求して来たのである。其処へ持出されたのがマーリス君の動議だ。我々は是れに就いて再三協議を重ねた末、遂にそれより他に適当な手段の求む可くもないのを覚り、茲に於いて、予め呼寄せて置いた二人の会員に、改めてこの旨を通ずる事になったのである。

ドレッスラーズ君と、カスレーク君とが広間へ這入って来た時、会員の殆んど全部は其処に顔を鳩《あつ》めていた。そして吾輩が厳かに口を開いた時、全員の眼は期せずして、心持ち蒼褪《あおざ》めた二人の闘士の方へ注がれたのである。

『両君！　君達が勝負を決すべき恐ろしい武器は、只今漸く選定されました。それは高価なる一個の宝石、青ダイヤです。そのダイヤと云うのは此処におられるジョン・マーリス君の所有物で、今のところ錺附《かざりつけ》を新しくするために、リージェント街のロムビール・エンド・ウォーターズ商会に預けられています。そしてそれは――』

其の時、カスレーク君がつと一歩前へ踏出したので、吾輩は鳥渡言葉を切った。しかし彼は口を開かなかった。で吾輩はその後を続けた。

『そしてそれは、明晩特にマーリス夫人が夜会に着けて行かれるのに入用なので、一時商会の手から離れる事になっているんだそうです。夫人は今友人と一緒に田舎の方におられるので、ロムビール商会は特別に使者を立て丶その宝石を夫人の許《もと》に齎《もたら》す事になっています。ところがこゝに注意を要するのは、商会がその使者を派遣するに就いては、一方ならぬ配慮と警戒がなされている事です。というのは、巴里《パリー》の警察界に、レオン・モルディアンという名で知られている宝石盗賊《どろぼう》が、今やその青ダイヤを覘《ねら》って此の倫敦《ロンドン》に入込んでいるという事を、警視庁から警告されたからです。是れによって君達は、その宝石を手に入れようとするには、如何に大《おおい》なる危険が伴うか、よく御諒解された事だろうと思う。然るに今や、その危険を君達のどちらかが冒さねばならん事になったのです。』

吾輩は玆に於て、この言葉の真意をよく諒解させるために、一寸《ちょっと》話を切った。ドレッスラーズ君は蒼白《まつさお》になっていたが、その表情は飽迄も大胆で、競争者の方へ向けたその眼の中には、少しの恐怖も見えなかった。カスレーク君は視線を絨壇《じゆうたん》の上に落し、眉根に深い二条《すじ》の皺をよせ、神経的に顫《ふる》う指先は、先刻《さつき》から頻に絹の様な髭を撫で上げていた。

『君達の要求されたのは死を伴う決闘であった。我々がその準備に着手しなかったに就いては、君達に不服があるかも知れない。然し先ず私の話しを充分に聞いてくれたまえ、君達二人がその特別使者を襲うて、宝石を強奪するという事は明かに不可能です、で、若し君達が倶楽部のこの動議に賛成されるならば、玆で両君は運定めをやらねばならない。それによって君達の中《うち》の誰がこの任に当るかを定《き》めるのです。襲撃の結果は極めて明白だ。生涯拭う事の出来ない不名誉――恥辱――消し難き獄舎の汚点、社会的破滅――それ等の総ては、君達の地位にとっては、まさに死その物であると思う。されば解答をされる前に、十分熟考されん事を希望する次第であります。』

会員達は彼等の返答如何《いかに》と、かたずを嚥《の》んで待受けた。恐ろしい程の緊張が部屋中におおい被《かぶさ》った。先ず第一にその沈黙を破ったのはドレッスラーズ君であった。

『私はその勝負《ゲーム》をお受けしましょう。』

彼は卓子《テーブル》の上の燐寸《マッチ》を取上げて、消えていた葉巻《シガー》に再び火を点けた。めら〳〵と、燐寸の焰は燃上ったかと思うと、黒い炭となって絨壇の上へ落ちた。カスレーク君も遅走《おくれば》せ乍ら、低い声で答えた。

『私も倶楽部の動議に従います。』

張切っていた室内の空気は、茲に於てがっくりと打解け、軽い動揺が人々の間を掻廻した。吾輩は身振りで一同を制し乍ら、

『両君とも立派にお受けされた。この上は両君とも各自の言動に対して、充分な責任をお持ちにならん事を希望致します。詳細な事はマーリス君からお聞き下さる様に。』

『何んでもない事なんです。』マーリス君は自分の立っている場所から言われた。『首飾の垂れに篏込まれているそのダイヤはクイーンス・ラングレイに逗留している私の妻に、手渡される事になっているのです。私は――』

その時、カスレーク君が鋭い不注意な叫声を挙げたので、彼はふと言葉を切った。がカスレークは直様《すぐさま》自分を抑制して、

『失礼しました、どうかお続け下さい。』と言った。

マーリス君は鳥渡驚いたらしい顔附きをしたが、それと聞いて再び語《ことば》を続けた。

『今朝も私はロムビール商会へ行って、彼等が約束を守るかどうか確めて来ました。それによると商会の使者は明晩、七時半の列車でユーストン駅を発つ事になっているのです。それから一時間と経たぬ間に、目的の青ダイヤは、クイーンス・ラングレイに滞在している妻の手に渡される筈です。幸いにもウォーターズ氏はその使者に立つべき男を私に紹介して呉れました。生憎《あいにく》その姓名を聞落したが非常に脊の高い、鼻下に黒い髭を蓄えた、縁なしの金蔓《きんつる》眼鏡を懸けた――まあそう云った風の男です。此の人相書は君達の今後の行動の上に、少からず利益《ため》になるだろうと思う。扨《さて》私は茲で一言弁解して置くが私がこうした恐ろしい動議を

出したのは、全く我が倶楽部のためであって、ゆめ〳〵両君の間の誰方《どなた》にも遺恨がある訳ではないのです。最後に、私はロムビール商会を信じ、青ダイヤの絶対安全を確信しています。従って君達のどちらかゞ決行されようとする冒険の結果は、全然《まったく》失敗であろうと思う。しかし、窃盗は失敗に終ろうとも、その行為が既に窃盗である以上その結果は君達の上に、致命的な打撃となって現われる事でしょう。』

マーリス君は額の汗を拭うた。彼は稍《やゝ》心を取乱していた。受入れられた自分の動議を、今やあきらかに後悔しているのであった。

『いや、よく判りました。』ドレッスラーズ君は固張《こわば》った笑いを洩しながら言った。『では早速、事を極めて戴こうじゃ有りませんか。』

『そうです、早ければ早い程好いのです。』カスレーク君も合槌を打った。彼は乾いた唇を舌で湿した。そこで吾輩はカード室《ルーム》から新しいカードを取寄せ、皆の面前でその封を切り、念のために幾度も幾度もそれを繰った。皆の者がその周囲に群がって来た。

『両君の中《うち》のどちらか、ダイヤのA《エース》をお引きになった方が、この冒険をやる事になるのですぞ。』

吾輩はカードを卓子《テーブル》の上に積上げた。ドレッスラーズ君とカスレーク君とがその廻りに近附いて来た。カスレーク君が先ず戦く指で第一枚目を開いた。スペードの八、次いでドレッスラーズ君、それはクラブの女王《クイーン》であった。

彼等はこうして交代に一枚宛《ずつ》開いて行った。それは息詰りそうな瞬間であった。一枚のカードが挙げられる度に、人々の心は恐ろしい予感に慄《おの》ゝいた。

だが、どうしたというのだろう。既に三十幾枚かのカードが開かれているのに、目的の一枚は未だ現れないではないか、結局それは、永遠に出て来ないのではなかろうか、そんな風にさえ思われる程であった。

と、其の時、恐ろしい叫声《さけび》が満座の人々の唇から洩れた。

ダイヤのA《エース》は、遂にカスレーク君の手に依って開かれたのである。

彼は石の様な瞳を瞠《みは》ってそれを瞶《みつ》めた。恰《あたか》も、此の劇的な、瞬間まで、嘗《か》つてこの世の中に存在しなかった物を見るもの丶様に……

ドレッスラーズ君は一歩後へ退いた。彼の顔色は鉛色となり、今にも気絶しそうに見えた。カスレーク君は呪わしい、そのカードを投出すと、誰にも一言も言わず、人々の間を掻別《かきわ》けながら部屋を出て行った。

『彼《あ》の男も是れでお了《しま》いだ！』

誰かゞ哀れっぽい声でそう言った。

『グッド、ゴッド！』

2

其の翌朝《よくあさ》の十一時頃、リージェント街は有名なるロムビール宝石商店の附近を、ぷかりぷかりと暢気《のんき》そうに葉巻《シガー》を喫《くゆ》しながら、さりげない様子で店飾《ショー・ウィンド》を覗込んでいる男、言う迄もなくそれはカスレークであった。目立たない服装で織る様に行交う人々の間をさも気楽そうに散歩している様に見えるが、内心は、恐ろしい目的が敵《かく》されているのだ。勿論それを知る者はない。

ふいに彼は眼を瞠った。高価な宝石類を一杯に飾立てたロムビール商店から、今し出て来た一人の男、帽子を眉深《まぶか》にかぶって、伏向《うつむ》き加減に急ぎ足で、カスレークの立っている方とは反対の方向へ立去って行く、その後姿は、贋《まが》うかたないドレッスラーズではないか。

『おや〳〵、奴さん一体どう云うつもりなのだろう?』

思いがけない出来事にカスレークは少からず心を痛めた。いかにドレッスラーズという男が卑怯であるとはいえ、まさかに当のロムビールへ内通する様な真似はしないであろう、そうは思うもの丶、カスレーク、内心甚だ穏かでない、何んとなく今宵の冒険の前途に、暗憺たる何物かゞ横《よこたわ》っている様に感ぜられて、思わず暗い心持ちになるのであった。

其の夜、歩廊《プラットフォーム》の時計が七時を示している時カスレークはユーストン駅へと這入って行った。まだ半時間からの余裕はあるのだが、ロムビールの使者が到着するのを待受けていようという魂胆だった。

其処にはもう列車が待っている。彼はその列車に沿うてぶら〳〵と歩きはじめる。列車は幹線往復で、クイーンス・ラングレイが最初に停るべき停車場である。

間もなく乗客たちの姿がちらほら見えはじめた。彼等は皆一番気持ちのよさそうな客車《はこ》を探しはじめた。

新しい乗客が這入って来る度に、カスレークの眼は鋭く輝く、彼は旅行帽子を眉深にかぶり、上衣の襟を顎のあたりまで立てゝいる。

しかし、それにしてもどうしたというのだろう。発車の時間は刻々と迫りつゝあるのに、ロムビール商店の使いらしい男は、まだその姿を見せないではないか。

カスレークはそろ〳〵不安になる。何か事故があって約束の時間に遅れるのではなかろうか、そんな事を考えている時、やっと待ち望んだ男が来た！　マーリスが言った通り、黒い口髭を生やした、金蔓の縁なし眼鏡をかけた、脊のべらぼうに高い男が、泡を食った様に構内へ飛込んで来た。と見ると、その傍には今一人、見知らぬ男が肩もすれ〳〵に寄添うている。

『探偵だな。』カスレークは密かに呟く。『矢っ張りドレッスラーズが内通したのだ。』

カスレークの意気は少からず悄沈《おっぱじ》した。相手が二人、殊にその中の一人が探偵だとすると、余程警戒して事をやらぬと甚だ面倒な事が勃発まる。どう智慧を振絞って見ても、一騒動起さぬ事には目的物は手に入りそうにない。

見ていると、二人の男は一つの客車《はこ》の中へ這入って行く、探偵らしい男がその後をぴったりと締めた。

カスレークはぶらり〳〵とその客車の方へ歩いて行った。覗いて見ると、彼等二人の他には誰もいない。

間もなく発車を知らす警笛が、鋭くあたりの空気をつんざき、長い客車の列は尾を曳いて、ゆっくりと前へのめりはじめた。カスレークはそれに従《つ》いて悠々と足を運ばす。

『危い！　お退《の》きなさい！』駅員が叫んだ。

しかしカスレークは素早く扉《ドア》を開くと、つとその中へ飛び込んだ。

『危《やば》いね！』

彼は思わず微笑を洩した。二人の乗客は悸《おび》えた様にその闖入者の姿を見た。殊にロムビールの使者《つかい》は、冷い鋭い眼光《まなざし》でこの無鉄砲な乗客の姿を、遠慮なくじろ〳〵と睨んだ。その向いの席に坐っている男は、これも露骨な敵意を示しながら容赦なく彼の方を瞶めるのであった。

『いやな晩ですねえ、皆さん』

探偵らしいと思った男の側に、どっかと腰を下ろしながらカスレークが言った。

答えはない。カスレークは向いの席に足を投出し、背板に肩をすりよせて、夕刊を開いた。そして読んでいる様な風をしながら、新聞で向うに坐っているロムビール商店の使者の姿を、おおい隠して、隣《となり》席に坐った怪しげな男の方に注意した。

その男は眉根を釣上げ、唇を曲げ、何だか自分を警戒せよとでも信号しているかの様に、頻と頷いている。しかしその場の状態は、その男よりも寧ろカスレークの側にとって一層不利であった。ロムビールの使者にわたりを附ける手段《てだて》は、予め彼も考えていた。しかし、其処に一人の男が這入って来ようとは、彼の予測の中に入れてなかったのだ。

仕方がない、彼は列車の疾走中、思いきって大胆な攻撃法を採ろうと決心した。それ以外にはとてもいゝ機会は恵まれそうにない。無事に逃走し得られる見込みはないとしても、乗るか反るかやって見るより仕様がないのだ。

腕力の点に於てはカスレークには多少の自信があった。そして勝負《ゲーム》に先手を打つのは彼の側でなければならぬ。能《でき》るだけ敏速に、能るだけ唐突に、そうすればそれだけ成功の率は多い事になるのだ。

二人の男は先刻からむっつりと向い合ったまゝ、一言も口を利かず身動きもせぬ。だが彼等の心は弓弦の様に緊張しているのだ。その神経の一伸一縮が、電気の様に直ちにカスレークの身に伝わるのであった。

彼は深い嘆息《ためいき》を吸込んだ。

『気の弱い事では駄目だ。』彼は指先を慄わせ乍ら心中窃《ひそか》に叫ぶ。『三つの数《すう》を読む――それが終った時、いよ〳〵一か八かやってみるんだ――一つ、二つ、三つ！』

彼は新聞を膝の上に置いた。

『失礼ですが皆さん、莨《たばこ》を喫っても宜ろしいでしょうか、これは喫煙車ではありませんが、貴下方に御迷惑でなかったら――』

彼等は黙りこんだまゝ、じろ〳〵と彼の顔を瞶めた。とまり木に身を置いて、不安な予感に怯えながら、長肉叉《ホーク》を瞶めている二羽の鸚鵡の姿を、彼はその時思い出した。その嘴は慄えている――その羽毛はそゝり立っている――

『有難う。』

カスレークは煙管《きせる》を取出し乍ら皮肉な調子でそう言った。彼等の眼は一斉に、取出された莨函《たばこばこ》の方へ注がれる。その莨函は鳥渡変った体裁である。銀かニッケルかであろう。扁平な長方形をしていて、拇指《おやゆび》である一点を押すと、ぴんと蓋が跳返えると、その中からクロ、フォルムに浸された絹の手布《ハンケチ》が、静かに浮び上って来る。

その甘い恐ろしい匂いが彼の鼻孔を衝く前に、カスレークは拳を固めて、傍《かたわら》に坐っていた男の左の耳の下を、力まかせにぶん擲った。その一撃でもう充分だった。その男はばったりとそこへ倒れた。

それと見たロムビールの使者《つかい》が跳上って、警報器に手を触れようとした。が、其の時早くカスレークは、その手を抑えた。そして彼の頑丈な体軀《からだ》で相手をしっかりと腰掛けの上に抑えつけ、死者狂いで藻搔いているその男の鼻孔を、麻酔薬の浸込んでいる手布で力一杯抑えつけた。

暫時《しばらく》、その男は酔痴《よいどれ》の様に囈語《うわごと》を口走り、ばた〳〵手足を動かしていたが、間もなくぐったりと正気を失って眠り込んで了った。

カスレークは、その上に馬乗りに跨がり、本職の様に敏捷な指先で彼の懐中《ポケット》を探りはじめた。彼の求めるものは、大して深く探《たず》ねる迄もなく、胴着《チヨツキ》の内衣嚢《うちかくし》から易々と発見する事が出来た。青白い宝石に反射して、電気の光が百千に燦めいた。

丁度その時、列車の速力は次第に鈍って、駅の灯が窓ごしにちら〳〵と流込んで来た。クイーンス・ラングレイ駅へ到着したのである。巧くいった。思ったより容易くいった——そう思った彼は少からぬ満足を覚えた。

列車が歩　廊《プラットフォーム》へ停るも一緒、カスレークは疾速《いちはや》く跳降りると、扉《ドア》をぴったりと締め、悠々たる歩調《あしどり》で出口の方へと歩いて行った。

折もよし、雨に湿《ぬ》れた田舎道の上に、頭　光《ヘッドライト》の光を落し、人待顔に停っている一台の自動車、

『お丶、カスレーク君じゃないか。』

と聞覚えのある声に、闇を透してみると、心痛に窶《やつ》れたマーリスの姿が其処にあった。

『この自動車はあなたのですか。』

取敢えずカスレークが訊いた。

『そうです。そして……。』

『行きましょう、愚図々々してはいられないのです。汽車の中にはロムビール商会の使者《つかい》と探偵が倒れているのです。僕がやっつけたのです。』

『そりゃ大変だ、速く此処へ乗り給え。』

カスレークが一歩踏台へ足をかけると、自動車は素晴らしい速力で駛《はし》りはじめた。

『まさか本当に君に会えようとは思わなかった。しかしやるのなら此処とユーストンとの間だろうと思ったのだ。兎に角、君かロムビール商店の使者の者か、どちらかに是非とも会わなければと思って、今朝からこのクイーンス・ラングレイへ来て待っていたのだ。で首尾はどうだった。巧く行ったか？』

『有難う、お蔭であなたの奥さまの金剛石《ダイヤ》は手に入れる事が出来ました。』

『それはよかった。昨夜から心配で身も心も細る様な思をして、現場《げんじょう》を捕《おさ》えられゝば厭でも喰込《くらいこ》まなければならんのだからね、宝石の所有者たる僕が弁護してあげればいゝようなものの、倶楽部の規定としてそれは許されない。真実《ほんとう》の事を打開けて言えば、君とドレッスラーズ君とが変って居《お》ればよかったのだ。僕はどうもあの男を虫が好かんのだよ。』

『種々《いろいろ》御心配をかけましたね、ところで、奥さんのダイヤは此処で貴方にお渡した方がよかア有りませんか。』

『じゃ僕の懐中《ポケット》の中へ放込んどいて呉れ給え。しかし、その函《ケース》の中には確かにダイヤが這入っているんだろうね。』

『大丈夫です。して僕をどうして呉れるおつもりなのですか、マーリスさん？』

『どうするって、此の場合最も安全だと思われる方法を採るばかりさ。君は暫時《しばら》く何処かに潜伏して様子を見ていることにしたまえ。恐ろしいのはロムビール商会の使者と探偵らしい男とが、君の顔を見覚えているかどうかと言う事だ。しかしまあ好い、僕は直ぐ警察へ行ってダイヤの返還された事を知らせるとしよう。そうすれば捜索の手はいくらか緩むだろう。

ところで何処まで君をお送りしたら好いだろうかね。』

『市《まち》まで引返えして戴きたいです。』

『お、、それもよかろう、倫敦《ロンドン》は実際屈強な隠場所だからね、じゃ、市まで全速力をかける事にしよう――おや、何うしたのだい？』

『背後《うしろ》から誰か追って来る様ですね。』

カスレークは硝子《ガラス》に顔を押しつけて、雨の降りしきる夜の闇を透しながら、慄える声で言った。

『神経だよ、君は大分疲労しているからね、大丈夫誰も来やあせん、汽車はもう出ている時間だ。そら、其処へ、堤防の上を走って行くじゃないか、煙出しから、赤く燃えさかる煤煙《すゝ》を三十呎《フィート》も高くへ吐き出しながら――君はもう安全なんだ賭をしてもい、、一年も経たぬ間に君は再び今日の名声を盛返えし、あの決闘倶楽部へも復帰する事が出来るだろう。』

3

何んという事だろう。

恐ろしい列車内の椿事があったその翌晩我がカスレーク君は大胆にも、悠々たる態度で決闘家倶楽部へ顔を出したのである。

その時倶楽部では、会員達は唯一つの話題に凝固まって、熱狂していた。その日の新聞はその記事で埋《うずま》っていたし、別に新しい発展も見ないのに、号外に次ぐに号外を以ってして、単調な生活に飽き〳〵していた都会人の気分を弥《いや》が上にも煽り立てゝいた。しかし、当の本元ロムビール・エンド・ウォーターズ商会は一体に沈黙気味で、宝石を携帯していた男が列車中でクロ、フォルムを嗅がされ、その睡眠中に顧客から預っていた大切な宝石を窃取されたという、既知の事実以外には取立てゝ新しい何物も発表しなかった。

『カスレーク君はうまく探偵達の網から逃れる事が出来るだろうか。』

一人の会員が興奮に慄える声でそう叫んだ。

『十中の八九、逮捕は免れ難いだろうよ。』

『そして彼の男はもうマーリス君に宝石を渡したのだろうか？』

『今暫時くすれば判るだろう。』ドレッスラーズ君が云った。『今にマーリス君がやって来るだろうから。』

そんな談話《はなし》に花を咲かせているところへ、突然、ひょっこりと這入って来たのが当の本人、カスレーク君であった。

彼は今火を点けたばかりの新しい葉巻《シガー》を口に啣《くわ》え、平常《いつも》に変らぬ微笑を浮べて群がる人々の顔を見渡した。その彼の姿を迎える会員達の恰好と言えば、恰《まる》で墓穴から抜け出して来た幽霊でも迎える様に、徒《いたずら》に眼を瞠り、唇をわく〳〵とさせ、石の様に固くなるばかりだった。

ドレッスラーズは、つと顔色を変えて立上った。そして人々の気附かぬ間に、こそ〳〵とその場から姿を消した。

『あ、、疲労《くたび》れた！』

カスレークは護謨《ゴム》椅子にどっかと体を落し、大きく欠伸をしながら呟くように言った。と、がや〳〵と興奮した声が、彼の耳に向って一斉に切って放たれた。

『どうしたと言うのか君は。逮捕命令が出ているのを知らないのか！』

『いやに落附いているね。一杯喰《い》そうというんじゃないか！』

『諸君！　そう騒ぎ立てんでも宜い。話はもう充分解っているだろうじゃないか。』

カスレーク君は騒ぎ立つ人々の声を、大儀そうに遮った。

『何も彼も新聞に出ている通りだ。可哀そうだったがロムビール商会の使者《つかい》を鳥渡《ちょっと》眠らせて置いて、宝石は巧く手に入れた。そして駅を出ると丁度マーリス君が待っていたから、是幸いと彼に宝石を渡したのだ――たゞそれだけの事だ。もっと詳しい事を知りたいと思うなら――えゝと、ドレッスラーズ君はいたかね。』

『うむ、いるよ。』

『いやいない。』

『おゝい、ドレッスラーズ君！』

『いや構わないよ。僕は鳥渡こう言いたかったのだ。ドレッスラーズ君は昨日の朝、ロムビール商会の店員と会見《あ》したのだよ、僕は彼の男がロムビール商会へ内通する程、卑怯な男じゃないだろうとは思ったがね――』

会員の間に再び騒《ざわ》めきが起った。そして彼等はそこへ再びドレッスラーズが這入って来たのに誰一人気が附かなかった。彼は出て行った時と同じ様に、そっと又這入って来たのである。

『諸君‼』

僕は会長としての威厳を繕ろいながら一同に呼びかけた。その一声は騒めきを鎮めるに十分であった。

『ドレッスラーズ君、』吾輩は続けた。『君は今、敵の裏を掻いて、ロムビール商会へ内通したという、不名誉極まる告発を受けているのです。それに対して何と弁解します？』

『嘘です！』

ドレッスラーズは言下に答えた。

『嘘というのかい？』カスレークが椅子から立上りざま憤然として叫んだ。

『会長！　ドレッスラーズ君が、今夜に限って何故首に絹の手布《ハンカチ》を巻いているか、一応お尋ね下さい。恐らく彼は、首が固張るからと答えるでしょう、そうです、彼の冒険の際、僕が今少し拳に力を罩《こ》めていたら、彼の首の骨は打れていたでしょう、皆さん、是れを御覧なさい！』

ドレッスラーズは本能的に身を退いて避けようとした。しかしその時既にカスレークの指先は、手布の一端にかゝっていた。ぴり〳〵と絹の裂ける音、と、その時少くとも一打《ダース》に近い眼は、ドレッスラーズ君の首と言わず顎と言わず、一面に生々しい拳骨《こぶし》の跡が印せられているのを発見した。

『おゝ、彼は変装していたのです。僕はそれを知っていました。はじめは鳥渡探偵だと思ったのですが、汽車に乗ってからは直ぐにそれと気が附いたのです。嘘か本当か、もう一度彼に訊いて御覧なさい。』

ドレッスラーズは真蒼な顔をして蹌踉《よろく》として二三歩背後《うしろ》へ退いた。意外な事実を知った会員達は、侮蔑と憎悪の表情《いろ》を露骨に表わして、彼が側へよる毎にその肩を小突き廻した。

誰かが言った。

『僕が君だったら、一刻も早くこの場から出て行くね。』

ドレッスラーズは扉《ドア》の方へ進んだ。そして閾《しきい》の上でくるりと振返えったと思うと、

『馬鹿野郎、結局俺は貴様をとっちめてやったのだぞ』

と野卑な一言を残して、姿を消して了った。

『曳かれ者の小唄とはあの事です。』カスレークは頬笑んだ。『しかし彼の言った事は半ば当っています。僕が這入って来た時彼の男が姿を蔭《かく》したのは、警察へ電話をかけるためだったのです。あゝ、其処へやって来ました。』

その言葉と殆んど同時に、三人の男が閾の上に現れた。一人は宝石商店の使者《つかい》、彼は未ださりやらぬ痛手に蒼褪めた顔をしている。第二番目のはロムビール氏自身、今一人は警部か何かであろう。

彼等は静かに近附いた。我々は心からカスレークのために、そして、遂に縄附きを出さねばならぬ不名誉な破目に陥った倶楽部のために、歎き悲しみながら後方へ退いた。

使いの男は疲れきった重い眼を、カスレーク君の方へ向け乍ら、力を罩めて叫んだ。

『此の男です！』

『何んだって！』ロムビール氏は莫迦々々しそうに遮った。『詰らん事を言っちゃ可《い》かん。』

『いゝえ、此の男に違いありません。』

その男は嚙附く様に繰返えす。

『然《しか》し——然《しか》し——』

ロムビール氏は当惑して目をぱちくりとさせ、口も利けない有様であった。が、やっと自分で自分を抑制して叫んだ。

『然し、この方はあのダイヤの所有者《もちぬし》ですよ。彼の青ダイヤを俺《わし》の処へ持って被居《いらつしや》って、奥様のために錺附《かざりつけ》を新しくする様、御注文なすったのはこの紳士《かた》ですよ。』

不思議な彼の言葉には、吾輩並びに遉《さすが》の会員諸君も、呆気にとられて開いた口がふさがらぬ始末であった。

カスレーク君はから〳〵と打笑った。そして我々の顔を見廻しながら面白そうに言った。それは次の如き驚く可き告白である。

『会長閣下、並びに親愛なる紳士諸君よ、八釜《やかまし》敷く騒がれた彼の青ダイヤを所有する婦人の、幸福な良人《おっと》と云うのは斯く言う私であります。従ってロムビール氏の有名な店へ、あの宝石を持参したのも斯く云う私に他ならんのです。宝石の錺附が仕上った揚句には、特別の使者《つかい》を以って、クイーンス・ラングレイなる私の妻の許へ送って貰う事になっていました。その事は我々、私とロムビールさんとの他には、一切誰にも洩さぬ筈の秘密だったのに、蛇の道は蛇と申しますか、どう言う手段で、何時何処から聞出したのか、早くも一人の悪党がそれを嗅附けたらしいのです。彼は宝石が何日誰の手に依って運ばれようとしているかという事を、詳しく聞出した。然しその彼にして唯一つの手抜かりがあった。それは其の宝石の所有者の名前を調べて置かなかった事、それです、言う迄もなくその名前というのは私と私の妻の名前、そしてその男と云うのは既にもうお判りになったでしょうが、マーリス君の事です。

彼は如何なる犠牲を払ってもその宝石を手に入れようと腐心していたのです。その時、恰も、私とドレッスラーズ君との間に確執が起ったので、それを聞いた彼は巧くそれを利用して、手を湿らさずしてダイヤを手に入れる工夫を案出したのです。彼があの計画を提出した時の私の心持を、想像して下さい。何故其の場で彼の仮面を剝いでやらなかったか、それには種々《いろいろ》な理由がありますが、要するにマーリス君と一大勝負を決して見たくなったからです。』

そしてカスレーク君はロムビールの使者《つかい》の方を振返って、

『君には実際すまなかった、此処で万腔《まんこう》の謝意を表して置く。君はロムビール商会でも一番信用あり、気転の利いた青年だ。昨夜の君の行動は充分それを証明している。ロムビールさんもあまり野暮な事は言わないであろう。此処に百磅《ポンド》の小切手がある。聊《いささ》か陳謝のしるしだから受取って呉れ給え。

それから諸君、もう一言附加えて置きたい事がある。マーリス君があの計画を提出した時、私は直ちに彼が悪党である事を看破したので、早速警視庁を訪ねて、彼が警察の御厄介になった事があるかどうかを調べて貰った。すると丁度彼の人相に匹敵する男が、警察の記録《レコード》の中《うち》に一人あることを確めて呉れた。私は先刻妻の宝石を彼の男に手渡した様に話しましたね。然しあれは嘘の皮です。今頃あの男は空の函《ケース》を開いてさぞ驚いている事でしょう。でも是れで再び彼の男の姿を見る事はありますまい。我が倶楽部のために私は彼を放逐してやったのです。』

人々の高調した腕《かいな》は、カスレーク君の体に巻附いた。会員達の総ては、彼の奇智と沈勇とを嘆賞し、敬慕し、喝采してやまなかった。カスレーク君は息詰まりそうになりながら、小学生の様に顔を赤らめ嬉々として打笑った。そして人々の動揺の鎮圧する様に、一段声を張上げて、一言附加えた。

『彼の本当の名に就いて言いましょう、会長、今頃彼は函《ケース》の中に一通の書面があるのを発見しているでしょう。それにはこう書いてあるのです。

「今度は駄目だよ、ムッシュー・レオン・モルディアン！」』

解説

L・J・ビーストンL(eonard) J(ohn) Beeston は、一八七四年、ロンドン生まれ。十九世紀末からイギリスの雑誌に書き始めたが詳しい経歴はわかっていない。そのほとんどが短編で、総作品数は二百編を超える。一九六三年死去。英米ではほぼ忘れられた作家である。

日本では一九二一年夏季増刊号に、西田政治により「マイナスの夜光珠」The Yellow Minus (1917) が紹介され、喝采を浴びた。ペーソスと意外性のあるプロットが持ち味で、『新青年』には七十一編が翻訳され、作家別掲載数トップを占めるほど人気は高かった。本作は、決闘家倶楽部シリーズの一編で、一九二五年十月号に一挙に十編が翻訳されたうちの一編である。原題は The Blue Diamond (1916)。作者の特徴がよく出た短編である。

横溝正史《よこみぞせいし》は、一九〇二年、神戸生まれ。中学同級生の西田徳重と、徳重夭逝後は、その兄の政治と神戸市内の古本屋を廻り、探偵小説の掲載されている洋書、洋雑誌を漁る。乱歩に誘われて上京後、『新青年』の編集長となったが、モダニズムを注入して紙面を刷新し、乱歩を嘆かせた。ファーガス・ヒューム「二輪馬車の秘密」The Mystery of a Hansom Cab (1886)、K・D・ウィップル「鍾乳洞殺人事件」The Killings in Carter Cave (1934) などの長編の翻訳のほか、短編も数多く訳している。戦後、作家としてうまくいかなかったら翻訳家として生計を立てていこうと考えたこともあるようだ。一九八一年、結腸癌で死去。

(沢田安史)

ニッケルの文鎮

甲賀三郎

【一九二六（大正十五）年一月】

え丶、お話するわ、妾《あたし》どうせお喋りだわ。だけど、あんたほんとに誰にも話さないで頂戴。だって妾、あの人に悪いんですもの。

もう一年になるわね。去年の丁度今頃、そうセルがそろ〳〵膚寒くなってコレラ騒ぎが大分下火になった時分よ。去年と云えば随分嫌な年で、新聞には毎日のように、自殺だの人殺しだの発狂だのって、薄気味の悪い事ばかし、それにあんた知ってるでしょう。妙な泥棒の事、ねそら、奇体に大きな宅《うち》ばかり的《ねら》って、どこから這入ってどこから出たのやらちっとも分らないのに、いつの間にか金目のものがなくなっていたり、用心すればする程面白がって、思いがけない方法で忍び込んだりして、どこからでも這入るから全《まる》でラジオの様だと云うので、新聞に無電《ラジオ》小僧なんて書かれて随分騒ぎだったでしょう。それにとうとう終いには御恩になった先生があの死様《しによう》でしょう。妾ほんとに悲観しちゃったわ。

無電小僧と云えば、あんたあの話知ってる？　去年の春だったか牛込のある邸《やしき》の郵便受の中に銀行の通帳と印形が入れてあって、昔借り放しにしていたのをお返えしするって丁寧な添手紙《そえ》がしてあったと云う話。新聞に出てたでしょう。あそこの主人は清水ってお爺さんで、何とか議員をして上面《うわべ》は立派な紳士なんだけれども、実は卑しい身分から成上った成金で、慈悲も人情もない高利貸しなのよ。今じゃもう警察の御厄介になって、おまけに呆けちまって、誰も見向きもしないけれども、ほんとにしどい奴で、先生の亡くなられたのも、つまりあの業突張《ごうつくば》りの為だわ。そんな慾張爺だから、手前んとこの郵便函に、聞いた事もない人の通帳が入れてあったのを、普通の人なら気味悪がって届けるものを、昔借し倒れになったのを返して来たんだろうなんてノコノコ銀行に出かけたんだわ。所が銀行では盗難の届けの出ていた所だから、忽ち爺さんは警察へ突き出されちゃったの。何遍も云う様だけれど、爺さんは慾張りで、倹約だなんて大金持の癖に、いつでも薄汚い身装《なり》をしているもんだから、何とか議員たって警察には通じやしないわ。それでとうとう一晩拘留せられたのよ。痛快じゃないこと、所が泣面に蜂と云うのは爺さんが警察に宿《とま》っている晩に、無電小僧《ラジオ》に這入られたのよ。この事は新聞に出なかったんだけれども、訳があって妾は知ってるの。郵便受けの中へ銀行の通帳を入れたのも無電小僧《ラジオ》の策略だったんだわ。ほんとに好い気味ったらありゃしない。

　妾はほんとにこの爺が嫌いで仕方がなかったんだけれども、月の中《うち》に一二度はきっと宅《うち》へやって来るのよ。そうしちゃ診察所の帳面を調べたり、書生さん達や妾に用を云いつけたり、そりゃ横柄なの。先生はあんな優しい方でしょう。黙って平気で見ていらっしゃるんでしょう。妾歯痒ゆくって仕方がなかったわ。妾馬鹿ね。一年も御奉公しながら、なんで清水の業突張りがこんな事をするのか分らなかったの。男は矢張り賢いわ。着物の柄を見る事なんか駄目だけれどもね。下村さんや内野さんは、——書生さんの名よ、——二人とも妾より後から来たんだけれども、ちゃんと分ったと見えて、教えて呉れたわ。何でも先生が御研究のお金に困って、清水からお金を借りなすったんだって、それがしどい仕組みで、どうしても返えし切れないようになっていて、利に利が嵩んで、迚《とて》も大変なお金になったんですって。それでお宅《うち》の方も診察所の方もすっかり抵当に取られて、月々の収入も大方は清水に取られて終《しま》って、先生の方へはホンのポッチリしか這入らないんですって。会計の方は一切清水が握っていて、云わば先生は清水の懐を肥す為めに、毎日働いて居なすったんだわ。先生はいろいろ御本をお書きになって、世界に知られた方だったし、御診察の方も名人だったんですから、名誉を思えばこそ、清水にそんなしどい事をしられても黙っていなすったんだわ。それに奥様は永い御病気でどっと床に着き通しですものね。妾此頃になって先生のお心持を察するとほんとに自然に涙が出て来るわ。

普通の人間だったら、どうせいくら稼いだって、他人の懐を肥すだけですもの、働くのもいゝ加減嫌になる筈だけれども、先生は患者さんにはそれは御親切だし、前云ったように、診察は名人だったから、中々流行ったわ。でもね、亡くなりなすった少し前から一層研究の方にお凝りになったので、自然患者さんも前程ではなかったようだったわ。ですから奉公人の数も、妾の来た当座とは少し減ったの。診察所の方は薬剤師が一人と会計の爺さんとで、この二人は通い、その外に先刻《さっき》云った下村さんと内野さんの書生が二人。外に看護婦が二人。

これは随分顔振が変ったわ。然し看護婦なんてものは起きてるうちは病人を豚の子かなんぞのように扱って、寝て終えば自分が肥った豚見たいにグウ〳〵鼾を掻いて、それこそ蹴飛したって眼を醒ましやしないんだから、誰だって構やしない事よ。

奥の方は御飯たきが一人、奥様附きが一人、それに妾が先生づき。えゝ妾は旦那様とは云わずに先生って云ってたの。御飯たきはもういゝ加減の婆さんで、台所ばかりに居たし、奥様附きはお米《よね》さんと云って、一遍嫁《かたづ》いた人で妾よりは十位年上でしょう。おとなしい人で、それに寝た切りの奥様に附いているのですもの、沁々《しみぐ》話す暇もなかったわ。えゝお子さんはなかったの。そう云う訳で、診察所の方の人達と口を利くのは妾だけと云って好い位だったわ、それゃ妾がお侠《きやん》だからだけれども、先生の小間使ですもの、そりゃどうしたって診察所との交渉が多いわよ。えゝ、こりゃ漢語よ。

それで書生さんの下村さんと内野さんとが迚も素敵なの。そりゃ好い男なのよ。あら、そんな事云うなら、もう話を止《よ》すわよ。

二人とも二十四五だったわ。内野さんがなんでも三月か四月に来て、それから一月程して下村さんが来たの。二人とも江戸っ子だったわ。無論お互に前は知りっこなし。よく旨く揃ったものだわね。どっちも好い体格でね。肉体美て云うのね、デップリ肥っているんでなしに、スラリとしているんだけれども、肉が締っているんだわ。下村さんの方は色が白くて、ニコ〳〵するとそりゃ愛嬌があるんだけれども、眼元に少し険があってね、どっちかと云うと考え深かそうな顔でした。内野さんは少し浅黒い方で、ハイカラな言葉で云うと、そりゃ明るい顔なの、だからまあ、下村さんの前では打解けて話しても心の隅にはどっかこう四角張った所が残っているような気がするのが、内野さんの前では心底から打解けて気が許せると云う位の違いはあるの。えゝ、そりゃまあどっちかと云えば、内野さんの方が好きだったけれども、下村さんだって好きだし妾困るわ。妾だけじゃなくてよ。誰でもきっと困ると思うわ。学問の事は妾には判らないけれども、二人とも何でも好く知っているらしいのよ。頭脳《あたま》だって両方大したもんよ。むずかしい事を云ってよく議論するの。昼間ならまだ好いけれど、夜遅くまで書生部屋でやるんでしょう。妾寝られなくって困った事があったわ。妾にはよく分らないけれども二人ともちっとばかし、ほら、あの社会主義とか云うんでないかと思ったわ。

先生はあとから考えて見ると、あの頃少し変だったわ。先の短い人のように、一分一秒を惜しんでせっせと暇さえあれば書斎に籠って書物《かきもの》ばかししてらっしったし、それにこうなんとなく打沈んで元気がなかったし、妾なんだか近い内に変った事が起りそうで仕方がなかったわ。

あの晩ね。宵の内に内野さんと下村さんの二人でそりゃ大議論をしたのよ。先生は書斎でいつも通り御勉強でしょう。妾お次室《つぎ》に坐っていると、書生部屋で二人の大声で云い争っているのがよく聞えるのでしょう。妾喧嘩になりやしないかと思って心配して、留めに行こうかと思っているうちに、先生がお呼びでしょう。ハーイってお部屋へゆくと、下村と内野を呼んで来いってんでしょう。妾きっと叱られるんだろうと思ってヒヤリとしたわ。二人が這入って終うと、妾次室《つぎ》で聞耳を立て、居たんだけれども、大分しんみりした話と見えて、ちっとも聞えないの。そのうちにお手が鳴って紅茶を持ってお出でと云うのでしょう。様子を見ると叱られている風でもないので、妾安心したわ。

紅茶を上げてから、そう十一時頃でしょう。二人は書生部屋へ帰って寝ちゃったの。先生は未だ御研究に起きていらしったようでしたが、もう寝ても好いと仰っしゃったので、部屋へ下って寝たのよ。妾ウト〳〵として、フト眼を覚すと、書斎の方で何だか変な物音がするのよ。先生が未だ起きていらっしゃるのだろうと思って、寝返りを打とうと思って、廊下の方を見ると真暗でしょう。書斎に燈《あかし》がついていれば、それが差して、障子が白く暗《やみ》に浮ぶ筈なんですもの。ハッと思うと、眼がすっかり覚めて終ったの。念のため手探りで障子を開けて見ると真暗でしょう。その途端に確に書斎から人の出て来るような気配がしたの。妾震え上っちゃったわ。床の中へ潜り込んで蒲団を被っていたの。暫くすると四辺《あたり》はしーんとして、もう物音も何も聞えないでしょう。妾恐々起きて、電燈を点けて見たの。それからまた暫く息を凝していたけれども別に何の変った事もないので、少し元気が出て来て、廊下伝いに書生部屋へ出て、廊下の外から、下村さん内野さんと呼んだの。二人とも平常《ふだん》はそりゃ目覚いんだけれども、其の時に限ってグウ〳〵鼾を掻いているので、迚も駄目だと思って、部屋へ帰って寝て終ったの。迚も書斎の方へ行く元気はなかったわ。

中々寝つかれなくて、それでも暁方にトロ〳〵としたでしょう。外が少し白んで来たと思うともう起き上って、気になっていたもんだから先生のお寝みになる部屋を第一番に覗いて見ると、前の晩に妾が取って置いた通り、床がチャンとして、先生のお休みになった様子がないじゃありませんか。妾はハッと思って、忙《いそ》いで書斎へ行って、扉《ドア》をコツ〳〵叩いて見ても返辞がないでしょう。胸をドキン〳〵させながら、恐々扉を開けて見たの。そうすると先生は背向《うしろむ》きに椅子にかけて正面の大きな書物机にもたれて、ガックリとこう転寝《うたゝね》でも遊《あそば》している様な恰好なんでしょう。先生々々と呼んで見たけれどもちっとも返辞がありません。妾もう耐らなく不安になって、書生部屋へ駆けつけて、二人を起したの。内野さんも下村さんも中々起きないんですものね。随分困ったわ。やっと眼を醒ました二人に先生が変だと云うと、二人は全《まる》で弦《つる》から放れた矢の様に部屋を飛び出したわ。妾が後から追駆けてゆくと、扉の所で二人が話しているの。

『君、鳥渡《ちよつと》待ち給え。』下村さんの声、『手袋をはめて這入ろうじゃないか。誰かこの部屋を荒したようだから、指紋を消して終うといけない。』

内野さんも異議がなかったと見えて、二人とも書生部屋に引返えして、手袋をはめて書斎へ這入ったの。変に丁寧な事をすると思ったわ。妾もあとからそっと部屋に這入ると驚いたわ。本箱の中の本は残らずと云って好い位外へ出して、開け放しの儘や、閉じた儘に積み重ねてあるし、抽斗《ひきだ》しは残らず引き抜いて、そりゃもう部屋中はめちゃくちゃに引掻き廻してあるの。先生は相変らずじっとしていらっしゃるでしょう。つか〳〵と先生のお傍へ寄って行ってね。肩へ手をかけて起そうと思ってふと頸の所を見ると真黒なものがベットリついているの。よく見るとそれが血なんでしょう。妾内野さんが抱き留めて呉れなきゃ、きっとあそこへ引くり返ったに違いないわ。『之でやったんだな。』下村さんがそう云って先生の側へしゃがんだので、見ると血のついた文鎮が足許の所に落ちていたわ。この文鎮と云うのは先生がフルスカップで、そら大きな西洋の罫紙ね、あれを拡げた儘押える為めに特別にお拵えになったので、長さ一尺以上あるでしょう。ニッケルなんですって。妾掃除をする時によく持ったけれども、そりゃ重いもんよ。いつだったか先生が冗談に『八重、之で力一杯ぶたれると一思いだよ。』と仰しゃった事があったけれども、ほんとに之でぶたれて終いなすったんだわ。

下村さんも内野さんも妙な人よ。妾に何も触っちゃいけないと云って、二人で一生懸命に、手袋をはめた手でそこいら中引き掻き廻して、と云っても、そりゃ丁寧なのよ。ちゃんと元の通りにして置くんですものね。口なんか少しも利かないの。窓の様子を調べたり、床の上を這い廻ったり、壁を叩いて見たり。妾こう思ったわ。屹度《きつと》二人共近頃流行の探偵小説にかぶれて、名探偵気取りで、犯人を探そうと思って競争しているんだと。二人はよく競争するんですものね。え、妾が居るからだって。冗談でしょう。二人とも中々そんな人じゃなくてよ。それで妾二人が余り探し廻るから、鳥渡からかおうかと思ったけれども、場合が場合でしょう。それに二人が余り真剣なんですものね。手持無沙汰でもあり、気味悪くもあり部屋を出ようとすると、内野さんが、『八重ちゃん。まだ外《ほか》の人には知らさない方が好いよ。』と云ったので、妾は自分の部屋へ帰ったけれどもどうして好いのやら、いても立っても耐らなかったわ。

その中《うち》に下村さんが警察へ電話をかけたらしいの、八時頃だったでしょう。自動車でドヤドヤと大勢御役人さんが来たの、妾達みんな順繰りに調べられたわ。御役人さんて妙ね、鬚をはやした立派な身装《みな》りをした人が、痩せこけたみすぼらしいお爺さん見たいな人にヘイヘイするんですものねえ。あのお爺さんが屹度判事さんとか検事さんとか云うのよ。まあ検事さんにしとくわ。妾は知ってる通り云ったわ。指紋とかをとられたわ。外の人達もみんな簡単にすんだらしいけれども、下村さんと内野さんは随分調べられたようだったの。終いには二人一緒に調べられたようよ。つまりね、二人とも何も知らないでグッスリ寝ていたのが可笑しいと云うのでしょう。それに物奪りだか、遺恨だか兎に角先生を殺した奴は診察所の窓から這入って、書生部屋の前を通り、書斎へ這入って、背後《うしろ》から先生を文鎮で一打ちに殺して置いて、悠々とそこいら中探し廻って裏口から逃げたと云うのが警察の見込みで、それに診察所の窓は一つだけ、中からかき金がはずしてあったらしいと云うので、一層二人が疑われたんだわ。文鎮はどこに置いてあったかって。あんたも検事さん見たいな事を云うのね。妾それを聞かれると鳥渡困ったわ。妙なもので、毎日見ているものでも、だしぬけに部屋のどの辺にあったかと聞かれると、鳥渡まごつくわね。妾多分先生の書物机の左り方にある別の机の上に置いてあったと思ったわ。え？　え丶、先生の死骸は何でも死後何時間とか云うので、兇行は前の晩の二時頃と定《きま》ったんです。

内野さんと下村さんは訊問が済んで、書生部屋へ帰ると、何かコソ〳〵話し出したの。紅茶と云う声が聞えたので、妾は思わず聞耳を立てると、

『君、どうして検事に先生の前で紅茶を飲んだ事を云わなかったのだい。』内野さんの声、『君こそどうして隠したんだい。』下村さんの声。『僕は先生に迷惑がかゝりはせぬかと思ったので云わなかったよ。』『僕もまあ君と同じ理由だが、も一つは君が迷惑しないかと思ってね、』『何、僕が。』内野さんは驚いたようだったわ。『どう云う訳だい。』『君はグッスリ寝て何も知らなかったと云うのはほんとかい。』『残念ながらほんとだよ、君が何をしても知らなかったさ。』『妙な物の云い方だね。』下村さんは案外落着いていたわ。『僕こそ君が何をしても知らなかったのだよ。』

二人で疑りっこしているのだわ。妾二人ともよく寝ていた事は知っているのだから、喧嘩になるようなら、そう云ってあげようかと思っていると、いゝ塩梅にそれっきり話が終いになったらしいの。

そうこうしている中《うち》に大変な事が持上ったの。奥さんはほら前に云った通り瀕死の病人でしょう、先生の事なんかお耳に入れるとどんな事になるか分らないので、お役人も考えていたらしいのですけれども、聞かなきゃならない事もあるし、話さずに置く訳に行かなくなったの。でまあお米さんが引受けて、遠廻しに話し出すと、奥さんは案外平気なんですって、気丈な方ね。そうしてお米さんに、『旦那さんはかねぐ\もしもの事があったら、書斎の西《にし》北《きた》の隅の腰羽目の板を少しズラすと、鍵穴があるから、そこを開けると遺言が這入っているから開けて見るように』と仰しゃっていたからと云って、奥さんは預ってあった鍵をお出しになったのよ。

お役人なんてやっぱりあわてるのね。お米さんが自分が持って行くのは嫌なものだから、鍵を妾に頼んだんでしょう。妾仕方がないから書斎に持って行ったの。そうすると検事さんでしょう。痩せこけた上役らしい人がしかつめらしい顔で受取って妾に『西北てどっちですか』と聞くでしょう。妾達いつでも右左って云ってるんですもの。突然《だしぬけ》に西だの東だのったって、容易に分りゃしないわ、考え込んでいると、丸顔の肥ったもう一人のお役人が磁石を出しかけたの。所がそれがズボンの帯革に鎖がからまって中々はずれないの。肥っているから自分の腰の所がよく見られないのでしょう。あわてるから反《かえ》って中々とれないの。検事さんは少しイラ〳〵していたようだわ。やっと鎖が外れると、ほらあの金《かね》で出来た磁石によく蓋がついているでしょう。あれなのよ。それで中々蓋が開かないの。検事さんはとうとう癇癪を起して、下村さんか内野さんと呼ぶ積りでしょう。壁に取りつけたポッチを一生懸命に押し出したの。呼鈴の積りなんでしょうけれども、あれは電燈のスイッチなんですもの。誰も来る気遣いはないわ。年寄の癖に新式のスイッチを知らないんでしょうかね。妾教えて上げようかと思っているうちに、やっと磁石の蓋が開いたの。

『えーとこっちが北で、こっちが西と、この隅です。』と机の置いてある真後の隅を指したの。お老爺《じい》さんはやっと壁の手を放して、その隅へ大急ぎで行ったわ。それから二人で一つ一つ羽目板を揺《ゆすぶ》ったけれどもビクともしやしないわ。とう〳〵諦めて私に書生を呼んで呉れと云ったの。妾が内野さんと下村さんを連れて帰って来ると、検事さんが『君、西北と云うのはこの隅ですね。』と今迄探していた隅を指したの。二人は、――やっぱり男は偉いわね、――すぐに『いゝえこの隅です』と机と丁度反対の隅を指したわ。

『君は一体何を見たんだ、』と検事さんが怒鳴ったの。

『磁石を見たのです。』若い方《かた》も少し怒りながら云ったわ。

『見せて見給え。』年寄りの方が引たくるように磁石を受取って暫く見てたっけ。

『馬鹿な。君はどうかしているこっちが北だから、君の云う方は東北じゃないか。』

『そんな筈はありません。』若い方はむっとしながら、磁石を受取ったの。それから頓狂な声を出したわ。

『オヤ、変だ。さっき見た時と針の指し方が違う、』

『馬鹿な事を云っちゃいけない。磁石の針が五分や十分の間に狂うものか。』

『――』腑に落ちないのでしょう。若い人は黙ってじっと磁石を見つめていたわ。

議論は兎も角、遺言を出さねばならないでしょう。西北の隅と云うのは大きな本箱のある所ですものね。総がかりで本箱を動かしてね。検事さんが調べるとね。直《じき》に板のズレる所が分って、鍵穴があったの。鍵は無論合うし、訳なく遺言状が出たわ。奥さんでなければ開けられないので、妾が枕許に持って行って開けたの。中にはいろ〳〵細《こま》かい事が書いてあったけれども、別に一枚の紙があって思いがけない大変な事が書いてあったの。余程興奮してお書きになったと見えて、ブル〳〵震えて、字の大きさや行なども不揃だったわ。妾読んでいる中に蒼くなっちゃったわ。

『私は屹度清水に殺されるに違いない。

私はほんの僅かな借金が原因《もと》で、清水に長い年月苛《さい》なまれて来た。私は只彼の奴隷として生き永らえたのだ。私は涙を呑んで堪え忍んだ。私は研究が可愛かったのである。私は只研究が完成したかったのだ。所が清水は私のその大切な研究を金になりさえすればと云うので、密に覗《ねら》っているのだ。彼は一方に私の復讐を恐れるのと、一方にこの研究を手に入れたい為に私を邪魔にしているのだ。私は屹度清水に殺されるに相違ない。もし私が変死をすれば、それは清水の手にかゝったのだ――』

よく覚えていないけれども文章はまあこんな風だったと思うわ。奥さんの云いつけでこの遺書を持って検事さんの所へ行くと、流石のお爺さんも驚いたようだったわ。それから一時間程して、清水の業突張りが書斎へ連れられて来たの。全で死人のような真蒼な顔をしていたわ。何しろ文鎮には立派に清水の指紋がついていた事が判ったでしょう。前夜遅くまで家に帰らなかった弁解《いいわけ》は出来ないし、先生との関係がどんな風だか、下村さん達が云ったし、それに先生の書置でしょう。迚も逃れる所はないんですものね、蒼い顔をして悄然としているのを見ると、妾はほんとに好い気味だったわ。こいつが先生を殺したんだと思うと随分憎らしくもあったわ。

妾そう思ったわ。清水の奴、文鎮で先生を殺して置いて、ええ、傷口はピッタリ文鎮と合ったのよ。之で打《ぶ》った事は疑《うたがい》の余地はないの、そして自分の事を書いてある遺書《かきおき》のあるのをどうかして知っていて、それを奪ろうと部屋中探したに違いないとね。何てずう〳〵しいんでしょう。妾達三人又検事さんの前に呼ばれて清水の事で調べられたわ。

『お前は被害者が清水宛に手紙を出した事を知ってるか。』って聞かれたわ。

妾そんな事知らなかったの。下村さん達も知らなかったわ。先生の手紙は大抵妾が出しに行くのですから、妾ならまあ知っている訳だわ。

清水がこう云うんですって。昨日の昼先生から秘密の用談があるから、今晩遅く来て呉れと云う手紙を貰ったのですって、それで夜出かけたけれども、先《せん》に一度銀行の通帳の事で一杯喰わされた事があるので、何となく気が進まず、宅の前まで来てその儘帰っちゃったんですって。だって可笑しいでしょう。先生の手紙が通帳の一件とは何の関係もないし、それに先生の手紙は破いて呉れとあったので、その通り破いたのですって、怪しいわね。それに研究の事を云うと真蒼になったんですもの。何て云ったって、清水のした事に違いないじゃありませんか。だけどどうしても白状しないのよ。

『甚だ差出がましいようですが。』下村さんがだしぬけに検事さんに云ったの、『本件には一二矛盾した所があるように思います。第一に兇器たる文鎮には歴然と指紋があって、犯人が部屋中を捜索したと認められるにも係らず、他に同様の指紋が現われない事で、兇行後手袋をはめると云う事は鳥渡常識では考えられませぬ。つまり犯人が二人居たか、或は指紋が兇行前既についていたか――』

『そんな事はないわよ。』妾思わず下村さんに云ったの。『だって先生はあの文鎮が錆びるのが心配で始終拭いてらしったたし、妾も毎朝一度はきっと拭くんですもの。』

『私も下村君の説に賛成です。』内野さんが云ったの。『この本箱を探した男は明に余程背の低い男です。御覧の通り下から出した本を積み重ねて踏台にしています。清水さんなら、無論踏台なしで届きましょう。』

妾は何だか二人で清水の加勢をしているようで憎らしかったわ。二人は清水の廻し者か知らと思ったわ。だって清水はあんなに先生を苦しめた奴じゃありませんか。何も弁護するに当らないと思うわ。清水はひっつった死面《デッドマスク》のような顔を二人の方に向けて、眼で拝んでいるようだったわ。

『文鎮の長さはどれ位でしょう。』下村さんが妾の思惑などお関《かま》いなしに聞いたわ。

『約一尺と云う事じゃが。』検事さんの答え。

『もっと委しく知りたいのです。』

刑事ってんでしょうか、清水の傍にくっついていた人は渋々巻尺を出して計ったわ。

『十一吋《インチ》四分ノ三』

『えっ、間違いはありませんか。大丈夫ですか――内野君。』内野さんの方を向いて『君とほら、二三日前にあの文鎮の長さの賭をしたろう、君は長さを覚えているかい。』

『十一吋八分の七』内野さんがきっぱり答えたわ。

各自《めいめい》考えて居たんでしょう。暫く誰も口を利くものがなかったわ。妾も考えて見たんだけれども何の事かちっとも分らなかったわ。下村さんは沈思黙考と云う形、内野さんはゴソゴソ本箱の辺で何やら調べ始めたようでした。

『文鎮を削って見て下さい。』下村さんが突然叫び出したので妾吃驚《びっくり》したわ。

下村さんの云う事が尤もらしいので、お役人も云う通りに削って見たけれども、やっぱり中までニッケルだったの。下村さんの考えは鍍金《めっき》じゃないかと思ったでしょう。

『中までニッケルですか。』がっかりしたように云って又腕を組んで考え出したわ。

そうすると今度は内野さんが呶鳴《どな》り出したの。

『あいつだ。そうだあいつだ。』

皆吃驚して内野さんの方を見たわ。

『皆さん、御承知でしょう。ドイツ語教師古田正五郎《まさごろう》を。あいつです、こゝへ忍び込んで来たのは。』

妾二度吃驚したわ。だってこの古田の話はやっぱりあの無電《ラジオ》小僧と関係して、つい先頃新聞に喧《やかま》しく出された不思議な事件ですものね。今でこそもう覚えている人は余りありますまいが、当時は知らない人ってなかったでしょう。古田と云うのはね、どっか私立学校のドイツ語の先生で、片手間に飜訳なんかしている人なの。新聞に写真が出てたっけが、クシャクシャとした顔で、全《まる》で狆《ちん》ね。それでいて頭が割合に大きくて背が人並はずれて低いって云うのですから、お化けに近いかも知れない。でも頭脳《あたま》が大変好くて、飜訳なんか上手なんですって。この人が突然行方不明になったんですわ。おかみさんが心配して、このおかみさんの写真も出ていましたがそりゃ別嬪よ。妾位かって、冗談云いっこなしよ。そのおかみさんが方々探しても見つからないので警察へ届けたの。そうすると何でも家出してから四五日目におかみさん宛に手紙が来て、余儀ない事情で二三週間家に帰らないが、決して心配する事はない、愉快に暮しているからって、手紙の中にはお金が這入っていたんですって、警察でもうっちゃっといたらしいの。そうすると手紙通り三週間目かにブラリと元気の好い顔をして帰って来たのよ。警察でもいろ〳〵聞いたらしいけれども、ハッキリした事は云わなかったんですって。その時はそれでよかったんですけれども、一ケ月経つとまた家出をしたの。二三週で帰って来ると置手紙がしてあったので、今度はおかみさんも騒がないでいると、二週間程すると今度は蒼い顔をして帰って来たんですって。三度目が大変なの。例によって二三日留守にしたと思うと清水の爺さんの宅《うち》で切り傷を拵えて気絶していたの。その時は何でも爺さんに飜訳の頼まれものをしていたらしいのですが、その晩に強盗が這入ったの、人の宅だから黙ってりゃ好いのに抵抗したんでしょう。切られた上に打たれて気絶しちゃったの。手掛傷は浅かったんだけれども、しどくぶたれたんですね。警察でも随分調べたけれども、手掛りがちっともないの。それに清水の爺さんは盗人が恐いから随分用心しているので、そう容易には這入れない筈だし、それに先にそら銀行の通帳一件があったりして、てっきり例の無電《ラジオ》小僧の仕業となったのよ。新聞でもそう書き立てたの。そしたらそりぁ無電小僧が怒ってね、新聞に投書したのよ。大胆な泥棒じゃないこと。俺は無電小僧なんて名乗った事はないが、人がそう云うのは多分俺の事と思うが、そう云って呉れる通りどこから這入ったか、どこから出たか分らぬように立働くのが俺の腕の勝れた所で、俺は人に姿を見られた事はない。況《いわん》や切れ物を振り廻したり、傷を負わした事があるものか。少し不可解な事件が起ると、自分の無能を隠す為めに、あれも無電小僧《ラジオ》、これも無電小僧《ラジオ》と俺に責任を負わせるのは御免蒙ると偉い見幕なの。警察では躍起となって探したけれども、到頭捕まんなかったわ。それから暫くすると又二晩程古田がいなくなったんですって。おかみさんも仕方がないから抛って置くと、二晩目の夜中に、押入の中でうん〱唸るような声が聞えるのですって、気丈なおかみさんと見えて押入を開けると、長持の中で人が唸っているようなので女中と二人で恐々開けると、現在の御亭主が後手に縛られて猿ぐつわをはめられていたんだって。可哀想に二昼夜程自分の家の長持に這入っていたんだわ。半死半生になっていたのですって。可哀想に。何でも突然《いきなり》、後から来て縛っちゃったので、どんな奴にやられたのか少しも分らないと云うのです。今度こそ正真贋いなしの無電小僧にやられたんだわ。これはほんとうでしょう。今度は無電小僧も新聞に投書しなかったから。それにしてもそれだけの事を、家《うち》の人に気づかれないでよくやったものねえ。

その古田がこゝへ来たと云うのでしょう。皆びっくりするのは当然《あたりまえ》だわ。

『御覧なさい。』内野さんはあっけに取られている皆の顔を見ながら云ったの。『こうして開けてある本がみんな大形のドイツ語の本でしょう。抽斗しでもなんでも大きなもの許《ばか》り抜いてあるでしょう。私はかね〲先生から聞いていましたが、先生の御研究を盗もうと云う奴があるのです。それで先生は書き上げると、秘密の場所に隠されるのです。先生の御研究は机の上を見ても分る通り、みんなフルスカップに書いてあります。ですから隠すにしても大形の本か大きい抽斗しでなければならないのです。古田はドイツ語が読めます。だから彼はきっと先生のドイツ語で書かれた研究を盗み出そうと云う一味の一人に相違ないのです。彼は背が低い。そして何よりも動かすべからざる証拠はこゝに挟んである紙片です。彼は多くの本を調べて行くのにマゴつかない様に、すんだ分には小さい紙片を挟んだのです。白紙の積りであったのが、彼の飜訳の原稿の書損いでも這入っていたと見えて、この反古に彼の手蹟があります。私は実は古田にドイツ語を習った事があるので、彼の手蹟はよく知っています。』

歯切れの好い口調で、全で朗読しているような朗かな声で堂々と云うのでしょう。妾すっかり聞き惚れちゃったわ。外の人もみんなそうだったの。所がね。下村さんだけがね。この人はさっきから腕組みして考え込んでいたのですが、この時鳥渡内野さんの喋っている顔を見てニヤ〳〵と笑ったわ。でもすぐ元の顔になったから、気がついたのは吃度妾だけだったでしょう。

検事さんも、古田の事は知っていたと見えて、内野さんの渡した紙片《かみきれ》を見ると、すぐ古田を捕まえに刑事をやったわ。清水の爺は相変らず顔をゆがめて化石したように突立っていたわ。

『もう一本の文鎮を探す必要があるね、』暫くすると内野さんが下村さんに云ったの。

『うん、確に二本あるに相違ない。比《たと》い僅かでも寸法が違うからね。然しもう一本が鉄に鍍金したものであるとしても、どうしてスリ替える事が出来るか。今落ちているのが鉄でなければ説明がつかない。』下村さんは独言のように云ったの。

『そうかっ。』内野さんがそりゃ大きな声を出したわ。妾飛び上っちゃったわ。『君の考えは素敵だ。君ニッケルで好いんだよ。恐ろしい計画だったなあ。さあ天井裏だ。』

　こう云うかと思うと、内野さんは忽ち窓にスル〳〵と昇って、庇に手をかけ洋館の屋根に上って、あの汽車の日よけ窓のようなシャッターのはまっている小さい窓をはずし出したわ。下村さんもすぐ後から登ったわ。暫くすると内野さんが天井裏へ這い込んだので、続いて下村さんも這入ろうとすると、中から内野さんが何か渡したらしいの。暫くすると二人で何だか重そうな電気の機械みたいなものを抱えて下りて来たわ。

『之がコイル、之がマグネットです。コイルに強力な電流を通じると、マグネットに強力な磁力が生じます。鳥渡やって見ましょう。』内野さんは机の下を探し廻って、太い電線を見つけてつないで、それから先刻の壁のスイッチを押して、ニッケルの文鎮を傍へ持って行くと、パチッと音がして吸いついちゃった。妾吃驚したわ。

『文鎮が鉄だったら、恐らく下村君は一時間も前に謎を解いたでしょう。純粋のニッケルが磁石に吸引せられる事は鳥渡人の知らぬ事です。先生は天井裏に之を仕掛けて、電流を通じて文鎮を天井に吸いつかせ、次に電流を切ってそれを自分の頸の上へ落したのです。自殺です。さっきほらあの方の磁石が狂ったでしょう。あの時は偶然検事さんがこのスイッチを押して居られたので、磁石が机の方を指したのです。文鎮は二つ拵えてあって予《かね》て清水さんの指紋を取ってあった方を使ったのです。嫌疑が清水さんにかゝるように仕組んであったのは充分なる理由があるように思います。この機械の傍にこの通りもう一本のニッケルの文鎮と、そしてもう一通の先生の遺書がありました。』

この遺書は警察宛だったので、すぐ開けられたの。妾は検事さんが読んでいる内にハラハラと熱い口惜《くやし》涙を流したわ。

『親愛なる警察官諸君。私はこの第二の遺書が私の死後幾日にして開かれるかを知らない。私が改めて云う迄もなく、この遺書の見出される日は即ち私の死が自殺である事が明かになる日で、清水に対する嫌疑の晴れる日である。私はこの遺書の発見せられる時期が、彼れ清水が私に加えた暴戻《ぼうれい》に対する復讐に必要にして充分なる程度に、長からず且つ短かからざるを祈る。』

短か過ぎたわ。先生が生きて復讐する事が出来ないで、死んで仇をとろうとあれだけの苦心をなすったのに、こうむざ〳〵と見つけられるとは。あの強突張りに何故もっと大きな天罰が与えられないのでしょう。妾涙が止度《とめど》なく出て仕方がなかったわ。皆の思いも同じでしょう。暗い顔をして暫くは誰も口を利くものがありません。

でも、後はもう古田の問題だけでしょう。殺人でなかったので検事さん達はホッとして帰り仕度を始めたわ。清水は嬉しんだか、何だか気抜けをしたようにポカンとしていましたっけ。

そうすると突然内野さんが検事さんを呼びかけたのです。

『検事さん。未だ少し事件が残っています。私は清水氏を古田と共謀して先生の研究を盗み出した人として告発したいと思います。それからこの下村君も無罪ではありません。彼は診察室の窓を開けて置いて、古田の忍び込むのに便宜を与えました。』

まあ。下村さんがそんな事をしたのか知ら。じゃ下村さんは清水の手先きだったのか知ら。けれども何か内野さんの思い違いじゃないか知ら。もし思い違いなら、随分しどいわ。それとも平常《ふだん》の議論の仇打ちか知ら。そんなら尚しどいわ。こんな場合にそんな事を云われちゃどんなに迷惑するか知れやしない。けれども内野さんがそんな卑怯な事をする気遣いはなし妾随分思い迷っちゃったわ。でも下村さんは割合に平気だったわよ。

こう云われると検事さんだって、うやむやにする訳にも行かないでしょう。内野さんの云う事を聞き出したの。妾は外へ出されちゃったわ。それからどうしたものか、下村さんと清水さんは警察へ連れて行かれちゃったわ。

悪い事は続くもの。その晩とうとう奥さんも亡くなっちゃったの。内野さんが万事取締って、一日置いて淋しいお葬を出してね、奉公人はそれ〴〵暇を取って帰ったのですが、妾内野さんと変になっちゃってね。下村さんを警察へやっちゃったと思うと、なんだか内野さんが頼もしくない人のように思えて、どうも前のようにはならなかったわ。それでも別れる時に、

『八重ちゃん、さようなら、御縁があったら又遭いましょう。』と云われた時には何だか心細くて涙が出たわ。

其の後の事はあんたも新聞で知っているでしょう。清水と古田は先生の研究を盗もうとし

た罪で刑務所へ入れられたわ。清水はあの日殺人の嫌疑が逃れられぬと思った為めに、すっかり驚いて終って、其後頭脳《あたま》が呆けて全で駄目になっちゃったそうだわ。矢張《やっぱ》り天罰ね。先生の御研究と云うのは何でも戦争に役に立つ事なんですって。之は無事に陸軍だか海軍だか知らないが、ちゃんとその方へ納ったんですって。只思いがけなかったのは下村さんが警察へ行く途中で逃げちゃった事だわ。妾まさかそんな事する人とは思わなかったんですけれどもね。人って分らないものと思っていたの。そうしたらなんでも二三ケ月経って、清水や古田の事がすっかり落着した時分よ、妾のこちらへ上っている事をどこで知ったのか、内野さんと下村さんとから、而《しか》も妙じゃない事、同じ日に手紙が来たの。妾、下村さん方《ほう》から読んだのです。

『親愛なる八重子さん。

御無事にお暮しで結構です。蔭ながら喜んでいます。私もお蔭で無事です。

あの日警察へ行く途中で、私が逃げたので驚いたでしょう。私もあの日は可成骨を折りましたよ。何しろ相手が内野君と云う豪の者ですからね。あなたにもいろ〳〵分らない事があるでしょう。だからあなただけにそっと知らせてあげますよ。

事の起りはね。清水が先生の御研究を横取りした事なんです。先生の御研究と云うのは戦争に使う毒瓦斯《ガス》なので非常に秘密にして居られたのです。それを清水が嗅ぎつけて何の研究だか知らなかったんですが、兎に角金にさえなればと云うので、借金の返済を楯に、否応なしに取上げたのです。尤もまだ完成していなかったのですが、大部分は清水の手に渡ったのです。所がドイツ語で書いてあるので、清水は自分は少しも読めないから、誰かに飜訳を頼まねばならなかったのですが、迂闊には手が出せないので、古田を秘密に呼び寄せて、割のよい報酬で訳させたのです。所が古田が無断で家を出たものだから、留守宅で騒ぎ出すし、いろ〳〵物騒な話のあった頃で、世間も喧しくなりそうだったので、途中で一度帰えしたのです。二度目に古田が清水の宅《うち》で飜訳をしている時に、無電小僧《ラジオ》――本人はこの名を大変嫌がっているのですが――と云う例の盗人が清水を的《ねら》って、例の銀行の通帳でおびき出して、留守宅へ這入ると、思いがけなく古田が飜訳をやっていたので、ちょいとその原稿を失敬したのです。無論一部分でした。清水も用心して古田に少しずつ渡していたのです。そこで無電先生宅へ帰って読んでみると、中々面白いもので、次第によったら金になりそうなのです。それで様子を覗《ねら》っていると、三度目に清水に呼ばれた時、古田の奴、狂言強盗で這入りもしない泥棒に、ホンの一寸掠り傷を負わされて、ひどい目に遭わされたように見せかけ、残りの原稿をすっかり自分の懐へ入れちゃったのです。新聞で無電小僧の仕業と書き立てたでしょう。そこで無電小僧が怒って、古田の宅へ侵入して彼を縛りつけて探したけれども、鳥渡原稿の在家《ありか》が分らなかったのです。之がまああの古田の身の上に四度迄起った怪事件の真相です。其後無電小僧は原稿の出所を先生の所と悟りました。つまりこうして研究の原稿が古田と無電小僧と先生――最後の方ですね――との三人に別れて終ったと云う訳です。そこで無電小僧は虎穴に飛び込んだのです。先生の所に居れば、隙があれば先生の持っている分を引さらおうし、計事《はかりごと》で古田を誘《おび》き寄せて、彼を脅して原稿を出させる事も出来ます。

で、或日、無電《ラジオ》小僧は古田に清水の偽手紙を書いて、先生の書斎の本箱の中に最後の分が隠してあるから、奪《と》って来いと云ったのです。そうして置いて彼はそっと診察所の窓を開くようにして置いたのです。古田が来れば捕えて、脅して原稿を吐き出させる積りだったのです。所が彼は幸か不幸か、其晩或人の術策によって、紅茶の中に痲酔剤を入れられて、前後不覚に寝かされて終ったのです。

先生はあの晩に清水を誘き寄せて、話の最中に、電燈のスイッチを切って、部屋を真暗にすると共に、例の清水の指紋のついている文鎮を自分の頸に落して自殺を遂げる。清水があわてゝ逃げ出す拍子に私達に捕まる。とこう云う計画だったらしいのです。所が清水は来なかったのですから、無電小僧が起きてマゴ〳〵しようものなら、反ってひどい眼にあったかも知れなかったのです。紅茶を飲んだのは或は幸だったかも知れません。

先生は古田が忍び込んで来たのを御存じだったのでしょう。思う存分探させて置いて、彼が出て行くのを見届けてからあの巧妙な自殺を遂げられたのです。私はあの日、内野君の頭脳《あたま》には感服しました。内野君が居なかったら、私にはあの日に解決がつけられなかったかも知れません。それから内野君が脱兎の如く天井裏へ駆け込んだ鋭さ。彼は先生の研究の最後の結果が天井裏の電気仕掛けと共に隠されている事を突嗟に見破ったのです。それから驚いたのは診察室の窓の事で先手を打った事です。あれは内野君が開けて置いたのです、それを私にかぶせたのは一つには先手を打って私に云い出す機会を失わせ、一つには私を遠のけて、天井裏のどこかへ一時隠した原稿をゆる〱取り出す積りです。私は態《わざ》とその手にのって、警察へ行く途中から逃げ出したように見せ、刑事と共に古田の家へ行きました。之は大変好結果でした。古田は証拠を消す為めに、先生から奪った原稿を焼こうとしている所でしたから、もう一足遅いと先生の研究は永久に葬られた訳です。内野君は、古田は人の眼につかぬ所に原稿を隠しているから、彼を刑務所へやってから探す積りだったらしいが、彼が焼き棄てようと思わなかったのでしょう。もうお気づきでしょうが、内野君は即ち無電小僧です。私は？　私は私立探偵です。先生に身辺を保護すべく頼まれたのでしたが、今考えて見ると、先生は私に清水を捕えさす積りだったらしい。紅茶に酔わされた為めに、先生の目的も私の目的も達せられなかったのでした。多分親切からでしょうが、紅茶に催眠剤を入れた方は飛んだ罪作りの方です。

　ではさようなら、お身体を大切に。』

　私読んでいる中《うち》にほんとにびっくりしちゃったわ。なんだか内野さんの方の手紙を見るのが恐いようだったけれども思い切って開けて見たの。

『私の好きな八重ちゃん。

　御機嫌どう。相変らずじれったいんでしょう。

私もお蔭で達者です。

私の事ももうそろ〳〵分った時分でしょう。あの日は全く苦戦でしたよ。何しろ相手が下村君実は木村清君と云う豪の者ですものね。たゞあの場を切りぬけるだけなら訳はなかったのですが、先生の御研究をそっくり頂戴したいと思いましてね。古田の忍び込んで来たのは、元々、私が誘き寄せたのですから、証拠がなくたって、私にはちゃんと分っている訳です。実は彼をその場で押えて、原稿の在所《ありか》を云わせる積りでしたが、紅茶に酔わされて駄目。そこでそれを逆用して、古田の事を云い立てゝ、検事の信用を博すると共に、古田を刑務所に送ろうとしたのです。無論留守中に彼の宅《うち》から原稿を盗み出す積りです。

それで、かねて古田の手から奪い取った彼の飜訳の原稿の切端を、手早く書物の間に挟んで、それを証拠に古田の来た事を云いたてたのですが、検事始め余人は騙せましたが、忽ち木村君に看破られたらしいのです。私はもういけないと思いました。先生の仕掛に気がついて天井裏へ潜り込んだ時に、予期した通り最後の研究の原稿は見つかりましたが運び出す事が出来ません。多分診察所の窓を開けて置いた事も、木村君は気付いているだろうと思って先手を打ったのでしたが、思えば危い事でした。

兎に角こうして先生の原稿の頭と尻尾は手に這入ったのですが、胴中《どうなか》を思いがけなく古田の手から、木村君にしてやられました。木村君がお互に国の為めでもあり、先生の為めでもあり、一つにして陸軍省へ出そうじゃないか。その代り、君の事も確たる証拠は何一つないのだから、何にも云わぬと云うので、私も潔く原稿を差出しました。

紅茶の御馳走どうも有り難う。あれは私には幸でもあり、不幸でもありました。それからいつか貰った写真ね。あれは私の身許が分っては、あんたも嫌でしょうからお返しします。』

返さなくたって好いのに、私思わず声を出して云ったわ。最後にパラリと封筒から出た台紙のない手札の半身姿の自分の写真を、ビリッと破っちゃったわ。どうと云う訳もなかったの。それにしても二人とも偉いわね。妾が紅茶の中へカルモチンを入れた事を看破ったわよ。あれはそら、あの晩二人が大議論したでしょう。それから先生に呼ばれたでしょう。あとであの続きをやられては叶わんでしょう。それに喧嘩にでもなってはいけないと思って、二人に飲ましたんだわ。そしたら夜中にあんな事が起って終って、ほんとに困ったわ。二人をあして寝かさなければ、先生は助かったでしょうか、真逆《まさか》そんな事ないわね。だって先生は覚悟の自殺ですもの。それとも清水にもっと疑がかゝって、あの機械仕掛の事が、あゝ早く分らなかったかしら。それとも内野さんなんかゞ疑われて、もっとこんがらがったでしょうか。何にしても先生に対して悪かったんでしょうかね。そうだとすると妾悲観して終うわ。

解説

「本格」こそ探偵小説の中心と主張し、実作でも健筆をふるった甲賀《こうが》三郎《さぶろう》は一八九三年、滋賀県生まれ。東京帝大工学部を卒業して化学技師となり、農商務省窒素研所勤務中の一九二三年、「真珠塔の秘密」を『新趣味』に掲載。同年、「カナリヤの秘密」で『新青年』に本格デビューします。ペンネームの由来は郷土に伝わる伝説上の人物で、以降旺盛な執筆活動をくりひろげた彼は、『新青年』だけでも四十数作を発表しています。

「ニッケルの文鎮」は一九二六年一月号の短編で、彼の得意とした理化学トリックばかりが語られがちですが、その秘密は早々に明かされ、巧妙に仕組まれたプロットがモダンガールらしき語り手のおしゃべりにのせて展開されます。おまけに名探偵と怪盗の対決まで盛りこまれているときては、甲賀が同時期デビューの江戸川乱歩と比べても、より探偵小説らしい探偵小説の書き手としてもてはやされたのがわかるでしょう。

その後、本作品に登場する私立探偵木村清を始め、怪弁護士・手塚龍太や気早の惣太、獅子内俊次記者らを創造し、大衆読者のために活劇スリラーや通俗メロドラマとトリックや謎解きを融合させながらも、果敢な実験を行なってゆきます。それはやがて木々高太郎との「探偵小説芸術論争」につながるのですが、彼の本領は実作にこそあります。あいにく戦時体制下で探偵小説そのものの存在が危うくなり、彼自身、終戦の年、薬品不足のため旅先の急病で命を落とします。五十一歳でした。（芦辺拓）

代表作家選集？

【一九二六（大正十五）年七月】

久山秀子 編

（春の部）闇に迷《まごつ》く……………………隅田川散歩作
（夏の部）桜湯の事件……………………鎗先《やりさき》潤一郎作
（秋の部）画伯のポンプ……………………興が侍《さぶら》ふ作
（冬の部）人工幽霊……………………お先へ捕縛作

はしがき

——チェーッ、秀《ひで》っぺエ。甘えなア。——って言やアがる。こんなこと言うのは、どうせろくでなしの読者にきまってるけど、でも矢っ張り、小説作りに掛けちゃア、秀っぺエなる者、正にぺしゃんこである。だけどどうせ不良少女の告白だもの、甘いのは当り前だわよウだ。

その代り掏摸《すり》にかけては隼《はやぶさ》である。その証拠には、こないだも神楽坂で、（袈裟を忘れた坊様）みたいな人からすってやった。もっとも此時は、一万円も入ってる紙入だと思って行《や》ったのが、原稿だったから大笑《おおわらい》である。

それから二日後だったかにも、省線で（三十歳位に見えるボーヤの様な顔）の人から、又原稿をすっちまった。

ところが不思議なもので、昨日京阪地方から舞戻って来た由公《よしこう》の土産の中にも、又々原稿が二つ入ってた。何でも一つは阪神電車の中で、も一つは名古屋で失敬したとか言ってた。

こんな物、ほんとに仕様がないけど、でも紙屑籠に入れるのも勿体ないし――ってんでとう〳〵前の二つと一緒にして、『新青年』に押っつける事にした。どうもお気の毒様だことね。

闇に迷《まご》く

隅田川散歩作

折角訪ねて来たものを、会わずには帰されない、来た手紙なら、開かずにはいられない。――住子《すみこ》は女だけに、流行作家某々氏のように、訪問客や来信を、書生に扱わせては相すまないと考えるのである。さりとて、閨秀作家の第一人者とまで言われるように成った今日では、無秩序な訪問客や、読者からの手紙の絶間が無い。夫の世話や創作の他に、こんな事にまで懸合《かゝりあ》ってては、全く神経衰弱にでも成りそうなので、――そこで逃れて来たのが、この海岸の別荘である。たった一人お供をして来た愛犬のランは、海岸の藻に縺《もつ》れた魚の匂を嗅いだり、裏山で小鳥に吠えついたりして、大喜びである。

これでやっと落着いた、と思うと、住子は筆にも油が乗って、東京を立つ前に、二三行書いては消し消ししていた中篇を別荘に着いてから五日目の朝には、もう書上げることが出来た。住子は最後の筆を置くと、縁側に出て、ほっと、深く呼吸をしたのである。

昨日の雨は名残なく晴れていた。雨に洗われた空気は潮の香を含んで、胸の隅々まで沁み渡った。と、そこへ、竹箒を持った別荘番の爺やが、じゃれ懸るランを払いのけながら、木戸を開けて入って来た。

『奥様。さっき妙な男が、これ持って参りましただ。』爺やは手紙を差出した。

住子は何気なく受取った。表にはたゞ『奥様』とだけある。裏返したが、見知らない名前である。

『どんな方？』

『鼻に、……へへへへ、鼻っ欠《かけ》なんでごぜえますだが、その鼻ん所《とこ》に、膏薬貼った、……』

『おゝ嫌だ。』

『私もハア、間違いだんべえと思って、よーく聞いて見ましただが、……やっぱり、奥様に違いねえと申しますだ。』

気のせいか、手紙はしっとりと湿気を帯びている。住子は気味悪げに、それを縁側に置いた。

爺やは竹箒を下げて、再び、木戸から消えた。住子は、不気味な手紙を前に取残された。春の朝の明るい日光を浴びて、身体は少し汗ばんで来た。ランは縁先に畏《かしこま》って、お手前拝見とばかり、女主人を看守《みまも》っている。住子は思切って封を切った。

赤黒い字である。血で書いたんだ、人の血で書いたんだ。――住子は思わず周囲を見廻した。しかし手紙は、もはや住子の心臓を摑んでいた。一字々々は、血腥《ちなまぐ》さい臭気を放ちながら、住子の眼に飛込んで来る。手紙は、

『奥様。』という言葉で始っていた。

『奥様。

突然お手紙を差上げます失礼を、お許し下さいまし。

奥様。一体、私は、生きているのでございましょうか、死んでいるのでございましょうか。どうも死後の事のような気も、致すのでございますが。……が、しかし、このお手紙が奥様のお手に渡りましたら、私はやはり生きているのでございましょう。

何だか妙なことばかり申上げまして、甚だ相すみません。実はこうなのでございます。

――

大正十五年二月私は腸チブスにかゝりまして、体温器は忽ち、四十度前後を示すようにな

りました。それから何日間か私は様々な幻影に、悩され続けました。と、急に、私の身体から全ての気力が抜けて行って、私は安らかな無意識の状態に陥りました。………

土に鍬を打込む音が、どこからとも無く、微かに響いて来ました。音はだん〳〵近づいて、ついにはっきり、私の頭の上に聞えました。何故かその時、私ははっとしました。

私は胸の上に組んだ手を動かそうとしました。動きません。足を曲げようとしました。やはり硬直したようで、自由になりません。その時ふと、私は真暗な中に寝ていることに、気がつきました。――私は死んだのです。そして死骸として埋められたのです。私は恐怖の為に、息詰るように感じました。

が、間もなく、困ったことには、ほんとに息苦しさを感じ始めました。と同時に、これは多少喜びを伴ったのでございますが、腰から脚に向って、肘から手先に向って、蚯蚓《みみず》の這うようなむず痒さを感じ始めました。

元来私は貧血の為か、冬の寒い朝など、両手の薬指と小指が血の気を失って、無感覚になることがよく有ります。そんな時、手先を盛に振り動かすか、暖めるかしていますと、指の附根から、次第に血の色を回復して来るのでした。

今のむず痒さは、恰度その時の感じと同じです。やがて筋肉の硬直がほぐれて、手を動かすことが出来るようになりました。と、果して私は狭い箱の中に横臥しているのでした。

土を掘る音は、こうしている中にもだん〳〵と近ついて、ついに、鍬が棺の蓋に当りました。そして、それから暫くは、棺の上の土をのけている様でございました。

チブスに罹る前、私は、近頃墓を発《あば》く盗賊の有ることを、聞いておりました。今や盗賊は、私をも発き出そうとしているのでございます。

もはや私には、何の恐怖も有りませんでした。それどころか、一種の喜びをさえ感じました。――私を再び世に出そうとしている男は私が甦っていようなどとは、露程も知りますまい。いや私の生存を知っている者は、世界中に一人も無いでしょう。今や私は、誰にも知られずに、何事をも為し得るのでございます。私は一種の『自由』という感じによって、すっかり嬉しくなりました。他人から存在を認められるという事によって、誰もが知らず識らずの中に失っている『自由』を、私は今や完全に取戻したのです。

私はこうした秘密の喜びを胸に抱きながら、じっと息を凝しました。棺の蓋が、こじ開けられました。

私はどうしても、その時私のとった態度を、はっきり思出すことが出来ません。しかし恐らく、身動きくらいはしたろうと思います。そして舌が縺れて、言葉は為しませんでしたが、確に或る種の奇声を発しました。同時に、私の眼の前で、曲者は気を失いました。

確に気を失ったか如何かを検《しら》べようとした私の手に――全くその時は、それだけの意志しか無かったのですが――その私の手に――曲者が所持していた財布が触りました。と、私は何等良心の声を聞くことなしに、即ち少しの躊躇も無しに、その財布を私の物にしました。それから次に曲者を、今まで私の入っていた棺の中に押込んで、固く蓋をしました。上から土を被せました。

一休私という人間は、生前（？）は気の小さい、社会道徳を重んずる、模範的善人でございました。ところが一度経験した『死』と、最前申上げました『自由』の観念は、私をこうした所行に導きました。私自身は、たゞその導きに委せたのでございます。そしてこれが基因と成って、翌日から、『闇に迷く《まごつく》』私の生活が始りました。

亡者の装束を纏うて、私は、夜な夜な墓地を漂《さまよ》いました。山向うの町に通ずる道路に沿うた墓地の蔭から、力無く、けれども執拗に、あたかも死神のように、私は深夜の通行者にしがみ着きました。そして翌日の糧を得たのでした。奥様も恐らく、裏山の墓地に幽霊の出る噂を、お耳に遊ばしたことと存じます。

昨夜は御存じの通り、ひどい雨でございました。私は墓地にある庵室の縁の下の隠家から出ることが出来ないで、寒さに震えながら、うと〱しておりました。と、私の隣に、誰やら這込んで来た者が有ります。私はまだ醒め切らぬ頭に、豊富な貰溜めに懐をふくらました乞食を想像しました。対手《あいて》も見極めずに、私はいきなりしがみ着きました。

途端に、しかしながら私は、悲鳴をあげてのたうち廻らなければなりませんでした。顔のまん中からは、止め度なく血が吹出します。鼻の在るべき場所を中心に、激烈な痛みが、顔中渦を巻きます。

私は鼻を噛み切られたのでした。そして、噛み切った奴は、――お宅の犬です。狐色の、奥様の犬でございます。」

住子は襟首がひやりとした。冷たいものは背筋を伝《つたわ》って、すーと走った。住子は身震いをして、顔を揚げた。――ランが口を開けて、舌を吐いている。その舌から血が香る。べろりと口の端を嘗めた。口の端《はた》に血がこびり着いている。――住子はつと立上った。生血の手紙が、左の手からずる〳〵と縁に下る。手の中にある手紙の端は、くしゃ〳〵になって汗に濡れている。住子は手紙を放して部屋に入ると、ぴったり障子を締めた。

　途端に襖が開いた。心臓がどきんと打った。住子はその方を振向いた。

『まア、何時いらしたの？』

『何時いらしたのは無いでしょう。あんなに呼んだのに。』

『少しも気がつきませんでしたわ。』

『驚いたなア。』――人の心も知らないで、青年は伸気《のんき》なものである。『なに、例の詩の雑誌の用事で、今朝早く、こっちにいる友達のとこへ来たんですがね。一昨日《おととい》叔父さんに逢ったら、叔母さんこっちへ来てるってんでしょう。で、一寸寄って見たんでさ。――何だって閉め切ってるんです？　この暖さに。』

　住子が止める間もなく、青年はからりと障子を明け放して、縁に出た。かと思うと、そこに蹲《しゃが》んで、

『ラン〳〵。』と、呼んだものである。

『お止しなさいよ。』

『心配しないでもよござんすよ。』青年はからかう様にちょっと振りかえって、『誰も連れて

くって言やしないから。』

『いゝえ。あたし何だかランが嫌になったの』

『どうしたんです、また？』

『どうしても。』

『じゃ僕が貰いましょうか？』

『どうぞ』

『そりゃ有難う。――時に、今日は僕もう帰りますよ。』青年は立つ。

『いゝじゃありませんか。折角来たのに。』

『そうはいかない。忙しい身分ですからね。』

『嘘ばっかし。……あら、ほんとに行くの？　じゃ、ランを連れてって頂戴。』住子は玄関まで追って行く。

『今日は困ったなア。』

『そんなに言わないで、連れてらっしゃいよ。』

『チョッ。』青年は靴の紐を結び終って、住子に向い合って立ったが、『叔母さんに会っちゃ敵わない。』とにっこり笑って、外の方を向いて、

『ラン公。』敷居を跨いで、今度は高らかに口笛を吹いたのである。

ランが飛びついて来るのを、身をかわして、

『叔母さんさよなら。』そのまゝ、住子の返事は聞流して、巧にランを除けながら、門の外

に駈出した。

あきれて見送った住子は、吾にかえると、――足元にハンケチの包が置忘れてある。『相変らずそゝっかしいのね。』と、住子はそれを解いて見た。中から、墨を交ぜた赤インキの壜と、それに浸けたらしい筆が出た。（終）

桜湯の事件

鎗先潤一郎作

番台の看板娘、お春さんの顔色から、桜湯とつけたのである、とも言う。そのお春さんが、御信心の御一同に、まんべんなく振り撒く愛嬌に浴するのが、桜湯定連の男という男の目的で、湯に浴するは表向である、仕立屋の銀さんは、湯上りにアイスクリームをお春さんに奢って、朋輩からひやかされた。その癖ひやかした金さんも鉄さんも、番台に十銭白銅を投出して、『おつりは要らねえ。』と言うのである。

そのお春さんが、

『あれっ。』と言って、番台に立上ったから大変である。夏の夕方の六時。金さんの所謂《いわゆる》桜湯のラッシュ・アワーである。うっとりお春さんを眺めてた御信心連は、一様に立上った、お春さんの眼を追った、湯槽《ゆぶね》を覗き込んだ。――湯槽の縁に頭を載せて、つい先刻《さつき》まで、

『あらエッサッサア。』とやってた兄いが、ぶく〳〵と沈んじまったのである。銀さんと鉄さんは、股間にシャボンのあぶくを立てたまゝ、勇敢に湯の中へ飛込んだ。君の御馬前《ごばぜん》である。ということが有る。まして湯の中に於てをやである。二人はお春さんの面前に於て、

金さんも手を貸して、気を失った兄いは、直ぐに掬い上げられた。お春さんが余り騒ぐので、着物を着かけた連中も、また裸になって、飛込んで行った。兄いは垢湯《あか》を吐いて、息を吹返した。

途端に、お春さんが、またもや、

『あれっ。』と声を立てた。見知らぬ青年が、お客様から預った財布や時計を、掻《か》っ浚《さら》って逃げたのである。おまけに其奴《そいつ》は板の間も稼いで行った。

顔色を変えて謝るお春さんに、

『あんな時計、家に行きゃア幾らも有らア。』と、まっ先に言ったのは、銀さんである。他の盗難にかゝったお客様も、皆これに同《どう》じた。金さんは、

『好い月日の下に生れた板の間稼ぎだなア。』と、溜息をついた。

『何しろ不景気だからね。』と、これを受けたのは、鉄さんである。

＊　＊　＊　＊　＊

次の日は桜湯の定休日である。一月《ひとつき》分の骨休め、——お春さんは江の島の大黒屋の二階座敷から、海を見晴しながら、

『ほんとに巧く行ったわねえ、昨夜《ゆうべ》は。』

話しかけられたのは、桜湯の在る町内を、その縄張りにする不良青年団長で、

『うふふ。お春さんの騒ぎ方がいゝからさ。』と、一つ肩をゆすって、『手前《てめ》え、そいつと、昨夜のと、どっちが美味《うめ》え？』

『止せよ。』応じたのは、お春さんではない。手に持つコップを一あおりして、『折角のビールがまずく成るじゃアねえか。』――この男、以前桜湯にいた三助、――昨夜気を失った兄いである。湯垢《あか》の匂を、思い出しでもしたのか、こう言って、ぶるぶると身震いをした。

（終）

画伯のポンプ　　興が侍ふ作

諸君よ。これは小説ではない。評論である。論文として『対話《ダイアログ》』の形式を用いた者に、古昔既にプレートーあり、ルーシンあり、エラスムスあり、――どうだ博学だろう。吾輩嘗《かつ》て、仏蘭西《フランス》語や独逸《ドイツ》語が彼等仏蘭西人や独逸人程それ程堪能でない為に、洋行中彼の地に於て、旅の恥を掻捨てたことが有るにせよ、ギリシャ・ラテンを始めとして、支那、ビルマ、ツングースは勿論、カロリン、マーシャル、ホッテントット等《など》の語にも通じ、就中《なかんずく》日本語が十八番《とくい》である。

吾輩の癖として少々脱線したが、論文に対話様式を用いたものは、古来既にこれ有り、『小説《ノヴェル》』の形式を用いたものも――有るかどうだか知らんのである。

そういう大した吾輩が、研究所からの帰り、省線の渋谷駅に降りると、いきなり肩をどやしつけた奴《やつ》がいる。温厚なる吾輩も、流石にむっとして振り返ると、

『アハ、、。やっぱり興賀《きょうが》か。』と、平然としてる。綽名ライオンという与太画家《えかき》で、薬学士。旧友である。

『何だ、君か。対手《あいて》も見定めずに力任せに引っぱたいて、人違いだったら如何《どう》するんだ？』

『あやまるさ。……時に久し振りだ。お茶でも飲もう。』二人は駅の前のアルプスグリルへ入った。

『君近頃大分書くようだな？』ライオン奴《め》、馬鹿にしたような口をきいて、バットに火をつける。

『本職の芸術家に見られちゃア、穴が有ったら入りたいよ。』

『遠慮なく入り給え。バットの煙と入交《いれかわ》りに。』

『君の鼻の穴へか？　相変らず人を喰ったことを言うなア。』

『何、のんでるのさ。』

『煙草の代りにか。』

『うん。しかしアマチュア作家には、その必要が有るよ。鼻の洞窟から入って、人間の心理

を探偵して来るんだな。』

『何だ、お説教か？』

『そうさ。土俵際のウッチャリの為のウッチャリ小説は詰らないよ。ナイルス・スミス時代じゃ有るまいし、宙返りだけが何の名誉だ。もっともあれに実が入ると、所謂新進作家のコントになるがね。』

『じゃ非芸術的なのがウッチャリ小説で、芸術的なのがコントか？……探偵小説は芸術也って主張してる連中は、怒るだろうよ。』

『そんな手前味噌をあげてるのか。それで他人《ひと》の犯罪をせせることが趣味と来れば、まるで日比谷田圃《たんぼ》の蛙じゃアないか。』

『僕のような学者を代議士扱いは痛み入るな。』

『君は別だ。「大下君の掏摸《すり》」にしても、「ニッケルの運賃」にしても、君の所謂本格物として、構《かまえ》がしっかりしてる。松本泰《まつもとたい》氏のも、流石に落着が有る。』

『すると君は、ウッチャリ小説には反対なのか？』

『そうじゃない。「探偵小説」と呼ばれようと「諧謔小説」と言われようと「コント」と名づけられようと、傑作はやはり傑作だ、だからウッチャリ派の人は、強いて探偵小説がらないがいゝんだね。君や松本氏等の本格物が、筋《すじ》本位興味本位で読者を引きつけることが出来るのと違って、ウッチャリ物は芸術的に芸術的にと進まなきゃア損だよ。』

『近頃小流智尼・松賀麗なんて作家がいるが、どうだい？』

『仕様のない人達だなア。して見ると江戸川乱歩は、ペンネームのこさえ方に於ても一頭地を抜いてる訳か。』

『今に湖南土居だの智慧巣太豚だのってのが出て来るよ。』

『そう言えば僕は、こんな名前を発明したぜ。』ライオンはそう言って、テーブルに指で、夜頻頻。十握品と書いて、にやりとした。

『何だい、それは？』

『探偵して見給え。売薬の名だ。前《さき》に書いたのは十年ばかり前に流行った。後で書いたのは最新流行だ。用いるがいゝ、頭の毛が濃くなるそうだ。』

『失礼なことを言う男だ。』

『まあさ。怒っちゃいけない。薬学士としての好意からだよ。』

『危い薬学士だ。』

『君の探偵より確だ。一つこれから道玄坂を上りきるまでに、犯罪者の捕《つかま》えっこをしよう。』

　ぶらりと外に出る。流石に秋だ。夜霧が冷たい。二人は外套の襟を立てる。

　坂の途中まで行った時に、ライオンは突然暗い露路に飛込んだ。吾輩も驚いてついて行く。と、ライオン奴、いつの間にか一人の小僧をつかまえて、鬣《たてがみ》を震わしながら、持前の凄い面《つら》をしている。

『君。こんな所に小便をして良《い》いのかね？』

『へえ、その、……』可憐《かわい》そうに、隣の洋品店の小僧は、ライオンににらみつけられて、おど〳〵している。

『いや、して差支えがないのなら、それで宜しい。』ライオンはこゝまで言って、得意になって吾輩を振返ったが、『僕も失敬するとしよう。』と続けながら、小僧に並んで、悠然と前をまくったのである。（終）

人工幽霊　お先へ捕縛作

『アハハハハ。実際問題に手を出すことは、こっちへ引っ込んでから、一切止めましたよ……………』

法医学者のA博士は、こう言って、一座を見廻した。一座は、A博士を加えて、都合八人。みんな犯罪とか探偵とかいうことに、興味を持っている人々で、大部分は、東京や大阪から、わざ〳〵今夜の会合の為に、このN市のA博士の家《うち》に、集って来ているのであった。銘々思い〳〵の姿勢で、椅子によっていたが、晩餐後の愉快な談笑を享楽していることは、みんな同じだった。ファイアプレースは、この応接間の空気の象徴ででも有るかのように、明るい焔をあげ、書架には、犯罪に関係のある洋書が、ぎっしり詰っている。A博士は、S新聞の記者をしている人に促されて、再び、にこやかに口を開いた。

『…………え丶。そりゃお話しますよ、私の順番なんですから。――さよう。去年の暮のことでした。私の書斎へ、『たゞ今』を言いに来た悴をつかまえて、――（悴は小学校の二年生です）――その日学校で習ったことを尋ねていますと、突然、

「あのね、父さん。大森君とこに、幽霊が出るんですって。」と、妙なことを言い出しました。なんでも悴の話によると、真夜中になると、その幽霊が現れて、悴と同じクラスの、大森とかいう、その子の顔を嘗《な》めるんだそうです。でも気丈な子と見えて、或る晩眠いのを我慢して、眼を開けていると、電燈がスーッと消え、何となく幽霊の現れた気配がして、やがて冷い大きな舌で、ペロ〳〵顔を嘗め出した。その子は、直ぐに跳起きて、その舌に掴みかかったそうですが、舌は宙に舞上って、いくら部屋を駈廻っても、何も手に触れません。次の晩は、もうそれだけの勇気が無くて、いきなり蒲団を引っ被ったそうです。

　でも、父親か母親に一緒に寝て貰うと、大抵は、幽霊も出ません。――え丶、小さい時から、その子は一人で、両親とは別の部屋に寝かされる習慣になっていたそうです。――しかし母親の場合は、時として、親までも嘗められるんだそうです。

　可憐そうにその子は、恐怖と睡眠不足との為に、顔からは血の気が失せ、身体は痩せ細りました。殆ど夜毎の責苦は、その子の神経を極度に過敏にして、ちょっとの事にも、酷く脅えるように成りました。

　その日も、前夜の寝不足の為に、教場で居眠をしたのを、教師に注意されて、一時は気でも違ったかと思う程、恐れたそうです。でも、幽霊に襲われるなんて不名誉なことは、父親

から固く口止めをされているので、根が利口な子ですから、教師から何と言われても、黙っていました。ところが宅の悴は、その子と大の仲良しで、その子も悴にだけは、今お話したような事を打開けたのだそうです。

え？　その子が変態なんだろうって？――いゝえ。

第六感の働きだろうと仰《おつし》ゃるんですか？……まさか。

部屋の何処かに隙間が有って、そこから風が？……そんなことは有りますまい。

そんなに探偵小説式に、凝ったもんじゃないんですよ。幽霊を感じるのは、たかが子供ですよ。そして其の母親ですよ。

私は翌日、悴にその子を誘って来させました。そして、悴には隠して、その子に、ルマソートルワーサ液をやりました。幽霊の来ないお呪いだから、今夜顔に塗って寝るようにってね。――あの透明の液体ですよ。人間の皮膚以外の物が触れば赤く染るっていう、皮膚の色素から精製したあれですよ。

越えて三日。市役所の掃除人夫に化けた宅の書生が、大森家の塵箱から、細かく刻んだ赤い蒟蒻《こんにやく》を拾って来ました。幽霊の舌の正体は、これでした、恐らく棒か紐の先につけて、操ったものでしょう。私は時を移さず、N市で有数の富豪である大森家を、訪れました。そして、――御子息の精神に異状を認めますから、相当の年になるまで、私が引取って教育したい、――と申出ました。

お人好しらしい当主は、私の言葉をそのまま信じたのか、それとも他に考えがあったのか、案外たやすく、私の申出を承知して呉れました。しかしそれよりも意外だったことは、夫人が、一も二もなく賛成したことでした。夫人は、聞く所によると、主人にもよく仕え、召使も労《いたわ》り、殊に三人の子供を、少しの別け隔ても無く、一様に可愛がる、ということでした。事実、悴の所謂大森君も『い、母さんよ。』と言っています。会って見ると、いかにもそうした噂にふさわしい美しい人で、理智に澄んだ眼は、寧ろ科学者のように、冷静に見えました。そして数学の公式でも述べるように、——悴の友達の大森君は、戸籍面では当主夫妻の長男となっているが、実は、主人が芸者につくった子だということを、打開けられました。

私はこの時、この夫人にして始めて、医者が患者の繃帯を取換えるような態度で、あゝした幽霊を作り得たのだと思いました。そしてその動機は、我が血を引いた子に、家を相続させたいという事にのみあったのだと、確信しました。これがヒステリー性の女だったら、恐らく毒殺事件でも引起したでしょう。原因が嫉妬にあったら、きっと継子《まゝこ》苛めの評判でも立っていたでしょう。

え？　子供の大森君ですか？——すっかり元通り元気な子となりました。ですが、今夜はもう、悴と一緒に仲良く寝ているでしょう。幽霊の出る心配も有りませんからね。（終）

解説

久山秀子《ひさやまひでこ》は一八九六年に出生。本籍地は東京都目黒区中目黒。本名は片山襄《かたやまのぼる》。後に改名して芳村升《よしむらのぼる》となった。東京帝国大学卒業後、立正大学の講師を皮切りとして教職に奉じ、一九七六年に没した。作家としては、『新青年』一九二五年四月号に掲載された懸賞応募作品「浮れてゐる「隼」」によってデビューを果たす。同篇をはじめとする隼お秀こと久山秀子という掏摸《すり》師を主人公としたシリーズ作品が代表作であり、そのユーモラスな作風はジョンストン・マッカレーの「地下鉄サム」に影響されたものとおぼしい。エッセイやアンケートなどでも隼お秀としてふるまってみせる作者本人の特異なキャラクター性もあいまって、斯界において人気を博した。

「代表作家選集?」は一九二六年七月号に掲載された。同作は隼お秀とその仲間が掏った原稿であるという隅田川散歩の「闇に迷《まご》つく」、鎗先潤一郎の「桜湯の事件」、興が侍ふの「画伯のポンプ」、お先へ捕縛の「人工幽霊」という四つの独立した短篇によって構成されている。題名はそれぞれ江戸川乱歩の「闇に蠢く」、谷崎潤一郎の「柳湯の事件」、甲賀三郎の「琥珀のパイプ」、小酒井不木の「人工心臓」のパロディとなっているが、内容は元の作品とは関係ない。しかし、それぞれの作家と全く無関係なものだというわけではなく、例えば「闇に迷く」は乱歩の「人間椅子」を髣髴とさせるような作となっている。（松田祥平）

神ぞ知食《しろしめ》す

城　昌幸

【一九二六（大正十五）年八月】

黄昏《たそがれ》どき、陰気な影に降り灑《そそ》ぐ小糠雨が、落葉に侘びた街路をそれとなく濡らす、或る初冬の薄ら冷い夕方、私は何時もの様にそうした一時を、とある珈琲店《キャッフェ》の一隅に座を占めて煙草を吸うと、曇った牕玻璃《まどがらす》の外に流れる哀愁を染々《しみ〴〵》と見守って居た。それに、何と云うことなく店内は白々しくがらんとして、私の外に客は居らず、思いなしか紅《べに》のシェードに包まれた電燈迄もが、唯淋しくしょんぼりとして見えた。日が暮れる、日が暮れる、こうして日が暮れるのだ。

ひとり、客が這入って来た。見た処《ところ》、中脊の、頬の憔《こ》けた、そうだ、その全体に甚だしい憔悴の影を宿した男である。瞳の光も弱って居る。いや、その瞳の光は弱って居るかも知れないが力はある。だがそれも、取って置きの最後の力だ。彼は一寸《ちょっ》と狼狽した様な態度で、扉口《とぐち》に立った儘店内を臆病そうに一巡すると、惶て《あわて》私の前方の机に後向きに座を占めた。余り自分の顔や姿を、他人に見られるのを好まないらしい。それに、その動作には落着もない。狩場の獣の様だ。知ら無い他人をじろ〳〵と見るのは随分非礼であるとは考え乍らも、だが私は何と無く興味が引かれるので、そのがっしりした船乗に見る様な肩を、落剝の影濃いその姿をじっと凝視《みつ》めて居た。粗野な、許される言葉であるならば見すぼらしい恰好である。

その男は、その身体に不似合な小声で次に酒を註文すると、一息にあおった後、両手で顳《こめ》顬《かみ》を支えると、その儘《まま》最早微塵も動こうとはしなかった。宛然《まるで》その場へ作り付けられた物かの様に。

珈琲店《キャッフェ》は、そうして矢張静かであった。客は誰も這入《はい》って来なかった。思いなしか華やかな紅のシェードに包まれた電燈迄もが、唯淋しくしょんぼりとして見え、そうだ、日は最早暮れ切って、小糠雨に濡れた街路を行く自動車の車頭光《ヘッドライト》が、牕玻璃に輝やいて過ぎ去るばかりだ。

『お客さん……』

不意に、今迄彫像の様にじっとして動かなかったその男が、振り返り様私に向うと、こう低い声で呼び掛けた。

『え？』

『御迷惑でなかったら？』男は低い、だが力の籠った声で、こう続ける。そう云う顔は悲壮に見えた。

『あっしに唄を一つ歌わして貰いたいんだが？』

『唄を？』

『えゝ、唄なんで。それも極くつまらねえ唄なんで』

別に断る理由は無い。それに私が驚ろいたことは、彼のそう私に頼む口調が、顔色が、それ等が世にも稀に見る真剣な、思い迫ったものであったことだ。だがどう云う訳で唄なぞを？

『え丶、かまいません。おやんなさい』

『あ丶よござんすか。何、そう長いことやろうてんじゃありません。だからほんの一寸との間、少しの間だけ辛棒して下されゃい丶んで……』

彼はこう如何にも嬉しそうに、私に答えると、その緊張した顔に鳥渡《ちょっと》微笑を浮べて、軽く首を下げた。それから両膝を椅子の上に持上げて合わせると、それを両手でしっかり抱えて、ゆっくりと身体全体を揺すぶり乍ら調子を取初めた。そうして、彼は唄を歌い初めたのである。

お月様が窓からのぞく
坊やは寝たかえ　いとしい坊や
何処かで啼くのは夜鳴鳥
母さん恋いしと泣いじゃくる

子守唄!?!　子守唄だ。酒や女の唄ではなく子守唄を？

そう歌う彼の半面には、暗い半生の宿命に疲れ切った色が漂い、その膝を抱えた手の指は荒く骨張って居た。私は、その男のがくりと高い鼻が映す影を凝視《みつ》め乍ら、だが今、彼がこう歌い出した時に、その全ての後天的な人生の虚飾をも被《おお》い蓋《かぶ》せ得る、彼の清純な童心の輝きが微に浮んで来たのを認めた。

いえ、いえ寝たかえ、いとしい坊や
咲いた花さえ寝むるもの
ぐる〳〵廻るは犬の子ばかり
母さん恋いしと泣いじゃくる

鄙びた節廻し、単純な繰返し、だが、それが、それが齎《もたら》す以上の複雑さが、よく此れ以外に又とあろうか？　いや、こんな理論などはどうでもよい。下らぬことだ。要は歌って居る彼の眼の色を、揺籃を揺する様な気持で揺するその身体付を見ることだ。寔《まこと》に、我等人間達には、こんな時もあるものなのだ。

二度程繰返すと彼は止めて了った。

『お客さん、よく聞いてて下すった。有難う……』

そして、こう礼を言った彼は、又くるりと元の様に向きを変えると次に、耐えられない様に烈しく咽《むせ》び泣きを初めた。何か、それも小声で呟き乍ら……

いきなり、珈琲店《キャッフェ》の扉《ドア》が荒々しく、開かれた。雨に濡れた傘をすぼめて、雨外套《レインコート》を纏った客がひとり這入《はい》って来たのだ。だが、その客は、今一目、其処に低首《うつむ》いて咽び泣きをしている男を見ると、釘付けにされた様に驚異の瞳を瞠《みは》って立止った。

『おい!!　君は、君はこんな所になぞどうして?』

男は、そう自分に呼び掛けられた時、烈しく身震いし乍ら、何物かを避ける様な態度で新来の客を見上げたが、

『あゝ、お前か……』と言った切り、だが幾分安慰した様な面持をして、直ぐに又低首《うつむ》いて了った。けれども客は惶《あわた》だしくその傍へ倚《よ》ると、尚も性急にこう語を次いだ。

『全体、こんな所に居てどうするんだ?　それに何だって又こんな場所へなぞ?……』

然し、男はその問いに、唯自嘲的な薄笑を浮べた儘で、外に何とも返事をしなかった。そして、影暗く寂しく立上った。

『早くどうかしなけれゃ……』

『うん……だが俺はねえ、今此処で唄を歌ったんだ。昔の歌をね。唯それ丈だよ』

そうして彼は、恰《まる》で故郷を追われた者の様に、扉口の方へ蹌踉として進んだ。だが今一度、扉《ドア》を押し開けた時に、彼は振返ると私に向って言葉を掛けた。

『客人、あたしの唄を、よく聞いて下すった。難有う……。みんな、あばよ……あばよ……』そして次に言った。『左様ならよ……』

そう云う彼の、空虚な響のする声は、小糠雨に濡れた冷たい夜の街衢《ちまた》へ、街燈の青白い光と交じって、ひっそり消えて行った。

＊

『だが全体、あの人はどうした人なんですか？　此処で子守唄を歌ってきましたが？』

私は新来の客に向ってこう訊ねた。

『子守唄を？　へえそうですか。実はね、あいつは死刑囚なんですよ』

『死刑囚？』

『えゝ、それが何でも二日前に、破獄したと云うことを聞きましたがね、……こんな所に居るなんて』

『破獄を？　で又どうした訳で死刑になんぞ？』

『いや、その精《くわ》しい理由は私もよく知りませんがね。あいつは親殺しなんです』

解説

城昌幸《じようまさゆき》（本名・稲並《いなみ》昌幸）は一九〇四年六月十日、神田駿河台に生まれた。父幸吉は理学士で母文子は名のある幕臣の娘。堅い家風であったが昌幸は束縛を嫌い、京華中学校四年終業時に退学して乱読と詩作に熱中した。

一九二四年、『東邦藝術』（三号より『奢灞都』と改題）を興し、城左門名義で詩を発表。二五年、『探偵文芸』に城昌幸名義で「脱走人に絡まる話」を掲載、『新青年』には一九二六年五月号に「都会の神秘」でデビューし、続いて八月（隅の老人物語）号に発表したのが、この「神ぞ知食《しろしめ》す」であった。珈琲店での奇妙な客との出会いに始まり、しんみりした情景描写と会話の間に悲しい子守唄が挿入されてムードを醸し、ややあって、暗い結末へ向かう筆致は見事である。

一九三一年には岩佐東一郎と『文芸汎論』を創刊。山本周五郎らとも交流し時代小説も手掛け、三九年から『週刊朝日』に発表された「若さま侍捕物手帖」は長短合わせて三百余編書いている。戦後の『新青年』にも「椿物語」（一九四八年三月号）などを寄稿したが、四六年には編集者として『宝石』を立ち上げ、のち宝石社社長になって推理小説の盛運と日本SFの初動に貢献した。

一九七六年二月に『城左門全詩集』（牧神社）を刊行したが、同年十一月二十七日、胃癌で逝去。和服の似合う人であった。（天瀬裕康）

毒及毒殺の研究より

【一九二三（大正十二）年一月】

医学博士　小酒井不木

三、文学的考察

1　文学に現われたる毒

一、概説

試《こころみ》にリットン卿の作「ポムペイ最後の日」を繙《ひもと》いて見る。其処には盲目の少女ニジアの遣《や》る瀬《せ》ない恋と、イジスの祠《ほこら》に仕うる神官の毒々しい奸計とが艶麗の筆もて、名残なく描かれて居る。グローカスという青年紳士の女奴隷として雇われたニジアは、グローカスにアイオンという美《うる》わしい恋人があるに拘わらず、秘かにグローカスを慕って居る。一日ポムペイ市のある富豪の令嬢に逢うと、これもグローカスに恋して居る令嬢は、ニジアがテウサリー生れの女であるからグローカスをアイオンから奪うために惚れ薬の調合を頼むと、ニジアもこれを使用したいと思って居る矢先であるが、自分は薬のことを知らぬからイジスの神官ならば、その調合を知って居るだろうと答えた。令嬢は直ちに神官の許に行く。神官は令嬢を伴ってヴェスヴィオの洞穴に住む巫女《みこ》の許に案内し、予て巫女に意を含めて置いて、惚れ薬の代りに発狂薬を調合せしめた。何となれば、神官はアイオンに恋して居たがためグローカスを無きものにせんと思ったからである。かくて、令嬢がそれを貰って帰ると、ニジアは或る夜令嬢の熟睡して居るとき、ひそかにその惚れ薬を盗み出し手ずからグローカスに与えた。すると、豈図《あに》らんグローカスは其場から発狂して、遂にアイオンの兄を殺す。其処を通りかゝった神官がグローカスを捕えて監禁し遂にグローカスは死罪に処せられんとする…………。が、凡て波瀾はヴェスヴィオ火山の噴火によって、ポムペイ市と共に灰の中に埋まって了う。…………因《ちなみ》に希臘《ギリシャ》のテッサリー地方は昔から巫女で名高い所であって、その国の女はみな魔術を使い、誰でも一種や二種の魔薬の調合は知って居たがため、ニジアも富豪の令嬢から、尋ねられた訳である。

毒と文学！　遠くはホーマーの二大詩篇から、現今の文学に到るまで、毒が現わるゝ西洋の文学は極めて多く、茲《こゝ》には到底一々それ等を紹介することは出来ない。否、この篇の目的とする所は、寧ろ文学的作物からして毒の作用其他を考察し、以て毒の知見を補おうとする所にあるのである。

毒を取り扱った文学は凡そ三種に分つことが出来る。第一には毒の作用を如実に、科学的に記載したもの、第二には迷信又は伝説によって毒を記載したもの、第三には作者が純然たる想像によって拵らえた毒を記載したものが是である。（勿論、探偵小説以外の文学に就て言うのである）今左《さ》に順次に、例証に依ってこれ等を記述して見ようと思う。

二、毒の作用の如実の描写

毒の作用は科学書を繙《ひもと》けば何処にでも書いてある筈であるが、文豪の記載には到底科学書の及び得ざる妙味と詳細とが描写されてあるもので、科学者は文学的作品により訓《おし》えられることの多いものである。左に砒素と阿片の作用に就て文豪の言《さ》う所を聞こうと思う。

　砒素の作用に就ては仏国文豪フローベルの小説「ボヴリー夫人」を挙げなければならぬ。自然派の巨匠フローベルの小説の書き方は、読者の熟知せらる、が如く、如何にも、「科学的」であった。彼が、カルタゴの三世紀頃のことを書いた「サラムボオ」を作るときなどは幾百巻の書物を渉猟して、往昔の風俗習慣を調べ、特にそのためチュニスへまでも出掛けて行って、遺跡を実見した程であって、「ボヴリー夫人」の中で、エムマ・ボヴリーが、砒素を嚥《の》んで中毒症状を発する所は実に巧みに描かれてある。たしかこれを書くときフローベル自身も、嘔吐に苦しんだと言われて居る。この小説はエムマという浪漫的《ローマンテイツ》な教育を尼寺で受けた百姓娘が、ボヴリーという医師に嫁してから、娘時代に憧憬して居た恋の幻影《まぼろし》は、良人《りょうじん》の平凡な性格のために破壊されて了い、寂しさのあまり、誘惑にかゝって一二の情夫を作り、段々堕落の深みに陥って、借金のために悲境に沈み、遂に砒素を嚥んで自殺することを書いたものである。――

　彼女は水を一口飲んで壁の方へ向いた。

　墨汁《アンクル》のおそろしい味が続いていた。

『咽喉が渇く！　オヽ！　ひどく渇く！』と彼女は歎息した。

『まあ何うしたんだ』とシャルルがコップを彼女に差出し乍ら言った。

『なんでもないの！……窓を開けて……息苦しい！』

　そして彼女は枕もとのハンケチを摑む間も無い程、急に嘔気《はきけ》を催した。

『あれを取って！』と彼女は早口で言った。『投げて！』

　彼は彼女に訊ねた。彼女は答えなかった。彼女はちょっと動いても吐出しはすまいかと恐れて、じっとしていた。そうする間《うち》にも、彼女は足から心臓までのぼって来る氷の冷さを覚えた。『ア、！　ソラあれが始まる！』と彼女は呟いた。

『何を言うんだ？』

彼女は苦悶に満ちた、たゆげな様で、頭をごろ〳〵動かして、何か非常に重い物が舌の上に載ってでもいるかのように絶えず顎骨《あぎと》を開けていた。八時に嘔気がまた起った。シャルルは金盥の底のチャンの内側に白い砂利のような物の附いているのを見咎めた。

『こりゃ大変だ！　こりゃ不思議だ！』と彼は繰返した。

しかし彼女は強い調子で言った。

『い、え、そうじゃありませんよ！』

すると、そっと、ほとんど撫でるばかりに、彼は彼女の胃部へ手を当てた。彼女は鋭い叫びを発した。彼はびっくりして後退《あとじさ》った。

やがて彼女は、まずよわ〳〵しく吐息しはじめた。大きな戦慄が彼女の肩を震《ゆす》ると、彼女は痙攣した指が埋まっている敷布よりも青白くなった。その不規則な脈搏は今はほとんど解らなかった。

汗は彼女の青い顔ににじんで居た。その顔は金属性の蒸気の発散する中で凍りでもしたかに見えた。歯はカチ〳〵鳴り大きくなった眼《まなこ》はボンヤリとあたりを見廻していて、何と訊ねても彼女はたゞ頭を振るだけであった。それでいて彼女は二三度微笑した。次第次第に、彼女の吐息は高まって行った。ある鈍い唸りが彼女から出た。快くなりかゝっている、今に起きられるであろう、と彼女は言いこしらえた。けれども彼女は度々痙攣に襲われた。彼女は叫んだ。

『アヽ！、堪らない、何うしよう！』——（中村星湖氏訳に依る）

阿片の作用に就ては英国文豪トーマス・ド・クインセーの作『オピアム・イーターの懺悔』を挙げよう。これはド・クインセーの自叙伝であって、前に既に述べたように、彼自身が阿片《オピアム・》貪食者《イーター》であったため、彼はこの中に、自己の経験を如実に述べて居る。読者は、コーナン・ドイルの探偵小説『シャーロック・ホームズの冒険』の中の一篇『唇の捩れた男』の中に、ホイットネーという男が、ド・クインセーのこの書を読んで阿片窟に入るようになり、ワトソンがその男を阿片窟に訪ねて行くと、ホームズも来合せて居たことが書かれてあることを記憶せらるゝであろう。実際この書を読んだために、英国に於て、阿片に親しむようになったものが一時に非常に殖えた程、この書には阿片に依って齎らさるゝ快楽が巧みに描かれて居る。——『宿に帰るなり、一刻も猶予せずに、私は処方せられたゞけの量を服用した。もとより私は阿片を服用する秘術を知らないから、たゞ無暗《むやみ》に嚥んだだけである。嚥むとどうであろう！一時間の後、おゝ神よ！　私に内在する精神のどん底から一時に浮み上った復活の心持ち！　ああ何たる世界の黙示であろう。私の苦しんだ疼痛が消失した如きは私の眼にはほんの些事に過ぎない。この消極的の効果は、私の前に展開した積極的効果、言い換うれば、天上の快楽と比ぶれば、正に大海と露との差であろう。これはこれ、人間のあらゆる苦悩を奪う万能薬であり、ファルマコン・ネーペンチー（希臘《ギリシヤ》語の「忘憂薬」の意）である。これはこれ、人の世のあらゆる賢者が、何十代の間論じた幸福の秘密である。而もこの幸福は僅かに一片《ペンス》を以て購い得られ、胴衣《チョツキ》の隠袋《かくし》に入れて携えられる。かくして無上の快楽は小さい瓶に詰め得られ、心の平和は郵便で送ることさえ出来るのである。（中略）』

『酒に依って齎らさるゝ快楽は、最初急遽に上昇して頂点に達し、また速かに下降する。之に反して阿片に依って得られた快楽は一たび頂点に達すると八時間乃至《ないし》十時間持続する。之を医学上の術語を以て言えば、酒の快楽は急性であり、阿片の快楽は慢性である。前者は閃光に比すべく後者は鉄の白熱に比すべきである。然しなおも大切なる差異は、酒は精神作用を紊乱せしむるに反し、阿片は之を秩序正しく、整え調《ととの》うる所にある。酒は自制心を奪い、阿片は之を強むる。酒は判断力を失わしむるために当人は自己の好むものを激賞し、悪《にく》むものを罵倒する。阿片は之に反して自働他働何れの場合にも精神作用を平等に、厳粛に保持せしめ、道義の念を厚くする。』（中略）

彼は進んで、音楽を聞く際阿片を服用すると、一層楽しく音楽を味《あじわ》うことが出来、貧民窟を散歩する前に阿片を服用すると、慈悲の心は潮《うしお》の如く湧き出ずる旨を述べ、又阿片を飲むと始めてカントの深遠な哲学を理解することが出来ると説き、次で阿片に依て生ぜしめらるゝ夢の楽しさを遺憾なく描写し、一度《たび》之を読んだものは実に阿片窟に入って見たき誘惑を感ずる程巧妙に述べてある。無論彼は阿片によって生じた苦痛の半面をも描くことは忘れなかったが、要するに彼は、阿片に就て普通の人々が考えて居る作用即ち麻酔作用以外の興奮作用を精密に写したのである。

尤も前に述べた如く阿片の作用は各人の体質に依って別々であって、誰人も必ずしもド・クインセーと同じ快楽を得らるゝとは限らないのであるが、阿片の作用が、麻酔以外に興奮的作用のあるのは事実であって、ことに阿片服用者が屢々《しばしば》優れたる知力を現わすことは、佐藤春夫の小説「指紋」の中にも、巧みに描かれてある。又時としては夢遊状態を挽き起し、夢中に色々なことを、而も秩序正しく行うこともあり、これはウィルキー・コリンスの小説「月長石」の中に遺憾なく取り扱われてある。何れにしてもその詳細に関してはそれぞれその原著に就て参照せられんことを切望する。

毒殺者の心理及び行為を如実に描いた文学の一つはアレキサンダー・デューマの小説「三銃士」であろう。彼はその小説の中にミラヂーと称する毒婦を描いて居るが、これは「歴史的考察」の条下に述べた如く、ブランヴィリエ侯爵夫人をモデルとしたものであって、ダルタニアンと称する勇士に毒酒を送って成功せず、遂にある僧院でダルタニアンの恋して居《お》るボナシュー夫人を突差の間に毒酒を以て殺す有様が、巧みに描き出されて居って、毒の性質又は作用に就ての記載には乏しいが、毒殺の機会と行為に就ての記載に申し分が無い。

三、伝説又は迷信による毒の記載

毒に関する伝説なり迷信なりを其の儘引用した文学的作品もその数甚だ多く、ことに日本の如く、昔から毒の知見の発達しなかった国に於ては、其の文学の中に取り扱われた毒の性質や作用は多くは伝説又は迷信に基いて描かれてある。

日本文学中毒が多く取り扱われて居るのは、何と言っても江戸時代以後の文学であるらしく、ことにかの浄瑠璃に於て其の豊富なる例を見る。浄瑠璃の多くは、時代物にしろ世話物にしろ、多少の事実を基《もとい》として作られて居るが、毒に関する当時の知見を略《ほ》ぼ覗《うかゞ》うことが出来るのである。

日本文学に於ては、毒物は多くはたゞ毒としてのみ取り扱われて居て、毒の性質又は作用が問題になることは比較的稀である。かの伊達騒動を骨子として「伽羅先代萩《めいぼくせんだいはぎ》」に於て、毒殺に用いらる、毒が鴆毒《ちんどく》であっても又は砒霜《ひそう》であっても、「劇」の興味に大なる変化はない。同様に「仮名手本忠臣蔵」の本蔵下屋敷の段に於て、井浪《いなみ》番左衛門が、台子《だいず》の釜に投じた毒も、たゞ主人若狭之助を殺す毒でさえあればよかったのである。

之に反して「摂州合邦辻《がっぽうがつじ》」又は「四ツ谷怪談」に於ては、特殊の毒が取り扱われてある。前者に於ては、玉手御前が深い計略があって、継子の俊徳丸を、毒酒を以て癩病とする。――さればいな、去年霜月住吉で、神酒《みき》と偽りコレ此の鮑で勧めた酒は秘方の毒酒、癩病発《おこ》る奇薬の力、中に隔《へだて》をしかけの銚子、私が呑だは常の酒、お前のお顔を見にくうして浅香姫にあいそつかさせ我身の恋を叶えう為――。こうして俊徳丸を怒らせ、自分の身を突かせ、その血を以てその癩病を治そうとするのである。後者に於ては同じく毒薬を以て、間宮伊右衛門に恋慕うた小梅親子が伊右衛門の妻のお岩の相好を醜うして、伊右衛門に愛想をつかさしめようとする。毒薬のためにお岩の顔が膨れ上って、髪の毛の抜け落ちる様は物凄い。――納めかねたる胸の内、しんき辛苦の乱れ髪、びんのおくれも気ざわりと有合《ありあう》鏡台引出しの、つげの小櫛もいつしかに替り果たる身の憂《うき》や、心のもつれとき櫛にかゝる千筋《ちすじ》のおくれ髪、コハ心得ずと又取り上、解く程抜ける額髪両手に丸めて打ながめ――とある。何れの場合に於てもかように急激に、内服によりて人の相好を変ずる毒物は寧ろ伝説的の毒物と考えてよいのである。

西洋の文学にありては特殊の毒の取り扱われて居るものが多い。左《さ》に沙翁の戯曲に就てその中に現われたる毒物を考察して見ようと思う。沙翁の時代即ち第十七世紀頃は、毒の知見は余程発達して居たが、なお伝説的毒物が人々の頭の中に巣《すく》って居た。沙翁が、かのマンドレークに関して迷信と、学理とをうまく使い分けして書いて居《お》ることは既に「毒と迷信」の条下に記した所であるが、其他沙翁はその作の到る所に伝説的の毒物を取り扱って居る。「ハムレット」の中に於ては、皇子《こうし》ハムレットに向って、其父の亡霊が、叔父のために、毒殺された有様を述べて居るがあれは事実に於てはあり得ない毒及び毒殺方法である。即ち果樹園の中に眠って居るとき、耳の中に hebenon の汁を注《つ》ぎ込まれ、それがために、癩病が起って立どころに命を亡《うしな》ったというのである。かようなる毒物は実際あるものではなく hebenon を henbane（鶏毒《ヒヨス》）と解釈せんとする者もあるが、鶏毒は決してかゝる猛毒ではない。沙翁はサクソ・グラムマチクスの話をその儘引用したゞけで、畢竟伝説的の毒物に過ぎないのである。同じ作に於て、リーアチーズがハムレットと試合する際ひそかに毒刃を用いることが書かれてある。この際如何なる毒を用いたかという記載はなく、「この猛毒が一たび傷の中に入ったならば、どんなに月の影響を受けた薬剤を以てしても之を救うことが出来ない」とリーアチーズは言って居《お》る。薬剤の作用が月によって其の作用を異《こと》にするという迷信はその頃一般に行われて居たのであって、毒刃に用いた毒物もそれから推すと畢竟伝説的毒に外ならないのである。「ロミオとジュリエット」の中では、僧侶ローレンスが、ジュリエットに仮死の状態を生ぜしむる毒薬を与えて、一旦埋葬せらるゝことが書かれてある。かようなる薬剤もまた寧ろ伝説的の毒であるが、既に「毒と迷信」の条下に於て述べた如く印度《インド》の僧侶のあるものは事実仮死の状態を惹き起すことが可能であるらしいから、無論迷信として頭から斥けて了う訳には行かない。（なお「仮死」に就ては、次の新年増刊号の中で「仮死と犯罪」なる題目の下に委細を論ずるつもりであるから、それを参照して頂きたい。）

服用後一定時間の後、例えば服用後一週間又は十日を経て始めて作用を現わす毒物が存在するという迷信も、その頃一般に人々の頭に入って居たのであって、「テムペスト」の中のゴンザロの言葉の中《うち》、「シムベリン」の中のコルネリウスの言葉の中に見られ、又毒が身体を膨脹せしむるという迷信は、「ジュリアス・シーザー」の中や「ヘンリー四世」の中に書き入れられてある。なお「冬の夜ばなし」の中には毒蜘蛛のことが書かれてあるが、委細は原作に就て読まれんことを希望する。

四、想像的毒物

想像的毒物とは、実際にもまた伝説にも無くて、文学者が勝手に自分の想像で拵えた毒物を言うのであって、お伽噺やその他の文学的作品に屢《しば》〳〵現われて来ることは読者諸君の知って居らるゝ所である。想像といっても、多少の事実又は伝説を基として作られることはいう迄もなく、コーナン・ドイルの作「毒帯《ポイズン・ベルト》」に於て、地球がエーテルの毒帯《どくたい》に入り込みあらゆる地球上の人間がダツロン（曼陀羅華から得た毒物）中毒様の中毒を起して人事不省となるが如き其一例である。又、スチヴンソンの書いたジェーキール博士は、科学の力を以て人間の心的生活を征服しようと企て、研究の結果一種の毒薬を発見する。それを飲むと人間の良心が去って悪魔の相となり、その心も悪魔となり、ハイドンという名を以て、ロンドンのどん底の怪しげな巷に罪悪の限りを尽し、家に帰ると、別の薬で以て本来の自己に戻る。遂に毒薬が霊魂の底まで喰い入って、本当の悪魔となって了う。――こういうのは想像的毒物の顕著な例であるが、かゝるものの記載はあまり大なる興味を齎すものであるまいから、委細は省略する。

2　毒と探偵小説

一、概説

毒を取り扱った探偵小説に於ては、如何なる毒が、如何なる方法を以て与えられたかという所に興味の中心があるのであって、中毒か否かという鑑定の如きは寧ろ、附随した興味に過ぎない。それ故探偵小説の作家は、毒を取り扱う際、極めて珍らしい毒を、極めて巧妙な、読者の意表に出ずるような方法を以て、犯人が犠牲者に投与するように書かれてあるのである。然し乍ら、探偵小説の作者は、前節に述べたような伝説的の毒や又は純然たる想像的毒物を持って来ては却って読者の興味を削ぐのであるから、実在して、而も有り触れて居ない毒物を取り扱おうとする傾向がある。例えば砒素が毒殺に屢々応用せらるゝことは「毒殺の歴史」に委《くわ》しく述べた所であるが、探偵小説に砒素の取り扱われて居ることはあまり聞かない。又毒殺の方法に就ても、単にそれを酒の中に投ずるとか又は食物の中に投ずるという月並な方法よりも遥かに奇抜な方法が選ばるゝのである。茲に於て筆者は毒殺の方法に就て少しく詳細に亘って述べて見ようと思うのである。

二、毒殺方法論

単に手を触れただけで死ぬというような猛毒、例えばかの寧ろ伝説的といってもよいジャンヌ・ダルベールの手袋、或はまたチャーレス七世の兄が庭球の際、手を拭ったゞけで死んだと言われて居る手巾《ハンカチーフ》、これ等は昔から毒殺者が捜し求めんとした、理想の猛毒であった。実際欧洲の十六、十七世紀頃は、「死」を耳輪、手箱、扇、印判等の中に運んだり、或はかのスインバーンの「クイーン・マザー」の中の光景即ちカザリン・ド・メジチが手袋一対を以て、下郎を毒殺するごときことは、毒殺者の誇りであり、秘法であった。然し乍らかくの如き少量を以て、而も単に少しく強く触れただけで、人を斃すことの出来る毒物が、果して現今存在するであろうかは疑わしい（蛇毒なれば兎も角、ル・キューの小説「暗号6《サイファー》」の中には支那の一地方に産する恐ろしい病原細菌を、手紙に附着せしめて、受信者を殺すことが述べてあるけれどもかようなことも実際は行い得ない範囲に属して居ると見ねばならぬ。病原細菌ならばかようなことはまだ可能であると言えるが、毒物では至難である。

犠牲者に知られぬ様に毒を与うることは言う迄もなく毒殺の重要な条件であって、食物や酒の中に投ずるという最も簡単なる方法からして前記の如き理想の方法（不可能ではあるが）まで色々の手段がある。探偵小説に於ては作家の想像から編み出さるゝだけ、それだけ色々の目新らしい毒殺方法が書かれてある。ハンショーの作、「四十面相のクリーク」の一篇には、フイリップ・ボードレーという男が父の財産を奪わんために、父が所持して居る、一方の手が六本の指から成る骸骨の、その六本目の骨の尖端に、ジャバに産するユーパス樹から得た矢毒アユーピーを塗って、父が珍らしげにその指骨に触るゝ度《た》びに、少量の毒が手の中に入るように奸《たく》んだのをクリークが発見する物語が書かれてある。リーヴの小説「神々の金《かね》」の中では刀にクラーレと称する矢毒を塗って、その刀を以て顔面に傷を負わせその傷のために死んだように見せかけ、その実矢毒によって、殺す犯罪が書かれてある。矢毒は猛毒であるから、後者のような場合には確かに人を殺し得るが、前者の如く、指骨の先に附けたのでは、多量に皮下に吸収せしむることが出来ぬから、殺人の目的は達し得られないかもしれない。

矢毒は、言う迄もなく、鏃《やじり》の先に塗って動物を射るのであるが、クラーレの如きは、動物の筋肉を痲痺せしむるもので換言すれば動物を動けぬようにする力があるからして、必ずしも動物を斃さなくてもその目的は達せられる。（無論大量なれば呼吸筋を痲痺せしめ、呼吸困難で、動物は死ぬのであるが）それ故人を殺さんとするに際して、矢毒を単に少量だけ針なり其他の尖ったものに塗って皮下に刺し込んだだけでは完全に目的は達し得がたい。コーナン・ドイルの小説「四人の連署」の中にストリキニーネ様の毒を針に附けて殺すことが書かれてあるが、これも致死量が皮下に入ったという条件の下には正しいのである。

猛毒を皮下に送るに今一歩進んだ方法は、注射器を用うる方法である。これなれば、熟練さえすれば比較的多量を犠牲者に与うることが出来る。誰の小説だったか名前を忘れたが挨拶して握手する際、隠し持った注射器で巧みに相手の掌《て》の中に毒を注射することが書かれてあった。フリーマンの小説「紅き拇指紋」の中にも同様なことが書かれてある。それはソーンダイク博士が看破する。ある男が従兄の拇指紋を偽造して、従兄に金剛石盗賊の嫌疑をかけしめる。それは、煙草の中に毒を入れて贈るが、ソーンダイクはかかる奸計には陥らぬ。遂に一夜ある方法を以てソーンダイクを毒殺せんとしたが、これも失敗に終った。その方法とは鉄製の注射器に毒を入れたものを空気銃の中に弾丸《たま》として入れ、それを発射すると、犠牲者の身体に中《あた》るなり、ピストンの力によって毒を皮下に送り込もうという巧妙な方法であった。これも、理論上は可能であるが、実際如何なる程度まで成功するかは疑問である。

毒瓦斯《がす》を殺人に使用することは比較的近時行わるゝようになった方法である。屢《しばく》燈用瓦斯に依る殺人が行われた。又、壁の中へ砒素の化合物を塗り込み、漸次砒化水素（日本で殺生石などというものは多くこの砒化水素が地下から出る所をいうのである）を発生せしめて、その家の住人を永い月日の間に殺そうとするような方法も行われた。が、最も多く毒瓦斯が用いられたのは言うまでもなく欧洲戦争である。欧洲戦争以後、毒瓦斯の研究は非常に進歩し、今では倫敦《ロンドン》の全住民を三時間に殺し得る猛毒さえ発見された。然し毒瓦斯の詳細はこの文に於て取り扱うべき範囲ではない。犯罪に毒瓦斯の多く用いられるようになるのは今後のことであろうと思われる。尤もリーヴの小説には、かゝる犯罪が既に取り扱われて居る。「トレヂュア・トレーン」の如き又「アドヴェンチュアレス」の如き其の例である。前者にはある強盗団が汽車に積まれた大金を奪うために、毒瓦斯に依って運転手始め来客を斃し、汽車を停めてその金を奪おうとする犯罪が書かれてあり、後者には塩素瓦斯を使用して船室内の人を殺すことが書かれてある。

以上は何れも犠牲者に知らしめないように毒を与うる方法であるが、犠牲者に迫って毒を与うるのは前者の場合に比して一層惨酷であることは言う迄もない。尤もソクラテスの如く、泰然自若として、ヘムロックの毒杯を啜ったような場合は例外である。コーナン・ドイルの作「緋色の研究」の中には、ある男が自分の許婚《いいなずけ》の女がモルモン教徒のために無理に結婚を強制され、悲嘆のあまり死し且つ其の父親が殺害されたのを憤って、アメリカから遥々《はるぐ》欧洲に渡り、遂にそのモルモン教徒二人を捜し出し倫敦《ロンドン》で殺すのであるが、最初の一人の場合には二つの丸薬を作り置き、一方は猛毒、一方は無毒で、その二つを自由に取って二人で飲み、どちらが神の正しい意志によって審判されるかを試すというドラマチックな遣り方をする。結局モルモン教徒の方が毒の丸薬を飲んだことになるのであるが、この場合には惨酷なだけそれだけ読者には満足を与える。

この種の犯罪で、欧洲毒殺史上有名なるは、十七世紀の仏蘭西《フランス》に於けるド・ガンジ侯爵夫人の毒殺事件である。美人薄命は何れの国でも同じであるが、ルイ十四世時代に於て欧洲第一の美人と称せられた、このド・ガンジ侯爵夫人も、やはり、悲惨なる死に方をした。最初七年間連れ添ったド・カステラーヌ侯爵に死に別れて叔父の許に暮して居るとき、その頃巴里《パリー》で有名な易者であったラ・ヴォアザンという女に将来の運命を占って貰うと、「あなたは再婚し、まだ年若い内に、変死をする」という恐ろしい予言を貰ったが、やはり運命は如何ともする能わず、遂に再びド・ガンジ侯爵と結婚した。結婚の当座は実に幸福な生活を送って、夫人は忌わしい女易者の言などすっかり忘れて居た。やがて月日が経つと侯爵はそろ〳〵平凡な家庭生活に倦《あ》いて、二人の弟を自分の家に招《よ》んで同居したのである。これが抑《そもそ》も夫人の不幸に近づく第一歩であった。二人の弟は間もなく夫人の美貌に魅せられて恋を打明けたが、夫人は応じなかった。かくする内夫人の叔父が死んで、莫大な遺産が夫人の手に入ったとき、弟どもの恋は慾と変って、侯爵をも一味の内に引き入れ、夫人に遺言を書かせて、夫人を毒殺せんとした。そして一家が田舎の別邸に住むことゝなったとき、遂に弟どもは一夜夫人の寝室に闖入して、拳銃と毒液とを携え、毒を飲むか、さもなくば拳銃で射つと脅《おびやか》した。夫人は毒を口に含んで、敷布の上にそっと吐き、二人に宣教師を招びにやった間《ま》に、室《たつ》を逃れて、附近の家に駈け込んだ。けれども毒の一部分は嚥下《のみくだ》されて居て夫人は二週間ばかり経て遂に死んだのであるが、その間実に悲惨な状態にあった。かくて女易者の言は実現された訳である。委細はヂューマの著、「ブランヴィリエ侯爵夫人其他の犯罪」を参照して頂きたい。

其の他探偵小説の中にはまだ色々奇抜な毒殺方法が書かれてあるルネ・モローの小説の中に、ある科学者の犯罪が書かれてある、が、それは「もうせんごけ」と同じ種類に属するドロセラ属の植物をうまく培養して非常に大なるものを得、之れに人間の赤ん坊を附近から盗んで来ては食わしめて実験し、遂には自分がその植物のために食われて死ぬということが書かれてある。「毒」とは直接の関係は無いかもしれぬが、その植物が赤ん坊を消化液を出して消化して行く所などは、毒作用と考えても差支はなく、随分奇抜な思い付きと言って差支ない。其他まだ色々珍らしい方法も無いではないが、事実とあまり遠《とおざか》っては却って興味が薄いからして、探偵小説によく現わる、毒蛇《どくじや》による殺人に筆を移そうと思う。

三、毒蛇に依る殺人

毒蛇に依って人を殺すことは探偵小説に相応《ふさ》わしい題目である。毒蛇に嚙まれたとき如何なる症状を起すかは、既に「毒と迷信」の条下に於て述べ、身体に甚だしい変化を生ずる場合と然らざる場合と二様あることを書いたが、探偵小説では後者の場合のみが取り扱われて居《お》るから、最初先ずその実例の一つに就て語って見ようと思う。

テムプル氏の報告に依ると、ホンヂュラスに於て、ある樵夫《しようふ》が山で樹を伐って来たとき、長靴の上から毒蛇に嚙まれた。そこでその男は忽ち斧を以てその蛇を殺した。長靴で十分保護されて居たつもりで、そのことは忘れて居《お》ると、程経《たつ》て、昏睡状態に陥って死んで了った。その長靴はその男の死後、ある人に売られたが、それを買った人がその靴を穿くと間もなく頓死して、人々は脳溢血を起したものと考えた。ところが更にその長靴が第三の人に売られたとき、やはりその人はそれを穿くとまた間もなく死んだ。最後に人々は長靴に何か訳があるであろうと思って検査すると、革の中に蛇の歯が折れて嵌って居た。即ち長靴を穿く際その尖端が皮膚を傷《きず》つけ、毒がその傷から入ってそれ等の人々を斃したのである。この報告の真実を疑って居る人もあるようであるが、ある人々はそれを信じて居る。して見ると、蛇毒を以てすれば、手袋や手巾《ハンカチ》の既記の理想毒が満更空想として斥けることが出来なくなる。然しかくの如き毒を手に入れることは非常に困難であろう。

以上のような症状は毒蛇に嚙まれた時の症状としては非常に稀であって、多くは「毒と迷信」の条に述べた様な激烈な症状を呈するのが普通であるが、探偵小説に於ては、そういう激裂な症状を起さしめては犯罪の秘密を取り扱う上に於て都合が悪く、従って小説の中では、ミステリアスな死に方になって居るのが常である。

毒蛇を取り扱った小説のうち最も興味あるはハンショーの「四十面相のクリーク」の中の一篇である。田舎に住むヘンリー・ウイルヂングの愛馬の番人が、ダーヴィの競馬の始まる前に当って三人までも不思議な死に方をする。番人が附けて置いてあるから犯人が外から入った形跡は無いが兎に角殺されて了う。そして何で殺されたか解らない。これはウイルヂングの馬を競馬に出さないようにするために、競争者がそういう悪計を施したのであろうと思って、ウイルヂングはクリークに捜索を依頼する。クリークが厩の中に入《うち》ると、ある南米の植物が置いてあって、サッサフラス油の香《におい》がする。それから夫人と、その家に滞在して居《お》る夫人の従兄に当る男に逢って、クリークは遂に秘密を発見するのである。夫人とその従兄と名乗る男とは実は夫婦で、二人が共謀してウイルギングの財産を奪おうと企て、女がウイルギングの恋に乗じて夫人となり、男は従兄と名乗って家《うち》に住み込み、馬の番人を段々殺して行けば終《つい》にはウイルギングが、番をするに違いないからその時同じ方法で殺そうというのである。その手段として彼等は南米パタゴニア地方に棲むミンガ虫と称せらる、毒蛇を用いたのである。この毒蛇は「おらんだせり」とサッサフラス油の混合物を好むので、番人の寝台《ねだい》の下に、ひそかにこの混合物を入れて置き、番人が睡眠中にこの混合剤に触れると、その触れた部分に、例の植物の下に隠れて居る毒蛇が香《におい》を慕って嚙み附くのである。

ハンショーの短篇の中には今一つ毒蛇を取り扱ったものがある。英国のある町の大銀行で、金庫が破られ二百万円盗まれ金庫の番人が殺される。支配人は嫌疑を自分の義子と銀行の書記にかけて、警視庁に犯人捜索を依頼する。クリークは番人が死ぬ際、駈け附けた書記から、番人が死に際に「恐ろしい縄」と叫んだことと、外側で口笛を吹くような音《ね》のしたということを聞き、現場に落ちて居た茴香《ういきょう》の種、壁の下にあった小さい穴から毒蛇が殺人に用いられたことを知って、遂に犯人として銀行の支配人自身を捕縛するのである。その際用いられた毒蛇は響《きょう》尾蛇《びじゃ》であって、茴香の種は毒蛇を誘導するために用いたものであった。

アワースラーの短篇「深紅の腕《うる》」にも毒蛇による殺人が書かれてある。これは、デリース・ゴルドンというアメリカの美わしいヒステリー性の女優が、自分の義父と、義妹、及義妹の良人《おっと》を殺さんと企て、彼女の一座に居た、蛇使いの男をうまく欺して味方に引き入れ、義父の家に一家を何月何日に殺すぞという電話を三度かけしめ、彼女自身レオナード・リンクス博士という有名な犯罪学者を訪ねて、恐ろしい電話がかゝったから救ってくれと依頼する。博士が、当日ゴルドン家に出かけると、三週間ばかり前に久し振に帰ったという其家の放蕩息子が居《お》る、デリースはつまりこの息子に嫌疑をかけしめようとしたのである。夜になって一家のものが博士と共に客室に集って、デリースがピアノを奏して居るとき、突然主人のゴルドンは「深紅の腕」がと叫んで死ぬ。程経て博士がデリースの義妹の良人《おっと》ハーソンに色々訊ねて居るとき、突然蓄音機が鳴り出す。と同時に電燈は消えハーソンは「深紅の腕が」と叫んで死ぬ。三度目人々が客室に集ったとき、博士は助手に取り寄せしめた銀笛を鳴らす。そしてその時消してあった電気をつけると、デリースの髪の間から一疋の蛇が頭を擡《もた》げ、と見る間にデリースがその時胸に挿して居た薔薇を目がけて走り行き、デリースの胸に噛みついて、デリースを殺して了う。ゴルドンもハーソンも、皆デリースから貰った薔薇を挿して居たが、その薔薇には、蛇を誘《いざな》うある強い香料が振りかけてあったのである。三度目にはハーソン夫人を殺すつもりであったのであるが、デリースがうっかり自分も薔薇をつけて居たため、遂に最後の犠牲となったのである。

コーナン・ドイルの小説「シャーロック・ホームズの冒険」中の一篇「斑入りの紐」の中にも毒蛇による殺人が書かれてある。これは嘗て印度《インド》に住んだことのあるライレットという男が義理の娘二人を毒蛇を以て殺さんとする事件で、娘が結婚すると、亡き妻の財産を分けてやらねばならぬから、姉娘が婚約すると、間もなく殺して了った。一年の後妹娘が婚約すると、父の室に毎度口笛を吹くような音《ね》がして、気味が悪くなったので妹はホームズに告げたのである。ホームズが妹に代って妹の室に入り、夜半に口笛の音を聞き、蛇が壁の上の方の孔に頭を出しかけた時、杖を以て強く打ったので、蛇は怒って、ライレットを噛み殺すという筋である。毒蛇は印度《インド》の沼地に棲む最も毒性の強いものであった。

四、リーヴの作品其他

毒を最も多く取り扱った探偵小説作家といえば、先ず第一に指をアーサー・リーヴに屈しなければなるまい。ことに彼の短篇には毒を引用したものが多く、「ドリーム・ドクター」、「トレヂュア・トレーン」の中に収められた短篇の大半は実に毒に関係したものである。リーヴの小説は読者のよく知らるゝ如く、あまりに科学的であって、それがため却って興味が失わるゝ程極端に色々の珍らしい科学器械などを探偵ケネヂーに使用せしめて居る。それ故毒を取り扱うにしても、毒殺方法に秘密を置くよりも、毒そのものを珍奇ならしめんとする傾向を持って居るのである。「ドリーム・ドクター」の中には、コブラ（毒蛇）の毒を飲ませる話や、燐を殺人に使用する話、或はコニイン中毒と医師が鑑定したのを、ケネヂーが、腐った罐詰を食ったためのプトマインの中毒であると断定して、冤罪を雪《す》ぐ話、（コニインは中枢神経素を冒す植物性毒素で、プトマインの中にこれによく似た物質があるので、このことを探偵小説に応用したのである。なお「科学的考察」の条を参照せられたし）などがあり、「トレヂュア・トレーン」の中には、有毒菌蕈《きんじん》を使用する話、予め毒茶を飲ましめ、催眠術をかけて、ゴムで作った短刀を胸に擬しただけで、殺したように見せかける話、或はヴィタミンのない食物を与えて脚気《かっけ》様の症状を起さしむる話などが書かれてあって、まるで科学書を読んで居るような気持を起さしむるものである。その他又「シニスター・シャドウ」という短篇の中ではある医者が、大麻（「毒と迷信」の条参照）を用いて、ある婦人を麻酔せしめ、其の状態で暗示を与え、恐ろしい罪を犯さしめることが書かれてある。何れにしてもリーヴは伝説的の毒は決して書かない代りに、一寸普通人々の聞かないような毒を選んで、好奇心を挑発しようと心懸けて居るらしい。

ハンショーも彼の少ない作品の割に多く毒を取り扱って居《お》って、既にその一二に就て述べたが、若し彼が長生《ながいき》をしたならば、もっと多く毒に就ての作品を残したに相違なく、而も恐らくリーヴの作品よりも、遥かに芸術的匂いの豊富なものであるに違いなかろうと思われる。ルブランの作品の中でも毒は時折顔を出すのであるが、毒が主要な部分を占めるのは稀である。「アルゼーヌ・リュパン・アン・プリゾン」の中では水道の中に麻酔薬を入れて、番人を麻酔せしめて、名画を取り出すことが書かれてある。其他毒を取り扱った探偵小説の名を挙げると、フリーマンの「ジョン・ソーンダイクの数々の事件」の中《うち》、ガボリオーの「ルコック氏」の後篇、フレッチャーの「ロンドンに対する贖償」など、枚挙に遑《いとま》はないが特殊の興味を有するものでないから、委細は省略する。

以上に依って毒及び毒殺に就ての大体の説明は終ったのであるが、無論まだ書きたいことは沢山ある。ことに医学上近時臓器毒、細胞毒の知見が発達し、色々興味ある事実が明かにせられたが、あまりに専門的になり、且あまりに長くなるから一先ずこの辺で切り上げること丶する。たゞ以上の記述が読者諸氏の探偵小説を読まる丶際、多少の興味を添加することが出来るならば、筆者の大《おおい》に幸福に感ずる所である。

擱筆に際し、種々材料を供給して下さった森下雨村氏に、切に感謝の意を表する次第である。（完）

解説

小酒井不木《こさかいふぼく》（本名・光次）は一八九〇年、愛知県に生まれる。一九一〇年に東京帝国大学医科大学に入学。そのまま大学院に進学し、生理学、血清学を研究した。一九一七年、東北帝国大学医学専門部助教授に任命される。同時に衛生学研究のために海外留学を命じられ、アメリカ、イギリス、フランスに滞在した。留学中に持病の肺結核が悪化したため、帰国後も東北帝国大学に着任できなかった。一九二一年には医学博士の学位を授与されている。

不木が『新青年』に初めて登場するのは「科学的研究と探偵小説」（一九二二年二月増刊号）である。一九二一年に『東京日日新聞』に連載したエッセイ「学者気質」のなかで探偵小説に言及したことが森下雨村の目にとまり、寄稿を依頼された。それ以降はS・A・ドゥーゼの「スミルノ博士の日記」の翻訳（鳥井零水名義）や、長編探偵小説「疑問の黒枠」など、『新青年』に多くのジャンルにわたる業績を精力的に発表する。一九二九年に急性肺炎のため亡くなった。『新青年』では追悼記事（一九二九年六月増大号）が組まれている。

「毒及び毒殺の研究」（一九二二年十月～二三年一月）は四回にわたって連載された科学エッセイであり、本書には最終回を収録した。不木は「殺人論」など、多くの科学エッセイを『新青年』に寄稿した。犯罪や病癖といった危険なテーマを設定したうえで、文学や迷信を事例にその文化人類学的な意義を考察する特徴がある。ここでも古今東西の文学に描かれた毒殺が列挙されており、不木の持ち味をよく表している。（柿原和宏）

◆編輯局より【一九二四（大正十三）年十二月】

◆これは編輯同人の内輪話にとゞむべきことかも知れないが、本誌の読者諸君にだけは一応聞いておいていたゞきたいと思う。

◆全般的に見て、日本の雑誌にはまことによくない傾向がある。それは外国の雑誌を見なれている故かもしれぬが、日本の雑誌を見ると、内容の空粗な割に、外観の如何にも賑々しく、立派に出来ていることである。

◆羊頭狗肉というが、目次を開けて、大小の活字をゴテ〳〵と並べたてたところや、新聞紙半頁一頁大の賑かな広告を見ると、いかにも内容の充実していそうな、読んで面白そうな、魅惑を感じさせられる。が、その実、内容と云えば、二三頁の拙らない記事に大きな活字で表題をつけたり、毒にも薬にもならないような記事を、ゴテ〳〵と列べてある。

◆何事も宣伝広告の世の中である。愚衆の目を惹くような記事の配列と広告で以て、売りさえすればよいというのは、或は当世式かもしれない。しかし、それでは余りに読者を馬鹿にしたものであり、同時に又文化的事業に携る自己の天職を忘れたものと云われても仕方があるまい。

◆外国の雑誌を見ると、二十も三十も目次を列べたようなものは一つもない。その代り六つなり十なり、掲載された記事読物に一つも無駄がない。ほんとうに内容主義でいっている。そのいずれが読者に対して親切であるか？　また読者はそのいずれを喜ばれるか？　考えたいのはそこなのだ。

◆是非の論はとも角、本誌は何処までも内容中心主義でゆきたい。羊頭狗肉式に目次をゴテ〳〵列べるよりも、記事は少くとも真に読み応えのある内容の雑誌をこしらえたい。

◆新年からの本誌は、この方針でゆくつもりである。予め読者諸君の御諒察を得ておく。（雨村生）

2章

花開くモダニズム

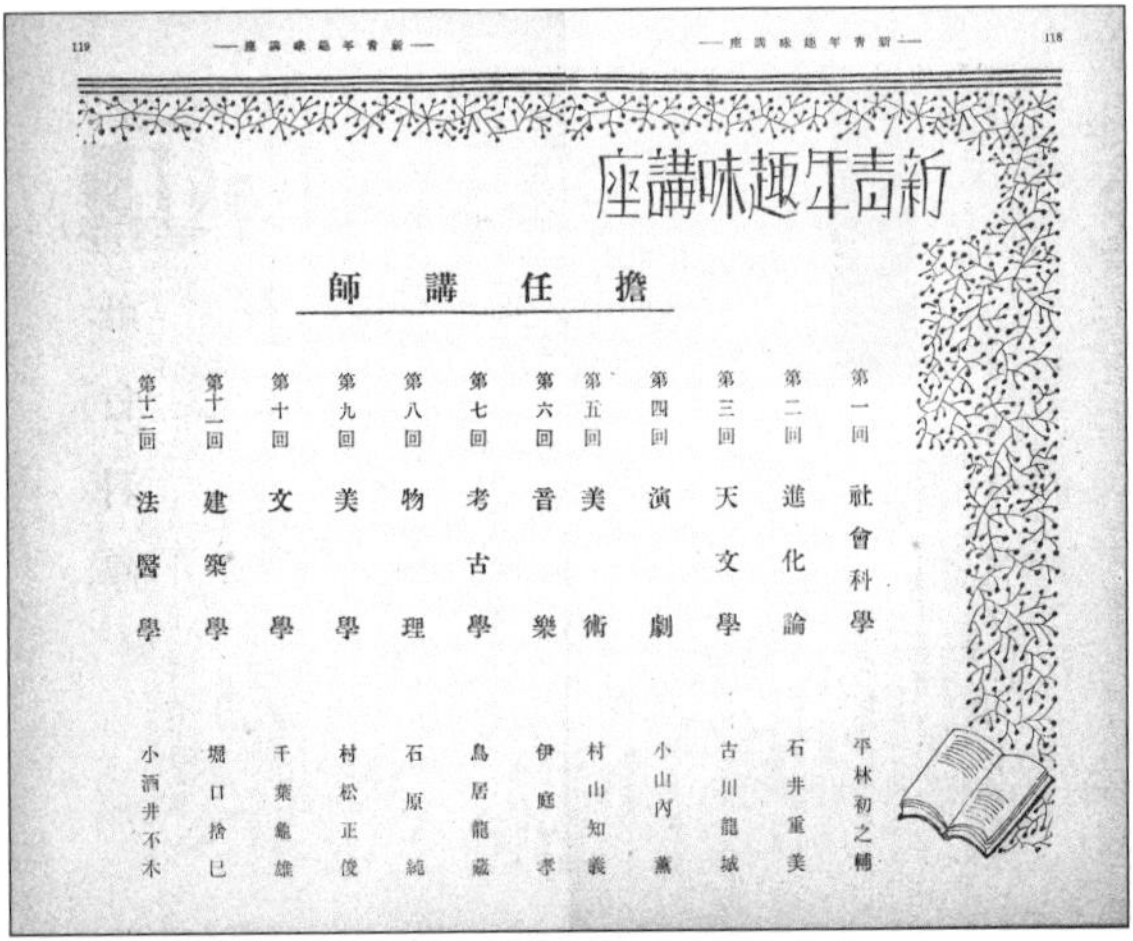

119　—新青年趣味講座—　　—新青年趣味講座—　118

新青年趣味講座

擔任講師

第一回	社會科學	平林初之輔
第二回	進化論	石井重美
第三回	天文學	古川龍城
第四回	演劇	小山内薫
第五回	美術	村山知義
第六回	音樂	伊庭孝
第七回	考古學	鳥居龍藏
第八回	物理	石原純
第九回	美學	村松正俊
第十回	文學	千葉龜雄
第十一回	建築學	堀口捨巳
第十二回	法醫學	小酒井不木

「新青年趣味講座予告」（1927 年 6 月号）

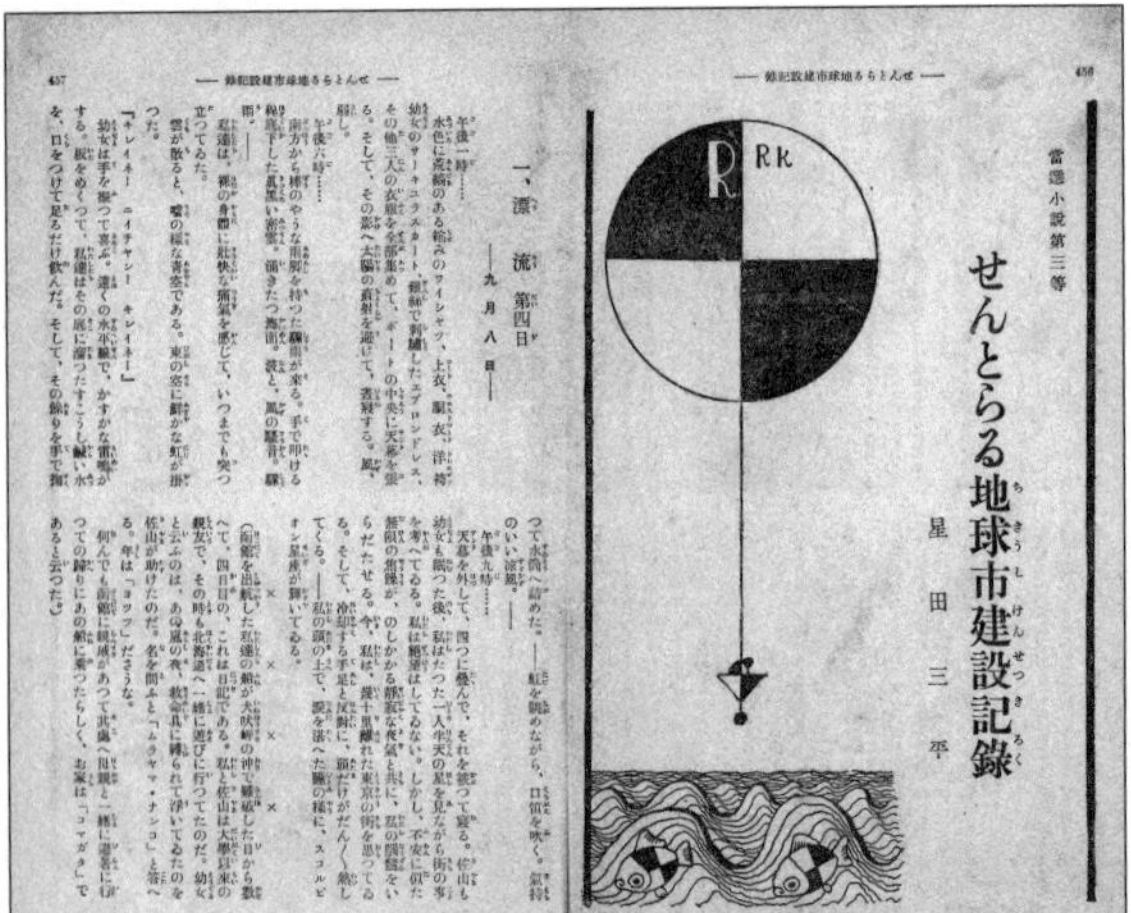

457　—せんとらる地球市建設記録—　　—せんとらる地球市建設記録—　456

當選小説第三等

せんとらる地球市建設記録

星田三平

一、漂流　第四日

——九月八日——

午後一時……

水色に荒縞のある縮みのワイシャツ、上衣、胴衣、洋袴、幼女のサーキュラスカート、銀糸で刺繍したエプロンドレス、その他三人の衣服を全部集めて、ボートの中央に天幕を張る。そして、その影へ太陽の直射を避けて、昏睡する。風、凪し。

午後六時……

南方から棒のやうな雨脚を持つた驟雨が来る。手で叩ける程、降下した真黒い密雲。涌きたつ海面。波と、風の騒音。驟雨。——

私達は、裸の身體に壮快な痛氣を感じて、いつまでも突つ立つてゐた。

雲が散ると、嘘の様な青空である。東の空に鮮かな虹が掛つた。

「キレイネー　ニイチヤンー　キレイネー」

幼女は手を振つて喜ぶ。遠くの水平線で、かすかな雷鳴がする。板をめくつて、私達はその底に溜つたすこうし鹹い水を、口をつけて足るだけ飲んだ。そして、その餘りを手で掬つて水筒へ詰めた。——虹を眺めながら、口笛を吹く。氣持のいい涼風。——

午後九時……

天幕を外して、四つに疊んで、それを被つて寝る。佐山も幼女も眠つた後、私はたつた一人半天の星を見ながら街の事を考へてゐる。私は絶望はしてゐない。しかし、不安に似た無限の焦躁が、のしかかる靜寂な夜氣と共に、私の胸腔をいらだたせる。今、私は、幾十里離れた東京の街を思つてゐる。そして、冷却する手足と反對に、頭だけがだん〳〵熱してくる。——私の頭の上で、涙を湛へた瞳の様に、スコルピオン星座が輝いてゐる。

×　×　×　×

（函館を出航した私達の船が犬吠岬の沖で難破した日から数へて、四日目の、これは日記である。私と佐山は大學以来の親友で、その時も北海道へ一緒に遊びに行つてたのだ。幼女と云ふのは、あの嵐の夜、救命具に縛られて浮いてゐたのを佐山が助けたのだ。名を問ふと「ムラヤマ・ナシコ」と答へる。年は「ヨッツ」ださうな。

何んでも函館に親戚があつて其處へ母親と一緒に遊びに行つての歸りにあの船に乗つたらしく、お家は「コマガタ」であると云つた。）

星田三平（画：武井武雄）「せんとらる地球市建設記録」（1930 年 8 月増刊号）

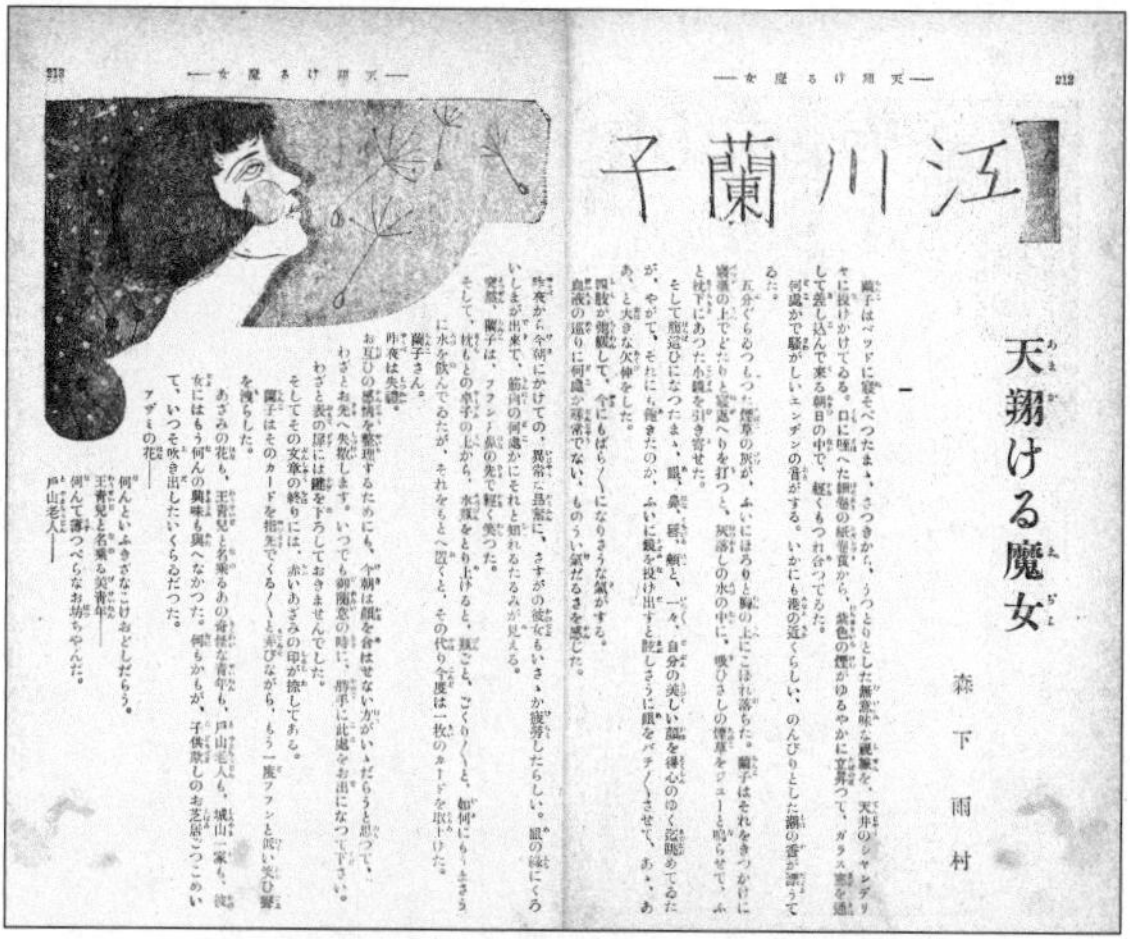

—天翔ける魔女— 212

江川蘭子

天翔《あまか》ける魔女《まぢよ》

森下雨村

一

蘭子はベッドに寢そべつたまゝ、さつきから、うつとりとした無意味な視線を、天井のシャンデリヤに投げかけてゐる。口に啣へた細卷の紙卷煙草から、紫色の煙がゆるやかに立昇つて、ガラス窓を透して差し込んで來る朝日の中で、縺くもつれ合つてゐた。

何處かで騒がしいエンヂンの音がする。いかにも港の近くらしい、のんびりとした潮の香が漂うてゐた。

五分ぐらゐつもつた煙草の灰が、ふいにほろりと胸の上にこぼれ落ちた。蘭子はそれをきつかけに寢臺の上でどたりと寢返へりを打つと、灰落しの水の中に、喫ひさしの煙草をジユーと鳴らせて、ふと枕下にあつた小鏡を引き寄せた。

そして腹這ひになつたまゝ、眼、鼻、唇、頬と、一々、自分の美しい顔を得心のゆく迄眺めてゐたが、やがて、それにも倦きたのか、ふいに鏡を投げ出すと詰しさうに眼をパチ／＼させて、あゝ、あゝ、と大きな欠伸をした。

四肢が弛緩して、今にもばら／＼になりさうな氣がする。血液の巡りに何處か尋常でない、ものうい氣だるさを感じた。

—天翔ける魔女— 213

昨夜から今朝にかけての、異常な昂奮に、さすがの彼女もいさゝか疲勞したらしい。眼の縁にくろいしまが出來て、筋肉の何處かにそれと知れるたるみが見える。

突然、蘭子は、フフンと鼻の先で輕く笑つた。

そして、枕もとの卓子の上から、水瓶をとり上げると、瓶ごと、ごくり／＼と、如何にもうまさうに水を飲んでゐたが、それをもとへ置くと、その代り今度は一枚のカードを取上げた。

蘭子さん。

昨夜は失禮。

お互ひの感情を整理するためにも、今朝は顔を合はせない方がいゝだらうと思つて、わざとお先へ失禮します。いつでも御隨意の時に、勝手に此處をお出になつて下さい。

わざと表の扉には鍵を下ろしておきませんでした。

そしてその文章の終りには、赤いあざみの印が捺してある。

蘭子はそのカードを指先でくる／＼と弄びながら、もう一度フフンと低い笑ひ聲を洩らした。

あざみの花も、王青児と名乘るあの奇怪な青年も、戸山老人も、城山一家も、彼女にはもう何んの興味も與へなかつた。何もかもが、子供欺しのお芝居ごつこめいて、いつそ吹き出したいくらゐだつた。

アザミの花——

何んといふふきさなこけおどしだらう。

王青児と名乘る美青年——

何んて薄つぺらなお坊ちやんだ。

戸山老人——

森下雨村（画：内藤贇）「天翔ける魔女　江川蘭子最終回」（1931年2月号）

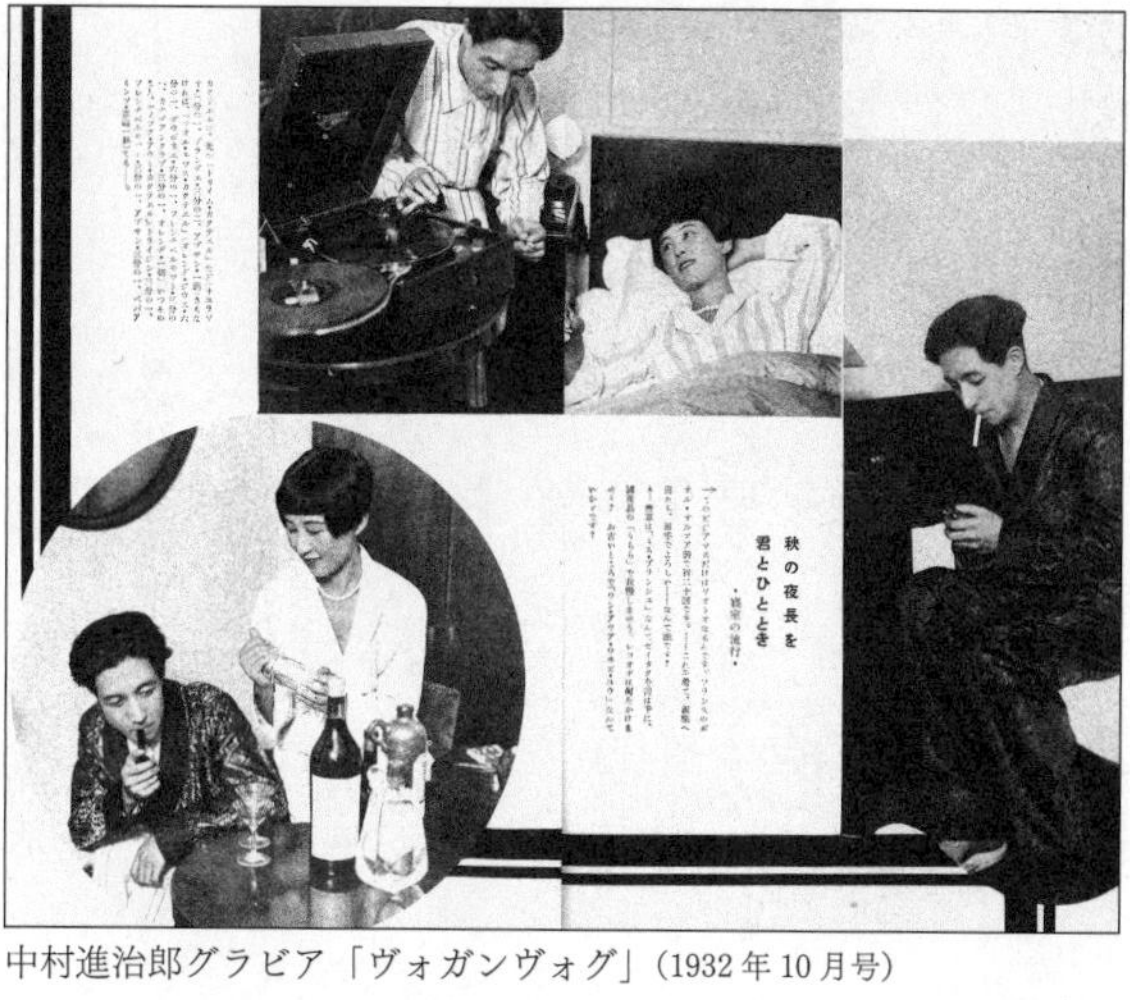

中村進治郎グラビア「ヴォガンヴォグ」（1932年10月号）

昭和モダンの流れの中で

湯浅篤志

『新青年』の初代編集長、森下雨村が文学ジャーナリズムに通じる探偵小説の土台を築き上げたならば、そこにモダニズムの色を添えたのが、一九二七年三月号で第二代編集長になった横溝正史と編集部の渡辺温だった。

関東大震災後の復興の中で都市の近代化が進み、欧米風な大衆文化が花開いた。『新青年』もそうした都会の流行を取り入れ、横溝はまず『新青年』の表紙をモダンなデザインに変えた。内容もユーモア小説、ナンセンス小説などの明るく軽いものを掲載するようになる。読物においては、渡辺温が中心になって、「新青年趣味講座」という新しい時代に必要な教養をレクチャーするコーナーを開設する。同年六月号から始まり、社会科学を始めとし、生物進化論、天文学、さらに演劇、音楽と舞踊、美術、美学、また考古学、物理学、建築学、文学や精神分析学、法医学などを、〈趣味〉という装いで企てたモダンな講義であった。探偵小説だけではなく、百貨店のように『新青年』を構成していくという意気込みが伝わってくる。こうした編集方針を考えると、大正の終わりから『新青年』誌上で人気の高かった谷譲次の〈めりけんじゃっぷもの〉のアメリカナイズされたモダンと同じ流れをくんでいるのかもしれない。

一方で、この時期、金融恐慌や政治不安のためか、世間ではエログロナンセンスの気分が強くなってきた。『新青年』はその中で、軽快なコントも含めた〈なんせんすもの〉を誌上に載せるようになり、「みしれえねあす」（一九二七年七月号）というコーナーを誕生させた。そこから欧米流のユーモアがたっぷり詰まった「阿呆宮」や乾信一郎（上塚貞雄）の「阿呆宮一千一夜譚」が生まれた事実も見逃せない。機知に富んだナンセンスな笑いが読者を和ませ、昭和初めの不景気を一時忘れさせてくれるエネルギーが詰まっていたのだ。

しかし、『新青年』の本流が探偵小説だったことを忘れてはならない。一九二七年春に休筆をした江戸川乱歩が、一九二八年夏の『新青年』に掲載された『陰獣』で復活をした。編集長横溝の最後の大仕事だった。『陰獣』が大きな評判を呼び、やはり探偵小説は『新青年』だということを印象づけた。十月号から編集長がシャーロック・ホームズの翻訳で名高い延原謙に替わったが、一九二九年八月号で水谷準にバトンタッチをした。

一九三〇年には昭和恐慌が起こるが、博文館における『新青年』の売れ行きは悪くない。水谷準は、同年八月増刊号に懸賞創作探偵小説の三等に入選した**星田三平**の「**せんとらる地球市建設記録**」を掲載する。SF的な風味で探偵小説に新風を吹き込もうとした。また、大正の終わり『新青年』に連載された「五階の窓」というリレー方式の合作探偵小説の第二弾として、一九三〇年九月号から乱歩、甲賀三郎、夢野久作、横溝、大下宇陀児、雨村らによる合作小説「江川蘭子」の連載も始まった。一九三一年二月号の**森下雨村「天翔ける魔女　江川蘭子」**で終わるのだが、人気作家を取り上げた読者サービスは健在だった。

文化流行通信も忘れてはいない。『新青年』におけるファッション通信は、延原編集長の時の「ばにちい・ふぇいあ」（一九二九年一月号）から始まる。一九三〇年一月号から改題されて「**ヴォガンヴォグ**」となり、さらに翌年からはモダンボーイ**中村進治郎**の担当となった。流行のファッション、小物などを写真や図絵で見せながら、時には彼自身がモデル（一九三二年十月号）になることで、読者にモダンで新しいライフスタイルを提案したのであった。

白い襟《カラア》をした渡り鳥

めりけん
じゃっぷ　商売往来　四

【一九二七（昭和二）年十月】

谷　譲次

1

『君《ユウ》、いま遊んでるかね？』

『YES。遊んでる。』

『そんならうちの店《ストア》へ来ないか。』

『I might——yap.』

なんてことをよく言い合っている。

この「遊んでる」は目下失業中の意味で、「わかる」などというのと同じに、いく分古めかしいめりけん・じゃっぷ趣味を含んでる言葉だ。「わかる」の用例左《さ》のごとし。

『おい痩《スケ》っぽ《ネイ》、ゆうべ大分集めたってじゃねえか。すこし、わかれ。』

『わかるほど集めやしないよ。何たる地獄に関してなんじは語りつゝあることよ。』

『鉄砲の息子め！　わからねえ野郎だなあ。』

と、こういうことになっては、「わかる」がわからないよりも、この会話それ自身がわからないほうの隊長みたいだが――よって以下すこしく説明する。

集める――博奕に勝って、一座の有金をさらえこむことなり。

何たる地獄、うんぬん――What a hell you are talking about!

鉄砲の子――Son of a gun で、こん畜生！　しようのねえやつだ！　ぐらいのところ。

「サノパガン」と発音する。この用例。

――お前の外套を借りたら、隠しに五十仙《セント》あったから費《つか》ったよ。I・O・Uだ。

――おお、汝《ユウ》、鉄砲の子供《さのぱがん》よ。

――あの女、君を見て笑ったぜ、おい。

――さのぱがん！

というわけで、サと高く出してノパガン！　と落したり、サノパまで平調で行《や》って、ガン！　と強く上げたりする。ちょいと威勢がいゝ。もちろん、あんまりお上品な言語じゃないが、それでも「さのぱ何とか」よりは先ず上等とされていて、御婦人の前で口から出ても私刑《リンチ》されるような心配はない。こいつを一つ、銀座あたりで流行らせてみたいな。カフェなにがしなんかの夜の情緒には相当ふさわしいと思う。

ちょいとこんなふうだ。

『あら！　はあさん、まあ！　暫らくだわねえ。』

『さのぱがん！』

『え？　なあに、それ。』

『さのぱがん、だよ。』

『えゝ。いいわ。どうせあたしはその——ガンでしょうよ。』

『はゝゝ、君は新青年を読まないからいけない。だから、さのぱがん、さ。』

なんてことになれば、雑誌の宣伝にでもなってY君がよろこぶ。やがて、「煉瓦《ぎんざ》」で、喇叭《ラッパ》ずぼんとダンヒルの煙管《ぱいぷ》が、こんなぐあいに挨拶をかわすね。

『や！　さのぱがん！』

『お！　さのぱがん！』

どうです諸君、なにぶん応援して下さい。しかし、詰らないことを流行らせたというんで、G・Tが叱られたりしちゃかなわないな。

で、さのぱがん！　だ。

もうすこしめりけん・じゃっぷの特種用語を左《さ》に——。

わかる——わかるは解るにして、こちらの財政的窮状に理解と同情をもち、自発的に金銭を貸与するの意。ただしこの金決して返ることなし。けだし暗黙のうちに喜捨と認むればなり。「わかる」の一語に溢るゝ万斛《ばんこく》の遊人的《スポウツライク》友義《ゆうぎ》と男性的人情美をもって掬《きく》するに足らん。

こめやる——やりこめるの逆倒語ならんか。日本の方言かも知れない。ひどいめにあわす・いじめて利を得る。

えねはう――Anyhow
さあべ――Survey だろうと思う。

れっこ――海員語。捨てる。廃業する。Let it go らしい。

まだあるけれど、面倒臭いからもうよす。

さて、そこで、めりけん・じゃっぷ商売往来――「白い襟の仕事《ホワイト・カラア・ジョブ》」。

フラア街の中程に、並木の下にちょっぴりと草花が咲いていた。朝はそこらの一軒一軒から料理油と珈琲《コーヒー》のにおいが流れて、正午《ひる》は外廊《ポウチ》の下で犬が居眠りして、夕方は、あっちからもこっちからもJAZZの蓄音機が洩れて、それらのうえに、都会らしい個人への無関心と、浮気っぽい無頼さとが五月の微風みたいに揺れていた。

その草花の咲いている並木の前の家へ。M・J――珈琲《コーヒー》のようだが、じつはこれをもって本篇の主人公としたいと思う。めりけん・じゃっぷの頭字《かしらじ》だ。何分よろしく――で、M・Jは階段を上《あが》って、廊下《ホウル》へ踏みこんだ。肥った東洋人のお爺さんが、そこの安楽椅子にふんぞり返って競馬表《フォウム・シイツ》を白眼《にら》んでいる。羅馬《ローマ》法皇のようになんとも堂々たる景色である。

『HOW・YOU?』

M・Jが言った。が、羅馬法皇はちらと眼を動かしたきり、ふんと黙っている。

『や、何《ど》うです。』

M・Jはもう一ぺん繰り返す。そして、相手には関係なくどんどん家内《なか》へ這入って来た。

渡り鳥のM・Jが今し町へ流れてきて、まず一番に親分のもとへ顔を出したところである。

隠然一つの組織をなしているんだから、各地のめりけん・じゃっぷのなかに頭立った者がいるのは勿論で、市伽古《シカゴ》のだれ、キャンゼス市《セティ》の誰、クリイヴレンドのジョウ、デトロイトのヘンリイ、紐育《ニューヨーク》の――紐育は大き過ぎて、混然雑然としている。大体めりけん・じゃっぷの人間的面白味は日本人会なんかという半官的――まるで本国地方行政庁の延長みたいな――団体の発達していない土地にあるので、日本人の社会的地位が確立しているところには無責任にしてCare-freeなめりけん・じゃっぷとしての野趣の横溢を見ることは、比較的出来ない――で、トレドのだれそれ、聖《セント》ルイの誰といったぐあいに、いたるところの大小の都会に、それぞれその町の元締がいる。と言ったところで、何も任命されてるわけじゃあないが、いわば縄張りを作って蟠居している長脇差しの形で、この連中のなかには一種の風骨を帯びて、何時《いつ》の間にか物凄く甲羅を経ている人物がすくなくない。何をしているかと言えば、まず表面の職業はめりけん・じゃっぷ専門の人入れ稼業か、さもなければ日本雑貨商、料理店、ホテル、給仕長のたぐいで、多くは細君に下宿屋《ルウミング・ハウス》をやらせたり、どうかすると変な女を置いたりして、大層ゆったりと構えていらっしゃる。これが先ず日本なら御維新前から明治初年へかけての代物で、長火鉢、御神燈、柄のついた煙草盆なんかという小道具が必要なところだろうが、これはあめりかだからそんな意気ごとは望まれない。それでも一とおりお約束はきまっていて、歌留多・賽ころ・ピストルの傷痕・大きな指輪・絹襯衣《シャツ》・山高帽・幸福神《マスコット》の小銭《コイン》・二の腕の王腕《ママ》の刺青《ほりもの》などちゃんと仕度が揃っている。ちょいと見たところ神田伯山――あきかの火祭りかなにかですっかりいゝ気もちに次郎長親分になりきっている瞬間の神田伯山――が洋服を着て、葉巻をくわえて、口の隅から呪語《スウェア》――あめりかのべらんめえだ――を放っている光景を想像して、それがすなわちめりけん・じゃっぷの大親分だと思っていたゞきたい。OH！　さのぱがん！

で、さのぱがん――。

古びた絨毯の上に布《きれ》の擦り切れた椅子があちこちに置いてあって、卓子《テーブル》には日本出来の博覧会向きてぇぶる掛けがかゝっている。桑港《フリスコ》の日本字新聞――御膳しるこ三好野《みよしの》、きそば金門庵、大弓場、別府温泉湯の花加州館、汽船宿上総屋《かずさや》、産婆、天狗ずし、御料理御宴会初音《はつね》、あんまもみりょうじ針灸、なんとかドラッグ商会、身上判断、仏教青年会職業紹介所、新派大悲劇「女《め》浪《なみ》男《お》浪《なみ》」全五巻上映、連鎖劇市川大之丞《だいのじょう》剣劇一座幕末武勇伝「名刀虎徹」以上フレスノ農会々議場にて、「男女性の知識」「結婚当夜の思い出」「春の夜語《よがたり》」三冊で一弗《ドル》廿《にじっ》仙《セント》、附録として美人裸体写真六枚一組一見恍惚魂飛ぶ其の他「玉手箱」内容は言わぬが花、珍具「春雨」一個無代進呈、略号セハ。岡山県人会例会サリヴァン街会席一力《いちりき》にて。「ジャック、結末ついた。すぐ帰れ」、加州政庁認可ス大学法律学士抗争一般特許出願通訳専門大河原フランク、これが年末ならば、例年のとおりちん餅仕《つかまつ》り候《そうろう》、なんかという広告がべたべた並んでいる――この桑港《フリスコ》日本字新聞と亜米利加《アメリカ》のぼりす・がぜっと――警察の雑誌じゃない。拳闘・野球・舞踏・水浴美人・ばくち・強盗殺人・離婚・飲酒・芝居等のごときスポウツ的興味ある記事と写真とを満載す。二つ折り大型赤しんぶん――と二三日前からの競馬表とが一面に散らばっていて、葉巻の灰が崩れずにそこゝに落ちている。壁にはピアノ。

たゞしこれは装飾用だが、たまにはめりけん・じゃっぷのなかの芸術家が金を借りに来て「こゝは御国を何百里」や「お前がいないと夜が長い」を弾いて行《や》ったりする。ピアノの上に日本海大海戦の絵が金いろの額ぶちに入ってかゝっていて、それとならんで各国の国旗をきちんと配列して下にその国名を書いた桑港《フリスコ》日本字新聞の新年附録――明治三十四年一月元旦発行――が飾ってある。親分の応接間である。

親分は椅子にかけたまんまだ。その面前に、被告のようにもじもじ直立して、帽子のふちを弄《いじ》りながら廻しているのが渡り鳥M・J。

みどり色のずぼん、大きな上穿《スリッパア》き、コウトはなし。しゃつの腕まくりをして右手の指先を茶色に染めて、犬をつなぐような金ぐさり――たぶん時計の――を腰の帯皮へ絡ませているのが親分。じろじろM・Jを見つめている。M・J青年は猶太《ユダヤ》人の不良俳優みたいな胴のしまったヂヤズTUXを一着に及んで、あるか無しかの低いカラアに、これもあるかなしかの小さな蝶形をくっつけて頭髪《かみのけ》をてかてかに光らせて、硝子《ガラス》玉の指輪をして、ぽけっとには他人《ひと》の煙草を貰った時の用意に鳥目燐寸《バアズ・アイマッチ》――鳥の目のマッチてのは軸木の頭をどこでも固い表面へこすって発火させるやつ――をばらでしこたま貯蔵していようというものだが、こいつは生憎《あいにく》そとからは見えない。ひどく恐縮してるようだが決してそうではない。これからがあいさつだ。まず仁義というところ。上州のだれそれが甲州の親分の内へ立ち寄ったこゝろで、旅装束のまゝ土間に立って、こう框《かまち》へ指を突いて――まあ、止そう。

M・Jはいきなり上着をぬいだ。

2

M・Jはいきなり上着をぬいだ。

喧嘩？　OH・NO！

At home に敬愛の意を表そうというにすぎない。

『Be cheated, young feller――』親分は穏顔に微笑をたゝえてそばの椅子へ頤《あご》をしゃくった。なかなか洒落気《しゃれき》がある。

『where you from ?』

『私《ミイ》？　デンヴァ。』M・Jがわたりをつけにかゝる。相方たい然たるものだ。『デェンヴァ・カロラド――you know。』

『勿論《シュア》。いたことがある《アイ・ビン・ゼア・トウ》。』

『えやっ？』

『えやっ！　七年前。』

『昔々《ロング・エゴウ》――あの善き古き時代ですか《ゼム・グル・オウルド・ディス》。』

『you said it. で、あんたあこれから紐育《ニューヨーク》かね？』

「いえす。けど当分こゝに――。』

『だが、この頃あんまり大きいところはねえぜ。博奕もな。市長が変ってうるさい。』

『は。結構です。ぷりいず。』

『えやっ?』

『えやっ!』

『何が出来るかね。うえたは?』

『聖《セント》ルイの郊外倶楽部《カントリイ・クラブ》にいました。YAP』

ここでうえたというのは給仕人《ウェイタア》のことだが、それを上田とでも発音するように日本ふうに「う・え・た」とやる。

『そうかね。聖ルイにいたのかね。あそこにあケネスの野郎がいる筈だが、何《ど》うかね、達者かね。』

『ケネス・オカヤマですか。いえゝす、監獄へ入りました。HAHAH!』

『また入獄《はい》ったかね。さのぱがん!　何で?』

『酔っぱらって巡査に接吻《キス》したんです——酒を呑むとまるでオレゴンの土人《インデアン》ですからね——さのぱがん!　でさあ。』

『さのぱがん!　それで ever worked in a store?』

『who?』

『You.』

『Me?』

『Yap.』

『えやっ!　市伽古《シカゴ》のニッポン雑貨店にいました、ついこないだまで。いえす。』

『この国にゃ古いんかね。』

『ME?』

『YAP。』

『八年ほどです。戦争の時にはカネテカッツ――G・T曰く。日本版あめりか地理書によればコンネクチカット州――で三個月兵隊をやりました。AHEM――これは英語の咳ばらい――』

『ふれんちへは行《ゆ》かんかったのかね。』

『ふれんちへは行《ゆ》かんかったです。』

『WHY?』

『私たちが船へ乗ったら戦争がすんだです。』

『えや？　さのぱ――がん！』

『さのぱがん！　で何か仕事《ジョブ》はないでしょうかねえ。I'll do most anything.』

『そうさね。執事《バトラア》の口が一つあったと思うが、どうだね、行く気はないかね。』

『執事《バトラア》？　地獄《ヘル》、NO！　みい・のう・らいき・はうす・うおいき。』

『あはあん――well then, てえと、いまはちょっとねえね。』

『ありませんか。』

『ねえね。』

『さのぱがん！』

『うちへ泊って遊んでなせえ。そのうち何か掛ってくるから。』

『Yes, but——すこしわかりませんか。』

『ハウ・マチ?』

『五円も。』

めりけん・じゃっぷが円というのは弗《ドル》のことである。

『五円? ざっつおううる?』

『ええ、まあ、それだけあれば当分——へ、、、。』

という次第で、親分が五円わかってしまうと、M・Jはそれを「ポケット」して、こゝに、しごく気楽に「わらじを脱ぐ」ことになるのだ。こういう渡り鳥が親分の家には大《たい》がいしじゅう三四人はごろごろしている。みんな正午《ひる》ごろ起きて来て、家の内外にぶらぶらして——遠くへ行くとお金がかゝるから——そして、御飯の時には何処からともなくじつに正確に台所へ現れる。そうすると、白熊のような偉大な親分夫人どうも義理にも姐御とは言えない。たいがいチェッコ生れかなんかの大女で、こいつの前には流石の親分も頭が上らないことになっている——が、碁盤縞の油　布《オイル・クロウス》のうえへ麵麭《パン》とへんてこな料理のお皿を抛《ほう》り出して、

『食《イート》え! ボウイス、食《イート》え!』

なんて仰言る。仕事にあぶれている若いめりけん・じゃっぷは、夫人にわからないから、がやがや日本語で悪口を言いながら食べはじめるんだが、親分がそこにいても、夫人を罵る分には——それが日本語であるかぎり——一こう差しつかえない。親分じしん同じような意見

を発表して、ボウイス対夫人の場合には常に必ずぼういすの味方についている。夫人はぼういすにとっても親分にとっても「わからねえ畜生」だからである。

『こゝのばゝあはまたおっそろしくけちだね。』

『しかし君《ユウ》、そういうけどね、バファロのシマのばあさん――G・T曰く。めりけん・じゃっぷにとっては凡ての女がばゝあでありばあさんだ。十七八の女をつかまえてあのばゝあはなんてことを言う――シマのばあさんよりぁ幾らかいゝぜ。シマのばゝあと来ちゃあ非道《ひで》えからなあ。』

『そうか。オマハのアウサアのばゝあよりもひでえか。』

『ひでえとも。明けても暮れてもハンボグと薯《いも》ばかり食わせやがる。』

『えやっ?』

『えやっ！　ひでえよ。』

『そいつぁひでえな、全く。』

『さのぱ――。』

『しっ！』

『はゝゝゝ、ばあさん笑ってらあ。』

『こら、ばゝあ、何がおかしい?』

『You talk funny, boys――はしこし・はしこし・はしゅ・こしゅ・こしゅ、sound shoast like dat, eh。』

『はゝゝ、ばゝあめ、真似してやがる。』

『はしゅこしゅってやがらあ。へん、自分は何だい、だ。』

などと、こうやってほうぼう泊って歩くものだから、各都市の親分夫人をよく心得ている。

M・Jもこの一人だ。だから、親分にわからせた五弗《ドル》のうちから一日一箱の煙草を買うだけで、ひたすら仕事口の出現するのを待ちかまえていると――さのぱがん！

気の利いた紳士体めりけん・じゃっぷが親分を訪ねて来て、廊下《ホウル》にまごついていたM・Jに言ったのである。

『君《ユウ》いま遊んでるのかね？』

『YES、遊んでる。』

『ぜん、うちの店《ストア》へこないかね。』

『I might――yap.』

かくのごときいきさつを経たのち、かれ若きM・Jと、その愛好する原色に近いJAZZ・TUXとが、メイン街一三番のトキヨウ美術品店の床《フロア》を歩きまわることゝはなった。

AHA！　さのぱがん！

で、さのぱがん！

メイン街一三番のトキヨウ美術品店の主人デェヴィド・トキヨウ氏は、どんなに熱い珈琲《コーヒー》でも一度下皿《ソオサア》へあけて啜るようなことは決してしないところの、そして小指を離してこっぷを持つところの、名香《インセンス・クリセンセマム》「菊の花」みたいに上品な日本紳士で姉妹《きょうだい》の売子がかれの店のために色彩と饒舌と脂粉とを呈供していた。姉をソフロニアといって年齢不詳、妹のエイダ——Ada はアダじゃない——は、これも年齢不詳だが、確かに姉のソフロニアよりはいくらか年下のようだった。この両女が店《フロント》を受け持って、客のあるなしにかゝわらず、鼻っぱしらへ白粉《おしろい》を叩きこんでいると、デェヴィド・トキヨウ氏は現金器のまえに据わりこんで、客の顔を見ちゃあにやにやしていた。もちろんトキヨウ氏はおあいそのつもりでこのにやにやをやっていたんだが、この手は白人に対しては概して効果がないどころか、人によっては怒らせるようだった。というのは一たい日本人は giggle はするが、smile することを知らない。ギグルはくすくすであり、にやにやだが、スマイルはにっこりであり、にこにこであり、このこつはなかなかむずかしいとみえる。だから日本人が笑う場合には、それはかならず呵々大笑の東洋流豪傑笑いか、さもなければ人のわるそうな「にやにや」か「くすくす」で、本人はそういう意思は毛頭ないんだが、白人のなかにはこれを見て侮辱されたように取ったり、きやつき印《カクウ》じゃねえかなんて不気味な印象を受けたりするものがあるらしい。日本人としては大いに損である。そうでなくても、上手な微笑《ほゝえみ》は表情美の極致だというからもだんがあるなんか宜しく鏡を白眼《にら》んで大いに稽古すべきで、彼女らのすべてが巧妙に Smile し得るようになったら、どんなにもっと銀座あたりが光ることになってぼういすがよろこぶことであろうよ。OH!　さのぱがん!

　さのぱがんはいゝが、あめりかでは大いにすまいるを尊重するね。「微笑のあるところ人生あり」なんかといって、軽快な舞踏のテンポか、食布の白い朝の卓子《テーブル》に噛るセロリの味のような素早い、影の多い、そしてさわやかなスマイルのみが美女をつくるとなっている。Smile a day give you a way だの、Smilin' through だのと色んな言葉があるくらいで、「彼女は金百万弗《ドル》のスマイルを笑う」てなことを言って悦に入っている。日本人のは歯――それもあんまり白くない歯――を非常な努力のもとに対者の見参にそなえようとするようなもので、なかには食欲を減退せしめるのがあったりしてお米の高い時にはい丶かも知れない。が、あんまりわる口をいうと憎まれるからよす。さのぱがん、だ。

だから「お作法の本《ブック・オブ・エテクエト》」などを抱えこんで、

『ねえ君《ユウ》、M・Jさん、靴がよごれているのはですな、豚に乗って広小路《ブロウドウェイ》の雑沓を分けるよりも恥ずべく愚かしい状態ですな。』

とか、またサムタイムは、

『婦人《レディ》が物を落したら、とんで行って拾うんですがね、渡すまえに帽子を、あんたの帽子ですよ、帽子をとることを忘れちゃいけない。帽子をね。SEE?』

なんてことばかり言っているデェヴィド・トキヨウ氏も、そのにやにやではお客を scare away するに充分だったとみえる。なに、そんなわけでもあるまいが、あんまり流行らなかったね。で、M・Jは何をしているかというと、店のうしろが小さな倉庫になっていて、そこへ毎日でもないがしじゅう荷物が来る。そいつを解《ほど》いて店へ出すのが渡り鳥M・Jの仕事だ。裏の露路《アレイ》へ運送屋の貨物自動車が割りこんで来て、黒い労働襯衣《ろうどうシャツ》――こいつはなかなか小粋ないでたちで、真黒な繻子かなんかで出来ている。それへ、ねくたいを長くだらりと結んで、胸のぽけっとから牡牛《ブル》ダアヘムの円いぴらぴらでも垂らして町角《コウナア》に立っていてみたまえ。鼻の赤い巡査が棍棒を肩の上でくるくる廻しながらやってきて、

『よう、若え《オウルド・タイマア》の！――G・T曰く。Old-timer だが、こう逆に使うとめりけんらしい味が出る――how's de woild treat you? Eh?』

とばかりに茶色の唾を吐きます――嚙煙草。

『OH・SO・SO・I guess.』

『さのぱがん、かい。』

『まあ、さのぱがんですねえ。』

で、巡査と黒しゃつ、また楽しく左右に別れる――あめりか街上小景。

　と、こゝまで書いて来たら、玄関で大声を発するやつがある。

『あゝあ、年をとったる御隠居が――。』

というのである。びっくりして出てみたら、赤いめりんすのちゃんちゃんこを着た小猿がG・Tを見て giggle した。ふうれい！　これこそまさにデェヴィド・トキヨウ氏のにやにやの部である。嬉しかったが猿まわしは今の場合必要としない。で、何といったと思います？。さのぱがんさ。すぐ引き取って行った。猿も人も――大きなほうが人――。利きますな、呪文さのぱがんは、試験済です。保証。推薦。

　で、その黒襯衣の運送人が大荷物を投げこんで紙片《かみきれ》にM・Jの署名――この、署名というやつをするときだけ、M・Jも銀行家のように重大に感ずるのだった――を受けて、帰って

行《ゆ》く。あとには荷物とM・Jとの格闘がある。
『日本出たときゃよ、っこら、涙で出たがよ、い丶まじゃテキサス大地主、よ、さ・の・ぱ・がん！』
といったようなめりけん・じゃっぷの心意気であり、あるいはまた、
『横浜《はま》を思えば照る日もくもる、日本通いがうらめしや。』
なんかと哀音切々たるものがあったりするし、時としては、
　If you wanna kissie me,
　You can't 50–50 ME.
　O! You gotta see yore Mamma
　Every night,
　For can't see mamma at all.
『あほうい・あ丶ら・おお丶丶うあ！』
Or——。
　お丶、メアンデイア
　牧師さんだよ、ヘアンデイア
　やつは小さなデアンデイア
　これらの音楽的感動に乗じてがちゃがちゃやるんだが、いくらM・Jが騒いだって、音波で荷物は開きはしない。さのぱがん！

もうもうたる藁と塵埃《ほこり》とけむりの渦！

その結果は果してどうなることであろうか。

3

釘抜き機械でがちゃんと釘の頭を挟んでは抜いてはいるうちに、だんだん箱の木が口をあいて、なかには藁が一ぱい詰ってる。瀬戸物の荷だ。

赤や青で富士山や川や白帆や鳥居や女の姿や松竹梅や近江八景や福禄寿や大仏やほたるやサクウラやなんかゞ画いてあるのは、それが名古屋出来であろうと、大阪製であろうと、オハイオ州デイトン産であろうと、すべてキュテイニ焼きであり、茶器《ティ・セット》や食器一式《デナア・セット》にはみんな黄と黒で山水がかいてあったりする。箱のわら屑のなかから、これらの日本趣味がほゝえみかけているのを見ると、Ｍ・Ｊは唄を中止して、そのかわりに歓喜の声をあげる。

『さのぱ――がん！』

そうして、それらのこわれやすい日本趣味を掌へ置いて、埃りを吹きちょっと拭いては店へ運びこむのだ。

有名な――有名なとことわらなければならないほどに有名な――トキヨウ日本美術品店である。陳列してあるものは、前記の売子姉妹ソフロニア・エイダ両名のほかに、瀬戸物、香炉《バアナア》――大仏の頭から煙の出るやつ、壺、インク入れみたいなの、舟形、その他いろいろ――香《インセンス》――こんなものを買って燻《く》べて嬉しがっているあめりか人は実にナンセンスだというので、M・Jはインセンスのことをナンセンス、香炉のことをナンセンス・バアナア——バアナアだが、これはボイナアと言ったほうが通りがいいようだ。即ち boiner である。Skot が skoit でスコイト、Bird をボイズと発音するがごとし。子供の言葉でもあり、また上海《シャンハイ》あたりに生れた独特の鳩英語《ピジャン》でもあるが、うっかりしてると、めりけんの口が如何にもこんなふうに聞えるんだから仕ようがない、だから、冗談ばなしがある。

先生、小鳥を指さして、「あれは何ですか」生徒「ボイズです。」先生「ボイズではありません。Bird です。」生徒「そうかも知れませんが、見たところはボイズにそっくりです。」というのだが、子供のJOKEには教室を題材にしたものが多い。つぎのなんか常識のように知られている一つだ。

じい・ほいず——Gee whiz——いつかのあれです。このじい・ほいずが何《ど》んなに一般的な感投詞であるかはこれでもわかる。先生、ABCを教えながら満堂の小さいのに、「A——B——C——D——E——F——G——つぎは何でしょう？　フランセスさん、Gのつぎにくるのは何ですか。」フランセス、いきおいよく立上って「——ほいず！」とやったというんですが、いや、こんなことが話の主題ではなかったはずだが、そこでナンセンス・ボイナアが沢山並んでいると、ナンセンスも種類が多い。すみれだの菊だのサンダル・ウッドという白檀《びゃくたん》、組合せ《アソウテド》なんかといって色んな香が一箱に入っていたりする。形は小さな円錐形で、なかには線香もある。このへんなにおいの底にあらゆる東洋の神秘と芸術境がひそんでいるものとでも感ちがいしている風流ぶった可哀そうなあめりかんが多いから、このナンセンスとそのボイナアは可成りよく売れる。めりけん・じゃっぷもちょいと人が悪い――これとともに店にあるものは、青と白の浴衣地食卓かけ、女の靴下と上草履、硝子《ガラス》や貝をつないだ数珠みたいな首飾り、玩具、うるし塗りの盆――羽子板だの二見が浦だの万歳《ばんざい》だの花鳥だのってのが黒地へ銀でかいてある――ナプキン・皿敷き・はんけち・浮世絵版画――これがまた生々しいもので、明治初年の女がらんまんと咲き乱れた桜樹《おうじゅ》の枝に短冊を結ぼうとしていると、風が吹いてきて白い――それこそ紙のように白い――足がすこし見えていたり、侍が徳利を下げて月の下を歩いていたり、あんまに犬が吠えていたりする――葉書大の灰皿――一々文句をいうようだが、こいつがまた珍物で全体が不必要にも硝子《ガラス》で出来て、底が二重になっていて、その二重底のあいだに細い隙間があるから、横から絵葉書を挟んで押しこむと灰皿の底が絵になる。そこが面白いわけだ。この目的のために浅草の観音さまの彩色絵はがきやヨコハマ埠頭の光景や松島の写真なんかを組にして売っている。このほか版の大きさは共通だから絵はがきなら何を入れたっていゝ。恋人の写真でもクララ・ボウ乃至《ないし》はギミイ・ダラ若しくはハシイ・シスのぷろまいどを押しこんどいて、Aの恋人が飽きたらBのにしてもいゝし。先週の花形《スタア》が古くなったら、今週のと差しかえることも出来る。一個三十五仙《セント》――、絹綢《ポンヂ》の反物――かんとん・ぽんぢとギフ・ポンヂの二種類あり――キモナ、あるいはクモウナ、正しくはキモノ、こいつが大変だ――横浜の弁天通りに上海《シャンハイ》の四馬路《スマロ》と桑《そう》港《こう》ウオタ・フロントを加えて、それにおなじみのフジヤマ、サムライ、ハリカリ、ダイミュウ、バンザイ、サヨナラ、ヨシワラ、ナリキン、トコガワ、サクウラ、ミヤコ・ダンス、ニポン・ユセン・カイシャ、はしこし・はしこし、はしゅこしこしゅ、さのぱがん、M・Jデエヴィド・トキヨウ、これらの全部を織りこんで出来上った切地を鎌倉時代のうちかけみたいなもの丶ように巨大に縫って、それへ赤、青、緑、紫、黄、金、銀の糸でもってぬいとりをする。模様は孔雀、宝船、大漁祝い、要するに何でもいい。とにかくこれだけの手数と思案を経なければキモナの感じを出すことは不可能であると思われるほど、それは極東の不思議さと夢の王国にほんへのあこがれとを蔵しているのだ。さのぱがん！

まだいろいろあるが以下略す。

で、これらの商品の荷をといて店へ並べるのがM・Jの係りなんだが、トキヨウ氏の留守には現金の出し入れもする——ついでだが、あめりかの小売代価の単位は大抵五仙《セント》で、五仙以下の物品は二つ乃至《ないし》三つで五仙ということになっているから、片《ペニイ》を出すのは燐寸《マッチ》を買う時ぐらいのものだ。料理店などでは全部五仙、十仙、十五仙、廿仙という工合いに五仙ずつ上ってゆくだけで、二仙だの八仙だの十七仙だの八十八仙だのってのは決してない。だから総計でも容易なら、お釣りを勘定するにも簡単だ。それに、おつりと言えば、日本では客の出した金額から代金を差引いて残金をがちゃがちゃと一度に出すから、ちょっと暗算に魔《ま》誤《ご》つく。まごついていると客のほうでもおつりを調べるのに時間がかゝるし、念入りに数えるなんて何だか嫌なので、つい見もせずに其儘《そのまま》さらえ込むことになるんだが、これで間違いはないようなもの丶、経済思想が低いようでちょっと非文明な気がする。ここは是非西洋ふうにしたほうがい丶と思う。というのは、日本流の引く代りに加えて往くので、つまり、一円三十二銭の買物に十円出した人があるなら、お釣りの八円六十八銭を一時に突きつけないで、先ず、一円三十二銭と土台を明らかにしておいて、そこへ八銭並べて四十銭、それに六十銭足してこれで二円、と言いながら、お釣を出すほうで実物すなわちおつりの現金と一しょに口でかぞえて、一枚二枚三枚と一円紙幣を重ねて見せて前の二円と今の三円で五円、「それにこの五円札で十円」と、最後に客の出した金額をおつり盆の上で造り上げておいて、「へい、お待遠さま」ということにすれば、第一取引が迅速に進むし、相互に誤算の率が尠《すくな》くなって、出す商人も安心なら受取る客も面倒がないというもの。どうもこのほうが便利かつ合理的なようだが、ま、そんなことはさのぱがんさ。

で、さのぱがん！

　M・Jは毎日このメイン街十三番のトキヨウ美術品店へ通って、藁ごみを吸い、「さのぱがん」を吐き出し、ボイナアの大仏にたわむれ、ソフロニアとエイダの争いを仲裁し、老婦人に日本製香水を売りつけ、若奥様からキモナの代価に三十二弗八十仙ふんだくって、

『掘出物《バアゲン》でございますよ、奥さま、とても掘出物《バアゲン》でございますよ――よくまたお似合いで、へゝゝゝ、ありやつうござい――ぷりず・COME AGAIN、さのぱがん。』

4

　ソフロニアとエイダはしじゅう喧嘩ばかりしていた。

　そのうちにとうとうソフロニアのほうが店へ来なくなってしまった。理由というのはこう

である。

　店主デェヴィド・トキヨウ氏は完全にあめりかないずしためりけん・じゃっぷだったが、たった一つ故国を忘れ兼ねたものがあった。それは日本の食味である。で、かれトキヨウ氏は市伽古《シカゴ》や桑港《フリスコ》——あの日本字新聞の広告を頼りに——へ手を廻して、あらゆる方法で海苔やするめを購入——ほとんど懇願的に——していたんだが、奥の倉庫で氏がそれらの味覚を享楽していると、必ず姉妹のうちのどっちかが発見して、

『あら！　まあ、紙を食べてんのね。なあに、その黒い紙。』

なんてことになる。満足するまでは何処までも追究してくるから、トキヨウ氏も直ぐ告白しちまう。

『これかい。のりだよ——の・り。』

『Nori? O, what's that?』

『Sea-weeds』

『A——WHAT?』

『の・り。日本の食品。美味《グッド》。Wanna taste it?』

『The thing won't kill me?』

『ねうあ！』

『一まい頂戴、じゃあ。』

『ほら、食べてみたまえ。』

『こうやって食べるの？　大丈夫かしら――あ、食べちゃった！――うわあっ！　おうっ！　OUCH！　HELP！　神よ、ぺっぺっぺっ！　黒い紙！　へんなにおいね。さのぱがん！　うゝう！』

これでよすかと思っていると、くりすます前の初雪の日――朝からどんより曇って、なんとなく不吉なものがソフロニアの運命の上へ黒い影を投げているようでもあった。デェヴィド・トキヨウ氏とM・Jとが裏で一枚のするめ――いかの乾したやつ、あれです――を裂き合って、とおい日本の天地へ些さか望郷の思いを馳せている現場へ、矢庭に闖入《ちんにゅう》してきたのがエイダだ。しばらく二人の手のするめを凝視していたが、

『それ、なんなの？』

とすぐこうだ。

さのぱがん！

『日本の噛み護謨《チュウインガム》だよ。』

M・Jは何時でも余計なことを言う。すると、

『あらま！　ふうれい！』

エイダは両手をあげて万歳を三唱したのち、チュウインガムには眼のない彼女のことだ、直ちに鯣《するめ》へ向って突進してきた。

『ぎみ――gimme――give me――ぎみ・ぎみ・ぎんみ！　ぎんみ、日本のちゅういんがむをすこうし。よう、よう、ユウ・さのぱがん！』それから店のほうを振り返って大声をあげ

た。『HEY！　ソフィ、日本のちゅうだって！　いらっしゃい。ちょいと、ちょいと、早く来て取っちまわないと、食べちまうわよ。デェヴィとM・Jが。ソフィってば！』

さて、これを聞いてソフロニアが機関車みたいに驀進《ばくしん》してきたことは言うまでもない。

『どれ、どれ、何処に、どこに――あ、あれ！　あの薄いごむ？　ようし！　およこしなさい。さのぱがん！』

というわけで、たちまち二人とも鰑を奪《と》り上げられてしまった。

『そうね。成程護謨《ごむ》らしいわね。』

『あら、手で破けるわ。』

『五〇・五〇――山わけ――よ、ね。』

なんかと姉妹でするめを千切って頬張っていたが、エイダは甘くないというんで直ぐ吐き出したからよかったもの、、ソフロニアは、そのうち甘くなるだろうという見当で精々噛んでいると、急に胸がわるくなってきた。それからうがいをするやら騒ぎだったが、ついにその日は早く帰って行って、自宅で床についてしまった。で、もう再び店へはこなくなった。するめで気もちを悪くしたのである。そんなことやなんかで店の成績も思わしくないので、M・Jは店にある竹細工の家具をかついで行商に出ることになった。そこで雪の中を毎日歩き廻ったがちっとも売れない。冷え切ったM・Jに思出がよみがえる。

字幕。「三年前のことである――。」

めりけん・じゃっぷ料理店の一隅。M・Jともうひとりの日本人が話しあっている――。

『日本じゃあ何かね、今でも停車場であのへんてこな音がするかね？　からゝゝ、からゝゝん、ていうような。』

『からんころん、からんころん、じゃないかね。下駄のことだろう、君《ユウ》のいうのは。』

『うん、下駄々々！　あいつにぁ全く驚くね。六七年前おれが一度帰った時なんか、波止場も街も停車場もあの音で騒ぎだったよ。なんだか加奈陀《カナダ》の材木工場へでも行ったような気がしたが、いやになつかしくてね、なみだが出そうでこまった。』

『それでも感心に一ぺんは帰ったこともあるんだな。』

『いえゝす。母国観光団てやつでね。その頃は儲けてた。モンタナで洗濯屋をやってたんだ――。』

そこへどやどやと客が這入って来たので、M・Jもその男も話をよした。緑色の毛《け》上衣《うわぎ》を着た背の高い女学生を先頭に一団の大学生達《ら・ら・きつず》が食慾の固まりみたいに押し寄せて来る。亜米利加《アメリカ》の女学生なんて、舞踏して、自動車を運転して、それも時々超高速度を出して巡査に追っかけられたり、豚を轢いてお百姓と論判したり、格別事件のない日にはおたがいに肩を叩きあって騒いで、機械のようにチョコレイトを食べて――かれらはじつに盛大にチョコレイトを食べる。そして片っぱしから歯をわるくする。そして、一人が痛い歯をハンケチで押さえて、今痛くない十四五人がそれを取り巻いて、わいわい言って歯医者のところへ出かける。日本なら、さしずめ、

『先生。先生！』

というところだ。

そして——しかしこれは歯の話じゃない。

ここは伝馬《デンヴァ》市C大学のキャフェテリアである。キャフェテリアてのは料理陳列即売自由選択自給自足前金の食堂だ。お経みたいでばかに長たらしい名まえだが、其の通りなんだから仕方がない。

で、M・Jと、さっきまでM・Jと饒舌《しゃべ》りあっていためりけん・じゃっぷとは、この料理陳列即売云々の大学食堂の、これでも二重要人物なのである。その日本人は肉切り専門、かくいうM・Jは野菜と薯もりの係り——自慢にはならないが自分も相当苦労したものである、えへん——と雪の道を竹細工家具をしょってうろつきながら、M・Jが考えつゞけるのである。

さのぱがん。

さて、もう一度くだんのキャフェテリアだ。背後《うしろ》に揺扉《スウィング・ドア》があって、働き人が出入りする毎《た》びに、台所の物音がうんと聞えたり、すこししか聞えなかったりする。それがまるで音楽のようだ。それほど頻繁に扉《ドア》が開閉するのである。つまり人が出入りするのである。色んな料理を台所からこの食堂へ運んでくるんだが、両手がふさがっているから、みんな足で扉《ドア》を蹴ってひらく。

すると、それにつれて、炉をあけ立てする音、皿のかち合う響き、牛のこげるにおい、鍋の中の玉子の悲鳴、パイの踊り、馬鈴薯の皮むき機械と肉叩きの合唱、一言にいえば油くさい音波の怒濤が、がやがや近づいたり、そうかと思うとわあんと遠のいたり――そのなかに、日本語の唄がきれぎれにまじっている。

『日本出た時や、よ。』

扉《ドア》があくと、こゝまで聞えて、それから暫らく途切れて、

『――たがよ、いゝまじゃ――』

でまた消えて、誰かゞ出入りする機《はず》みに、

『めりけん・ぜんとるまん、よ。』

日本人の料理人がいるのだ。移民気分《こすも・なんせんす》、こうなるとなかなか亜米利加の足は洗えないね。

考証は一番智識らしい智識だというから、ここで一つ、亜米利加におけるキャフェテリアの出現とその発達について――なんかと莫迦にえらそうだが、じつは決して大したこっちゃない。

欧洲大戦の当時、亜米利加の若い男はわれもわれもと軍服を着て、官費で巴里《パリー》見物に行っちまった。そのなかには多くの給仕人もあったことは想像に難くない。そこで、料理店が人手がなくて弱ったあげく――まあ、いゝや。こんなこたあ詰らない。

さのぱがん、だ。

で、さのぱがん！

――タイトル――。

こうやってM・Jは町じゅうの住宅区域を竹細工家具と一しょにほっつき廻ったが、ちっ

とも売れない。

M・Jはまたその頃の思出にふけるのだ。

緑いろの毛糸着をきたせいの高い女学生がいた。口をきいたことなんか一ぺんもなかったけれど、M・Jはその女学生を忘れずにいる。食事のたびに一番さきに飛びこんでくるのが何時も正確に彼女だったから――。

こんなことを考えながら、雪と感傷のために泣き出しそうになったM・Jは、一軒一軒の入口に立って、とにかく竹細工を下ろそうとするんだが、みんな竹細工の出来を賞めるばかりで、誰も買ってはくれないから、椅子が二つ、茶卓子《ちやたく》、電話台が一つずつのM・Jの荷物は何時までたっても減らないし、同時に重さは刻々ましてくる。M・Jはもう何《ど》でもよかった。

さのぱがん！

だから、とある家の鈴《ベル》を押したとき、そうしてその家の主婦が出てきた時、そしてその女が三年まえの伝馬市《デンヴァ》の「緑色の毛糸着の女学生」であることを発見したとき、M・Jはただ蒼い顔をして、そこへ竹細工の家具を置いて、そうしてこう言っただけだった。

『け――結婚の――結婚のお祝いです。』

『あら、どなたから？　どこからなの？』

などと当年のみどり色毛糸着が訊いたけれど、M・Jは黙って手を振って、さっさとフラア街の親分の家《うち》へ帰ってしまった。

親分は一週間に五円ずつわかってくれる。

すると一月ほどして、またもやほかのめりけん・じゃっぷが仕事口を持ちこんで来た。

『君《ユウ》いま遊んでるのかね。』

『いえゝす。遊んでる。』

『どうかね、一つ執事《バトラア》に行かないかね。』

『I might――yap。』

で、つぎはＭ・Ｊの執事《バトラア》――

さのぱがん！

――ＦＩＮＩＳ――

解説

書きなぐったような文体の「白い襟《カラア》をした渡り鳥」。谷譲次《たにじようじ》（一九〇〇〜三五）の真骨頂である縦横無尽のスピード感は、話し言葉や翻訳借用、ルビの多用から生まれている。

谷は、本名・長谷川海太郎《かいたろう》として、佐渡で生まれ、函館で育った。四男一女の長男だった彼は、十代で大学留学を名目に渡米した。しかし、二ヶ月ほどでオハイオ州の私立大学をドロップアウト、その後、四年ほどの北米大陸放浪生活を経験する。結局、下級水夫として働きながら帰国すると、『新青年』一九二五年一月号に「めりけんじゃっぷ」ものでデビューした。そして瞬く間に、雑誌や新聞に三つのペンネーム（谷譲次、牧逸馬、林不忘）を使ってジャンルを横断し書き分ける怪物作家となる。全集名も当時、『一人三人全集』と名付けられた。こうして十年にわたり作品を量産したのち、急死した。現在も知られているのは、林不忘名義の丹下左膳ものであろう。

本作は連載「めりけんじゃっぷ商売往来」の一つ。当時の米国文学・映画に現れるホーボー（渡り鳥的な労働者）のロマンあふれる旅物語の主人公は、圧倒的に白人男性だった。しかし、谷の作品は、日本から流れて「方々《ほうぼう》」に散っていった口八丁手八丁の人種的マイノリティーを描く。しかも、ホワイトカラア（白い襟）なのに定住より放浪を選んだヤクザな渡世人という設定だ。『新青年』読者向けの海外雄飛指南書（往来物）の役割を超えて、カウンターカルチャーへと若者をいざなうところが面白い。（大森恭子）

追いかけられた男の話

水谷　準

【一九二七（昭和二）年十月】

1

——秋は何とまあかくもしみじみと人の心に浸みこんで行くのだろう——と、私は退屈なステッキの先に両手を重ね、水の底にでもいるようにして、碧空《あおぞら》を撫でて行く白雲の軍隊を見送っていた。

そこは実に閑散な公園の一隅で、子供等はみんな郊外へ遠足に行ったたし、子守達は久々で国許に長い手紙を書いているし、ならわしの散歩者達も、恐らくは書斎の書物《ほん》を棚に置きかえているのであろう。たまには人の世にも、こうした静けさがあるものだと、神様がわざわざ造《こしら》えてくれたような、秋深い晴れたある午後なのであった。

私は煙草をのむのも忘れて、たゞ一人自分だけが、あらゆる物から取残されたような、頼りない、しかしプラトニックな恋心に似た心持で、何処で打鳴らすのか知らないが、教会の甘い鐘の音《ね》を聴いていたものだ。

それは随分と長い時間であったに違いない。私はふと自分の耳の傍らに、人の息を感じた。その呼吸《いき》は私がやるのと同じ調子を持っていた。

私は多少の妖怪味におどかされて、振向いた。蒼ざめた顔――全く、それより他には云いようもない顔が、そこにあった。

男は水からあがった時のように、髪の毛を三角形にして額に垂れていた。まんまるい眼が、ひどく驚いた！　と云った風に、見開かれたなりで私を見つめていたが、そこに変な笑いの表情が映っていた。

私はこの瞬間、自分自身の影が着色して現れたのではないかと思った。何故というのに、私はよく夢の中で、この男のような自分自身を発見するからである。

『もうすっかり秋ですね。』

と、私はその男の、ひどく驚いた！　空《うつろ》の眼差にも拘泥せずに云った。

『秋？　秋？　あなたは一体何を云っているんです？』と、意外にも、非常に朗らかな、曾《か》つて私が聴いた声のうちでは一番朗らかな声音で、男は詰問するような調子で反問した。

『では、あなたは一体何と仰言りたいのです？』

と、私は、こゝにも一人の気狂いじみた人間が居る！　と思いながら訊ねたのである。

『僕の話を聞いてくれますか？　そう、あなたなら話してもよさそうだ。併し、あなたは僕の話を、誰にも話しはしないと誓ってくれますか？』

男は少し嬉しそうにして、両手の指をぽきんぽきん十遍鳴らした。

『誓いましょう！』

『私は一人の女を殺したのです。』と、言下に男は云って、その眼で充分私の驚きを吸収した。『あなたはイリアナ・シュタブラコオフという露西亜《ロシア》の婦人を御存知ないでしょうね？　御存知ない、そう、知らないのが本統《ほんとう》ですよ。イリアナは露西亜の革命騒ぎで、このニッポンに逃げて来ました。なかなか名うての踊り子であったのですが、多分彼女の爵位が色々な禍《わざわ》いを生んだのでしょう。

『イリアナはこちらで、何をやって生きて行こうかと考えたのです。イリアナは踊る事ができるばかりで、その他には、ミシンも洗濯も料理もできはしないのです。いや、パンを焼くことさえ、できないで、生のやつをちぎっては燻製をぼりぼりしゃぶって、生葱を噛り、それから水を飲むんですよ。こんな田舎の小さな町では、踊ったところで金が貰えるものではありません。ですからイリアナは、唯一つの肉体《からだ》を債券のように細かく区切って了ったのです。

『僕は、ある偶然の機会から、イリアナの小さな住居《すまい》を訪れました。イリアナの家は、三等船室のように天井が低くて狭く、おまけに何かの油の匂いが、ぷんぷんするのでした。イリアナはその狭い部屋に、がたがたの寝台をたった一つ置いて、ぼろ布《ぎれ》に包まりながら寝ころんでいました。こんな構図の画を、誰かゞ描きはしなかったでしょうかね。全く、イリアナはぼろ布に包まれたヴィナスであったからです。

『イリアナが僕の訪問をどんなに喜んでくれたか、それは当然の事なのです。僕は這入るなり、彼女に十円の紙幣《さつ》を丸めてぶつけてやったのです。イリアナはウオトカの瓶に這入った焼酎を持って来て、グラスだけは素晴しい切子のグラスに波々とつぎました。

『で、お判りになったのでしょう？　僕はイリアナをすぐ尊敬してしまったのです。イリアナはまた、僕にすぐ敬服してしまったのです。

――あゝ、あたしはまだ生きていられる！――

と、イリアナはおあいそのつもりで、片語《かたこと》の仏蘭西《フランス》語を使いました。

――イリアナ、毎晩来てあげるよ。――と、僕も片言の仏蘭西語で云ったのです。

――でもこんなに沢山は要らない。あたしは光った銀貨が欲しい。Les voici!――

こう云って、彼女はゴールデン・バットの空箱を、がちゃがちゃ振って見せて、くッくッくッと笑いました。その咽喉元が匂わしく、くりくりと動いたのです。

『さて、その夜以来というものは、イリアナは僕の偶像となったのです。若しも僕が、このような僕ではなかったならばイリアナはきっと僕のマダムになってくれるでしょう。僕には可成りの財産があるのでしたからね。

『併し僕はイリアナを殺す決心をしたのです。何故だというのですか？　勿論イリアナは僕を嫌ってはいなかった。彼女は絶対に僕のものであった。祖国に帰る日が来る迄は、彼女はちっぽけな一日本人を愛したからとて、それが何の差障りになるものですか！　僕はたゞイリアナを殺したくなったにすぎないのです。その均整のとれた競馬馬のような体を、ぴいっと裂いて見たくなったのです。そして、僕自身もその場で死んで見たくなったのです。というのは結局、僕が何遍も自殺を試みて、総《あら》ゆる方法に失敗し、失敗と云うより勇気がなくてやる事ができず、遂にイリアナを殺した感激のうちに、ぱッと咽喉に短刀を突き刺そうというのが、僕の本当の心持であったかも知れないのですよ。

『ある晩、と云ってもまだ二週間位しか経ってはいないのです。僕はいつものようにイリアナと遊んで、それから突然何も云わずに彼女を刺してしまいました、

——おゝ！——とイリアナは露西亜《ロシア》語で何か叫びました。多分それは父か母か、でなければ兄弟の名に相違ありません。恋人の名ですって？　そんな事があるものですか！　あなたは厭な人だ。あなたも殺して了いますよ。

『併し僕は死ぬ事ができなかったのです。イリアナが拾って来た猫の奴が、変な横眼で僕を睨んだからなのです。その猫さえ居なかったら、僕は或いは平気で死ねたかも知れないのです。

『僕は逃げだしました。それは犯罪を発見されるのが恐かったからではないのです。イリアナがもう死んでしまったという事実が、とんでもない洞《うつろ》を僕の心に造って、その中を風が吹くような、居たゝまれない淋しさに襲われたからだと云った方が適当でしょう。

『併し、あなた、人間なんて妙なものですね。イリアナの殺された事が明るみに出て、さてその犯人がすぐ僕だと分らず警察では一生懸命で、あらぬ方角を探し初めたとなると、僕は急に何とも云えない危険と不安を感ずるようになったのです。ただもう訳もわからず身の存在の危い事が感じられだしたのです。

『僕は今では、どうしたならば自分がつかまえられずに済むか、その事ばかりを考えているのですよ。併しもう駄目かも知れません。此頃では警察の方でも、何処から嗅ぎつけて来たか、僕の跡を追いかけるようになったのです。僕はこうして、片時たりともじっとしている事ができないのです。敵が……敵が……もう後ろに迫ったかも知れない……』

――彼がこう喋り終って、額に垂れた三角形の髪の毛を、骨のような指でかきあげながら、ひょいと後ろを振向くと、同時にぴょこんと立上った。

『ヤッ、来た。来た。彼奴《あいつ》だ……』

と、彼は叫ぶと同時に、ぽかんとしている私を残して、茂みの蔭を犬のように逃げだした。

私は立上って、彼が振向いた方角を眺めやった。そこには自転車に打乗った番頭風の男が心地よげに走っていた。

『何て変な目に逢ったことだろう。それにしても、こないだ殺されたとか云っていた露西亜の女の名は、イリアナ・シュタブラコオフという名だったかしら?』

私は、どうもそうではなかったようだと思いながら、空を仰いで、そこに蒼ざめた顔のまぼろしを見た。

2

その翌《あく》る日の夜の事であった。

私は微酔して大通りの鋪道を歩いていたが、急に濃い熱い珈琲《コーヒー》が飲みたくなって、かねてから聞いていた「ネグロ」というカフェの扉《ドア》を押した。

そこはほの明るい水色の電燈をつけた長方形の場所であった。客が各々《めいめい》卓子《テーブル》を占領していて、私の坐るような余地がなさそうなので、私が暫らくあちこち物色していると、傍らの席に居た人間が、急にぱっと立上って、私を押しのけるようにして戸外にとびだしてしまった。『おや！』と、私はその後姿が、昨日の男によく似ているのを不思議に思って、ちょっとの間見送っていた。

併し彼が彼であろうと、私はとにかく熱い珈琲がのみたかった。で、私は彼が捨て、行った椅子に腰を下した。

暫らくして、私は異様な程強い視線を感じて、顔をあげた。私の向いに坐っている男が、熱心に私を見守っているのだ。

『どうかなすったのですか？』と、私は訊いて見た。

『いえ、いえ。』と、対手《あいて》の男——紳士と呼んだ方がいゝ——紳士は、あわて、首を振ってはにかんだ。そこで私はゆっくり珈琲を啜った。

『あなたは今、そのあなたの席から立った男を御気づきではなかったようですが。』と、大分経ってから紳士が口を開いた。

『……？』私は無言のまま紳士を見返した。

『あなたはあの男を追っかけて来たのではないのですか？』

『……？』

『あの男は云っていましたが、あなたは警察の方だそうですね。』

『ほう！』私は何だか初めて興味のある話にぶつかったような気がした。『なるほど。そんな事を云ったのですか？』

『では、警察の方ではないのですね。』

『ないのです。あの男は、あなたにも、自分がイリアナ・シュタブラコオフを殺害した犯人だと云いましたか？』

『その通りです。そして、あなたの姿を認めると、「あっ、来た、来た！　彼奴《あいつ》だ！」と呟いて、飛びだしてしまったのですよ。……おや、おや、するとあの不思議な殺人事件は根も葉もない事なのでしょうか。』

『さあ、私が刑事であったら分るのですがね。併し露西亜《ロシア》の女が殺された事実はありますよ。あなたも新聞で御読みになったでしょう、あれです。』

『おや、あれならもう全然違います。今晩の夕刊に、本当の犯人があがったと出ていました。』

そう云って紳士は、衣嚢《ポケット》のサンドイッチのような新聞をとりだして、私に見せた。正しくそこには、真犯人があがっていた。

『なるほど、ではあの男は、偽の犯人であったのだ。我々をたばかるとは怪しからんですね。何が故に、そんな真似をするのか、はっきりしないではありませんか。』

『私の考えでは、あれは一種の虚栄心ではないかと思いますが。』

『そうかも知れません、事によると、気狂《きちがい》病院から抜けでた患者かも知れません。あなたはあの男の蒼い顔色に気づきはしなかったですか。』

『何れにしても怪しからん話ですね。』

『どうです、まだ晩《おそ》くはない、これからあの男を探してみませんか。あわよくば見つけて、大いにその振舞いのよって来《きた》る所以《ゆえん》を訊ねて見ようではありませんか。』

『やって見ましょう。嘘には代償というものがありますからね。』

我々は立上った。戸外は冷々とする秋の風で、星屑がふるえていた。

『秋ですね。』

『秋です。』

と、我々はあてもない二匹の猟犬のように肩をならべた。

我々は見付り次第のカフェを訪ねて歩いた。それは、彼の男がまだ誰かを捉えて、自分がいかにしてイリアナ・シュタブラコオフを恋したか、また殺したか、を語っているに違いないという推定からなのであった。

我々の努力は無駄ではなかった。

「カフェP」に足を踏み入れて、おもむろに物色しようとした時に、一隅から彼の男が猛烈な勢いでとびだして来て、我々をつきとばした。

『君、待ちたまえ。』

と、声をかけたが、併し彼は見向きもしなかった。

ぐんぐん急ぎ足で鋪道を歩いて行く。

我々も大股で彼を追跡した。というのは、何も走って追かける程のことはない、第一彼に逃げるだけの権利はない筈なのではないか！

我々が跡をつけると、我々のすぐ後ろで、荒い呼吸《いき》がした。振向いて見れば、三人もの大の男が、眼を光らせてついて来る。

『御用ですか？』

と、私は訊いて見た。

『あの男をつかまえるのでしょうな。及ばずながら加勢いたしますよ。』

と、三人のうちの一人が云うのであった。

『そうです。うまくつかまえたいものです。』と、私は心の中では、この三人達が、我々を刑事だと思い込んでいるに違いないことを思って、少し可笑しくなったけれど、と云って、益々怪しからんのは、逃げて行くあの男なのだった。

男は、我々五人の見幕に恐れをなしたのだろうか、足を早めて遂には走りだした。我々も亦、それにならって走り初めた。

この小都会の大通りは、情けない程短かくて、アスフワルトの道路が切れて了う頃から、急にさびれた街となり、それからほんとうの場末、そこを五分ばかりも走ると、もう後ろが海岸になって、汐の匂いがぷんと鼻をつくのであった。

『あいつめ、何処まで逃げて行く気なのだろう？』

我々は汗をぐっしょりかきながら、この奇怪な追跡を、せねばならぬ事をするかのように、熱心に続けた。それと云うのも、こうした訳のわからぬ事というものは、めったにあるものではないからである。

我々は遂に海岸の出口まで来て了った。

月と星のひかりで見やると、彼の男は熱心に走りつゞけて行く。我々がへとへとであるように、彼もまたそれ以上にへとへとになって、今ではその足並もよろけ勝ちなのであった。

『おや、あいつは崖の方に行くぞ。』

見れば全く彼は、海岸の漁師町の方には出ずに、人家のない崖辺の方へ走って行くのだった。そこは結局行き止りで、最後は断《き》り立《た》った数丈の崖が、海と直角にあるばかりであった。

彼の姿は今、その崖の上にあって、一瞬月と星の光を浴びて立停《たちどま》ったかと見る間に、……もう月影に吸われて見えなくなった。

！　！　！　！　！

五人はたゞ立っているきりであった。

3

彼の男が、狂人なのであったか、それとも虚栄の愚者であったかは勿論全然分らなかった。ただ、恐怖観念のお化けにとりつかれた自殺希望者であった事は想像できる。何故ならば、その後何年か経って、現在の私は、恥と愚をつめ込んだ袋のような自分に、実にもう、愛想がつきて、できるものならA氏のように自殺したいのだ。然るに悪魔に、追いかけられでもしなければ、天国に昇ることはできないからだ。

（おわり）

解説

水谷準《みずたにじゅん》は一九〇四年、函館に生まれた。本名は納谷三千男《なやみちお》。早稲田大学仏文科卒業と同時に博文館に入社した。『新青年』との関わりはそれ以前、早稲田高等学院在学中に懸賞小説に応募した「好敵手」が入選し、一九二二年十二月号に掲載されたことに遡る。水谷の雑誌投稿歴は長く、一九一九年頃には『赤い鳥』にも童謡を投稿し、入選していることが確認できる。水谷はその後、早大在学中には乱歩らが結成した「探偵趣味の会」の機関誌『探偵趣味』の編集にも携わった。一九二九年に『新青年』四代目編集長となると、野球などのスポーツやファッションにも力を入れたモダンな総合娯楽雑誌としての『新青年』を作り出す。木々高太郎や久生十蘭などの新しい才能を世に送り出したのも水谷編集長である。水谷は二〇〇一年まで生き、九十七歳で亡くなった。戦後はゴルフに関する翻訳など実用的なものが多いが、それらの本からは屋外スポーツの明るさと輸入文化のポップさが感じられ、モダンな本作りに関わり続けた一生だったことが感じられる。

「追いかけられた男の話」は、一九二七年十月号に掲載された。同時期の「空に唄う男の話」とともに、自らを死に追い込むほどの空虚さを読者に問いかけるような幻想的な作品の一つである。終盤の「！」は初出の通りで、呆然と立ちつくす五人の男の姿と重なろう。

（森永香代）

シナリオ　降誕祭

渡辺　温

【一九二八（昭和三）年四月】

1。（遠景）降誕祭前日の寂びれた遊園地。灰色の重たい雲の隙間から凍えたような夕陽がわずかに洩れている。丘の上の観覧車、廻転木馬、パノラマ、水族館。夕空に靡《なび》く万国旗。それから何処かの商店で降誕祭売出しのために建てた小高い広告塔が二つ。

2。（遠景）その二つの塔の間に張り渡された綱の上を、広告のチラシを撒きながら渡る綱渡りの娘の姿が逈《はる》か高く浮かんで見える。

3。遊園地の中にあるベンチで、この危険な芸当を見上げる人々。

4。その中に、目立って立派な身なりをした青年が一人まじっていて、望遠鏡を持って、さっきから首を殆ど水平に反らして倦かず眺め入っていた。

5。少しはなれたベンチで、やはり片唾《かたず》を飲みながら綱渡りを見物している見窶《みすぼ》らしい風体の、併し骨格逞しい若者。この若者は、綱渡りを眺めることも人一倍熱心だが、時々首を垂れて思案したり、溜息を吐《つ》いたりする。

6。望遠鏡を持てる青年紳士。段々、上体が延び上ってそしてうしろへ反って行く。

7。思案の若者はふと身装《みなり》の立派な青年紳士を見た。

8。危く青年紳士は仰向けに倒おれかかっている。

9。若者は立ち上がると、
10。青年紳士の傍へ寄って来て、その華奢な肩をぽんと力強く敲《たゝ》く。

11。青年紳士は吃驚《びっくり》して、その拍子にベンチの上へひっくり返えろうとするのを若者が受けとめる。

12。青年紳士は初めて若者を見る。——何と云う醜く弱々しげに萎縮した青年紳士の顔であろう。

13。若者は天上を指差して、『どうです。お気に召しましたかい?』と云う。

14。青年紳士のおびえたような笑顔。

15。『ところで、旦那はいくらばかりお持ちなんです?』と若者がたゝみかけて訊く。

16。青年紳士は、若者の言葉の意味を合点したもの丶如く、懐中から厚ぼったい革の紙入れを取り出す。

17。若者は、それを見て驚嘆した。そして素早く奪いとってしまう。

18。青年紳士の少しばかり不安らしい顔。

19。若者は、喜びに有頂天になって、青年紳士の胸を太い指で小突きながら、大笑《おゝわらい》する。

20。青年紳士の臆病な笑顔。

21。若者は、空を見上げた。

22。青年紳士も再び望遠鏡を持って、空を見上げた。その落ち凹《くぼ》んだ頬はこみ上げる悦びのために、幾度か歪んだ。

23。（遠景）綱渡りの娘は、やっと綱を渡り終えて、塔の頂に立った。

24。手を敲く見物の人々。

25。青年紳士も若者も、共に拍手した。

26。人々は、めい〳〵に帰りはじめる。

27。若者も立ち上がって、さっさと花園のある方へ歩いて行く。

28。青年紳士は周章《あわ》てその後に従った。

29。歩きながら、青年紳士は若者の腕へつかまる。そして『君、どこへ行くんですね？』と訊ねた。

30。『あいつは、実際素敵ですよ。』と若者は心もそらに、花のすっかり枯れ萎んでしまった花園の縁《へり》に沿って、大股で足早やに歩く。

31。青年紳士は、小走りについて行く。

32。青年紳士は『君、何処へ行くんですね？』と訊ねる。

33。『あいつは、実際素晴しい奴だて！』若者は、満足らしく傍若無人に手を振って歩いている。

34。併し、青年紳士の方も、ひどく悦ばしげに浮々とした足どりで、ついて行くのであった。

35。二人は、そうして遊園地の中央にある大きな花園を一廻りした。

36。それから、再びもとのベンチへ戻って来る。ベンチには、もう日影が冷めたく消えて、腰掛けている人は一人もいない。

37。『君、どうしたのですね？』と青年紳士はベンチに腰を下ろしかけて、若者にきいた。

38。若者は、青年紳士に気がつくと、鳥渡《ちよつと》おどろいたような顔をしたが、『なに、毎日花園を一廻りするのです、時間が恰度《ちようど》い丶のです。――そら、もうあすこにやって来たでしょう。』

39。青年紳士は若者の示す方を見ると、果してあの綱渡りの娘が、寒そうに古ぼけた肩掛けを引き合せながら、ベンチへ近《ち》かづいて来るのであった。

40。綱渡りの娘は、不運らしい風情はしているが、まことに美しい娘である。

41。若者は、ベンチから飛び上がって娘を抱《いだ》き寄せると、大きな接吻をした。

42。青年紳士の狼狽した顔。

43。若者はやっと娘の体をはなすと、さてふところから、青年紳士の革の紙入れを匆体らしく取り出したが、そこで若者は思い出したように青年紳士の方を見返える。

44。青年紳士はいよ〳〵狼狽する。

45。若者は首をすくめて弁解する。『旦那なんでもないのですよ。平常《ふだん》から妹同様にして可愛がっていますので。……』そう云って腹をか丶えて、大袈裟に哄笑《わら》って見せた。

46。青年紳士も、それに答えて作り笑いをする。

47. 娘は、青年紳士と紙入れとを見比べながら、それについて若者に質問する。
48. 『こちらの旦那が、お前にこのお金をみんな下さると仰有るのだ。』と若者は説明した。
49. 娘は、それを聞くと、忽ち青年紳士の首にとびついて、その頰へ接吻した。『親切なお方！　あたし、もうこれから綱渡りなんて危い仕事をしなくても済むわね。』
50. 青年紳士は思わぬ幸福のために、胸の中を打《う》ち挫《ひ》しがれてでもしまったような有様である。
51. 娘と若者とは、紙入れの中味を勘定した。娘のやぶれた手套《てぶくろ》。夥しい紙幣の数。
52. 娘と若者は、もう一度抱き合った。
53. 輝しい空想が二人を囚《とりこ》にした。
54. 二人は、もう青年紳士のことなぞは振向きもせずに、腕を組み交し、意気揚々として、灯《ひ》のつきはじめた夕暮れの街へ向って突進した。
55. 青年紳士も勿論二人の後へ従った。
56. クリスマス・デコレーションの目映い大通り。
57. 娘と若者の楽しい買物。飾窓に陳列された帽子、衣裳、食料品。
58. 青年紳士が泣き顔をして、二人の右や左にからまり乍ら、寄り添って歩こうとする。それを、若者は腹立たしげに、足を後へ上げて蹴とばすのである。
59. 世にも惨めな青年紳士の顔。……
60. 間もなく、雪が降り初めて、薄暗い裏町の貧民窟へあまり立派ではないタクシーが着く。

61。方々の窓や戸口が開いて、いろいろの首が覗き出る。

62。自動車の中からは、先ず豪勢な白い毛皮の外套をまとった娘が現われ山のようなクリスマスの買物の包みと、壮大なクリスマス・トリーの間にはさまって、若者と哀れな青年紳士がそれに続いた。

63。若者は窖《あなぐら》の様な自分達の汚い玄関に立って方々の窓や戸口へ呼びかけた。『さあ〳〵、今晩は滅法素敵なクリスマスの御馳走をふるまってやるぜ！』

64。窓や戸口の見窶しい顔達は一様に喝采した。

65。若者と娘とは感激し我を忘れていた。

66。哀れなる青年紳士よ！　若者と娘の部屋には、燦爛《さんらん》たる降誕祭の装いに輝き渡った。

67。招かれた近所合壁《がっぺき》の客人達が、粉雪に塗《ま》みれながら続々として詰めかけて来た。

68。『この幸運なるクリスマスと、それから僕たちの結婚のために、お祝いして下さい。』と若者は人々に挨拶した。

69。人々の拍手喝采。

70。青年紳士絶望して蹌《よろ》めく。

71。人々は初めて、この見なれない立派な青年紳士の同席に気がつく。

72。若者は胸くその悪いような顔をしながら、青年紳士を人々に紹介する。『サンタクロース！』

73。人々は、笑いこける。拍手。

74。饗宴ようやく酣《たけなわ》になる。

75。幸福な若者と綱渡りの娘。

76。青年紳士は絶望の極《きょく》、泪《なみだ》にむせぶ。

77。青年紳士の隣に坐り合せた老人がそっと骨ばった手をのばして、青年紳士の肩から腹にかけて撫で廻す。指さきが、時計の鎖に触った。

78。老人のたあいもない笑顔。

79。老人の指はずる〳〵と時計を引っぱり出すと、鎖をむしりとった。

80。それを見守っている肥ったお内儀《かみ》さん。それから、その発見が拡まる。

81。居並ぶ人々の貪らんな眼。

82。気を失いかけている青年紳士。

83。一人の眼の縁に黒い隈のある痩せた娘が、綱渡りの娘の傍に行く。

84。娘は空咳をせきながら、綱渡りの娘に自分と、病気の弟の不仕合せについて、その嘆きを打明ける。

85。綱渡りの娘はいたく同情を寄せて自分の使い古るした肩かけと、それから壁に掛けてあった青年紳士の贅沢な外套をとって与える。

86。痩せた娘は、その肩掛をまとい、外套をかゝえると、幾度も礼を述べ乍ら、自分一人だけ先に帰って行く。

87。青年紳士は、遂に気を失って床の上に倒れた。

88。人々は、喫驚《びつくり》して立ち上がる……

89。……雪の中で降誕祭の鐘が鳴る。

90。……雪が薄く降り積った淋しい並木路に夜が明け始める。

91。巡査が一人、白い息を吐きながら歩いて来る。雪は止んでいる。

92。ふと見れば、並木に辛うじて靴を穿いたゞけの下衣《したぎ》一枚の男が首を縊って下がっているではないか。

93。巡査は近づいて男をあらためる。

94。それは、裸にされた青年紳士。

95。浮浪人でもあろうか——と云うような巡査の顔。

96。だが、巡査はそこで死体の穿いている靴に目をつけると鳥渡《ちよつと》小首を傾げた。却々《なかなか》上等らしい長靴。

97。口の開いた巡査の靴。

98。……やがて、朝日が並木に射しはじめて、降誕祭を祝う人々が通りかゝって、段々と首吊のまわりに寄り集まる。それを、新しい長靴に穿き更えた巡査が、上機嫌で制している。

99。朝日の神々しく見える程の逆光線を浴びて下がった男の死体。

100。……降誕祭の鐘。

解説

シルクハットにモーニングというダンディな出社姿や、女優及川道子との儚い初恋、惜しまれる急死――二十七年の短い生涯に数多くの印象的なエピソードを残した渡辺温《わたなべおん》（本名・温《ゆたか》）は一九〇二年の北海道生まれ。作家の渡辺啓助は実兄にあたる。二四年の慶應義塾高等部在学中に、プラトン社の映画筋書懸賞募集に投稿した「影」（渡辺裕名義）が谷崎潤一郎の激賞を得て一等に入選。横溝正史の誘いで博文館に入社した二七年一月から、原稿を依頼するため訪れた谷崎宅の帰路で自動車事故に遭い帰らぬ人となった三〇年二月まで、休業を挟みながら編集者として『新青年』誌面の改革に携わる。書き手としても、渡辺温のほか、オン・ワタナベ、霧島クララ（横溝との共同名義）、奥村みさ子などいくつものペンネームを使い分け、小説やシナリオ、翻訳、随筆など、シックで詩情溢れる作品群で誌面を彩った。

「降誕祭」は表題作「山」と共に一九二八年四月号に掲載。挿絵は武井武雄。燦爛たる降誕祭と下衣一枚の死体のコントラストに集約されるナンセンス精神と、カメラワークを意識した語りが作品の見どころ。盛装の紳士が身ぐるみを剝がされる展開は、かの「幸福な王子」のパロディであろうか――温は同年にワイルドの翻案作「絵姿」を発表していた。ところで、紳士の縊死は絶望の末の自殺か、はたまた貧民窟の人々の仕業か。いかにも探偵小説的な疑念を残すことも含めて、この時期の『新青年』のテイストを遺憾なく発揮した掌篇と言えよう。（穆彦姣）

黄昏の告白

浜尾四郎

【一九二九（昭和四）年七月】

沈み行く夕陽の最後の光が、窓硝子《ガラス》を通して室内を覗き込んで居る。部屋の中には重苦しい静寂が、不気味な薬の香りと妙な調和をなして、悩ましき夜の近附くのを待って居る。

陽春の或る黄昏《たそがれ》である。然し、万物甦生《ばんぶつこうせい》に乱舞する此の世の春も、たゞ此の部屋をだけは訪れるのを忘れたかのように見える。

寝台《ベッド》の上には、三十を越して未だいくらにもならないと思われる男が、死んだように横たわって居る。分けるには長すぎる髪の毛が、手入れをせぬと見えて、蓬々《ぼう〳〵》と乱れて顔にかかって居るのが、死人のような顔の色を更に痛ましく見せて居る。細い高い鼻と恰好のよい口元は、決して醜い感じを与えないのみか、寧《むし》ろ美しくあるべきなのだが、生気の全く見えぬ其の容貌には、何となく不気味な感じさえ現れて居るのである。

傍には、やはり三十を越えたばかりと見える洋装の男が、石像の如く佇立して、憐れむように寝台《ベッド》の男を見つめて居る。彼も亦極めて立派な容貌の所有者である。然し、此の厳粛な、否むしろ不気味な静寂は、其の容貌に一種の凄さを与えて居る。

横たわれるは患者である。傍に立てるは医師である。此の病院の副院長である。

突然患者は目を開いた。

立てる男と視線がはっきりと衝突した。立てる医師はふと目をそらす。

患者が云う。

『山本、君一人か。』

医師には此の質問の意味がはっきり判らなかった。

『え……？』

『此の部屋には、今、君と僕と二人切りしか居ないのか。』

『ああ、看護婦は階下《した》へやった。用があったから。僕一人だよ。』

『そうか。』

患者は暫く考えて居るようであったが再び目をとじた。医学士山本正雄は患者が続いて何か云うことを予期して居た。しかし患者は再び死んだように沈黙した。

今度は医師が声をかけた。

『君、苦しくはないかね。』

『ああ……いや別段……』

再び重苦しい沈黙が襲う。

日の光は次第に薄れて、夜が近附く。

陰惨な静寂に、医学士山本正雄は堪えられぬもの丶ように頭をかきむしった。

患者は大川龍太郎という有名な戯曲家である。彼は其の二十七の年に処女作を発表し、当時の文壇の或る大家に其の才能を認められてから、俄然有名になった。つゞいて発表された第二、第三の諸作によって、彼は完全に文壇の寵児となり三十歳に達せざるに、社会は最早や彼が第一流の芸術家であることを認めないわけには行かなかったのである。

其の大川龍太郎が、三十三の今日、劇薬を呑んで自殺を企てたのである。幸か不幸か、彼は直ぐ死ぬという事に失敗した。彼が苦悶のまゝ其の家から程遠からぬ此の病院にかつぎ込まれてから、今日で丁度五日目である。

副院長山本正雄は大川の友人であった。彼が必死の努力によって、大川は救われたかと思われた。然し、それも一時の事であった、山本は今、大川の生命はたゞ時間の問題であることはよく知って居る。

何故に大川は自殺を企てたか。

大川が事実自殺を計って之を決行したにも不拘《かゝわらず》、何等遺書と見らるべきものが遺されなかったゝめ、諸新聞は大川の知己である文壇の諸名家の推測を、列挙して掲載したことは云うまでもない。

文士であるにも拘わらず、一片の遺書も残さぬという所から、恐らくその自殺は発作的のものではないかと憶測したものもあった。然し大川が数日前から劇薬を手に入れて居た事実、及び彼がそれとなく薬物に関して他人に質問をした事実に拠って、其の考えが全く空想に過ぎぬことが明かとなった。従って文壇の諸家は各々自己の信ずる考えを述べたてたのであった。然し、少くも二つの原因らしきもの、あったことは、誰しも認めないわけにはいかなかった。

其の一つは、大川龍太郎一個人の芸術家としての問題であり、他は全く之と異るが同時に非常に有力らしく見える所の、約半年程前に彼の家に於て行われた有名な悲劇である。

三十歳に達せずして一代の盛名をはせた戯曲家大川龍太郎は、然し、三十歳に達せずして其の芸術の絶頂に達したのかと思われた。

彼が三十の時、盛名はなお依然として衰えなかったにも拘わらず、或る人々は既に其の作品の中に彼の疲労を発見した。彼が三十一の年其の作の中には芸術家としての行き詰りが明《あき》瞭《らか》に現われはじめた。其の年の末に発表された或る戯曲は、作者の此の芸術上の苦悶をはっきりと示して居た。彼はあせった。迷った。彼の行くべき途《みち》いずれにありや、大川龍太郎は三十一にして此の苦悶に直面した。

世間はようやく大川の疲労を見てとったのである。然し彼は怠けて居たのではない。彼には怠けることは出来なかった筈だ。けれども、焦れば焦る程、彼は自分の無力を感じた。三十二の年を斯《こ》うやって彼は暮した。一つの作をも発表しないで、否発表し得ないで。

何故彼が斯くも焦ったか。

大川には有力な競争者が現われたのである。米倉三造《さんぞう》の出現がそれであった。米倉は大川と殆ど同年であった。はじめ大川の盛名に眩惑されて居た文壇は、米倉の戯曲を左程には買わなかった。けれども米倉は隠忍した。我慢した。そうして大川が其の絶頂に達したと思われた頃、彼は俄然憤起した。大川が疲労を見せ始めた頃、米倉は堂々と躍進し始めた。そうして大川が焦りに焦ってもがきはじめた頃、米倉は完全に文壇の一角を占領した。

世間はうつり気である。

大川の名は忘れられはしなかったけれど、彼の戯曲は此の頃ではたゞ発表されるにしか過ぎなくなった。然るに米倉の諸作は、出ずる毎に次から次へと脚光を浴びて行った。そうして、大川にとって最も痛ましかった事は、最初彼を文壇に送り出した或る大家が、米倉三造を、大川以上のものとして折紙をつけた事であった。

若し此の事実が、大川の元気一杯の時に起ったとしたなら、決して彼は驚かなかったであろう。然し、有る限りの精力を出し切ってしまった彼が、今目の前に米倉の異常な、大川のそれにも増した出世振りを見て居なければならぬという事は、確かに痛ましいことだったにちがいない。

というわけは、大川龍太郎と米倉三造とは恐らく永久に手を握り合うことの出来ぬ仇敵《かたき》同志であったからである。

彼等は其の処女作を世に出す前に於て、既に、競争者であった。お互に非常に神経質で頑固で、そうして嫉妬心を十分に有《も》ちあって居た彼等は、名をなす前に、心から愛し合うよりは寧ろ、心から憎み合って居た。

『今に見ろ。』

という考えをお互いにもって居た。そうして其の気持の上に二人は精進した。

けれども、此の二人を決定的に仇敵《きゅうてき》とならしめたのは、斯うした二人の名誉心ではなかったのである。実に彼等は、或る一人の女を、而も殆ど同時に愛し始めたのであった。

此の恋愛闘争は可なり有名な事件として知られて居る。女は酒井蓉子《ようこ》という、或る劇団の女優であった。大川の或る作品が、此の劇団によって脚光を浴びた時、彼は蓉子と相識った。然し同じ頃、米倉も亦蓉子と知り合った。斯くて蓉子を中心として二人の男は恋を争ったのであった。

此の闘争に於て、全き勝利は正に大川の上にあった。大川と蓉子とは彼が二十九、彼女が二十三の年に円満な家庭を作るに至った。蓉子は未練気もなく舞台を捨てゝよき妻となり二人の間には愛らしき子さえ儲けらるゝに至ったのである。

自分の敗北を認めた時、米倉は死ぬかとすら思われた。しかし彼は憤起した。憤起して彼は一層其の芸術に精進して、ついには大川を凌ぐ盛名を博するに至ったのである。

大川は今や恋の勝利者ではあるが、芸術上の敗北者であった。と少くも世人には思われた。男子は、殊に大川のような男は、恋のみに生き得るものではない。

昨年一杯の彼の沈黙は果して何を示して居るか。彼は遂に力尽きたのか。或は将に再起せんとして一時の沈黙を忍んでいるのか。世人は深き興味をもって之を眺めて居たのである。

かかる事情のもとに起った大川龍太郎の自殺事件である。文壇の或る人々が此の点に彼の自殺の原因を見出したのも、決して無理とはいえなかった。

けれども、之だけが唯一の原因だとも見られぬ事情があった。さきに述べた大川の家に於ける惨劇を原因として――少くも原因の一つとして見逃すことは、正しくはあるまい。

昨年の十月二十日の諸新聞の夕刊はこぞって大々的にその事件を報じて居る。其のうちの一つを次に掲げてみよう。

〇強盗今晩大川龍太郎氏方を襲う

――妻酒井蓉子（元女優）を惨殺して自分も大川氏に射殺さる――

近来殆ど連夜の如く強盗出没し、今や警視庁の存在をさえ疑わるゝに至ったが、今暁又復《またまた》一人の強盗戯曲家大川龍太郎氏方に押入り妻蓉子（かつて酒井蓉子と称し××劇場の女優）を殺し、自分は直《たゞち》に現場に於て主人の為短銃《ピストル》にて射殺《いころ》さるゝの惨劇が突発した。今暁午前三時半頃、附下××町××番地先道路を警戒中の夜警谷某《たにぼう》は、同番地先を隔る約半丁程の大川龍太郎氏方と覚しき方向より、突如二発の銃声を聞いたので、直に同家に向って急行すると、やがて同家より『泥棒、泥棒』と連呼する声をきゝ、非常笛を鳴らしながら同家の庭の垣根をとび越えて庭の中に入った。すると主人龍太郎氏が片手に短銃《ピストル》を持ったまゝ屋内より、庭に走り出て来たが、谷某の姿を認めると、『泥棒、内に居る。殺した。』と叫んだまま其の場に昏倒した。谷は驚いて龍太郎氏を抱き起すと幸にも氏はどこも負傷なく全く一時の昂奮の為の卒倒と知れたので、しきりに意識を回復せしめんと介抱して居る折柄、さきの銃声並びに非常笛をきゝて密行中の巡査佐藤一郎が駈けつけたので、直に××署に急報、警視庁並びに××署より係官出張取調べた所、兇漢は午前三時過ぎ、出刃庖丁を携え、同家台所の戸をこじあけて忍び入ったらしく、先ず次の間に入り蓉子及び長女久子の枕元を物色中、蓉子が目をさましたので俄然居直りと変じ出刃庖丁を以て同人を脅迫した所、同人は驚愕の余り大声をあげて泥棒泥棒と連呼し隣室に就寝中の龍太郎氏に救いを求めたので、賊は狼狽の極、蓉子に飛びかかって馬乗りとなり両手を以て同人の頸部を絞めつけついに同人を窒息せしめた。此の騒ぎに隣室より飛び出した龍太郎氏は護身用のピストルを向けて一発を賊の右胸部に、つゞいて一発を其の右額部に撃ち込んで即死せしめたのである。なお賊の身元、其他に就いては目下詳細取調中である。

次の日の新聞には左《さ》の如き記事が掲げられて居る。

〇酒井蓉子殺し犯人は強盗前科四犯の兇漢と判明
　――大川氏の行為は正当防衛――

昨朝文士大川龍太郎氏方に兇漢侵入し大惨劇を演じた事は既報の通りであるが、兇漢の指紋に依り果然同人は強盗前科四犯あり目下××刑務所に服役中の痣虎《あざとら》事大米虎市《おおごめとらいち》と称する脱獄者である事が明かとなった。惨劇の顚末は判検事出張取調べの結果大体次の如く報ぜられている。

大川龍太郎（卅二）は妻蓉子（廿六）長女久子（三歳）の三人家族で同家には他に佐藤定子とよぶ女中が居るのだが惨劇当夜より約一週間程前から父が病気なので一時暇をとって居たゝめ昨今は全くの親子水入らずの三人暮しである。一時頃大川氏はおそく迄書きものをして、八畳の間に妻蓉子が久子とさきに就寝し、大川氏はその隣室の書斎六畳の間に就寝した。大川氏は近来殆ど夜間に仕事をする為別室にねる事になって居たのである。氏は余りねつきの好い方でないので眠りに陥《お》ちたのは二時頃だろうという事であった。兇漢が忍び入ったのは調べによると、台所で賊は戸をこじ開けて忍び入ったもので、最初台所の次の間を物色したが何物もないので直に蓉子の室《へや》に侵入し初めはひそかに枕元を探して居たものらしく簞笥の抽斗しなどが開け放しになって居た。然るにその物音に蓉子は目をさまして誰何《すいか》したので、賊は俄然居直りとなり手にせる出刃庖丁を蓉子の前に突き付けておどかした。若し蓉子がこれで黙って居たならば、或はあの惨劇は行われなかったかも知れないが、蓉子は驚愕の極悲鳴をあげて救いを求めた。襖一つ隔てた隣室に眠っていた大川氏は此の声に目をさましいきなり枕元においてあったピストルを携えて隣室に躍り込んだのである。賊は蓉子の声におどろいていきなり覆面用の黒布をとって蓉子の口へ押し込み、同人を押《お》し仆《たお》し両腕に力をこめてその咽喉《のど》をしめつけたゝめ同人はもがきながら悶死した。曲者が蓉子の上にのりかゝって同人を絞め殺すと同時に大川氏が救いにかけつけ此の態を見るより一発を賊の右側から撃ち、ひるむ所を更に一発其の頭部に命中せしめたのであった。然しながら実に一瞬の差で蓉子の生命《いのち》を救うことが出来なかったので、大川氏は悲痛の余り、大声をあげながら外にとび出したのであった。

なお取調の結果、兇漢大米虎市の持って居た出刃庖丁は二日前、附下××町××番地金物商大野利吉方で兇漢自身が求めたもので同金物店の雇人《やといにん》某は、大米の顔を比較的よく覚えて居たゝめ全く同人の買ったものなる事が明かとなった。大川氏は此の悲劇のため一時全く昏倒した位で、殆ど気抜けの態であるが、係員の質問に対しては割合明かに答えて居る。大川氏は一応××署の取調を受けたが正当防衛として不問に付する事となるらしい。兇漢の所持品としては出刃庖丁の他金三円二十三銭の現金、懐中電燈、ろうそく、覆面用の黒布等であった。右について司法某大官は語る。

『自分は今度の大川龍太郎氏の強盗殺人事件に就いて詳しい事をきいて居らぬから何ともはっきり申せないが、きく所の如くんば大川氏の行為は正当防衛であり且つ正当防衛の程度を超えざるものとは思われるから問題にはなるまい。即ち強盗でも何人でも深夜他人の家に忍びこんだ者が妻を殺さんとして居る場合は明かに刑法第卅六条の所謂《いわゆる》急迫不正の侵害であるし、之に向《むか》って発砲することは即ち「已ムコトヲ得サルニ出テタル行為」と認めてよろしかろうと思う。たゞ若し兇漢が既に妻を殺してしまったあとで発砲したりとせば、妻に対する正当防衛は成立しないわけであるが、大川氏の如き場合は妻を殺してもなお自己に対する急迫不正の侵害があるわけ故やはり第三十六条の適用を受けるべく、仮令《たとい》それが為に相手を殺したりとするも此の際は「防衛ノ程度ヲ超エタル行為」とは云えないであろう。ただ聞く所によれば、大川氏の携えて居たピストルは何等の許可を得ずしてもって居たものとの事であるから銃砲火薬類取締規則に触れる事は別問題である』

参照　刑法第　卅六条《さんじゆう》——急迫不正ノ侵害ニ対シ自己又ハ他人ノ権利ヲ防衛スル為《ため》已ムコトヲ得サルニ出テタル行為ハ之ヲ罰セス。防衛ノ程度ヲ超エタル行為ハ情状ニ因リ其ノ刑ヲ減軽又ハ免除スルコトヲ得《う》。

大川氏の行為は其後勿論正当防衛として問題にならなかったが、此の事件が大川龍太郎に与えたショックは実に非常なものであった。彼は此の事件以来殆ど喪神の態で数ヶ月を過して来た。あれほど迄に愛し合った夫婦である。而も斯の如き惨劇のショックは普通のものに対しても容易なものではない。況《ま》して大川の如き、繊細なる神経の所有者である芸術家の場合に、此のショックが殆ど致命的のものであることは誰しも疑うことは出来まい。

あの惨劇以来、大川龍太郎は、遺された一人の娘を妻の里にあずけ、家をたゝんで、全然一人となって、此の病院に程近きアパートメントに入ったのであった。

左《さ》なきだに作品を産出できなかった天才大川は、仇敵《かたき》米倉三造の盛名日に日にあがるのを見つゝ、こうやって惨劇以来の半年を送って来たのであった。

此の惨劇が大川龍太郎の此の度の劇薬自殺事件に関係なしと誰が云えよう。

扨《さて》話は再び黄昏の病室に戻る。

室《へや》は追い〳〵と暗くなって行く。

墓場のような静寂は突如大川によって、再び破られた。

『山本、山本……』

『何だ、大川、え？』救われたように山本が答えた。

『君一人か、此の部屋は。』

『ああ、今云った通りだ、誰も居ない。』

『山本、君は永い間僕の親友でもあり、又医者でもあってくれた。僕あ、深く感謝するよ。』

『…………』

『それでね、僕は今、僕の医者としての君と、親友としての君にきゝたい事があるんだが……君、はっきり云ってくれるだろうね。』

『どういう意味だい、それは。』

『つまり僕は一生を賭けた問を君に二つ出したいんだ。その一つには医者としてはっきり答えて貰いたい。それからも一つのには親友としてはっきり答えて貰いたいんだ。』

『うん、出来るだけそうするようにしよう。何でも云って見給え。』

横たわれる大川の顔色には、犯し難き厳粛な色が現れて居た。佇める山本の額には汗が浮き出して居る。彼は大川がどんな問を発するか、片唾をのんで待ち構えた。

『医者として答えて呉れ給え。僕は助かりはしないだろうね。とても。もう今にも死ぬかも知れないんじゃないか?』

『………』

『いや、僕の聞き方が悪かったかも知れない。医者なるが故に、君はそれに答えられぬのかも知れない。それなら親友として云ってくれないか。僕はとても助からないんだろう?』

『ああ、決して安心してはいけない状態なんだ。いつ危険が来るかもわからない場合なんだ。然し、こんな状態で回復した例はいくらでもある。だから絶望とは云えない。』

『ありがとう。けれど君は誤解して居る。僕は生きようと望んでは居ないんだ。死ぬなんてことは案外楽なものだぞ。生きよう〳〵と努力するからこそ、回復する場合もあるだろう。しかし僕は生きようとは思って居ない。だから回復することはない。も一度きゝたい。若し僕が遺言をするとすれば、今するのが適当だろうか。もっと延ばしておいてもいゝだろうか。』

『そうだね、それは君の勝手だ。然し、するなら今しても差支えないね。』山本は額の汗を拭いながら答えた。

『ありがとう。君の云う事は決定的だ、僕にははっきり判る。僕は自殺を仕損じてから今まで、遺言を君にきかせたい為に、きいて貰いたい為に生きて居たのだ。そうして君からきゝたい事がある為に生きて居たんだ。』

『よし、聞こう。云い給え。然し疲れないように話し給え。君の生命は、それを云い終らぬうちになくなるかも知れない場合なのだ。』

大川が今度は黙った。

沈黙が少時《しばらく》つゞく。部屋はもう闇になりかゝって居るのに、山本は電気のスイッチをひねるのを忘れて居た。

『君は、僕が何故自殺をしようと計ったか、そのほんとうのわけを知って居るか。……僕は此の数ヶ月、毎晩死んだ妻の亡霊に悩まされつゞけて居たんだ。』

『あんなに愛し合って居たんだからなあ……』

『いや、そういう意味ではない。殺された妻の死霊《しりよう》に呪われつゞけたのだ。』

『どうして?』

『どうして?　では君も矢張り、世間と同じ事を信じて居るのか。山本。僕は何度妻を殺そうと思ったか知れないんだ。そうしてあの恐ろしい夜のあの出来事は、仮令《たとい》僕が自分で手を下したのでないとは云え、僕に十分の責任があるんだ。山本、僕は強盗に妻を殺さしたのだよ。僕は僕の妻が強盗に殺されるまで、黙って見て居たんだよ……』

『大川、俺には君の云う事が信じられない……』

『だろう。そうだろう。然しほんとなんだ。僕は凡てに敗れたんだ。仕事の上でも、恋愛の上でも！　僕は君が今なお独身で居ることを祝福する。僕は結婚というものがあんな恐ろしいものとは、想像もして居なかった。僕と蓉子とは結婚した。だから僕は敗れたんだ。もしあの時、米倉と蓉子と結婚して居て見ろ。恐らくは僕が勝ったに違いないんだ。

僕は初め勝ったと思った。少くも恋の上では！　勝って蓉子を完全に得たと信じた。そう信じて半年程幸福に暮した。然しその幸福は六ヶ月程経った時、永久に失われてしまったのだ。僕は蓉子を完全に得て居るか如何《どう》かという事を疑いはじめた。そう思った時、既に僕には幸福というものはなくなってしまったんだ。蓉子も初めは僕を愛した。しかし、はたして蓉子は人間としての僕を愛して居たのだろうか。

米倉の盛名が輝くにつれ、蓉子の瞳も輝きはじめた。僕は妻を疑いはじめた。蓉子がいつまでも僕を愛し切って行かれるかを。

結婚！　人は結婚を愛の墓場だとか恋の墳墓だとかいう。そう思って居られる人々は何と幸福だろう。結婚は平和な墓場ではない。静かな休息所ではない。結婚は恐ろしき呪いだ。之は僕の生れ附《つき》の生活から来て居るのか、或は僕が、米倉という恋の競争者をもって居て、それに一度打勝って妻を得たという、そういう特殊な場合だったからかも知れない。が、いずれにせよ、僕は結婚したことによって、益々心の不安を感じなければならなかったのだ。

結婚すれば蓉子を完全に得られる――彼女の身体もそうして心も、全部を！　斯う考えて居た僕は何という馬鹿者だったろう。僕ははじめこそ、それを二つながら得たと思った。然し、結婚して自分の妻としての蓉子をはっきり眺めた時、僕は如何《いか》にして完全に永久に愛し合って行かれるかと思い始めたのだ。

僕は自分の手に入れた妻が、果して永く僕の手の中に居るかどうかを疑いはじめたのだ。

僕は多くの夫を知って居る。彼等が幸福そうに妻と並んで歩いて居るのを屢々《しばしば》見かける。僕は彼等のように暢気に生れて来なかった事を憾《うら》みに思って居る。彼等は皆自分の妻を独占して居ることによって、其の身体を独占して居る事によって慰められて居る。妻の気持には少しも考慮を払うことなしに！

彼等の妻のある者は常に不平を抱いて居るだろう。或る者は諦めて居るだろう。幾人がほんとうに夫を愛し切って居るだろう。僕の場合にはそれは考えても堪らない事なのだ。僕は妻の身体を独占して居ると同時に、妻から愛し切って居られなければ一日でも安心して生きては居られないのだ。斯ういう僕にとって、結婚という事は何と呪わしい事であったろう。

結婚の当初、蓉子は僕を尊敬し且つ愛した。それはたしかだった。然し愛に眩まされた僕は芸術の精進を怠った。僕はそれは感じて居た。けれど僕は自分の仕事の全部を失っても蓉子に永久に愛され切って居たら、それでいゝとすら考えた。

此の考えこそ、如何なる意味からでも呪われてあれ！　僕の仕事が衰えると同時に蓉子の僕に対する信頼と愛とが衰えはじめたのを僕ははっきりと感じはじめたのだ。蓉子は、はたして僕を、人間としての僕を愛して居たのだろうか。

其頃の僕の苦悩は二時間や三時間でこゝで今喋《しゃべ》り切れるものではない。発表し得るものでもない。而も僕の生命は、今君の云ったように今にも終るかも知れないのだ。云いたい事をすっかり云い切らぬうちに死ぬかも知れない僕なのだ。だから僕はもはや長たらしい詠嘆をくり返すことをやめよう。要するに僕はまず第一に蓉子の心が僕から離れ行くのを感じ、而もそれに対してどうすることも出来ない僕を見出したのだ……僕は蓉子の心を信じ切れなくなったのだ。……』

大川は斯ういうと突然、起き上ろうとした。石のようになって聞いて居た山本は驚いて之を制した。

『大川、落付いてくれ。俺ははっきりきいて居るんだから。』

こう云いながら傍の水さしをとって大川の口の所にもって行った。大川は二口ほど水をうまそうに呑んで又語りつゞけた。

『蓉子が僕を愛し切って居ない、という事が判ってから、僕はどんなに苦しんだろう。その上仕事はだん〳〵出来なくなって来る。所で米倉はます〳〵成功して行く。蓉子は屢々僕と結婚した事を後悔しはじめたような様子をさえ、見せはじめた。

ところが、山本、僕は此の上更にみじめな目にあわなければならなかったのだ。僕が今まで云った事はたゞ心の問題ばかりだった。人によっては呑気にくらして行かれる事だったのかも知れない。ところがどうだ。僕は結婚後一年程たってから蓉子に不思議な挙動のあるのを見出したんだ。』

『何？　なんだって？』

『妻としてあるまじき振舞だ。けしからん挙動だ。』

『と云うと？』

『君には未だ判らないのか。妻として有るべからざる振舞だよ。……つまり、僕は蓉子を身体の方面でも完全に独占しては居ないという事を見出したんだ。』

『…………』

『君はまさかと思うだろう。驚いたろう。然し事実なんだからね。蓉子は屢々僕の留守に自分も出かけるようになりはじめた。例之《たとえば》、君に身体を診てもらうというような事を云っては出かける。而《そう》して君にあとできいて見ると、又はその時君の家へ電話でもかけると、それは嘘だったという事がすぐわかったんだ。……蓉子の奴、身体まであいつに任せたんだ。』

『あいつとは誰だ？』

『無論米倉三造さ。』

『奥さんがそんな事を云ったかい？』

『馬鹿！　君は蓉子を知らないのか。あいつそんな事を白状するやつか。あの女はね、通常以上の女だぜ。女房をほめるわけじゃないが、あいつは人間より何より芸術を愛する女なんだ。頭もいゝし口もうまいんだ。訊《たゞ》したところで白状なんかする奴じゃない。だから僕は一回だとてそんなはずかしい質問をした事はないよ。』

『それじゃ奥さんがけしからん事をしたかどうか第一疑わしいじゃないか。』

『君は法律家のような事を云う。夫が怪しいと考え感じた位たしかな事はないじゃないか。而も相手は米倉以外に誰が蓉子に愛される資格があるか。君、僕のいう事は無茶のようかも知れない。しかし、夫としての直観を信じたまえ、而て《そうし》僕が芸術家としての直観を。直観といっていけなければ本能を！』

『………』

『明かに云えば僕は妻の挙動が怪しいことを感じた。屢々いゝかげんな事を云って家をあける事を知った。之で十分じゃないか。或る口実を構えて蓉子が出かける。調べて見ると（卑劣な事だが僕は調べたよ）全く嘘だ。之だけの事実は、検事には不十分かも知れない。しかしわれ〳〵には妻の不貞を信ぜしめるに十分じゃないか。その上、平生の蓉子の口に現せぬ態度等《など》を考えれば文句はないんだ。而も相手は蓉子が僕の前でさえ時々賞讃する米倉以外の誰で有り得《う》るんだ？』

『僕は夫になったこともなし、芸術家でもない故かも知れぬが君に急には賛成しにくいね。』

『けれど僕だとて、空想や邪推ばかりして居たわけではないんだ。殊に蓉子の身体に異状が来てからは可なり冷静に考えたのだ。

君はおぼえて居るだろう。蓉子が妊娠したことを。君に診断して貰いに来る前に、僕が君を訪ねたことを。あの時、僕は君に、一体僕は子供を作り得るかどうかをきいた筈だ。かつてある種の病気を君に治療してもらった経験から、君にはその判断がつくと思ったのだ。妻が妊娠した時、それが果して自分の子か如何かを疑わねばならぬ夫程、不幸なものが世にあろうか。而も僕はそれを疑ったのだ。だから君にはっきり聞いたのだ。ところが君は、

「出来ぬことはないだろう。」

というような生ぬるい返事をした。恥かしい自分の立場をかくすためには、強いてそれ以上きくことが出来なかったのだ。しかし僕はあの時の君の返事を否定と解釈して居る。だから姙娠した時、僕の疑いはまったく確実だったもの丶ように思われたのだ。

あ丶、然し、さっきも君に云われた通り、証拠のないのを如何しよう。君の答えもあいま

いなものなのだ。僕の子かも知れないのだ。僕はこうやって妻が妊娠してから約二年余り苦悶に苦悶を重ねて来たのだ。

どうにかして証拠を捕えたい、こう念じたが、蓉子は完全に自分の行為をかくして居た。僕は更に君以外の医者に自分の身体を診て貰おうかとも考えた。しかし一方から思えば、久子が僕の子でない事が判ったからとてあとはどうなるんだ。蓉子を知って居る僕は彼女が素直に自白するとは信じなかった。いや仮令自白したところでどうするんだ？

もし蓉子が米倉を愛して居ると自白したらどうなるのだ。久子が米倉の子だという事が判ったからとて幸福になるのか。法律は勿論ある結果をつけてくれるだろう。けれど、法律がどう解決をつけようが此の深刻な問題が少しでもよくなるのか。山本。妻を奪われた夫は一体どうすればいいんだ！』

『…………』

『誰でも考えるだろうが一番はじめ僕の頭に浮んだ事は妻と男を如何なる手段で、もやっつける事だ。けれど僕は米倉と自分とを比べて見た。もし何等かの方法で米倉をやっつけるとすれば、世間はどう思うだろう。何も知らぬ世間は彼の盛名に対する僕の嫉妬だとしか考えぬであろう。そう思われることは堪えられないのだ。それに、実に矛盾した考えだが、直観は直観としても、僕は如何にでもして米倉が姦夫であるという確信と証拠を得たい気がして居たのだ。僕は苦悶した。蓉子にも米倉にも何も云わず一人で苦しんだんだ。結局救われる道は一つしかない。芸術に精進することだ。そうして米倉に盛名を一撃に蹴落してくれることだ。そうすれば米倉に対して立派に復讐も出来るし、蓉子も亦再び僕のものになるに違いない。

斯う決心して僕は終日ペンをとった。然しもう駄目だ。僕はだめだ。何も出来ぬ、何も書けない。僕は再び絶望の淵に沈んだ。こうやってとうとう昨年の夏まで来てしまったのだ。』

『そうか、そんな事情があったのか。僕は少しも知らなかった』。山本はこう云ったが、それはまるで作り着けの人形が、機械で物を云って居るような、極めて洞ろな調子であった。

『僕の家庭は殆ど家庭をなして居なかった。僕と妻とはお互に終日物を云わないで居る日の方が多くなって来た。もう居ても立っても居られないという時になった。蓉子もいよ〱僕を見捨てる決心をしたらしい。蓉子は夫として、芸術家としての僕にとうとう愛想をつかしてしまったのだ。

たしか昨年の九月の十日頃だったと思う、蓉子が不意に僕と別々に生活して見ようと云い出した。もう一度舞台に立ちたい、というのが表面の口実なのだ。僕はおとなしくそれをきいて居た。そうして何も答えずにおいた。翌日になると蓉子は、もう其の問題を出さなかった。だから表向きは極めて平和にその時は過ぎてしまった。が、僕の心の中は嵐のようだった。

蓉子が同じ問題を再びまじめに提出したのは、昨年の十月十九日、即ちあの事件の丁度前夜なんだ。蓉子は其の時、自分のことをはっきり僕に云った。僕は確信を……』

『何？　はっきり云った？』

『うん、十九日の夕食過ぎだ。蓉子が又、改まって、僕に別居問題をもち出したんだ。もう堪えられなかった。僕は斯うきいてやった。

「お前が俺と別れようというには、他に理由があるんだろう。大抵俺も察して居る。はっきり云ってくれないか。」

するとと蓉子はこう云うのだ。

「あると云えばあることはあるんです。けれど、そんな事おきゝになったって仕方がありませんわ。」

僕は之をきいてかっとなった。

「馬鹿！　俺を盲目《めくら》だと思ってやがる。一体久子は誰の子だ！」

「何を云ってらっしゃるんです。」

蓉子は斯ういうと黙ってしまった。山本。之がほんとに僕の子なら直ぐ答える筈じゃないか。蓉子が何も云わないのは、いや、云えないのは、久子が僕の子でないという証拠じゃないか。』

『それからどうなったね？』

『僕は余り不愉快だったから、黙って自分の部屋に戻ったんだ。そうして割れるように痛む頭を押えて、机に向って、どうかして心を落付けようと努力した。

そのうち蓉子も黙って床を敷いて居た、僕は夜、側に人が居ては仕事が出来ないので、妻子の隣室でねることにしてある。それで自分も蓉子に床をとらせて黙ったまゝ床に入ったのだ。それが丁度十九日の十時頃だったろう。

さすがに蓉子も直《す》ぐはねつけなかったらしい。僕は暫く床にはいって居たが、到底そのまま眠れぬので、又机に向っていろ〳〵考えにふけったが、結局、蓉子を殺そう、という決心しかもち得なかった。

そうだ、此の苦悶から逃れる方法は、たゞ蓉子を殺すより他にはない。そうして自分も死ぬ事だ、と斯う思って僕は、たゞそればかりを考えて、押入れからかつて僕が外国に居た友から贈られたピストルを取り出して、弾丸《たま》を調べはじめたのだ。

山本、君は人を殺すという事が如何に難《むずかし》い事か、少しでも考えて見たことがあるか。あらかじめ計って人殺しをするという事は悪魔でない限り出来るものではない。僕はあの夜あれだけの決心を堅め——おまけに其の決心まで来るのに二年余もかゝったんだが、その深みある決心にも不拘《かかわらず》、僕がピストルを手にとった時、既に其の決心がにぶりはじめたのだ。

今でなくてもいゝ。あしただっていゝ。斯う考えて僕はピストルをおいた。そうして暫く悶えたが、やはりピストルを手にとる事が出来ず、それを枕元においたまゝ床に入ってしまったんだ。

『非常に亢奮した後には非常な疲労が来る。夜半の一時頃に僕はすっかり疲れ切って眠入《ねい》ってしまった。どの位眠入ったかおぼえはないが、不意にさゝやきのような声がきこえる。半ば起き上った時、隣室から明かに男の声がきこえた。

僕は全身の血が一時に燃え上るように感じて、いきなり枕元のピストルをとると、出来るだけひそかに襖の端をあけて見た。

いくら狼狽《あわ》てゝ居たとは云え、蓉子がどんな女であろうと、夫のねて居る隣室に男を入れる筈のあるものでない位の事は、直《す》ぐに考え浮ぶべきなのだが、実際其の時の僕は怒りに燃えて居たのだった。

然し、さすがに、襖を開けて隣室をのぞいた途端、僕はあっと危く叫ぶところであった。

蓉子の枕元にはスタンドがおいてあって彼女がねつく時一燭光にしておく習慣だったので、その光でおぼろに不思議な光景が目に入ったのだ。半ばねぼけたような蓉子が、半身を床の上に出そうとして居る。その夜具の上に半分覆面した大男が出刃庖丁をつき出しながら、小さい声で何か云って居るのだ。

僕は直ぐ強盗だなと感じた。いくら僕でも毎日の新聞で近頃の物騒さはよく知って居る。すぐに飛び込んでやろうと身構えした時、男が不意に右手の出刃庖丁をつき出すと同時に
「静かにしろ。早く金を出せ。」

というのが聞えた。それに対する蓉子の態度を、僕は実に不思議なように感じたのだ。あんなに平生しっかりして居て、どんな事をも恐れない蓉子が、まるで気を失ったように恐怖の色を現して居るのだ。僕がどんなことをしたって、仮令《たとい》彼女を殺しにかゝったところで彼女は敢然と首を延したであろう。それがどうだ、その男に金を出せといわれると魂がぬけた人のように真青になってぶる〳〵慄《ふる》えはじめたんだ。

スタンドの電気が、僕の居る方に来て居ないのを幸《さいわい》僕は黙って此の不思議な有様をなが

めて居た。すると賊は又々押えるような声だ。

「早くしろ！　しないとこうだぞ！」といって矢庭に右手の出刃をひらめかした。

僕が思わずあっと叫ぼうとする前に、早くも蓉子は絹をさくような悲鳴をあげた。すると賊は非常に狼狽したさまを現したが、いきなり蓉子にとびかゝって首をしめつけたんだ！』

不意に山本が訊ねた。

『出刃庖丁は？　出刃庖丁を使わなかったのか。』

『出刃か？　うん、それを投げ出していきなりとびかゝったんだ。ところがそれを見た僕は驚くべき程落付きはじめたんだ。その時僕の頭に、突然、恐ろしい考えが浮んだんだ。蓉子は今殺されかゝって居る。その蓉子を、数時間前にはこの俺が殺そうとしたのじゃないか。よし。僕が手を下す必要はない。時は今だ。賊をして決行せしめよ！　責任は賊に行く。よし、自分の空想した殺人行為が、今眼前で遂行さるゝのを見よ！

僕は鐘のように打つ心臓の鼓動をおさえつけながら、ピストルを握りつめてその有様を見つゞけたのだ。

蓉子は何か叫ぼうとした。そうして顔をあげた。僕は其の時の蓉子の顔を決して忘れない。充血した顔の色、無理に開いた眼、ひっつれた唇、そうして痙攣してふるえながらも、猛獣のような男の両腕にからみついた其の二つの手！

『この抵抗にあった賊は野獣のようになって両腕に一層力を入れるかと思うと蓉子はいきなり後に仆《たお》れつゞいて折重なって賊も其の上に乗りかゝった。彼は素早く顔から布をとってもう息が止って居るらしい蓉子の口におし込もうとして居る。

恐ろしい地獄のような数秒間だった。然し同時に何という素晴らしい数秒間だったろう。僕は心に願った事が今立派に行われたのを見たのだ！

「今だ、今こそ逃《にが》してはいけない。」

僕はそう思って襖をあけるや否や、脱兎の如く賊の傍に行った。彼がまだすっかり起き上れないうちにいきなり第一発を其の右胸に撃ち込んだ。ひるむ所をその右額めがけて第二発を発射したのだ。勿論やり損う筈はない。賊は立所に即死してしまった。泣き叫ぶ久子、この呪うべき久子をそこに転《ころが》したまま僕は表に飛び出した。そうして泥棒々々と叫んだわけなのだ。

僕の望みは美事に遂げられた。其処にはたゞ百分の一秒位の時の差があるばかりではないか。賊が蓉子を殺した後《のち》僕が賊を殺したかその最中に殺したか、誰が知ろう。……見給え世人は全く僕が力及ばずして妻を死なしたと思って居る。………嗤うべきではないか。僕は力及ばず所ではない。故意に妻を死なせたんだ。

山本、これがあの夜の恐ろしい出来事だったのだ。

大川は一気にこう云ってしまうと探るような眼附で山本をながめた。

夕闇は来た。部屋は全くくらくなった。闇の中に二人は相対《あいたい》して居る。

聞き終った山本が突然、病人の傍においてある水をぐっと呑んだ。そうして云った。

『恐ろしい話だ。恐ろしい事実だ。……然し君が死ぬ気になったのはどうしたのだ。』

『さ、そこなんだ。僕が君に云おうとして居るのは。いいか？　僕のいう事は矛盾だらけかも知れない。しかしその矛盾だらけなのが人間の心なんだから了解してくれ。

僕はあゝやって妻の殺されるのを見て居た。否、妻を殺さした。之が法律上どういう事になるかは知らない。しかし道徳上では十分責任を負うべきこと疑いない。

ところで僕は、妻の死ぬのを見てから暫くは向うのやった事に少しも悔を感じなかった。けれどもあれから十日程たつと、又復《またまた》深い苦しみに襲われはじめたのだ。

僕はさきにも云った通り、芸術家の直観を信じた。夫としての直観を信じた。証拠をあざわらった。けれど、妻の死後……殊にあの断末魔の妻の顔を見てから、自分の疑いが全くの邪推ではなかったかと思い始めたのだ。

もし蓉子がほんとに僕を愛して居たなら、若し久子が全く僕の子だったなら？　僕はどうすればよいのだ？　僕はとんでもない事をしたのだ。罪なき妻を疑って居たのだ。あの愛しい蓉子を疑って居たのだ。而も僕は――お、僕こそ呪われてあれ！　あの野獣のような兇賊に妻を惨殺さしたのだ、僕のこの両眼の前で！　而も救うことが出来たのに!!!

蓉子が僕と別居しようと思って居たことは明かだった。然しそれが不貞ということになるだろうか。僕は取り返しのつかぬことをしてしまったのだ。

こう思ってから僕は久子と暮すのが堪えられなくなった。まず久子を妻の親にあずけて一人でくらすことにした。ところが毎夜のように断末魔の妻の顔が見えるのだ。僕がまちがって居たか？　こう悩みつゞけて半年は生きて来たのだ。けれども僕にはもう生は堪えられなくなったのだ。妻は地獄に居る。僕に陥《おと》されたんだ。恨め！　恨め！　僕も地獄に行く！　こういう決意をしてから僕は度々死ぬ時を狙った。そうしてついに決行したのだ。……蓉子が不貞であったろうとそうでなかったろうと僕には生きては行かれないのだ。……僕はもう死ぬ、しかし最後に君にはっきりき、たい！　君の奉ずる聖なる科学の名に於てはっきりきく、僕には子を作る能力があるのか。久子はたしかに僕の子だろうか？』

其処には不気味な沈黙が又襲い来った。闇の中でも大川の苦しげな呼吸ははっきりときかれ得る。然るに、大川より一層亢奮したらしいのは山本であった。彼は医師としての己れを忘れたように見えた。彼は自分が病人の前に立って居ることをすら忘れたかのように見えた。

突然山本はベッドの側に近づいて、大川の右手をつかんだ。山本の手は何故かふるえて居る。絞るように山本が云った。

『大川、よくきいて呉れ。君の生命《いのち》はもう危いんだぞ。死ぬまぎわになってそれだけの重大なことをきくのに、君は何故ほんとうのことを云わないんだ？　君は妻の殺されるのを見て居たと云った。君は妻を賊に殺させたと云った。然し君は自分が妻を殺したとは云わない。何故はっきり云わないのだ？　大川！　君は賊を第一に殺して、それから妻を殺したんだろう!!』

云う方もきく方も必要だった。つかまれた大川の手もつかんで居る山本の手も、ぶる〳〵と音をたてるまでにふるえた。

『大川、僕は君に何でもいう、だから君も最後にほんとうのことを云って死んでくれ！』

氷のような静寂を破って、大川のふるえをおびた、わりに落附いた声がひゞいた。

『そうか、君は知って居たのか。僕がわるかった。僕がわるかった。死ぬ前なのに僕は何ということだ。僕が殺したのだ。僕が蓉子を殺したのだ。間違いはないほんとうのことをいうから聞いてくれ。

あの夜、僕は一時頃に床《とこ》に入った。しかしどうして眠れよう。ピストルを出して妻を殺そうかどうしようかと迷って居た僕だ。僕はね返りばかりしながら床中《とこなか》で悶々として居た。ところが三時頃だったろう。台所の方で妙な音がするのだ。然し頭の中に悩みを持って居た僕は音のするのをきいては居ながらも少しも怪しいとは思わなかった。そうしてどうして蓉子に復讐してやろうか、どうして彼女を一人で永久にもちつゞけられるか、を考えて居たのだ。

僕が物音をほんとに聞き始めたのは、蓉子のねて居る室の次の間でみし〳〵いう音をきいた時だ。強盗だな！　と近頃の強盗騒ぎにおびやかされて居る僕は、すぐに感じた。いきなりピストルを手にとって、僕はそーッと襖に忍びよったのだ。

一寸《ちよつと》ばかり襖をあけた途端、蓉子のねて居る裾の方の襖がする〳〵と開いて、覆面をした男がぬっと首をつき出した。次の瞬間には出刃庖丁らしいものをもった大の男が、ねて居る蓉子の裾のところに突っ立って居た。

法律がどんな事を云おうとも、深夜、人の家に刃物をもってはいって来る奴を殺すことは、正しいことだと僕は思って居た。否今でもそれは信じて居る。パッと襖を開くや否や、僕は賊の右側からいきなり一発を発射した。あッと云って賊がよろ〳〵とするところを、僕は飛鳥のようにとび出して狙《ねらい》を付けながら、ピストルを賊の顔につきつけて第二発をその額に撃ち込んだ。美事に命中すると同時に、賊は何の抵抗もなし得ずに仆れたのだ。戦いは実に簡単だった。

この物音に蓉子も久子も目をさました。若しこの時、蓉子が、僕の奮闘を感謝してくれたなら、あんなことにならずにすんだろう。目をさました蓉子は驚いて、

「あなた、どうしたのです。」ときく。僕は仆れた賊をさしながら、

「泥棒がはいったんだ。やっつけたよ。」と答えた。すると蓉子は床の中からはい出して、賊の傍にする〳〵と寄てその血の出て居る有様をながめたり、額に手をあてたりして居たが突然、

「あなた、殺しちゃったのね。……泥棒を。」

「そうさ、かまわないさ。」

「大変よ、いくら泥棒だって殺しちゃわるいわ。」

此の答えは、否非難は、何という不愉快なものだったろう！　もし僕が殺さなければ、そういう貴様が今ごろ何されているか判らないじゃないか！　僕はかっとなった。蓉子の顔をにらみつけた。この瞬間、賊の死体と蓉子の顔を見くらべて居るうちに、僕は忽ち非常に有効に利用さるべき機会が来て居ることに気がついた。

よし！　今だ！

いきなり僕は蓉子にとびかゝった。そうして驚いて何もする術さえないうち、両腕に全身

の力をこめて蓉子の首をしめつけた。

蓉子は叫ぼうとした。しかし声がつまって居た。けれど蓉子は自分がどうされようとして居るかをはっきり知ったらしい。お、、あの時の断末魔の顔！　僕をにらんだあの眼！　呪いをあびせようとしたあの唇!!!　僕の頭から消え去らぬのはそれなのだ。

蓉子はたちまち息絶えた。僕はすばやくたんすの引出をあけたり、そこらのものをちらかしたりした。賊の手から出刃をとって側に投げすて、その死体を蓉子の死体の上にのせ、覆面をとって蓉子のくいしばった歯をおしあけてそこへつめこんだ。これ等の事は電光の如く行われた。何故ならば、ピストルの音をきいて、誰か来はしないかという考えがあったから。

こうやって万事にぬかりはないと信じてから、泥棒と叫んで表にとび出したのだが、意外にも早く、夜警の男に出会《でくわ》してしまったのだ。僕は直ぐに筋道のたった話をしなければならない。十分に考え切ってなかった僕はやむを得ずわざとそこへひっくり返ったのだ。こうやって居る間に頭を冷静にして、警官に対する中立を考えはじめたのだった。

僕が申立てようとすることに、不自然な所は少しもない筈だ。立派に泥棒が押入って居る。而も出刃庖丁をもってはいって居る。それを僕が殺すことは不思議はない。何故ならば妻が殺されて居るからだ。

僕はすっかり安心した。そうしてはっきりとすじ道をたてて申立てたのだった。ただたった一箇所、犯罪事件に関しては全くの素人の僕が心配した点がある。それは賊が出刃で、妻をおどかして居る最中、妻が悲鳴をあげたとすると、賊が持って居る出刃を使用する方が自然じゃないか、と思われたのだ。しめ殺すとすれば出刃庖丁をほうり出さねばならないわけなのだ。そういう場合、強盗は実さいどうするか。出刃を投げ出してしめにかゝるものだろうかどうか、という点だった。

ところが係官は美事に僕のいうことに乗せられてしまった。恐らく判事も検事もその道にかけて玄人だから、却って欺されたのではないかと考える。実際そういう場合があるのだろう。彼等の経験から推して、僕のいう所に不自然さがなかったゝめだろう。美事に通ったのだ。ところが君には僕の嘘が判ったね、君にさっき出刃のことを聞かれた時はいやな気もちだったんだ。恐らく君はあの点から疑ったのだろうが、それはやはり君が僕同様に素人だからだよ。

これで僕のいうことは終った。さあきかしてくれ、さっき僕のきいた事だ。僕は妻を殺した。しかし妻は不貞ではなかったのだろうか。』

若し部屋が明るかったら、山本の顔色は瀕死の大川にも増して、死人の色を呈して居ることが認められたろう。ごくりと唾をのんで山本が云った。

『君はどっちの答えをのぞんで居るのだ。君の妻が貞淑だったと答えたら、君は安心するのか。』

『噫《あゝ》、たまらない。貞淑な妻を疑って惨殺したとは！』

『では不貞だったと答えれば、君は満足出来るのか？　久子が君の子でないと判れば！』

『噫、不貞だったとしたら！　それもたまらないんだ。ああどうしたらいいのだろう僕は！

然し然しやはりきゝたい！　きいてから死ぬ！　僕は子を作れるのだろうか。久子は僕のほんとの子だろうか？　それに君は蓉子によく会ってあの女の気もちをよく知っている筈だ。医者として、親友として答えてくれ！　答えてくれ。……僕は君の頭を信ずる！　君の云うことを信じる。君は何もかも知って居る筈だ。僕の言葉の僅かの不自然さから、僕の嘘をあてた君だ……しかし、それにしても僕の殺人の動機までは知らぬ筈の君が……？』

突然烈しい咳が大川を襲った。咳がのどで鳴った。明かに大川は断末魔に迫って居る。

死人のような山本は然しおっかぶせるように大川の手をとって耳に口をよせながら叫んだ。『今こそほんとうを云おう！　大川！　君には子は出来ないわけなのだ。だから久子は君の子であるわけはない。君の感じは正しかったんだ。君の直観は正しかったんだよ！　大川、もう一つ云う、云わなければならない。君の夫としての直観は正しかったのだ。然し全部が正しくはなかったのだよ。……僕は君が蓉子を殺した事を知ったのではない。又推察したのでもない。君は夫として芸術家としての直観と云ったね。しかし僕のは……僕のは、恋人として、愛人としての……』

こゝまで夢中になって語って来た山本はこの時はじめて大川の異状に気がついた。医師としての観念が彼を支配した。彼はいきなり電気のスイッチをひねった。照らし出されたベッドの上に、彼はもはや永久の眠りに入って居る大川龍太郎を見出したのであった。

山本ははじめて友人の死体と対話して居たことに気がついた。山本の最後に云った言葉がどこまで大川に聞えたか疑問である。然し大川が聞かずに死んだとすれば、二人にとって幸福であったろう。何故ならば、山本正雄の語った言葉、而《そし》て更に語ろうとした言葉は地獄からでなければ聞き得ず、又地獄に陥ちなければ語り得なかった事実であったであろうから。

(完)

*　*　*　*

黄昏の告白はこゝで終る。

然し次のことを一つつけ加えておかないのは事実に対して忠実ではなかろう。

大川龍太郎の死後、彼の一代の傑作は新しき表装のもとに再び出版され、親友たる山本正雄は其の出版に全力をそゝいだ。

大川の遺児久子は大川の親友山本正雄によって育てられることになったが、大川の作の出版其他が完全にすんだ時、山本正雄は或る日其家で久子の過失から突然変死した事が発見された。

大川の遺品のピストルが山本によって愛蔵されて居たのを、幼い久子がいつのまにかもて遊んで居るうち、過って引金に手がふれて発射し、一発のもとに頭を撃たれて即死したものである。

然しこのことを信じない人も可なりある。四歳の女児によってピストルがたやすく発射されないという事を知って居る人達は、少しも此の話を信じては居ないだろう。

が、何故に山本が自殺したか。之を知るものは恐らくは一人もあるまい。

解説

浜尾四郎《はまおしろう》は、一八九五年に東京都に生まれた。思想家の加藤弘之を祖父に持ち、近親者には官界関係者の多い名家であったが、弟には古川ロッパ（緑波）、親戚に三宅やす子もいた。東京帝国大学法科在学中に教育行政家の浜尾新に養子入りし、卒業後の一九二五年には東京地方裁判所の検事となるとともに養父の死に伴い子爵の位を襲爵するが、一九二八年には検事を退職し弁護士へと転身している。一九二九年に「彼が殺したか」で『新青年』からデビュー後は、「法律への疑義」（江戸川乱歩）をテーマとする短篇や、「殺人鬼」を代表とする探偵・藤枝真太郎を主人公とした長篇を発表し、本格派の作家として活躍する。創作以外にも犯罪を中心とした時事・社会問題の評論等を多く発表し、一九三三年からは貴族院議員としても活動した。一九三五年没。

「黄昏の告白」は、一九二九年七月号に竹中英太郎の挿絵を伴い発表された。本作は一人の女性をめぐる二人の男性劇作家の闘争に端を発する殺人事件とその裏面に隠された真相の暴露を骨子とする物語であるが、作中に同時期の説教強盗事件を契機として議論が高まっていた正当防衛の要素が取り込まれている点も注目される。そこで描かれる偽装された殺人行為を正当防衛とみなす司法判断が新聞報道を通じて社会的な承認を経たのちに転覆される物語展開には、浜尾の作品群に通底する法とメディアに対する批評性を看取できるだろう。

（井川理）

空《くう》を飛ぶパラソル

夢野久作

【一九二九（昭和四）年十月】

水蒸気を一パイに含んだ梅雨晴れの空から、白い眩《まぶ》しい太陽が、パッと照り落ちて来る朝であった。

ちょうど農繁期で、地方新聞の読者がズン〳〵減って行《ゆ》くばかりでなく、新聞記事《だね》の夏枯れ季節《どき》に入りかけた時分なので、私の居る福岡時報は勿論のこと、その他の各社とも何かしら読者を惹き付ける大記事は無いか、……洪水《おおみず》は出ないか……炭坑は爆発しないか……何処かに特別記事《とくだね》は転がっていないか……と鵜の目鷹の目になっていた。そんなようなタヨリナイ苛立たしい競争の圧迫を、編輯長と同じ程度に感じていた遊撃記者の私は、ツイ此頃、九大工学部に起ったチョットした事件を物にすべく、福岡市外筥崎町《はこざきちょう》の出外れに在る赤煉瓦の正門をブラリ〳〵と這入《はい》りかけていたのであったが、阿弥陀にしていた麦稈帽《むぎわらぼう》を冠り直しながら、何の気もなく背後《うしろ》をふり帰ると、ハッとして立ち止まった。

工学部の正門前は、広い道路を隔てゝ二三里の南に在る若杉山の麓まで一面の水田になっていて、はてしもなく漲《みなぎ》り輝く濁水《にごりみず》の中に田植え笠が数限りなく散らばっている。その田の中の畦道《あぜみち》を、眼の前の道路から一町ばかり向うの鉄道線路まで、パラソルを片手に捧げて、危なっかしい足取りで渡って行く一人の盛装の女が居る。

そのパラソルは一口に云えば空色であるが、よく見ると群青《ぐんじょう》と淡紅《とき》色のステキに派手なダンダラ模様であった。小倉縮《こくらちゞみ》らしいハッキリした縞柄の下から肉付きのいゝ手足と、薄赤いものを透きとおらして、左手にビーズ入りのキラ〳〵光るバッグを提げて、白足袋に表付きの中歯《ちゅうば》の下駄を穿《は》いていたが、霖雨《ながあめ》でぬかるむ青草まじりの畦道を、綱渡りをするようにユラ〳〵と踊りながら急いで行くと、オールバックの下から見える白い首すじと手足とが、逆光線を反射しながら、しなやかに伸びたり縮んだりする。其の都度に華やかな洋傘《パラソル》の尖端《さき》が、大きい小さい円《まる》や孤を空《くう》に描いて行くのであった。

そこいらの田に蠢めいていた田植笠が一つ二つ持ち上って、不思議そうに其の女の姿に見惚《みと》れはじめた。……と見るうちに左手の地蔵松原の向うから多々羅川《たゝらがわ》の鉄橋を渡って、右手の筥崎駅へ一直線に驀進《ばくしん》して来る下り列車の音が、轟々と近づいて来る気はいである。それにつれて女の足取りも心持ち小刻みに急ぎ始めたように見えた……。

……私は今一度ハッと胸を躍らした。思わず、

『……止めろッ……轢死《れきし》だッ……』

と叫びかけたが、その次の瞬間に私は又、グッと唾を嚥《の》み込んだ。……これは新聞記事《だね》になるな……と思った次の瞬間にはもう正門前の道路を、女の行《ゆ》く畦道と直角の方向に引返していた。

そうして其の取付《とっつ》きの百姓家《ひゃくしょうや》の蔭から、田に添うた桑畑の若い葉の間を女と並行した方向に曲り込むと、急に身を伏せて、獲物を狙う獣のように線路の方へ走り出したが、桑畑と線路との境目に在る狭い小川を飛び越えた時には、スッカリ汗まみれになって、動悸が高まって眼が眩《くら》みそうになっていた。

女はもう其の時に田の畦を渡りつくして、半町ばかり向うの線路に出ていたが、軌条《レイル》の横の狭い砂まじりの赤土道《あかつちみち》を、汽車の来る方向に、さり気なく、気取った風《ふう》付きで歩いて行くようすである。

勢込んで来た私は、そうした女の態度を見ると、ちょっと躊躇して立ち止まった。覚悟の轢死じゃ無いのかしら……と思って……と思う間もなく真正面に横たわる松原の緑の波の中から真黒な汽鑵車が、狂気のように白い汽笛を吹き立てつゝ、全速力で飛び出して来た。

それと見た女は洋傘《パラソル》を線路の傍の草の上に拡げたまゝソッと置いた。下駄を脱ぎ揃えて、其の上にビーズ入りのバッグを静かに戴せた。そうして右手で襟元を繕いながら、左手で前裾をシッカリと摑むと白足袋を横すじかいに閃めかして、汽鑵車の前に飛び込もうとしたが、線路の横の砂利に躓《つまず》いてバッタリと横たおれに倒れた。其の拍子に右手で軌条《レイル》を摑んで起き上りかけたが、何故か又グッタリとなって軌条《レイル》のすぐ横の枕木の上に突伏した。そのまゝ白い両手を向うむきに投げ出して、肩を大きく波打たして、深いため息を一つしたように見えた。

私はそれを石のように固くなったまゝ見とれていた様に思う。身動きは愚か、瞬き一つ出来ないまゝに……と思う間もなく女の全身に、真黒な汽鑵車の投影《かげ》が蔽いかゝった。するとその投影《かげ》の中から群青と淡紅色《とき》のパラソルが、人魂か何ぞのようにフウーウと美しく浮き出して、二三間《げん》高さの空中を左手の方へフワリ〳〵と舞い上って行ったが、その方にチラリと眼を奪われた瞬間に、虚空を劈《つんざ》く非常汽笛と、大地を震撼する真黒い音響とが、私の一尺横を暴風《はやて》のように通過した。

思わず耳と眼を塞いで立《た》ち竦《すく》んでいた私は、その音響が通過すると直ぐに又、新聞記者の本能に立帰った。編上靴《あみあげぐつ》を宙に躍らせて二十間《けん》ばかり向うに投げ出されている屍体の傍へ駈けつけた。線路の左右の田の中から、訳のわからない叫び声があとから〳〵起るのを聞き流しながら……

まだ生きているのと同様に温かい女の屍体を仰向けに引っくり返して見ると、どんな風にして車輪にかゝったものか、頭部に残っているのは片っ方の耳と綺麗な襟筋だけである。あとは髪毛と血の和《あ》え物《もの》見た様になったのが、線路の一側《ひとがわ》を十間《けん》ばかりの間《あいだ》にダラ〳〵と引き散らされて来ている。その途中の処々に鶏の肺臓みたようなものがギラ〳〵と太陽の光りを反射しているのは脳味噌であろうか、右の手首は車輪に附着《くっつ》いて行ったものか見当らず、プッツリと切断された傷口から鮮血がドクリ〳〵と迸《ほとば》しり出て、線路の横に茂り合った蓬《よもぎ》の葉を染めている。其の他の足袋の底と着物の裾に、すこしばかり泥が附いているだけで、轢《れき》死体としては珍らしく無疵《むきず》な肉体が草の中にあおのけに寝て、左手《ゆんで》はまだシッカリと前裾を摑んでいた。

私はチラリと汽車の方をふり返りながら、その左手《ゆんで》を着物から引き離して検《あらた》めてみた。手の甲も掌もチットも荒れていないようであるが、中指の頭にヨヂムチンキが黒々と塗ってあるのに、そこいらが格別腫れても傷ついてもいない処を見ると刺《とげ》か何かを抜いたあとを消毒したものであろう。して見れば此の女は看護婦かな……と思い〳〵手早く胸を掻き開いてみると、白く水々しく光る乳房と、黒い、紫がゝった乳首があらわれたが、其の上を、もう、一匹の大きな黒蟻が狼狽して馳《か》けまわっていた。

さては……と私は息を詰めた。すぐに安物らしい白地の博多帯をさぐってみると……どうだ……ムクリ〳〵……ヒクリ〳〵と蠢めく胎動がわかるではないか……たしかに妊娠《にんしん》五箇月以上である。なお序《ついで》に袂《たもと》と帯の間を撫でまわしてみると、筥崎から佐賀までの赤切符の未改札が一枚と、小型の名刺に「早川ヨシ子」「時枝ヨシ子」と別々に印刷したのが十枚ばかりずつ白紙に包んだのが、帯の間から出た。

その名刺をポケットに落し込みながら、私は取りあえず凱歌を揚げた。早川というのは九大医学部の寺山内科に居る医学士の医員で、記者仲間に通った色魔に相違なかった。其の背後には姉歯《あねば》なにがしと云う産科医が居て、何かしら糸を操っているという噂まで、小耳に挟んでいる。又時枝ヨシ子と云うのはこれも同大学の眼科に居る有名な美人看護婦ではないか。……二人の関係は二三箇月前にチラリと聞いた事があるにはあったが、評判の美人と色魔だけに、いゝ加減に結び付けた噂だろう……なぞと余計なカンを廻《ま》わしていたのが悪かった。もう此処まで進んでいたのか……と思い〳〵今度は下駄を裏返してみると、まだ卸し立てのホヤ〳〵で、福岡市大浜竪町金佐《おおはまたてちようかねさ》商店という商標《マーク》が貼ってあって、踵《かかと》の処に⌐サと刻印が打ち込んである。次にビーズ入りのバッグを開いて見ると新しいハンカチが二枚と、六円二十何銭入りの蟇口《がまぐち》とすこしばかりの化粧道具を入れた底の方から柳川ヨシエという名宛の質札が二枚出た。お召のコートと、羽織と、瓦斯《がす》の矢絣《やがすり》の単衣物《ひとえもの》と、女持のプラチナの腕時計の四点を合計十八円也で昨日と一昨日《おとゝい》の二日にわけて筥崎馬出《まいだし》の三枡《みます》質店に入れたものである。

私は又もその質札をポケットに突込みながら二度目の凱歌を揚げた。……これ丈けのタネを握り込んで三段や四段の、特別記事《とくだね》が書けなければ俺は新聞記者じゃ無い……むろん警察や同業《なかま》の奴等は指一本だって指せやしないだろう……占めたナ……と奥歯を噛み締めながらも、何喰わぬ顔を上げて、そこいらを見まわした。

私の周囲には二三人の田植え連が魘《おび》えた顔をして立っているきりである。一気に筥崎駅へ馳け込んだ列車の窓からは、旅客の顔が鈴生りに突き出て居て、そこから飛び降りた二三人の制服制帽が線路づたいに走って来るのが見える。その外《ほか》にもう一人サアベルを摑んだ警官らしい姿も後れ馳せにプラットホームから馳け降りて来るようであるが、しかしまだ四五町の距離があるから、私の顔を見知られる心配はない。

私は靴の踵に粘り付いた女の血を、蓬《よもぎ》の葉で拭いながら悠々と立ち上った。はるか向うの青田の中に落ちたパラソルを見かえりもせずに、今しがた女が伝《つたわ》って来た畦道の下駄の痕を踏み付け〳〵平気な顔で工学部の前に引返した。みる〳〵殖えて行《ゆ》く線路の上の人だかりを横眼に見ながら、手近い法文科の門を潜って、生徒がウロ〳〵している地下室を通り抜けて、人通りのすくない海門戸《かいもんど》に出ると、やっと上衣《うわぎ》を脱いで汗を拭いた。此処まで来れば、もう捕まる心配は無いからである。ついでに腕時計を見るとチョウド十時半であった。

……夕刊の締切りまでアト二時間半キッカリ……その中《うち》で記事を書く時間をザット一時間と見ると……質屋にまわり込む時間は先ずあるまい……プラチナの腕時計がチットおかしいとは思うけれど……

……色魔の早川や、黒幕の姉歯にも会わない方が上策だろう……わざ〳〵泣き付かれに行くようなもんだからナ……。一つ抜き討ちを喰《くら》わして驚かして呉れよう……。

……帰り着くまで降り出さなけあいゝが……

と腹の中で勘定をつけながら、とりあえずバットを啣《くわ》えてマッチを擦った。

それから数時間の後《のち》、私は今川橋行きの電車の中で、福岡市に二つある新聞の夕刊の市内版を見比べて微笑《ほほえ》んでいた。一方の新聞には「又も轢死女」という四号標題《みだし》で身元不明の若い女の轢死が五行ばかり報道してある丈けで、妊娠の事実すら書いて無いのに反して、私の新聞の方には初号三段抜きの大標題《おおみだし》で、裕衣《ゆかた》を着た早川と、丸髷に結った時枝ヨシ子の二人が並んで撮った鮮明な写真まで入れて、次のような記事が長々と掲載されていた。

▼標題《みだし》……「田植え連中の環視の中で……妊娠美人の鉄道自殺……けさ十時頃、筥崎駅附近で……相手は九大名うての色魔……女は佐賀県随一の富豪……時枝家の家出娘」……「両親へ詫びに帰る途中……思い迫ったものか……此の悲惨事」……

▼記事……（上略）……時枝ヨシ子（二〇）が東京にあこがれて家出をしたのは四年前《ぜん》の事であったが何故《なにゆえ》か東京へは行《ゆ》かずに博多駅で下車し、福岡の知人を使《たよ》って九大の眼科に看護婦となって入《い》り込んだ。之を聞いたヨシ子の両親は非常に立腹し、直ちに勘当を申し渡したとの事であるが、美人の評判が高いまゝに、あらゆる誘惑と闘いつゝ無事に此の四年間をつとめて来たものであった。……（中略）……流石の色魔、早川医学士（三〇）もヨシ子と関係して、現在の大浜の下宿に同棲するようになってからは人間が違った様に素行を謹《つゝ》しんだばかりでなく得意の玉突さえもやめてしまって、ひたすら彼女との恋に精進するように見えた。彼女ヨシ子の早川に対する愛着がそれ以上であった事は云う迄もない。……（中略）……かくて妊娠七箇月になったヨシ子は、早川医学士と、その友人で兼てから二人の事に就いて何くれとなく心配していた姉歯某《ぼう》とが極力制止するをも諾《き》かず、窃《ひそ》かに旅費をこしらえて、単身人眼を避けつゝ、佐賀の両親の許《もと》に行く可く決心した……（中略）……博多駅より二つ手前の筥崎駅から佐賀までの赤切符を買ったが、其の列車を待ち合わせている間に、色々と身の行く末を考えて極度に運命を悲観したものらしく、遂に自分が乗って行く筈であった下り四二一号列車の轍《わだち》にかゝってかくも無残の……云々……

此処まで読んで来ると私は内心大得意の顔を上げて電車の中を見まわした。当てもない咳払いを一つして反り身になった。

ところが其の翌《あく》る日のこと……

昨日取り損ねた九大工学部の記事を漁《あさ》りなおしに行くべく今川橋の下宿から電車で箱崎の終点へ行く途中、医学部前の停留場を通過すると、職業柄《しょうばい》懇意にしている箱崎署の大塚警部が飛び乗って来たので、脛《すね》に傷持つ私はちょっとドキンとさせられた。

大塚警部は私よりも十五六ぐらい年上で、二三度一緒に飲みに行ってからと云うもの同輩みたように交際《つきあ》っている。可なり狡《ずる》い処のある男であるが、殆んど空っぽになっている電車の片隅に私の姿を発見すると、ビックリした表情をしながら、ツカ〳〵と私の横に来て廿貫目あるという大きな図体をドタリと卸し、サアベルをうしろにまわして、帽子を阿弥陀にして赤ッ面の汗を拭き〳〵、頗《すこぶ》る緊張した表情で内ポケットから新聞を引き出すと、無言の儘、私の鼻の先に突きつけた。見ると私が書いた昨日の夕刊記事の全部に毒々しい赤線が引いてある。

私はわざとニッコリしてうなずいた。その私の顔を大塚警部はニガリ切って白眼《にら》み据えた。

『困るじゃ無いか……こんな事をしちゃ……僕等を出し抜いて……』

『フフン、何もしやしない。工学部の正門を這入《はい》ろうとしたら鉄道線路の上に真黒な人ダカリがあった。行って見たら此の轢死だった……という丈けの事さ……』

『女の身元はどうして洗った』

『屍体の左手の中指の先にヨヂムチンキが塗ってあった。別段腫れても傷ついてもいない処を見ると刺か何かを抜いたアトを消毒したものらしいが、ヨヂムチンキをそんな風に使う女なら差し詰め医師《いしゃ》の家族か看護婦だろう』

『……フーム……ソンナモンカナ』

『ところで服装を見ると看護婦は動かぬ処だろう。同時に下駄のマークを見ると早川の下宿の近所で買っている。そこで取りあえず九大の看護婦寄宿舎の名簿を引っくり返してみたら時枝という有名なシャンが三月《みつき》ばかり前から休んでいる。若しやと思って原籍を調べたら驚いたね。佐賀県神野《かんの》村の時枝茂左衛門《もざえもん》第五女と来ているじゃないか』

『それ丈けで見当つけたんか』

『失敬な……憚《はばか》りながら君等みたいな見込捜索はやらないよ。体格検査簿にチャンと書いてあるんだ。身長五尺二寸、体量十四貫七百というのが昨年の秋の事だ。ちょうど屍体と見合っているじゃないか。姙娠七箇月は無論当てズッポウだが胎児の動き工合から考えても多分三月《みつき》か四月目《よつきめ》から休んだ事になるから……』

『よく知っとるんだナア何でも……』

『大学の外交記者を半年遣れあ大抵の医者は烟《けむ》に捲けるぜ。……しかし念の為めに吾輩を崇拝している二三の看護婦に当って見ると、内科の早川さんと正月頃からコレ〳〵と云うんだ。早川が寺山博士のお気に入りで、みんな反感を持っている事までわかった。どうだい。……恐れ入ったろう……』

『フームそれじゃ写真はどうして手に入れた』

『……訊問するんなら署でやって呉れ給え、絶対に白状しないから』

『アハ、、、。イヤ、実は非常に参考になるからヨ。……腹を立てゝ呉れては困るが……正直の処を云うと此記事はソノ……素人が見たらこれでえゝかも知れんがネ。僕等の立場から見ると不思議な事だらけなんだ』

『ウン。そんなら云おう。その写真はやっぱり看護婦仲間の噂から手繰《たぐ》り出したのさ、アノ恵比須通りの写真屋には大学の看護婦がよく行くからね。二人で秘密《ないしよ》で撮ったのを見るかドウかしたんだろう。そんな写真があるという事をチラリと聞いたから試しに当って見ると図星だったのだ。受取人は柳川ヨシエという偽名でネ。チャント種板《たねいた》まで取ってあった……そん時の嬉しさったら無かったよ』

『いかにもナァ。……それじゃアノ姉歯という産婆学校長の医学士が、一生懸命で二人の世話を焼いとる事実は、どうして探り出したんか』

『内科の医局での話さ。姉歯という産婆学校長が此頃よく内科の医局へ遊びに来て、早川とヒソ〳〵話をする。何でもヨシ子が此頃急に佐賀へ帰ると云って駄々をこね出したので二人が困っているという噂があるという噂があるんだ。……ドウダイ……事実とピッタリ一致するじゃ無いか』

『相変らず素早いんだね君は……』

『これ位はお茶の子さ。それよりも今度はアベコベに訊問するが、アノ姉歯という男が産婆学校長の医学士だと云う事を君はどうして知っている。新聞にはわざと書かずに置いたのに……』

『ソ……そいつは勘弁して呉れ』

と大塚警部は眼を丸くしながら慌て丶手を振って飛び退いた。苦笑しい〳〵ハンカチで顔をコスリ廻わした。私は厳然として坐り直した。

『ウム……君が其の了簡なら此方《こっち》にも考えがある』

『……マ……マ……待って呉れ。考えるから……』

『考えるまでも無いだろう。僕は今日まで一度も君等の仕事の邪魔をしたおぼえは無い。秘密は秘密でチャンと守っているし、握ったタネでも君等の方へ先に知らせた事さえある。現に今だって……』

『イヤ。それは重々』

『まあ聞き給え……現に今だって、自分の書いた記事を肯定しているじゃないか。本当を云うと編輯長以外の人間には自分の書いた記事の内容を絶対に知らせないのが新聞記者仲間の不文律なんだぜ、況《いわ》んや其記事を取って筋道まで割って』

『イヤ。それはわかっとる。重々感謝しとる……』

『感謝して貰わなくともい丶から信用して貰い度《た》いね。姉歯という医学士が善玉か悪玉かぐらい話して呉れたって……』

『ウン、話そう』

大塚警部は又汗を拭いた。帽子を冠り直して一層身体《からだ》をスリ寄せた。小さな眼をキラ〳〵光らして声を落した。

『姉歯という奴は早川よりも上手《うわて》の悪玉なんだ。エーカ……早川をそゝのかして女を膨らましては自分で引き受けて、相手の親から金を絞るのを片手間の商売にしとるんだ。つまり手切金と堕胎料と二重に取って早川にはイクラも廻わさないらしいのだ。僕の管轄でも可なりの被害者があると見えて時々猛烈な事を書いた投書が来る』

『ありがとう、それで何もかもわかった。ヨシ子が駄々をこねて単身《ひとり》で佐賀へ行きかけたのは何様《どう》も少々オカシイと思ったが……其処いらの消息を薄々感付いたんだナ』

『ウン。それに違いないのだ。ちょうど姉歯早川組の奸計と両親の勘当とで板挟みになって死んだ訳だナ』

『書き度《て》えナァ畜生……夕刊に……大受けに受けるんだがナァ……』

『イカン〳〵。まだ絶対に新聞に書いちゃいかん』

『アハ、、、、書きゃしないよ。……しかし君等はナゼ姉歯をフン縛《じば》らない』

大塚警部は苦笑した。二三本白髪の交った赤い鬚をひねりながら云った。

『手証《てしょう》が上らないからさ。あの姉歯という奴は大学の婦人科に居った時分から、主任教授に化けて大学前の旅館に乗り込んで、姙婦を診察して金を取った形跡がある。今開いとる産婆学校も生徒は三四人しか居らんので、内実は堕胎専門に違い無いと睨んどるんだが、姉歯の奴トテモ敏捷《はしっこ》くて、頭が良過ぎて手におえん、噂や投書で縛れるものなら縛って見よと云う準備をチャンとしとるに違い無いのだ』

『フーム。此辺の医者の摺れっ枯らしにしてはチット出来過ぎているな』

『そうかも知れん。殊に今度の事件なぞは相手が佐賀一の金満家と来とるから姉歯も腕に縒《より》をかけとるという投書があった。むろん当てにはならんが彼奴《きやつ》のやりそうな事だと思うて前から睨んでは居ったんだ』

『投書の出所はわからないか』

『ハッキリとはわからんが大学部内の奴の仕事と云う事はアラカタ見当がついとる。早川の今の下宿を世話した奴が姉歯だという事もチャンとわかっとる。何にしてもヨシ子が子供さえ生めば姉歯の奴、本仕事にかゝるに違い無い。二人をかくまって置いて、時枝のおやじを脅喝《いたぶ》ろうと云う寸法だ。だから其の時に佐賀署と連絡を取って、ネタを押えてフン縛ろうと思うて居ったのを、スッカリ打ち毀《こわ》されて弱っとる処だ』

『アハ、、、、大切《だいじ》の玉が死んだからナ』

『ソ……左様《そう》じゃ無い。君が此の記事を書いたからサ。実に乱暴だよ君は……』

『別に乱暴な事は一つも書いていないじゃ無いか。事実か事実でないかは、色んな話をきいて居るうちに直覚的にわかるからね。第一此の写真が一切の事実を裏書きしているじゃ無いか』

『そうかも知れん……が、しかし此の記事は軽卒だよ』

『怪しからん。事実と違うところでもあるのか』

『……大ありだ……』

『エッ…………』

『しかも今の処では全然事実無根だ』

私はドキンとして飛び上りそうになった。……早川に直接当らなかったのが手落ちだったかナ……と思うと、立っても居ても居られない様な気持ちになった。大塚警部も困惑した顔になって、サアベルをヤケに押し廻したが、私の顔とスレ〱に赤い顔を近付けると酒臭いにおいをプーンとさした。

『実は僕も弱っとるんだ。……と云うのは……こいつも絶対に書いては困るがね。此の記事を夕刊の佐賀版で見た時枝のおやじが、昨夜《ゆうべ》のうちに佐賀から自動車を飛ばして来て、今朝暗いうちに僕をタヽキ起したんだ。人品のいゝ、落付いた老人だったので僕もうっかり信用して、ちょうどえゝ処だから大学の解剖室へ行って、お嬢さんの屍体を見て来て下さい貴下《あなた》のお子さんときまれば解剖をしないで其のまんま、お引き渡しをしてもえゝからと云うので、巡査を附けて遣った訳だ』

『なるほど……それから……』

『ところが其のおやじが轢死当時の所持品や何かを詳しく調べた揚句に、娘の屍体を一眼見ると、これはうちの娘では御座らぬと云い出したもんだ』

『……フーン……其の理由は……』

『其の理由というのはこうだ。……うちの娘《こ》は元来勝気な娘《こ》で、東京へ行って独身で身を立てる、女権拡張に努力すると云う置手紙をして出て行った位で、そんな不品行《ふしだら》をするような女じゃ無い。新聞の写真もイクラカ似とるようだが、ヨシ子では絶対にありませぬ。家出したのは四年前《ぜん》じゃが、チャンとした見覚えがあるから間違いは御座らぬと云い切ってサッサと帰って行き居った』

『……馬鹿な。そんな事でゴマ化せるものか……』

『……涙一滴こぼさず。顔色一つかえずに、僕の前でそう云うたぞ』

『ウーン。ヒドイ奴だな。それから』

『ウン。それからこれは昨日の事だが、女の下駄を売った大浜の金佐商店に当らせて見ると売った奴は店の小僧で、しかも昨日の朝早くだったので、服装や顔立ちがサッパリ要領を得ない。あとから新聞の写真を持って行って見せると、丸髷になっとるもんだからイヨ〳〵首をひねるんだ』

『フーン。困るな』

『それから早川の下宿のお神《かみ》も新聞の写真を見て、早川さんの方は間違い無いが女の方は誰だかわからんようです……とウヤムヤな事を云い居るんだ。念の為めに佐賀署へ電話をかけて聞いて見ると、時枝の家族も口を揃えて、あの写真は家出したヨシ子さんでは無いと云うとるゲナ。しかし市中では君の新聞が引張り凧になっとるチウゾ』

『左様《そう》だろうとも……フ、ン……』

『つまり時枝のおやじは屍体の顔がメチャ〳〵になっとるのを幸いに、家の名誉を思うて娘を抹殺しようと思うとるんだね』

『フーン。そんなに名誉ってものは大切なものかな』

『何しろ佐賀県随一の多額納税だからナ』

『なおの事残酷じゃ無いか』

『もっとヒドイのは此方《こっち》の連中だ。第一色魔の早川を昨夜《ゆうべ》下宿で捕えて見ると、そんな女と関係した事は無い。夕刊に載っている女は昨夜《ゆうべ》手切れの金を遣って別れた柳川ヨシエと云うので、自分と関係する以前に妊娠しとった事が判明したから追い出したものだが、何処の生れだか本当の事はわからん。ホンの一時《いちじ》の関係だと強弁するし、産婆学校長の姉歯医学士も、そんな世話をした覚えは絶対に無いと突き放すのだ』

『ダラシが無いんだナ君等の仕事は……』

『証拠が無い以上ドウにも仕様が無いじゃないか。おまけに今朝になってから、早川の下宿のお神の奴が、御叮嚀に筥崎署へ電話をかけて、新聞の写真の時枝ヨシ子さんは、早川さんと一緒に居た柳川ヨシエさんに違いありませんが時枝という苗字ではありません。その柳川ヨシエさんは昨日早川さんと別れ話が済んで、何処かへ行かれましたそうです。何れにしても柳川ヨシエさんを私が時枝のお嬢さんと云ったおぼえはありませんから、ドウゾ其のおつもりで……という白々しい口上だったそうだ。まるで警察が寄ってたかって冷かしものにされとるようなあんばいだ』

『早川医学士と、時枝のおやじと、轢死女の血を取って胎児の血液と比較すれば、すぐにわかる話じゃ無いか』

『他殺か何かなら、それ位のことをやって見る張り合いがあるけども、自殺じゃ詰らんからネエ……まだ他に事件が沢山《うん》とあるもんだからトテも忙がしくて……』

『早川や姉歯は今どうしている』

『どうもしとらんさ。其のうちに柳川ヨシエの行先がわかったら知らせます……そうしたら轢死女と違うかどうか、おわかりになりましょう……とか何とか吐《ぬ》かし居って……』

『君の方じゃ夫《そ》れ以上突込まないのか』

『突込んでも無駄だと思うんだ。おれの睨んどる処では、みんな昨日から昨夜《ゆうべ》のうちに、いくらか宛《ずつ》、時枝のおやじに掴ませられとるらしいんだ。其の黒幕はやっぱりアノ姉歯の奴で、君の書いた夕刊を見るなり佐賀の時枝へ電話か何かかけ居ったんだろう』

『左様《そう》だ。それに違い無いよ』

『君の新聞に書かれる前に、警察《こっち》の手で引つぱたけば一も二も無かったんだが、すっかり手を廻しくさって……口を揃えて新聞記事を事実無根だと吐《ぬか》すんだ』

『失敬な……』

と云いさして私は唇を嚙んだ。気がつくと二人は何時の間にか工科前の終点で電車を降りて、往来のまん中で立話をしているのであったが、そう云う私の顔をジット見ていた大塚警部はチョット四囲《あたり》を見まわすと、白眼をキラ〳〵光らせながら一層顔を近付けた。

『君の手で確かな手証《てしょう》を挙げて呉れんか……エ、？　……推定で無い具体的な奴を……そいつを新聞に書く前に、僕の手に渡して呉れゝば、スッカリタ、キ上げて君の方の特別記事《とくだね》に提供するがね、君の手から出たタネだという事も絶対秘密にするのは無論の事、将来キット恩に着るよ。あの記事が虚構《うそ》となったら君の新聞でも困るじゃろう』

　私は唸り出し度いほどジリ〳〵するのを押えつけて無理に微笑した。

『ウン……いずれ編輯長と相談して研究して見よう』

『ウン、是非頼むよ。ドウモ時枝の娘に間違いは無いんだから……話がきまったら電話をかけて呉給え。屍体でも何でも見せるから……ウン〳〵……』

　と大塚警部は一人で承知したように形式だけ片手をあげると、クルリと私に背中を向けてサッサと筥崎署の方へ歩いて行った。そのうしろ姿を見送りながら私は、昨日のまゝ上衣のポケットに這入っているヨシ子の名刺と質札を汗ばむ程握り締めた。何時の間にか私自身が大塚警部の手中に握り込まれていることに気が付いて……。

　私は急に身を飜すと案内知った法文学部の地下室へ駈け込んで、交換嬢に本社の編輯長を呼び出して貰った。

『モシ〳〵。僕は今法文学部の交換室からかけているんですがね。昨日の夕刊の記事ですね。あれは取消を申込んで来る奴があっても絶対に受け付けないで下さい』

　編輯長の上機嫌の声が受話機に響いた。

『あゝ。わかっている。今朝六時頃に佐賀の時枝のオヤジが僕の処へ駈け込んで取消しの記事を頼んだよ。それから九大の寺山博士がツイ今しがた本社《こゝ》へやって来て、早川という男は自分の処に居るには居るが、色魔云々の事実は無いようである。それから、これは眼科の潮《うしお》教授の代理として云うのだが、時枝という看護婦が眼科に居た事もたしかだが、四箇月ばかり前からやめて居るので、新聞の写真と同一人であるかどうかは不明だ……と云ったような下らない事をクド〳〵云っていたが、どっちもい丶加減にあしらって追い返して置いたよ』

『感謝します』

『あとの記事は無いかい』

『時枝のおやじと九大内科部長があなたの処へ揉み消しに来た事実があります』

『アハ、、一本参ったナ。しかし何か其のほかに時枝の娘に相違ないと云う確証はないかい』

『あります……此処に持っています。死んだ娘が悲鳴をあげる奴を……』

『そいつは新聞に出せないかい』

『出してもい丶ですけど屍体を掻きまわして掴んで来たものなんです。検事局へ引っぱられるのはイヤですからネエ』

『い丶じゃないか。あとは引受けるよ』

『……でも……あなたと一緒に飲めなくなりますから……』

『アハ、、、。そうか〳〵。サヨナラ』

『サヨナラ』


それから三四十日経った或る蒸し暑い晩の事、私は東中洲のカフェーで偶然に私服を着た大塚警部に出会《でつくわ》した。警部は誰かを探しているらしかったが私が声をかけると、すぐに私の卓子《テーブル》に来てビールを呼んだ。其の顔を見ているうちにフト思い出して尋ねて見た。

『時にどうしたい……アノ事件は……』

『……アノ事件？……ウン彼《あ》の事件か。あれあアノマ、サ。医学士は二人とも君のお筆先に驚いたと見えて、其後神妙にしているよ』

『イヤ。女の身許の一件さ』

『ウン。あれも其のまんまさ。今頃は共同墓地で骨になっているだろうよ。可哀相に君のお蔭で親に見棄てられた上に、恋人にまで見離された無名の骨が一つ出来たわけだ』

『…………』

『何でも女が線路にブッ倒れてから間もなく、色男の医学士らしい、洋服の男が駈けつけて、懐中や帯の間を掻きまわして、証拠になるものを泄《さら》って行ったという噂も聞いたが其の時刻には其の色男は下宿に居ったと云うからね。どうもおかしいんだ』

『……ウーン……おかしいね……』

『……とにかく彼《あ》の別嬪は君が抹殺したようなものだぜ。その色男というのは君だったかも知れんがネ……ハッ〳〵まあえゝわ。久し振りに飲もうじゃ無いか』

二人はそれから盛んにビールを飲んだが、私は妙に大塚警部の云った事が気にかゝって、どうしても酔えなかった。しまいには自棄気味《やけぎみ》になって、警部が出て行くのを待ち兼ねてウイスキーを二三杯、立て続けに引っかけると、ヤット睡くなって来たが、ウト〳〵すると間もなく眼の底の空間に、空色のパラソルが一本、美しく光りながら浮き出した。そうしてフワリ〳〵と舞い上りつゝ左手の方へ遠く〳〵、小さく〳〵消えて行った……と思うと又一つ同じパラソルがもとの処にホッカリと浮かみ出したが、それがだん〳〵と小さくなって、左手の方へ消えて行くのを見送るたんびに、私は何とも云えない滅入り込むようなオソロシサを感じはじめた。

私はハッと眼を見開いてキョロ〳〵と其処いらを見まわした。そうして其の恐ろしさを打ち消す為めに、もう一杯、又一杯とグラスを重ねたが、飲めばのむ程その幻影がハッキリして来るのであった。しまいには美しいパラソルが、あとから〳〵浮き出して、数限りなく空間を乱れ飛ぶようになった。

私はそのめまぐるしい空間を凝視しながら、ガタ〳〵とふるえ出した。

解説

夢野久作《ゆめのきゆうさく》は一八八九年福岡に生まれた。本名、杉山泰道（幼名・直樹）。筆名は福岡の方言で「夢ばかり見ている人」の意。父は政界の黒幕と言われた杉山茂丸、長男はインド緑化運動に尽力した杉山龍丸。慶應義塾大学中退後、農業、禅僧、新聞記者等を経験。関東大震災の際には特派員として上京し、ルポルタージュ等を物した。喜多流能楽教授の顔も持つ。一九二六年『新青年』の懸賞小説に「あやかしの鼓」で当選後、本格的に作家として活動。地元九州や海外を舞台とした作品も多く、狂気を孕んだ幻想怪奇な作風を特徴とする。畢生の大作『ドグラ・マグラ』（一九三五）を上梓した翌年死去。

「空を飛ぶパラソル」は一九二九年十月号に掲載。挿絵は竹中英太郎。福岡の地名が頻出し、九州日報社で新聞記者として活躍していた久作の姿を彷彿とさせる。人の不幸を売りものにするジャーナリズムの悪辣さが峻烈に描かれると共に、立ち昇る夢幻性が本作の魅力である。冒頭、女の轢死が新聞記者の「私」の視点から実況中継的に語られるのだが、巧みな色彩表現と相まって映像が想起させられよう。長閑《のどか》な日常の風景を暴力的に横断する黒い機関車、フワリと舞い上がった空色のパラソル、女の白い襟筋と鮮血の赤。そしてズームアップされた胸元の黒蟻。その色彩の残酷的な美しさに裏打ちされた結末の幻影が、物語に凄惨な美を与えている。なお初出誌では、本作の後日談である「濡れた鯉のぼり」も併載。また同様に、記者の筆によって起こった別の悲惨事について描かれる。（大鷹涼子）

未来望遠鏡 より

テレヴィジョン大学

平林初之輔

【一九三一（昭和六）年三月】

ラジオの波が地球を十重《え》二十重《え》にとり巻く時代が、そんなに遠からぬ時代にやって来ること請け合いだ。近き未来はラジオ・テレヴィジョンの世界だ。

ラジオ・テレヴィジョンが或る程度まで発達した時代の大学はどうなるか？　それを私は想像して見よう。尤《もっと》も想像といってもこれは大して想像力のいらない想像で、子供にでも見当のつくことだが——

先ず今日《こんにち》のような大学の教室はなくなってしまって、大学の建物の大部分は図書館と、実験室、標本室のようなものになってしまう。そして、教室のかわりに放送局ができる。そして、理科、工科、法科、文科等々が、それぐ〳〵ちがった波長のラジオで放送される。講師は教壇にたつかわりにマイクロフォンの前にたつ。テレヴィジョンの装置が講師の姿、そのジェスチュアを電気の波にして放送する。

大学生は角帽をかぶる必要もなければ、制服をつける必要もない。月謝のかわりにラジオの聴取料を払えばよい。そして自分の好む波長に機械を調製して、自宅で、ノートブックを出すなり、寝ころんでいるなりして、講義をきいていればよいのだ。

講義は朝の八時から午後の六時位まで一時間毎に十分の休憩、正午《ひる》は一時間休憩で引きつゞき放送される。

『エー本日は昨日につゞきまして、プランクの量子論のお話をいたします――』

甲のレシーヴァーには理論物理学の講義が聞えている。

『本日はカントの判断力批判の続講です。』

乙のレシーヴァーには哲学の講義が聞える。

休憩時間には音楽放送や、演芸放送がある、とまあそう言った工合だ。

平面であらわせる実験や、実物標本などは悉く《ことごと》テレヴィジョンによって、各受信機に備えつけてあるスクリーンの上に放送される。休憩時間には波長をかえさえすれば、クララ・ボウやチャップリンの封切のトーキーを見たり聞いたりできる。

×　×　×

無論その頃になるとラジオは国際的になる。従って未来の大学生は洋行の必要はない。オックスフォードや、パリや、ハイデルベルヒや、モスコウ等《など》の大学放送局から、絶えず世界第一流の学者の講義が放送されるので、そうした講義をきゝたい人は洋行費の百分の一も出して、少々優良な機械と、少々高い聴取料を出せばよいのだ。

テレヴィジョンもその間休んでいるのではない。世界の各地から色々な実写が放送されるので、学生は居ながらにして洋行気分を味わうことができる。

『これがテームス河で、こちらに見える建物がロンドン塔、むこうに見えるのがウエストミンスターであります――』といった風である。

従って大学を卒業したって免状が貰えるわけでもなければ学士様になれるわけでもない。知識は角帽をかぶらなければ得られないのではなくて、ラジオの機械さえもっておれば誰にでも近づける空気や水のようなものになってしまう。（米も帽子も、靴も家もそうなっているかどうかはちょっとまだ疑問だが。）

そこで所謂《いわゆる》インテリゲンチャという階級は消滅してしまう。知識が一部の階級の独占物にならないで、それを欲《ほっ》する凡《すべ》ての人々のものになるからだ。

そうなると、遺憾ながら、一時六大学野球リーグ戦というようなものがなくなってしまうことであろう。というのは大学の主体が放送局にかわり学生は自宅にいて講義が聞けるようになるのだから、学生という集団がなくなってしまう。それに大学のラジオ化後少くも当分のうちは、慶應とか早稲田とか帝大とかいうような大学が三つも四つもあることはなかろうが。しかし、そのうちに放送の費用が安くなり、聴取料たる学生が増えて来ると競争がはじまり、六大学にも八大学にもなって、やがてベースボールも、ラグビーも、バスケットボールもチームが復活して来るだろうから、スポーツファンを失望させるのも僅かの間だろうと思う。

昭和五年頃の名物であった学校騒動もお蔭でやむだろうが？　学校経営者にとってはこれが一番聞きたいところだろうが、無論、教室がなくなれば教室の占領もあるまいし、月謝がなくなれば月謝値下げ問題も起るまい。しかし、それとはちがった性質の騒動がないとは保証できないが、何も今からラジオ大学の騒動を予告して経営者に二の足をふませる必要はあるまい。

男女共学問題も大学のラジオ化によって一挙に解決される。女はレシーヴァーに近附いてはならぬというような乱暴な法律はちょっと出そうにないからだ。

半官的性質のラジオ新聞が出来てそれには毎日の放送番組が報道されるが、それは実に尨大《ぼうだい》なものになろう。というのは、放送局の数も今の数倍になり、波長によって五重放送、八重放送というようなことが行われるからだ。

しかし、大学はたゞラジオ化されるばかりでなく、活字化される。講義はラジオで放送されるばかりでなく、活字になって散布される。今日すでに大学の講義は大抵書物を買ってよめばまにあっている。それが将来は、もっともっと著しく発達して来るだろう。学生はノートを取る必要が殆んどなくなるから非常にエネルギーの経済だ。何々博士の何の講義があるといえば、学生はレシーヴァーを耳にあて、教科書を前において、時々テレヴィジョンの幕を見ていればよいということになる。そしていながらにして全世界の碩学《せきがく》、教授の講義が聞けるようになるのだ。

前にも言ったようにこれは少しも突飛な想像ではない。私はたしかにこれに近い状態が早晩出現するだろうと思っている。大学のみならず、講演でも、学説の発表でも、従来のように、狭い講堂で、限られた聴衆を相手にするのではなくて、ラジオと活字とによって広く大衆に公開されるだろう。大学のラジオ化と活字化とは、つまり大学の大衆化なのだ。そうなれば諸君、便利なことではないか。しかもそれはいゝ加減な想像ではなく九〇%の可能性をもった近い未来の話だから。そういう時代まで何とかして生きたいものだと私は思っている。

印字電信機

ムサシ・ジロウ

新聞の未来――それは手もなく超――超――超高速度輪転機の、眼にも止らぬ神速《しんそく》な廻転――想像するだに眼がくらむ。

新聞は人間世相を如実に映す浄玻璃《じょうはり》の鏡。今日では、この明鏡《めいきょう》時に曇り、時に汚れる。然し未来は？　常に鏡面止水の如く一点のチリやクモリを留めず、キラリ〳〵と輝き渡る。イヤ、想望するだに胸がすく。

時勢の進運《しんうん》と新聞自体の進化から斯《こ》うなること必定と安んじて断言を憚らぬ。

さて未来記となると、空想を逞《たくま》しうする筆者の心眼に、不思議な三ツ巴が急廻転で映る。その三ツ巴の頭にはそれ〴〵「階級対立」とか「科学応用」とか「記者素質」とかの文字が現れて来る。眸《ひとみ》を凝《こ》らして視《み》てあれば、その大文字の周りには細々と何かまだ認《したゝ》めてある。例えば「階級対立」の下には「資本の威力」なんていう類《たぐい》だ。視ているうちにダン〳〵読めて来る。読めて来る。

「新青年」読者方は素晴しくアタマのいゝ方々ばかりだから、以上でモウ沢山かも知れないが、それじゃ筆者の責任も果せず、稼ぎにもならぬ。僭越《せんえつ》な予言をする訳じゃない。このヴィジョンの内容を一亘り御紹介するまで……。

すべて科学の利用

今日でも大資本を擁する新聞社は互に斬新なる科学の発明、発見を応用するに汲々《きゅうきゅう》として後《おく》れざらんことを期している。飛行機上から震災地の実況を撮影する。これを電送写真《テレ・フォト》で甲地から乙地へ送るが、全紙面が電送されるのも遠い将来じゃあるまい。ラジオやテレヴィジョンの発達はドンな奇蹟を現わさぬとも限るまい。現に東京の或る大新聞は国勢調査の発表数字は全部大阪本社へ電送して競争紙《ライヴァル・ペイパ》を破ったのはツイ去年の暮だ。

万事は速力《スピード》と正確《アキュラシー》で行くことになる。アメリカ辺りでは通信員なり特派記者なりが記事をタイプライタで叩くと、電線を通じて本社の受信機にそのまゝの文章を記録する。トン〳〵ツー〳〵の電信符号で出るのじゃない。立派な文字が出て来るのだ。印字電信機とでも訳すか。これが更に改良されてライノタイプと結び付き、直接印刷工場へ受信されると印字どころか、スグ様活字になって記事が組まれることになって来た。

こんな早業が日本で採用されたら大したもんだ。が、そうは問屋で卸さない。国字問題という厄介な代物がある。何万という漢字が何十で済むローマ字か片仮名か乃至《ないし》は平仮名に一定されない間は到底お談《はなし》にもならない。今は過渡期で、極端な漢字制限をすると「むじゅんどうぢやく（矛盾撞着）」なんて滑稽なる悲惨事が起る。先ず（矛盾）に代る語彙《ごい》を発明して掛らなきゃならぬ。況《ま》して仁とか忠とかいう、字形そのものが立派に或る観念を示している漢字——その恩恵に浴すること二千年と来ている日本では、当分植字工の軽業式妙技に讃歎《さんたん》しているの外はない。

一たび国字統一の大難関が突破されたら、アトは一瀉千里《いっしゃせんり》で解決され、製版に要する時間は一瞬の間というわけ。凡《すべ》て「時」が解決して呉れるだろう。

航空機、列車、汽船等《など》の凡《あら》ゆる長距離交通機関の中で、それ〴〵立派な新聞が乗客を悦ばせる時代も目前に迫っている。これは特に一言添えて置く。

記者のタイプが一変

停止することなき機械文明の発展は、必然的に新聞の作者、即ち記者の型なり素質なりを一変する。クドく申せば大々的新陳代謝が行われるのだ。従来の一風流あるとか一癖あるとか、豪放磊落《ごうほうらいらく》型や天才型は既に影が薄くなって来た。蓋《けだ》し天下自然か人為か知らないが、兎に角或る大きな勢いで、旧型人物は資本の統制下に順応宜しきを得る新型人物と入替わる。事務家肌の機械的にリズミカルに動く、チト語弊はあるが、頭脳明晰、身体強健なるロボット的たり得る新人物がその後継者《サクセッサー》となる。

次の時代の記者は、万事に通じ、兼て一専門に堪能にして大学教授格の学殖ある人材。英語で所謂ジャック・オヴ・オール・ツレイヅ・アンド・マスタ・オヴ・ナンという代物《しろもの》許《ばか》りになって来る。之に加うるに前述の如き事務的行動が要求されるというドエライことになって来る。

その代り、万事が機械文化の恩恵に浴することになるから、今日の様に朝から晩まで一人で走り廻り、書き飛ばすという必要がなくなり、一日幾交代もして、その余暇を十分利用出来る。一人の昼間はスポーツで体力を鍛え、夜は娯楽なり読書なりに頭脳を休養することが出来る。一人《ひと》の勤務時間は驚くべき短時間になるだろう。尤《もっと》もこれは単り新聞業ばかりじゃなくて、社会一般がモッと〳〵本当に人生をエンジョイ出来るようになった暁《あかつき》のことだ。

新聞も階級的に対立

以上述べた所を行わぬと新聞業が立行かぬことゝなれば、当然大資本なきものは倒される。凡《あら》ゆる種類の利器《りき》を用い、凡ゆる方面の英才を備えるためにはトテツもない大組織を要する。そこで小資本のものは一部門、一階級のみを代表することになって来る。然し大新聞社必ずしも大資本家階級の機関となるとは限るまい。現に英国労働党の機関紙デイリー・ヘラルドは販売部数既に百万を超えたと称されるのでも解る。勤労階級の機関紙も、それなりに頗《すこぶ》る偉大な組織体から生まれることになろう。

同型の群立から階級的対立に移って行く。その時代の新聞の対抗、策戦《さくせん》こそ観《み》ものだろうナア。真個《まこと》手に汗握る壮絶な競争が起るだろうナア。

……ヴィジョンは消えた！　ペンも止る。

解説

「**未来望遠鏡**」は、『新青年』一九二一年三月号に掲載の、第一次世界大戦で著しく発達した通信・暗号、飛行機、化学合成等の科学技術の社会への普及・展開を背景に近未来を予想した雑文集である。この頃新たな読者層獲得のため、雑文集や小特集の企画が盛んになされた。その例として「**未来望遠鏡**」を取り上げ、そこから現代ネット社会の有様を旨く言い当てた二篇を紹介する。

平林初之輔《ひらばやしはつのすけ》（一八九二〜一九三一）は早稲田大学助教授。初期プロレタリア文学運動の理論派として活動し、その頃の著書に『無産階級の文化』、『科学概論』等がある。文芸評論家、探偵小説作家、翻訳家でもある。『新青年』に探偵小説等を発表する傍ら、翻訳でヴァン・ダインを日本に紹介する。「**テレヴィジョン大学**」は、今コロナ禍で已む無く実施している大学でのネットを通じてのオンライン講義、世界の誰でも無料で受講できる大規模オープンオンライン講義等を、科学にも精通する大学教員ならではの感性から支配階級と民衆が格差なく享受できる大学―大学の大衆化―として、九十年前に正に予想した点で特筆すべき作品である。**ムサシ・ジロウ**は、ムサシ・ジラウ、武藏二郎の別名で『新青年』に雑文、探偵実話の翻訳があるが正体不明。「**印字電信機**」は、関東大震災で重要性が高まった情報伝達の迅速さ、即ちネットを通じての文字・写真等のデータ大量伝送による電子新聞の普及を予想した作品である。（中島敬治）

戸崎町より（抜粋）【一九二九（昭和四）年九月】

明るい喫茶店。卓を挟んだ二人の青年。AとB。向うに洋装の女子新青年。

A『おやッ、彼女。見給え。あれは「新青年」の九月号だ。口はアイスクリイム、眼は、「失恋騒動記」』

B『うむ、人生は失恋によりて美し。彼女はいかにしてよく恋愛すべきか、それを練習中なのだよ。スピード全盛の世の中に一読七ツの恋愛を経験できるのだからね。』

A『なるほど、恋愛も恋愛だが何よりも僕は最近淋しくてならないことがある。』

B『?』

A『実は懐が秋風落莫たるものがあるんだ、ははは。』

B『ははは。なるほど。そんな事が淋しくて、いずくんぞ近代青年たるの資格あらん。九月号の「近代貧乏戦術」を読みたまえ。楽しく生甲斐ある貧乏は、いまに近代青年の一資格となるだろう。貧乏が嬉しくなるから愉快じゃないか。』

A『最近探偵文学が素晴しい勢いだが、あれ程殺人を犯す探偵作家は、一体どんな人間だろうね？僕はそれが知りたい。』

B『江戸川乱歩が「探偵作家楽屋ばなし」を書いた。それが日本にまだ本当の探偵小説が生れなかった頃からの話なのだから、実に実に愉快だ。まあ読んで見たまえ。僕は三度読返した。』

A『僕は此間ラジオで「ジョンネエマアル」を聞いた。あのどこかに深い深い溜息がひそんでいる歌は、長く頭に残っているが、今度のは？』

B『今月の楽譜は伊太利ナポリの民謡で、昨年度に於ける最高賞を獲得したものだ。古典的な響きと共に、明るい南国の香りが、ほのかにもなつかしい。これなどは今に日本歌謡界を風靡するだろうと思うよ。』

A『あの押入れに放り込んだヴァイオリンを引ずりだそうかな。ははは。』

B『押入れに放り込むなんて乱暴だね。モダン大学を見給え。「近代青年礼儀の巻」だよ。』

A『スポオツと探偵小説。そうだ。創作物の大懸賞には僕も名乗りをあげるつもりだ。』

3章 探偵小説の新展開

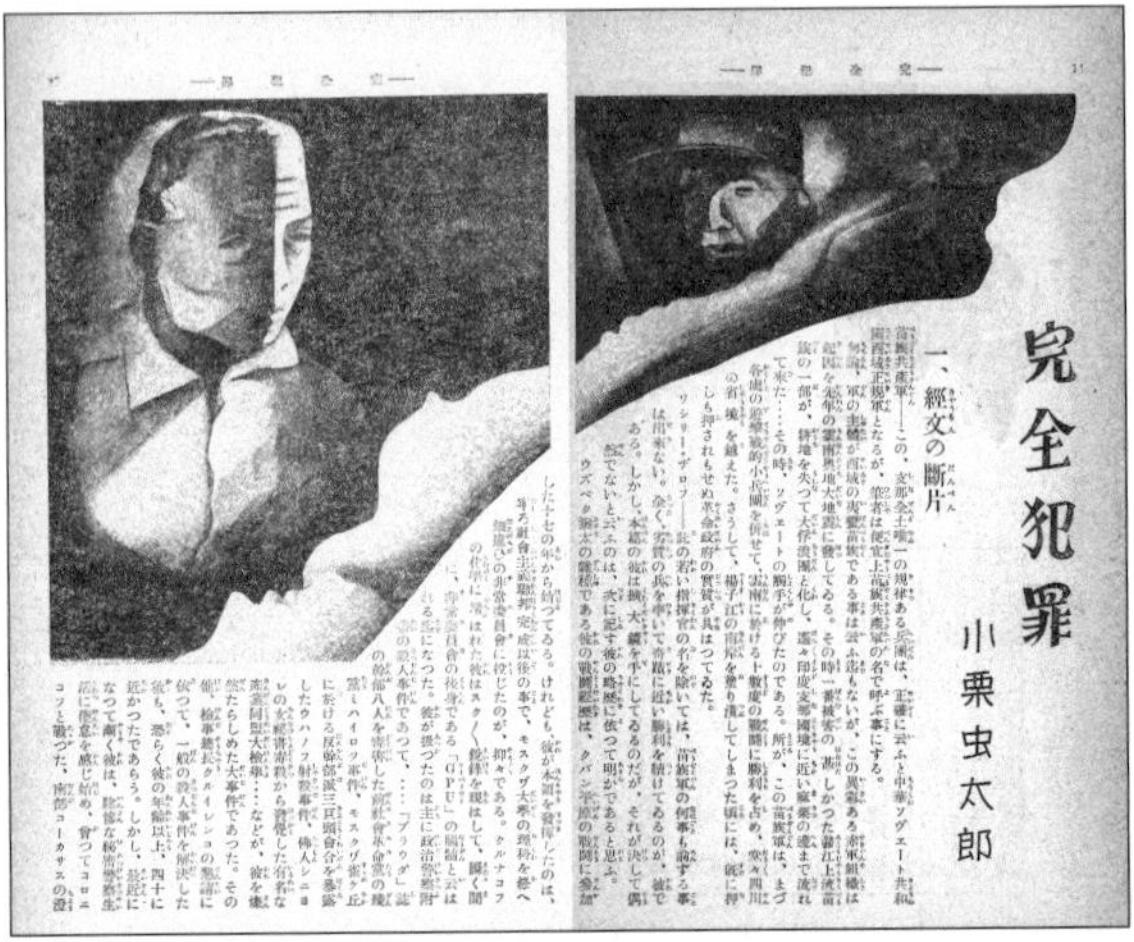

完全犯罪

小栗虫太郎

小栗虫太郎（画：松野一夫）「完全犯罪」（1933年7月号）

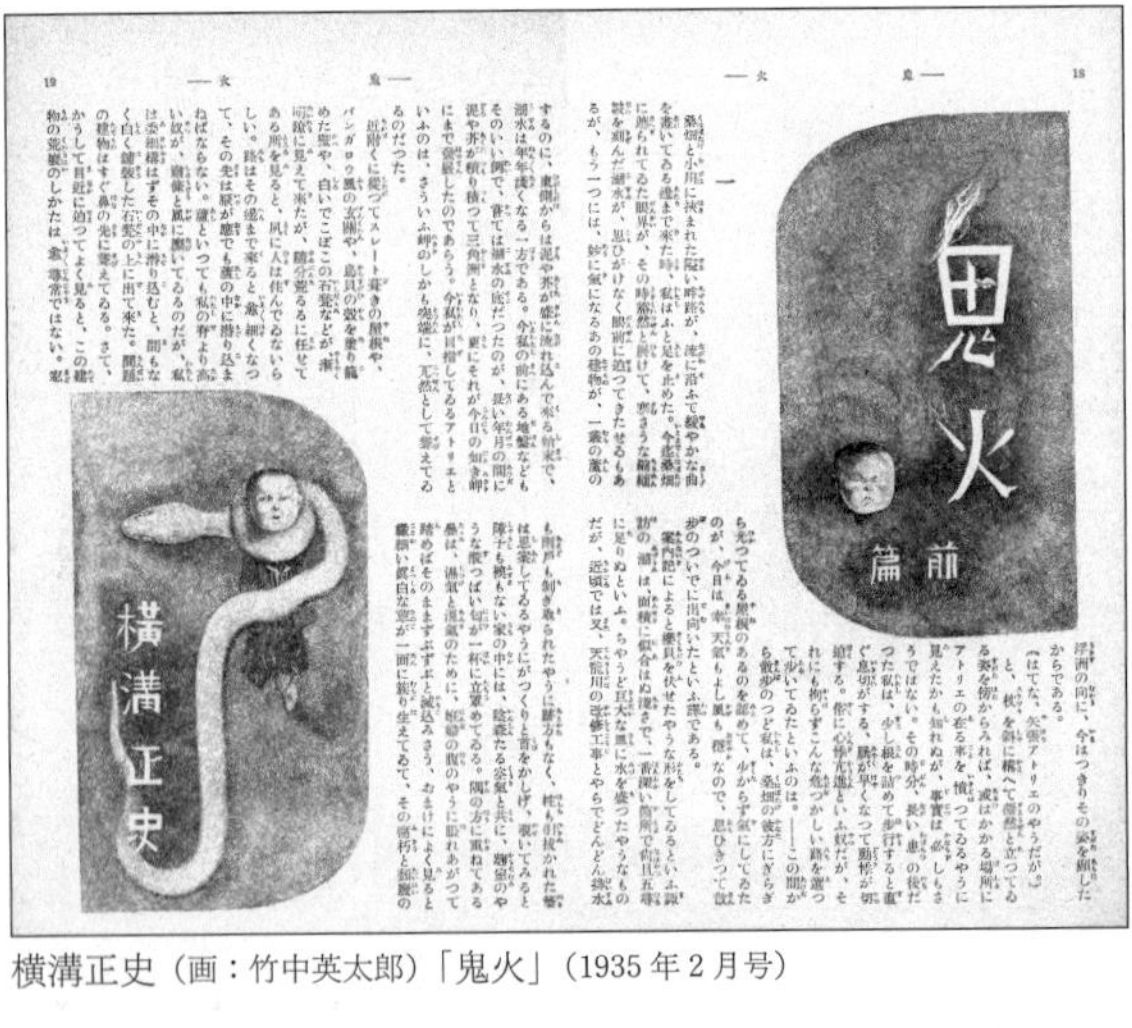

鬼火

前篇

横溝正史

横溝正史（画：竹中英太郎）「鬼火」（1935年2月号）

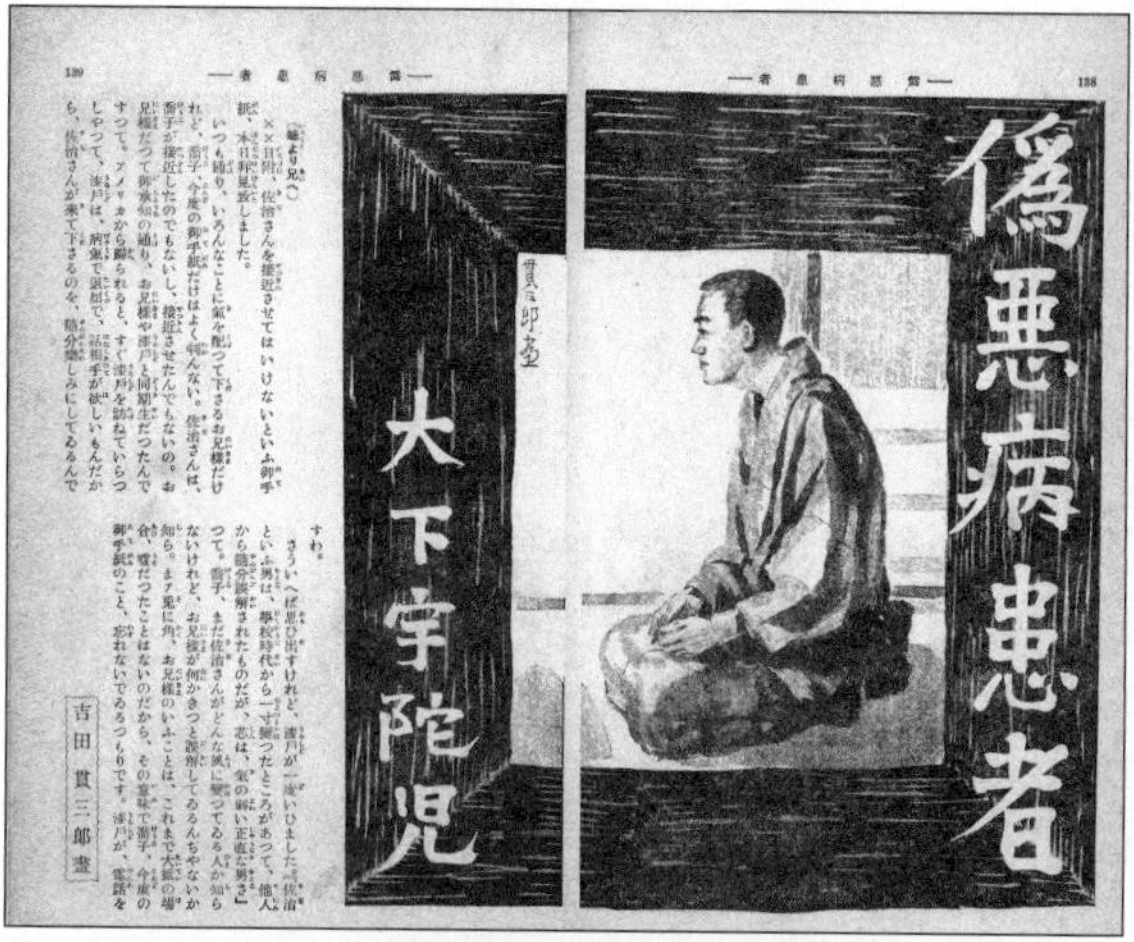

（妹より兄へ）

××日附、佐治さんを接近させてはいけないといふ御手紙、本日拜見致しました。

いつも通り、いろんなことに氣を配つて下さるお兄様だけれど、喬子、今度の御手紙だけはよく判んない。佐治さんは、喬子が接近したのでもないし、接近させたんでもないの。お兄様だつて御承知の通り、お兄様や漆戸と同期生だつたんですつて。アメリカから歸られると、すぐ漆戸を訪ねていらつしやつて、漆戸は、病氣で退屈で、話相手が欲しいもんだから、佐治さんが來て下さるのを、随分樂しみにしてゐるんですわ。

さういへば思ひ出すけれど、漆戸が一度いひました『佐治といふ男は、學校時代から一寸變つたところがあつて、他人から随分誤解されたものだが、芯は、氣の弱い正直な男さ』つて。喬子、まだ佐治さんがどんな風に變つてゐる人か知らないけれど、お兄様が何かきつと誤解してゐるんぢやないか知ら。まア兎に角、お兄様のいふことは、これまで大抵の場合、嘘だつたことはないのだから、その意味で喬子、今度の御手紙のこと、忘れないでゐるつもりです。漆戸が、電話を

吉田貫三郎畫

大下宇陀児（画：吉田貫三郎）「偽悪病患者」（1936年1月号）

一

赤澤醫師の經營する私立腦病院は、M市の郊外に近い小高い赭土山の上にこんもりした雜木林を背景に、火葬場へ行く道路を見下すやうにして立つてゐるのだが、それはもうかなり舊式の平屋建で立つてゐると云ふよりは、なにか大きな蜈蚣でも這ひつくばつたといふ形だつた。

全く、悪いことは續けて起るとはうまいことを云つたもので、今度のやうな世にも兇惡無慘な慘事がもちあがる以前から、もう既に赤澤腦病院の朽ちかけた板塀の内には、まるで目に見えぬ瘴氣の湧きあがるやうに不吉な空氣が追々色を深め、虫のついた大黒柱のやうに家ぐるみひたむきに沒落の道をたどつてゐたのだつた。

尤も赤澤醫師の持論によると、いつたい精神病者の看護といふものは、もともと非常に困難な問題で、患者の多くは屡々些細な動機やまた全く動機不明に暴行、逃走、放火などの悪性な行動に出たり、或はまた理由のない自殺を企てつまらぬ感情の行違ひから食事拒否、服藥拒否等の行爲に出て患者自身はむろんのこと看護者

に對しても社會に對しても甚だ危險の多いものであるから、これを社會的な自由生活から隔離して充分な監護と患者自身への精神的な安靜を與へるためには、どうしても一定の組織ある病院へ收容しなければならないのだが、けれどもこれも又一面から考へると、大體が精神病者といふものは普通一般の病人や怪我人と違つて自分自身の病氣を自覺しない者が多いのだから、自分で自分の體を用心することを知らず、いつどこからどんな危險が降つて來ても極めてノンビリしてゐるから、その看護には特別な注意と親切が必要で、どちらかと云へば病院のやうな大規模なところよりも、寧ろ家庭のやうな行屆いた場所で小數の患者を預り所謂家庭看護を施したはうが成績もよいわけだし、第一看護の原則としても一人の患者には絶えず一人の看護者がつきまとつてゐなければならない、と云ふのだつた。

赤澤院長の父祖と云ふのは、流石に日本一の家庭看護の本場、京都岩倉村の出身であるだけに、いち早くこの點に目をつけた。そして互に矛盾し合ふ二つの看護形式を折衷して謂はゞ家庭的小病院と云ふやうなものを創立したのだつた。けれども一人の患者に必らず一人の看護者を揃へて置くといふ、これは仲々經費のかゝる病院だつた。初代目はどうやら無事に過ぎた。が、二代目にはそろ〳〵經營難がやつて來た。そして三代目の當主に至つ

清水崑畫

大阪圭吉（画：清水崑）「三狂人」（1936年7月号）

探偵小説の新展開

横井　司

江戸川乱歩は『探偵小説四十年』（一九六一）で、一九三三、三四年ころから小栗虫太郎・木々高太郎の登場を契機として探偵小説第二の隆盛期に入ったと述べている。「完全犯罪」（三三）で探偵文壇にデビューした小栗は、翌年「黒死館殺人事件」の連載を開始。続いて木々が「網膜脈視症」（三四）を引っさげてデビューし、翌年『新青年』名物の連続短編をこなした上、三六年に連載した長編「人生の阿呆」で直木賞を受賞する。両人の登場と前後して旧探偵作家もそれまでの作風からの脱皮を摸索し始める。横溝正史は「面影双紙」（三三）で、モダニズムを基調とする作風から怪奇ロマンへと主軸を移した第二期に入り、「鬼火」（三五）「真珠郎」（三六〜七）などの代表作を生んだ。また大下宇陀児は、犯罪者や犯罪の周辺にいる人々の心理に主軸をおいた力作を発表し、戦前期の代表長編「鉄の舌」（三七）に到達した。戦前本格の驍将と目されている甲賀三郎も「状況証拠」（三三）「四次元の断面」（三五）などの異色作を発表。その甲賀の推薦でデビューした大阪圭吉は三六年後半に連続短編を任され「三狂人」以下の傑作を発表（小栗の原稿も甲賀の紹介で持ち込まれたことを思えば、この時期の甲賀の業績は本格ものの有力新人を輩出させたことだともいえよう）。続いて渡辺啓助が三七年に連続短編の依頼に応え「聖悪魔」以下の力作を発表し、これをきっかけに専業作家となった。

一九三三年に始まるこの時期、当初雑誌の呼び物だったのが、巻頭読切百枚長編（実質的には中編）で、大下「灰人」、夢野久作「氷の涯」（本作のみ二百枚）、甲賀「体温計殺人事件」、海野十三「赤外線男」などの力作が続いた。執筆を予定していた横溝が病に倒れ、そのピンチヒッターとして採用されたのが小栗の「完全犯罪」であった。この企画は一九三五年になって長編二回分載（やはり実質的には中編）へと発展し、横溝「鬼火」の他、小栗「鉄仮面の舌」、大下「烙印」、甲賀「黄鳥の嘆き」、海野「三人の双生児」、木々「幽霊水兵」、夢野「巡査辞職」などを生んでいる。これら創作の挿絵は新漫画派集団の描き手たち（近藤日出造、清水崑、横山隆一、吉田貫三郎ら）も担うようになり、ヴィジュアル面で誌面の清新さを支えていった。

この時期、「キド効果」（三三）「俘囚」（三四）「人間灰」（同）の他、戦前期の代表長編「深夜の市長」（三六）を発表した海野は、丘丘十郎名義でも科学小説を書き始める。海野・小栗・木々主宰の雑誌『シュピオ』に関わっており、海野と並ぶ戦前期の科学小説作家・蘭郁二郎は、「エメラルドの女主人」（三八）で本誌初登場を飾った。複数の探偵雑誌が競合したこの時期、雑誌『ぷろふいる』に甲賀が連載した「探偵小説講話」（三五）がきっかけとなって甲賀・木々間で芸術論争が勃発。探偵文壇に波紋を呼び、『新青年』でも関連評論が掲載された。

一九二九年以来編集長を務めていた水谷準はこの時期に久生十蘭と獅子文六を登場させた。以前から寄稿していた阿部正雄は、初めて十蘭名義で「金狼」（三六）を発表。三七年から三八年にかけて大作「魔都」を連載した。劇作家・岩田豊雄に獅子名義で「青春金色譜」（三四）他の長編小説を書かせたのも水谷である。翻訳探偵小説を満載した増刊号でフランス産の長編探偵小説一挙掲載が目につくのも、フランスものに強い水谷の功績だろう。

一九三八年からは、読物「阿呆宮一千一夜譚」を執筆していた乾信一郎が第五代編集長に就任。赤沼三郎、北町一郎など、『新青年』外のメディアからデビューした新進作家を登用したが、次第に戦争関連の記事が増え、第二の隆盛期は逼塞の気配を見せ始めていった。

地獄横町

【一九三三（昭和八）年四月】

渡辺啓助

1

野木《のぎ》は、野木の細君のマリエが案外陰の多い女じゃないかしら――と、思えば思えないことも無かった。

別に何かと取り立てゝ云うことは無いが、小娘からすぐ人妻になったにしては、何もかも行き届きすぎていて、年齢《とし》の割に神経の使い方がこまやかすぎていた――パっと華やかな顔立ちのくせに、どこかに苦労人の匂いがした。

舞台で跳ねたり飛んだりするイキで、もっと大胆に無造作にと野木はマリエの耳元で愛撫を籠めて言ってやるのだが、マリエは笑って取り合わなかった。

『だって、おかしいわねえ、自分じゃ、そのイキでやってるつもりなのよ』

野木が、彼女の前身を深く詮索しなかったのは彼の落度だったか知らないが、然し野木は女の過去をとやこう云う趣味は無かった。

（昔は、どんなだっていゝじゃないか。十九や二十《はたち》の小娘にたいした過去なんかありやしないよ。そりゃムーランルージュの踊子だったんだから、恋愛遊戯の一つや二つはあったかも知れないが、そんなことはムキになって洗い立てるほどのことは無い。とにかく、現在、女はおれを熱情的に愛しているし、おれも嫌いじゃない。——それでいいんだ）

その野木マリエが、三四日前にヒョックリ家出をしてしまった。

野木は一寸《ちよつと》類の無いほど美男だった。小さい時から、女の相手は求めずとも有りすぎるほどあった。したがって、自然に、女と云うものに対して、寛《ひろ》やかな淡白な気持をもつようになっていた。

野木は、今も云う通り、マリエを心から愛していた。然し家出した女を追うとは思わなかった。捜索なども、世間体の義理がすむ程度にして、マリエのことは、小ざっぱりと諦めることにした。

だが、電話などが掛って来たりすると、時々、マリエのことじゃないか、と折角なごみかけた心を、吾にも無く擾《みだ》すことがあるので、よほど、俺はマリエに惚れていたわいと、ほろ苦い悲しみを嚙みしめることが無いでもなかった。

今も、電話器《じゆわき》を取り上げ乍ら、へんに胸騒ぎがした。相手の言うことが解らないので、なおさらジリジリした。

『聖ヒルダ——ハイハイその聖ヒルダと云うのが、どうかしたんですか。ナニわかりませんね。えっ、聖ヒルダ病院——じゃそちらは病院なんですか』

『ハイ——基督教《キリスト》の慈善病院でございます。あなた様がA病棟三十号患者の死体引取人になって居りますんで』

『エッ、私がですか——じゃマリエは死んじまったんですか、あなたのとこの病院で』

『ハイ、何ですか、イイエ違います、違います、婦人の方ではございません。男子の患者——施療患者だったんですが、今しがた亡くなられまして——では、すぐおいでを願います』

　この唐突な電話には何もかも、野木には心あたりは無かった。然し野木は、電話位で抗議を申込むには、あまり話が風変りでトンチンカン過ぎると思ったので、ジカに病院を訪れて真相を確めるのが早道だと考えた。——そうして、間違にもせよ、自分を遺骸引取人に指定したその人物の死顔に一目会っておきたいような好奇心も半分以上手伝っていた。

　その聖ヒルダと云うのは旧教の一派が社会事業の一つとして経営している地味な目立ない病院であった。築地の河岸《かし》に近い所にあって夜の闇の中に潮の香がしみじみと匂いわたっていた。

　把手《ノッブ》のゆるんだ扉《ドア》をあけると、其処がいきなり、コンクリの灰白色《かいはくしょく》の屍室だった。笠の壊れた裸電燈が、うす暗く佗《わび》しい影を落していた。掛蒲団の裾から、ニョキリと、扁平足の白々《しろじろ》とした足裏——それが、あんまり間近に見えた所為《せい》か、へんに巨大だった——を扉《ドア》の方に向けたまま寝台の上に凝然《じっ》と横《よこたわ》っている屍体に野木は思わず、ハッとしてお辞儀をした。

実際、其処には、何かこう犯しがたいものがあった。中世の狂信画家の宗教画にあるような陰気臭い暗さの中に、寒々とした神聖さがあった。

寝台の側には、全く無装飾の木作りの椅子があって、その上に、ひどく軀《からだ》の矮小な看護婦がチョコナンと坐っている。――彼女自身もこの施療患者の死体の一部であるかのように妙に青白くおごそかに。

彼女は野木の目礼に対して、一応、あの素気無い職業的な答礼をすると、野木が外界から運んで来た空気に触れて急に開花した花びらのように、この場にそぐわないポウと赤らんだ微笑を見せたが、またすぐ、陶器人形のような冷たさに立ち戻っていた。

『おそうございましたわねえ――この方が、そりゃジリジリしてお待ち致しておりましたのに』

この女は、どんな感情的な言葉でも、少しも表情を変えずに云うことが出来るらしい。

野木は、そうのっけから高飛車に云われると、急には何の返事も出来なかった。どんな種類の女とでも、別に苦労なしに応接の出来る自信を持ってる野木だったけれど、この場合だけは、さすがに気圧《けお》され気味だった。

『でも、僕は、別にこの男と――』野木はそう云ったきり口ごもってしまった。

『いいえ、何もかも存じ上げておりますの――美男で文芸批評家の野木さんと申し上げるのは貴方《あなた》以外の方ではございますまい』

女は、チラリとセトモノのような歯並みを見せて冷たい笑い方をした。野木には、なにかこう敵意のようなものがその中に含まれているのが感じられた。

『え、、僕は野木に違いありませんが――一体この死んでいる男は何者です』

野木はズバリとこう訊いた――だんだん理解の出来ない圧迫で金縛りになりそうな危険に反撥して、初めて、訊くべきことを訊いたのである。

『あらっ――ホントウに御存じないようなお顔をして――これは、雨宮不泣《あめみやふきゆう》と云う小説家じゃございませんの？』

『ああ、雨宮不泣！』

野木はこう鸚鵡返えしに呟かざるを得なかった。それならば、雨宮不泣ならば、一時は大衆文学では一方の重鎮だった悪魔派の探偵小説家では無いか。この二三年、パッタリ消息を絶ってしまっていたが、尾羽打枯らした揚句が、こんな施療病院で野垂れ死することになったのか。

『やっぱり、御心あたりがございましょう？――この死体は何かあなたに申上ることがあるようでございます。』

『何を――ですか、この男とは、それほどの親交は全くなかったのです。ほんの通りいっぺんの、交際とも云えない位の』

『それは私には分りません。たゞ私は、私の不幸な患者の遺言執行人として選ばれただけですもの――ここにあなた様に宛てた遺書がございます。これを確に、あなたにお渡し致しますわ』

甚だ腑におちないことだが、そう云われてみると、ともかくも、野木はその遺書らしきものを開いて見ない訳にはゆかなかった。

『――野木君、しばらくだったな。君の前に横わっている死体が俺のものだと即座に識別できるほど、君は俺と親しくは無かった。それどころか、むしろ、俺を軽蔑し、毛嫌いしていた――いや、それにも価しないものとして全く無視されていたと云った方がホントウらしい。

それほど疎ましい仲の君に何んだって俺の死体の始末を頼むかと云うことになるんだが、別にたいした理窟があるわけじゃない。――なんとなく、たゞなんとなくだ。文壇随一の美男子の手にかゝって、悪魔の雨宮が昇天したいと考えたにすぎない。

君は、たった一度――然り俺にとっては甚だ光栄のある一度だったが、俺の小説を取上げて、こっ酷《ぴど》くやっつけて呉れたことがあったな。雨宮不泣の小説は、俗悪で、徒らに大衆を毒するのみである。大衆文芸としても最下等のものであると。ちげえ無《ね》え――俺はその時、一々御尤《ごもっとも》と思って拝読したんだ。そうして、ポロポロと涙をながしたんだ。ああ野木と云う批評家は結構な身分だ。俺のような醜悪な下人《げす》根性はちょっと野木君には分るまい。野木君は金満家で、秀才で、君子で、その上、美男子と来ているんだから、始《はじめ》っから、こっちの話が負けているんだ。と羨しく思いこそすれ、腹など立てなかった。早い話が、女を口説くにしても――どうも例が下劣で恐縮――俺達は、浅ましい手練手管や、心にもない奸計を日常茶飯に用いなければ、彼女達を手に入れることが出来ないが、君のような比稀《たぐいま》れな美男子は全然その必要が無い。だからそう云う恵まれない男どもの後暗い詐術などに、君はたとえ少々の理解を持ち得《う》るにしても、どうせ俺達のように鋭敏な同感は示せないものと信じているよ。

したがって、俺は君の月評なんかには少しも辟易しないが、いやにのっぺりと油壺から上ったような美男子としての君には糞いまいましいほど羨望を禁じ得ないんだ。

そう云う風に恵まれ過ぎた男に恰度《ちょうど》それと正反対の生活に傷《きず》つき疲れた俺のような男の業ざらしの死体をいっぺん位世話させることは、案外神さまの御旨《みむね》かも知れんぜ。

外《ほか》に親戚知辺《しるべ》がある訳でもなし——いやあったにしても、とんと顧みて呉れるような奴はない——たゞ一人、俺の死体を引取るべき正当な女があったのだが、そいつは俺を裏切って何処かへ出奔してしまった。牛込区新小川町三丁目×番地ろノ十三号とかに身を潜めていたと云う話だが今更そいつに俺の死体を抱いて貰ったところでどうなるものでも無い。だから、俺の死などは絶対にその女に知らして呉れるな。

結局——俺は、是が非でも、きみに頼むよりは外はない、妙なインネンをつける奴だと思うだろうが、堪忍《こらえ》て呉れ。

俺は此処に来てから、病苦の裡《うち》に輾転反側しつゝも俺の遺稿となるべき悪魔主義の探偵小説一巻を書き上げた。名づけて「地獄横町」と云う。そこは落魄しても雨宮不泣だな。出版屋の奴、一寸考え込んでいたが、結局引受けて呉れたよ〱今明日中に新装あでやかに店頭に出る運びになっている——雨宮不泣の死の床を飾るものはこの「地獄横町」一巻あるのみだ。

君も、せいぜい愛読して、遠慮の無い批評を俺の死骸に投げつけて呉れ、おれの死骸は矢張りポロポロ涙を流して君の酷評を傾聴するに違いないぜ。

それから終りに、この「地獄横町」の印税は俺の死骸の側に坐っている小さな看護婦聖母マリア観音に全部やるように取計らって呉れ給え――こいつはキリスト信者だったが俺は殆んど暴力に近いもので、この少女の肉体から神さまを押しのけて、俺のものにしてしまった。お蔭で、俺の為には全く申分のないサーヴィスをしてくれたよ。

じゃ、色男、一切万事よろしく頼んだぜ――』

雨宮不泣の風変りな遺書はこれで終っている。野木は、この随分無理な言い掛りをつけた、筋道の通るような通らないような遺書を読み終って苦笑せざるを得なかった。どうも、この男は最初から変質者だったが、死期が近づくにしたがっていよいよその傾向が強くなったんだ――そんな風に解釈して、野木は別にそれほど不快も感じなかった。

野木にして見れば、必しも雨宮の云うような意味で単純に幸福だなんて、もとより考えてはいなかったが、然し、雨宮よりは、確に、いろいろな点で幸福に違いないと思えたからこの不幸な雨宮への供養のつもりで、その厄介な後始末を引受ける気になった。

『よろしいです――僕とは、たいして掛りあいのある男でもないですが、然し、この男の魂の為にこの男の云う通りにしてやりましょう』

野木のそう云う言葉を、不幸な雨宮の、死水を取ってやったおそらく最後のたった一人の人間であったらしい看護婦はたゞ黒燿石の水々しい瞳を心持ち大きく見張って聞いただけであった。変質者雨宮の為に売笑婦の役目までしたらしい癖に、この看護婦は、蠟色の冷たい皮膚をして、あくまでも取り澄していようとしているのが、野木には却って可憐に見えるのであった。

野木は燭光の暗い電燈の下で、改めて、雨宮の死相を見守った、すると看護婦は消毒薬を浸した綿で、ねんごろに死人の皮膚を拭き始めた。

すでに変色硬直した死相は、何故か、悠然として、むしろ太々《ふとぐ》しいような落着きを示していた。野木から世話されることが当然すぎるほど当然のことのような、それに微塵も疑いをさし挟まない安堵しきった死顔だった。いや、ひょっとすると微笑《わらっ》ているようにさえ見えた。

——何かしら無気味な独りのみこみの薄笑いを笑っているようにさえ。

2

火葬場からの帰途、野木は看護婦と二人っきり、雨宮の骨壺を挟むようにして一つ車の中にすわっていた。野木は雨宮の所謂《いわゆる》マリア観音と押し黙って端正に並んでいるのが、気詰りでもあるし、退屈でもあったから、何か格好な話題を探《さ》ぐり出そうとした。

『あなたは小説が好きですか』

『あんまり好きではありません——何《なに》にしろ、好きとか嫌いとか申上げるほど読んでおりませんもの』彼女は静かなしかしハッキリした口調で答えた。

『そうですか——雨宮不泣の小説もですか』

『ちっとも読んでません』

『でも彼の遺稿「地獄横町」の印税は、みんな、あなたの懐に這入ることになっているんですよ』

『そんなに売れる本なんですかしら』

『さあ、一頃のような人気は無いにしてもやはり相当売れると思いますね。うまく当りさえすれば、あなたは一躍分限者《ブルジョア》になれますよ』

『そうしたら、私は、自分の好みにあった様式の小さな慈善病院でも建てることを空想しますわ――でも、その本はクリスチャンが読んでも差支え無いようなものでしょうか』

この質問には野木も一寸、ふさわしい答をさがしかねた。仕方なしに微笑をうかべ乍ら云った。

『さあ――なにしろ、有名な悪魔派の書いたものですから』

『悪魔派と申しますと』

『読んで見れば分りますよ――それにしても、あなたは雨宮に何もかも許したそうじゃありませんか、そのあなたが雨宮がどんな性質《たち》の男か――』

野木はこの女の白々しい取り澄し方が、どこまでホントウか解しかねたので、云いすぎたかと危《あや》ぶみ乍らも、思い切って急所に触れて見た。

女は果して嗚咽しはじめた。

『暴力でと申し上げると、却って苦しゅうございますわ。私はあの人に同情していました。無理強いになることに反抗し乍らも、あの人の為に、あの人の苦しみを慰めて上げたいと思いました。あの人は惨めな方でしたわ』

『どう云う点で』

『あの人は、信じ切った愛人に裏切られたと申しました。そのためにあの人は地獄の苦しみを苦しんだと話されました』

『それは牛込の女のことですか』

『そうです――今牛込の何処かにいるそうですが』

野木は、ふと遺書の一部を思い浮べた。たしかそんな風なことが書いてあった。雨宮が死んでも絶対に知らせる必要のない不実な女として――然しそのくせ所番地が明記してあった所を見ると、雨宮の奴はいくらかその女に未練が残っていて彼の死を伝えて貰って線香の一本でも手向けさせたいと云うのが案外本心かも知れない。このように一方に聖母マリアを蕩《たら》しこんでい乍ら、なおかつ牛込の女を思い切れなかったらしい。野木はこうした変質者の病的な色慾をにがにがしくかえりみた。然し、とにかく牛込の女も一応訪ねて見よう。――野木は、それもこれも雨宮不泣の後始末の一つと考えたけれど、実は雨宮がそれほど思いつめたその女がどんな女かその女に会って見れば、雨宮及びその周囲の影の深い事情がいくらかでも明瞭になるだろうと思われるからであった。今になってみると単に雨宮への供養の意味で引受けたこの荷厄介な後始末が、妙に棄てがたい余韻を引いて、野木の好奇心をネバネバした蜘蛛の糸のように絡みはじめた。

野木は翌日、牛込の女を探し出すために、吉祥寺の家を出て、飯田橋まで省線に乗った。

その間じゅう、野木は熱心に雨宮不泣の遺著「地獄横町」を読み続けた。いや、昨夜《ゆうべ》からずうっと巻を措く能わずと云った調子で読み続けているのだ。と云って野木は決して感心しているのでは無かった。断然感心はしないぞと力み乍ら読んでいるのであった。それや成程、面白いことは素的《すてき》に面白いと云えるだろう――それだからこそ、小馬鹿にし乍らも、やっぱり先へ先へと引張られてゆくのだが、いかに面白くっても、結局、重要な人生の実相には少しも触れていない。階級的なイデオロギーなんて難しいことは云わないにしても、およそ社会意識などには全く上の空の、たゞ作者の空想裡に仕組まれた至極得手勝手な色さまざまのセットを見せられるに過ぎ無い。探偵小説なぞはいずれも面白ければ面白いほど、無理が多すぎて、結局嘘《うそ》っ端《ぱじ》の堆積だ。殊に雨宮不泣のものと来ては、脂肪《あぶら》こくって、血腥さくって到る所でジャンジャン人殺しが行われて、読んでいる当座は相当戦慄《スリル》を感ずるが――読み終わると、すぐコケ嚇《おど》しのペテンだったことがわかる。第一に雨宮は実際以上に人間の悪質を誇張し好んで本来の人間性を歪めるからだ。

野木は飯田橋に着いたので慌てて「地獄横町」を閉じてともかくも降りた。

野木は、神楽坂までは屢々《しばしば》、散歩したことがあるが、神楽坂の中途から折れて、真すぐ、津久土《つくど》八幡の側を過ぎて、江戸川に出るあの道筋には、別して、その方面に用も無かった関係から、全く未知の地域と云ってもよかった。

今、野木の訪ねて行こうとする牛込区新小川町三丁目×番地ろの十三号は、その道筋から更に幾つも折れ曲った町裏に当っていた。附近には神楽坂だの飯田橋だのと云う雑踏の巷があったにも拘らず、その一角だけは変にヒッソリと白じらした、寂しさを感じさせていた。と云って別に豪壮な邸宅があるわけでも無く、むしろ安造作の細々《こまぐ》しい家が立ち並んでいるのであったが、たゞ何となく、身綺麗に住いこなしてあるらしく、それだけ、何処と無く、秘密っぽい貧しさもまた滲み出ていると云ったような町並みである。×番地ろの十三号と云うのは其処から、更に奥に這入り込んだ袋小路にあるらしかったが、それがなかなか見当らなかった。

そうこうして、暇どっているうちに野木はだんだん疲《くた》びれてしまった。野木がこんなに早く異常に疲労を感じてしまったのは、何も横町だの小路だのをグルグル探し廻った為ばかりではない。この一週間ばかり、何やかやと精神的にも肉体的にもかなりな無理を重ねて来ているからだ。それに、昨夜馬鹿にしいしいあの俗悪な「地獄横町」を、よっぴて読み明かしたそのタタリがあるんだ。下らない三文小説の妄想をギシギシに詰め込まれた頭の鉢が、悪食をした後の胃の腑のように不快な鈍痛を訴えていた。なんだ――まだあの安小説の「地獄横町」の昂奮から脱け出しきれないでいるんだ。――野木は時々、後頭部を拳で叩いて、この愚かしい疲労を払いのけるようにした。

この重々しい不快さのために、今日はこのまま帰ってもいいと思い乍らも、惰勢で歩いている中《うち》に、急にハッキリと目がさめて来たような気がした。

野木は、先刻《さっき》から、へんに不思議に思い乍らいたのであるが、こうして現に彷徨《うろつ》き廻っている、この町裏の様子が全く「地獄横町」の描写と酷似していることだ。一時はそれが「地獄横町」を読み耽《ふ》けった直後の一寸した錯覚じゃないかと思ったが、そうではないらしい。

なるほど考えて見れば雨宮不泣は彼を裏切ったと云う女と一緒にこの辺に隠れ住んでいたものだろう。――だから、似てるも似ていないもない。この町裏の匂いも影もことごとく雨宮は「地獄横町」の中にそのまま薄気味悪いまでにソックリ焼き付けてあるのだ。

軒並みに秘密っぽい貧しさが滲み出しているにも拘らず、細民街のようなゴミゴミした不潔さも無く、綺麗に掃き清められた泥溝板《どぶいた》の上に、真昼間の明るい日射《ひざし》がうらうらと照っていた。而《しか》も、何処と無く病監のような押し黙った青白さが、ひっそりと支配している――「地獄横町」と、そっくりそのまんまじゃないか。

野木は、錯覚なんぞに陥らないと思い乍らも、いつの間にか、あの軽蔑すべき俗悪小説の捕虜《とりこ》になってしまって、まるで、あの小説の一人物のように、昼日中女を探してふらふらと迷い出るその愚かしい役割を引受けているような気さえして来るのであった。

『呀《あ》っ！』野木は危く声を出すところだった。やっと探し当てたろの十三号と云うのが貸家札の貼られた空家であった。――空家だとすると（こいつはイケない）と野木はヒヤリとした。何故《なぜ》ならば「地獄横町」にもこれと同じ個所に寸分違わないような空家があって、――それまではいいとしても、――その中で淫虐を極めた殺人事件が行われるのを雨宮一流の悪魔主義の筆法で生々しく描き出してあったからだ。

野木は何の変哲も無い、しもたや風のこの空家の前に立ち止まって、雨風に叩かれて木目の浮び上った戸がピッタリと閉《とざ》されたままのしいんとしずまり返《か》えった事もなげな玄関口を眺めていると、馬鹿馬鹿しい感じもして来たけれど、一方どうかして内部が見たい。何かたしかにありそうだ。ひょっとして「地獄横町」を地でいって、若い女の死体がゴロリと出て来ることにでもなったならば――

野木は、とりあえず、この家の大屋を――すぐ二三軒目の所にいた――を連れ出して来た。

『大屋さん――変なことを云うようですがね。この中に人が死んでいるかも知れませんよ』

話が話なので、大屋はギョッとして相手を眺めた。若い美男子――相当の紳士らしいのが薄笑いを浮べて云ったことが、この場合、却って冗談ごとと思えない凄《すさま》じさを感じさせたらしい。

『エッ、――ホン、ほんとうですか、これは半年も前から空いてる家なんですがね』

『いや、まだ見た訳じゃありませんから断言はしかねますが――たゞ、なんとなくそんな直感がするんです。一体この家の間数《まかず》は――這入ってみれやわかることですが、どうなっているんですか。玄関が三畳と、その次ぎが六畳で奥座敷が八畳――と。よろしい。じゃ、その奥座敷の西側の襖をあけると、二階へ上る狭い薄暗い上り口があるでしょう。その襖に凭《もた》れかゝって、実は若い女が、ひょっとすると雨宮不泣と云う小説家の情婦が、顔の皮をひん剝かれて殺されてる筈です――嘘だと思うならすぐ這入って見ましょう』

野木にして見れば冗談ごとのように「地獄横町」の殺し場の単なる受売りをしてるにすぎないけれど、こう云う正確な言い方をしても危なかしくないようなハッキリした予感が喋っているうちに妙に強くなって来たのである。

開けて見ると家の中には、埃っぽく淀んだ空気と黴くさい闇とがあった。――闇と云っても、外光に慣れた目には一時ひどく暗く見えただけでだんだん物の形がハッキリして来た。まっぴるまの閉された空家の中と云うものは、夜の場合とは違って、所々に縞目の光線が流れこんでいて、貼り継ぎのある襖とか、毛ばたった畳とかが次第に見えて来ると、先住者の匂いが滲み出して来て、何処となく、親密《ファミリー》な感じを抱かせられるものであるが――此処では、逆に、其等の物が、ことごとく、冷たく陰謀的に燻んで見えた。奥座敷に這入ると、まるで氷室《ひむろ》にでも飛び込んだように、ブルブルと、悪感《おかん》が背筋を走った。――と云うのは、疑うべくもない屍臭がぷんと鼻吼《びこう》にしみて来たと共に、二階への上り口になっている個所の襖が、内側から、弓なりにブクリと膨らんでいるのがイヤでも目についたからである。

『この蔭に屍体があるんですよ。キッと』

憑《つか》れたように突立っている大屋にそう云って、野木は、歪んだ襖を、力を入れてグッと引き開けた。――果して、ドタリと砂袋を投げ出したように屍体が、のけ反って、彼等の脚元へ転げ出た。

『一行半句も違いやしない。「地獄横町」の完全なる模倣《イミテエシヨン》だ。いや「地獄横町」の方がこれの模倣《イミテエシヨン》かも知れない、御覧なさい。これが顔だ。赤剝《あかはぎ》になっているので顔だか何だか分らない位ですが――これや、案外別嬪らしいぞ。このムッチリした胸元なんか美しいもんだ』

野木は、そう云いさしたが、ふとこの場面に相当する、次のような雨宮不泣の描写をまざまざと思い出した。

『……彼女が美しく見えたのは、真昼間の仮借なき光の中に曝し出されなかった為でもあろう。人気《ひとけ》の無い空家の青ぐろく澱んだ空気の中に、うす白い乳色の光が僅かに溶け込んでいて、何もかも一層柔かに見えた。然し、この女の露出《むきだ》しになった皮膚が、羽二重の丸くけのような円味《まるみ》と、つややかな脂を浮かせて見えたと云うのはむしろ錯覚に近い。彼女は最早《もはや》生きていた当時の其等の美しさを殆んど亡失していた。たゞそう見えたのは、彼女の赤剝ぎにされた顔が、血が凝《こび》りついて、うじゃけていて、真黒けな、獣類の肉塊のように醜怪であったからこそ、その他の部分が対照的に、ことごとく哀れにも美しく感じられたと云うに過ぎないのだ……』

3

犯罪現場《げんじよう》に急行して来た警察関係の人々に取り巻かれて、野木はいろいろと訊問された。この惨殺体の最初の発見者として、而も、野木自身が何故こんな場所に来合わせるようになったかを彼等に納得させる為には並々ならぬ努力を必要とした。――聖ヒルダの電話から始めて、くどくどと述べ立てねばならなかった。

『そうして、貴方は、この犯人は誰だと思いますかね』

警察官には珍しい和やかな目つきをした中年の警部が、非常に自由な態度で、野木にこの風変りな質問をした。

『やっぱり、雨宮不泣だろうと思います』

『多分、それに間違いは無いでしょう、――では殺された方の人間は？』

『さあ――雨宮の以前関係した女じゃないでしょうか』

『それや、そうです――そうして同時にあなたの家出した奥さんじゃなかったでしょうか、もう一度、ゆっくり屍体を見て下さい』

野木は、そう云われると、イキナリ『げえっ』と嘔吐したいような気がした。雨宮の暗示に掛って、始から、雨宮の情婦、雨宮の情婦とばかり考え込んでいて、自分の家出したマリエのことに少しも思い及ぼさなかったことは吾乍ら甚しい錯誤だった。

たとえ、裸体の上に、顔面は赤剝にされ、死後一週間に近い日数を経過して生前の面影を全く失っていたにしても、かりにも自分の妻と名づけた女の体かどうか見わけのつかない道理はなかった。

『やっぱり家内に違いありません。――口をあけて見たゞけでわかりました。糸切り歯に金冠がしてあります』

野木は、貧血を起して、今にも倒れそうになる自分をやっと支えた。

『話の筋道からみて、どうもそうならなくっちゃ変だと思いました。もう暫く辛抱して下さい。聖ヒルダ病院の看護婦と云うのが鳥渡《ちょっと》、くさいようですから、そいつを洗って見ましょう。もっといろんなことが明瞭になると思いますが、とにかく今晩は本署で明すものと思って下さるんですな』

野木は係りの一行と共に一先ず、所轄署につれて行かれた。

聖ヒルダの看護婦の訊問が一段落を告げると、野木は再び調室によばれた。

『あなたは奥さんの前身をよく調査なすったのですか』

『いゝえ、私は現在さえ信頼出来れば、その女の過去なぞはどうでもいゝと思う性質《たち》でしたから、深く立入った調査などは致しませんでした』

『前身がムーランルージュの女優だったことは御存知ですか』『それや、知っています』

『その当時の極く短い期間ではあったが、雨宮不泣と同棲していたと云う事実は』『初耳です』

『つまり、奥さんはその雨宮不泣を嫌って、あなたの懐に飛び込んで来た訳です。それで、雨宮は奥さんを、そうして同時にあなたを憎み呪った――ことに、あなたが美男でありすぎると云うことが一層、雨宮の呪咀に油をそゝぐことになったんですね。あなたが、もう少《す》こし、奥さんの過去を問題にしたら、或は、こんな災厄を逃れることが出来たかも知れません。――これは、女を疑う為にでは無く、女を愛護する為には、女の過去は吾々と同じ位綿密に調べて置く必要があると云う結論になりますがね』

『然し、――どうして雨宮は瀕死の重病人であったくせに、こんな荒仕事をやれたのでしょう』

『それは私も一寸問題にしてみたのです。然し聖ヒルダの看護婦の自供によって、雨宮は息を引取る前日、コッソリ病院をぬけ出して三時間ほど外出していた事実が判明しました。匆論外出のことは看護婦をうまく騙して、外部に洩れないように口止めしておいたのです。その日、あなたの奥さんを、なんとか因縁をつけて誘《おび》き出して惨殺した。――病体でよくあれだけの荒仕事が出来たと思うでしょうが、彼のような一種のマニヤには、常識的な生理学などを超越した不思議に執拗《しつこ》い気魄があるんじゃないでしょうか。それだけに目的を遂げてしまうと急にガックリと気落ちして、息を引き取ってしまったものと思われます。雨宮で無ければ、実行はもとより、考えられもしないような、何処から何処まで、雨宮趣味の風変りな犯罪だったけれど――可愛相なのはあの小さな看護婦ですよ。そんな事とは知らずに、雨宮のために何もかも献《さ》げつくしてしまったらしいのだが』

「地獄横町」の売行き――あの事件が、恐しい宣伝となって忽ち数百版を売りつくしてしまった。

そうだとするならば――あの雨宮のいわゆるマリア観音もそれほど不幸なことは無い筈だ、しこたま「地獄横町」の印税を儲け込んで、彼女らしい小さなプランの慈善病院でも建てる運びになったであろうか。イヤ、この聖女は、すでにあの当時、所轄署の中で発狂してしまったのだ。今や「地獄横町」の印税で、彼女は立派な風癲《ふうてん》病院の一室におさまって、気随気儘にふるまっているそうだから、あながち不幸とのみ、云えないかも知れないけれど。

解説

渡辺啓助《わたなべけいすけ》は一八九九年、秋田に出生（戸籍上は一九〇一年）。本名は圭介。北海道で育った幼児期に顔面に火傷を負い、存在の異形性は生涯を通じて思索や表現上のテーマとなる。『新青年』編集部にいた弟の渡辺温の依頼で同誌一九二九年四月号に映画俳優岡田時彦名義の「偽眼のマドンナ」を発表し、また温とともに江戸川乱歩名義でポーの翻訳（改造社『ポー、ホフマン集』二九年）をこなす。以後年に数回、自身の名義で怪奇性の強い短編を寄稿するが、九州帝国大学卒業後、学校教師を経て三七年に専業作家となった。四二年には博文館記者として北支蒙古に従軍、この前後より歴史や国際情勢に材を採った中長編に向かい、しばしば直木賞候補となる。戦後は探偵小説や秘境小説のほか科学小説にも執筆を広げ、五九年には日本探偵作家クラブ第四代会長となる。会長職を退いて以降は書画に赴き、二〇〇二年一月の死の直前まで、鴉の絵を描き続けた。

「地獄横町」は一九三三年四月号に掲載された。目次には「地獄横丁」とあるが本文タイトルは「地獄横町」。挿絵は内藤賛。二人の芸術家の確執は谷崎潤一郎「金と銀」以来ミステリーの分野でも定型だが、野木に切ない嫉妬や愛憎を示す雨宮や、雨宮の物語に操られる野木の背後には、モダニズムの神話のような栄光を身にまといつつ突然の夭折を遂げた温と、その生と死の影に佇みつつ作家的出発をする啓助との、虚実入り乱れる複雑な関係性も読み取れよう。（浜田雄介）

妄想の原理

【一九三五（昭和十）年三月】

木々高太郎

1

あとで、この日附に重要な意義のあるのが判った。その日は、九月二十九日であった。此の日、大心池《おおころち》先生の、夏休み後の最初の精神病学の講義があったが、それは癲癇《てんかん》のところであった。先生は一と通り、癲癇の症状や病理を述べてから、特に念を入れて癲癇の朦朧《もうろう》状態《じょうたい》について詳しく述べた。

――諸君、既に述べたように、癲癇は特有な発作があると言う点で、鑑別診断の容易な病気である。ところが、特有の発作の起らぬ癲癇がある。凡ての精神病のうちで、このような癲癇こそ診断の最も困難なものだ。啻《たゞ》に精神病のうちで鑑別が困難なばかりではない。一番困った事は常人との鑑別が困難なことである。――例えば話をしていて、突然話をやめる。ポカンとして数秒或いは数分を経過する。気がついて亦話をつゞける。そんなのがある。例えば、旅行する。道連れの人もこの男少し酩酊しているようだなどとは思うが、まあ仲よく旅行している。突然醒めて、おや此処は何処ですかと聞く。いくら説明してやっても、どうもこんなところへ旅行した記憶がない。これ等《ら》はまだよい。ところが、突然人を殺す。全く意味なく人を殺す。そして決して人を殺した覚えがない。これが癲癇の朦朧状態《デムメルツーシュタンド》と言われるもので、実に厄介な病症と言わざるを得ない——精神病医が法律的鑑定に呼び出されるのは、多くはこの癲癇発作の朦朧状態で犯罪を犯した場合の鑑定である。大発作になると、引きつけが来るのだから犯罪などは出来ない。この小発作、即ち朦朧状態が一番恐ろしい犯罪を平気でやるのである。勿論法律的に責任能力はない。だから、精神病医にして、一と度《たび》癲癇なりと鑑定せんか、如何なる殺人も無罪となる——殺人にして無罪！　だから時とすると、この点に於て、最も詐病の危険がある。癲癇の病理をよく知っている男が人を殺す。上手に詐病をやれば、一流の精神病医と雖《いえど》も引っかゝるのである。——

大心池先生は、そうして、詐病の例をあげて講義を進めた。然し、此処でその例について述べる余裕はない。と言うのは、大心池先生の、この詐病の講義が箴《しん》をなしたように、この日に、大心池先生は鑑定人として召換されたからである。

偶然の暗合と言う可《べ》きであろうか。講義がすんで一と休みしているところへ、警視庁の落合警部から電話がかかって来た。出迎えの自動車を出すから直ぐ来て呉れ、癲癇病者かも知れぬ疑いのある男が、殺人を行った。正式の鑑定依頼はあとになるが、とも角も来てみては呉れまいかと言うのである。

事件は九月二十六日の夕刻に起った。

銀座の有名な宝石商、××幸次郎商会の支配人、保坂修三（四十六歳）が、金庫の前で殺されて発見された。

金庫の扉は開いたまゝになっていたし、その中のものが沢山失われていたから、窃盗を目的の殺人であると直ぐ推定せられた。支配人の方から、別に手向かいをしたと言うような形跡がないに係らず、殺し方は稀に見る残酷な方法で、先ず顔面を殴打したと見えて、鼻血が出て顔がつぶれている。これでひるむところを見て、再び脳天を打ち下ろしたと見え、致命傷はこの一撃であった。真に怨恨のためか、狂人なのか、馴れぬ犯罪で却って残酷になったか。兇器は売品として傍《かたわら》の棚に飾ってあった重い銀器で、死骸の直ぐ傍に血にまみれて転がっていた。

犯行の時間は、午後六時三十分から七時迄の間と推定された。これは医学的鑑定にも依ったが、外《ほか》に支配人を最後に見たタイピストの高野三千代（二十四歳）の陳述したところでよくわかったのである。

この商会の店主はもう七十歳に近い高齢で、店の事務一切は支配人と、副支配人辰野《たつの》郁哉《いくや》（四十九歳）との二人に任せ切りで、商売上の取引はこの二人が切り盛りしている。保坂氏は辰野氏より年齢が若いのに支配人になっているので判る通り、果断、勇敢で、商売のやり方も冒険性を帯びているが辰野氏の方は温雅、優柔で、商売も手堅い。二人共別々の種類の得意客を持っていて、この商会の両翼のようになっている。この二人の誰かゞ隔日に店じまいを見てから帰宅することになっているが、当日は保坂支配人が居残っていた。

タイピストの高野三千代が帰ろうとすると保坂支配人が言った。

『今日わたしは或る外国人に逢う約束になっているが、君が残って通訳の手伝いをして下さい』

『私で出来ますかしら』

『君も知ってる通り、外国人と言う奴は、口約束だけで守るし、人にも守らせるから、聞き違いがあると困るからで、傍で聞いていて呉れればいゝ』

支配人は帽子もかむり、ステッキも持って、帰宅の用意をして居った。三千代も帽子をかむり、手提をもって、待っていると、約束の外国人がやって来た。名前はユーセフと言って、何か露西亜《ロシア》名前のようであったが、チェコスロヴァキア人だと言う。立派な英語で、服装も態度も立派であった。三千代に対しても愛嬌をふりまいていた。取引は極めて簡単で、外国人はいきなり『用意出来てますか』と支配人に聞いた。

『出来ています。この金庫の中にあります。一寸御覧《ちよつと》に入れましょうか』

『いゝや見なくてもよろしい。では日本金の二十五万円でよろしいか』

三千代はその金額の余りに大きいのに驚いた。三千代はタイピスト兼秘書みたいな役目であったから、金庫の中にある全部の金剛石《ダイヤモンド》を集めても二十五万円になるかどうか疑わしいことを知っている。

『お金は小切手です。今あげます』

『店は現金取引をしています。小切手は今頂いても、品は明朝になりますが……』

この支配人の答も三千代を驚かした。支配人が小切手に対して、こんなに用心しているのも不思議であった。

『いゝや、私は明日《みようにち》午前十時に来ますから、それ迄に小切手を金にして置いて、商品は私が来たら直ぐ貰い度いです』

ユーセフは斯う言って、直ぐポケットから小切手を出した。別々の三つの銀行であったが、合計二十五万円を簡単に手渡した。支配人はゆっくり小切手を調べて、ニッコリ笑うと、ユーセフは受取りも取らずに気軽るに出て行って了った。三千代は支配人の命令で出口まで送り出し、直ぐ引っかえしたが、支配人は今日のことを堅く口止めしたあと、もう帰ってもよろしいと言った。これが生きた支配人を見た最後であったと言う。

この時が、六時四十分頃であった。三千代は待ち会わせる人があったので、そのまゝ商会の表ての飾り窓のところで、七時半迄待っていたが、約束の人が来ないので、中野の自家《うち》に帰ったと陳述している。この待ち合せる人と言うのが、同商会からビルディングを一つ隔《お》いて隣のビルにある、××汽船会社につとめている、小林三郎（二十七歳）であったのだ。

支配人殺しの犯行が発見されたのは、七時四十分頃で、当直の小使が直ぐ電話を警視庁にかけたため、八時には非常線が張られ、八時二十分には、急報に依って副支配人がやって来た。この副支配人が入って来て、刑事を見るや、いきなり表ての飾り窓のところに刑事を引っぱって行った。『あの、そら、其処に立っているステッキを持った男を捕えて下さい』と真青になって、息をはずまして言った。其処で刑事はこの男を捕えようとして、腕をつかむと、この男はギョッとしたらしく、五六秒の間凝然《じっ》と刑事を見つめていたが、ハッとして眼が覚めたように、刑事の手を振り払って逃げ出した。

この男を捕えさしたのは、辰野副支配人の大手柄であった。辰野がこの男を疑《うたぐ》ったのは、この見知らぬ男が、殺された支配人の帽子をかむり、ステッキを持っていた。帽子は白っぽい鼠色のベルベットで珍らしいし、ステッキはスネーク・ウッドの飛びきり上等のであったから、副支配人には直覚的にわかったと言うのである。捕えて見ると、この男が、三千代の恋人の小林三郎で、その陳述はあとで述べる如く、甚だ奇妙なのである。

金庫の扉は開いていたし、副支配人の計算に依ると、約八万七千円の金剛石《ダイヤモンド》が紛失している。この金剛石は、近く慶《よろこ》び事のある某公爵に売約済みのものであった。現金は約五千円許りあったが、五六十円紛失しているだけであった。而かもこの五六十円はそのまゝ、小林の財布の中に在った。小林が五六十円しか取らなかったと言うのも、誠に不思議であったが、小林の衣服には血がついていて、その血液型《けつえきけい》は、殺された支配人の血液型と一致した。兇器にベタベタ沢山の指紋が残っていたが、これも小林の指紋である。この男が犯人であることは最早《もは》や殆ど明らかで、直ちに猶余なく起訴することにはなったが、余りに陳述が不思議なので、とに角大心池博士に相談して見ることに一決したと言うのであった。

小林の不思議な陳述と言うのは――小林三郎は工手《こうしゅ》学校を卒業して××汽船の電気課の課員となって入った。課員と言っても工学士の課長や課員に使われるのであるから、夏の扇風器や、冬の電気ストーブの出し入れとか、社内の電気に関する修繕位のところだが、皆から便利がられていた。その日会社の持ち船が入港した日で、横浜の支店との間の連絡で、貨物課と船客課では居残りがあったが、電気課では五時頃、課長も退《ひ》けたし、特別の用事もないから、帰ろうと思った。此処迄よく記憶があるが、あとのことはさっぱり判らない。気がついて見ると、自分は刑事に追いかけられている。とに角ハッと思って逃げた。難なく捕えられ、署に連行されて訊問を受けたが、自分にも不思議なことばかりで、少しもその間の行動を答えることが出来ない。自分は見も知らぬ帽子をかむり、曾つて見たこともないステッキをどうしたわけか持っている。この間のことは少しも記憶がないと言う陳述である。

『そんな事はあるまい。午後六時四十分から七時位迄の間に、××商会に忍び入り、支配人の後ろからあり合わせた重い銀器で一撃を加えたに相違あるまい。盗んだ八万七千円の宝石と二十五万円の小切手は何処にある』

このあたりで、相当にいじめたであろうが、本人は、どうしても思い出せません。私はひょっとすると、私の父が持っていたように癲癇持ちかも知れぬと言い出した。癲癇と言えば引きつけるものと考えていた刑事達は、『野郎、そんな事で胡麻化《ごまか》しはならぬぞ！』と、打ったり、蹴ったりして見たが、本人は如何にも正直らしく、反抗もせず、唯《たゞ》、自分でもいぶかるばかりである。

2

警視庁の調べ室のうちで、一番静かな部屋で、大心池先生は此の犯人を診察した。先ず一応瞳孔や、胸や、腹や、その他反射の検査などをした後、名前と年齢とを言わせた。そして診問を進めて行った。

『此処は何処かわかるかね』

『はい。此処は警視庁です』

『君は何故《なぜ》此処に連れて来られたか、知ってるかね』

『知ってます。刑事さんから聞きましたが、私は銀座の××商会の支配人を殺したと言う嫌疑でつれて来られました』

『君は支配人を知っていたかね』

『いゝえ、知りません。唯三千代さんが支配人の事をいつも話しますので、想像していた事は確《たしか》です』

『或る公爵に売り渡す約束のダイヤモンドが、当日金庫の中に在ったのも知っていただろうね』

『それも三千代さんからきゝました』

『三千代さんと言うのは、どう言う間柄かね』

『はい。東中野の、私の下宿の二三軒隣りの煙草屋の娘で、同じ銀座に通うので、いつか仲よくなりました』

『君は、その二時間ばかり全く記憶がなかったのは、癲癇だと考えると言うたそうだが、君は曾つて癲癇の発作を起した事があるかね』

『いゝえ、私の知っている限りではありません。然し七八才の頃、一度引きつけた事があると母から聞いた事があります。』

『君のお父さんは、癲癇だったと言うのはどんな様子だったのかね』

『父は、私の十歳位の時に死にましたから、よく覚えてはいませんが、子供心にも、父の引きつけるのを見た事があります――私の記憶の間違いでないならば、父は一ケ月に二回以上引きつけたようです』

『君の兄弟にはないかね』

『私が長男で、兄弟は四人ありました。直ぐ次ぎの弟が、十三四歳の時から癲癇を起し、学校へ行く途中川に落ちて死にました』

『お父さんの引きつけた時の様子を、覚えているだけ話してごらん』

『はい、何でも始め馬鹿に不機嫌になる時と、快活になる時とあったようです。こんな風なのが二三日つゞくと、何か其処にないものが見えたり、聴えたりするらしいのです。私のよく覚えているのは、私も一緒に炬燵にあたっている時に、おい、何故こんな赤い蒲団をかけたのだと母を叱っていたのですが、その蒲団が少しも赤くはなかったのです。雪も何も降っていないのに、今日の雪は赤いぞと言ったりしたのも覚えています。そのうちに急に引きつけが来ました。口に泡をふいて、打《ぶ》っ倒れて、四肢をつっぱって、顔は蒼くなります。父は引きつけが十分位つゞいたのも稀ではないようでした。やがて引きつけがゆるんで、疲労したように眠って了って、二日位床の中に居ました。』

『それが君の十歳位の時に見ていた記憶かね』

大心池先生は何気なく斯う言った。この簡単な言葉が仲々重大な意味があることは、精神病学をやった私共にはよくわかる。小林は少しもあわてていない。じっと一分間許り考えている。

『そうですね、言われて見ますと、あとで母から聞いた症状で、直接見たのは少いかも知れません』

『それで君のこないだの記憶脱失を、どうして癲癇と思うのだね。癲癇なら引きつけが来るのではないか。』

これも非常に重大な質問である。

『はい。どうも、私にはよくわからぬのですが、私の父が、母や私を殴って置いて、少しも覚えがないような事がありましたので、或いは私も軽い癲癇の発作が来て、その間に人を殺したのがわからないのじゃないかと言う気がしますのです』

『今までそんな事はなかったかね』

『余り気がつきませんが、いつぞや三千代さんと一緒に銀座に行った間に、何でも急に何かを買ってやると言ってきかなかったと三千代さんがいぶかしがったことがありましたが、自分では少しも言った記憶が無かったことがあります』

『君が癲癇の小発作中で支配人を殺したとして、金庫の中のものや、支配人の確かに持っていた二十五万円の小切手などはどうなったと思うのかね。』

『それは、偶然、わたしの殺したあと入《い》り込んだものが取って逃げたのではないでしょうか。

私が知らずに取ったとすれば持っている筈ですが、私は五六十円だけ、知らずに盗んだと見えます』

大心池先生は此処迄聞くと、暫らくじっと考えているような風であった。そして、

『どうも、君はまことに不幸な生れつきだね。確かに、君は癲癇の遺伝を持っているね。普通では、遺伝を持っていれば君よりもっと早く最初の発作が来るものだが、君のように二十七歳にもなってから来る場合もあるだろう。然し、唯一回の診察ではわからん。――君はまだ知らぬだろうが、癲癇の発作は一度起ると頻発するものだ。そうしたあとでなくては癒《なお》りに向かない。鑑定はいそがないで、ゆっくり入院してからやろう』

そう言って、大心池先生は診察をすませた。

小林を連れ去らせたあとで、私に向って『君はどう思うかね。つい今日、私は癲癇の朦朧状態と言うのは詐病犯罪に利用して一番うまくゆくと講義したばかりだね。あれは詐病としてはうまいものだね』と言った。

『そうですね。あれ位よく述べれば学生は満点でしょうね』

『そうだ。あれはまるで教科書の通りだね。前軀症、前徴、痙攣発作、嗜眠と実に定型的に述べたね。たとえ実際に父の発作を見たとしても、あんなに順序よく述べるのは、訊問されたら斯う言おうと余程注意していた証拠だね。――精神病学上、アブサンと名付けられてる症状もよく述べていたね。代償性精神発作の理論を知っていてもあゝは述べられぬ位だよ。――然し、詐病の鑑定と言うのは容易じゃない。何しろ死刑か、無罪かの境だからね』

大心池先生は落合警部に、これは直ぐ起訴して貰いたまえ、裁判長が改めて鑑定を命じたら、自分は入院させてよく調べて鑑定すると約束した。

『どうでしょう、先生の予想は？』

『若し、真の癲癇なら、二三日中にきっと引きつけが来るよ。若し来たら、夜中でもいゝから本人には秘密に、私に知らしてくれ給えよ』

『今、わかった報告が来たそうですが、あの日に保坂を訪ねた怪外人がわかりました。あれはスパイの嫌疑で、あの夜のうちに憲兵隊にあげられましたが、保坂から買う約束したものはダイヤモンドで、兼ねて誂らえてあったと言っています。すると、あの紛失した八万七千円のダイヤは、某公爵に売るもので、外にはあそこには無かった筈ですが、保坂は利鞘を取るために、一旦それを外人に売ろうとしたのか、とに角、まだ不明なことが沢山あります』

『落合君、其処だよ。これが詐病でないとしても、この事件については、関係者を一々もっとよく洗って置くべきだね』

大心池先生の予言した癲癇の発作は、案外に早く、その夜のうちに起って来た。巡回をすまして帰りかけた監視員が、ギャッと言う小林の叫び声を聞いた。急いでかけつけて見ると、型の如く泡を吹いて引きつけている。午前二時頃の事であったが、兼ねて命令がしてあったものだから、落合警部と、私と、大心池先生とへ電話が来た。私の着いたのが、警部よりも先生よりも前であったから、私は引きつけを一寸見ることが出来たが、直ぐ止んで了って睡りに陥っていた。監視員に聞くと、三十分も引きつけていたと言う。

『あゝ残念だった。僕のうちは郊外だものだから、来るのに時間がかゝって、発作中に来られなかった』

　大心池先生はそう言って、小林の身体を診察したが、やがて、睡っている小林の前で、

『次の発作が、今晩のうちに来ぬとも限らぬ。私は一旦うちへ帰るが、起ればまた来る。この型は発作が来始めると頻りに来る型だから気を付けて呉れ給え』と監視員に注意した。

　大心池先生は別室に行ったが、自家へは帰らなかった。庁内の一室に、誰れにも秘密に留まっていたのだ。三時間ほどすると、果して、先生の予言通りに、発作が又起きて来た。監視員の報告と同時に、大心池先生は馳《か》けて行った。私共は小林が泡をふいてのけぞっているのを見た。顔面は著しく紅潮している。大心池先生は、間髪を入れぬ間に、瞳孔反射を調べ、乱暴にも指を二本眼の中につっ込んだ。小林はハッと身体を動かしたが、尚引きつけをやめない。先生は今度は小林のズボンを外して太股を現わした。そしていきなり大声で叫んだ。

『おい、命じて置いた焼け火箸を持って来い！』

　引きつけが始まってから、これ迄に二分とはたゝない。小林は、この声で突如として眼をさました。そして、『あゝ、私はまた発作を起しましたか』と誰れにとなく叫んだ。

『君の発作を待っていたのだ。診察はすっかり済んだぞ』

『先生、わたしは癲癇でございましょうか』

『鑑定は猥《みだ》りに云えない。起訴されてから言う』

　大心池先生は、そう言って引きあげた。別室に行ってから、警部と私に、注意したのであ

った。

『あれは詐病だよ。陳述のところは仲々抜け眼が無かったが、一旦発作が起り出すと頻発すると僕が暗示を与えたものだから、これに引っかかって発作の真似をして暴《ば》れたね。——落合君、これは君の大手柄になるかも知れぬから、詐病のことは起訴してからのことにして、外の、そうだ、支配人とかタイピストとかその他を洗うと同時に、紛失したダイヤと小切手を張って見給え。あの日の小林の足取りは特によく研究する必要があるよ』

3

処《ところ》が、此の事件は其後妙な方向に発展して行った。小林は起訴されたが、鑑定は大心池先生には命ぜられなかった。小林と同郷の或る有名な代議士が奔走したことゝ、予審判事の意見とで、鑑定は官立××大学の精神病学教授、松尾辰一郎博士に命ぜられた。松尾博士の介入に依って、この事件は精神病学会での大討論となった。だから此処で、予め、松尾博士と大心池博士との間柄を少しく述べて置かねばならぬ。

松尾博士は官立××大学の教授であり、大心池博士は私立××大学の教授である、と云うだけでも、この二人の対立関係は想像せらるゝであろう。学歴から学閥に至る迄、この如き対立した学者はないであろう。更に抱懐する学説も亦対立している。松尾博士はクレペリンの弟子で病理解剖学派であり、大心池先生はブロイレルの弟子で、露西亜《ロシア》のパヴロフにも師事したことのある、生理学派である。この二人の論争の歴史は、もう既に七八年になるが、何《いず》れも大学者に相応《ふさ》わしき堂々たる論陣を擁して、恰《あたか》も我が国精神病学界を二分しているような概があった。近時この二人の学者が対立して論争して居った問題は、「妄想の原理」についての問題であった。これは少しく専門に過ぎる嫌いはあるが、この事件に大なる関係があるから述べて置かねばならぬ。

　精神病者はいろいろな妄想を持つ。自分が大金持ちであるとか、大学者であるとか言う誇大妄想、罪人であるとか、他から虐待されるとか考える被害妄想、その他いろいろあるが、抑《そもそ》もこの妄想なるものが何に依って生じ来《きた》るかについて、松尾博士と大心池博士とは別々の学説を提出して居った。大心池博士の説によると、神経症の抱く妄想はフロイドの言う如く主として過去の記憶、幼時の記憶に退行して生じたものであるが、早発性痴呆症の抱く妄想はその痴呆症の発する最も近い時の記憶から来ているとなすのである。早発性痴呆症と言うのは外界に対する興味を全く喪失する精神病である。即ち外界より凡ての心理的エネルギイを引きあげて了い、自己の中へと沈潜する。この心理的エネルギイのはけ口が、即ち妄想であると言うのが大心池説の骨子である。これに反して松尾博士は、早発性痴呆症の妄想は、統覚作用の脱失によって、残された個々の精神作用のどれかゞ発現し来るのであって、別名精神乖離症と言わるる根拠もそれである。外界よりの興味の喪失も、認識統覚がなくなるからで、心理的エネルギイの如きものを仮定する必要はないと主張するのである。一方は全体説の立場で一方は局在説の立場である。この二学説は、その年の春季の学会で、互いに証拠をあげて、両々相ゆずらなかった。

大心池先生は、小林の鑑定が松尾博士に命ぜられたと知るや、さっさと手を引いて了った。そして、松尾博士が、小林を真の癲癇であると診断し、殆ど無罪を宣告されそうになった時も、水の如く淡々としていた。裁判の進行がそうなっている間に、落合警部は二度ほど大心池先生を訪ねて来た。

『どうも、先生、残念です。我々警察部の苦心は無駄になりました。二十五万円の小切手は勿論届出に依って無効になりましたが、結局盗まれた八万七千円の宝石《いし》はわかりません。——実に不思議なことは、あの事件以来、保坂支配人の家族が二度も窃盗に襲われ、××商会が一度襲われています。どうも支配人の死について、何かまだかくされているものがあると言った感じですよ』

『そうか、それは屹度《きっと》、保坂が外国人に売り渡そうとしたものだな。何か非常に重大なもので、それがわからなくなっているから、奪おうとする奴があると見えるね。何だろう。これも小林が握ってるとわたしは思うのだがね』

『でも、小林の方は、本人をも関係者をも全部何か言いがゝりをつけて、家宅捜索してあるのですが何も出て来ません』

『然しね、小林が癲癇の朦朧状態で支配人を殺したあと、誰か入《い》り込んだとして、何故先ず一番先きに役立つ現金五千円を持ってゆかなかったか、これは窃盗の常識に反するね』

『えゝ、私もそう思うのですが、——然し、松尾博士の鑑定は、疑いもなく癲癇病者と言うので、もうおっつけ無罪の宣告があるでしょう』

『小林は、今どうしているね』

『大学病院に入院しています――勿論監視は厳重にしていますが、もう癲癇の発作も起らぬように快癒して来たそうです』

『高野三千代と言う女はどうしてるね』

『あゝ、あれもあのまゝです。小林のことは、もうかまいつけないらしいです』

『ふうん』大心池先生はそう言って黙った。やがて、『して見ると、今小林を世話してるのは誰だろうね』ときいた。

『それは、芝川と言う代議士です。代議士自身が小林を訪ねたり親切にしているそうです。何か怪しいと思い、内偵して見ましたが何にも見つかりません』

　大心池先生は、この問題については興味なさそうに、もう何も言わなかった。けれども興味なくてはいられない事が、それからあと二週間程してから起って了った。

　それは、精神病学会秋季大会と言うのが、十一月に開かれたが、その席上、松尾博士の助手が、「癲癇の朦朧状態に於ける犯罪について」と言う題で、一例《カーズス》報告として小林の例を報告して了ったことである。大心池先生が討論に立った。そして『この例は自分も見たが、自分は詐病であるとの証拠を持っている』と反駁した。論争がまき起った。松尾博士も自ら陣頭に立って、

『詐病ではない。真の癲癇である。その証拠には我々は、わざわざ小林の郷里に出かけて行って、遺伝関係も調査した。父には癲癇があり、母方の祖母は早発性痴呆症であり、精神病

の遺伝関係は極めて濃厚である』と論駁した。殺気立った。

『そうであるか無いかは、時を待てばわかる。少くとも私の病院に入院すれば、私は必ず詐病の自白をさせて見せる』

『いや、私も亦、時を待てばわかると言おう。今は一時的に寛解しているが、時を待てば癲癇発作はまた必ず起る。この男には生涯発作がつきまとうに違いない』

双方で、時を待てばわかる、と言うて、物分れとなった。処が「時を待てばわかる」と言う言葉が、二三ケ月して現実となり、一見、大心池先生が負けて了ったようになった。

小林は翌年一月頃になって、今度は癲癇ではなく、早発性痴呆症の症状を、徐々として表わして来て、遂に二月頃には、殆どその症状が完全になって了った事である。妄想が出て来た。それは誇大妄想の一種で自分が大数学者であるとの妄想で、頻りに数学式や運算を紙に書き散らし、講義の真似をしたりし始めた。松尾博士は癲癇と言う診断を取り消し、犯罪は早発性痴呆症の前徴であったと、改めて鑑定した。

裁判所でも斯うなっては捨て置けず、もう一人の精神病学者に鑑定を命じ、鑑定が一致したならば無罪の判決を下そうと言うことになった。そして、その鑑定医として、松尾博士は皮肉にも大心池章次《しようじ》博士を推薦したのである。

大心池先生は、私一人だけつれて官立××大学へ出かけて行った。言わば敵陣の中へ入《い》り込んで診察した。

此の時の大心池先生の態度は、実に一城の主として立派であった。

松尾博士や、その一統の見ている前で、ゆっくり、あわてず、堂々たる態度で診察をすました。

『松尾君、すみませんが、早発性痴呆症《ブレコックス》とあなたが気付かれたのは何日頃《いつ》のことですか』

『つい一ケ月ばかり前です。その間に症状がこんなに進んで了ったのです』

『君の、早発性痴呆症と言う診断《ディアグノーゼ》については私も同意見です。一ケ月でこんなに明らか《ドイトリッヒ》になるとすれば、此の患者の精神荒廃は著しく早く来るでしょう。――松尾君、私が君の診断を承認したのは、論争に負けたような形ですが……』

『いゝや、大心池君。あの時は僕は癲癇と診断したのだから必ずしも僕の勝利と言うわけではないです。然し、詐病と言われたのは君の誤りでしょう』

『ところがそうでないのです。今精神病であると言うのは認めるが、あの時詐病だと言ったのは負けではありません。詐病はあった。然し、精神病があとで起ったのです』

『では、然し、その証拠は？』

『証拠？　それは、この患者の精神荒廃が甚しくならぬ前に、私の手に任せて貰えれば必ず見つけて見ます。――松尾君、差支えなければ、それだけの寛大さを呉れますか』

問答はおだやかであるが、この二人の勝れた学者の心の中《うち》は、まるで真剣勝負であることは、我々にはよくわかった。日本の精神病学界を二分する両雄が、今相見《あいまみ》えているのだ。固唾をのんでいるは、我々助手ばかりではない。看護婦も、監視員も、この問答の成行や如何にと息を殺して聴いている。唯、患者だけは、全く外界を認知せざるが如く、ぼんやりしている。

『よろしい。お任せしましょう。僕の方は調べるだけ調べて了ったから君に任せましょう。そして、今度の春の学会でその結果について論じましょう』

松尾博士はそう言った。

『では頂きましょう。御好意のついでにもう一つお願いがあります。この患者の書き散らした数学の記録を私に貸して下さい。私自身もこの患者に書かせることが出来るとは思いますが、若し著るしく精神の荒廃が早く来るようだと、記録が足りなくなるかも知れぬと恐れるのです』

『勿論よろしいです。だが然し、精神乖離を起して了った患者の書いたもので、何かを証明しようとしても、それは無駄と思いますが……』

『いゝや、そうではありません。妄想の原理に関する私の学説が正しいならば、この妄想の記録が唯一の手懸りでなくてはなりません』

大心池先生は、そう言って言葉を切った。そして、『妄想は、私にとっては一種の暗号です。暗号は解読すればいゝのです』と、ズバリと言ってのけた。

そして、この息づまる会見は終ったのである。

4

裁判所からも許されて、小林は私立××大学の大心池博士のクリニークに移された。これからあと二三週間ばかりの間、法律上にも、学問上にも、深い責任を背負った大心池先生の精励は、はたの見る眼も痛ましいようであった。

　早発性痴呆症の患者、小林三郎の書き散らす数学式はいろいろあった。而もその運算は間違いだらけであった。然し大心池先生はこのいろいろあるもののうちから、繰りかえし出て来る、次のような方程式に眼をつけた。

$$x^2+y^2=r^2$$

然ルニ $$m\left[\frac{dr^2}{dt^2}-r^2\left(\frac{d\theta}{dt}\right)^2\right]=-\gamma\frac{Mm}{r^2}$$

$$m\frac{1}{r}\frac{d}{dt}\left(r^2\frac{d\theta}{dt}\right)=0$$

$$\frac{d}{dt}\left(r^2\frac{d\theta}{dt}\right)=0$$

$$r^2\frac{d\theta}{dt}=k$$

然ルニ $$\int_c f(r)dr=0$$

　この患者の努力は、この三つの式を結合しようとしていることであるらしく察せられる。第一の式は円の方程式であることは一見してわかる。第二のものは、或る支点のまわりを廻転する質量を有する物体の運動であることもよくわかる。然し第三の式の意味はよくわからぬ。医科では高等学校の時に微分や積分を学習するけれども、大学を出る頃は大抵忘れて了う。患者は工手学校で数学を習っているし、とに角世界一の大数学者と言う誇大妄想を持っているのだから甚だ奇怪な高等数学を考えているのであろう。大心池先生は知り合いの数学の教授をたのんで、改めて数学を学習しようとした。そしてその没頭の仕方は、唯々私共を驚嘆させるばかりであった。

二三週間は忽ちにして過ぎた。この間に小林の精神荒廃は著しく進んで了った。妄想も固定性が失われて、支離滅裂となった。真の痴呆に移り行くようであった。

『荒廃の進む前に、この暗号を解かねばならぬ。もう間に合わぬかも知れぬ』

心の動きを容易に他人に洩らさぬ大心池先生も、不安と焦燥とをかくすことが出来なかった。患者はやがて数学式をも書かなくなって了った。

此の頃になって、先生の数学の学習も著しく進み、複素変数の函数論を殆どあげて了った。第三の式はコーシーの基本定理で、閉曲線の中に更に閉曲線のあることを意味することがわかって来た。大心池先生の胸の中には殆ど何かが決定したようであった。

此の間に、代議士芝川条助は、時々小林を見舞って来た。先生は芝川代議士が来た時に、特に望んで会見を申込んだ。

『芝川さん、あなたが尋ねて来られるのは、単に小林を書生に使われたことがあると言う因縁だけでなく、小林の詐病犯罪をあなただけが知って居られると見えますね』

『小林が詐病で犯罪をしたと仰言るのですか。松尾博士は、詐病ではない、真の精神病だと言って居られましたがな』

『そうです。今は真の精神病、而かも、もう救い難い、精神荒廃を主徴候とする痴呆症です。然し、健全な人も病気にかかり、死にます。死んだ位だから前から不健全だったとは言えません。小林は九月二十六日に、犯罪を犯した時は精神病者ではありませんでした。親に癲癇患者があったので本人はその症状をよく知っていたし、又通俗の医書ででも症状を学んだのでしょう。見事に詐病をやりました。私は詐病の証拠は握っています。然し遺憾ながら本人の自白ではありませんでした。この患者を始めから私が任せられたら、とっくに自白さしていたでしょう。あなたの指図で松尾博士が診ている間に、ほんとうの精神病が出て了って、詐病の自白はあげることが出来なくなりました。——ところが此処に、詐病の自白を聞いたと思われる人が一人います』

大心池先生は、そう言って相手をじっと見た。

『それは誰ですか』

『誰でもありません。それはあなたです。——そうです。本人はあなたに或程度迄真実を述べて、あなたの力で身柄を松尾博士の方へ移しました。そのために、あなたに打ちあけた、本人の秘密は何かと言えば、保坂支配人が外国人のスパイに売ろうとした書類です。小林が奪ってかくした。これを利用すれば、あなたは内閣を倒すことも不可能ではない。とに角、小林を真の精神病者として放免して了えば、それをあなたに渡すと言う条件で、あなたは御自分の勢力を利用せられたのでしょう。処が小林は真の精神病になって了いました。もう自らかくした場所を忘れ去っているでしょう。――其処で、物は相談ですが、私は小林のかくした所を、彼の妄想を研究することに依って突きとめました。あなたの得度《えた》いと考えていられる書類と、宝石と、小切手（尤もこれは無効ですが）との在所《ありか》を知っているのは、今、私一人です。――それでその書類をあなたが買う気がおありでしたら売りましょう』

『売るとは？――いくらで売るのですか』

『売ると言うのは、お渡ししましょうと言うことです。その代り、あなたは本人が詐病を自白したことを認めて、署名して私に下さればい丶のです』

芝川代議士の顔は妙に歪んだ。それは内心の困惑をかくすためか、実際に驚いたためかわからない。此処で芝川代議士は突然ワッハハハと笑い出した。

『大層奇妙な話ですが、私には一向わかりませんね。小林は忠実な書生だったから見舞うて来ただけです』

そう言って、芝川代議士は帰って行った。

大心池先生は私を顧みて『どうも、海千山千と言うのは、あ丶言う笑いだね――これには失敗したが、さあ小林のかくした宝を探しにゆこう。落合警部に電話をかけてくれ給え』と言った。

大心池先生が、落合警部と私とを供にして、行ったところは、前に小林のつとめていた××汽船会社であった。先生はいきなり、社長と支配人とを捉えて、妙な問答をしかけた。

『この会社の中に、丸くって、その中に小さい丸いものが入っていて、動くものがありますか』

『どうも、禅の公案みたいで、むずかしい御質問ですね――』

社長も、支配人も笑い出した。この時大心池先生は、一瞬間妙な表情をした。何か心の中で、謎が解けかゝったような面持である。

『とに角、社の内部を全部拝見出来ますか』

『えゝ、どうぞ』

支配人の案内で、我々は社内全部を見て廻った。大心池先生は、丸いものと言う丸いもの、動くものと言う動くものを一々注意したが、何処にもそれらしいものはない。やがて一同は四階の物置部屋に来た。支配人が鍵をあけて『此処のものは皆休んでいます。動いてるものはありません』と冗談まじりに言った。大心池先生は一寸のぞいたが、其処に並んだ四十幾台の扇風器を見るや、急に眼を輝やかせた。

『落合君、あれだ。あれを調べて見よう』

扇風器には一々袋がかぶせてあった。四人は袋を外して調べた。そのうちの三つの扇風器の、金網の内側に、結びつけてあった――八万七千円の金剛石《ダイヤモンド》と、二十五万円の小切手と、それに、書類――それは××沿岸の要塞地帯三箇所の明細地図であった。この三つの品は、利用する方法に依っては、一個の野心ある青年をして、一代の運命を獲得せしめるに足るものであったであろう。

この軍機上の秘密地図があったことで、殺された保坂支配人が外国人に売り渡そうとした品がよめた。芝川代議士のねらっていたものも読めた。又、保坂支配人の家族が窃盗に見舞われたのも、××商会に入った窃盗の意味もわかった。大心池先生の丸くて動くものと言うのは扇風器であった。

5

大心池先生は、法律的にも、医学的にも、非常に興味ある精神病患者、小林三郎についての、調査報告を秘密会として発表した。この事件の関係者、落合警部、松尾博士の外に、裁判長も判検事も陸軍参謀本部員もいるところで、大心池先生は描くようにこの事件の経過をのべた。

『小林は初めから詐病せんと計画し、機会をねらっていたに違いない。恐らくその日××商会の門限前に店の中に入り、かくれていて、支配人と外国人との取引きも見たに違いない。支配人を殺して、盗んだあと、一旦自分の会社に帰って来て、扇風器の中に盗品をかくした。殺したのは午後六時四十分に三千代が帰った、直後として、先ず七時迄には殺したと推定される。此処で前からねらっていた宝石《いし》の外に、思いがけない機密地図が手に入った。これを何処にかくすか。自宅は一番危険である。詐病の疑いがあれば直ぐ調査されるに違いない。それに中野の自宅は遠すぎるし、帰ったことも直ぐわかる。其処で一番いゝのは一軒置いて隣りにある自分の会社である。丁度夏が終って、扇風器を物置部屋にしまい込んだところである。扇風器なら、翌年の夏迄は大丈夫だと考えたのは、実に素晴らしい思い付きであった。

――私は推理上、もう一つ感心したのは、門限が過ぎてから××商会を抜け出る方法である。××商会へ入ったのは門限前《ぜん》、即ち六時前であることは、五時に課長がひけたから自分も帰ろうと思ったところ迄記憶していると陳述しているのでもわかる。支配人の帽子をかむり、ステッキを持って、門限過ぎの出口をうまく出た。門番は恐らくあの上等のステッキだけ見て通して了っただろう。門限後と言うものは入る人には異常に気を付けるが、出る方は案外うっかりするのが普通である。この心理は本人もよく知っていたに違いない。自分の会社へ入るのはわけはない。これは自分の会社であるし、その日、入港船があって特にゴタゴタしていたから容易であった。斯うして隠匿がすんで出て来たが、さて詐病のためには捕えられねばならぬ。其処で再び××商会の飾り窓あたりをうろついていた。これが八時二十分であった。

――これで小林が詐病をしたこともわかる。宝石が見つかったことが何よりの証拠である。即ち犯罪当時は、小林は明らかに正常人であった。ところが、それから三四ケ月してから実際の精神病を発して来た。而も、早発性痴呆症と言う、精神荒廃の病気である。こうなれば、如何に重大なことでも忘れ去って了う。

――さて、此処に、精神病学に対する、この例の非常に教訓的なところがある。私は早発性痴呆症に現われる妄想について一つの学説をたてている。それは痴呆症の発する前の、一番近い時期に経験した、最も印象の深い経験が、妄想の内容となって表われて来ると言う学説である。この例では扇風器にかくした。本人は、その精神の明らかな時に、これを肝に銘じ、放免されたら、これを取り出そうと何度も考えていたに違いない。これが妄想の内容となった。誇大妄想で、自分を世界一の大数学者と考えた時に、円の方程式と円運動の方程式とを頻りに書いたのは、扇風器の事であった。

――第三の式は円の中の小円を意味している。これは扇風器の金網の裏で、而かも外より見えない軸の所の KDK の文字の入っている小円板の裏側へ、結いつけた事を意味した。妄想は精神病医にとって一種の暗号でなくてはならぬ。これは解読出来る筈だと私の言ったのは証拠立てられたのだ。

――この例は、だから、妄想の原理に関する、私の学説の正しい事を証拠立てる一例である。即ち、神経症の妄想は、フロイドのいみじくも発見した如く、過去の、最も遠い、幼少時の、最も印象深き経験にもとづくが、早発性痴呆症の妄想は、その病症の発する直前の、最も近い、最も印象深い経験にもとづくとなすのが私の原理なのである。

――小林の早発性痴呆症は何から来たか。勿論遺伝関係から来ているでありましょう。私の一番心配したのは、暗号解読の出来ないうちに、完全痴呆が来て了いはせぬかと言うことでありました。然し幸いに間に合った。これは、大切な資料を、寛大に貸し与えられた松尾博士のおかげであります。そのために軍機の秘密が救われたのは何より嬉しいことでありました』

そう言って、大心池博士は、誰れにともつかず、一同の前で頭をさげたのであった。

解説

木々《きぎ》高太郎《たかたろう》（本名・林髞《はやしたかし》）は一八九七年、山梨県生まれる。一九一五年、詩人を志して福士幸次郎に入門、『ヒト』『楽園』に参加する。一九一八年、慶應義塾大学医学部に入学、生理学を学び、のちにイワン・パヴロフのもとに留学して条件反射の研究に取り組んでいる。探偵小説家としての活動は一九三四年十一月、海野十三の薦めで『新青年』に「網膜脈視症」を発表したことにはじまる。一九三六年に連載した「人生の阿呆」は、論争を生んだ探偵小説芸術論の実践を意図した作品で、第四回直木賞を受賞している。一九三七年には海野十三・小栗虫太郎とともに探偵小説専門誌『シュピオ』の編集に携わった。戦後は一九四六年『ロック』に発表した「新月」で第一回探偵作家クラブ賞を受賞。一九五四年には探偵作家クラブ第三代会長を務めている。後進の育成も力を入れ、松本清張を見出した。晩年は詩へ回帰し、一九六七年には第一詩集『渋面』を刊行した。一九六九年十月没。

「**妄想の原理**」は一九三五年三月号に掲載。連続短編作品の第三回。挿絵は横山隆一。大心池先生シリーズ第二作。「網膜脈視症」ではフロイトと並ぶ精神分析の大家として描かれた大心池だが、本作では木々自身の師であるパヴロフと初期フロイトの共同研究者ブロイアーに学んだ過去が明かされる。大脳生理学者・林髞は、『フロイド精神分析大系』（一九三〇～三三年）の翻訳にも携わるほどフロイトに関心を示したが、精神分析が実証主義に基づいて解明されることを望んでおり、その持論が作品に反映されたとみられる。（樽本真応）

軍用鮫

丘丘十郎（海野十三）

【一九三七（昭和十二）年十一月】

北緯百十三度一分、東経二十三度六分の地点に於て、楊《ヤン》博士はしずかに釣糸を垂れていた。そこは嶮岨《けんそ》な屏風岩の上であった。

前には、エメラルドを溶かしこんだようなひろ〴〵とした赤湾《あかわん》が、ゆるい曲線をなしてひらけ、空は涯しもしらぬほど高く澄みわたり、おつながりの赤蜻蛉《あかとんぼ》が三組四組五組と適当なる空間をすーい〳〵と飛んでいるという、げに麗《うら》らかなる秋の午《ひる》さがりであった。

楊博士の垂らしている糸は、べらぼうに長い。もちろんひどい近眼の博士に、はるけき水面を浮きつ沈みつしている浮標《うき》などが見えようはずがなかった。博士は、たゞ釣糸の上を伝播してくる密かなる弦振動に、博士自身の触感覚を預けていたのであった。

目の下二尺の鯛が釣れようと、三年の鱸《すずき》が喰いつこうと、あるいはまた間違って糸蚯蚓《いとみみず》ほどの鯈《はえ》（註に曰く、ハエをハヤというは俗称なり。形鮎に似て鮎に非なる白色の淡水魚なり）がひっかかろうと、あるいは全然なにも釣れなくとも、どっちでもよいのであった。釣を好むは糸を垂れて弦振動の発生をたのしむなり。いや弦振動の発生をたのしむに非ず、文王の声の波動を期待するのにあったろう。

楊博士は、近代の文王とは、誰のことであろうかなどと、つれ〴〵のあまり考えてみることもあった。チャンカイシャという青年将校が文王になりたがっていたが、あれは今どうしているだろうかなどと、博士は若い頃の追憶にふけっていた。

『あゝ楊博士、ここにお出ででしたか。』

と、突然博士は自分の名をよばれてびっくりした。

顔をあげてみると、そこには立派なる風采のトマトのように太った大人《たいじん》が、女の子のような従者を一人つれて立っていた。博士はその方をジロリと見ただけで、またすぐ沖合の灰色のジャンク船の片帆に視線はかえった。

『あゝ楊博士、あなたをどんなにお探ししていたか分りません。周子の易に（北緯百十三度、東経二十三度附近にあり、水にちなみ、魚《うお》に縁あり、而して登るや屏風岩、出では軍船を爆沈す）と出ましたが、あゝなんたる神易でありましょうか。』

『…………』

博士は闃《げき》として、化石になりきっていた。

『もし楊博士、猛印《もういん》からのお迎えでありますぞ。』

『猛印といえば、――』と博士はこのときやおら顔をあげて、

『猛印といえば、北京《ペキン》の南西二五〇〇キロメートル、また南京《ナンキン》の西南西二〇〇〇キロメートル、雲南省の偏都で、印度《インド》王国に間近かいところではないか。雲南などへ迎えられては、わしは迷惑この上なしだ。』

『いや博士、猛印こそわが中国の首都でありますぞ。』

『わしを愚弄してはいかん。中国の首都が印度とわずか山一つを距《へだ》った雲南の国境にあってたまるものか。第一そんな不便な土地に、都が置けるかというのだ。この屏風岩から下へとびこんで、頭など冷やしてはどうか。』

『いやそれが博士、あなたのお間違いですよ。あなたこの頃、ニュース映画をごらんになりませんね。首都が北京だったのは五六年前です。それから南京に都はうつり――』

『それは知っとる。首都は南京だろう。』

『いえ、ところがそれ以来、また遷都いたしまして、今日は西に、明日はまた更に西にと遷都して、もう何回目になりますか忘れましたが、とにかく目下のところ中国の首都は、さっき申した猛印にありますのです。』

『わしは地理学をよく知らんが、首都をそのようにたび〳〵変えることは面白くない。第一そうたび〳〵首都が変って、朝に南京を出で、夕《ゆうべ》西にゆくでは、経費もかゝってたまるまい。贅沢きわまるそして愚劣至極の政府の悪趣味といわんければならん。』

『いえ贅沢とか趣味とかいう問題ではないのです。』

と、トマト氏は今にも泣きだしそうな顔であった。

『――つまり、そ、それにつきまして、楊博士をお迎えに上《あが》りましたような次第でございまして――』

と、彼は懐中から恭々しく、大きな封書をとりだして、鞠窮如《きっきゅうじょ》として博士に捧呈した。

楊博士は、釣糸をトマト氏に預けて、馬の腹がけのように大きい書面をひらいて、その中に顔を埋《う》めた。

そこには、墨くろぐと、次のような文章が返り点のついていない漢文で認《した》めてあった。

――支那大陸紀元八十万一年重陽の佳日、中国軍政府最高主席委員長チャンスカヤ・カイモヴィッチ・シャノフ恐惶謹言頓首々々恭々しく曰《まお》す。こいねがわくば楊大先生の降魔征神の大科学力をもって、古今独歩未曾有の海戦新兵器を考案せられ、よってもって我《わ》が沿岸を親しく下り、行きて軍船を悉く撃沈せられんことを。而して右に関し、軍船一艘ごとに金的貨二万元を贈り、なお且つ副賞として、潜水艦には三万元、駆逐艦には一万元、内火艇十元、短艇四元、上陸部隊満載のものは倍増し、軽巡に於ては二十万元、航空母艦に……（ここで博士は大きな欠伸《あくび》を一つして、途中を読むのをぬかし、その最後の行に目をうつしてみると）茲《こゝ》に副官府大監馮兵歩《ひょうへいほ》を使《つかい》として派遣し、楊先生を中国海戦科学研究所大師に任ずるものなり――

博士はその長い辞令を馮兵歩の前にぽんと放りだして、

『なんだい、これは。』

といった。

馮兵歩は、そこで慌てながら、大辞令の意味をいろ〳〵と詳細に説明をして博士に聞かせたが、博士は一向合点のゆかぬ面持であった。

馮大監は、博士ともいわれる人の、理解力の貧困さに呆れかえったが、そのうちに、彼は、いずくんぞしらん楊博士が中国がいま大日本帝国と大戦争中であることを全然知らないらしいことに気がついた。

そこで気がついて、彼は蘆溝橋事件からはじまった中国対東洋鬼国との戦闘経過をのこりなく一部始終を説明したところ、博士ははじめて手をうって、

『なるほど、承ってみれば、戦争科学というものは、げに〱面白いもんだのう。』

と、たいへん興味を湧かしたようであった。ことに、首都が雲南省のはずれのところまで移動したことについても津々《しんしん》たる興味をもち、もしもう一度空爆をさけて西に遷都をする必要を生じた暁には、首都はどこに移るのか、もしそれバモとかマンダレに移ったときにはそこは印度王国内であるから、首都は首都であっても果して地理学上、中国の首都といえるかどうかについて、疑義をもったようであった。

しかし馮大監は、それは本日の使命の外のことであるからといって、解答を辞退した。実をいえば、彼にはそれがどういうことになるのかよく分らなかったのでどうせ返答の仕様がなかった。

『えゝ、ようござる、ようござる。なんとかやってお目にかけると、チャンスカ某《なにがし》にいっておいて下されい。』

と、楊博士はすこぶる快諾の意を表したのであった。

それを聞いた馮大監は、大いに面目を施して忝《かたじ》けないと、大よろこびで偏境の首都さして帰っていった。

そこで楊博士は、俄然仕事ができて、たいへん愉快そうに見えた。

『軍船を殲滅する一大発明をなし、そしてこれを使って、軍船をことごとく撃沈してしまえばい、のだ。これは実に面白いことになったわい。』

と、博士は大恐悦の態で、また釣魚をはじめたのだった。

糸をすい〳〵と引いたり降ろしたりしながら、楊博士はいよ〳〵脳味噌の中から自信ある科学智能をほぐしはじめたのである。

『まず目的というのは、軍船の底に穴をあけてそこから海水の入るに委《まか》せ、沈めてしまえばい、のだ。』

それからさらに一歩進んで、

『軍船とは何ぞや。』

の定義から始まって、

『軍船は、どうして走るか。船底はどのくらい硬いか。スクリューは何で出来ていて、硬度はどの位か。』

などと、記憶をよびもどしたり、結局軍船の攻撃要領を次のように判定した。

すなわち、一、軍船を沈めるには、すべからく船底に断面積大なる穴をうがつべし。二、第一項の作業を容易ならしむるため、まずもって軍船のスクリューを破壊しおくを有利とす。

というわけで、その要領は実に一見平凡なものであった。しかし、インチキでなく本格ものは何事によらず常に最も平凡に見ゆるものであった。

さあ、それからが大変である。

では如何にして、一、軍船の胴中《どうなか》に穴をあけ、二、そのスクリューを叩きこわすか、その実践的手段であった。

楊博士は、はたと行き詰って、しばらくは生臭い大きな掌でもって顔をぐる〳〵撫でまわし、そして左右の目くそを払いおとした。上海《シャンハイ》脱出以来すでにもう幾旬、魚釣りばかりに日を送っていたために、あれほどすごい切味を見せていた博士の能力もここへ来てだいぶん焼鈍《しょうどん》されたように見えたが、実はそれほどでもない。凡て物を考えるには、推理の入口というか、思索の基点というか、とにかく一種のキャタライザーが入用なのである。このキャタ公が都合よく応援に来てくれないと、すべて思索なり推理なりが、停頓閉塞する。

むつかしい反省はそれ以上しないことにして、楊博士はあたりを見廻した。なにかキャタ公が来ていないかと心待ちして。

そのとき博士は、屏風岩の上に一冊の雑誌が落ちているのに気がついた。何気なくとりあげてみると、たいへん物珍らしい外国雑誌であった。表面には、中国婦女子の顔が大きく油絵風に描いてあって、たぶんそれは誌名なのであろうが、〝SIN・SEI・NEN〟と美国文字がつらねてあった。

『ほう、どうしてこんなものが落ちていたのかな。』

博士はそれが、今暁この屏風岩の上空をとんでいった東洋人爆撃機からの落とし物であろうとは、気がつくよしもなかったし、それが出征将士慰問の前線文庫の一冊である新品月遅れ雑誌であったことをも知るよしがなかった。そして彼の最大の不幸は、何気なくその誌面をひらいたときに、中篇読切小説として「軍用鼠」なる見出しと、青年作家が恐ろしい形相をして、大きな鼠の顔を凸レンズの中に見つめているという怪奇な図柄とに、ぐっと吸いよせられたことであった。

その「軍用鼠」なる小説は、結局全体として居睡り半分に書いたような支離滅裂なものであったけれど、なかに指摘してある科学的ヒントに於ては、傾聴すべきものが多々あったのである。なかんずく著者のコンクルージョンであった。

〝——軍用鳩あり、軍用犬あり。豈《あに》、それ軍用鼠なくして可ならんや!!〟

これを読んだ楊博士は、団扇《うちわ》のような掌をうち、近眼鏡をぽろりと膝のうえに落として、

『うーむ、これあるかな、東洋ペン鬼《き》の言《げん》や。』

と、はるかに東天を仰いで、三拝九拝した。これは楊博士が気違いになったのではなくして、いまこそ彼は、軍船撃滅法発見のキッカケをつくる有力なるキャタライザーにめぐりあったことを喜ぶのあまり、つまり驚喜乱舞という狂燥発作に陥ったのであった。

楊博士は、雑誌を胸に抱き、巌頭に立って右手を高く天空にあげながら叫んだことであった。いわく、

『あゝ偉大なるかな東洋鬼。されど吾れはさらに偉大なり。君が卓越したるアイデアに、吾れはさらに爆弾的ヌー・アイデアを加えん。〝——軍用鳩あり、軍用犬あり、軍用鼠あり。而して豈それまた軍用鮫なくして、どうして〳〵可ならん哉《や》〟と。』

唐人の寝言は、この辺で終結した。

彼は釣糸も雑誌も弁当も煙管《きせる》も、そこへ置き放しにしたまま、自転車にひらりとうちまたがると、ペダルかき鳴らし、広東《カントン》郵便局まで電信をうつために力走また力走をつづけるのであった。

早くもそれから一週間の日がもろに過ぎた。

海戦科学研究所大師、楊博士は、いま臨海練魚場の巌頭に立って、波立つ水面を、じっと見詰めているのだった。

『どうもまだ、これでは員数が不足だ。もうあと、少くとも三千頭は集めたいものじゃ。早速政府に請求しよう。』

例の桃葉湯《もものはゆ》のような色をした海面には、やがて広東料理になるべく宿命づけられていると も知らず、稜々たる三角形の鰭《ひれ》を水面に高くあらわして、近海産の世にも恐ろしきタイガー・シャーク、つまり短かく書くと虎鮫《とらざめ》が、幾百頭幾千頭と知らず、溌剌として波を切り沫《しぶき》をあげて猛烈なる集団運動をやっているところは、とても人間業とは見えぬげに勇しき光景であった。

『もし大師閣下、馮副官からの無電が参りました。』

と、蔣《しよう》秘書官が、楊博士の長い袖を引いた。

『なんだ、なにごとか。』

『電文によりますと、どうもトーキーのフィルムをそんなにじゃん〳〵消費せられては困るというのです。目下輸入が杜絶していて、あともういくらもストックがないから、フィルムを使うのをやめてくれとのことです。』

『な、なんだ。フィルムを消費するのをやめろというのか。怪々奇々なる言かな。吾が輩は政府依嘱の仕事をやるについて、必要だから使っているのだ。フィルムのことは、こっちで心配すべき筋合いではない、よろしくそっちのフィルム係を督戦したまえと、すぐに電信をうってやりたまえ。じ、実に手前勝手なことを云ってくる政府だ。』

と、楊博士はかん〳〵の態である。

それと入れかわりに、訓練部長が、準備のできたことを知らせてきた。

『楊閣下、これからすぐ、第七十七回目の練魚がやれます。』

『よおし、ではそっちへ行こう。』

楊博士は、のそり〳〵と練魚司令部へ足をはこんだ。そこは海岸の中へずっとつきだした弁天島のような小嶼《こじま》があった。教官連をはじめ、それ〴〵の係員はそれ〴〵の配置について、いまや命令の下るのを待つばかりになっていた。

楊博士は、水うち際の適当なる場所につっ立った。

『では、始めるぞ。』

『皆《みんな》いゝか、用意！』

海面には虎鮫が、将棋の駒のようにずらりと鼻をならべて左右の戦友をピントの合わない眼玉で眺めている。

『い、ねえ。では――はいッ、キャメラ！』

――という具合になって来たが、練魚の最初においては、トーキー撮影と大したかわりがない。しかし、そのあとは断然ちがってくるのであった。

ガガーン、ガガーン。

それが虎鮫どもへの信号であった。鮫どもは一せいにスタート・ラインを放れて前方へわれ先へとダッシュした。ものすごいスパートである。鮫膚と鮫膚とは火のように摺れあい鰭と鰭との叩きあいに水は真白な飛沫となって奔騰し、或いは戦友の背中を飛魚のように飛び越えてゆくものあり、魚雷の如く白き筋を引いて潜行するものあり、いや壮絶いわん方なき光景だった。

五十人のキャメラマンは、しずかにクランク・モーターの調子を見守っている。云い忘れたが、これ等のカメラマンは悉く硝子張《がらすばり》の海底にカメラを据えているのであった。たゞ集音器だけは、水上に首を出していた。

虎鮫隊は、どこまで走る？

丁度その前面にあたって、一隻の大きな鋼鉄船の模型が、上から巨大な起重機でもって吊り下げられ、もちろんその船底と廻るスクリューとは水面下にあった。

がんがん、がりがりがり、と激しい衝撃音がする。

くわっくわっくわっ、と、膃肭臍《オットセイ》のような擬音のうまい鮫も交っていた。そのとき楊博士は、頃よしと銅鑼《どら》の真中を、ばばん、じゃら〳〵〳〵と引っぱたいた。

一斉に、真に一斉に、いままで形相ものすごく、模型船を嚙っていた虎鮫どもは、嚙るのをやめて、さっと身を引き、粛々として、またスタート・ラインに鼻をならべて引返してくるのであった。実に、なんというか、まことに感にたえたる楊博士の訓練ぶりであった。

虎鮫どもが、一汗入れているうちに、五十人のキャメラマンによって海底から撮影された只今の猛攻撃のフィルムは、ただちに上に搬《はこ》ばれ、まず第一に現像工場内にベルトでおくられ、わずか一分間で反転現像された。それから第二の審判室に送られ試写幕にうつる鮫どもの活躍ぶりを見ながら百五十人の審判員によって、審判記録されるのであった。

一体なにを審判するのかというと、第何号の虎鮫がいかに猛烈に船底を嚙ったか、またスクリューを砕いたとかいうことを高速度撮影された実物映画によって逐一選抜記録するのであった。それはなか〳〵厳重を極めたものであって、あとで百五十人の係員の作製した結果を平均するからして、その成績は至極公平に現れた。

成績がわかると、鮫どもは、わずかに一頭ずつ通れるキャナルへ導かれて、背中に書いた番号によって成績表をくり、その成績に応じて人間の手や足や、または小指などを、褒美として、口の中に抛《な》げこんでやるのであった。

虎鮫どもには、それがどんなにか娯《たの》しみだったかしれないのである。褒美の肉をもらって、彼等はいたく満足した。そして彼等が再び腹の減ったと思う頃に、また今のような訓練をくりかえし行うのであった。

鮫どもが腹をすかせたときは、すぐそれと分った。そうなると鮫どもは一刻も早く、あのガガーン、ガガーンという進撃の銅鑼の音を聞きたいものをと、その銅鑼のぶら下げてある弁天島のまわりに押すな〳〵と蝟集《いしゅう》して、ひどいときには島の上まで虎鮫がのぼってくることさえあった。

『おい、どうじゃな。』

と、楊博士は、若き歯科医務長にたずねた。

『あゝ楊閣下、いやもうたいへんな発達ぶりです。今朝の診察によりますと、全体的に見まして、鮫の歯の硬さは、二倍半も強くなりました。中には四倍五倍という恐ろしい硬度をもっているものもあります。もう実戦に使いましても大丈夫でしょう。』

『うむ、そうか。』

楊博士はわが意を得たりという風に、頷いた。博士は、更に肥った大男をよんだ。

『おう黄《こう》生理学博士。どうです、この頃の虎鮫の反射度は？』

『あゝ閣下、それならもう百パーセントだとお答えいたします。ガガーン、ガガーンと銅鑼を聞かせますと、彼等の恐ろしき牙は、直ちにきり〳〵とおっ立ち、歯齦《はぐき》のあたりから鋼鉄を熔かす性質のある唾液が泉のように湧いてくるのであります。』

と、黄《こう》博士は、虎鮫の条件反射について詳細なる報告をなした。

『そうか、よおし、では訓練はこれくらいでやめて、あとはいよ〳〵軍船にむかって実戦をやらかすばかりだ。』

楊博士は揚々と、条件反射をやる虎鮫七千頭をひきつれ、またもとの赤湾を前にのぞむ屏風岩に帰ってきた。

大襲撃の銅鑼が鳴ったのは、その次の日の明け方であった。

それは近代海戦史上空前の大激戦であった。わずか三十九分のうちに、赤湾の中に游よくしていた軍船百七十隻は、一隻のこらず、船底に大孔《おおあな》をあけられ、スクリューを噛りさられて、海底深く沈んでしまった。

楊博士は、いまや得意満面、手の舞い足の踏むところを知らなかった。早速祝宴を命じたところへ、猛印首都の軍政府委員長チャンスカヤ某《ぼう》から、電報がついた。さだめし祝電であろうと思って読んでみると、

『貴様の撃沈したのは、あれは皆、わが海軍の精鋭軍船である。貴様のために、わが政府は、遂に最後の海軍を悉く失ってしまった。なんという大莫迦者《おおばかもの》であろう。直ちに貴様討伐隊をさしむけるから、そこを動くな！』

という意外な叱り状であった。しかし楊博士は、その電文を読んでも別に悲観の模様もなく、むしろ遥かにチャンスカヤ某のために憐愍の情を催したくらいであった。

『軍用鮫は役に立って、見事に軍船百七十隻を撃滅したではないか。まずその恐るべき偉大な効果を語らずして、その軍船の国籍を論ずるなんて、彼奴《きゃつ》も科学の分らん奴じゃ。』

そういって博士は、科学者でない人間との交際《つきあい》の全くつらいことを慨《なげ》いたことであった。

解説

ほかに類例のいない奇想SF作家であり奇想ミステリ作家——どちらのジャンルから語られるにせよ、**海野十三**《うんのじゅうざ》（一八九七～一九四九）には常に「奇想」の二文字がつきまといます。早稲田大理工科卒後、逓信省電気試験所に勤務していた海野は、横溝正史編集長時代の一九二八年、「電気風呂の怪死事件」でデビュー。以降、理学士探偵の帆村荘六シリーズを中心に「振動魔」「赤外線男」、長編『深夜の市長』『蠅男』などを『新青年』に発表。ほかに「十八時の音楽浴」は昭和戦前とは信じられないSFマインドの産物ですし、『火星兵団』などの児童ものは少年時代の手塚治虫らを熱狂させたものです。

「**軍用鮫**」は、丘丘十郎名義で「新青年」一九三七年十一月号に発表された短編で、まるでハンナ&バーベラかテックス・アヴェリーのアニメでも見るようなナンセンスさに満ちた傑作です。序盤、楊博士が『新青年』らしき雑誌を拾い、そこに載っていた「軍用鼠」なる小説にヒントを得るくだりがありますが、これは作者自身が本来のペンネームで書いた作品で、これ自体、迫る〆切に苦しむ梅野十伍なる探偵小説家が作品をでっち上げる内幕を描いたもの。つまり何重にもパロディになっているのです。

海野は一九四一年から四四年にかけ、ナンセンスSF〝金博士シリーズ〟を執筆しますが、「軍用鮫」はその原型ともいえ、そうした実験的というかハブ的な作品を書くにも『新青年』は好都合だったのでしょう。（芦辺拓）

エメラルドの女主人

蘭郁二郎

【一九三八（昭和十三）年四月】

1

その晩、久しぶりに逢った旧友の松井と、銀座を飲み歩いた上田は、何軒目かのバー・エメラルドで、プレーンソーダばかり飲みたがる松井を、すっかり持てあましてしまった。

上田自身も、相当酔ってこゝに来たのだけれど、その酔は、いつか薄れ気味であった。というのは、初めて来たこのバー・エメラルドのマダムが、酒以上に強烈に、上田の眼を欹《そばだ》たせたからである。

酔った二人が、吸いこまれるように、その地下のバーに降りて行った時、充血した瞳の上田は、ひょいと見たカウンターの傍に、等身大のフランス人形が――、と思ったのだが、それが柔らかく動き出したのを見ると、マダム美也子《みやこ》だったのである。

そして、

『何してんのよ』

そういうと、まだ突立っていた上田を、すぐ後のボックスに押込み、阿弥陀になっていたソフトを取ると軽業師のようにひょいと帽子掛に投げかけてしまった。

思わずハッとして、そのソフトを目で追った上田は、そのまゝその目で、あまり広くもないバー・エメラルドの全景を見廻した。たしかにこゝは初めての店である。俺はこんなところに馴染はなかった筈だ。上田は、もう一遍、五坪ばかりの応接間のようなそのバーを、ゆっくり見廻した。

『ほゝ、何しに来たの、そんなに見廻したって上げるもんなんかないわよ』

『うゝん……、まあ、とも角酒をくれたまえ』

上田はそういって、はじめて真正面《まとも》に、マダム美也子の顔を見たのであった。

美也子は、誰が見ても美しいに違いないが、特に上田の好みを、激しく魅《ひ》く美しさをもっていた。ひどくフラッパーらしく、振舞っているのだが、それでいて、何処か思いがけぬ強靭な精神力を感じさせるような女であった。

松井は、向うのボックスに蹲《うずく》まってしまって、時々、顔のあたりで手を振りながら、呟くようにプレーンソーダを注文していた。時間のせいか、そのほかに客の影はなかった。

美也子は、上田と向い合って、ボックスに腰をかけ、テーブルに頬杖をついて、珍らしいものを見るように、上田の口に運ぶグラスを見ていた。

『君も、飲まない？』

『あんたに奢ってもらってもね……』

『ご挨拶だね、どうも』

『じぶんとこのなんか飲んだって、面白くないわよ、』

『なんて、もうだいぶ廻っているようじゃないか』

上田は、血の色の、ほんのり透き出ている美也子の顔を、感激に似た気持で眺めた。

『これは、ほかで飲んだんさ』

彼女はそういうと、睫毛の長い眼を閉じて、頬を撫でた。

『一度、じゃほかにおともしたいな』

『そうね、でもほんとんとこ、あんたに気の毒だな』

『なぜ――』

『あんた、恨まれて怪我する位がオチよ』

美也子は、頬杖をついた儘、小指を動かして、鼻をほじると、無遠慮に弾いた爪の垢のように小さいのが、上田のグラスに飛んで、ゆたり〳〵と沈んで行った。

『ほゝ、、うまく這入っちゃったわねえ……、それ、飲める？』

思わず上田は、上眼に美也子を眺めたが、

『飲めるさ』

そういって、グピンと一息に、残っていた青い酒を飲んでしまった。

『えらい〳〵、有望だわ、かわりに一杯あたしが奢るわ』

『いゝよ、気の毒だよ、却って』

『遠慮なんてする柄――』

『いゝや、怪我をするとわるいからね』

『ほゝゝ、古いわね。あんたの為に、ケガをして見たいわ』

美也子は、潜んだ真ッ黒な瞳で、ジッと上田を見た。その眼は、彼女がいつもそんな眼をしているとすれば、疾《と》うに涸れてしまったであろうと思うような、激しい「女性の瞳《め》」であった。上田は、それからずっと後までも、その眼を思い出し、決して自分の自惚《うぬぼれ》ではない、と信じていた。

2

上田は、その夜から恋をした。

今までは、なんの屈託も、身につまれて感じたことはなかったけれど、その反動か、今後は四六時中、美也子のことばかりが、頭に拘泥《こだわ》って、完全に消し去ることが出来なかったのだ。

次第に、日暮れの遅れて来る季節が気にかゝるほど、上田は夕暮れが待ち遠しかった。そして、日が暮れゝば、眼をつぶっていても、足は自然にバー・エメラルドに下りて行くのである。

その日も、美也子は、別な洋服を着ていた。最初にこゝに来た日から、考えてみれば一日だって同じものを着ていたことはなかった。彼女は、まるで鼻紙のように、毎日の洋服を棄てゝしまうであろうか。しかも、その度に、彼女は美しくなって行くように思われた。

『ばかに今日は綺麗だなあ、透きとおるようだぜ――』

何気なくいったその言葉が、何故か彼女にはピンと応えたようで、軈《やが》て、珍らしくうすら〳〵した笑いを浮べながら、

『いまの一言、応えたわ。あんたにもそう見えるように、もうなっちまったのかなあ』

『何さ、どうして』

『だって――』

『どうかしたのかい』

『――あたしは、だん〳〵ガラスになっちまうのよ』

『ガラスに――?』

『そうなの、あたし、悪いのよ』

美也子は、その膨みをもった胸を、撫でるように叩いた。

『胸が――』

上田も、そういって、思わず眼を顰《ひそ》めた。

『時々咳をするんで、長い風邪だと思ってたけど……』

『あたし、嫌いになった?』

『なるもんか――、でも、こんなところじゃ悪くなるばかりだよ、入院でもしたら』

『ほゝゝ』

美也子は、突然笑い出すと、

『入院なんて真ッ平だわ、誰かしら死んだベッドの上に寝るなんて、余計悪くなるわよ』

『じゃ、せめて空気のいゝところに転地でもするんだなあ』

『このあたしに、田舎に独りでいろっていうの――淋しがり屋の美也子、体に悪いのは解ってるのにバーなんかやってる美也子が、いくんち田舎にいかれると思うの』

『しかし、それじゃまるで、こゝに店を張って、命の切売りをしているようなもんじゃないか』

『でも、そんなに長生もしたくないもん』

『――僕は、君を知ってから、長生がしたいと思ったがな……』

『……』

『僕のちっぽけな夏だけの別荘が鎌倉にあるんだがな、行ってみない？』

『……まあ、考えといてみるわ』

『君がいけば、僕もあっちから通うようにするよ』

『大変、ねっ心に誘惑するわね……』

上田は、思わずサッと顔の赧《あか》らんだのを覚えた。その何気ない冗談に、胸の中まで見透かされたような気がしたのである。

丁度その時、入口に、黒っぽい着物を着流した、格幅のいゝ、中年の男が現われると、美也子は、

『一寸、まって、ね』

と上田の席を外してしまった。

美也子のあとに坐った女給に、

(誰――?)

と眼できくと、まだ知らないのか、というような顔をしてちらりと親指を示した。

美也子は、その男と、カウンターの蔭から奥に這入ってしまった。

『そうか――』

『二号よ、マダムは』

『ふーん』

『あの人は兜町《かぶとちょう》の丸富《まるとみ》さんよ、知ってる、大きな株屋さんよ』

気のせいか、その不愉快な女給は、大きな株屋さん、に力を入れて、どお、というように上田を流し見た。

『そうかい。一つ株屋さんと競争してみるかな――』

そういったものゝ、それに、贅沢な美也子の様子から、半ば想像してはいたのだが、眼の前にその男が現われたのを見ると、我ながらあまり顔色の冴えないのを意識した。

3

その翌日、いつものように、バー・エメラルドへの階段を下りようとした上田は、いきなり其処に、通せんぼしている「臨休」の札に、愕然とした。と同時に、ゆうべは、なんともいわなかった美也子の顔が、急に、裏切られたように、クロオズアップされて来た、而も、それはあの脂ぎった丸富の顔と二重写しに――。

上田はその夜、したゝかに酔った。いつまでも美也子に拘泥る自分を、大いに嘲笑し軽蔑しようとしたのだが……。然し徒労であった。結局、たゞ自分が、どんなに美也子に参っているか、ということを、自分自身に見せつけられてしまっただけであった。

そして、まだ宿酔《ふつかよい》の覚めきらぬベッドにいた上田が「美也子」とだけ裏書された速達を受取った時は、何かしら、恐ろしいものが、そのなかに認《した》められてあるような気がして、しばらくは、封を切ることすら躊《ため》らわれた。

しかし、意を決して封を切り拡げて見ると、なか〱美しい文字《もんじ》で、

しばらく――といって、あれから一日たったばかりだけど……。

美也子、おすゝめに従って、すこしでも長生きするよう、養生することにきめました。転地しましたの、場所は、鎌倉の材木座。おいでになるのでしたら、目印は――あなたの別荘のトナリです！

美也子

その、レターペーパー一枚の、短い手紙を、上田は何度も何度も暗記するほど読み返した。

そして、美也子に抱いていたつい先程までの苦い不愉快さは、まるで跡形もなく蒸発して

しまったのである。

　すぐに家を飛出した上田は、東京鎌倉間五十五分の横須賀線を、こんなに長いとは知らなかった。駛《はし》っている電車の中で、その上自分も歩きたいほどの焦燥を、しみぐ〜と味わった。

　その癖、突然のことにびっくりしている別荘番のじいや夫婦に、隣りに知人が移って来たのだ、とはいったものの、何故かすぐに隣りの門を叩くことが躇《ため》らわれた。

　事実、昨日そういう人が隣りの貸別荘に移って来たことを知り、耳を澄ませば、話声の聞えそうな間近に、今自分は来たのだけれど、とるものもとりあえず、夢中で馳けつけて来た自分が、あまりにも小さな男のように、そう感じさせはしないか、と、不図《ふと》、惧《おそ》れたのであった。

　それで、わざとゆっくりじいや夫婦のいれた番茶を飲みながら、去年からの話をした。そして、しばらく時間を潰したように思ったのだが、後から考えてみれば、たった二三十分のことらしかった。

　上田は、隣りの門に立った。まだ表札も出ていなかった。海岸らしい白けた格子をあけて、

（あの美也子には、矢張り洋服の方が似合うのに――）

と思っていると、新《あ》らたに雇われた看護婦らしい若い女が、美也子は、今海岸に散歩に出掛けました、と知らせてくれた。

　上田も、すぐ細《こまか》い砂の道を踏んで、防風の砂丘に上《あが》ると、美也子は、すぐに左手の浜に上げられた舟の傍にいるのが見えた。

断髪の、ウェーヴされた真黒い頭髪《かみのけ》が、海風に、房々と吹き靡いていた――。上田は、わざと跫音《あしおと》を忍ばせて、その途中、も一度あたりを、丸富の姿がないかと確めて、美也子のうしろに立った。

『マダム――』

『まあ、来たわね』

振りむいた彼女は、太陽の下で明るい笑顔を見せた。そして、

『マダムなんてよしてよ、あたしマダムじゃないわよ』

『ほう――』

『あの、株屋のことといってんの、それだったらおけんと違いよ』

『そうかな』

『そうよ――』

美也子は、その砂の上の舟に、腰をかけると膝ッ小僧まで出して、足をぶらん〳〵させながら、

『あたしはあの人に、もっと〳〵貰ってい丶のよ、あの人があたしに持って来るお金なんて、あたしが儲けてあげる分の何十分、何百分の一だか知れないわ』

『しかし……、じゃあなたは何をしているんです』

『それはね……ほ丶丶丶』

彼女は、面白そうに笑った。いかにも面白そうであった。上田は、その笑い顔と、それか

ら、海風を一杯に受けて、薄いワンピースから、くっきりと浮出した彼女の、全身の曲線に眼をうばわれ、砂が這入ったように、たゞ眼をしかめてばかりいた。

『あのね、いってもいゝけど――いわなければ猶《な》お誤解されちゃいそうだし――いっちゃおーかな』

『だってねえ、信じられるかしら、あたし、株をやってるのよ』

『珍らしく、躇《ため》らうんですね』

『株を――』

上田は、（なあんだ）と思った。

『それでも、あたしがするんじゃないのよ、あの丸富がするの、たゞ、売りか買いかに迷った時に、あたしが教えてやるの』

『ほう、そんなことがあたるんですかね……、僕も一時研究したことがあるんですよ、それはね、精密なカーヴを採って、そのカーヴから方程式を割出そうとしたんです、ところがね、最大条件の定数《コンスタント》を決定出来ず仕舞いで、ナゲちゃったんですが』

『あたしのは、たゞ、カンよ』

美也子は、その言葉を、風に吹きとばされないようにか、吐出すようにいった。

『科学的にやろうなんて、だいたい無理よ、明日の天気すら当てることの出来ない科学、肺病《テーベー》の薬すら作れない科学に、あんたは、どこまで頼れるの――。そんなカーヴにたよる株なんて、株をやるイミがないわね、ジミな小遣取《こづかいど》りならいゝけれど』

　美也子は、風あたりの強い舟の上から下りて、上田の坐っている舟蔭の砂に腰を下した。

　そして、ハンドバックから金口を出して、巧みに燐寸《マッチ》をすった。真赤な、滴るような金口に唇が映えて、その間から流れ出す薄青い煙りは、惜しくも、すぐ風に持ち去られて行くのだ。

『どお、一本』

『うん』

　上田も、手をのばして、一本を咥えた。

『ん――』

　口に咥えたまゝ突出した美也子のタバコから火を貰った。上田は、そのまゝしげ〳〵と美也子の瞳を覗きこんだ。

　そして、不図思い出したように、

『君にゃタバコはわるいね、よしたら……』

『よしてよ、あんた修身の先生みたいね、若いくせに』

　彼女は、わざと大きく吸込むと、急に激しく咳込んでしまった。

『ほら〳〵』

　上田は、苦しげに波打つ背中をさすりながら、あわてゝ片手に持っていた自分のタバコを、砂の中に押込んでいた。

　やがて、やっと咳の納まった美也子は、その激しい咳の為か、潤んだ瞳を挙げて、

『ありがと。あたしは悪い子ね、どうしても人のいうことが、すぐ素直に聞けないのよ、こんな曲ってしまったのも、丸富のせいね、あんな奴に飼われて、そうよ、まるで犬のように飼われて、たった一つのあたしの芸を、一生懸命にやっていたのね』

『ほんとに、そんなことが出来るんですか、きっと当るなんて……』

『そうでなくて、あの丸富が、たゞの肺病女に、ムダ金を使うと思うの、そんな男だと思うの』

美也子は、憤《いきどお》らしげにそういって、きっと唇を噛んだ。

『折角の才能を、あんな丸富なんかに、いゝように使われていたあたし、バカだったわねえ……、それにもう、あたし長生きはしないわ、生れてはじめて、人のいうことを聞いて、養生をしに来たんだけど……』

『そんなこと……』

『いゝえほんとよ。ほら、見てよ、眼の下あたりがぽーっと赤いでしょ、消耗熱ね。体はガラスのように透きとおってしまった。あたしは、一寸したことで、もうガラスのように脆《もろ》く毀《こわ》れてしまうのよ、せめて、ほんとのガラスのように冷めたくならない前に、誰かに一度だけでも、心から喜んで貰いたいわ』

『どうしてそんなことを考えるんです』

『それは、あなたに逢ってから！』

その、透きとおった手をさしのべて、美也子が上田の頸《くび》を抱きよせた時、上田は、彼女の熱っぽい額と共に、一瞬、どこからともなく鼻をついた巴旦杏《はたんきょう》の匂に、ギクリとした。

4

上田は、夏だけしか使ったことのないその別荘にすっかり落着いてしまった。といっても、それは寝る時だけで、あとの殆んどは、隣りの美也子の家にいたのだが――。

美也子は、届けられた真新らしいベッドを、海岸向きの明るい部屋に設《しつら》えて、それに腰をかけ、あの舟べりのように足をぶらん〳〵させ乍ら、ドロップを舐めていた。

その真赤な血の塊のようなドロップは、彼女の、それこそ硬質硝子《がらす》のように美しい歯並の間を、爽やかな音をたてゝ転がっていた。

美也子の露《あらわ》に伸べられたクリーム色の腕には、汚点《しみ》一つなく、しかも青々と静脈が、匂うように透きとおっていた。とても、健康人がいくら磨きをかけても、遠く及ばないようなその美しさは、いってみれば、病的な美しさであったかも知れないが、しかし確かに一種の凄みを持った窈艶《ようえん》さを、滲み出しているのであった。

また、その美しさは、或《あるい》は美也子だけのものではないかも知れないが、株の占いに、特殊の才能をもっているということが、何かしら神秘めいた興味を、いやが上にも唆《そゝ》って来るのだ。

――美也子は、今しがた届けられた夕刊を拡げ

『どお、これ今日はこんなに安いけど、でも二三日うちにきっと反撥するわ、十五円以上位

に——。一株で三円の幅よ、ためしに、買ってみない?』

『うん、そうだね』

その時は、上田も生返事をして置いたけれど、驚ろいたことには、それから五日目に届かれた夕刊の株式欄に、その株が、十五円六十銭で商いが出来たという記事が、ちゃんと載っているのであった。

驚いている上田に、しかし美也子は、さもそれがあたりまえであるかのように、

『そうだったわね……』

と微笑んで、

『どお、あたしを信じる気になった?』

そういって、軽く咳込んだ顔は、気のせいか、こゝ数日来、眼に見えて透きとおって来たようであった。

『そう、じゃだまされたと思って、やってご覧なさいよ、あたしほんとにもう長くはないから……』

『何いってるんさ、折角養生しに来てるのに』

『そうね、でもそんな気がするんだもん……株を当てるように、死ぬ時があたるかしら……』

周章《あわ》て、手を振った上田は、

『い丶よ、い丶よ。よし、僕も一つ買ってみよう——、この家《うち》、電話が附いてたね、丁度、

僕の同窓の小関《おぜき》というのが兜町に勤めているんだ、その店に電話してみよう――』

上田は、美也子にすゝめられたからばかりでなく、一か八かの大胆な株式勝負のみが、ともすれば消え入りそうな美也子の、激しい熱情を支えるものであるかのように思って、すぐに電話をかけ、小関を呼出して、買いを頼んだ。

『ふーん、それは今、下っているんだがねえ』

という不安そうな先手に、追っかぶせるように、

『構わない、損してもいゝんだから買ってくれたまえ』

と思わず行きがゝりで、ハデに注文はしたものゝ、後で独りになってみると、矢張り、

（若しや――）

という不安がないでもなかった。

然し、それから数日して、電話口に呼出された上田は、いきなり
『おめでとう――』

という小関の声に、驚かされた。

『なか〳〵隅に置けんね、はじめにしてはコワイようだよ、もっと買って見るかね』

上田は、その旧友の声を押しかえして、

『いや、もうそれは売ってくれたまえ、そして今度は△△を手一杯に買ってもらいたいんだ』

『しかし、へたすると十万や二十万の金では……』

『いゝんだ。その位のことで、君に迷惑はかけないよ』

『えらい鼻息だナ、じゃやってみよう――』

啞《あ》ッ気《け》にとられて引込んだ小関の顔を、電話口に思い浮べた上田は、美也子に、それをまた、少しばかり大袈裟に話すと、彼女は、くっくっくっと笑って、

『その人、一生涯おつとめ人ね』

と、痰と一緒に吐出した。

だが、それから又、数日たっての、電話口を呼出された上田は、受話器を、潰れるほどに握りしめた儘、そこに愕然と佇立してしまったのだ。

『上田君、だから僕はすゝめなかったんだ。すこし無茶だったよ、始めの少しばかりが当ったからって、こんどの△△は少し行きすぎたな。底なしだよ、君。しかもどうやら丸富――知っているだろう、ひどくカンのいゝ男だ――これがじゃんじゃん売ってるんだ、それを君が買うって、一体どこまで買ったらいゝんだ、このまゝ行けば、君は破産の二三度もしなければならないんだぜ……』

（丸富が懸命に売っている――）

それは、瞭《あき》らかに美也子の指図に違いなかった。

上田は、ものもいわずに歯を嚙みならした。その耳に、痛いばかりに小関の声が、キンく〜と飛込んで来る。

上田は、眼の眩《くら》暈む思いだった。そして、

『どうする君！』

その小関の声に、

『買ってくれ、買ってくれ、もっと……』

そう、たった一遍、悲鳴のように呶鳴《どな》りかえすと、受話器を、投棄るように置いた。

（初めの少しばかりが当ったからって……）

そのあからさまな小関の声が、硫酸のように、耳の奥から脳髄の方へ沁みとおって行った。

あゝ、美也子は、この最後の見事なペテンを、あの株屋丸富とぐるになって、考えていたのではないのか――。

何時《いつ》、自分の別荘へ辿りついたのか、たゞガラスのように冷却した美也子の愛情を、茫然として見詰めていた。

5

上田は、いくどか思いなおした揚句、ゆっくりと感慨をこめた足どりで、隣りの美也子を訪れた。

『美也子さん、だいぶ咳が出ますね』

眼をつぶったまゝ、たて続けの絶え入るような咳に苦しめられていた美也子は、やっと上田の来たのに気がついたように、懶《ものう》げな瞳を挙げて、頷いた。

『僕は全財産――どころかそれよりももっと〳〵莫大な△△を買いつゞけています……』

彼女は、胸を荒々しく波打たせて、やっと咽喉にからまった痰を吐出すと、

『それで、いゝわ』

平然と、寧ろ、楽しそうにそういって、ぱっちりと瞳を見張った儘、上田を見守った。

『……そんな顔して、どうしたの、あゝ△△が下ったのね』

彼女は、こんどはゴクンと一かたまりの痰を嚥下《のみくだ》してしまった。

『そう、わかったわ、あんたは、あたしを疑っているのね』

美也子は、こみ上げて来る空咳を、必死に怺《こら》えて、

『若し、そうだったら、どうするの』

『無論、僕は破滅です、自殺あるのみです』

『まあ、では、ではあたしと一緒に行ってくれるというのね』

美也子の、痩せたせいか、余計大きく黒く輝く瞳から、大粒の涙が、むっくりと膨れ上って、幽かに紅潮した白蠟のような頬を伝った。

途端に上田は、この部屋全体に、女らしい香水の匂いのほかに、胸の奥に沁み入るような巴旦杏の匂いが、漂っているのに気がついた。

『だいぶ、熱があるようですね、昂奮してはいけません、医者を呼びましょう』

上田は、枕元のベルを押して、看護婦を呼び、医者に電話するように頼んだ。

そして、医者の来る前に、だまって美也子の家を出て来たが、さて自分の家にかえってみると、あれだけ考えて行ったくせに、嫌味の一つもいえずに帰って来た自分を、苦笑と共に

思い出し、そのまゝベッドにひっくりかえって、強いて眼を閉じようとしても、独りになってみると、矢張り美也子の口だけを信じて、馬鹿な株の買い方をしたいきさつが、苦々しく思い出され、バカ〱しく蔑まれて、まんじりともすることが出来なかった。翌日、午過《ひるす》ぎになって、看護婦がぜひお目にかゝりたいそうですが、と告げに来た。

美也子は、ゆうべ一晩で、すっかり疲れ果てたように、透きとおった顔をして、医者に看《み》護《と》られていた。

『どうしました』

『あ、あ』眼を、ぱっちりと開けると、咽喉をごろ〱と鳴らして、『足の先きが冷たく冷たく透きとおったガラスになって来たわ、手、手の先もよ、いや、触っちゃ折れるわよ……』

そういって、さし招くように、かすかに手を振った。

『上田さん、小関さんという方からお電話ですが……』

看護婦が、小声で知らせた。

『今、手が離せない、聞いて来てくれよ』

思わずよろめいた上田は、とてもその小関の電話を、聞く気にはなれなかった。電話の向うで、嘲笑《あざわら》っている顔が、こゝにいて解るような気がしたのだ。

上田は、美也子の、ガラスになった手を取った。

彼女は、若い命に、別れを惜むように眼をしばたいた。

脈を診ていた医者は、しずかに手をはなした。そして、眼をふせた時、電話を聞いて来た看護婦は、なぜかしばらく躊《ため》らった揚句、上田の耳元に口をつけて、この場に相応《ふさわ》しからぬ言葉を吐いた。

『あの、おめでとうございます――って』

解説

蘭《らん》郁《いく》二《じ》郎《ろう》（本名・遠《えん》藤《どう》敏《とし》夫《お》）は一九一三年、東京に生まれた。三一年に東京高等工学校電気工学科に入学、同年に平凡社『江戸川乱歩全集』付録『探偵趣味』の懸賞に「息を止める男」が佳作入選しデビューを果たす。三三年、工学校を卒業し日本電気に入社するが肺尖カタルのためまもなく退社。三五年に大慈宗一郎や中島親らと『探偵文学』を創刊、三七年からは後継誌『シュピオ』の編集に携わる。蘭の作風は三八年を境に前期と後期に分けられる。前期は「足の裏」「夢鬼」など怪奇幻想小説で、後期は彼を人気作家にのし上げた「地底大陸」に代表される科学小説である。

「エメラルドの女主人」はそうした作風の変化の境目に位置する一九三八年、四月特大号に発表された。挿絵は川瀬成一郎。肺病と鎌倉での療養といえば蘭自身の病の体験から幾度も扱ってきた舞台設定で、美也子に惚れ込んで破産覚悟で株に大金を注ぎ込む上田の姿は前期の作風に色濃いマゾヒズムの様相を帯びている。また勘で株の値動きを予測してみせ「科学」を痛烈に批判する美也子の描写は、同年以降科学小説に傾斜していく蘭が、一方で科学の万能性への懐疑心も持ち合わせていたのではないかと思わせる。

蘭は四四年に海軍報道班員としてインドネシア・マカッサルへ向かう中で、台湾の高雄から乗り継いだ飛行機が悪天候で寿山に激突し、帰らぬ人となった。（鈴木優作）

阿《あ》呆宮《ほうきゆう》一千一夜譚《ものがたり》より

【一九三三（昭和八）年五月】

乾信一郎

春ともなれば、万事ボーッとして来る。けだるそうである。人生なにもすることがなくボンヤリしてるくらい辛いことはないと同時に、人生何をすることもなくボンヤリしてることは楽しいことでもある。

この半禿《はんはげ》、白髪《しらが》の寄り集ってるクラブの一室にも春は忍びこんだとみえ、一同ボンヤリしてる。このボンヤリは楽しい方のボンヤリであって、退屈な方のボンヤリではないらしい。

家《うち》にいれば、子供の御相手を仰せつかるし、それはまだいゝとして、『ぼんやりしてないで、庭の草でもお取りなさいよ！　ほんとに仕様のない！』なんて事を命令するワイフどのが構えているので、午後は大抵このクラブへ来て、女人禁制の朗らかな所を満喫している連中なのである。曰く、医師《ヒール》氏、政治《ネエション》氏、文士《ノベル》氏、判事《ジャッジ》氏、陸軍大佐《ガン》氏、牧師《ファザア》氏、実業《マネー》氏、教授《ナレジ》氏のめい、、ん〳〵である。みんな一癖以上の持主だから事厄介の部に属する。

『春はのどかでいゝですなア』と隅の方の安楽椅子から眠そうな声が出た、みれば鼻眼鏡の医師《ヒール》氏である。

『但し、このクラブだけがね……と訂正しましょうか？』早速政治《ネエション》氏が横から一本。

『やははどうも……然し、この所吾が山の神《ワイフ》も非常におとなしくしとるですよ。』と医師《ヒール》氏。

『ほほう、珍らしい事もあればあるもんですな。』

『実は、山の神《ワイフ》の奴身重になってましてね。』

　ワッハハと一同が笑い崩れる中から、

『そいつは一段と珍らしいですな！』と誰やらの声がかゝる。『とはまた、精力ゼツリンですな！』という声もする。

『いや、ゼツリンなのは、山の神《ワイフ》の方でしてなア。』と医師《ヒール》氏うっかりしゃべって口を押さえたが、もう遅かった。一座ケンケン轟々となって終《しま》って……あとは筆録するを憚る。

『ともかくも、円満なのはお羨しい次第、』と騒ぎが鎮まったところで、実業《マネー》氏がのりだしてきた。

『と仰言ると、あなたの方はあまり円満じゃないんですかね？』

『イヤもうお話にならんですよ。わしなどは虫と同然に考えとるらしいですな……』と実業《マネー》氏葉巻の煙をヤケにもう〳〵とたてた。てれくさいらしい。

『虫同然とはひどいですな、』と教授《ナレジ》氏がつまらん相槌をうった。

『まあ、聞いて下さい、こう云う訳なんです、』と実業《マネー》氏情ない声を出している、『書斎の窓からぼんやり庭を眺めてますとね、山の神《ワイフ》の奴とわしの娘が何やら花か何かいじってましたッけが、やがてして娘の奴が素頓狂な声を張り上げて――お母ちゃん、あたい虫みつけちゃったよ！――と呶鳴《どな》ったんですなア。すると、山の神《ワイフ》の奴がです――あ、その虫で思い出したけど、お父さんにちょっと話があるから呼んで来ておくれ――こうぬかしてやがるんですよ！』

『なるほどね！』と感心しているかと思うと、一座が爆笑になった。『あッはッは、虫と一緒にされちゃアね、全く同情しますよ。』なんかんと、その実、家へ帰れば同じくムシケラ扱いにされてる連中なのである。

『ところが、私は計らずもこの間、山の神《ワイフ》をやっつけましてね、痛《つう》の快《かい》なるものでしたよ。』

という声あり。みれば判事《ジャッジ》氏である。

『まさか、医師《ヒール》氏にたのんで、盛り殺したんじゃないでしょうな。』と、忽ち冷かすのがいる。

『冗《じょ》、冗談でしょう！　どうも小生こんな引きあいに出されちゃ心外ですな。』と、医師《ヒール》氏が憤慨した。

『そんなつもりで言ったんじゃないですが、』と冷かし主《ぬし》の陸軍大佐《ガン》氏が云う、『何でも、医師《ヒール》氏の薬を貰ったら、先ず犬に呑ましてから呑め、なんて言う奴がありましてね……』

『そいつは犬が可哀そうだ！』と言う者あり。このところ、医師《ヒール》氏包囲攻撃の態《てい》たらくである。

『ま、ま、実業《マネー》氏、その山の神《ワイフ》氏やっつけの一幕をきこうじゃありませんか。』と医師《ヒール》氏包囲攻撃をサラリと受流して涼しい顔である。

云われた実業《マネー》氏キョトンとして、

『え？　え？　何の話でしたっけ？』

に一同ゲラ〳〵と笑う。

『そんな風だから、いつも山の神《ワイフ》氏にやっつけられるんですよ。』と誰やらが冷かしたのを受けて、実業《マネー》氏、

『そう〳〵、それなんですよ、実は。……山の神《ワイフ》が私に買物を言いつけましてね、いつもあなたは忘れちまうくせがあるから、忘れないように今日は小指に糸を結えておきますよ、てな訳

で子供みたいに小指に糸を結えつけられたもんです。所で、社から家《うち》への帰り路で、フトこの小指の糸を思い出したのは吾《われ》乍ら上出来だったですが、さて、何を買って行くんだかどうしても思い出せんのですな。いくら考えてみても思い出せないには弱りましたよ、仕方がない、また脂《あぶら》をしぼられる覚悟で家へ帰りました。案の定、散々に脂をしぼられちまいましたが、やっとその騒ぎが鎮まったところで、――一体お前何を買って来いと云ったんだっけ?――と私が訊いてみますと、山の神《ワイフ》の奴、こゝに至ってハタと当惑しましたね、――あらまあ、私としたことが、何を買って来て貰うつもりだったか知ら――と云うんです。こゝに於いて小生バンザイを唱えましたよ!』

『バンザアイ!』誰やらが大きな声を出した。ウイスキー・ソーダがそろ〳〵廻って来たのでもあろう。

『だが実業氏《マネー》、バンザイはいゝけれど、大体初めっからあなたは買物の名をきいて行ったんですか?』と文士氏《ノベル》がきく。

『あ、そうだ!　そう云えば只買物ときいただけでしたっけ!』に一同呆然。

電話のベルが鳴っている。給仕君《ボーイ》がそれを受けて、『あの……医師《ヒール》さん、お子さんが生れましたそうです……』と取次げば、

『え?　え?　何処からだね?』と医師《ヒール》氏。

『お宅からでございますよ!』

『あ、あ、そうか!』

一同の爆笑を浴び乍ら、医師《ヒール》氏外套を引っかけにかゝる。『モシ〳〵、それや僕のですよ。』

と牧師《ファザア》氏が後《うしろ》から呶鳴《どな》った。

解説

乾信一郎《いぬいしんいちろう》（本名・上塚貞雄《うえつかさだお》）は一九〇六年五月十五日、父光雄と母沢《さわ》の嫡男として米国シアトル市郊外で生誕。六歳の時、日本で教育を受けるため家族と別れ熊本県の小学校に入学したが、ジャンケンを知らぬためイジメにあう。

一九二五年、青山学院商科に入学。在学中の二八年にウッドハウスとバトラーの短篇を翻訳し『新青年』に送ったところ、横溝正史に認められて同誌五月号に掲載され、翌二九年二月には「殴られる」で作家デビューした。

さらに四月には水谷準から人気コラム「阿呆宮」を任されたが、上塚はこれを友人の土岐雄三に譲り、自分は四月から「阿呆宮《あほうきゅう》一千一夜譚《ものがたり》」を本名で連載。三〇年三月に卒業すると博文館編集部に就職し、五月から乾信四郎（感心シロー）の筆名を使うが十一月から信一郎に改め、一回ごとの題は付けずに読切の連載とした。本書には、ヒール（医師）氏・ノベル（文士）氏など、戯画化した人物の登場する一九三三年五月号の小品を収録した。ペーソスあるユーモアと意外性で人気を博したこのコラムは、大戦末期には中断したが、戦後もしばらく続いている。

編集や翻訳の他、ユーモア小説や動物小説も多く、随筆『「新青年」の頃』（一九九一）は資料的価値も高い。晩年には心臓ペースメーカーを植え込んだが、二〇〇〇年一月二十九日、九十四歳で他界した。（天瀬裕康）

編輯だより（抜粋）

【一九三七年十一月増刊】

◇探偵小説の読者には二種類ある。ひとつは初めから終りまで作者に引張り廻されて、怪奇世界のハイキングをやらかす奴、ひとつはなか〳〵作者のいう通りには歩かず、地図と首引きでとかく自分勝手なコースをとりたがる奴、前者をロマンチストに見立てるならば、後者はリアリストというところであろう。作者にとっては、ロマンチストはいかにも与し易く、リアリストこそ最も恐しく、それだけに張合いのある相手で、従って探偵小説というものが段々こうしたリアリスト相手のものになって来て、今日ではリアリスト向きのものでなければ探偵小説とは云えないようなことになってしまった。

◇すべて、或る傾向というものはどんづまりまで行かないと方向転換できぬものだが、どうやら世界の探偵小説もこゝらで新しい転換を要求されているのではないかと思う。探偵小説の持つ面白さが単一化されずに、それが大きな組織の中に綜合されて全面的に読者の胸に触れるものが生みだされる時代が次の世紀として用意されているのではなかろうか。最近アメリカあたりの所謂「事務的探偵小説」の類があまり精彩がないし、欧洲方面にこの種のものが簇出するような傾向も薄いようだし、こゝらあたりが我国探偵小説ファンの最も刮目して然るべき秋らしい。

◇戦争と探偵小説との結合は何と云っても「スパイ戦」にとゞめを刺す。一国の運命が僅かに一人のスパイの活躍に左右される場合が多い事を考えると、欧米各国がこの方面で血道を挙げているのも当然なことだが、島国日本では割合にスパイ難を免れている為、われ〳〵は兎角これを等閑に附し勝ちだ。併し、時勢は最早や島国日本などと云ってはいられない。亜細亜の盟主を以て自負する日本が、世界各国のスパイの狙うところとなっている事は余りにも明白だ。「戦争とスパイの真相」の筆者は陰険ハイエナのような英国の恐るべき闇の手先をつとめた人物である。彼等が欧洲大戦当時採った術策を知って、我等の周囲に具える事は目下の急務ではなかろうか。

◇九月下旬発売本誌増刊「輝く皇軍」（附、支那事変画報、列国軍備グラフ）は素晴しい評判。御買いはぐれの人には是非御一覧を願う。（J・M）

4章

戦時のロマンティシズム

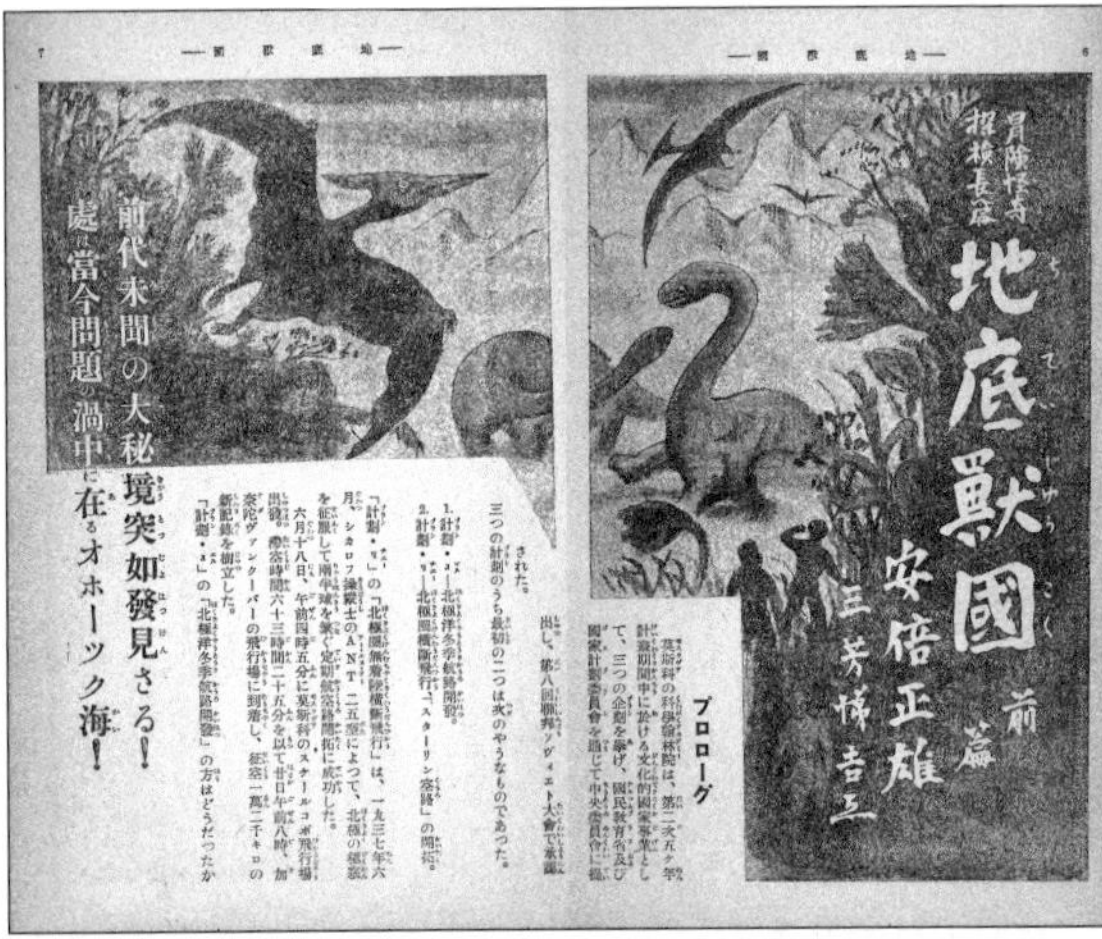

久生十蘭（安倍正雄名義、画：三芳悌吉）「地底獣国」（1939 年 8 月号）

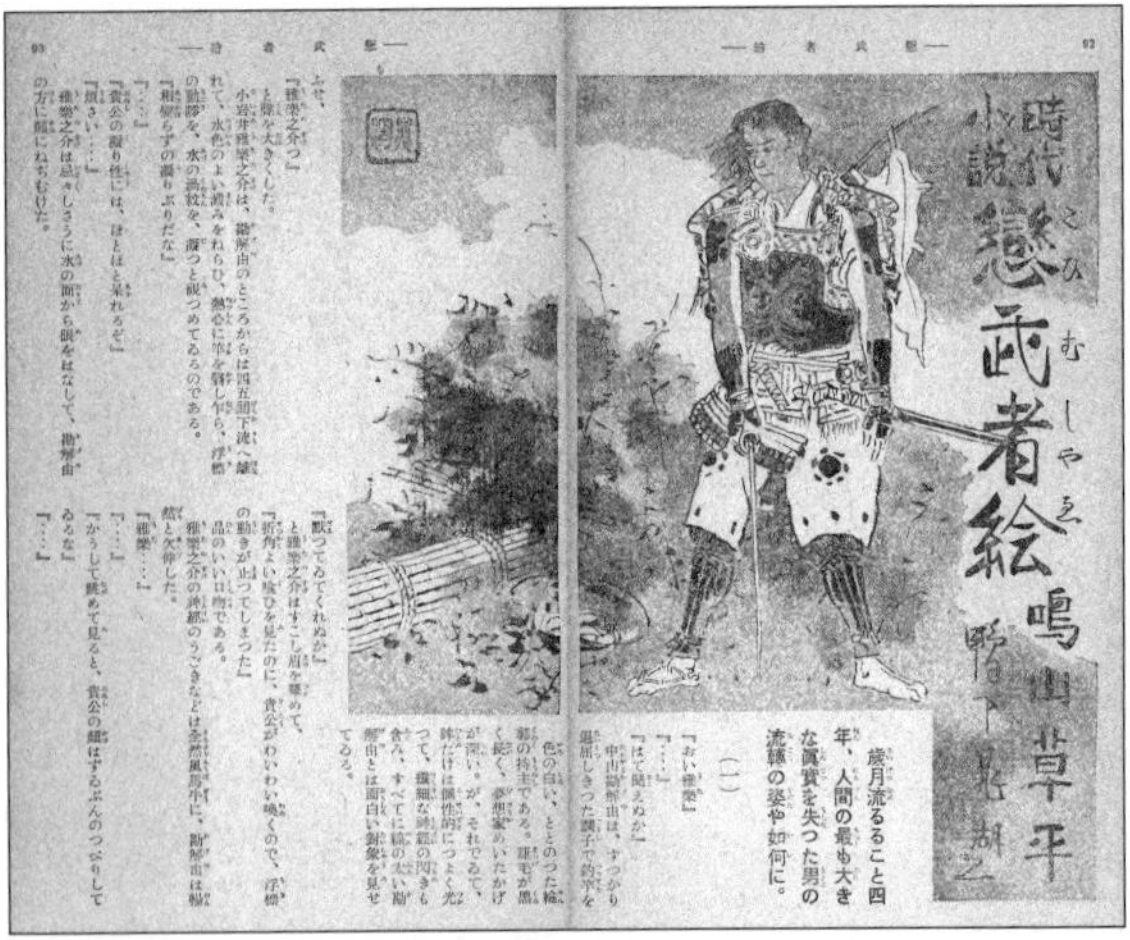

鳴山草平（画：鴨下晁湖）「恋武者絵」（1939 年 11 月号）

木村荘十（画：玉井徳太郎）「雲南守備兵」（1941 年 4 月号）

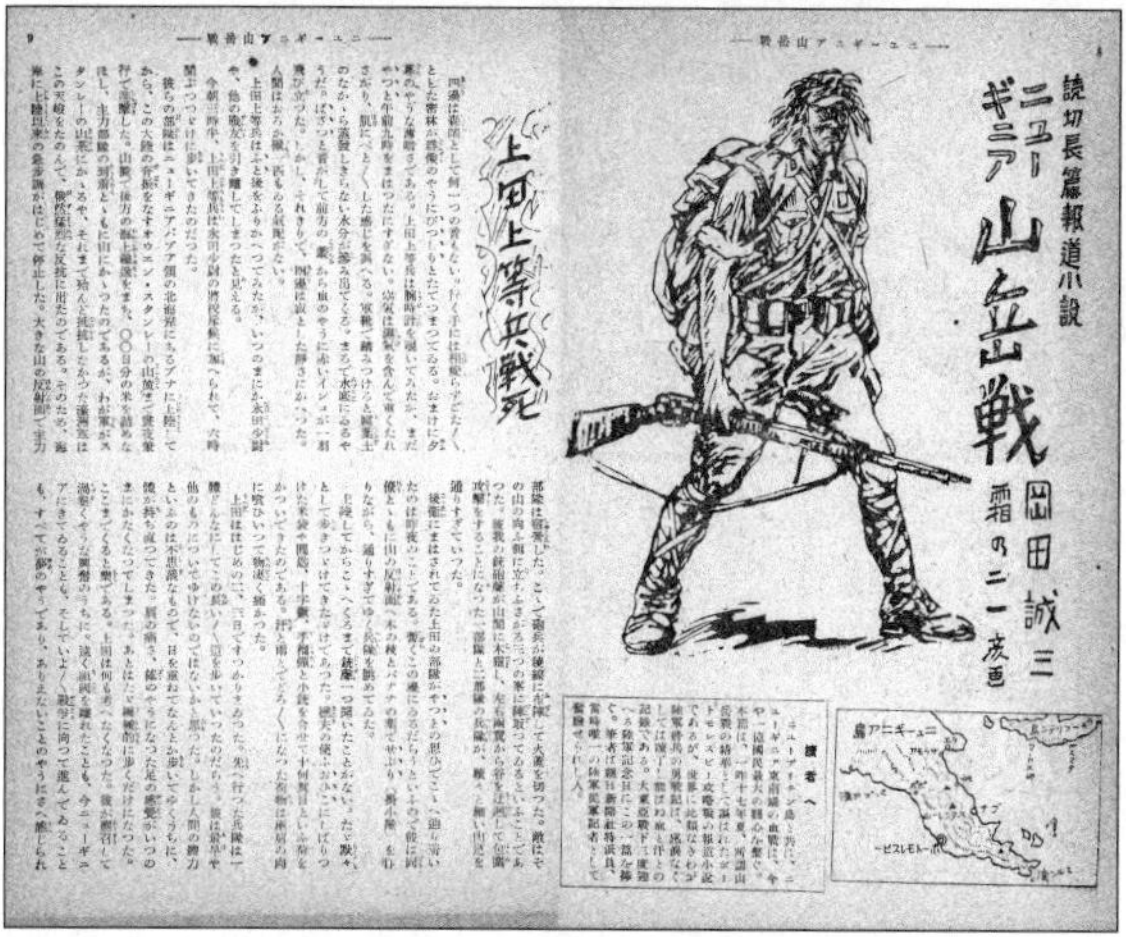

岡田誠三（画：霜野二一彦）「ニューギニア山岳戦」（1944 年 3 月号）

戦時下の逸脱と順応

阿部真也

一九三九年に編集長に復帰した水谷準は、戦争読物が急増した前年の誌面を改めるかのように、小説第一主義を打ち出す。ただし、従来のような探偵小説へと回帰していくわけではなく、「愛読者欄」に毎月寄せられる、探偵小説の不振を嘆く声、乱歩ら大家の作品を待望する声を余所に、偏狂的な趣味を否定し、健全な、科学精神、冒険精神、武士道精神を含んだ、多彩な作品を提供していく。探偵小説はそのままでは戦意昂揚に適わず、時代の中で再編を迫られていたのだ。しかし、この時期のバラエティーに富んだ作品群――冒険小説（魔境物）、時代小説、国際小説、スパイ小説、海洋小説、等々――は、たしかに軍国調であるものの、その背後には、都会的なモダニズムやナンセンスがなおも息づいていることを窺えるのではあるまいか。

特に冒険小説には、小栗虫太郎、渡辺啓助、橘外男、守友恒をはじめ、多くの作家が着手している。その一つ、久生十蘭（安倍正雄名義）「地底獣国」は、日本人がソ連に対して覚えた恐怖心を、ソ連が地底道を通って侵略してくるという形で具現化している。ところが、ソ連による日本侵攻の謀略は、突如として地底世界に登場する大爬虫獣によって無に帰されてしまうのだ。久生十蘭は翻訳や連載長編を掲載し、過去には、水谷準とコンビだとも評されていたが、新方針のもとでも編集長の求める作品を提供する心強いパートナーだったのだろう。

また時代小説も、「新進時代小説傑作集」「特選時代小説」などと銘打たれ、毎号一定のスペースを占めていた。一九三九年四月に、一千円懸賞受賞作「極楽剣法」でデビューした鳴山草平も、その有力な書き手の一人であった。「恋武者絵」では、思い人を友人に奪われた主人公が、恋を振り捨て、戦国の武人たる自覚に目覚めていく過程が描かれるが、時局的な価値観を、恋と絡めたところに、新青年《モダン・ボーイ》向けの雑誌としての自負を読み取ってもよいのかもしれない。

だが、一九四〇年の近衛内閣の新体制運動以後、雑誌は戦争への明瞭な協力姿勢を打ち出すようになる。南方を舞台としたり、航空機が登場したりする戦争小説や、軍人の手による読物が増加する。この傾向は、太平洋戦争が開戦すると、より顕著になり、『新青年』は銃後の慰安のための雑誌、また前線への慰問袋に入れるのに相応しい雑誌として自らを位置づけていく。

木村荘十「雲南守備兵」では、チベット以上の秘境として、英米の傀儡政権が支配する中国の鉱山街が描かれる。この語り口に、魔境物の変容を見てもよいだろう。作中の中国人は大東亜戦争の大義を内面化しており、ここには中国人を日本人と同一視する暴力的な視座を窺えるが、作品は、敵愾心を煽る国策小説として評価され、一九四一年上半期の直木賞を受賞する。

また一九四四年上半期直木賞に選ばれた、**岡田誠三「ニューギニア山岳戦」**は、死と隣り合わせの前線の兵士の戦いに密着し、六つの場面をルポルタージュ的に描き上げる。兵士たちは徒労とも思えるような、目的も判然としない戦いに身を捧げ、一人また一人と国家に殉じていっており、昭和戦中期に広く窺える運命共同体的な感性が漏洩する一作となっている。

思うに、戦中の小説作品の成否は、ひとえに言葉でどれだけ自立した世界を構築し、現状を問い直せるかにかかっていたはずであり、作中で描かれる世界が、現実の硬直した価値観に回収されてはならなかったのだ。しかし、戦局の悪化に伴い、用紙統制により紙数は制限され、また粘り強く新人の作品を募集し続けてはいるが、もはや新人発掘も機能しなくなっており、言葉が現実を照らしなおしていく力は急速に凝固を強いられてしまったのである。

祖国《ふるさと》は炎《も》えてあり

【一九三九（昭和十四）年十一月】
摂津茂和《せっつもわ》

一　再会

八月二十四日の夜だった。

『パパ、日本の盟邦である独逸《ドイツ》が、日本の敵のソヴィエットと仲良くなったら、こりゃ一体どうなるんだい』

夕食後、尋常六年生の長男久《ひさし》が、デカデカと独ソ不可侵条約締結の報道を載せた夕刊を睨みながら、質問の第一矢を放った。

これは油断ならん質問である。ヒットラーの真意が那辺《なへん》にあるか未《いま》だ判らないうちに軽率な妄評を加えて、逆に親爺の方で尻《し》っぽを出しては沽券にかかわるから、

『国と国との関係は複雑で、個人の間柄のようには簡単に行かんのだ』

『じゃア、日本は黙ってるのかい』

『政府も屹度《きっと》対策を研究中だろうよ』

『じゃ、パパなら如何《どう》する？』

『こういう国家の重大問題には、個人が勝手に軽率な感想を発表すべきではない』

『だって防共協定の意味ないじゃないか』

『子供はそんな六《むつか》ケしいことを考えなくとも宜《よろ》しい』

『またあれだ！　日本は現に防共の精神でソ聯と満蒙国境で戦争中じゃないか。え、パパ』

『要するに独逸《ドイツ》は独逸《ドイツ》だ。同様に日本は日本だ。いくら盟邦だからといって、お互が頼り過ぎてはいかん。それは個人の間柄でもそうだ。福澤先生の仰有《おつしや》る独立自尊とは此処《ここ》を云うのだよ。外国に頼り過ぎて、しょっ中《ちゆう》馬鹿な目を見てる見本が蔣介石《しようかいせき》さ。お前もそのつもりで、人を頼り過ぎてはいかん。さ、判ったら、あっち行って勉強しなさい』

てなことで、倅の最も苦手とする教訓談へ巧く落《おち》を結びつけ、漸《や》っと撃退したと思った途端、ジジ……と玄関の呼鈴が鳴った。

玄関へ飛び出て行った女中が、何時になく手間どっているので、

『おい、久、お前、玄関へ行って見て来い』

すると間もなく、久が目を丸くして飛び込んで来るなり、どなった。

『パパ、西洋人のお客さんだぜ』

差し出した名刺を見ると、
波蘭《ポーランド》国大使館付武官

陸軍騎兵中尉　Ｆ・レイモント・クラシンスキイ

『パパ、そんな人知ってるのかい』

日本の家庭には珍しいお客だから、久の声をきゝつけて、家族がみんな私の周囲《まわり》を取り巻いて、好奇心にかられた目をしている。だが私にも心当りはないのだ。

『どうも可笑《おか》しいな、お門違いじゃないかしらん』

『いゝえ、旦那様のお名前を何度も念を押していらっしゃいました』

『日本語使ってるのか』

『そうでなければわたくしには、判りません』

『成る程……では兎《と》に角《かく》僕が出て見よう』

さて玄関口に出て見ると、恰幅の良《い》い丸顔の青年が、白麻の上下《うえした》に白靴、片手にはパナマ帽を持ち、片手には紅白のカーネエションの花束を抱えて突っ立っていた。

『私が岩友《いわとも》ですが……』

青年は、軍人らしく直立不動の姿勢で、双眸《そうぼう》を瞠《みは》って私の顔をマジマジと眺めていたが、見る見るうちに頰のあたりを紅潮さしたかと思うと、『おゝ！』と低く叫んで、いきなり花束を左の小脇に挟んで、私に握手を求めたのであった。

『レイモント・クラシンスキイです！　覚えていませんか。この顔に見覚えはありませんか。岩友さん！』

それは凡《およ》そ西洋人の使う日本語という概念から遥かにかけ離れた、見事な発音だった。しかも彼は心の中《うち》の熱情を充分言葉の上に表現しながら、はっきりと私の名を呼んだのだ。にも係《かゝわ》らず私には、彼が一体何者であるや、心当りが寸毫もない。私がテレ臭そうにしていると、青年は一瞬淋し気な表情を浮べたが、

『お忘れになるのも無理はありません。二十年振りでお目にかかるのですから……私は日本赤十字社に収容された波蘭《ポーランド》孤児の一人です。あの節、織部《おりべ》公爵邸の慰問会では、大変貴下《あなた》の御厚意に預りまして……』

今度は私が『おゝ！』と叫ぶ番だった。

私の頭脳はプロペラのごとく回転した。レイモント・クラシンスキイ！　レイモント・クラシンスキイ！　めまぐるしい追想の中で、そう叫んでいる時、やがて私の網膜に、ぼうと、恰《あたか》も幻のごとく浮び上った一人の波蘭《ポーランド》少年の姿が、漸次焦点《フォーカス》に接近して来たのだ。

それは、大正九年の夏から翌十年にかけて、欧洲大戦の犠牲となったシベリア方面の波蘭《ポーランド》国籍戦死者の孤児達が凡そ三百五十名余り、日本政府の好意により、日本赤十字社へ収容された時のことである。

父母兄妹を失い、家を失った哀れな孤児たちが、襤褸《ぼろ》を身に纏い、流浪に流浪を重ねて、痛々しく憔悴した姿を、わが帝都に現した時には、満都の同情が期せずして彼等の上に翕然《きゆうぜん》と集《あつま》った。彼等は、渋谷赤十字病院裏の福田会《ふくでんかい》に収容された。そして手厚い保護の外に、数々の慰問品が各方面から寄せられたり、或いは種々の慰問会などが彼等のために催された

りした。

その中でも、彼等にとって恐らくは永く忘れられないのは織部公爵邸における盛大な慰問会であったろう。

当時、学習院高等部の学生だった私は、織部公爵の長男、高麿《たかまろ》氏と同級だった関係から、慰問会の世話役を依頼され、それこそ、児童達との折衝から、音楽、演芸の準備、慰問品菓子類の世話まで、私の手一つでやらされたのであった。無論、閑《ひま》で血気盛んな時代だったから、私は大車輪に馳けずり廻った。

その日、午後三時頃、波蘭《ポーランド》婦人アンナ・ビルケヴィッチ女史に引率されて来た孤児達は、日本に着いた当時の憔悴の色は最早跡形もなく消え、色艶もよく、嬉々として元気に、真新しい揃いの服を着て、高輪の公爵邸の広々とした芝生の庭に開放された。彼等は、待ち構えていた公爵夫人、令嬢達、その他名流婦人たちの接待であちこちにしつらえられた日本式の模擬店で、つゝましげに、欲しいものを食べたり貰ったりしたあとで、男の子たちは子供用の矢場に集って、小さな弓に矢をつがえて的を覘《ねら》ったり、また女の子達は、私の考案になる一本の丈夫な柱の先端から垂れた紅白の十本程の縄にぶら下って、グルグル勢いよく廻ったりして、ひと時の楽しい遊戯に打ち興じた。

やがて、音楽演芸会に移ると、一同は邸内の大広間に集った。そこで、彼等は先ず可憐な声を揃えて見事に君が代を斉唱し、続いて未《ま》だ見ぬ祖国の独立に童心を感激させつゝ、波蘭《ポーランド》国歌を合唱した。

いくつかの余興が続き、たしか天勝《てんかつ》の絢爛な手品が終った後であったか、烈《はげ》しい拍手に迎えられて、ひとしお可憐な眸《まなざし》を持った十二三歳の少年が、片手にヴァイオリンを抱えて演壇に立った。そして少年は、ビルケヴィッチ女史の伴奏で、日本の少年には見られないような熱情的な双眸を一段と輝かしながら、彼等の祖国が生んだ最高の音楽家ショパンの「小夜曲《ノクターン》」を鮮やかに弾いてのけたのであった。

いつまでも、いつまでも長い感嘆の拍手が、可憐な少年を壇上から降さなかった。

その時、織部公爵夫人が私を手招きして囁《さゝや》いた。

『あの子供をこちらへ……』

私はすぐ、壇上で立往生をしている少年の側へ寄るなり、手を引いて公爵夫人の前へ連れて来たのだった。其処《そこ》で私達は初めて、この美しい金髪と、叡智に輝いたつぶらな目とを持った少年が、光栄ある貴族の子であったことを、ビルケヴィッチ女史の流暢な日本語の説明で知ることを得たのだ。

『名前は?』

夫人が穏かな微笑を浮べながら訊くと、少年は流石《さすが》貴族の子らしく、おびえ恥じらう気色もなく、素直にはっきりと答えた。

『レイモント・クラシンスキイ!』

私の追想の中に浮んだ少年の姿が、突然ありありと、今、私の眼前に突っ立っている一人の青年の上へ、恰《あたか》も映画の二重写しのごとく甦って来た。

『お丶！　判りました！　はっきり思い出しました！』

そう力強く云って、私は久し振りの情熱を身内に感じながら、再び私から手を差し伸べたのである。

二　秘恋

私は自分が既に二人の小学生の父となっているのも忘れて、私と相対《あいたい》して椅子に坐った青年の大きな逞しい姿に、烈しい変化を感じた。

『立派になりましたなあ……』

『みな日本のお蔭です。貴方にお目にかかれて、こんな嬉しいことはありません』

『然《しか》し、よく私を覚えておいででしたね』

すると、クラシンスキイは、内懐中《ポケット》の中から、見るからに古ぼけた小型の手帖を取り出して膝の上に置くと、にっこり笑いながら、

『これが、福田会に御厄介になっていた当時の私の日記帳です。こんなにボロボロとなりました……』

見れば、汚れた表紙に、いずれ当時何処《どこ》からか彼等児童へ寄贈されたものであろうか、日の丸の旗と波蘭《ポーランド》国旗とが日本風に交叉された図柄が印刷されている。パラパラと頁を繰っ

て見ると、小さな紙面にぎっしりと、いかにも子供らしいあどけない字が鉛筆で書きこまれている。無論波蘭《ポーランド》語だから私には判りようがない。ところどころ鉛筆の色が薄く剝げかかったところは、克明にインキの色も鮮かに修補《しゅうほ》されていて、いかに彼がこの一冊の手帖に深い愛着を抱いているかを、如実に示しているようである。

『私は去年の春、私の永い永い念願がかなって日本へ派遣されるまでは、この手帖が唯一の私の友達でした。一日として肌身から放したことはありません』

『去年の春いらしたのですか。それにしては大変日本語がお上手ですね』

『私は一九二一年（大正十年）七月八日、最後の組として懐しい日本を去って渡米した六十三名のうちの一人でした。私はその頃もう立派に日本語を覚えていましたよ。私は、こう見えても、母国ではひとかどの日本通で通《とお》って来たのです。ハハ……』

笑った拍子に、大きく波を打った艶のいゝ金髪がこぼれて額の上に垂れた時、私の眸《ひとみ》にはまざまざと二十年前《ぜん》の彼のいたいけな顔が再び浮び上ったような気がした。

『それはそうと、ダンチッヒ問題が大分煩《うるさ》くなったようではありませんか』

未《ま》だ一触即発とまでは切迫していなかったが、ダンチッヒ廻廊《コリドオル》を巡る独波間の睨み合いは日増しに一段と凄気を加えつつあったから、私は何気なく話題を時局に向けた。殊《こと》に昨日の夕刊から頻々として伝わる独ソ不可侵条約の締結の報道が日本朝野《ちょうや》の耳目を衝動せしめていた際だったから、この微妙な国際空気が如何《いか》にこの青年将校に響いているかを聞くのも、私にとっては一つの興味だった。

だが、クラシンスキイは私の期待に反して、如何《いか》にも冷静な慎み深い態度で、

『今日もリタギウス・ローメル大使と語り合ったことですが、今私達は多くのことを考えるよりも、たゞ心静かに、あの赤穂義士の忠誠をしのぶ気持でいたいと思います』

私は悪いことを云ったと思った。興亡の歴史を繰返した宿命の「狂《ま》がれる国」が、今やまた第四次の分割の危機に直面しているのではないか。波蘭《ポーランド》の国内に残るは、たゞ却掠《こうりゃく》と犠牲の古跡のみとさえ云われた祖国を持つ人に向って、神代の昔から寸毫の国土も敵人に侵されたことのない国の人間が、まるで他人《ひと》ごとの如く不用意に云い放った言葉が、どの位痛切に響くか――悲憤慷慨の域を脱して、緘黙毅然《かんもくきぜん》の境地に達したらしいクラシンスキイの態度が、寧《むし》ろそくそくと一種の凄気を持って私に迫って来るようだった。

『然し、これが私のお暇乞《いとまごい》になるかも知れません』

『いつお立ちですか』

『一刻も早い方がいゝのですが、いろいろの都合で一週間後、横浜解纜《かいらん》の米国船に乗ることになっております。ついては……実は今日突然お伺いしましたのは、少し貴方にお訊ねしたいことがあるのですが……』

そう云って、クラシンスキイは何故か、その若々しい双頬《そうきょう》をポッと紅潮さしたかと思うと、急にモジモジし始めたのである。

『事に依《よ》るとお忘れになっていらっしゃるかも存じませんが貴方がお世話下すった、あの織部公爵邸の慰問会の時、公爵令嬢が大変お上手なピアノ独奏をなさいましたね。覚えてらっ

しゃいますか？』

『そうそう！　覚えてます。確か貴方のヴァイオリンのあとで……』

『そうです。矢張りショパンの「ミリタリイ・ポロネエズ」を見事にお弾きになりました』

私は、彼が曲の名まで記憶しているのを知って、同じことに対する私と彼との記憶の差隔《さかく》が甚しいのを痛感したのだった。

『それから……一番最後に、番組《プログラム》になかった方で、特別に私達のために、ピアノ独奏をなすって下すったお嬢さんがありましたね』

『ハテ……』

私は腕を拱《こまぬ》いて首を捻った。

『お忘れですか。大きな巾広の白いリボンをつけて、薄鼠色の服を着て……沢山のお嬢さんがたの中で只一人だけ洋服でした……』

『幾歳《いくつ》位の人でした？』

『私より一つか二つ上と思いましたから、多分当時十四五歳位でしたでしょう』

私が尚《なお》も首をかしげていると、

『私達の父、パデレフスキイの唯一の傑作「ミニュエット」を素晴らしい正確さで弾きました。失礼ですが、当夜の音楽会での一番優れた演奏者でした……』

私にはどうしても思い出されないのである。何しろ私は前にも云ったように、当日の世話《せわ》役を一切引受けていたから、何やかやと忙しくて、実は碌々《ろくろく》音楽なんか聞いている閑《ひま》はなかったのだ。

『どうも思い出しません。それで！』

私があっさり先を促すと、クラシンスキイはいかにもがっかりしたように、

『せめて、そのかたのお名前でもきかれたら……と思って来たのですが……』

『名前を知って、どうなさるのです？』

私が矢《や》継早《つぎばや》に飛ばした無遠慮な質問は、何故か彼を再び真赤にさして了《しま》った。

『お笑い下さい』

彼はそう一言呟くと、その夢見るような澄んだ蒼い双眸を急に伏せた。

『私は永い間その方を想い続けて来たのです。思えば、私がアンナ・ビルケヴィッチ夫人に泣くようにして最後まで日本に止《と》めて頂くように願ったのも、そして、母国で日本研究に没頭して、他日の日本駐在武官を狙ったのも、凡《すべ》てはその人の幻影がさせた業《わざ》に外ならんのです。私は幸福でした。日本に居《お》れば何時かはその人に会えると思ったからです。その人と同じ都会に住んでいることで、私は無上の満足と慰安とを覚えていたのです。然《しか》し、それがもう許されなくなったのです。私は急に周章《あわ》てふためいて、貴方の住所を捜し求めて参った次第です。私が今度国へ帰りましたら、恐らく最早再び日本に来ることは出来ますまい。そう思うと、もう矢も楯もたまらなくなったのです。然し、肝腎の貴方がお忘れになってるとすれば致し方もありません』

そう語り終ると、彼は暗然とした面持の上にも幽かな微笑を湛えて、淋しい諦めの意志表

示をして見せたのである。

私は、思いがけない秘恋の胸の内を打ち明けられ、暫《しば》くは何か泰西の有名な恋愛小説でも読んでいるかのような気持に浸っていたが、あの時の、そう云えば何処か早熟な、天才的な少年の風貌に思い到ると、こんなことも有り得るかという気がした。

それにしても、外国人だからこそ、こんなことをおめおめと人に話せるのだ。率直なところ――わしゃ負けたあ――という感じがしないでもなかった。実際、日本人なら、陸軍将校ならば尚更《なおさら》のこと、祖国の興亡浮沈を前にして、誰がこんな綿々たる胸中を披瀝する者があろう。ネルソンがラヴ・レターを懐中にたたんで、トラファルガー海戦に出陣したことは、日本人がいくら頭を絞っても理解し得ない心境である。

だが、二十年前の幼き初恋を、たゞ一と筋に思いつめて、遮二無二、その幻影を追って日本に来たクラシンスキイの純情を思うと、私もそゞろに胸を打たれた。

私はフト慰め顔に、

『事に依ると、調べて見たら、名前位は判るかもしれません。判ったら、お知らせすることにしましょう』

すると、見る見るうちに彼の顔に喜色が浮び上った。彼は一縷の望《のぞみ》を得た喜びを、現金な位に顔中に漂わせながら、

『あゝ、名前だけでも！　名前だけでも判りましたら！』

と、半ば叫ぶように云うや、私の面前で上着の袖を捲り上げ、見るからに逞しい真白な腕

を出すと、

『ここへ、お国の職人がするように、その頭文字をイレズミ……しましょう』

我々は口でこそ情熱情熱というが、私は眼《ま》の当り、夢のような恋にかくも真剣な熱情を寄せるクラシンスキイを眺めて、ほんとうの情熱とは成る程こんなものかと、私は完全に圧倒されて了《しま》った。

私は、彼を再び玄関口へ送り出したあと、独り腕を拱《こまぬ》いて今一度遠い回想に耽《ふけ》って見た。そう云えば、白い大きな巾広のリボンを着け、薄鼠色の洋服を着た何処かの令嬢がいたようでもあるし、またいなかったようでもあるし、結局私には茫漠として思い出せなかった。

フトその時、学友織部高麿公爵の顔が私の瞳の中に浮び上った。

『それそれ！　あれに聞けば判るかも知らん！』

私は、去ったばかりのクラシンスキイのために、曙光《しょこう》を見出したことを秘かに喜んだ。

三　学友

翌日の昼さがり、秋とはいえ、まだ烈々たる太陽が焼くような直射光線を浴びせている中を、私は虎の門から三年町《さんねんちょう》のダラダラ坂をテクテク昇り、なるべく片側の鈴懸《すゞかけ》の木蔭を縫いながら、漸《ようや》く華族会館へ辿り着いた。

何しろ、あの建物の中に入ったら最後、いくら暑いからと云って、下々のように、いきなり上着を抛《ほう》り出し、ネクタイをゆるめて、扇子の風を腹の中まで送り届けるような真似の出来ないのを、私は経験ずみだったから、かくもゆっくりトボトボと歩いたのだ。

　午前中電話で約束したあとであったから、受付子に名刺を渡すと、間もなく私は突当りの広いサロンへ招じ入れられた。少し薄暗くはあったが、遠慮して隅の方の安楽椅子にどっかと腰をおろした。

　織部高麿公爵といえば、今こそ錚々たる貴族院議員として、華冑界《かちゅうかい》稀に見る識見豊かな少壮政治家をもって将来を嘱望されているが、学習院高等部時代は、私と共に一箇の文学青年に過ぎなかったのだ。その頃は、御存知のとおり白樺派華やかなりし時代で、私たちは所謂人道主義をもって絶対無二の文学精神とし、武者小路《むしやのこうじ》、有島《ありしま》輩の亜流たるを得々として、今から思うと誠に寒々と歯の浮くような、得体の知れぬ文章や、狂人《きちがい》じみた劇曲を書きなぐってては笑壺《えつぼ》に収っていた。

　殊に高麿の書く戯曲に至っては、神韻漂渺《しんいんびょうぼう》として雲を掴むがごとく、或いはシュウル・レアリズムのごとき人物が登場して誠に不可思議な代物であったに拘《かゝわ》らず、或る時の学友会において、私が主役となり、彼が私の恋仇の役を勤め、肝腎の恋人が最後まで顔を出しそうで遂に出ず仕舞《じまい》という妙な彼の自作自演をやったら、途端に満場割れるばかりの大拍手に遭遇して、役者の方で呆気にとられたことがある。

『おい、なにボンヤリしてるんだ』

　ポンと肩を叩かれて、我に返ると、そこに高麿が流石《さすが》皺一つなく、折り目のきちんとついた支那繭紬《けんちゅう》の卵色の背広姿で、颯爽と立っていた。

『フフ……今、昔のことを考えていたのだ』

『つまらんことを思い出すなよ。実は折角久し振りで来て呉《く》れたから、ゆっくり話そうと思ってたんだが、生憎《あいにく》と時局柄急に忙《せわ》しくなってね。今日はどうしてもゆっくり附き合えないのだ。堪忍して呉《く》れ』

『内閣でも変るのかい』

『そいつは未《ま》だ判らんが、少くも独ソ条約は一つの衝撃《ショック》だ。いずれ近く機会を作って会うようにするが、今日の用件というのは一体何だい』

　怯《こ》うせき立てられると、話が話だから私も一寸《ちょっと》たじろがざるを得なかったが、クラシンスキイの秘恋談も時局に反映した一つの国際綺談として、かつての文学青年高麿公爵の興味をそそる価値もあろうかと思ったのである。

　そこで――

『いや、一寸訊ねたいことが起きたのだが、それ、昔、君んとこで、波蘭《ポーランド》孤児の慰問会をやったことがあったね』

『ウン、やった。ありゃ確か君が大いに斡旋して呉れたんじゃなかったっけかな』

『そうだ。君の母堂に頼まれてね。ところで、あの晩の音楽会に君の妹さんがピアノ独奏をしたのを覚えているか』

『そうだったかな……』

『おやおや、君も大分朦朧《もうろう》組だね』

『なに？』

『いや、こっちの話だ。ところで、問題はその晩一番最後に、白い大きな幅広のリボンを着け、薄鼠色の洋服を着た十四五才の令嬢が、パデレフスキイの「ミニュエット」を独奏した。覚えてるかい？』

『何のためか知らんが、また君は、そんな昔のことを、よく覚えこんでいたもんだな』

『感心せんでもいゝから、覚えてるか覚えてないか』

高麿は上品な面長の顔を少し傾けて、稍々《やや》面倒臭気な迷惑顔で、遠い昔の回想に耽ってい
たが、急に何かに思い当ったか、突拍子もない声でカラカラと笑ったのである。

『思い出したか？』

『思い出した！』

『その人の名は何と云ったっけかな』

『おい、冗談云っちゃいかん！　ありゃ僕の家内じゃないか……』

『えっ！』

私は途端に、棒か何かで頭をどやされたように、へたばって了《しま》った。

すると、高麿は再びハッハッと、今度は板に着いた貴族的な笑い方をしながら、

『どうも閑人の訊くことは一風変ってるよ。一体それが、どうしたんだね』

『いや、もう用は済んだ！』

私は咄嗟に私の仕事は終ったと思った。

高麿の夫人の名なら訊かなくとも知っているし、また知っていても最早用のない名前にしか過ぎん！

哀れなるクラシンスキイよ！　私は何故ともなく心の中でそう叫んだ。

古い伝統と慣習とを破って、恐らくは公爵の栄位までも敢《あえ》て棄て去ろう位に、想い想われた若き高麿と京山《きょうやま》男爵令嬢勝子《かつこ》の恋愛結婚に、私達学友はどの位、支持声援を送ったであろう。そのために、私達は連名で、彼の母堂に宛てて、高麿の危殆《きたい》に瀕した結婚成就の懇願状すら発送したのではなかったか。そのことについては最早私はこゝに多くを語ることを必要としない。

『忙しいところを邪魔して済まなかったね。では、また閑《ひま》の時に……』

私が立ち上ると、高麿も一緒に立ち上りながら、何か私をいたわるように、

『変なところで、家内の話が出たが、勝子も久し振りで君に会いたいだろう。どうだ。明後日の晩、八時から僕達仲間の家族達がこゝに寄り集って、ニユウス映画を見ることになってるんだが、君もやって来ないか。奥さんでも連れて……』

『有難う。僕なんぞが来てもいゝのかい』

高麿はやさしく手を私の肩へ当てがいながら、

『いゝとも！　万一面倒だったら僕の名を云うさ。家族みんな連れて来いよ。僕も出来るだけ顔を出すことにしよう』

『では、来るかもしれん。勝子さんに宜敷《よろし》く伝えといて呉れ給え』

高麿は私が辞退するのも構わず玄関までついて来た。それを見ると、入口に突っ立ってい
た二人ほどの若い給仕が、そそくさと鄭重な態度で、私にカンカン帽を捧げたのであった。

私が、別れを告げて、二三歩階段をおりた時だった。フト或ることに思いついて、急に振
り返った。そこに、まだ、スラリとした長身の高麿の姿が残っているのを見て、私はツカツ
カと階段を元へ戻り、少し低目の声で云った。

『明後日の晩、家族の代りに、一人僕の友達を連れて来ては悪いかしら？』

『君の友人なら一人位いゝだろう』

高麿の鷹揚な声が即座に響いた。

『別に差し障りのある人物ではないが西洋人だぜ』

『外人か……』

私は、高麿が一瞬躊躇するのを見て、ポケットから一枚の名刺を取り出して彼の手へ渡し
た。

『恁ういう人物なんだが……』

『波蘭《ポーランド》大使館付武官か。そんなら構わんだろう。多寡《たか》がニュウス映画見物なんだから……』

彼は流石大名の子らしい恰幅さで、こともなげに云い放って、軽く手に持った名刺を私へ
戻した。

『では、左様なら』

『失敬！』

蔦かずらの蓋《お》った煉瓦塀の門脇で、私が一寸振り返った時には、最早玄関口には高麿の姿はなかった。

私は再び虎の門に出ると、丁度そこへ差しかかった空《から》自動車へ向って手を上げた。

『三《み》田《た》綱町《つなまち》、波蘭《ポーランド》大使館へ……』

四　邂逅

午後六時半かっきりに、数寄屋橋のニュウ・グランドの待合室の長椅子に腰かけて待っていた私の前に、クラシンスキイが軍人らしく胸を張って現れた。

『お忙しいところをよく来て呉《く》れました』

『いえ、こんなことをして頂いて却って恐縮です。また一昨日は態々《わざ〱》大使館までおいで下すったのに、留守をして済みませんでした。新聞で御承知と思いますが、私、大使のお伴をして泉岳寺《せんがくじ》に参詣に行きましたあとで……』

『あの記事を見て、日本人は非常に感に打たれたようです』

『いや、感に打たれたのは私達でした。あの素朴な墓と、四時《しじ》絶えまなき香煙とを眺めて、人間は死すべき時に死ななければならぬことを切々と感じました』

やがて私達は食堂の窓際に接した二人用の卓子《テーブル》に向い合って、先ずビールを挙げて、健康を祝し合った。

私は、これから徐々と彼に告げねばならぬ事柄を頭の中で整理しながら、然《しか》し成るべくならば、あの一件のことは簡単に済まして、愉快な晩餐を共にし、最後に残された私のたゞ一つの彼に贈る餞《はなむ》けの一《ひ》と時《とき》を、無事に過したい気持で一杯だった。

僅か三日間ではあったが、その間に独ソ不可侵条約は日本国中に囂々《ごう〱》の輿論《よろん》を捲き起し、そのために日本の対欧策は白紙に還元したとか、内閣は引責辞職に決定したとか、めまぐるしい政界の変化とともに、現実の欧羅巴《ヨーロッパ》も亦愈々《またいよ〱》第二次欧洲大戦勃発の前夜を思わすような、凄絶極《きわま》りなき逼迫した風雲の中に捲きこまれて了《しま》った。

その微妙な、日本の対欧的空気の変転は、クラシンスキイ個人の感情にも、それとなく反映して、三日前の晩に訪ねて来た時の、何か日本人に遠慮しているような容子《ようす》が、今日は相当変っていることに私は感づいた。

実際、これが若《も》し、日本が独逸《ドイツ》と公然と軍事同盟を結んでもいいようなら、到底二人は斯程《かほど》打ち解けた態度で語り合うことは出来なかったろう。私には別に、独逸贔屓《ドイツびいき》とか、波蘭《ポーランド》贔屓とか、はっきりした感情はないが、クラシンスキイが前に坐っている以上、宿命の祖国に幸多かれと祈りたい気にもなるのであった。

聊《いさゝ》かビールの酔いが廻った頃を見計って、私は思い切って口を切った。

『さて先日のお話の件ですが、あの女のかたは不幸にも既に此の世におられないことが判りました。お気の毒と思います』

これは私が前もって用意していた言葉である。私は今、その時のクラシンスキイの、言葉で表し難い、複雑な表情を忘れることが出来ない。それは、外国の映画俳優が見せて呉《く》れる、ありふれた悲哀と苦悶の表情とは凡《およ》そ似ても似つかない、寧《むし》ろ何か、とてつもない幻影に脅《おびや》かされている狂人のごとき表情であった。私はそれを、まともに見ているに忍びなかった。何という悪い役廻りを脊負《しょ》ったのであろうかと、泌々《しみぐ》と思った。

長かったのか、短かかったのか、私には思い出せない一と時の沈黙の後、クラシンスキイが漸《や》っと口を動かした。

『で、名前は？』

『Kと云う頭文字《イニシアル》だけ判りました。その他のことは、ちっとも判りません。』

『お墓も……』

『判りません』

私は無慈悲な程、端的に答えた。一体、それ以上、何を彼に語るべきことがあろうか。

私は最早この場に、彼と向い合っていることがつらかった。時計を見れば、既に七時半である。

『御期待通りに行かなくて残念でした。然《しか》し、クラシンスキイさん、あなたは織部公爵に会って見る気はありませんか』

『おゝ、織部公爵！』

さっきからすっかり瞑想的になって了《しま》った彼は、一応気の抜けたような返事をしたが、急に気を取りなおしたか、素直に答えた。

『お目にかかりたいです』

『では、これから参りましょう』

私達を乗せた自動車が、秋らしい爽《さわや》かな夜風の中を心地よく疾走して、濠端《ほりばた》から桜田門に出て、霞ケ関《かすみがせき》の暗い坂道を一っ気に馳せ上って、きらびやかな華族会館の車寄せに到着したのは、それから間もなくだった。

二日前の受付子が私の顔を記憶していたものか、私は高麿の名を云わなくとも、無事ニュウス映画会場へ案内された。見れば、まだ六分《ぶ》ほどしか観衆が集ってはいないが、殆《ほとん》ど多くは婦人子供連である。

私はクルクルと会場の中を素早く見廻したが、高麿も勝子夫人の姿も見えなかった。映画は、市井の映画館でやる各新聞社のニュウスである。多分、のこのこと手軽に市中を歩き廻れない階級の人々のために特に催されたものであろう。

四五十分もたった頃、パッと電気がともって、休憩時間が来た。私が一服する心算《つもり》でクラシンスキイと一緒に廊下に出た出合がしらに、

『やあ！』

と、高麿の、少し黄色い声がしたかと思うと、彼の高い姿が私の眼前に立っていた。

『こないだは失敬した。勝子も、君が来ると云うので来ているよ。今、その辺にいたから、久し振りで会って来給え』

『うん、是非お目にかかりたい。それはそうと、此処《ここ》にいるのが、先日の名刺の波蘭《ポーランド》大使館付武官のレイモント・クラシンスキイさんなんだが、御紹介する前に、君は、この人の顔に見覚えはないかね？』

高麿は暫《しば》く怪訝な顔をして、目をパチクリしていたが、

『失礼だが見覚えがないな』

『そうか。無理もない。実はクラシンスキイさんは、曾《か》つて二十年前に、君んとこの慰問会に招かれた波蘭《ポーランド》児童の一人だったのだ』

『ふーむ』

流石に高麿も驚いたと見えて、クラシンスキイが挨拶のために手を差し伸べたのにも気がつかない有様だった。

『あの節の喜びはまだ忘れません』

クラシンスキイが流暢な日本語で偲《こ》ういうと、高麿は始めて握手を交しながら、

『珍しいこともあるもんだな。では如何《いかが》です、あっちで一つお茶でも呑みませんか』

私達が別室の豪華な肘付椅子に腰をおろすと、高麿が給仕に紅茶を命じたあとで、

『勝子をここへ……』

年を取った給仕が慇懃に頭《かしら》を垂れて出て行った時、私は忽《たちま》ちに身の引締る感じがした。

『嘸《さぞ》、お国のことで御心配でしょう』

『有難う御座います。明後日出帆の船で帰ることになりました』

『それは、それは、どうか貴方の多幸ならんことを祈ります』

高麿が、そう言った時、扉《ドア》のところに人影がさして、藤色の御召《おめし》の単衣《ひとえ》を着た、細々と、見るからに気品の高く清らかな勝子夫人の姿が現れたのであった。

私が、物も云《いわ》ずに、ぬっくと、椅子から立ち上ると、夫人は二三歩私の方へ歩み寄りながら、小腰をかがめて、

『まあ、お久しゅう……』

『大変御無沙汰申上げております……』

『い、え、こちらこそ』

その時、私に続いて椅子から立ち上ったクラシンスキイに向って、高麿が腰かけた儘《まま》紹介した。

『妻です』

それから、勝子夫人の方に向いて、

『こちらは、さっき岩友君に聞いて、びっくりしたのだが、ずっと以前に、日本に来られた波蘭《ポーランド》児童のお一人だそうだ。現在は波蘭《ポーランド》大使館付陸軍武官として日本に駐在なすってる方で、お名前はクラシンスキイさんと仰有《おつしや》いましたね』

『はい。レイモント・クラシンスキイと申します。奥様にもお目にかかれて大変幸せに存じます』

私は、静かに呼息《いき》を呑んだ儘《まま》、全身の注意力を私の双眸に集注《しゆうちゆう》して、この記念すべき邂逅

を成し遂げた彼クラシンスキイの一挙一動はおろか、心の中《うち》の変化まで見届けようと努力した。

だが、私の努力にも拘《かゝわ》らず、私は彼の顔に、表情に、そして挙動にも、何等の変化をも見出さなかったのである。

たゞ、ほんの短い、時間でいえば、ものの二十秒か三十秒そこらの間だけ、クラシンスキイが、あの瞑想的な眸《ひとみ》を妙に細めながら、しとやかに紅茶を啜る勝子夫人の臈《ろう》たけた顔を、じいと打ち眺めていたのが私の眼に触れただけだった。

私は二日前に、高麿から思いがけない返答を聞かされた途端に受けた感じと、ほゞ似かよった感じを此処でも受けた。――これでよし！　私の餞けは既に彼に与えられた――

私はそう思うと、何かせいせいした気持になって、クラシンスキイのことはほったらかした儘《まま》、暫《しばら》く談笑に時を過したのであった。

その間、時々、社交に洗練された勝子夫人が、一方向の話題を軽く転じて、クラシンスキイの方へ短い言葉をかけたり、彼がそれに応じる様子を眺めて、私は心から運命の皮肉を感じた。

所詮《しょせん》、恋と云うものは「幻影」の力を俟《ま》たなければ存在の理由はないのだ。私はクラシンスキイの二十年の恋が、遂に神秘以外の何物でもないことを知ったと共に、人類からたわいもない恋が永久に失われないことも、これに依って判るような気がした。

私は、華族会館から虎の門の方へ出る、一寸日本らしくない、妙にエキゾティックな感じのする坂道を、蕭々《しょうしょう》と吹く秋風に曝されながら、クラシンスキイと肩を並べて歩いた。

私は、もう彼に、何も語るべきことを残してはいなかった。たゞ、私達は虎の門の停留所のところで、ほんとうにこれで再び相会うことのない別れを、めいめいにはっきり意識して、強い握手をしたのだった。

五　手紙

けたたましい号外の鈴の音《ね》が、ひっきりなしに帝都の凡《あら》ゆる町々にひゞいていた。欧洲再び戦乱の坩堝《るつぼ》か！　独波開戦迫る！　そう云った凄絶な見出《タイトル》をデカデカとのせた号外に見入っていたとき、一通の郵便が私に届いた。

差出人はと見ればクラシンスキイからだった。消印が横浜となっている。封を披《ひら》くと、欧文タイプで、次のような手紙が、ローマ字で認《したた》めてあった。


「親愛なる岩友様。

貴国を去るに臨み私は重ねて貴下の深い御親切に感謝します。貴下は、日本人でなければなし能わざる最も賢明な方法で、私の希望を達して下さいました。故に、私も亦《また》、波蘭《ポーランド》人として最も賢明な方法で、貴下の御親切を受理します。

願くば、神、貴下と共にあれ！

F・クラシンスキイ

二伸
大使館の植木屋が私の剣《つるぎ》を持つ右腕へ、二日がかりで「勝」という日本字を入墨して呉れました。この字は軍人にとって大層縁起の好《い》い字だそうですね」

解説

摂津《せっつ》茂和《もわ》の本名は近藤高男。一八九九年、台湾気象台測候所長の末子として台湾に生まれ、慶應義塾大学在学中に父の秘書として欧州歴訪に随行、語学と国際感覚を身につけ、卒業後は貿易に従事。三十代からゴルフに親しみ、専門誌に本名で発表していたエッセイにゴルフ仲間の水谷準《みずたにじゅん》が注目。『新青年』一九三九年三月号「のぶ子刀自《とじ》の太っ腹」での小説家デビュー以後、獅子文六《ししぶんろく》、久生十蘭《ひさおじゅうらん》らに続く、欧州の風を誌面にもたらす国際派作家として歓迎される。その作風は、本作「祖国《ふるさと》は炎《も》えてあり」（一九三九年十一月号）に顕著なように、国際的に孤立しつつあった日本が直面する国際問題（本作では一九二〇年のポーランド難民孤児救出、ほかには欧米人によるアジア人差別など）に立ち向かう日本の上流階級や知識人を感動的に描くというもので、まさに当時の『新青年』が求めていた国際小説だったが、海軍小説の比重が増すとともに作品発表の舞台を広げていく。筆名は、自分の名前が大きく載ったプログラムを指さした若い踊り子が「これがあたしなのよ（C'est moi）」と言うフランス映画の一シーンにちなんだロマンチックなものだが、敵性語だったため決戦下では「しげかず」と読ませている。『新青年』一九三九年六月号の「ローマ日本晴」で直木賞候補、一九四〇年六月号の「愚園路《ぐえんろ》秘帖」などで第三回『新青年』賞受賞。戦後はユーモア小説で活躍するが、ゴルフ史研究家としての活動に主軸を移し、関連著書多数。晩年はJGAゴルフミュージアム設立と運営に尽力。一九八八年歿。（末永昭二）

聖汗山《ウルゲ》の悲歌

中村美与子

【一九四〇（昭和十五）年九月】

序曲《プロローグ》

「総てを清算して大陸に渡ります。」

私の甥の香坂淳一が、その一言を置土産にして東京を発ってから、早いもので、はや二年の月日が経っている。彼が内地を去った動機は、養家先の香坂家に起ったいろいろの煩わしい経緯から、一時逃避するためだったが、彼はその計画を、幼い時から姉弟《きようだい》同様にしてきた私にだけ、こっそり打ち明けて同意を求めたのだった。彼の向う見ずの冒険心も、彼自身の人生に通ずる、止むに止まれぬ一つの宿命であるかに思われて来たので、私は、たった一人の肉親としての賛成を、彼に与えてしまったのである。謂わば私の一存で彼を大陸へ遁《に》がしてやったようなものだった。

「……姉さん、僕はやばり同郷の山県少佐をお訪ねしてよかったと思います。少佐は実に豪快で而も親切な方です。僕は少佐の部隊で雑務をさせて頂く事にしました。目下は蒙疆地区の徳王府へ来て善隣協会の事業班で働いているが、学校時代から得意だった満洲語、支那語、蒙古語も、どうやら板について来たし、遠からず、共匪《きょうひ》の支那敗残兵の討伐にも参助《さんか》する筈です。

それから姉さんに諄《くど》くも吃付《いいつ》かった小説の材料になるような話。だが、いくら大陸でもそんなのはザラに転がっていないようだ。と云ったからって落胆しないで待って下さい。またお便りします。」

この手紙を最後として、彼はパッタリ消息を断ってしまった。まる一年あまり、絵端書一枚送ってよこさぬのである。流石《さすが》の私も少し不安になって来て、○○部隊の山県少佐あて、問合せの手紙を出そうかな、と思っていた矢先、だしぬけに彼からの厚い封書が投込まれた。

「姉さん、御無沙汰のお詫びは後廻しにします。あれから急転直下、危地に曝され通しの僕は、何《な》んの事はない、一方で知らず識らず姉さんの原稿の材料捜しの役目も勤めていた訳だ。だから、御無沙汰のおわびの印に、僕が直面した数々の事件の中《うち》で、軍機に関する方面のは時効にかゝるまで後廻しにする事にして、最近僕が個人として衝《ぶ》つかった不思議な物語をひとつ報告しましょう。」

転龍蔵《チャンロンツアン》の丘

香坂淳一は、〇〇部隊の駐屯する包頭《パオトウ》を発ち、鄂爾多斯蒙古《オルドスモーコ》を迂廻して蘭山々脈を越え、それから寧夏《ねいか》へ入って、清海省の西寧《シンニィ》へ出るまで、まる半月を費した。疲れた足をひきずってやっと西寧の町へ入った時は、午後四時頃。土壌造りの低い家並が続いているこの町の上にうっすらとした夕靄《ゆうもや》が一面に垂れ込み、街の広場も表通りも裏通りも何方《どっち》へ曲っても、夥しい人の群と駱駝と馬と犛牛《ヤク》と騾馬《らば》の群とでごった返していた。彼等は、尽《ことごと》く蒙古喇嘛《ソグボラマ》の大本山、聖汗山《ウルゲ》へと発足する信徒たちであった。この西寧は、数百年来、北京《ペキン》と西蔵《チベット》とを結ぶ通路の要衝に当っているが、今度新しく復活された聖汗山への出発点としても、遠くは察哈《サハ》爾《ル》、綏遠《すいえん》、寧夏、西康の各省各旗からの此処が立場に当って居り、今度の聖汗山の大祭に当っては、連日連夜各地から繰り出して来る信徒の群で、この古い駅場《ターサム》の街西寧始まって以来の大賑いを呈しているのだ。

香坂は大褂子《ターワーソ》を着て馬の革の靴《シユエ》を穿き、それに西蔵《チベット》の貴婦人が用いるトーイチという褐色の顔料で扮装していたし、すでに半月の旅路の汗と埃とですっかり色揚げされ、誰が見ても、朴訥な蒙古の青年だった。一体、香坂淳一は何んのために、こんな辺境へやって来たのだろうか。

それは恰度《ちようど》ノモンハン事件が納《おさま》り、日蘇協定が成立した直後であったが、彼はある使命を果して、天山北路の辺疆からの帰途、××から百霊廟へ辿りついて、そこから測地班のトラックで包頭《パオトウ》へ帰りつゝあった。そのトラックには、兵士が十人ばかりと、それから軍部とはどんな関係があるか知らないが、伊克昭《イクチャオ》盟で水晶彫師をしていると云う蒙古人の龍克子《ロンチャーズ》と云う青年と、香坂淳一とが乗っていた。

初夏の薄陽に煙った内蒙の大草原から陰山越えの退屈凌ぎに、話好きの藤井伍長が、香坂を捉えて頻りに話しかけて来た。愛馬の話から香坂もつい釣り込まれて、下北地方（青森と岩手の境）の田名部《たなんぶ》馬の由来を話したが、それは、彼の養家先の香坂家が下北地方でも屈指の牧場主で、馬にかけては彼も少年の頃から一ぱしの乗手であったし、自然と話が弾んできたのである。

この田名部馬は附近の湯の町易国間《えこくま》の発展と深い関係があった。と云うのは、南北朝の享徳年間、時の豪族蠣崎蔵人《かきざきくらんど》が、南朝に加担して軍馬を蒙古から買入れ、それ以来韃靼《だったん》との貿易が開けて、異国の船が屢々《しばしば》この港に来航した。それ以来この地を異国間《いこくま》、或は易国間とも称したとの話だが、この田名部馬は、身長は低いけれども、寒気と粗食によく耐え、一種特徴ある馬骼《ばかく》は、香坂がこの蒙疆地方の馬を始めて見た時、はたと思い当ったわけで、彼がその話を藤井伍長に話したら、当の藤井伍長よりは、傍で熱心に耳を傾けていた龍克子《ロンチャーズ》の方が乗り出して来た。彼はがっちりした体つきで、蒙古人特有の人懐こい眼差しをしている。

トラックが包頭へ入って、東城門外へさしかゝると、トラックが故障を起して動かなくなり、みんな降されてしまった。香坂は近くの転龍蔵《チャンロンツアン》の丘へぶら〳〵登って行った。後から龍克子《ロンチャーズ》が、何か話したげな様子でついて行った。

丘の下には、褐色に濁った黄河が悠々と流れ、西から北へ、脈々たる拡がりを持った高原は、遠く中部亜細亜《アジア》の彼方へ、遥かの天際《あまぎわ》を掠《かす》めて、金色《こんじき》に煙った大気の中へ溶け込んでいる。

龍《ロン》と彼とは丘の上に腰を下して暫く煙草を燻《くゆ》らしていたが、龍が不意に熱のこもった口調で彼に話しかけて来た。

『ヤポナは馬乗りが上手なんだろう。だったら、競馬の騎手になって見ないか、優勝者には五千留《ルーブル》の懸賞金が出るんだ。』

『ルーブル？……と云うと』

香坂は思わず龍を見据えて聞き返した。

『無論懸賞金の出所はソ聯側なんだが……』

龍も此方《こっち》を窺うような眼差しで凝乎《じっ》と瞶《みつ》めた。

『この時世にそんな馬鹿げた競馬が何処にあるんだ』

ソ聯と聞いて肚立《はらだ》たしくなった香坂は、思わずそうたゝみかけたが、龍は人懐こい瞳を輝かして哄笑した。

『ハッハッハッ……ヤポナはまだ知らないんだな。聖汗山《ウルゲ》、つまり蒙古喇嘛《ソグボラマ》の大本山が復活したんだ、青海省の西寧《シンニィ》から十日はかゝる。それで、この七月二十日から三日間に亘る喇嘛大祭に、活仏《ゲゲン》台覧の大競馬が催されるんだ。』

この話は香坂には初耳だったし、また一向呑み込めぬ話だった。元来反宗が建前のソ聯は、革命直後、喇嘛教徒の血を流し、世界五大宗教都市の一つであった外蒙の庫倫《クーロン》を奪取して喇嘛の大本山を叩き潰したではないか。そのソ聯が、蒙古喇嘛《ソグボラマ》の復活祭に、余興競馬の後援をするとは訝《おか》しい。

『ところが、ゲ・ペ・ウが尻押しで聖汗山《ウルゲ》が復活された事は明かなんだ。彼等は、各省各旗から続々と繰出してゆく満蒙人の聖汗山行きを却って歓迎しているんだ。その意味、ヤポナに分るかね。つまりゲ・ペ・ウは、表面、蒙古喇嘛《ソグボラマ》本山の聖汗山の復活に尻押しをして、競馬の懸賞などで人気を集め、満蒙人懐柔の政策に利用する一方、各所に散った反ソ的分子や、外蒙を脱走したブリヤード蒙古《モンゴ》人を集めて引っくゝろうと云う腹なんだ……』

龍《ロン》は烈しい口調でそう云いかけたが、すぐ口吻を柔げ、香坂が若し競馬へ出るなら、旅費の一部を提供しようと云って、未だ香坂が何んとも答えぬのに、十円の蒙疆紙幣十枚をポケットから摑み出して、遮二無二香坂の掌《て》に押しつけてしまった。

実を云うと、香坂は目前の好餌にうっかり釣り込まれていた。だが待てよ。話があんまり旨すぎる。彼は心の余裕を作る為に、煙草を取り出すと、龍は如才なくすぐ燐寸《マッチ》を擦ってくれた。一口喫って煙をふーッと吐出した途端、龍の緊張した眼にぶつかって、香坂はあわてゝ、その紙幣を龍の膝へ叩き返した。

（あゝ俺はなんと云う間抜けなんだろう。見ず知らずの人間に百円の旅費まで出して、競馬

へ出そうとする理由が無いじゃないか）

『アハハ、ヤポナは誤解したな』

龍《ロン》は彼の腹を見抜いているように朗かに笑うと、懐中から木の箱を取出し、中から黒水晶で彫った奇妙な仏像のようなものを取出した。

『これは、坐台宝《チーリンポチエ》と云う活仏の偶像《ゲゲン》だ。実は聖汗山《ウルゲ》の大祭に仏具の出張店を出す事になっている孛幹邪《ホーハンイエ》と云う者に、この仏像の見本を手渡し、それからこの手紙を渡して欲しいのだ。』そう云って別に手紙を一通龍《ロン》は取出した。『実は確かな人を見つけてこの二品を預かって貰いたいと思って探していたのだが、なかなか見つからなくて……ヤポナが若し競馬をやりに行くなら是非頼みたいのだ。この金は、その手数料だと思ってくれゝばいゝ』

話の筋道はどうやら呑み込めたが、未だ腑に落ちないものがある。

『仏像と手紙を手渡すと云うのはどう云う意味だね』

『ハハハ……ヤポナは疑り深いな。これは商売だ。孛幹邪《ホーハンイエ》と云うのは僕の遠縁の仏具屋で、彼の手を通じて聖汗山へこの坐台宝の模像を納入出来るように、運動して貰いたいのだ。手紙にはその外色々の用事が書いてあるが、君は只孛幹邪《ホーハンイエ》にこの二品を渡してくれるだけでいゝんだ。ヤポナ、どうだね。五千留《ルーブル》儲けに競馬に行って見ないかね。儲からなかったとしても、ゲ・ペ・ウの蒙古政策の一端を見てくるだけでも……』

実は香坂もさっきからそれを考えていたのである。が、素寒貧《すかんぴん》の香坂にとって、五千留の懸賞競馬と云うのは、なんと云っても大きな魅力であった。

『ではもう一つ訊くがね。君は旅費まで出して人に頼むような事をせずに、何故自分で行かないんだ』

一瞬、龍は打ち沈んだ眼色をちらりと地面に落したが、すぐ穏やかな口調で、『ヤポナ、僕も自分で行きたいんだが、今、親爺が重病で、どうしても手が離せないんだ』

『よし分った。何んとかしてその競馬へ出て見よう。君の品物は、確かに預った』

『ヤポナ、行ってくれるか、有難う』

龍はほっとした顔つきで、紙幣《さつ》を再び香坂の掌に握らせた。

沙漠の旅

西寧《シンニィ》の支那宿で南京虫《ナンキン》の襲撃に遭い寝苦しい一夜を明した香坂は、翌《あく》る朝早く町外れの駅場《ターサム》へ出かけて行った。聖汗山《ウルゲ》へ行く者は此処でゲ・ペ・ウの検査官に護照（身分証明の札）の検査を受けるのだ。検査官のいる処《ところ》は一段高くなっていて、柵の向側には大勢の官憲がいて関門を通過した者の荷物を積んだ駱駝や騾馬、犂牛《ヤク》、馬車などの整理に当っている。

香坂は龍克子《ロンチャーズ》の護照を借り受けて来たので一言の質問も受けずに済んだが、検査官の背後に控えた大勢の役人の中から凝乎《じっ》と此方《こっち》を瞶《みつ》めている鋭い瞳に衝《ぶ》つかると、思わずはっとした。

（ザハルウィッチだ。あ、何んだって此奴《こいつ》が此処へ出洒張《でしゃば》って来たのだろう。黒鷲《くろわし》のような

て見せた。

頭、栗色の瞳……たしかにあいつだ）

香坂は咄嗟に蒙古の素朴な若者たちがよくやる表情を真似て、歯を剝出してにやっと笑って見せた。

ザハルウィッチの瞳はすぐ他へ反れていた。香坂はホッとしたが、それにしても、ザハルウィッチが此処に現れたのは、意外だった。香坂はこのスラヴとツングースの混血児みたいなザハルウィッチが、一ケ年前に、張家口で、白系露人に依って組織された「露人の家《ロドキドム》」で防共委員をしていた事を知っている。彼はレニングラードで士官学校に在学中から、前途を嘱望され、歩兵少尉として外蒙の第二軍団の指導部に廻されたが、駐屯中に脱隊して興安北省に遁れ、張家口へ来て白系露人軍に投じた筈の男である。が、今目前に見るザハルウィッチは、厳然たる赤軍の番犬ではないか。香坂は、張家口の「露人の家」へある用件で訪れた時、ザハルウィッチと言葉を交した事もある。その時の印象では、軍人上りとも見えぬ柔和な紳士であった。その男が、赤軍のスパイだったとは！　いや彼奴《あいつ》から見れば此方が日本のスパイと云うことになる。この場合は遁れたとしても、これから、ソ聯の支配下にある聖汗山へ、蒙古人に成りすまして乗り込むには、すくなからぬ危険が伴うわけだ。

愈々《いよいよ》聖汗山《ウルゲ》への出発だ。香坂は、数百人の一団に加わって、駱駝を雇う事にした。但し駱駝は四人乗りだった。真ん中の凹みへ手廻りの荷物を載せ、両側へ柳の枝で編んだ籠を一つずつぶら下げて、それに二人ずつ乗るのだ。籠の中の椅子は居眠りをしても落ちないように出来ている。

香坂は先へ乗込んで客の割当てを待っていると、隣の籠へは烏蘭察布《ウランチャブ》から来たという中年の土民夫婦が乗り、香坂の籠へは二十歳《はたち》ばかりの瞳の美しい娘が乗り込んできた。娘は慌てて乗込んでから、対手《あいて》が意外に若い男性なのに気がついたらしく、ふっくらと丸みをおびた小麦色の頰をほのかに羞含《はにか》ませて俯向いてしまった。香坂は一瞬、ザハルウィッチに遭った不安も忘れて、これから先の十日間、この蒙古娘と合乗りの旅も満更悪くはないと思った。

娘の名前は芬莫《ファンレー》と云った。それは蒙古の青年たちが好んで謡う鄂莫芬莫《オンレーファンレー》の二人の美人を讃えた民謡から採った名であろうか。この娘の素晴しい自然の美しさが、香坂には嚙みしめるように解ってきた。この芬莫は土民夫婦の伴《つれ》ではないらしい。

若い娘の一人旅？　それには何か訳がありそうだが、服装も質素で青麻《チンマ》で織った袾襖《チャオ》を着ている、だが普通の土民の娘にしてはどこか気品がある。香坂は、この娘の素性に、いちはやく興味を持ちはじめた。――それから、僅か二日の旅を重ねただけで、香坂も娘も、どちらからともなく、かなり親しい口を利くようになっていた。

他《はた》の眼からは若い恋人同士のように見えるのか、隣の籠の女房は露骨なものいいでよく戯《から》かったりしたが、芬莫は別に否定する風もなく娘らしい微笑で酬《むく》いていた。

道筋は次第に荒涼たる沙漠地に入り込んで行く。併し沽无濘沼地《ツァイダムしょうち》を北方に控えている故《せい》か、所々に沼地や小川が見られ、草地が点々として散在している。この無人の境を、聖汗山詣での信徒の行列が、駱駝の銅鈴《チョルト》の音も冴やかに騾馬、犛牛《ヤク》、馬などの群を従え、蜒蜿《えんく》として平原の起伏を縫って行くのだ。

それは六日目の夕方――。香坂は天幕の外へ出て、タバコを燻らしながら、先刻《さつき》何処かへ姿を消した芬莫《ファンレー》が帰ってくるのを待ちわびていた。

香坂の胸のどこかには、芬莫に対してうずくようにしみ出る、ほのかな思慕の情が芽生えている。

南山々系を渡る微風も絶えて、沙漠の際涯《はて》に舂《うすづ》いた夕映えも黄をおびてきて、脚下にはいつのまにか暗紫色の陰影《かげ》が匐《は》い寄《よ》っていた。が芬莫はまだ帰って来ない。

空には二ツ三ツ星影が瞬き初《そ》め、少し先刻《さつき》まで彼方の草地に入乱れていた、人も駱駝もすっかり影を消して、地上には天幕だけが点々として石塊《いしころ》のように取残されている。

香坂はふと喫いさしのタバコを投棄てると、砂地といわず草地といわず、無茶苦茶に歩き廻っていた。彼は何故そうするのか自分でも判らなかった。

『あら、龍《ロン》さんじゃないの、何処へ往くの』

不意に背後からそう呼びかけ、砂丘の窪地を芬莫が駈寄ってきた。

『なーんだ、こんな処にいたのか。何処をうろつき廻ってたんだい。きっとい丶人にでも逢って来たんだろう』

香坂は胸の裡《うち》でむしゃくしゃしていたものをさらけ出して叩きつけた。

『あら、ひどいわ……』

芬莫は軽く受流すつもりらしかったが、香坂の硬ばった顔を見ると彼の手をぎゅっと握って、『いやよ、そんな怖い顔しちゃ、あたし頭が痛かったので散歩してたのよ。もっと一緒に歩きましょうよ。もうすぐ月が出るわ』そして、彼の手を握ったまゝ、先へ立って彼の女《かじょ》は歩き出した。

冴やかな星影の夜空の光の中に、ほの白く馬礼莫《マーレンゴー》の花が咲いている。二人は、乾燥した草地や、砂地をあてもなく、ゆったりと歩き廻った。

『あたし、少し疲れたわ。ね、此処で休みましょうよ』

芬莫に手を引かれて、香坂は砂地の窪地へ降りて行った。二人は並んで腰を下した。砂地には、まだ昼の地熱がこもっていて、その温かさが腰の辺にほのかに伝わって来る。

見上げると、天空には薄霧をおびた銀河が長い影を曳いて闇の涯《はて》へ流れている。二人は暫くだまったまゝ、寄添って、空を眺めていたがふと、遠くの天幕のあたりから、細々とした女の唄声が流れわたってきたので、芬莫も香坂も、我に返ったように、その方へ聴き耳を立てた。子供でも寝せているのだろう。聴えてくるのは蒙古の子守唄だった。

〽坊やのお守ははい〳〵お馬

お牛ものろ〳〵随いてくる

羊も山羊も殖えました

お礼詣りは何処へいって

あの砂丘《おか》越えて山越えて

コロ〳〵タイの廟《みや》さまへ……

寂《せき》とした夜陰の空気を顫《ふる》わして、まだうら若い女房らしい透き徹った声で、その子守唄が途切れ〳〵に幾度も〳〵繰返えされて流れてきた。ふたりはしんみりと聴入っていた。

家畜と廟《みや》と——幼い夢路を守る子守唄——その二つは漂泊《さすらい》の蒙古の土民にとって、唯一の資産たる家畜を擁護する精神と深い信仰とが含まれている。その唄のもつ意味もメロデーも単調で稚《おさな》いけれども、測々として胸を衝《う》つ哀切悲句は人間本然《ほんねん》の切ない郷愁の声であった。

（いや此処にも万里の異郷にうらぶれた流浪人《さすらいびと》がいる）と、香坂は呟いた。

と、香坂の手をもっていた芬莫《ファンレー》の手に、ぎゅっと異様な力がこもって、香坂が、ハッと振り向くと、

『あたし、なんだか寂しいのよ……』

芬莫が、一言、その言葉と一しょに、自分の体を、香坂に向って投げかけてきた。

『じゃ僕が子守唄を謡ってあげようか……』

『まあ嬉しい、じゃ、あたし嬰児《あか》ちゃんね』

芬莫は嬉しそうに彼の胸へ頭を押しつけてしまった。香坂はその背を軽く叩いて云った。

『眼を閉《つむ》って……』

芬莫はおとなしく眼を閉った。

『いゝかね、君の識らない国の子守唄なんだよ。……坊やはいゝ子だねんねしな。坊やのお守は何処へ行った……』

香坂の唇を衝いて出たのは日本の子守唄だった。芬莫は眼を開けて凝《じっ》乎と彼の面《かお》を瞶《みつ》めた。

『……でん〳〵太鼓に笙《しょう》の笛……』

香坂は繰返し〳〵謡った。と、芬莫《ファンレー》は彼の胸へ顔を埋《うず》めたまゝ小刻みに肩を顫わしている。

『おかしいだろう？　ね、おかしい？……』

香坂は無理に顔を覗くと、芬莫は両手を顔へあてて、くるりと背を向けてしまった。

『え、泣いてるの？　どうしたんだ芬莫……』

忍び笑いとばかり思ったのが、芬莫は泣いているのだ。

『芬莫、何故泣くんだ？　此方をお向き……』

香坂は芬莫の肩を擁《だ》いた途端、わあっという嗚咽《おえつ》と一緒に倒れてきて、香坂は彼女を横擁きに抱えたまゝ砂地へ崩れてしまった。

『龍《ロン》さん、その子守唄もう一遍謡ってよ、その唄を識ってる龍さんはヤポナじゃないの』

『ヤポナ？　いや君はその子守唄をどうして識ってるんだ……』

今度は香坂が狼狽《うろた》えて尋《き》きかえした。

『だって、あたしのお母アさんが謡ってくれたその唄を、龍さんが……』

『じゃ、君のお母アさんは日本の婦人《ひと》だったのか……』

香坂も突然いいしれぬものに衝たれて、激しく歔欷《なきじや》くる彼の女の顔を覗き込んだ。

『龍さん、もう一遍謡って……』

香坂は両手に抱えた芬莫の涙に濡れた頬へ夢中で自分の顔を押しあてゝいた。そして彼の女の嗚咽の声はそのまゝ彼の唇へ、溺れるように消えて行った。

その夜を境にして、芬莫《ファンレー》は香坂に対する態度を一変した。それは兄に対する親しさだった。あの時、涙と悲哀と興奮のうちに夢中で触れた唇のほろ苦い甘さは、香坂の胸に疼くように残っていた。それには芬莫に対する自責の念も多分に混っていた。

そして、あの場合のような、いや、より以上のさし迫った激情の淵へ臨むことは、此後ふたりの間に永久にやってくることがないのではなかろうか？　そうした絶望的なものが香坂をひどく感傷的にしたがそれはそれとして、何処かに得体の知れぬ秘密の影を宿していた芬莫ではあったが、彼の女が、まさかこれほどの数奇《さつき》な運命を、その身の上に背負《しょ》っている女だとは、香坂は想像もしていなかったので、彼の女の身の上を聴かされて、すっかり驚いてしまったのである。

それは一九二〇年、露西亜《ロシア》革命の炎が、庫倫《クーロン》にまで波及して、遂に聖汗山《ウルゲ》の殿堂もボルシエヴィズムの嵐に吹き捲られ、当時の活仏《ゲゲン》、哲布尊丹巴《ジェブブツオンダンバ》は暗殺され、高僧達は夫々《それぞれ》北支、満洲方面へ遁れた。その中で、高僧の一人、阿拉罕失喇《アラカシオ》は、張家口指して落延びたが、彼はその時秘密の妻子を引伴《ひきつ》れていた、

巴洛波《ハラハ》で革命軍の追及の手が迫り、妻は三つになる女の児を抱いたまゝ流れ弾に当って斃《たお》れ、阿拉罕失喇は僅かに身を以て遁れる事が出来た。一瞬にして親子三人生死流転の悲運に遭遇した訳だ。母の屍《しかばね》に抱かれていた幼児はさる蒙古人に拾われて育てられる事になった。それが今の芬莫《ファンレー》である。阿拉罕失喇のその後に就ては、知る者とても無いが、この度の復活聖汗山の法王第一世として出現した活仏こそ、当時の阿拉罕失喇であると云うのだ。今、

彼の女は、父であるその活仏を聖汗山に密かに訪ねて行く途中であった。

それが、その夜、香坂が芬莫から聴いた彼女の宿命的な身の上話の概略《あらまし》であった。それにしても娘の身で大陸を股にかけての一人旅はあんまり大胆過ぎる。それに芬莫は三年前に家出したとのみで、養家先の事情に就いては、ふっつりと口を噤《つぐ》んで語ろうとはしなかった。

聖汗山《ウルゲ》

それから先は香坂にとってもまた、芬莫《ファンレー》にしても、特別な親しさが増しただけに妙に気づまりな寂しい旅とはなった。国情も境遇も異るにしても、幼い時に母を喪った悲しみを識っているだけに香坂は芬莫の気持ちがよく解るのだった。そうしたことから香坂は出来得る限り彼女の力にもなり慰めてやりたかった。が、芬莫は、香坂がそれを持出す度に、

『いゝのよ打捨《うっちゃ》っといて。自分のことは自分で苦しむのが本当なんだから……』

と、すげなく拒絶した。それには香坂も二の句が継げず押黙ってしまったが、対手が気強く出れば出るほど、香坂はじっとしてはいられなかった。

巴顔喀喇《ハガカラ》山を彼方に見て目も杳《はる》かな高原へ差しかゝると、今までの沙漠とちがって真夏だというのに、まさに春風駘蕩の気が溢れていた。青々とした草地を吹き渡る微風も柔らかく、紅白紫黄色彩《べにしろむらさききいろ》とりどりの名もしれぬ草花が、薄命な乙女の吐息のように細々と些やかな花をつけ、その間に水温《ぬる》んだ達木河《クムガ》の小流が、幾条《いくすじ》にも岐《わか》れて緩やかに流れ、その中を幾千万

ともしれぬ水禽《みずとり》が河面を蔽うて浮び戯れている。花から花へ飛び交う胡蝶、花間《はなま》にはのどかな小禽の囀りさえも聞え、さては空高く舞う満鶴《まんかく》（鍋鶴《なべづる》）の群。

往年西蔵《チベット》の一部だったこの青海《コ・ノール》の楽園を誰が荒涼不毛の地だというだろう。それは西蔵《チベット》よりは崑崙《コンロン》の谿谷《たにま》にあるといわれる桃源郷《カンプークン》の秘郷へ近いのではなかろうか——。

みんなは駱駝を停めてこの夢のようなオアシスで憩《やす》むことにした。一望唯馥郁《ふくいく》たる花野だ。その強烈な香気で芬莫《ファンレー》の憂苦も何処かへけし飛んだのか、彼女は香坂が西寧《シンニィ》で始めて逢《と》った頃の快活な娘に帰った。それと一緒に香坂も胸を塞いでいた重苦しいものが急に除り去られたように浮々し出した。

けれども自然の楽園には果しがあった。紅い夕陽が巴顔噶喇《ハガカラ》山の彼方へ傾く頃には蒼茫たる花野は、麻薬の妖夢のように遠い黄昏の色にかき暮れてしまった。

その夜、夕食の後で、芬莫はまた天幕から影を消した。（彼の女は、また丘の辺に、泣きに行っているのだろうか、いや、それにしても、時々彼女が姿を消すのは、どうもおかしい……）香坂はいいようのない焦燥に駆られて彼女の帰るのを待構えていた。芬莫は案外早く帰ってきた。彼の女は何故かそわ〳〵と落着かず、香坂の顔を見る眼にも、何かおびえたような色が見えた。

『芬莫、今夜、またしんみり君と話しがしたいんだ。君の恋人の話でも何んでも聴くよ。君はまだ、僕に何か隠している事があるだろう?』

つとめて優しく云いかけたつもりだったが、香坂の声は妙にひきつっていた。

これを聴くと、芬莫は悲しそうな顔をして、香坂の側へ寄ってきて、

『あらまたそんな……瞶《おこ》らないでね、龍さんに対するあたしの心、きっと、きっと、判る時がくると思うわ、だから……』

その時、合乗りの土民の女房がひょっこり、天幕から顔を出したので、彼の女は急に口をつぐんでしまった。

『いつも仲がいゝこと。若い男女《ひと》って、本当にいゝもんだねえ』

黒い歯をむき出して、女房が笑い乍らからかい始めた。香坂は、むっとして、歩き始めた。

(自分に対する芬莫《ファンレー》の真意が今此処で判ったとて、それが一体どうなるというんだ、それもたった一度ふたりの唇が触れたというだけのこと……所詮沙漠の旅に咲いた恋草の花か……)

香坂はもどかしい位、自分が馬鹿げて見えるのだが、しかし、こみ上げてくる、やるせない思いをどうすることもできないのである。

聖汗山《ウルゲ》が近くなると、駱駝の銅鈴《チヨルト》の音も冴え渡り、唵嘛呢叭咪吽《オムマニパドメフム》の六字の名号を連誦しながら、五体投地稽首《チャッエル》(体を地につけ、一礼毎に自分の身長だけ進む)を始める砂塗《まみ》れの苦行者も現れて来た。

西寧《シンニィ》を発ってから十日目の朝、棚雲の罩《こも》った沙漠の彼方に、恰度摺鉢を伏せた形の聖汗山が現れた。その頂上には、支那風の黄色の瑠璃瓦をもった丹亜の楼閣殿宇や、燦然たる金蓋《こんがい》の堂塔伽藍が、お伽噺の夢の国の風景のように浮き上ってきた。

この聖汗山を中心として、新疆《しんきょう》からの崑崙《コンロン》越え、西蔵《チベット》道の丹噶爾《タンカル》と巴顔噶喇《ハガカラ》山越え、奥四《シ》

川《セン》、西康《シンコウ》、それから香坂らの通って来た西寧《シンニィ》からの道と、各方面からの道は、聖汗山《ウルゲ》の近くで自ずと四つの道に区劃《くかく》され、先着の天幕や包《パオ》、駱駝、幌馬車、犛牛《ヤク》、騾馬、馬などが、目も杳《はる》かな丘の下の草地を、河原の石塊《いしころ》のように埋めつくしているのだ。まだ後から後からと、蜿蜒と果てしなく続く信徒の群はこの広大な聖地を一寸の土も見えぬほどに蔽いつくすのではないかと思われた。

馭者《ぎよしや》が天幕を張る間も香坂はじっとしてはいられなかった。それにしても芬莫《ファンレー》は父のいるこの聖汗山へきて、真先に飛出すかと思うとそうではなかった。嬉しさというよりは寧ろ恐怖に近い眼差しで、天幕の隙間から聖汗山の殿堂を見上げていた。心の動揺を制しきれぬのだ。これも落着かぬ気持ちで突立っている香坂を見ると、芬莫はやっと笑顔をつくって云った。

『龍さん、貴方、早く競馬へ出る手続きしなくちゃ駄目じゃないの……』

香坂も一つはそれで焦っているのだが、一方で芬莫の力になってやりたかった。それをいい出す先に芬莫は先手を打っていた。(自分のことは自分でする)それだった。

『あたし、とても疲れたの、だから暫らく憩《やす》ましてね……』

香坂の瞳が其方《そつち》へ注がれると、芬莫は片一方の靴を脱いだ方の素足を横坐りに隠してしまった。

『じゃ僕の用事を先に済して来よう……』

香坂が天幕を離れると芬莫が慌てゝ、呼び返した。

『帰りに道を間違えたりしちゃいや、きっと此処へ戻ってくるのよ、あたしのいるこの天幕へ……』

芬莫の秘密

香坂は、潮騒《しおざえ》のような信徒の群れを掻分けているうちに聖汗山《ウルゲ》の頂上《てっぺん》へ押上げられていた。本殿の建築は、純西蔵《チベット》建築に支那風を加味した懸崖造りの大聖主殿《チャムチエン》を中心として、西隅には政務を司る白堊の王城、法王宮《ヴァティカン》が巍然《きぜん》として聳え、東方には支那風の高壁を繞《めぐ》らした紫紅色に映えた猴頭廟《クトウびよう》、馬頭廟《まとう》、喇嘛庫《ラマク》、莫廟《しびよう》等、幾多の廟宇殿堂が参差《しんさ》聯環《れんかん》して、その間に電光形の通路が四通八達している。南面には霊廟仏殿、拝殿、宝塔、伽藍、僧院、客院、副堂等が櫛比《しっぴ》して、建物の間には、大小の階段や覆段が上下四方に通じ、三楼造りの柱列には、空想化された草花禽獣、さては仏画の類が極彩色に描かれ、拝殿の扉には、荘重な金属の剪嵌《せんかん》細工が施され、大広間の柱や梁の神獣の彫刻などは、絢爛眼も眩むばかりである。

何方《どっち》へ行っても、円頂紅衣の喇嘛《ラマ》僧と、信徒の大群で埋《うずま》っている。香煙は濛々として金碧《こんぺき》の内壁を繞り、読経の濁声《だみごえ》と梵貝《ボンバイ》、鈷鐔《こしょう》、鐸木《たくぼく》の騒音は耳を聾するばかりだ。

本堂を繞る摩呢聖廊《マニチンコル》と外環《リンコル》には、幾万とも知れぬ信徒が脚を組合せて重り合い、三景石の甃石《しきいし》の上には、土下座の群衆が所狭しと詰めかけている。巡礼たちは米粉《べいふん》や乳酪《バタ》を盛った供物鉢を捧げて犇《ひし》めき合い、一方には埃に塗れた五体投地《チャッエル》稽首の苦行者の群が尺取虫のように這い廻っている。

香坂は迷路のような建物の間を迂廻して、法王宮《ヴァティカン》の受付へ行って、騎手名簿に署名した。これで愈々明日の競馬に出られる訳だ。いやその前に仏具商の孛幹邪《ホーハンイエ》に会って、龍克子《ロンチャーズ》から頼まれた二つの品物を手渡さねばならぬ。

参道下の青草の生えた広場の一劃には、大掛りな西蔵《チベット》仏劇や支那奇術などの見世物小屋がぎっしりと並び、その裏側は山西や直隷省から来た支那商人に占められ、天幕張りの軒を並べた店頭には食料品を始め駝毛、羊毛等の毛皮類、装飾品や雑貨、綿織物、銅製や真鍮の宗教具が山と積まれ、見世物の銅羅や太鼓の騒音に混って、客を呼ぶ商人の喚き声は耳を聾するばかりだ。

参道も露店の通りも商店街も舞立つ黄塵の坩堝《るつぼ》と化し、何処まで行っても何方へ外《そ》れても、汗と喘ぎと脂垢《あぶらあか》の異臭に充ちた人群れが犇めき合い、後から後からと押流されてくる人波に埋めつくされている。

香坂は人群れに揉まれながら仏具商孛幹邪の店を捜し廻ったが、目抜きの商店街は機敏な支那商人に占められているので容易に見当らなかった。そのうちに蒙古人の飯店の並んだ一つの部落へ出た。其辺には一種の肉の香が漂い、店頭ですぐ羊が屠られ、見ているうちに油鍋で肉饅頭が出来上るのだ。薄暗い店の奥を覗くと、陽灼けのした顔が集って白酒《バイチウ》を呷《あお》っていた。香坂はその店で尋《き》くと主人が叮嚀に孛幹邪の家号を教えてくれた。其処から一丁程先へ行くと仏具店が軒を並べた天幕部落があって、青塗りの板へ永和堂《エーホータン》と金文字で表わした看板がすぐ眼についた。店は狭いけれども比較的小綺麗で瑪瑙《めのう》や翡翠《ひすい》、黒水晶などで彫った大《おお》喇嘛《らま》の坐像や聖汗山《ウルゲ》の浮彫などが並べてあった。

　主人の孛幹邪は四十年配の男で商人だけに愛想がよく、香坂の来意を聴くと早速奥へ招じて妻子にも引合せ、肉饅頭《チーリンポチエ》やお茶などを奨めた。香坂は龍克子《ロンチャーズ》に頼まれた要件を告げて大掛《ターワー》子《ゾ》の裏の衣嚢《かくし》から、坐台宝の入った木箱の包みと手紙とを取出して孛幹邪に渡した。

『ははあ、琿春《クンチユン》が聖汗山《ウルゲ》へ来るかも知れんと云うのだな……』

　手紙を読み終った孛幹邪は独り言のように呟き乍ら、笑顔を香坂の方へ向けた。

『どうもはや……龍《ロン》の奴は私の甥ですが、あれも可哀そうに、乳兄妹の琿春《クンチユン》に逃げられてからと云うもの、必死に探し廻っているのだがどうも行方が分らんらしい。末は夫婦と思い込んでいただけに、琿春《クンチユン》に逃げられては、あれも落胆《がつかり》ですわい。時に、あなたは、なんと云うお方で龍とはどう云うお知合いで？』

　そう問われ、香坂は返辞に困った。龍《ロン》の護照を借りて龍克子と云う名前で旅行をしているので、龍克子を知っている人間には、まだ名乗る名前も持っていないのだ。

　長居をするとボロが出るので、彼は云い加減にその場を誤魔化すと孛幹邪の店を出た。間誤《ご》つき乍ら彼は、自分の天幕の近くまで、どうやら、戻ることが出来たが、彼はその時、ドキリとして、立ちすくんでしまった。天幕の前で、芬莫《ファンレー》が見知らぬ二人の青年と何か頻りに話している処だ。突詰めた青年たちの瞳の色と云い、何か訳がありそうだ。香坂は旅行の途々《みち〳〵》で、時々夕方などに姿を消す芬莫の相手の正体を目のあたり突止めた気がした。

香坂はすぐ引返そうとすると、ふと此方を振返った芬莫《ファンレー》の視線とばったり合ってしまった。芬莫が狼狽して傍の青年へ何か私語《さゝや》くと彼等はすぐ、天幕や馬車の間を抜けて足早に立去ってしまった。

その夜——馭者はまだ帰って来ず、天幕の中では隅っこの方で烏蘭察布《ウランチャブ》の土民夫婦が昼の疲れでぐっすり寝込んでいた。香坂は芬莫が点《とも》してくれた獣脂の灯で手廻りの品を整理していると、芬莫は香坂の護照を見てひどく吃驚《びっくり》した様子。

『どうしたんだ』香坂は慌てゝ、護照を隠すとそう云った。

『龍《ロン》さん、あなたの名前……あたし龍さんとだけしきゃ知らなかったけど、龍克子《ロンチャーズ》……いゝえ、分ったわ。あなた龍克子の護照を借りていらしたのね。でしょう。龍克子とあなた、一体どう云う御関係?』

『そんなら、龍克子と君とはどう云う関係か。それから聞こうよ』

香坂はあべこべにそうたたみかけた。

『そう?』

芬莫は長い間何か考えている風だったが、

『あたしが初め龍克子の名前を云わなかったから悪かったのね。あたしが三つの時、拾われた蒙古人と云うのが、龍克子の父親だったの。だから、あたしと龍克子とは、義理の兄妹と云う訳よ。乳兄妹ね……あたしが三年前逃げ出したと云うのは、その龍克子の家《うち》だったの……』

香坂は芬莫の話に耳を傾けているうちにすぐ思い当ることがあった。

『そうか——。君は芬莫と云うのは仮りの名だね。龍《ロン》の家《うち》では琿春《クンチユン》と呼ばれていたのだろう。』

彼の女は一瞬硬ばった表情を示したが無言だった。

『未だ色んな事を知っているよ。龍克子は、逃げ去った君を夢中になって探しているんだ。君が聖汗山《ウルゲ》の大祭に、きっと父を訪ねて此処に来る事を知っていて、君も知っているだろう……龍の叔父の孛幹邪《ホーハンイエ》と云う人、その孛幹邪は此処で仏具店を開いていたので、彼に、君がきっと来る筈だから捉えてくれという手紙を、実は僕がそれを識らずに龍から托されたんだ。芬莫、いや琿春！　龍は君の事をずっと未だに思いつゞけているのだ。君は、龍克子を捨てて逃げ出して……龍の事は何んとも思っていないのかい』

香坂は一気にそう云って退《の》けた。そして何か自分自身の言葉に耐えがたいものを感じたのであろう。其儘ぷいと天幕を飛出してしまった。後から芬莫の啜り泣きが低く洩れてきた。

酆迤典莫《ホイデレ》の馬場

翌朝、香坂が眼を醒して見ると天幕の中から芬莫《ファンレー》の姿が消失せていた。昨夜から彼の頭上へ重くのしかゝっていた龍克子と芬莫とのことが、新たに疼き出してきた。運命はあまりにも悪戯《いたずら》過ぎる。芬莫は果して龍の処へ帰る意志があるかどうか？　彼女の意志を確かめてやろう。いや彼女は恐らく龍《ロン》の処へ帰りはしまい。芬莫《ファンレー》の行方を知るには活仏《ゲゲン》の身辺を見張ることだ。香坂は天幕を飛出すと奔流のように参道の方へ流れている人波を突切っていた。

今日は大祭の二日目に当る。草地も参道も宏大な聖汗山《ウルゲ》の全山は雲霞のような信徒に埋めつくされ、唵嘛呢叭咪吽《オムマニパドメフム》の唱号念誦に沸立っている。その中を悠々闊歩しているのはゲ・ペ・ウの密偵だ。彼等の敏速な視聴はこの狂騰の渦中から一体何を嗅出そうとするのか、香坂は何故か身辺に逼《せま》る不安を感じて群集に押されるまゝに猴頭廟《クトウびよう》へ紛れこんだが、彼は自身のことよりは、心は芬莫の方へ走っていた。彼は幾百万の中からでも芬莫を捜し出そうとした。彼は信徒と赤衣の喇嘛僧とで埋った祭壇の横側を泳ぐようにして、僧房と副堂との狭い通路へ出て、其処の張出窓のある廊下を通り、迷路のような覆段を幾つか上下して歩き廻っているうちに、内殿の傍へ出た。

日頃密閉した秘密境も今日は開帳され、金色燦爛たる内壁に映えた灯《ともしび》と立昇る香煙の影から、幾体ともしれぬ歓喜仏《ポテロポロポンノー》の怪異像が明滅する。どの偶像も温和典麗な仏相ではなく、人面蛇神、牛頭人身、羊頭虎尾等の西蔵《チベット》式怪異像のみだが、それを渇仰する女人たちの瞳はまたと逢い遭い難い欣求《ごんぐ》の輝きに充ちている。が香坂の眼には其等の光景が淫逸と迷信の蔵器にしか映らなかった。

彼は其処に芬莫の姿がないのを確かめると僧院の裏側へ廻って、右往左往する喇嘛僧の中を掻分け大聖殿《チャムチエン》の内廊へ出た。彼方の祭壇では今、精霊供養の儀式が始まるところだ。香坂は芬莫の幻影を趁《お》うて外環《リンコル》の方まで溢れた信徒へ空虚《うつろ》な瞳《め》をはせた時、彼の右腕が誰かの手にぐっと捉《つか》まれていた。

『龍克子君《ロンチャーズ》……』

香坂は息が停った。ザハルウィッチだ。此奴はいつの間に西寧《シンニィ》からやって来たのか、万事休すだ。香坂は瞬間脚下から聖汗山の全景がめり込んでゆくように感じた。

『君は競馬の騎手なんだろう。早く馬場へ行くんだね、光栄の活仏台覧《ゲゲン》のこの競馬に遅れたら意味ないじゃないか』

ザハルウィッチは香坂の腕を抑えていた手を放すと、がっしりした腮《あご》で外の方をしゃくった。信徒を押分けて外環《リンコル》を出る間にザハルウィッチは数回背後を振返って見た。（此奴は俺を監視している）香坂はザハルウィッチの行く通りに、その後に踵《つ》いて外へ出た。

馬頭廟の前の広場では、牛頭馬頭《ごずめず》や餓鬼の面《マスク》を被った喇嘛僧の降魔踊で沸立っていた。その隣の金色の多宝塔《チオイテン》を目指して蜒蜿長蛇の列をつくった巡礼の一団がある。彼等は活仏の手に触れた笻《つえ》で頭を撫でられに行くのだ。敬虔な欣《よろこ》びに顫《ふる》える行列は果しもなく続いている。到る処の廟宇堂塔伽藍は信徒の歓声に充たされ、聖汗山の全山を蔽う澎湃《ほうはい》たる人波は称名《しょうみょう》念誦《ねんず》の沸騰する熱狂の坩堝と化している。

それと同時にゲ・ぺ・ウの官憲と密偵の数《すう》が増しているのを香坂は見遁さなかった。彼は沸騰する人波を突切ってゆくザハルウィッチの後に踵いて到頭鄸迤典莫《ホイデレ》の馬場へきた。其処から馬場の全景が一眸の裡に見渡された。広場の遥かな彼方の赤と黄の幔幕を張った活仏の座所の直下から、青と褐色の西蔵絨毯《チベットチャンズ》を繰延べたように、広闊《こうかつ》な草野と砂地が涯しもなく展《ひら》け、遠く郭洛《トーラ》の山裾へ藍色の大気の中へ溶けこんでいる。

香坂は何処までも踵いてくるザハルウィッチに不安を感じながら彼に教えられて王座の裏側を通って仕度部屋に行き、其処で緑の騎手服に着替えた。騎手溜りには猛訓練で鍛えあげた蒙古青年が大勢集っていた。調馬師は香坂の前へ四肢の先が白い栗毛の馬を曳いてきた。裸馬に荒縄の手綱を見ると香坂はぐっと息窒《いきづま》るような気がした。が彼に取っては懐かしい田《た》名部《なんぶ》馬だった。

騎手たちは五千留《ルーブル》の懸賞金や活仏《ゲゲン》が副賞としてくれる駱駝の話で張りきっていた。（よしっ、この自然淘汰の優勝児共を向うへ廻して勝ってやろう。最後《ラスト・ヘビー》の迫力で）匿名の日本選手が勝った！　香坂はその空想だけで胸が透くのを覚えた。あてがわれた馬の手入れをしていると、馬場の入口の方から喇叭《らっぱ》や太鼓、簫《しょう》、篳篥《ひちりき》などの一種和やかな音楽の音色が流れてきた。それは輿に乗った活仏の行列が粛々と歩調を揃えて練ってくるのだ。

活仏——芬莫《ファンレー》は岐度その附近にいる。途端に香坂は馬の背を降り、柳の鞭を握ったまゝ駈出していた。

『君、何処へ行くんだ……』

柵の傍に早くもザハルウィッチが、突立っていた。彼は場内の通路へ背を向けて立塞がった。

『僕は一目でいゝから活仏の行列が見たいのです……』

香坂はザハルウィッチを見据えて、肩で太い息をした。がザハルウィッチは巨きな手を振って制《と》めた。

『君は一体此処へ何しに来たんだ。競馬の騎手じゃないか、しかも光栄の活仏台覧の競馬だ。活仏が入場したら、すぐ勢揃《せいぞろい》しなきゃなるまい……』

香坂が悄然と引返す背後から、突如角笛の音が響き渡った。愈々勢揃いだ。五千留《ルーブル》の懸賞金——香坂の瞳は一瞬燃上った。と、彼は柳の鞭を取直して裸馬の背へひらりと跨った。そして濛々たる沙塵を捲上げた群馬の中へ馬首を進めると、ザハルウィッチも一緒に大股に歩みながらついてきた。

『出発点《スタート》から決勝点《ゴール》まで十哩《マイル》往復、途中の脱走者は銃殺だ、よく心得て置き給え……』

ザハルウィッチは厳しい口吻でそう云い渡した。脱走、銃殺、愈々間諜扱いだ。遥か外野の彼方にはソ聯旗を靡かせた警備の自動車が既に待機の態だ、その背後には精鋭を誇る物々しい軍備施設があり駐屯軍が控えている。第二の角笛が響き渡った。今度は出場の知らせだ。折から揚った歓声に迎えられて、群馬は歩分堂々と繰出して行く。

蒙古各旗の精鋭五十騎がスタートする鄠迤典莫《ホイデレ》の馬場——王座は黄色の幕に蔽われ、眼の辺に四角の孔があるだけで活仏の姿は見えぬが一段下った左右には正協理、副協理、参領、佐領等の喇嘛の近衛の面々が居流れ、黄と赤の幔幕を背に燦然たる祭壇のように輝いている。その左方《ひだりかた》の天幕には、蒙古の辺疆地にある各旗王と、その下には旗長と、その眷族、従者たちに占められ、其処を中心として全蒙から集った民衆と黄と赤の喇嘛僧とで埋り、遠く郭洛《トーラ》の山裾まで狂喜に揺ぐ人波に覆いつくされている。蒙古喇嘛《ソグボラマ》の復活祭は今まさにその高潮に達したといってい丶。熱狂の群集は黄塵の漲る天空を圧して沸立っている。

この中から芬莫《ファンレー》を捜す、いや芬莫は香坂の高鳴る胸裡に生きていた。五千留《ルーブル》の懸賞金と芬莫の笑顔！（自分が勝てば芬莫はきっと自分の胸へ飛込んでくる。整然たる駿足の蹄を揃えて——刹那に崩れ、無数の点となって狂奔するその一瞬を目前に、香坂の魂は既に血沸き肉躍る悽絶な光景の中へ融込《とけこ》んでいた。

終曲《エピローグ》

その時、王座に垂れた黄色い幔幕の下の空間《あきま》に、緋の法衣がゆらりと横《よこた》わるのが見えた。と、その周囲は忽ち喇嘛の近衛と旗王旗長等に取捲かれてしまった。

右往左往する喇嘛僧たちの口から、思い儲けぬ突然の活仏《ゲゲン》入滅の報が伝わると、忽ちそれが、口から口へ、群衆に電波の如く飛び伝えられ、歓楽の馬場に騒然たる叫喚と怒号が捲起ったのである。少時間の後には、活仏が死んだ、いや殺されたのだ、毒殺されたのだ、と云う噂が聖汗山《ウルゲ》全体にひろがってしまった。

この名状すべからざる渦乱を衝いて一方に赤軍防衛隊の出動を見た。いかに活仏急死の椿《ちん》事勃発《じ》とは云え、あまりに物々しすぎると思われたが赤軍防衛隊の出動と、活仏の急死とは、関係がなかった。それは駐屯軍司令部の襲撃を計画中の首謀者三名が逮捕されたのだ。それらの変事は阿鼻叫喚の渦中から這々《ほうほう》の態で天幕へ遁げてきた香坂の耳へも入った。反ソ聯盟の幹部木庫爾《ムコル》、達喇哈《タラハ》、呼蘭河《コランポ》三名の叛逆者の名が其処此処の物蔭で、不吉な怖ろしいもの、ように低く私語《さゝや》き交され、聴く者、語る者の口と眼とがそれ自身の陰影に怯えるように押黙ってしまった。重なる出来事の混乱と恐怖に戦《おの》いた信徒は、先を争って聖汗山を後にした。戦禍の巷を遁れる避難民のように。

芬莫はどうした――。香坂はその騒乱の中で天幕を離れず芬莫の帰るのを待ち佗びていた。香坂は段々不安が募って来た。

芬莫は、あの馬場で活仏《ゲゲン》の入場する態《さま》を見、そして活仏の倒れたのを目のあたり見たに違いない。と云って、彼女が悲嘆絶望のあまり自殺したとも思えぬし――。併し翌日になっても彼女は帰らなかった。烏蘭察布《ウランチャブ》の土民夫婦は、恐怖に怯えて昨夜のうちに発ってしまったが、香坂は馭者を説きつけて出発を一日延して終い、彼は危険を冒して逃げ後れた信徒の間を捜し廻り、その日の夕方疲れ果て、戻ってきた。天幕へ近寄ると大柄なロシヤ人がのっそりと突立っている後姿が香坂の眼についた。あたりには既に夕闇が匐寄《はいよ》っていた。香坂は危険を感じて其辺を見廻すと、信徒が棄て、行った食料品の南京袋の空や、アンペラなどを投込んだ窪地がある。香坂は咄嗟にその中へ身を潜めていると、天幕の中から馭者の野良声が聴えてきた。

『旦那そりゃ何時逃げたんだね……』

『二時間程以前《まえ》だ。昨日捉えた奴等が三人が三人共みんな逃げてしまった。其奴等の中の二人が一昨日、此処にいる女を尋ねて来たそうじゃないか、その女はまだ帰らないんだな……』

それを聴いた香坂は全身が急に硬ばった。一昨日香坂が帰った時芬莫《ファンレー》と話をしていた二人の青年というのは、昨日捉まった三人の反ソ聯盟の仲間だったのだ？　すると彼等と気脈を通じていた芬莫は？　それはいうまでもなく旅行中に屢々《しばしば》姿を消した芬莫の行動で解る筈――芬莫それ自身が反ソ聯盟の一員なことはもやは香坂には疑う余地もなかった。継母との折合いがつかず三年前に家出して、彼女が辿ってきた道はそれだ。

『その女が帰ったら、すぐ届けるんだぞ。』

大きな図体をした密偵は、馭者に向ってそういうと後を振返りもせず夕闇の中を帰って行ったが、香坂は窪地の底でアンペラや塵芥《ごみ》の中に埋ったまゝだった。軈《やが》て芬莫の上に降りかゝるであろう悲しい運命を考え続けているのだ。

芬莫が龍克子《ロンチャーズ》の恋を退け秘密結社へ走った動機は、母を殺し、父を迫害した赤魔への復讐心の現われではなかったか……。

あゝ、その芬莫は一体何処へ行ってしまったのか。

×　　×　　×

淳一の手紙を基礎にして、漸く玆《ここ》まで私は綴って来たのだが、読者諸君は、芬莫の運命に関して、其後の消息を待って居られるだろうと想像されるので、以下、煩鎖な説明を省いて、淳一の手紙そのものをお目にかけてお終いにした方が、手っ取り早くてよかろうと思うのである。

『……姉さん、遥々出かけて行った聖汗山《ウルゲ》の競馬がおじゃんになったので、僕は元の風来坊で舞い戻ったわけだが、五千留《ルーブル》の夢が、正しく夢だけで消えてしまった事に対して、僕は別に口惜しくも悲しくもない。只、たった一つ、心に残ったのは、忽然と姿を消してしまった芬莫の事だ。僕は、やはり彼の女《かじょ》は、父の急死に遭って、悲しみの余り自殺したのであろうと断定を下した。

そして、それから半年後――。僕は張家口の「露人の家《ロドキドム》」で、夢のような、本当に夢としか思えぬ不思議な三人の人々と出遭ったのだ。姉さん、誰だと思う？　あゝそれは、ザハルウィッチと、芬莫《ファンレー》と、木庫爾《ムコル》の三人だった。

先ず順を追って話そう。

赤軍のスパイだと思ったザハルウィッチは、やっぱり、「露人の家」の防共委員と云うのが実際で、だから、赤軍のスパイと見せかけたのは実は赤軍に潜行した、「露人の家」のスパイだったと云う訳。双方に深く関係して、双方のスパイを勤めているように見せかけた複雑な彼の行動が、奇怪に見えたのも無理はあるまい。彼が僕の行動を監視し阻止するように見えたのは、その実、芬莫に関聯して僕の身辺が危いと見たので、それとなしに庇護してくれたのだ。聖汗山で、木庫爾以下二人を逃してやったのはザハルウィッチだった。彼は、防共運動の手先として聯絡をとっている孛幹邪《ホーハンイエ》を利用して、彼の店の仏具の入物に三人を隠して、逃してしまったのだ。ザハルウィッチは無論、芬莫へ危険の及ぶ事もよく知っていて、芬莫を聖汗山で興行していた支那の奇術団に、多額の金をやってうまくかくまって貰う事に話をつけ、芬莫《ファンレー》を連れて行ってしまったのだ。芬莫は帰って来なかった筈だ。芬莫の父活仏の阿拉罕失喇《アラカシオ》が暗殺されたのは事実だった。暗殺したのはゲ・ペ・ウの手であった。彼が余りに博識聡明すぎて、聖汗山《ウルゲ》の法王第一世として、ゲ・ペ・ウの政策上支障を来すと云う理由で、沽尤濘《ツァイダム》の沼地に生える鄂羅呢爾《グラニル》と云う毒草の液汁を、あの競馬場に臨む間隙に、お茶に入れて呑ましたのだ。

遥々会いに行った父親の顔を、輿を降りた際纔《わず》かにかいま見ただけで、親子の名乗りも出来ぬうちに永久に彼の女は父親を奪い去られてしまったのだ。彼の女は不幸にして父親を永遠に失ったが、その代り姉さん、忽然として、彼の女はたった一人の肉親の兄を得ることが出来たのだ。驚く勿れ、それはザハルウィッチだ。彼は芬莫《ファンレー》の胤《たね》違いの兄だった事が分ったのだ。僕はかねて彼をスラヴとツングースの混血児と見ていたのだが、そう云えば、彼の風貌の中には、日本人の血の影がある。思えば、芬莫とザハルウィッチの母親と云う女《ひと》は、実に数奇《さつき》な生活を満蒙の異郷で送った女《ひと》であった。

姉さん此処まで一気に書き綴った僕は、最後に芬莫との恋の経緯《いきさつ》を告白しなければなるまい。芬莫が本当に愛していたのは、この僕自身だったのだ。

併し僕はどうしても彼の女の愛を受け容れる気には成れなかった。芬莫を愛していないからではない。むしろ愛すればこそだ。僕は、可哀そうな龍克子《ロンチャーズ》の事を忘れてしまう訳にはいかなかったのだ。芬莫とて、龍克子を嫌って家出をしてしまった訳ではなかった。

芬莫の行くべき途は、宿命に依って繫れていた、恩と義理のある龍克子との生活より外には無い筈だ。

そうして彼の女のこの帰趨を知って、彼の女を淋しく諦めねばならぬ人間がも一人いた。外でもない。反ソ聯盟の首脳者として、数年間芬莫を導き、而も彼の女と生死の境《きょう》を彷徨《ほうこう》して来た木庫爾《ムコル》だ。

今、芬莫ではない、本名の琿春《クンチユン》に帰って、彼の女は、龍克子の良き内助者として、沙漠から掘出して来た黒水晶を、獣脂の灯の下《もと》で、せっせと磨きをかけている事であろう。

解説

中村美与子《なかむらみよこ》。正確な生没年や本名、出身地は明らかにされていない。一九三九年七月号の『新青年』に「アイヌ奇譚　火の女神《セ・カムイ》」を発表した際には「珠玉の如き新人」（同年八月「愛読者欄」）、「本誌に依つて生れた女流二新人」（同年十一月「編集さろん」※もう一人は大島修子）と、『新青年』が発掘した新人女流作家として評価された。しかし、同時に「たしか先年探偵誌プロフイル誌でお目にかかつた人」（同年八月「愛読者欄」）と指摘されている。事実、『ぷろふいる』一九三五年十月号に〈中村美与〉の名で「火祭」が発表されていることから、果たして「火の女神」が正確なデビュー作であると言えるか、これも謎に包まれている。

「**秘境小説　聖汗山《ウルゲ》の悲歌**」は一九四〇年九月号に掲載された。挿絵は王井徳太郎。向う見ずの冒険心を持つ日本人青年・香坂淳一と宿命を背負ったモンゴル美女・芬莫の恋にソビエト秘密警察の陰謀が絡む本作は、同時期に『新青年』で活躍した大倉燁子（「ダイヤ競争」一九三九年八月）や宮野叢子（「探偵小説　満州だより」一九四〇年三月）、大島修子（「現代小説　桃太郎さん」一九四〇年十月）ら女流作家による作品群と比べても特異な冒険ロマンスものとして成立している。本作は、後に「彗星」（『新青年』一九四三年十一月号）で「女性には珍しい奔放な空想力」（「日本橋通信」）と評価される中村の、女流冒険作家としてのその空想力が既に垣間見られる作品である。（西川蘭）

クレモナの秘密

【一九四三（昭和十八）年五月】

立川《たてかわ》　賢《けん》

一

わたしは敦賀《つるが》の街は初めてだった。駅前をみると、幅のひろい舗装道路がしろ〲と市内とおぼしき彼方に通じていた。駅の附近は、渡航関係の建物や旅館にまじってちょっぴり人家があるだけで、のんびりと静かだった。舗道の両側には青々とした野菜畑がつづいていた。

わたしの行先は市内の清明《せいめい》にある越山堂《えつざんどう》という文房具屋で、そこへ行って三百円ばかりの送ってあったインキの代金をうけとる――それがわたしの用向《ようむき》だった。

わたしはその頃、大阪市のT区に借家をかまえ、赤や青の染料をちびり〲と製《つく》っては、それをスタンプ用や筆記用などのインキの類に加工し、一斗二斗と近県の文房具問屋に売捌いて、一面、独身《ひとりみ》の気軽な生活を送っていたのである。それはわたしの生来の化学好きからはじまった仕事だったが、その不況の頃にあって、わりと楽に稼業《しょうばい》が成りたって行った。といって、このわたしが水商売をいゝことにして悪どい暴利を貪ったというわけでは少しもない。わたしの製造するインキは質がよくて価《あたい》が廉《やす》く、方々で歓迎され、売込みに苦労をせずに済んだからのことなのである。質が悪くては何事もお得意は繋げない。

わたしは、原料のなかで一番高くつく染料を自分でつくることによって、何店《どこ》よりも濃いインキを何店よりも廉く売ることができた。たとえば、わたしは、スタンプ用は別として、普通の青インキも赤インキも、竹籠巻きの醋酸の二十リットル入空瓶に詰めて一斗三円で送りつけていたが、そういう廉価はわたしにして初めて算盤《そろばん》の持てる芸当だったのである。染料屋の染料を使ったのでは展色《のび》が淡く、一斗七円にもついてしまうのであった。

わたしは「応用化学」の学生がするように、硝子《がらす》製の冷却器《コンデンサア》を立てた三口フラスコのなかで、マゼンタとアニリンとを幾時間も加熱してアニリン青《ブルー》をつくったり、手製の二重底の油鍋で、無水フタール酸とレゾルチンとを煮詰めていってFriedel-Crafts反応を起させ、フリオレッセンをつくり、そのできたフリオレッセンの塊を、金魚鉢のなかでアルコールに溶いて、臭素を吸収させ洋紅《エオシン》をつくったりするのだった。しかしその他は、わたしの仕事には、機械設備というようなものは一つも要らなかった。

青インキはどういう風にしてつくるかといえば、四斗樽に、硫酸第一鉄の水溶液、没食子《もつしよくし》酸とタンニン酸の混合液、アラビヤ・ゴムの水溶液――この三つをべつ〳〵に濃く仕込んで置き、その上澄を酒造用の四石入の大樽のなかに移し、バケツで水道の水をはこんで大樽一杯にうすめ、それにアニリン青《ブルー》で着色をほどこし、石炭酸やホルマリンなどの防腐剤をも入れて大樽のふちに腰掛け、T字型に叩きつけたさん叉の先で、ぐいッ〳〵と全体を根気よく攪拌するのである。それで一時に四石もの万年筆用インキができた。

赤インキの方はもっと簡単で、アラビヤ・ゴムの水溶液に洋紅《エオシン》を溶かし、石炭酸を加えて帽子をつかって濾《こ》すだけだった。またスタンプ用は、さきの硫酸第一鉄液にフェリシヤン加《カ》里《リ》を加えて金留比《きんるび》Turnbull's Blue の沈澱を成生させ、蓚酸《しゆうさん》で溶いてグリセリンを加える。すると全く濃い眼も醒めるような青のスタンプ・インキができた。

仕事はざっとこんな工合《ぐあい》である。要するに土間に四斗樽や土甕《どがめ》を置き据えて、せっせと水をかいこんでの、謂わば化学の反応に頼りながらの腕一本が資本《もとで》の稼業《しようばい》だった。

当時のことで、家内工業のさかんな大阪では、ちょっと場末に行って捜せば、二階家で階《し》下《た》を全部取っ払った、そこを借りれば民家ながら、相当の「荒仕事」のやれる空家を見つけ出すのに苦労はなかったが、わたしのこのインキ製造工場もそういう家のひとつで三軒長屋の端だったが、もと麻雀クラブのあった跡だとかで、三間々口に七間ほどの奥行を持った手広い階下が、二階の上り口に二畳敷があるだけで、あとは裏木戸まで通しの三和土《たゝき》になっていて、水排《は》けはよし、そういう仕事をするには足搔《あが》きの頗《すこぶ》るいゝお誂え向きの家であったのだ。

その家の二階で、わたしは、まだ独身の気易さから、起きたいときに起き、寝たいときに睡《ねむ》り、気がむけば夜中の二時が三時までも、瓦斯《ガス》を焚き水道の音をたてゝいる……という按配だった。

無論、このわたしの工場には小僧も女中もいなかった。わたしの他にはポインター種の犬がいるだけだった。家のなかには話し相手は誰もない。

『ポチ、お前もお腹がすいたか？　も少しだ』

わたしは大樽のなかを攪《か》き廻《まわ》しながらいうのである。

この家に常時訪《おとな》うものは、市内のお得意の小僧がリヤカアを牽いてインキを取りに来る（ポインターというのは、その小僧がどこからか連れて来てくれたものだった）。そのほかには、屑屋と魚屋の爺さんぐらいなものであった。

屑屋の爺さんは竹籠巻きの醋酸の空瓶を一本三十銭で集めて来てくれ、いつも『いゝご稼《しょう》業《ばい》だんな、T区には一軒しかおまへんさかいな』といった。魚屋の爺さんは、毎朝、わたしが朝寝坊をしている間に、わたしがいつも表の硝子戸に捻子《ねじ》を差込まずに置くものだから、だまって入って来て、梯子段の中途に蒲鉾の板を二枚ずつ置いて行ってくれた。

わたしはその町内に住んではインキ屋の大将だったけれど、わたしの生活は、稼業のうえを離れたらまったく可笑《おかし》なくらい孤独だった。わたしは他国の空にくらす身、いわば出稼ぎの身であった。

生活ぶりのことについては余りいわずに置くことにするが、わたしを慰めてくれた一つのものは、あの奇妙な恰好をした楽器――ヴァイオリンであった。わたしはヴァイオリンを奏《ひ》くことができた。

いつ誰に教わったものでもなく、まったくの我流手探りだったが、尋常二三年のころ、七つ違いの兄が艶歌師流儀に奏いていたのに見様見真似で手を出して膝の上にだき抱えて以来、わたしは、わたしの音楽本能をたゞ一途にこの旋律の楽器のうえに燃やしつゞけて来た。

　わたしはヴァイオリンにかけては些《いさゝ》かの感覚を持っていた。その感覚というのは、一言《ひとくち》にいって見れば、この楽器を顎にあてゝ弓を構えたとき、なにか奮い立つような感じが起って、左の指と右の手首に気魄がこもることであった。そこに自然と呼吸がうまれた。わたしがこの困難な楽器に喰いさがったのは、そこからだった。わたしはその感覚にたより、その感覚ひとつでこの楽器を奏いていた。それは決して楽な奏き方ではなかった。全身を強直《こわば》らせ、顎に極度の力を集中させるその奏き方では、ながく奏いていると額から汗が滲み出した。わたしはそれが本当だと思っていた。それでこそ初めてあの本当の絹の音色《ターンブル(ママ)》が奏き出せるのだと信じていた。そうだ。わたしはあの練絹《ねりぎぬ》の粘りを持った荘重な音色にいたくも憧憬《あこがれ》ていたのだ。それをどうかしてわたしのヴァイオリンから奏き出し、その音色で歌を唱《うた》わせようと努力していたのだ。わたしの安物のヴァイオリンに……。

　わたしは朝な夕なにヴァイオリンを奏いた。仕事の合間々々にも、たとえばインキの濾し溜るのを待ちながら、ヴァイオリンを顎にあてた。わたしは土間に立って胸を張って奏き出すのだった。その三和土の上には犬がぺちゃっと腹をひっつけて前肢を揃えた間から、上目づかいに審《いぶか》しそうに眺めている。わたしは何時《いつ》も好んでローザ《ママ》の「波を越えて」やワルトトイフェルの「花園の小路《こみち》」とか「氷上のスケート」などの円舞曲《ワルツ》を奏いた。また半音の美に綴られたショパンの「夜想曲《ノクターン》」やメンデルスゾーンの「春の歌」などもわたしの演奏曲目《レパートーア》のなかに加《くわ》っていた。むろん、それらの甘美な旋律も、わたしの拙い弓と安物の楽器とにかかっては、なんの明暗《ニュアンス》もない乾枯《ひか》らびたものになってしまうのだったが、誰に聴かせるのでもない。それはわたしの孤独の心の伴奏だった。

わたしは心のなかで共に唱いながら感情を籠めて奏いた。するとわたしの魂は何時かふわりと浮き出して、ローマンスの世界に誘われて行くのだった。歓びにつけ悲しみにつけ、わたしは独り静かに想いをヴァイオリンに托した。わたしの硝子戸の嵌ったこの工場からは、いつもヴァイオリンの音が洩れ聴えていた。

それにしても、商売につきまとう集金というやつは、なんという嫌《いと》わしいことだったろうか？　集金こそはわたしの一番の苦手だった。自分で製造した品物の代金をうけとりに行くのだから、なにもそうびく〳〵する必要もあるまいものを、人一倍気弱なわたしには、これ以上の心労とてはなかった。わたしは千々に心を砕かねばならない。正当な売掛代金をうけとるために……。所詮《しょせん》、わたしは商売人には不向にでき上っていた。

わたしには、得意さきへ行って、いきなり『こんな工合になっておりますが……』と、世の常の番頭たちがやるように悪びれもせず請求書を突きだす勇気は、とても出ないのだった。大抵のやりかたなら、店に坐って、主人が出てきて、気候の挨拶をし、請求書を先方の手に渡してしまうまでに、ものゝ五分とは隙《ひま》をつぶすまい。単刀直入に『今日は集金に来ました』といいさえする。隙をつぶすとしたら、代金をうけとって懐中《ふところ》に入れてしまった後だ。それから急に打解けた態度になって、世間話をせい〴〵五分間ばかりする。そしてその五分間の終りに、思い出したように次回の註文について伺いを立てる。なし……と聴けば、なんとか一つ送らせて見て下さい……とねだり顔を繕う。取引は代金の授受が行われている間は決して絶えることはなく、また絶やしてはならないものである。仲継競走《リレー・レース》のようなものである。じゃ、まあ少し送って置いて貰おうか……と義理のように主人がいうのが普通であるが、それが潮時で、こっちはそこできっかけを摑む。腰を上げてぴょこんと一つお辞儀をして、長いことお邪魔をしたようにいって、帰って行けばいゝ。それでいゝのである。

それなのに、わたしはどうしても拘《こだわ》ってしまうのであった。すらすらと運べない。一軒の店で肝腎な用件の運びをつけるまでに、早くて三十分を費さなければならなかった。それまでの愛想話というものが大変である。代金が貰いたい——その気持を不自然でなく抑えつけてお世辞でないお世辞をいいついで行かねばならないのである。自然に自然に……それが絶えず心の底で囁《さゝや》いている。話のつぎ穂をみいだすまでに言淀んだりしてはいけない。ちょっとでも途切れた日には、目もあてられない醜態となる。千仭《ママじん》の功を一簣《き》にかくの結果となるのである。こっちの気弱な気持を覗かせてしまったら居堪《いたたま》れるものではない。

二

わたしはそういう心遣いのいる集金の場面にのぞむべく、夜汽車に揺られて来たのだった。訊いてみると敦賀の市街《まち》までは半里もあるとのことだったが、わたしは駅前から出ていた乗合にも乗らず、わざと悠《ゆっ》くり〳〵と舗装道路を歩いて行った。越山堂へは以前も一度、少しばかり品物を送ったことがあり、これが二度目の取引だったが、北陸方面では有数な文房具問屋の一軒で、行けば二百や三百の金はいつでも間違いなく渡してもらえる店だと聴かされていた。が、さあこれからだと思うと、わたしは気を落付けてからのり込みたかったのだ。たずねた越山堂文具店はいかさま大阪市内にもたんとはないような間口のひろい荷物のぎっしり詰まった大店で、さいわい主人も家にいてくれた。代金の授受は苦にしたほどのこともなく済んだ。有難いことに主人は物判りのいゝ人物だった。わたしが例によって三十分間の愛想話の幕を、敦賀の街を歩きながら観てきた感じ、途中にあった気比《けひ》神社の荘厳な森のことなどによって切り始めると、

『……それにしても、貴方のインキはよくあんな廉《やす》くできるもんですねえ。儲かりもしないものを、わざ〳〵こんな所まで来ていただいちゃお気の毒でした。もっと早くお送りすればよかった……さあ、幾らになってましたかな？　勘定を差上げなくちゃ』

と、いきなり話をひったくるようにそこへ持って行ってしまって、わたしから請求書を出させ、たちまち判取帳に三百円の金を添えてわたしの眼の前に押出したのである。

あゝ、わたしは昨夕からなんという取越し苦労をしつづけていたのか。わたしはこんな集金の場面は初めてだった。お蔭でわたしは、わたしの独得の話術を展開する余地なくして、越山堂を辞去しなければならなかった。表へ出てわたしはふーと大きく肩を落として呼吸《いき》を吐き、昨夕から溜っていた心のしこりを吹き払ったのだった。

心も軽く身も軽く……というのは、恐らくそれから後、その日の午後のわたしの気持をいったものだったろう。俄然、敦賀の街は愛すべき街となり、わたしの旅情を唆《そそ》ること、なっ

た。わたしは賑やかな新津内《にいつない》の通りへでて、土地名物の蟹料理でビールを一本あけ、腹慥《はらごしら》えも終ると、ます〳〵弾んだ気持になって、それこそ（巴里《パリ》の屋根の下）かなにかの口笛を吹きながら、敦賀の街を足の向くまゝに歩きはじめた。

そうして、わたしは市内のどの辺であったか、それはもう当てもなく歩き廻った揚句のことだったし憶い出せないのであるが、とある一軒の古道具屋の前でふらりと足を停めたのである。なんでもちょっと横丁にそれて急に淋しくなった、細格子の嵌った家並の間にぽつねんと一軒あった店だったように記憶《おぼえ》がある。わたしは他には用はなかったけれど、古道具屋でヴァイオリンを素見《ひやか》す癖がついていた。わたしは寛ぎきった散歩の足を自然停めたのである。

わたしは常々、せめて一ぱしの音色を持ったヴァイオリンを買いたいと希《ねが》っていた。いまのヴァイオリンは大阪へ来てから求めたもので機械製の華奢な安物だった。わたしは自分の感覚にたより、その安ヴァイオリンから音色を出そうと額に汗をかき歯軋《はぎし》りをしているのだ。しかしヴァイオリンの音色というものは最初から決っている。いくら歯軋りして見たところで所詮、その楽器のもつ音色以上のほかの響きは出せないのだ。鈍重なヴァイオリン相手に音を出そうとすると、演奏者は神経衰弱におちいるとも聴いている。

名手たちのあの麗音は皆それだけの立派な楽器で奏いているからのことなのだ——とは兼ねて思ってはいたところだが、貧乏な素人演奏家《ジレッタント》であるわたしには、思い切ってそういう高価な新品を買うこともならず、その物色の眼を古道具屋に向けていたのである。しかし、わたしは果して古道具屋の店先などで、そのような思いの品を手に入れることが出来るものだったかどうか？

歩いていてそれが眼についた訳ではなかったが、窺って見ると、その店の薄暗い奥の方にどうやら一挺のヴァイオリンが吊下がっている様子。わたしは店の入口のごた〳〵と狭くなっている間をすり抜けて行って、それに手を届かして見た。

それは光沢《つや》のいゝ、赤味の強い塗りのヴァイオリンであった。悪いものではないらしい。わたしは高く紐で吊下がっているのを指で捻って裏面《うら》を返して見て、それが予想外に立派なものであるのを知った。いや、その瞬間、思わずそのヴァイオリンの背板に眼を瞠《みは》らずにはいられなかった。

楽器としてのヴァイオリンの良し悪しは、素人眼にも、背中を見れば一目でわかることであった。背中の甲板に紋理《もくめ》の有る無し――いゝものには横に虎縞《とらじま》が通っているが、安物にはそれがない。そして高級品になればなるほど、その縞目が細かく沢山に顕《あらわ》れているのだ。現にわたしの奏いているヴァイオリンには、下半分の膨らみにそれが二三本、淡《うす》ぼんやりとしか顕れていなかったが、心斎橋筋《しんさいばしすじ》の楽器店やデパートの楽器売場に陳列してあるわたしの手の出ない二百円からするやつになると、下縁から肩の膨らみにかけて、泥棒やんまの軀のように鮮かな縞杢《しまもく》が一面に走っていた。

紋理材は老木の樹根や枝股などに長日月かゝってできた病的瘤起《りゅうき》から削《そ》ぎだした板で、それ自身高価な貴重材だから、安物のヴァイオリンに使ってないのは当然だが、ヴァイオリンにおいて紋理材の使用はけっして観た眼のものだけではない。紋理材は、質が非常に硬く緻密で、したがって水分の含有率がきわめて低いことによって、音質を澄明ならしめる。そして同じ紋理材でも杢の凝結《より》のできた髄蕊《ずいしん》から削ぎだした板が最も優れていることは容易に想像されるのである。ヴァイオリンの縞杢は伊達ではない。

わたしはそういう虎縞を廉く買おうと狙っていたわけであるが、よくしたもので、随分当って見はするものゝついぞこれは？　と思うものにお目にかかったことがなかった。たまに紋理材のがあっても、わたしの持っているのと五十歩百歩のもので、買い換えるまでの気は起らなかった。だから、わたしは古道具屋を素見《ひやか》すといっても、大抵、ちょっと裏返して見るだけで、出て来てしまうのだった。

ところが、今わたしの眼のまえに吊下って、背中をこちらに向けたそのヴァイオリンはどうだったかというと――じつに眼も鮮かな紋理板が使われていたのである。しかしそれは、横に走ったわたしの知っている虎縞ではなかった。

鳴門の渦巻――とでもいおうか。径二糎《センチ》ほどの大《おお》きさの丸い形が一枚板の背中に一面にパッと散っていたのだ。そしてその一つ〳〵がワニスの赤い光沢の底から煌々《きら〳〵》と眼のように耀《かがや》いている。いわゆる環杢《たまもく》だったが、ヴァイオリンの背中はなにも縞杢にかぎられたという訳のものではなかろう。環杢である方がもっと、ひょっとしたら遥かに高級品であるかも知れないではないか？　そう感じると、ヴァイオリンの好きなわたしの胸はときめいた。――ちょっと外《はず》せそうもない。

『これをちょっと外して見てくれないか？』

わたしは畳の上にちょこなんと坐っていた主人に、内心の買気《かいき》を悟られないように鷹揚に装っていった。

主人は小柄な老人で、揉み手をしながら降り立って来た。わたしをにょろりと舐めるように眺めて『へ、、、お眼の高い……』と狡猾《ずる》そうに笑い、台を持って来て外しにかかる。

『いゝものですぜ』

わたしは、ひょいと受取って、

『そうかい？』と空呆《そらとぼ》けながら、f孔の隙間から胴の内側をのぞいて署名標《レベル》を探し求めたが、どうしたものか、それだけのヴァイオリンに製作者の署名は貼ってなかった。

『翁《じい》さんよ、一体このヴァイオリンは幾らするんだい？』

わたしはいった。すると、その欲ふかそうな主人は値段をいわずに側《かた》えの物に寄りかかっている。

『どの位の値打があるもんですかね……』

『なんだ翁さん、値段がわからないのかい？　売物だろう？』

『へえまあ、値段が合いさえしたらね。実をいや、儂《わし》らにゃよく判らないんですよ、こいつばかりは。貴方《あんた》がたの方が明るい筈だ。ひとつ見たところを聴かしておくんなさい』

翁さんは妙な掛引でやって来た。

『そうだね』わたしは懐ろの金を意識し、ちょっと考えてからいった。

『まず、三十円ぐらいなもんじゃないか』

『三十円じゃ元も子もありませんや。弓も容器《いれもの》もついてますぜ。わたしゃこいつはまだ〳〵値段物だと睨んでいるんだ』

『高いことをいうなよ。幾らなら売ってくれるんだい？』

わたしはさり気なくいったが、内心は、翁さんの言葉に愕《おど》かされてしまった。懐ろには三百円の金があるもの、、わたしはそれを百円以上は使えないのだ。

『まさか百円の二百円のという訳じゃあるまいね？』

わたしは縋《すが》りつきたい気持でそういって、翁さんの肚を窺った。

『そりゃまあ、こんな店だからね。そうなっちゃ買手もあるまい。しかし、ひょっとしたらその位の値打はあるかも知れないよ』

『…………』

『だが、こんなことをいっていても仕様はない。もしお前さんがお希《のぞ》みなら、思いきって五十円なら売ってもいゝでさ。どうだね？』

『ふーむ』

『実はね。こいつにゃ、ちょっと曰くがあるんでさ。なに、出所不明の品物じゃありゃしないが……ロシア人が一年ばかり前に持って来てこれで五十円貸して預ったんですがね。一月たっても二月たっても取りに来ない。とうとう一年寝かして、て、、てこずり抜いたんで。あまり長くなるから、こっちも商売だし、じつは昨日出してそこに吊ったばかりなんですよ。まんざら知らない顔じゃなかったんで預ったんだが。お前さんが最初だが、儂のほうでも預り物で嫌だから……』

『なるほどね。そう話を聴いちゃ負けても貰えないね。じゃ五十円で翁さん買おうよ』

『それで元々でさ。儲けちゃいませんぜ。容器《いれもの》はこっちにありまさ』

わたしは五十円というわたしに取っては痛い散財をして、その珍しい紋理のヴァイオリンを買い取ったのだった。しかし焦茶色の革張りで内側は紫紅色《モーブ》の天鵞絨《ビロード》である翁さんの出して呉《く》れた容器《ケース》に、その赤い色のヴァイオリンを寝かしつけた光景はなか〳〵素晴しかった。こいつア五十円の値打は充分にあるなあ……と思った。わたしはその印象にぴちッと蓋をして、やがて大阪行の列車に乗込んだのであった。

三

その翌日――そのヴァイオリンを奏いた最初の日の感激について、わたしは語らねばならない。いって置くが、そのヴァイオリンには、楽器には無論のこと容器《ケース》の方にも、調べて見たがなんの記標《マーク》もついていなかったのである。だから前の所有者が何者だか、その人の頭文字《イニシアル》さえ判らない。

しかし、もしそのロシア人だという前の所有者が生きているなら、そしてわたしのこの文を知ったなら、いずれはわたしの所にきっと訪ねて来るだろう。なぜならば、前の所有者はこれを手放したのではない。絶対にこのヴァイオリンだけはあきらめ切れない筈《はず》の性質のものだったからだ。

それはとにかく、わたしはその翌日、このヴァイオリンに初めて弓を当て、奏いてみた。膝のうえで駒の位置をたゞし、絃《つる》を捲き〆めて指弾《ピチカット》で撥いてみると、竪琴《ハープ》のような柔かい音を立てた。A・D・G・E……と四本の絃の完全五度の二重和音を聴いて調絃を終ると、松脂《まつやに》をたっぷり含ませた弓を把《と》って、わたしは土間の中央に立った。

わたしは静かに滑音奏《レガート》で奏きはじめて行くのだった。

ミー・レ・ミ・ソ・ドー……

わたしの一番好きな「波を越えて」の円舞曲《ワルツ》。……と、土間のインキを湛えた四斗樽の行列を越えて、静かに流れ行くその音色は？

あゝ！　わたしが最初に聴いたそれこそ、荘重にも優雅なあの練絹の粘りを持った音、あこがれの音色ではなかったか！　いままでどうしても出せなかった音、歯軋りしても奏き出せなかった音色——それが出た！

『これだ！　これこそ本当のヴァイオリンの音だゾ！』

わたしは今、自分の右手首が、いささかの倍音をもともなわぬ純粋な音の連続を奏き出して行くのを聴くのだった。しかも幅のある弾力性のある音。信じられない嬉しさがこみ上げて来た。

それに刺戟《しげき》されてか、指盤におとす指の躍動にも緊張が加わり、右手の手首の振《ふれ》はいよいよ軽くなって来る。弓の重みが直接《じか》に応える。

ミー・レ・ミ・ソ・ドー……

シ・ド・レ・ド・シ・ド・ミ・ソ・シー……

滑音奏《レガート》の、弓の中央を使っての半弓下げの引戻し。われ知らず明暗《ニュアンス》が滲み出た！　それから奏きつゞけて、

ファー・ミ・ファ・ソ・シー……

ラ・シ・ド・シ・ラ・シ・ファ・シ・ミー……

と、最後の章節で――シ……ファ――とＧ線に位置《ポジション》をさげる引きの切返しで、わたしは往復《ゆきもどり》の二音がすれ違いざま微妙な呻《うな》りを立てたのを聴いた。そこが誘導部《イントロダクション》中の眼目で、そこで抑揚《アクセント》がつくかつかないかで、全体の演奏効果が生きるか死ぬかのところだ。わたしは何時もそこでわれながら興を殺がれるのだったが、はじめてそこを乗切ったという気持。わたしの弓持つ手首は嘘のように柔かに動き、弓はそれに連れて平滑に往復《ゆきき》した。以前とはまるで調子がちがう。あゝ、やっぱりヴァイオリンがいゝのだ。ヴァイオリンが違うとこうも演奏効果がちがって来るものか！

わたしは二畳敷に一休みで腰を下ろし、しげ〳〵と手にしたその環坴のヴァイオリンを見直した。その日まで、そんな調子でヴァイオリンを奏けたことは只の一回もないのだ。わたしの腕がそう一時にあがる筈はない。

後日、わたしはヴァイオリンの鬼才パガニーニの伝記を繙《ひもと》いて、彼が『自分はいつも演奏中、自分の右手首を誰かゞ引っぱってくれるように感じる』と告白しているのを読んだが、

わたしもその日、わたしの右手に確かにそのようなものを感じたのである。わたしがしげし げ見入ったこのヴァイオリンは、演奏者を助け、演奏者の感情をそのまま汲取って自ら歌い出す「歌うヴァイオリン」であったのだ。

このヴァイオリンでは音が楽に神経を労せず、いと軽く奏き出せるのだった。わたしは以前のように歯を喰い縛って全身を強直《こわば》らせて奏く必要はなかった。それが両手両肱の関節を解きほぐして、右手の運弓に加わりがちな過剰の力を取除かせる結果となるのだろう。

わたしはこのヴァイオリンによってむずかしい技巧にしだいに習慣《なら》し、その後ヴァイオリン音楽の殿堂の扉をひらき、一歩踏み入り得た感がある。わたしは今では、華麗な装飾音階《カデンツァ》や軽快な琶音奏《アルペジオ》を試みることができる。わたしはこのヴァイオリンの音を以て、もしその機会が与えられるならば、素人演奏家《ジレッタント》として人々の前に立ち、聴く人々の心にある程度の感動をあたえることができるのである。

しかし、それもその筈なのだった。

この妙音の楽器こそは、あの伊太利《イタリー》クレモナの巨匠ストラディヴァリウスと並び称されるガルネリウスの作るところのものだったのである。正真正銘の Garnelius del Gesu なのだった。さらばこそ歌いもする訳だった。あるわたしの知合う楽器師は、今これを八万円とまで評価している。日本においてこの Gesu を持っているものは恐らくわたし一人だろう。

ではどうしてこの署名標《レベル》なしのヴァイオリンがそれだと判ったか？　背甲の環杢からだったのか？

それは背甲の環杢とは別に「ゲス」には一目で鑑定のつく目印があったのだ。表甲板上の、ちょうど指盤の左側にあたる部分に、指盤と平行にあらわれている「八箇の白い斑点《ホワイト・ドット》」がそれである。Gesu の背甲には縞杢の「金色の虎《ゴールデン・タイガア》」もあればはぎ合せの「対の燈火《ツィン・トーチ》」もあって多様であるが、表甲には必ずこの八箇の白い斑点があって、それが何よりの証拠とされている。たとえ del Gesu の署名標《レベル》が貼ってあっても、この指盤の横の白い斑点がなければ直《す》ぐ偽物だと知れるのである。

白斑のない Gesu は絶対にないのだ——という事実を知ったのは、つい二三年前（わたしはこの時、すでに支那事変に際会してT市に移り住み、インキの仕事を抛擲《ほうてき》して別の任務についていた）のことで、わたしがヴァイオリンの製作技術というものに興味を持ちはじめ、遠縁にあたる東京音楽学校教授坂崎権八郎《さかざきごんぱちろう》氏を訪ねた際のことである。

わたしはその時、同氏からいろ〳〵と名器に関する興味あるお話を承ったのであった。なかでも特にわたしの興味を唆ったのはヴァイオリン塗料——ワニスのことで、ヴァイオリンの音質に影響を及ぼしている数多くの要素のなかで、もっとも大きなものがそれだということ。十七世紀の伊太利《イタリー》クレモナの偉大な工芸品——ストラディヴァリウスやガルネリウスなどの名器が、他の及びがたい鳴りを持っているのも、このワニスに独得の秘法があったからで、今日なおその処方が明かでない。それが「クレモナの秘密」としてヨーロッパのヴァイオリン製作者たちの解きがたい謎となっているということ——などは、わたしの謂わば専門の業である化学に関する話題だっただけに、そうか？……という激しい研究の意慾をさえ刺載されたのだった。そしてわたしは、その際、坂崎氏の御好意でつぎの一冊の部厚い参考書を借りて帰ったのである。

A. Riechers "The violin and the Art of its Construction"

その書の中でガルネリウスの甲板のことに触れてあったのである。

『……その時、ガルネリウスは南アルプス、コモ湖畔の山中において樹齢千年ともおぼしき椴松《とゞまつ》の大木を発見し、この樹幹より稀代の音響学的等質板材《ブロック》を得た。ガルネリウスは自らこれを「黄金の鉱山《マイン・オブ・ゴールド》」と称し、終生これを秘蔵し、特別の依頼品のほかは使わなかった。その板材《ブロック》はたてに貫通した八本の白い髄蕊を有し、表甲《ベリイ》として使われた際、楽器の位置において、偶然にも指盤の左側に平行にならぶ「八箇の白い斑点」となってあらわれた。かれの傑作中の傑作、音量の豊富さにおいてストラディヴァリウスを凌《しの》ぐといわれるGarnelius del Gesuは総てこの板材《ブロック》をもって作られたものであり、故に必ず前記指盤左側の斑点が見られるのである』

わたしはこの条《くだり》を読んだとき、ハッと感じたのである。もはや言うまでもなく、わたしの毎日奏いている楽器にも、おなじ箇所に同じものが顕れていたからである。それは過去何年間、毎日取出しては奏き、拭っては収めしているもの、見のがす筈のない特徴だった。

楽器は全体として、わたしがそれまで奏いていたものよりも一周り大きく、塗りは較べると、よほど厚手な、こってりとした掛《か》け法《かた》だった。それでいてあのラック仕上げのどんよりとした曇《くもり》のごときものは微塵も見受けられない。底の底まで、硝子のように透明である。そのピカ〳〵した表甲に鉛筆の頭で押された程度の大《おお》きさに「八箇の白い斑点」が行儀よくならんでいるのだから、相当目立つ。むろん、その白い斑点は、ワニスの層を透して見るので、実際は本当の白に見えるわけではない。相対的な意味の白さで顕れていて、その部分には、つまりワニス自体の色が顕れているわけであるが、それで見ると全く血の色である。深い榴柘《ざくろ》赤色である……。ワニス自体はそういう赤色系数《カラー・インデックス》を持っていることがわかる。他の部分ではそれに木材の枯れた色がかさなって、色は遥かに渋く赤味が消されている。

わたしは坂崎権八郎教授から借用に及んだ書物の閲読によって、はしなくも、わたしの手にクレモナの名器 Garnelius del Gesu が握られているのを知った。それは世界に幾挺とはない逸品である。これこそは伊太利文芸復興期《イタリールネッサンス》の偉大なる魂の所産のひとつである――わたしはまた何という宝物を手に入れてしまったのだろう、敦賀という裏日本の街へちょっと行っただけで。

バッハの音楽もベートーベンの音楽も源を探ればこれから興っている。あの悪魔の化身といわれた神秘的ヴァイオリニスト――パガニーニをして神通力を発揮させたのもこの Gesu 中の一挺で、いまドイツの博物館の厳重な硝子箱のなかに安置されて、何人《なんぴと》の手も触れることを許されないという。同じもの――それと同じ魂をわかち持った楽器が今わたしの手に握られ、わたしは朝となく夜となくそれを顳にあてている。何ということであろうか！

わたしはそれと知ったときは勿論、いまもなお想いを回《めぐ》らせば万感交々《こもごも》迫り来たる有様、大いなる感激に撃たれるのである。

しかしわたしは、その感激とは別に一方、この犯しがたい名器に冷徹な化学眼を向けはじめたのである。それはこのGesuの外郭を覆っている「クレモナの秘密」への探求心だった。いつぞや坂崎教授からその宅で聴かされたクレモナ・ワニスの話は、その時すでに強くわたしの心を捉えていたのだったが、いまやそれが眼前の魅力となって直接《じか》に迫って来たのである。

『なんでもない。剝ぎ奪《と》ってやれ！　たかがワニスじゃないか？』

かつて、ドイツにおいて、ストラディヴァリウスの名器のひとつが惜し気もなく七十二の片《ピース》に分解され徹底的に検討された記録がある。その精細きわまる測定記録――たとえば、外縁部にしだいに薄く中央部に厚い甲板の厚味の変化だけでも、何十枚という曲線図をのこしている――に基いて、数値的に寸分違わぬ完全な複製ができあがり、それにヴァイオリン用の最上と思われたワニスをかけて、奏いて見た。ところが驚くべし、なんの音も発しなかったという。まったくの啞《おし》の響鳴函《リソナンス・ボックス》が造りあげられたのである。

それは偶然か？　いや、偶然ではない。当然だ……というのである。たった一つ違っていたもの――ワニスが実にストラディヴァリウスのXだったのである。ストラディヴァリウスはまず完全に響鳴函《リソナンス・ボックス》のなかのすべての音を抹殺し、しかる後、ワニスを掛けることによって彼の神韻だけを附与していたのだ。それが「クレモナの秘密」なのだ。

それを知るものは、ガルネリウスとストラディヴァリウスのたゞ二人。この二人が、ヴァイオリンの前身たるヴィオラの創成者といわれるアマチ家三代の孫ニコラ・アマチのクレモナ工房に兄弟々子で、中年までひとつ釜の飯を喰って働いていたところを見ると、仲がよかったことは間違いないが、たがいの技術を切磋啄磨《ママ》し合って行くうちに、両人同時にか、どっちが先だったか「ある物」に目をつけて、明し合った。ストラディヴァリウスの方はガルネリウスより三つ齢上《としうえ》だったが、ガルネリの方が先に死に、前者が九十三才の長命を保って一七三七年に後を追った。と、それっきりクレモナ・ワニスの秘法を知るものはなくなり、二人の作ったヴァイオリンだけが今なお及びがたい絶妙な音を響かせている――という次第。

ではこの二人の兄弟々子は一体なにを使ったか？　それはワニスの分析に俟《ま》つほかない。しかしその前に、ある範囲を睨んで見込みをつけねばならない。その範囲を先験的に極めて狭い範囲内に限定する――それこそ定性分析上の奥儀なのだ。

ある人（素人）はいう、琥珀《こはく》を使ったのだと。耳触りはいゝが、しかし琥珀には秘密性はなにもない。化学上、ワニスとは樹脂を亜麻仁油《あまにゆ》に溶かしたものの謂《いい》であるが、琥珀も樹脂のなかにはいる。樹脂地にうずもれて琥珀となるので、琥珀がワニスの原料であるとは最初からわかっている話。「クレモナの秘密」はもっと埒外の分野にある。

ワニスである以上、当然樹脂と亜麻仁油の使用は避けられぬところだ。この名器のワニスの本質は、あきらかに非常な硬度のたかい樹脂――硬質樹脂《コーパル》の研ぎ出しである。わたしはそれを実際に確かめて知っている。

ワニスの本質は正統的《オルソドックス》であり、それには秘密はない。すると、自然問題となって来るのが、あの血の色だった。わたしの持っているガルネリウスを深榴柘《ざくろ》赤色に染めている着色剤だ。ヴァイオリンを翳《かざ》して角を透して見るとわかることだが、それはワニスに溶けこんでいる。ワニス自体がそれによって着色されているのである。色ワニスだが、いずれ油溶性の着色剤でなければならぬ――と、そこまでわたしは前提を進めて来て、わたしは Gesu の刻印を見た。

わたしは「八箇の白い斑点」の小窓を透して、じっとその血の色を見詰めるのだった。ガルネリウスのワニスの秘法が、偶然にも、その表甲にあいた板材《ブロック》の髄蕊から目零《めこぼ》れている！ そこにだけ、あゝ！「クレモナの秘密」がその本体の色を覗かせているのだ。「クレモナの秘密」の光が差している。血の色、血の小窓……。

そうしてやゝ暫く。わたしはこの血の色に見憶えのあることを感じて来て、『おやッ』と思わず腰を浮かせた。確かにこれはお目にかかったことのある色だ。はて……？

その瞬間、わたしの追憶はつっと遠走ってそのとき、わたしの脳裡に浮んだものは、昔のインキ製造のある場面だった。わたしは硫酸第一鉄の水溶液にある結晶体を加えて、美麗な青のスタンプ・インキをつくっていたではないか？ あのときの結晶の色だ！ その結晶の名前は……「フェリシヤン加里《カリ》」――またの名「赤血塩《せっけつえん》」だ。

それこそ紛う方なきあの牛血に鉄屑と炭酸加里とを投じてなる赤血塩の深榴柘赤色だったのである。

それは $K_3(Fe(CN)_6)$ の分子式によって示される鉄と加里のいわゆる錯塩《さくえん》といわれるもので、原料は屠殺場の汚血であるが、もはや有機物ではない。金属化合物だ。その名どおりの血の色をした単斜形稜柱状の結晶となって析出する。そしてこの結晶の特性は絶対に水を含まないことである。結晶水を含まずして結晶体をつくる性質は無機物において珍しい。さらに、このものは油溶性を持っている。この場合、偶然にも時代もヴァイオリンと同じ十七世紀の産物で、その製法がまた、久しく秘密に附されていたという曰くつきの化学薬品である。

なにしろ血の中から固い結晶が飛び出して来るのだから、中世紀の魔法使達に打ってつけの対象物だったろう。『血はすべての物を暖める』という寓意がある。で、ガルネリウスかストラディヴァリウスかのどっちかが、この赤血塩の製法を魔法使からアルプスの山のなかで伝授され、それをこっそり試みて見たのではあるまいか？　あるいは、彼等自身が魔法使だったと考えて見てもいゝ。彼らはヴァイオリンの膠着剤「牛膠《にかわ》」を採りに行く関係で屠殺場の血にも慣れていた。

わたしは Gesu の小窓の投じた色覚によって、先験的に赤血塩の上に「クレモナの秘密」の正体を擬したのであった。わたしは昔懐しいフェリシヤン加里の結晶と硫酸第一鉄の結晶とを、わが卓上に求め来たったのである。稜柱晶の深柘榴赤色の結晶の一片を取出して Gesu の小窓の側に置いたとき、そこにはもはや疑いを容れぬ色彩上の一致があった。しかし、わたしはそれに対して実験的証明を与えねばならない。

わたしは Gesu の一隅にそっと鑢《やすり》をあて、「クレモナ・ワニス」の神秘の衣をちょっぴり削りおとし、その一瓦《グラム》の何分の一にもたらぬ粉末を薬包紙のうえに受けた。この粉末のなかに赤血塩の存在を証明することは、わけのない業である。もしわたしの推定どおりならば、この粉末は硫酸第一鉄の水溶液にあえば即座《たちどころ》に青変する筈であった。それはわたしに取って、昔の思い出を繰返す業にすぎない。わたしはそうして幾度あの鮮かな金留比《ターンブル・ブルー》の沈澱をつくったことだったろう。

わたしは粉を注意ぶかく試験管のなかに移し、それをアルコールに溶かした。そして右手にいまや「クレモナの秘密」を解く鍵――最後的試薬、硫酸第一鉄の水溶液を握ったのである。そして硫酸鉄の溶液をぽたりとおとした。呼吸《いき》づまる一瞬。その結果は……？　試験管のなかはパッと鮮かな青色を呈した。

偉大なりし「クレモナの秘密」よ、宥《ゆる》せ！

×　　×

わたしは今日もまたGesuを奏こう。赤血塩の使用が何故《なにゆえ》にこの楽器の音色にかばかりの至大な影響を持つか？　それは今後に残された興味ある音響学上の研究問題である。思うに金属化合物赤血塩の無水結晶がワニスの層中に析出して隅《くま》なく網の目を張り、その一箇々々が微妙に震動するその作用の集積効果によるものではなかろうか。

解説

立川賢《たてかわけん》の本名は波多野賢甫。一九〇七年静岡県生まれで、横浜高等工業学校応用化学科卒業後、インキ製造業、陸軍航空技術研究所員を経て、一九四一年九月号の「フリオレッセン物語」で『新青年』に登場。科学読物と本作「**クレモナの秘密**」（一九四三年五月号）のような科学小説を断続的に発表する。科学読物に身辺雑記的要素を盛り込むのが特徴で、テーマは本職である化学にとどまらず、生物、航空、電気（テレビジョン）といった分野にも及ぶ。立川の科学小説は現実に存在する技術から大きく逸脱しないのが特色で、物資の欠乏した当時の日本では、本作のカギとなるのは「人間の血」や「夢の新物質」ではなく、写真の現像に使われるありふれた「赤血塩（フェリシアン化カリウム）」でなければならなかった。『新青年』一九四二年十月号の「新しき翅《はね》」と一九四三年二月号の「幻の翼」が直木賞候補となるというように高い評価を得ていたが、戦後の探偵雑誌に数作を発表の後、筆を折る。戦後は米空軍基地勤務の後、フリーの化学者となり、一九七九年に二冊の著書（『癌は私が治す』、『人体還元術』ともに陽光出版社）でカムバック。歿年未詳。本項の立川の略歴については、ウェブサイト「直木賞のすべて」（https://prizesworld.com/naoki/）を運営する川口則弘《かわぐちのりひろ》氏が立川の著書をもとに研究した成果を参考にした。本作では、作品名である「ストラディヴァリウス」を人名とするような問題点が散見されるが、最小限の修正にとどめた。（末永昭二）

血と砂

小栗虫太郎

【一九四三（昭和十八）年八月】

作者より読者へ——馬来《マライ》における、大東亜戦争勃発直前の「その前夜」という意味の材料を、私は二つほど持ちかえっている。一つはシンガポールである。またもう一つはこのコタ・バルである。そしてこれは、自負するわけではないが、ひじょうによく調べたものである。あるいは、資材が露出して小説以前のものになるかもしれないが、それは作者が、こういう形式の小説ははじめてだということで、御寛恕をねがいたい。

次に、会話中にケランタン州の方言がかなり出る。この州の言葉は、数詞や、代名詞や、発音にいたるまでちがうのだから、とくにこのことを、読者諸君のなかの馬来語学習者の方々に断わって置く。

序　最後のシンガポール行き

北からかぞえて、ケランタン、トレンガヌ、パハンとこの三つの州になる馬来《マライ》東海岸の住民が、じつに「大凶の季節《ムシム・チュラカ》」と怖れおののく北東季節風期《モンスーン》の大豪雨。まい年それが、クリスマスごろから、新年またぎにやってくる。

馬来東海岸の各州は、ちょうど内地でいえば東北地方の瘠《や》せかたで交通は不便、未開拓地は多く物産にはめぐまれず、かてて加えて、冷害雪害にも比すべきこの豪雨の難がある。ところがその、年中行事である北東季節風期の雨と氾濫が、昭和十六年の年は意外にも早くやってきた。

まい年《ねん》十一月末といえば、日々の驟雨《スコール》の回数が多少増すくらいのものであるが、そのころ、トレンガヌ州以北が滝のような大雨にあらわれた。そうして大地が吸い、あるいは川から海に吐きだされる数千万噸《トン》の雨水が、その後旬日ならずして行われたコタ・バル上陸に影響はなかったか⁉　その調査を兼ね、作者は去年の五月コタ・バルに飛んだのである。

目ざす測候所は、町の北東隅にあってサバー・ロードに面している。そこから飛行場の西を迂廻して水田と椰子林を抜けでると、まばらに「はまぼう《パルー》」の生えた低い砂丘がつらなっている。そしてその上に、くらい群青《ぐんじょう》の一線をなす南支那海の水がのぞまれた。そこがサバーである。

世界に戦史のあるかぎり不朽の名をとゞめるであろうこの砂浜に、曾っては一度、鉄火の雲霧につつまれた舟艇群があったと思うと、私が徘徊しばし惻々愴《そくそく》としてそこを去れなかったのも無理ではない。しかし、その時は、もう当時をしのぶに足るなにものも残ってはいなかった。

たゞ長汀を嚙むもの懶《う》げな波の音、そして兜のしたのきりぎりすならぬ椰子燕《やしつばめ》の声しきりであった。

そのサバーの帰りに、私は測候所に寄ったのであるが、あいにく所員たちが飯に行っていて、だれもいなかった。しばらく待つうちに、ひとりの年配のタミール人がやってきた。そこで私は、自分を名乗り来訪の趣旨を述べ、去年開戦直前の豪雨時の記録をみせて欲しいといった。すると、その所員が申訳なさそうに頭をかいて、

『実は、なんでございます。戦後ここがしばらく無住になっておりますあいだ、ひどく荒されまして、なにも残ってはおりません。それも可笑《おか》しなことで、金目の器械類などには一点の紛失品もございませんが、薄手の紙の記録類が全部ございません。なんでも聴きますと、当時不足をつげた便所の紙に使われましたそうで……。いやもう、お役にたちませぬのみか、汚ない話で恐れいります。』というのだった。

私は呆れたが、思えばこの落し紙禍は諸々方々にあったことである。コーランポーでは、記録類のみならず貴重な錫に関するおおくの書籍が、戦後蒼惶のまに薪代りにされた事実がある。しかし私は、この所員の口から大体のことを聴きとった。まず初耳は、去年の十一月

二十三日を最後に気象報道が禁止されたことだった。すなわちその日をもって馬来の気象に関するいっさいが秘匿されたのだから、その後にあった、この豪雨のことなどは寸毫も外に洩れてない。たしかにこれは、上陸部隊にとっての容易ならぬ暗礁であった。

ところで、その豪雨と氾濫の状況がどんなだったかというと、

――十一月二十五日から、コタ・バル附近はまったくの暴風雨となり、その一日だけの降りで、ケランタン川が例年の季節風期水準《モンスーン・レヴェル》に達した。二十六日の夜半、折からの高潮と俟ってとつじょケランタン川が増水し、コタ・バル以西は灌漑用運河の氾濫をみた。そしてこの雨は、二十九日の夜半まで続いたのである。十一月中の降雨量、四〇吋〇七。

――結局この雨は、一月早くきたというのみで至極平凡に終ったが、やがて水が退きだすと、ケランタン川河口三角洲《デルタ》に大変化がおこっているのが発見された。というのは、水路がまったく違ってしまったことである。それまでは、大小四十いくつの砂洲をいだいて二股に海にそそいでいたが、その東川のほうは、腰くらいまでの深さでてんで舟航には駄目である。といって西川のほうも、やっと一メートル以内の浅吃水船《せんきつすいせん》が満潮時に通れるというのみで、まず小《こ》蒸汽《じょうき》か艀《はしけ》以外は全然用をなさない川だった。ところがその西川が、減水してみるとまったく閉塞されている。そして全量の水が、東川に殺倒したためえらい急流となり、一時はそれが、海上はるか五尋線《ファゾム・ライン》くらいまで突きだしていたという……。

これだった。そのため、サバーの沿岸ちかくをながれる潮流に、速度の変化がきた。私が、サバーから五マイルほど東南にあたるバチョーの験水所で調べたところによると、それまで、

サバー沿岸の潮流は時速二ノット一の速さだったが、私が行った去年の五月には四ノット三、おそらく豪雨後の上陸時には七ノットを越えていたろうというのである。

　この北東季節風《モンスーン》の秘密を知るものは、ひとり神あるのみだった。その後の雨は、十二月二日には常年の降雨量に落ちている。四日になると、乾潮時の浜に点々と干潟があらわれた。この穏やかな天候はずうっと続いていて、八日未明には、薄霧、星まばらにして月いまだ出ず――と報ぜられている。そのとき前方の、闇よりもくらい海面になにが待っていたか⁉ ああその、七ノットを越えるという予期せざる潮流の速さ。この天の試煉が、神兵たちを無双のものに仰がしめた。コタ・バル上陸が、「無類の悪条件下における言語に絶する死闘」と称されるのも、一つにはこの奇襲的速潮があったからである。

　さてここで本篇の主人公に関聯する東海岸漁夫の生活をわかり易くするために、もうすこし、南支那海の荒神《あらがみ》北東季節風について書こうと思う。

　まい年十一月はじめになると、それまで微風にひとしいのが吹いていた南西季節風がやみ、代って強風と豪雨をともなう北東季節風が登場する。しかし月初《つきはな》は、それでも鯔《ぼら》の大群などがやってきて浜がにぎわうが、それが済み、いわゆる鯔風《アギアン・アンディン》のころを過ぎるといよ〳〵風雨はつよく、出漁はもちろん沿岸航路さえも杜絶えるようになる。

　そうして、浜はさびれ、日は落莫と明け暮れる。近附く洪水に、米や乾魚を共同小屋へ運ぶのもそのころだ。まして漁民は、むこう五ケ月間の休漁に生計の道をうばわれる。季節の鳥の千鳥の数が干潟に増すころに、彼らは一人二人といつの間にやら浜から消えてゆく。ペナンへ、ペラー州の漁村のクーラウへ、あるいは、コーランポーむけの魚《うお》をとるケタム島のペンタラム漁区へ……。と、季節風《モンスーン》の影響をうけない西海岸を稼ぎあるくのだった。

こうしてこの風が、東海岸漁民のあらゆるものを吹きちらし、かれらの生活を遠い涯へと逐《お》いやってしまうころ……、ちょうどそのころが、昭和十六年の年は早目にきた豪雨のまっ盛りだった。

その十一月二十九日の夕、ケランタン州中部山地のウル・テミアン・ハルト附近の山峡に、折からの豪雨のなかで立往生してしまった列車がある。山側から猛烈な偏圧をうける左手のジャングル側の崖が、列車の震動をうけてどうと雪崩《なだ》れ落ちたのである。そして、後尾の車輛をうずめられたのが、ちょうど四時あたり。その後一時間半を、この龍羊歯《パクー・ナーガ》がさし交す暗い狭路をうごけないでいる。

この列車は、コタ・バルの鉄道駅パレクバンを午前十時に出、一路シンガポールにむかう東海岸線の上りだったが、しかしこれが結局馬来戦における記念すべきものの一つになったのだ。というわけは、別にこの列車が遭遇した劇的事件によるのではない。じつに、英領百三十年の統治がまさに終ろうとする直前の、しかも、最後の、東海岸線のシンガポール行き。これがイギリス旗のもとにはしった、最後の上りなのだった。

一　鄭宝萍《チエンポーペン》

まえの日パレクバンの駅に……、明日午前十時発シンガポール行きを最後に、当分一般用旅客ならびに貨物列車の運転を休止する旨と、その理由が、軍事輸送のための車輛不足によるという貼り出しがでた。七月末の資金凍結以来、ます〳〵険悪の度をたかめてゆく日米英の国交危機に、馬来は、錫ゴム景気に酔いながらもひそかに苦悶の夜をつづけていた。

そのころのコタ・バルは、しばらくいた印度のグルダー聯隊兵がどこへやら去り、代ってきた、パンジャブ兵の頭巻《ターバン》が眼あたらしい色彩をふりまいていた。それが、イングランドのフュージリア聯隊兵やハイダラバッド兵といりまじり、町は雨と飛沫《しぶき》とのなかで一色のカーキに塗りつぶされた。そういうところへ、パーマット、サバーからバチョーにかけての沿岸一帯が立入り禁止区域となり、また、あることないこといろ〳〵な浮説《デマ》がとびまわる。やれトレンガヌ州境のゴン・ケダーに飛行場ができたとか。ことに傑作は、ツムパットの燈台のひかりの光長を変え、それで日本軍をあざむいてバチョーの燈台に思わせるとか。あるいは実際をつたえ、あるいは嘘をいい……しかしその都度、町はおおきく動いていよ〳〵落着かなくなってくる。

兵舎のなかでさえ、すこし手あらく扉《ドア》をしめると、愕《ぎょ》っとしたような顔で呶鳴《どな》られた。だれか街を駈けてくと、両側の家から蹌踉《よろば》うように人がとび出してくる。もうなにもかも常態ではなくなった。何時くるともしれぬ颶風の襲来が確実なだけに、その怯えかたは滑稽なほど哀れであった。

その朝――、つまり最後の上りがでる十一月二十九日の朝のパレクバンの駅は、雨沫《しぶき》のつよいフォームでいろ〱劇的シーンがみられたのである。なにしろこの町は、世界の識者が筆をそろえて書きたてている上陸地点第一候補であるだけに、たいていの、他《よそ》からきた人々はとうにここを去っていた。たゞ大切な用件でどうしてもいなければならなかった人たちや、いろ〱数ある愛情のどれかで離れられなかった人たちだけが残っていただけに……、その朝は、フォームの此処彼処にしめやかな幾組かゞみられたのである。

　列車がでた。雨脚の濃淡が旗のように描きだされるなかを現われては消え、かなしい汽笛をのこすと、それなり見えずになった。それからはえらい徐行だった。しかしその、突堤をすれ〱にひたす濁水の野の有様も、窓硝子をあらう滝のような流れに見えない。やがて、スンゲイ・クシアルを過ぎるとゴム園が多くなり、中部の町の、クアラ・クライを通過後二十マイルほどで山地になる。そのころから、雨は雷《らい》をまじえて、一入《しお》はげしくなった。熱帯林の密生を薙《な》ぐ潮騒のような響きが、列車のゆく山峡に落ちかかってきた。と間もなく、車体がずずんという異様な衝撃におののいた。とたんに速力が絶え、しばらく車橋が左右にゆれてギイ〱軋っていた。後尾の貨車一輛が崖くずれにやられたのである。

　こうして一時間半も、列車はこの切り通しを行き暮れたように動けないのであるが、しかし、総立ちの並等《なみとう》列車とは異なり、さすが一等車は静かだった。そこの乗客は、たゞの三人だけだった。つい先ごろまで、コタ・バルにいた一旅団ほどの濠洲兵が交代したあとの、残務整理のため残っていたひとりの大尉と……、もう一人は、馬来の民間航空を一手にやっているウィーアン航空《エーア・サービス》会社からの徴用者で、よく同市の飛行場に顔をみる技術者らしい青年と……、そして最後が、黒い衫《さん》を着た清潔な感じのする華僑の娘だった。

　ここには冷房がある。十弗《ドル》だせば、いかなる人種でも乗ることができる。しかし、それはあっても蟻を防ぐため閉め切ったなかは、茹だるような暑さだった。

　その濠洲兵大尉はそうとうに酔っていた。下給品の、ヘイグやグランツのウィスキーの瓶がごろ〳〵床にころがっている。その牡牛のような肩幅がぐらっ〳〵と揺れるかげから、黒縁の眼鏡《めがね》をした温和《おとな》しそうな技師の顔があらわれる。彼はさっきから、この酔いどれにほとほと手こずっているらしい。大尉はまた吠えた。

『じゃウォーフ君、日本がいつ頃くるかということで、いちばん賭《ゆ》こう。なに、賭《かけ》はせんのだって……。おい〳〵、この半島がいつ戦場になるか分らんというときに、御上品ぶるのは良くないぞ。いよ〳〵最後となれば、非戦闘員もなにもかもないと云うことは、君とても知っとる筈だ。つまり君はだな、いまは確実にわが輩の戦友ではない。しかしいずれは、戦友になるという先物の戦友だ。その先物の戦友が、交際《つきあい》の悪いとこまでも先物にされては困るではないか。おれは、日本が季節風《モンスーン》期中にきっとくる——と賭《ゆ》く。』

『どうしてです。あの北東季節風期の荒れでは、舟艇が岸へ着けますまい。』

『そこが素人だ。日本みたいな国が、常識や公算のなかで愚図ついているようなことはない。あの国は、集団になるとおそろしい冒険をやる。くるぞ。わが本国軍の、月給泥棒野郎めらを懲らしめるためにも、来ずにはいない。おそらく撰りに撰って、この季節風中にくると思う。だいたいコタ・バルの、飛行場の滑走路《レッグ》を伸ばしたのも、そのためじゃないか。われわれが駐屯中、千二百呎あった三本を三百呎ずつ伸ばしたが、それも、仏印方面への偵察を可能にするためだった。ところがだ、いままでコタ・バルの空軍の奴らが、なにをした⁉』『アッ、アッ、大尉どの。』と、ウォーフは口にこそ出さなかったがはげしく眼で合図をし、顎を、隅の娘のほうへスイと掬《しゃく》ってみせて、警告した。しかし大尉は、うっかり機密に触れたことも、ウォーフの眼も知ってか知らずか……、いやそれまでの、御機嫌が消えて憤気がまじり出したのも妙である。いつも、英濠両軍は相手のこととなると、これだった。

濠洲兵は、じつに本国兵の倍以上の給料をとる。馬来では、海峡弗《ダラー》で三ドルの日給だ。これを比べると、月七十五ドルの本国兵の伍長よりもだいぶ良いわけだから、盛り場などでの張り合いは断然、濠洲兵の勝になる。上《かみ》は「キャセー」のカフェーから下《しも》はジャラン・ブッサールの魔窟にいたるまで、野性まるだしだが金放れのいい濠洲軍のほうが、シンガポールの女たちにははるかに持てたのである。また濠洲兵は、じぶん達の直属上官以外には絶対に敬礼をしない。本国軍の、大将がこようが、元帥がこようが、彼らにとれば兄弟《きょうでえ》に過ぎないのだから、この敬礼問題からいつも争闘があり、両軍の反目は救いがたいものになっていた。

おそらくこの大尉も、コタ・バルに滞在中ひどい継子扱いをうけたらしく、その私憤が酒にまぎれていたのが飛びだしたのだから、始末がわるい。

『あの月給盗人《ぬすっと》どもが何もせんという証拠には……、天気がこんなにならんうちも、いっこうに飛びださん。訓練次第で、多少の天気などどうでもなるのに、それもせん。まさか奴らは負けるものを手伝うために、はる〲来たわけでもないだろう。ときに君、一昨日《おとゝい》特許《パテント・》組立箱《クレート》が二つほど着いたが、ありゃなんだね。』

その特許組立箱の内容は、二機の「バファロー」戦闘機であった。

これは、格納庫のなかで一昼夜あれば組立てられるが、当時の、コタ・バルの空軍がどんな内容だったかというと……、爆撃機には「ブレンハイム」と「ロッキード・ハドソン」の二種、これは可成りの数だった。ほかは、旧型の「ブラックバーン・バッフィン」雷撃機少々と戦闘機であり、上陸当日の実数二十七機であった。そして以上のほかに、ゴン・ケダーとプーライ・チャンドンの周辺飛行場のを加えれば、だいたいコタ・バル防備のための機数は六十機程度だったろうと思われる。

しかし技師は、事が事だけに云うわけにはゆかず、といってこの濠洲気質《アウシース・ブラッド》まる出しの男が妙に眼を据えているのも気になるし……と、困り切っていた折から、氷をもってボーイがはいってきた。さっそく技師は、助けの舟のようにそのほうへ縋りつき、

『おい〱、いったいこの列車は何時出るんだね。その後どういう状況かとき〲報告せにゃいかんよ。』

『それがで御座います。いまのところ全然見当がつきません。雪崩《なだ》れの泥はそう大したことはございませんが、問題は、これから先が行けるか行けないかで御座いまして、唯今火夫がトンネルのむこうを見にまいりました。なにせい、先はほとんどが切り通しでございます。その両側のジャングルに、蠟燭籐《ロータン・リリン》のような上で太くなるのが絡まっておりますと、どうも、

そういう場所が倒木から雪崩れがおこります。何分それも、火夫が帰りますればはっきり致すだろうと存じますが…』

ボーイの声がやむと、車室の屋根をあらう滝津瀬の轟きが耳にはいってくる。技師は、ふかい呼吸《いき》を一つすると、じっと眉根をよせ考えこんでしまった。この列車がいまひじょうに憂慮すべき状態にあることは、いまのボーイの言葉でほとんど確実にされたのだ。行くのも危険、仮りに戻るにしろそこは、戦雲の近附くコタ・バル。やっと、いまに地獄になるあの田舎町からでたかと思えば、ここで、シンガポールの灯がはたして見られるかゞ、疑問になってきた。

と、生色うせた技師のかたわらでいぎたなくシャツをはだけた大尉が、どろんとした眼を娘のスーツ・ケースのうえに据えだした。なんとか合わない焦点《ピント》をあわせて、そのうえの字を読もうと苦心していたが、やがて、爆笑をあげると技師の肩をゆすぶって、

『おい君、おれはまだあの字が読めるぞ。読めるとすればまだ、左程に酔ってはいない。どうだ、云うぞ、Cheng Poh Peng《チエン・ポーペン》だ。おいおい、そこにいるお済まし屋の娘さんや、君の名はチェン・ポーペンというのだろう。』

その華僑の娘は、じぶんの鄭宝萍《チエン・ポーペン》という名をいわれたときかすかに眼をひらいたが、多くそうした場合白人にする愛想笑いなどはせず、素気なく、というよりも凛然とまた眼をとじた。それは、黒い衫《さん》がひじょうによく似合う娘であった。

宝萍は、小さくそして細い。しかしその割に、下肢がひじょうに長い感じがする。広東《カントン》娘

の持ちもののなかでもいちばん美しいのが均整であるが、かの女は、そのもっとも優れたものを持っているといえるだろう。しかし繊美というよりも、宝萍《ポーペン》からうける感じは弾性と俊敏だ。勝気な、しっかり者ということが定評になっているのだが、しかし宝萍は、世間のそういう型の娘ともまたどこか違っている。一例をあげると、かの女はよく照れる。人生の冒険をもとめ、ロマンチックなものに憧れる。――実際平板なだけでなにもない馬来の娘たちのなかに、こういうこまやかな陰影《かげ》をもつ清明な少女はめずらしいのであった。

そう〳〵、かの女はコーランポーの魚《うお》問屋の娘である。

ところで、当時引き揚げる人たちさえあるコタ・バルになぜ宝萍がゆくようになったかということについて、ここで一部始終のことをかい摘んでかたることにする。宝萍の父は、コーランポーの中央市場に店をもっていて、この市《し》の魚のことなら鄭《チエン》さん、というほどいい顔であるが、そこへ七月ごろ、シンガポールの日本漁業会社である大昌漁業公司から、一度もその社の魚が入ったことのないこの町へ売り込みの社員がきた。それが、小瀬《おせ》清七《せいしち》であった。

じつに久しいあいだ、馬来の漁業界に君臨した、日本人漁夫にも黄昏《たそがれ》がきた。地引と、流し網と、魚梁《やな》だけの……、百年経ってもおなじな現地人漁夫の技術にひきかえて、日本人漁夫のそれが卓越したものであることはいうまでもない。また地域的にみて、大洋の漁と沿岸漁業の差別はあった。それでも、トロールと流網船《ドリフター》でやる新式漁業の日本漁船が出漁すると、あたりの魚が吸いこまれるように掠《さら》われてしまう。よく現地人の漁夫が、天然の不漁を日本漁船のせいにして陳情したものである。

そこへ、支那事変がきた。華僑がこぞって不買同盟《ボイコット》をやる。当局の圧迫と厭がらせが漸加する。そのころ、シンガポールで職をうしなった百余名の日本人漁夫が、帰るにも帰られず、流れに流れ、はる〴〵トレンガヌ州のブキ・ベシにある日本鉱業の鉄山《こうざん》までいって、そこのドゥングン港の艀《はしけ》人夫になった話がある。大東亜戦勃発の年は、もう壊滅したにひとしかったのである。

そんなわけで、宝萍《ボーペン》の父も大昌漁業公司の名は聴いていた。いやそれは、ひじょうに有名なものだった。そうしてしかも、とうの昔に潰れたものと信じられていた。だからいま、それがいまだに存続しているのみならず、現にこうして、小瀬という社員が交渉にきているということは、宝萍の父親にはすくなからず意外のことだった。

商談は、アムパン・ロード八十三番地の自宅でおこなわれ、その夜は月のいい、そうして向う岸の、イースタン・ホテルの舞踏場の休日でしずかな夜だった。ところが困ったことは、宝萍の父の広東《カントン》語を小瀬が知らないことだった。両者間に共通する馬来語では、こまかい話は駄目。また、小瀬が得意とする英語は宝萍の父が知らないという始末。そこで、坤徳《クアンタク》女学校を中途で止めてはいるがひじょうに英語のうまい、宝萍が通訳をすることになった。その席上ではじめて小瀬をみたのである。

その第一印象は、ひどく落着いた人というだけだった。骨太な、それでいて、あまり肉のつかない小瀬のような体軀というものは、どうも人間を狷介にみせていけないものである。

とき〴〵、眼鏡越しにきらっ〳〵と眼がひかる。かと思うと、和らぎそのもののようなもの静かなひかりに包まれる。しかも小瀬は、普通の売込人のような悪押《わるお》しをしないのだった。

宝萍《ポーペン》の父親は、以前ケタム島のペンタラム岬の漁区に七つの魚梁《プラット》と、流し網《プカ・ハニュート》を三組もっていて、その賃貸しをしていたことがある。しかし当時は、日本人漁業の最盛時《き》であって、あまり上《あが》りがよくないころから手放してしまったが、かといって、ほかの華僑のようにそれを根にもつでもない。わりと公明な人物だったので、その点はよかったが、どうも困るのがこの御時世であった。そこにゆき着くと、もうこの話はとうてい纏まるまいと思われた。そこで、宝萍の父親がよくその訳を小瀬に述べてから、

『小瀬さんとやら、どうか私のいうのを、怒らないで聴いてくださいよ。実をいいますと、私はとうにあなたの会社が潰れたとばかり思っていました。去年の十月に、ブルッカム司令官（ブルック・ポーファム大将のこと）がシンガポールにきて以来、それ日本がくる、やれ来るってんで道のまん中に防空壕を作ったり……、まったく掛け声だけでも騒々しい世の中になりました。しかしこの頃は、あの当時からみればまだ〳〵悪く、これじゃ先々どうなるものか分りません。多分御商売のほうも休業も同様と思います。それに政府がですよ、まかり間違えば敵国人になる貴方がたにそう〳〵大切《だいじ》な近海をとび廻らしちゃくれないでしょう。そういう時にです。窮屈袋のなかで動きもつかない貴方がたがですよ。よしんば、無理をして漁《と》っても買い手がない、先を思えばそれも知れてるという時に……、ここへ、魚を買えとお出でになったにゃ、さすがの私も驚きました。無駄にもなんのって、こんな無駄なことを

している人をみたことはない。はっきり云や、粋興も度が過ぎると思います。』

コーランポーの市場には、東京の魚河岸のような潮待《しおまち》茶屋なんてものはない。まい朝明けがたに、銅壺《どっこ》をかついだ魚屋がやってくるのでもない。しかしここにも、やや気質《かたぎ》において共通したものはある。いけぞんざいなこと、腹に溜めないことや俠《きお》いの肌合いもおなじであるが、その三つを、ひっ括《くる》めたような宝萍《ポーペン》の父親が、そうとう云いまわしに苦心をしてもやはり地はでるものだ。しかし小瀬は、それを聴いても眉毛一つうごかさず、かえって、それまでにもないしんみりとした調子でいった。

二　蛍と王蟹樹《ベランカス》

『御尤も、お説のとおり、たしかに無駄でしょう。しかしその無駄は、われ〳〵漁業会社がじぶんの利益だけをかんがえて、たゞ貸借対照表《バランス・シート》を問題にすればこそ、いえるです。けれども、このわれ〳〵日本人の馬来における漁業はですよ。二三の営利会社の事業というよりも、国家の権益です。つまりわれ〳〵の仕事がそれを基礎に立っている。とすればです。損得は二の次で、まずそれを護らなければならない。どんなに損をしようが、絶対に失ってはならないのです。ところで鄭《チエン》さん、どうかこういう場合のことも、考えてください。それはもしわれ〳〵が、もう駄目だと断念《あき》らめていっさいを擲《なげう》って、かりに今でもここをひき揚げたその後にですね。ひょっとなにかの機《はず》みで、国交が旧《もと》どおりになったとしたらです。根こそぎ失ったものが、どこに拠って立つところがあるでしょう。ですからわれ〳〵は、最後の最後まで希望をつないで、踏みとゞまっているのです。それもですよ、無理にいきみ出すような、難かしい理窟のものじゃない。たゞわれ〳〵は、魚取りであるがゆえに、国家の魚取りたる自覚をもてばよい。歯医者は歯医者、雑貨屋は雑貨屋……。はっはっはっは、どうも演説になって恐縮です。』

『そうすると、そのことは国のほうからの命令ですか。』

『いいえ、たゞわれ〳〵がそう考えればこそ、やるのです。別に頼まれもせず、命令もされません。で、これはですね、外国でいう義務感《デユーテイ》ともちがいます。義務というからには、権利の裏にある。与えられればこそ、捧げるという意味になりますね。むろんこれは、それとはてんで性質が違うことですよ。だい一が、日本の国にうまれたという自覚です。ひいては、いつでも生れた土には悦んでかえるという悟りです。それが、食う、睡るとおなじ、本能になってくる。それをわれ〳〵は本分の自覚といいますがね。ところで鄭《チエン》さん、あなたは、食う、睡るということに義務感を感じますか。また何故そうしたいのか、疑うようなことがありますか。――それですよ。日本人というやつは幾つかの本能に加えて、もう一つ本分というのをもっている。じぶんの意志だけで発動する、ふしぎなものを持っている。』

そうして小瀬は、最後の一塁まで守るのだ――といった。その最後の一塁も、あるいは実際はとうにないのかも知れない。しかし彼は、いっさいそういうことには疑いをもたずに、やってゆこう。無駄であろうがなんであろうが、とにかくここを拋《ほう》りだされる土壇場まで頑ばるというのだった。

宝萍《ボーペン》の父は、しばらく顔中を影にして、じっと考えこんでいた。かれは峇々《ババ》である。峇々というのは、馬来うまれの二世三世のことをいうのだが、それだけに祖国観念がひじょうに稀薄なのも当然のことだった。だから彼には、小瀬のいうことがはっきりと呑みこめない。たゞたゞ、素朴な力でひしと胸をうってくるものがある。大禍臨身、最後関頭生死地――、ははあ、これだなと彼は合点した。ふだん一徹者で鳴るかわり、分りのいいこの河岸の親方が、ついに大昌漁業公司の魚をコーランポーにいれることを承知した。しかし最後に、宝萍の父親が妙なことを訊いたのである。

『ときに、とつぜん可怪《おか》しなことをこの爺《じい》が訊くと思うかもしれないが、あなたは、ケランタン州のツムパットにいるタイブ一家を知りませんかね。いやあすこへ、御商売柄お出でになったことがおありかどうか、訊きたいのです。』

『ああ、あの命しらず《ベーケン》のタイブ。馬来の魚取りで、あの有名な男の名を知らないものはないでしょう。私も一度は、ゆこうゆこうと思いながら、ついぞまだ……』

小瀬はこたえながら、いまそのことを彼に訊いたときの宝萍の父の顔に、ちょっと憎悪に似た、棘々《とげとげ》しいものがはしったのに気がついた。また宝萍が、そうと聴くや「また始まった」というように、父の顔をかるく睨んだのも知っている。

しかしそれはともかく、コタ・バルの外港ツムパットに一団をなしているそのタイブの一家といえば、ひとり漁業家間のみならず、一般にもひゞいているほど有名なものだった。扁舟一つ沖にない北東季節風《モンスーン》期の荒海をゆく、命知らずの我武者羅ぞろいの漁夫団であった。そしてその頭《かしら》が、有名な片耳《スムピン》のタイプ。それと、宝萍《ポーペン》の父親とのあいだに何事かあったらしいということが、敏感な小瀬にはつうんと鼻にくる。そこで、宝萍の父がちょっと座をはずした隙に、かれはこの娘にはじめて声をかけてみた。

『お嬢さん、つまらん通訳などさせて……、あなたの時間を奪ってしまって、なんとも申訳ありません。熱帯のたのしみは夜以外にはないですからね。』

宝萍は、とつぜん小瀬から声をかけられたのでどぎまいたように頬を染め、『いいえ』とはいったがそれは羞らいのなかで微かであった。自分で自分のことが……、なぜこんなに亢奮しているのか、宝萍にはわからなかった。かの女は、たゞ無暗《むやみ》とハンカチを頬に押しつけた。

『御存知ないでしょうけど、あたしはまい晩とても早く寝るんです。それでないと、まい朝市場が早いもんですから、睡くて仕様がありません。あたしが父の店の帳場をしていること、御存知でしょうか。』

『そりゃ、えらいことだ。』と小瀬がお世辞でなしに感心して、『僕もよく魚市場のことは知ってます。東京じゃ、一番市、二番市、三番市とえらい騒ぎですが、たいていは、その問屋のお内儀《かみ》さんが帳場台のうえで眼を光らしてますね。売子の声と買手の顔に眼をくばりながら、びりっ〳〵と伝票を裂いてゆく。あれは、簡単なようでもえらい仕事ですよ。』

『ええ、でも馴れましたから』と宝萍がはじめて小瀬に顔をむけた。しかしそれはひじょうに眩しいものをみるような、眼であった。『その帳場の仕事を、去年の七月ごろまでは、姉がやっていましたの。ところが姉が、そのころコタ・バルへお嫁にいってしまったもんですから……』

『なるほど、それでいまお父さんがタイブ一家のことを訊いたんですね。するとこちらと、あの一家とは御親戚のわけですか。』

『そうなってくれれば、どんなにいいか……』と宝萍《ポーペン》がきゅうにしんみりとなり、支那茶の水を指先につけて卓子に字を書きながら、『姉のことが起るまでは、タイブの一家とうちとのあいだがとても良くいっていましたの。ちょく〳〵ここへ、タイブの長男のアムーンがきまして、鋸鮫《ユー・ゲルガージ》や、鰡《アンディン》の卵の塩漬をうちだけに入れてくれました。ところが姉が、そのアムーンのところへ嫁にゆくと云いだしたのです。父はおどろいて、嫁にゆくならおなじ支那人のところへゆけ、宗旨も習慣もちがう馬来人のところなどは飛んでもないと怒ったのですが、とうとう姉は、それにそむいて家《うち》を出てしまいました。だから、いまも父があんなことを訊いたでしょう。私はハラ〳〵してましたの。あなたがもしタイブ一家と親密のようなら、出来かけた相談もオジャンになりますわ。父も、もういい加減気が折れりゃいいんですけど……』

『なるほど、姉さんの気持もわかるし、お父さんが怒るのも無理はない。しかし姉さんも、あちらへ行ってからは、さぞ苦労をしたでしょう。馬来人《マライ》の家へ嫁げば、まずなにより先に回教徒にならなければなりますまい。祈りなんてものは、たゞ上の空で恰好だけしてりゃいいでしょうが、食いものだけは、どうにもこれは体裁でというわけにはゆかないでしょうからね。われ〳〵や、あなたがたのようになんでも食う人種にとると、豚《パピ》は駄目、豚脂《ラード》はいかんはテキ面に堪《こた》えます。ですから、異人種間の結婚をしてそのまま押し切ろうというには、人一倍の勇気と忍従が要るわけですよ。お姉さんにはそれが充分おありでしょうが……』

宝萍《ポーペン》は微かにわななないた。小瀬のいまの言葉に反撥したいものを感じてきた。なぜだろう。なぜ宝萍は、小瀬が異人種間の結婚について云ったとき、きゅうに悲しくなったのだろう。むろんかの女に、人種のちがう愛人も婚約者もいるわけはなし、と云ってこの、小瀬をみてからまだ、二時間とも経ってない。それだのに、とつぜん冷酷な手で襟がみをつかまれて、大雨の道なかへ突きとばされたような感じがした。それは宝萍にも、自分ながらどうしてだか分らなかった。たゞたゞじぶんがひどく惨めなものになったように思われた。涙がでた。それまでどんなことがあっても一度も泣いたことのない勝気な宝萍も、この春の狂気のようなふしぎな惑乱には勝てなかった。

小瀬はおどろいて、『どうかしましたか』と訊いた。宝萍は、顔を髪の影にしたまま、かすかな声で、

『いいえ、なんでもないんですの。どうしてでしょうか、胸がきゅうに一ぱいになってきて……』といった。

これが、はじめて心の戸をたたく風に散った花一輪の感傷であるとは知らず、小瀬は、宝萍の姉の露糸《ローシ》がひどい苦労をしているのではないか。それを思いだしたので、姉思いの宝萍

がきゅうに切なくなったのではないかと解釈した。しかし実際は、ツムパットにおける露糸《ローシ》の生活は不幸どころではなく、義父のタイプがそれはいい人で、自分もまもなく、ひとりの子の母親になるという便りがきたほどだ。

とおくに雷《らい》があるらしく、とき〴〵弱い黄ばんだひかりがさっと樹間をながれる。河岸の叢《くさむら》から、その光が消えるときはじつに鮮かな菫色の火をちらす蛍の一群が、並木のタマリンドのふとい幹や道ゆく俥《チャー》を照しだしながら、宝萍《ボーペン》の家の屋根をこえ、裏手の保安林のほうへ飛んでゆく。二人は首をめぐらして、裏手のほうへ眼をやった。蛍は修道院《コンヴェント》のほうへいったらしい。しかしその裏の、まるで靄が漂うようにみえるまっ白な花の群落から、わかい木《こ》の実の新鮮な酸味を思わすような匂いがながれてくる。小瀬は、はじめて気づいたらしく、もの珍しそうに一息吸いこんで、

『あの匂いのいい白い花は、なんというのですか』と訊いた。

『王蟹樹《ベランカス》ですわ。ちいさな木で、蟹の卵のようにまっ白な花がかたまっています。花はいいですわ。ここの花をしらべながら一生を終るのも、素的だと思いますわ。』

宝萍は、なんとかして出来るだけながく、小瀬をひき止めようとした。しかしもう、なんの話もない。じつに詰らなそうな顔でぽかんとしている小瀬をみると、宝萍は腹がたってならなかった。小瀬はまもなく辞し去った。

もしそれが来れば、もうちといて貰えると思った雷雨もこなかった。かれが乗った俥《くるま》がバツー・ロードへゆく橋のほうへ消えたとき、とおく参政官邸《レジデンシー》のほうで喘ぐように空がひかっ

た。その弱々しい稲妻はきらめくだけの力がなく、かすかに椰子の樹冠の鶏冠《とさか》をならべたような影をうかべると、消えた。宝萍《ポーペン》は、あらい呼吸をして、割れんばかりの音をたててその窓を閉めた。

その夜、宝萍はいつまでも寝付かれなかった。からだは、血も肉も骨もなにもかも溶けて空っぽになったような感じだが、頭は奇妙に冴えて、ひじょうに秩序だった考えをすることができた。かの女はまずじぶんが小瀬の誠実さに打たれたのだということを、自認した。イギリスの諺に、まことの愛は神霊の出現のごとし、誰しもそれを語るが、見《まみ》えしものは稀なり――ということがある。ちょうどそのようにいまこのコーランポーの華僑間にはやれ犠牲だの、献身だのという言葉がビラのように撒かれている。

しかしそれは、この市の抗日紙の「新国民日報」記者が、「同胞同胞須猛醒」と声を涸らした翌日には恐喝罪であげられたり、「救国就是救自己」と指導者顔をする商業会議所の金持連や、華校聯席会議員と称する教育界のお偉がたが、あるいは民衆を説き、僑童をおしえ、そうしてあつめた抗日献金を着服する世の中だ。そういう現実を知るだけに、この、草莽《そうもう》の理念に身をしずめつつ黙々とゆく小瀬の覚悟を聴いたとき、かの女は、驚いたというよりも打《ぶ》ちのめされたように茫《ぼう》っとなった。

それまで男というものは、働きがあり、物事をよく知っていて、社会的地位を得ればなおさらであるが、それがなくても、絶えず他に抜んでようという実利的情熱さえあればいいと考えていた。そういう人間というものは、人に取り入ることがうまく女を悦ばせる術《すべ》を知り、まめで、小器用で、世渡りがうまい。そうして機会をのがさず、社会のフット・ライトのなかに自分自身を押しだすことのみに苦心する。それが男であった。女たちの口の端にのるのが、たいていそういう型の男である。しかしこの小瀬は……、こんな純粋な男がこの世にあるものだろうか。

宝萍《ポーペン》の小瀬にたいする気持は、すでに一つの信仰になっていた。かの女の聡明は、よし完全でなくも別のかたちでかれを理解した。やがて、彼への同感がほのかな吐息となり、この無双な男に愛されたい希望となってたかまった。この宝萍の恋は、わずか二時間のうちに決定されたものだ。しかしこの二時間は、悠に他の数十年にも匹敵するだろう。二時間であればこそ、それは大爆発であった。宝萍は真っしぐらに中天に吹きあげられた。

その翌々日から四日四晩を、宝萍がどんなに楽しく過したことだろう。それは小瀬が、シンガポールに発とうという前夜、デング熱になったからである。そこで宝萍親子が相談して、ホテルを繁華街にある皇后大旅店《エムプレス・ホテル》からバッー・ロードの「コリシアム」にかえ、夜っぴて印度人の歌は聴えるが、わりと静かな街中にうつさせた。そして、宝萍の母娘《おやこ》がかわるぐ〵にかれを看護《みと》ったのである。

そういう日々のうちに、小瀬の人柄のよさが浸みいるようにかの女に分ってきた。彼がおのれをけっして誇示しないということや、漁業会社の社員の割にはそうとう広い範囲の知識をもっていることや、その鷹揚な物腰や、感情の濃やかさとともに触れてくる太い一本の線があるとこなどは、どうもざらにある熱帯地勤めの社員ではない。そういうことが、かの女をひどく惑わせた。いったいこの小瀬は、どういう人なのだろうかと考えはじめたが、しかしとうとう、その解決がこないまゝに別れの日がやってきた。それが、寝付いてから四日目の夕方のことだった。

とつぜん、寝ているはずの小瀬が、宝萍《ポーペン》の家へあらわれた。留守をしていた母親がびっくりして訊ねると、いま社からの急電があってシンガポールに引きあげるというのだった。そして、宝萍にも宝萍の父親にもくれぐ〵もよろしくと云い、それなり彼のすがたがコーランポーから消えさった。その夕まもなく、英米の対日資金凍結令が発表された。

それで小瀬が、なぜあたふたとコーランポーを去ったかという理由はわかったが、宝萍も、その一瞬のまにあらゆるものを失った。と続いて事態は、ジョホール簗堤橋《コーズウエー》を中心とする十五哩以内の地域に日本人立入禁止となり、すべてがもう、小瀬を二度とみることがないのを匂わせてくる。それからは、絶たれた絃《いと》がふるえるながい〳〵余韻を聴くかの女になった。

ここで舞台を、もとの車中に戻すことにする。宝萍が、姉の露糸《ローシ》の出産を見舞いにはるばるるコタ・バルへゆき、その帰りの列車となった、この最後のシンガポール行き——。

三　片耳親方《スムピン》

宝萍は、酔いどれの濠洲兵大尉にからまれる厭さから、無理にも恰好だけはつけて睡ったように装っていたが、ふとその耳に、並等車のほうで触れまわる車掌の声がながれいってきた。

『さあ〳〵、男という男は、みんな出てくださいよ。みんなで泥を掻きのけて貰わなきゃ、車は出ませんからね。さあ〳〵、出た、出た。シャベルをもって、軌道の泥を除《の》けてくださいよ。』

すると並等車から、湿気と汗のにおいが流れでるなかを、男たちがとび出してゆく。いまはもう、どの車輌にもいいしれぬ不安がこもっていた。宝萍《ポーペン》も、いまこの列車がどういう事態に直面しているか、そうしてこのように、ゆくも出来ず、戻るもできずに、刻々軌条を覆うてふかまる泥中の、一夜を思うと慄《ぞ》っとなるのである。ちょうどそれが、六時五分の日没まえ、二十分ごろのことだった。車橋にでると、まだどこかに微光が漂っている。眼のまえの崖には、小蔦がもつれた髪の毛のようにからみついているブタ・ブタの木がまさに倒れんとし、竹は土をあらわれて白骨のような根をむきだしている。そしてそこから、赤蟻《カリンガ》をのせた泥がずるっ〳〵とながれ落ちてくる。宝萍は、おもわず怖しいと眼を掩うた。

『どうだウォーフ君、この列車が、ゆくか戻るか止まるかで、ひとつ賭《ゆ》くか』と、濠洲兵大尉がまた技師にからんできた。しかしウォーフ技師は、目前のこの現実がどう成りゆくか分らないこのときに、この酔いどれ一人を、愛想よくあしらうようなそんな心の余裕はない。苛々したものが口の端にあらわれて、云うこともおそろしく直截になってきた。

『そりゃ、だれでもシンガポールへゆくと賭《か》けるに、決ってるよ。それが願望だ。行かなきゃアならないよ。そして行ってだね、キャセーのカフェーで好きな娘に盃《カップ》をあげられて、無事お帰り《スラマト・トーラー》でなによりと云われてみたまえな。また、ラッフルズ・ホテルで軍楽隊《レジメンタル・バンド》も聴けるだろうし……ああ、この列車が進まなきア、おれたちの人生はお終いだ。ひっ返したら百年目くらいのことは、君だって知ってるだろう。』

『それは、どういう意味だ。つまり君は、まず火蓋があすこで切られると予想されるので、コタ・バルが恐いのか。』

『うん、相手がわるい。それは、はっきり云うよ。しかしそれは、おそらくこの列車全体の人間の声だろうぜ。われ〳〵が、緒戦の戦禍から身を避けようという、一種の避難民であることはたしかだ。恐いからさ。もしコタ・バルへ戻るようなら、なにもかもお終いだ。』

『意気地なし』と、大尉がはっきりと軽蔑の色を眼にあらわして、『怯懦と無能は二十世紀の犯罪だぞ。本国軍に、非戦闘員とはいえ君のような臆病ものがいるかと思えば、また、コタ・バル防備軍司令官、キイ准将のごとき無能力者がおる。あの、第九師第八旅団長のキイ閣下ときたら、敵の遡航作戦を予想できないにも拘らず、百五十呎《フィート》の防材航門をつくりおった。馬鹿め、それ〲天下に冠《と》たること、君の臆病と好一対だ。』

そのちょっと前、宝萍《ボーペン》の車輛の扉があいて、のたり〳〵とはいってきた男がいる。みると、六十ばかりの服装《なり》のいい馬来人《マライ》であった。青い絹の、襟止上衣《バジュー・クーロン》とおなじ色のズボン、そしてこれも、やはりおなじ色のサロンにおなじ色の回教帽《ソンコイ》という、一見してわかる馬来人の上流だ。しかしこいつは、すんなりとした普通の馬来型とはちがい、じつに厭味にでく〳〵脂ぎっている。そしてその、冷酷そうな眼はまさに蛇である。

その男が、無作法にもいきなり宝萍《ポーペン》の肩に手を置いて、

『娘さんや、お前はあっちの車へいったらどうだね。はっきり云えばだ、お前がここにいて、お二人の話を聴いてはいかんのだ。サア〳〵素直にあっちへ行きなさい。』

宝萍《ポーペン》は、むか〳〵っとなってきたのを、抑えようとしたが駄目だった。いま、この男の手が触れた部分を、汚ならしそうに払いながら、

『規定のお金をはらった人間が、追いだされるのですか。いったい私が、なにをしたんでしょう。喋るのが悪いほうは手もつけられないでいて、自然に耳へはいってくる私に出ろとは、あんまり分らな過ぎるじゃありませんか。聴かれて悪いことなら、云わなきア、いいわ。』

『これ〳〵、理窟はそのとおりだが、ちと酔っていなさるで。口軽になってどこの防備がどうのと喋られたら、わしが知らないのならとにかく、知ってる以上は抛って置けない。お前さんも、あまりもつれないうちに、退《ひ》くほうが為だよ。』

『オジさんも、あまりここに愚図付いていると、あの酔っぱらいさんに絡みつかれるわよ。もつれないうちに、身を退くほうが為ですわ。』

この二人の会話は、馬来《マライ》語でおこなわれているために、白人二人には聴きとれない。しかしその老馬来人は、揶揄されるやいなや、憤気を色に洩らして、高飛車にでた。

『そうか。穏便に事を済まそうと思ったのが駄目なら、職権でいこうか。おれが余人ならともかく、コタ・バルの憲兵隊補佐官さまだ。このウマールさまはな、代々拷問官《プルターンダ》の家柄で、ちと手強いぞ。おい娘、お前がびっくり仰天して腹ばいながら逃げだすように、一つわしの、

お呪《まじな》いを聴かせてやろうか。なア、わしはお前をようく知っておるぞ。お前がな、命知らずのタイプのところに暫くいたことも、又なんだ、お前が小瀬という危険な男とひじょうに親しかったことも知っている。はっはっはっは、びっくりしたら、神妙にむこうへゆけ。』

『そう、あたしもオジさんのことをようく知っていますわ。』と、負けず劣らず宝萍《ポーペン》はいったがさすがに胸が鳴り、小瀬、小瀬――それをこのウマールがどうして知っているのか驚かれた。

『タイプの父さんと、オジさんとは犬と猿の仲だそうですね。そりゃ片方がいい人で、片方が蝮《まむし》なんだから、合わないのも当然だと思いますわ。いつだったか、タイプの父さんがオジさんのことを云っていましたわ。あのウマールのやつは、どこでも肉を押すと慾がぶう〳〵鳴るって……。それから、小瀬さんがけっしてそんな人間でないことを、いいますわ。オジさん、帳面を直しといてね。』

『直せとは、なんていけ図々しいことをいう。いちばん披露におよぶから、よく聴けよ。小瀬のつとむる大昌漁業公司は、シンガポールのタンジョン・ルーにある。前方に国際飛行場をのぞみ右隣りはユナイテッド木造船造船所、斜め右街路のむかう側はユナイテッド及びトニクコク造船所なり。現在ここで、武装船艦の修理をおこなう。まことにこの会社の位置は、防諜上はなはだよろしからぬ地点にあり。かれら社員は、出退の都度あらゆる偵察をなしつつあるもののごとし。したがって、ユナイテッド木造船造船所まえに屯舎《とんしゃ》一つを置き、スコットランド兵若干名をもって、大昌漁業公司を監視せしめつつあり――と。だいたいこれで、どう小瀬などが極東情報部で思われているか、わかるだろう。』

『ええ、いろんなものの近所にいるから疑ぐられるんで、越してしまえば消滅ということは分ります。そしてたゞ、如しと非ずやだけでそういうように考えられていることも、分ります。どうせオジさんみたいな、田舎の馬来憲兵補佐なんかはその程度のものしか知らないでしょうからね。それを勿体ぶって、なんですか。』

『ううむ。いつも〳〵減らず口を叩くやつだ。しかし娘や、これがお前がコタ・バルにくるとすぐ、シンガポールから廻ってきたんだぞ。つまり、お前という要視察人について監視を乞うということを、いってきた。小瀬清七の情婦、鄭宝萍《チエンポーペン》なるものが……』

　要視察人ということよりも、その情婦という言葉にちょっと宝萍の眼が激したが、しかしだん〳〵に、それがかの女をあまい忘我でつつんでしまうのだ。あの人は、上は女王から下はあたしたち娘までが、誰でもたった一目で惚れてしまう価値をもっている。あんな立派な人を、私が愛しているからといって、なんで恥じるところがあるだろう。と、下等なウマールの口から吐かれた下等なその言葉を、かの女はあまんじて身にうけた。

　するとそのとき、とつぜんウマールの手がかの女の肩に落ち、馬来憲兵補佐の職権使用行為にでようとした。宝萍はすっと肩を縮めて、ウマールの手をすべらして、

『あっ、オジさん、ちょっと待って、もう一事だけ……。だいたいオジさんがこの列車に乗りこんだのは、私を監視するためなんでしょう。するとオジさんも、私と一緒にシンガポールのほうへ行くわけですわね。そうしたら、いったいその帰りをオジさんは、どうするつも

りなの。もう、コタ・バルへは帰らない気なんですか。戦争がくる、くるのコタ・バルが怖ろしくて、口実を作ったのじゃないのですか。あゝオジさんはなんという卑怯ものでしょう。そこの濠洲兵《アウシース》の将校さん』とかの女が大声で大尉に呼びかけた。

『ここに、いますわよ。任務を悪用して、コタ・バルを逃げだした卑怯ものが……』

咄嗟のこのかの女の機智で、ウマールが慌てふためいて並等車のほうへ逃げだしてしまったのは、一つの喜劇である。しかしその後に、いよ〳〵この列車がコタ・バルへひっ返すと決ったとき、あれほど大言壮語した濠洲兵大尉が悄《しょ》んぼりとなったのも喜劇であった。こうしてこの列車は、ついに最後のシンガポール行きを名乗りながらも、シンガポールへはゆき着けず、不安と戦雲への恐怖をのせ、コタ・バルへと徐行をはじめたのである。

その明けがたに、雨が油のように光りはじめてきた。そして翌十二月一日には、霽《は》れかかった空にうつくしい虹があらわれた。薄陽のにじむ空から名残りの雨滴れがスイと糸をひいたのは、砂洲の頭がみえそめたその夕方のことである。こうして宝萍《ボーペン》が、またタイブの家にもどってからちょうど七日目の、その十二月七日の夜はタイブの次男の婚礼であった。

タイブの家は、コタ・バルの外港ツムパットの浜側にあった。支那式に書くと、老巴虱対《ラウパサッツィ》面巷《ミンホン》となるが、なにもこれは、年老ったともえ虱が対面する巷というのではない。旧市場向う側通りという意味である。

その家は、屋根をニパー椰子で葺いた旧式のつくりであるが、屋根付きの渡り廊下《スラサール》はあり、台所は大きいし、諸事万事が大々として、さすがにタイブの家とわかるのである。

その渡り廊下の片隅で、宝萍《ポーペン》の姉の露糸《ローシ》がなにごとかタイプにいわれている。露糸は、ぽっちゃりとした愛らしい顔だちであるが、別に宝萍のような個性的なところはない。たゞ温和しく、そして我慢がつよい。思いこんだら最後やりぬくところは、アムーンとの結婚でもわかるのである。

『露糸《ローシ》や、お前が女心でそういうのも無理はねえだがな。しかし儂《わし》にこの北東季節風期《モンスーン》の漁を、止めてしまうことはできねえだ。お前は女だで、しょっちゅう沖のアムーンの身を思うと、生きた空はねえという——そりゃ無理はねえこった。お前が今夜くる、ハシムの嫁さんが可哀そうだという——儂にはそれもわかるだよ。しかしだぞ、永年わしみたいに荒れ時期ばかりに漁にでていてな、しかもそれでいて傷一つ負わねえ果報ものもいるではねえか。それに引き換え、静かないい時季の海にでて、オッ死《ち》ぬような不幸もののもいるだ。なあ、海は気まぐれだ。』

『だけどもお父《とっ》あん、もう家《うち》だって暮しに不自由はないようになったんだし、このうえ危なっかしいことでお金を儲けなくたって……』

『はっはっは、漁師が海へゆくのは金ばっかりのこっちゃねえよ。露糸も、もうちとこの浜にいてもうちと齢をとると分るんだがなア。』

北東季節風期になると、海が荒れに荒れ、海峡汽船会社《ストレート・スチームチームシブ》の東海岸航路さえも杜絶えてしまう。その扁舟一つない沖にでて命がけの漁をすることは、危険なことも随一だが、儲かることもえらいもんである。なにしろ、南西季節風時の乾季に一カッテイ三十セントのマンゴー魚が、一弗三十五仙にもとびあがる。そしてこの、冒険漁業を一手にやっている、タイプは典型的なケランタン男であった。

このケランタン州は、馬来の各州のなかでも、もっとも異色あるところである。男はみじかいサロンに三つ四つ腰帯をまき、女は、サロンを勇敢にまきつけて、たいてい胸の上部を露出する。そして、市場であきないをするのも、ほとんどが女である。

といって、男も他州のように、けっして遊んではいない。たゞ、多血質であまり利巧でないのが欠点である。そして気がよくて、頑固で無鉄砲で、自尊心がつよく無作法で、たいていは小力があってひじょうによく働くのである。しかも一時代まえは、大食と泥棒がこの州の特徴であった。

たとえばバシール・プテー、たとえばコタ・バルというように、それぐ、一地区ごとに盗賊団ができている。そしてそれを、州の長老であるオーラン・ブッサールが束ねているのだから驚くではないか。ところで若いころのタイプはこの盗賊団のなかでもひじょうにいい顔で、「無頼《ブアス》の虎《シ・ブドン》」といえば聴えた男であった。ところが、ついにそのタイプが捕まった。と、また奇妙なことは、ツムパットの地方監獄《ブンジャラ》の拷問官《ブルターンダ》がウマールで、こいつがタイプの属する盗賊団をたばねていたのである。じゃに、地方監獄の拷問官が盗賊団の黒幕とは……。

しかしこの州が、だいたい蛮風と無秩序とで名高いところであることは事実だった。

タイプが捕まったので、ウマールが安穏でいられなくなったことは、いうまでもない。かれはじぶんの身に火がつくのを懼《おそ》れ、なんとかその難を避けようとした。それは合法的に、タイブの口を塞ぐよりほかにない。そこでウマールは、かれの職権である拷問を濫用し、絶えず意識をうしなわせるばかりの酷たらしい責めを続けた。片耳を削いだ。ツムパットの地方監獄《ブンジャラ》のなかで、タイブはだん〱に弱っていった。もしここに、大早川《おおばやかわ》がいなければ、とうにタイブは死んでいたろうに……。

四　最後の船唄

この大早川は、ケランタン州ではじつにいい顔であった。州民への面倒がいいので、ケランタンの父といわれたほどで、おそらくかれ以外には、道路に名をもっている邦人はないであろう。しかし、始終金にはあまり縁のない男であった。あるときは、邦人床屋の二階に燻《くすぶ》っていたことなどもある。その大早川が、タイブの内職が泥棒と聴いておどろいた。しかしタイブは、じつに気性のいい男だったので殺してしまうのは惜しいと思い、サルタンにたのんで、危ういところを助けたのである。だからタイブは、いまだに大早川の恩にむくいるためには命も要らないと考えていたし、一方蝮のようなウマールには復讐の機もあらばと狙っていたのであるが、そうして、十年と過ぎ、二十年と逝き、じきいまに、この仇敵同士が六《む》十路《そじ》の声を聴くであろう。

タイブは年は老《と》っても豪快で、伊達だった。顔にはもう、蠟涙を巻きつけたようなふかい皺ができていて、どうみても爺さんであるがそれでいて若々しい。下手アすると小情婦《こいろ》ひとりくらいは出来そうな元気がある。だからその夜の婚礼は、宴会そのものよりもタイプのほうが派手だった。

　ところで不審なことは、当時、コタ・バルもツムパットも燈火管制をしてないのだった。たゞ、ツムパットとバチョーの灯台の灯を消している。たゞそれのみで、警戒管制《ブラウン・ナウト》も完全管制《ブラック・アウト》もしていないのである。であるからして、タイプの家の庭の灯は、煌々とあかるい。

　夜の八時になると、新郎新婦の指の爪を染める、「指甲花浸染《ペリネイ・チュリ》」の儀式がおこなわれ、それが済むと、それ〴〵絹のサロンと上衣《パジュー》に身をつつんだ二人が庭の宴会場に降りてくる。テーブルのうえは、各種のカレーや、胡瓜や、落花生や賽の目形のココ椰子の実や、ボンベイ家鴨《ダック》や色とり〴〵の蕃椒《チリー》がならばっていて、談笑のうちにまさに宴はたけなわであった。

　宝萍《ポーペン》は、このケランタン州に多い海南島人とおなじテーブルにいて、そこだけはビールを飲んでいた。しかし、たがいに言葉が通じないので、どうにも座がもてない。かの女はそっと抜けだした。磯風にまじってスムボンのにおいがする。頭を冴々とさせる樟脳のような匂いである。

　宝萍はやはり娘なだけに、今宵の婚礼ということからの刺戟を覆いかくすことはできなかった。すべてが、しぜんと求心的に小瀬に集中し、その幻影のなかから遁《のが》れでることができなくなった。小瀬が、コーランポーから消えた資金凍結令のあの日――、まもなく家《うち》へ帰ったかの女が、それと聴くや、驚いてかれの宿へ駈けつけた。すると、書いた手紙を焼き捨てたのが、床に落ちていた。それは、かの女に宛てたものだった。

よく見てみると、それには一二ケ所焼け残りのところがあった。一つは、天職を見いだしたるものは幸いなり、彼をして他のいかなる幸福をも求めさせるなかれ——とある。じつに立派な英文で、これはおそらく彼自身のことを云ったものと思われた。しかし天職とは——そこに宝萍《ポーペン》の拭いきれない疑惑があったのである。

それからもう一つのほうは簡単で、たゞ、眼に映らねば《ソー・ロスト・トウ・サイト》——とあるだけだった。それではじめて、小瀬がかの女に並々以上の好意をもっていたことを知った。眼に映らねば……、想い出《トウ・メモリー》に、君よ《ディーア》……。あゝと宝萍はかすかに吐息をした。まるで、暖かいながれに浮いているような気持であった。するとまもなく、かの女がふとかすかに胸をおどらせた。

「事によったら……」と、思うと自然に足がゆるくなってきて、

『もしここへ戦争がくれば、それが私と小瀬の再会の機《とき》になるかも知れないわ。マアそれは、だれでもあり得ないことだというだろう。けれど、またそうかと云って絶対にないともいい切れない。あの列車がコタ・バルへひっ返したことも、私には千載の一遇となることかもしれないわ。ああ、ぜひそうなって欲しい……』

くらい夜だった。たゞ、鹹気《しおけ》がとんでくるほうが海であると分るだけ、そのうす闇のかなたに黒々とうずくまる、ゲラムの叢林のなかはきつい猫草《クチン・クチン》のにおいがする。するとその、林のはずれにある大漁船《コレー》のかげから、どうやら聴き憶えのある声の、話し声がきこえてくる。

ひとりはタイブ、ひとりはどうやらウマールらしい。そうだ、聴きおぼえのある獰物のウマールだ。してみるとこの、永年の仇敵同士がなにを語っているのだろうか。——宝萍は大

型漁船のかげに蹲《しゃが》みこんだ。

『おいウマール』と、響きのいいタイプの声がいう。

『こういう性悪な仕事は、いくら気にくわねえ野郎でも、お前《めえ》以外には持ってき手がないからな。悪いことならいつでも駈けだすお前のこったから、どのみち、否応いう気遣《きづけ》えはねえだろう。だがなあ、おれあお前にはえらい目に逢っている。お前というやつは、おれにとりゃ八つ裂きにしても足りねえやつなんだ。そういう野郎に、このおれの片棒をかつがせて生涯安楽と決めこませることは、なんぼなんでも、あまりに意気地がねえ。しかしどうも、こう見渡したところ悪《わる》の数もねえもんだから、結局仕方なしにお前のところへ持ちこむようになった。おいウマール、大悪党。このケランタンでな、天井ぬけの悪といや、お前《めえ》以外にはねえ。』

『おい〳〵、ざん訴もいい加減にしろ。して、その話というのは、どういうことなんだ。』

『うむ、それを云うまえに、いちばんお前に勘合してもらいたいことがある。それはだな、おれもお前も、もとはとも〴〵盗人《ぬすっと》だってことだ。』

『うむ、太《ふて》えは互いだ。』

『ところでだ、近ごろお前の懐ろ加減はどうだ。』

『ひでえもんさ。よその国の戦争資金に絞られるだけでも、大《てえ》したもんさ。ことに、おれたちみたいな役附がいけねえんだ。だからもう、間がな隙がな、きょろ〳〵眼をしてだ。どこかに、うまい汁がこぼれちゃいないかと、もう浅間しいかぎりだよ。して、その耳寄りな話というのは、どういうことなんだ。』

『それはな』とタイプがぐいと一段声をおとし、『じつは、今夜、戦争がくる。』

とたんに、ウマールがくびっと唾をのむ音がしたと同時に、とつじょの一撃でガクッと顎骨が鳴った。あの大兵のウマールが、おおきな音をたてて大型漁船《コーレー》の底に落ちこむと、それなり、なんの音もなくしんと静かになった。やがて、タイプがパタ〳〵手の埃りをはらいながら、

『頓ちきめ、慾にかられて引き出されやがって、なんという醜態《ざま》だ。これからおれは、お前を船にのせてムーロンの河口に靄《もや》うんだ。あすこは、サバーから北とちがって、ちょっと防備が落ちるというからな。つまりさ、とにも角にもお前という男は憲兵隊補佐官だし、防備軍にもあらまし顔は利いている。その看板を押したてて、陸《おか》の守備兵どもに怪しまれぬようにする。と同時にだ。灯りをつけて、釣り舟に見せかける。そんなものがいる前面なら、けっして大したことはないということを、問わず語らずのうちに、上陸軍に合図する。しかしだぞ、やがて俺たちのぐるりには火玉《ひのたま》の雨がふるだろう。そう〳〵、お前には大早川先生が大分苦手だったっけな。その煙ったい方のために、おれと一緒に死ねるなんて……、おいウマールや、お前はなんという果報ものだろうなア。』

宝萍《ポーペン》は、このおおきなタイプの情熱に鷲摑みにされたような気持だった。死をもって恩にむくいるとは、なんという崇高な感情だろうか。しかし、しかし、今夜すぐここに、戦争がくるということは……、それをタイプがどうして知っているのだろうか。ところで、この

宝萍の疑念を解くために、ここで話を数時間まえに遡らせることにする。

　婚礼の庭では、そのころ馬来踊り《ロンゲン》がはじまった。ポッポコ〳〵と大鼓が鳴りヴァイオリンの音《ね》がしはじめると、たちまち女の絹サロンが颯々と磯風のなかで翻えり、それを追う男はまた創意を凝らした踊りかたをするのだった。なかには、普通なら女のほうでうたうロンゲン歌を男がやる奇抜なのがいて、ママのミナーよ、満月《プルナーマ・ブーラン》よ、なんという美しいお尻《モーレー・テー》だろうか——と、声色もどきにやるころは文字どおり狂騒の渦だった。するとそこへ、海岸の魚類の見張り台からひとりの漁夫がとんできて、

『親方ア、「まながつお《バワール》」の大群らしいだよ。遠くのほうが、えらくキラ〳〵光るだで、せっかくお楽しみ中済まねえが、ちょっと見に来てくれんかい。』

　と、タイブにいう。

　まながつおの大群がくると、その海面がうつくしく光るのである。ことに星あかりの夜などは、馬来人が「まながつお星《バワール・ビンタン》」というほどだ。その「まながつお」が来た。北東季節風期《モンスーン》にきたのは、九年ほどまえに一度あったゞけ、じつに稀《めず》らしいにもこの上ないことであった。タイブはさっそく見張り台にのぼっていった。

　沙霧があった。その揺動のあいだから、黝《くろず》んだ海面があらわれる。足もとにくだける汀を嚙む波の音を聴くと、とくに今夜は巻波がひどいように思われた。

　タイブは、程しばらく水平線のあたりを凝視していたが、さいしょはやや弾んだ呼吸《いき》がだん〳〵に静かになり、

『ううむ、まながつおだ《バワール》』といった。

『砂の浅瀬の魚の「まながつお」が、今夜こそは血と砂の魚になる。大早川先生よ、やっと先生への御恩報じの機《とき》がまいりましたゞ。わしは先生が――去年の七月の末このケランタンを去ってしまわれて――今宵の次男ハシムの婚礼の席にお出でになられないということが、この爺にはどんなに淋しかったことかわかりましねえ。お好きな酒の蔭膳を据えたくれえのことで、この爺には満足できましねえだ。思えばよく、二十なん年間もこの無頼《やくざ》を生かさせてくれました。お礼をいいますだ。そして、いまが先生よ、おさらばで御座えますだ。どうか……』

と、たゞさえ最初から声がなかったのが、口辺のうごきさえ消えてしまい、とつぜん、タイブが狂喜したような声を漁夫たちに浴せかけた。

『ううむ、この漁期一の福の神の御来着だ。海神さまが御冥利なせいか、ます〳〵このタイブ一家が繁昌するわい。サア、船出だ。』

一足先に漁夫たちを去らせ、またタイブが、ちょっとしばらく水平線のなかに眼をやった。さっき見た微茫はとうに消えてなかったが、しかしそれはたしかに、船団の舳の截水や航跡にむらがる、夜光虫のひかりである。微光の夜、六マイルかなたの水平線上の事物を仔細に観て取ることができる、この漁夫たちにおいてはじめて出来ることであって、防備軍の監視兵などには夢にも思えないことだった。こうして星疎《まば》らのした、薄霧のなかに、戦機は刻々と近附いた。じつにそれが、泊地進入の四十分ほどまえのことだった。

タイプは大陽気で帰ってきた。おい〱みんな、あしたはみんなに「まながつお《パワール》」を食わせるぞ。世の中がサバ〱となって、万事清新の気がするという奇特な「まながつお」だ。というと、酸甘《ハルワ》を頰ばっていたやつがぐい嚥《の》みにして喚きだし、ロンゲンもより以上賑かに続けられた。

するとタイプが、手下の漁夫を庭の片隅に呼びあつめ、

『おいイスマイル』と端から訊きだした。妙に眼がすわり、顔は粟粒のような汗である。

『お前のおっ母アはいくつになったね。そうか、六十九かい。それからコーランポーで馬来義勇兵になったというお前《めえ》の弟な、あれはまだ身持が直らねえで、お袋さんに仕送りをしねえかね。そうか、やれやれ仕様のねえ極道だ。次に、イッサム』

と隣りの男にうつり、

『お前のカミさんも、相変らずアイロンの火《アピ》で頼まれものの洗濯をわやにしてるかね。そうそう、一々弁償するんじゃ、いくらお前が稼いでも足りねえな。それに、倅ときたら、うす野呂だしな。』

というように、一々問うては一々それに頷いて、まるで手下の漁夫たちの家庭の状況を訊いているようであった。

しかしタイプは、やがて自嘲気味にかすかに頰をゆがめ、タイプとしたことが、たとえ一度でも、死出の旅の道連れに他人をえらぼうとしたのは情ないことだ。おれには、アムーンとハシムの二人の倅がある。それでいい。と、タイプが伸びをするような、晴れやかな呼吸《いき》

をした。

しかし、かれの歯齦《はぐき》はガチ〳〵と鳴り、蹌踉と足もともあやうく、新郎新婦の卓のほうへあゆんでゆく。

『おい、アムーン、ハシム』と、タイブは二人の顔を等分に見くらべながら、『気の毒だが、これからちょっと一稼ぎして貰いたい。なアに、すぐだよ。「まながつお《パワール》」を千匹も漁《と》りゃいい。』

兄弟は、ちょっと不満そうだったが、一言もいわずに立ちあがった。むしろ、タイブにそれをいったのが兄嫁の露糸《ローシ》だった。

『お父《とっ》つあん、いい加減にしなさいな。いったい今夜をどういう日だと思っているの。婚礼の晩に、お婿さんをお嫁さんから離して、漁にだすなんて……、こんな馬鹿げたことが、どこの国にありますか。』

『はっはっはっは、露糸よ、おむくれでない。すぐに済むからな。雨期には一匹二弗《ドル》といってても防備軍あたりじゃ飛びつくんだから、今夜の「まながつお」さえ済めば、先が楽になるというもんだ。そういう埋め合わせがあるで、今夜は辛棒。なあ、辛棒、辛棒――だ。』

くらい砂浜に、大型漁船《コーレー》の影だけが、ほのかに黒くみえていた。船出のとき、いつもやる祈禱唄《ラクブ》がはじまった。――ミンタ・ジャウーバーラー。アカン・ダータン・ダータン・ラーマット・ヤン・カペジカン。

海風は、悪しき運命《さだめ》をとおくへ吹きちらし
浪のる舟は好き運ぞ積む

　タイブが音頭《おんど》をとり、合唱がそれにともなった。宝萍《ポーペン》は、戦いが瞬前に迫っていることをはげしく疑いつつも、しかし、さっきのタイブの言葉の一部が現実化されたこの船出の意味を知るだけに、はげしく胸せまるものに、堪えやらず咽《むせ》びはじめた。この海の祈禱唄《ラクブ》が最後のものであるのを知るだけに……、タイブの顔も、また、露糸《ローシ》がみる夫アムーンの顔も、花嫁のシティがみる花婿ハシムの顔も、それ〴〵この一瞬を最後に永遠のかなたに切り離されてしまうかもしれぬのを知るだけに……。かと云って、ひき止めようとするには歯もたたぬような巨きな力をタイブが持つだけに……。たゞ宝萍《ポーペン》は、顔をそむけてすすり泣くのみだった。

　タイブは、舷《ふなべり》からやさしくかの女の肩をなで、
『宝萍ちゃん、わかい娘さんというものは、ほんの、ちょっとした気まぐれでも、すぐ泣くもんだからな。まるで泣くのが嬉しいみたいに、泣くもんだからな。ひとつ機嫌なおしに、オジさんの心意気でも聴かしてやろう。』
　と、錆びのある声で歌いはじめた。

波ははなびら

飛沫《しぶき》は花粉
乗ったお船でまた帰りゃんせ

船は出て、歌声は遠ざかる。白い波浪のかしらがぼうっと光る闇のかなたに、男が男として死ぬための誇りと哀切と、さらにその遥かむこうの漆黒の水平線上には、あるいは小瀬をのみ、大早川をのせているかもしれぬ、船団の影をもう否定しきれぬ宝萍《ポーペン》であった。そうしてこの十数分後に、身のひきしむような訣別のなかで十二月七日が去ろうとする。

ひゅうと浜風が鳴り、歌声が消えた。そのときが、ちょうど上陸部隊がツムパットの灯をのぞみ、折よく日曜でもあり、奇襲上陸の成功を確信したころである。この泊地進入のころを叙して、星疎《まば》らにして月いまだ出ず——とある。

解説

小栗虫太郎《おぐりむしたろう》（本名・小栗栄次郎《おぐりえいじろう》）は一九〇一年、東京神田に生まれた。一八年に京華中学を卒業、二二〜二六年にかけては印刷会社を経営していた。二七年『探偵趣味』に織田清七名義で「或る検事の遺書」を発表、三三年には喀血した横溝正史の「ピンチヒッター」として『新青年』に小栗虫太郎名義で「完全犯罪」によりデビューし、以降同誌を主な活躍舞台とした。三四年には神秘学と衒学の横溢する空前の怪作「黒死館殺人事件」で斯界における地位を確立した。以降も新境地を切り拓いてゆき「二十世紀鉄仮面」などでは雄大な冒険譚である新伝奇を、戦中は後に「人外魔境」として纏められる秘境冒険小説を展開した。

「**血と砂**」（没後に改題「その前夜」）は一九四三年八月号に発表された。挿絵は玉井徳太郎。「冒険小説特集」の一作として、四一年十二月八日のコタ・バル上陸作戦による太平洋戦争開戦の前夜を描いた作品で、背景には小栗が四一〜四二年にかけて陸軍報道班員としてマレーに滞在した体験がある。本作は日本人、華僑親娘、現地マレー人一家、英技師と豪州兵など多人種の交錯する群像劇で、戦争という大きな運命に呑み込まれてゆく間際の一人ひとりの生活へのまなざしがあり、単なる戦意昂揚の小説とはみなせないだろう。

小栗は終戦後、自ら「社会主義探偵小説」と称した長編「悪霊」を執筆していたが、脳出血のため四六年に亡くなった。（鈴木優作）

【一九四〇（昭和十五）年三月】

出題　大下宇陀児《おおしたうだる》
挿画　茂田井《もたい》　武《たけし》

挿画課題　奇妙な佳人《かじん》

画《え》を御覧なさい。空に見事な銀翼大編隊、地には今しも颯爽と軍楽隊を先頭の大行進！　歓呼してこれを迎える大群衆……。この日二月十一日、云わずと知れた、これは皇紀二千六百年を祝福する紀元佳節《きげんかせつ》当日の帝都銀座街頭に於る一光景である。ところが、不思議な事が一つある。総ての銀座人の注意が尽《ことごと》くあちらの方に吸いよせられている時、たった一人、こちらを向いて立っている奇妙な佳人、こちらを向いている事その事も奇妙だが、彼《か》の女《じょ》の一種不可解な表情が、よくよく見れば甚だ奇妙である。一体彼の女はどうしたと云うのであろうか――。

☆　☆

解説担当
第一話　お嬢さんの頭‥久生《ひさお》　十蘭《じゅうらん》
第二話　彼氏の策戦《さくせん》‥石黒《いしぐろ》　敬七《けいしち》
第三話　歌わぬ歌姫‥橘《たちばな》　外男《そとお》

この奇妙な佳人は一体どうしたのだろうか？

第一話　お嬢さんの頭

久生十蘭

空に聖翼、地に聖兵。互に五百米《メートル》ばかり距たりながら市民の万歳の混声大合唱の中を軍楽隊先頭の大行進が轟々堂々と進んで来た。

石川澄枝《いしかわすみえ》は、その大行進を見ているうちに、突然、飼猫に三日も喰べものをやらずにアパートの部屋へ閉込めてあったことを思い出して蒼くなった。

澄枝は、狼狽《あわ》てアパートの方へ引返しかけたが、飛行機にしろ軍隊の行進にしろ、どう考えても猫とは絶対に無関係である。一体、どういう事情で縁もゆかりもないこの二つの観念が結びついたのかと急に彼の女《かじょ》は興味を感じて夢中になって発展の跡を辿《たど》り始めた。始めは雲を摑むようだったが、出だしへ戻って根気よくやっているうちに、すこしずつ判りかけてきた。

澄枝は、大行進を見ているうちに、不意に轟夕起子《とどろきゆきこ》のことを思い出した。兵隊さんの大行進と轟夕起子とは、一見なんの連繋もないようだが、よく考えて見ると、それはこういうところで親和性をもっていた。

大行進の先頭に立って、今しがた通りすぎた街頭整理の騎馬巡査の馬が、最近轟夕起子が軍馬を献納したことを思い出させたためだった。

お次にムッソリーニが飛び出して来た。これは、献納式の写真に轟夕起子が乗馬靴を穿いていたことから、長靴が「伊太利《イタリー》」を経てムッソリーニに結びついたのだということが判った。

この辺まではまず順当だが、今度はムッソリーニからいきなり「蛸の鮨《たこ》」へ大飛躍を遂げてしまった。ムッソリーニの頭が蛸踊の蛸の頭に似ているので、ムッソリーニ——頭——蛸の鮨ということになったのらしい。

新橋へ行って蛸の鮨を喰べようかな、と考えているうちに、俄然、外套《がいとう》を裏返しに出すのを忘れていたことを思い出した。

澄枝の外套は七分身《しちぶしん》なので、鮨がすぐ「七分搗《しちぶづき》」と発展し、この同音格が外套《がいとう》の裏返しを思い出させたわけだった。

外套《コート》の裏返しのことを考えていると、今度はいきなり化膿防止薬「アルバジル」へ転調した。洋蘭《カトレヤ》色の外套の裏地が歯槽膿漏にかゝった歯齦《しこん》の色を聯想させ、今日のうちに忘れないでアルバジルを買おうと思ったゝめである。

そうしているうちに、何《なん》の予告もなく「棒鱈《ぼうだら》」が思考の中へ侵入して来た。アルバジルと棒鱈の結びつきは、どう考えても少々突飛であるが、これにも、切っても切れない因縁があったのである。

アルバジルを飲む時には、同量の重曹を一緒に飲むのよ、と言った友達の注意が、二三日前の料理の講習で、先生が、「お棒鱈をお煮になります時はお重曹をひと摘みほどお入れになりますと……」という気取った口調を思い出させ、アルバジルと棒鱈はこゝに見事に握手をした。

棒鱈の次に来たのは、意外にも映画の「格子なき牢獄」だった。この発展には少々説明がいるが、棒鱈は北海道を聯想させ、北海道はトラピストの修道院を、修道院はついに「格子なき牢獄」へと発展した。

「格子なき牢獄」の後味を愉しんでいるうちに、こゝに於て、突如として、三日前から喰べものをやらずに猫をアパートの部屋へ閉込めてあったことを思い出したのである。いわば、気儘な外泊をした天罰というようなものだった。

蛇足ながら澄枝嬢の思考の発展を図式で示すと、次のようなぐあいになる。

「主題《テーマ》。——轟夕起子——ムッソリーニ——蛸の鮨——外套《がいとう》の裏返し——アルバジル——棒鱈——「格子なき牢獄」——猫をアパートの部屋へ閉込めて来たこと」

これは、石川澄枝（仮名）嬢の偽らざる告白だが、この頃のお嬢さんの頭の中が、いったいどんな工合になっているか知りたい方のご参考ともなれば倖《さいわい》である。

第二話　彼氏の策戦

石黒敬七

『ネエそれからおしるこを食べて』

『ウム』

『それからリンゴを食べて』

『ウム』

『それから日劇を観て』

『ウム』

『それから……プルニエでお昼御飯を食べて』

『ウム』

『それから公園を一時間散歩して』

『ウム』

『日比谷映画劇場へ入って』

『ウム』

二人の会話をきいていると、一方はしきりに食べてとか観てとかいう希望をラレツしているし、一方は唯《たゞ》ウム〳〵といっている。希望を述べている方は彼女だしウム〳〵の方は彼氏だ。彼氏はウム〳〵と云いながら、おしるこ二杯でいくら、日劇がいくら、プルニエいくら、日比谷がいくらと胸算用をしている。明日の紀元節に於ける彼女の希望はそれからそれへと尽《つ》きない。

彼氏は或《ある》新聞社の写真班、彼女は或事務所に勤めていて相愛の仲だ。

『それから……』まだそれからが続く。

『それからまた銀座へ出て三越でハンドバッグを買って、香水を買って、いさみやで服の裂地《きれじ》を見て気に入ったのがあったら三ヤールばかり買って、篠原で靴を見て……』

『ウム……』

『いゝでしょう？　だって皇紀二千六百年の紀元節じゃないの。アミーの為にそれ位のことをしてくれたって』

『ウムいゝとも』とはいって見たものの、(どうも飛んだ二千六百年になった。おしるこや映画位ですめば大した事はないのだが、それ靴だ、香水だ、ハンドバッグだ、いさみやだとやられては現在の嚢中《のうちゆう》では到底彼女の希望の十分の一さえも満たしてやる事は出来ない。だがそうしてやらないと、あの美しいマドモアゼルは必ずアイツの方へ行って了《しま》うだろう。アイツの家は金持だし、アイツも彼女に参っているのだしするから、之《これ》はどうしても、僕に金策の出来るまでは、極めて自然にこの難関を切り抜けなければならない。）

茶房《さぼう》で彼女に別れてからの彼氏は、有志代議士会の決議文をつきつけられた時の阿部さん見たいな顔をして一晩中考えた。

明くれば皇紀二千六百年二月十一日の紀元節の朝だ。午前九時半、彼氏は彼女と約束の銀座四丁目のおしるこやへ意気揚々と乗込んだ。何か素晴しい対策が出来たらしい。

二人が楽しくおしるこをすゝりながら語らっているとものの卅分《さんじつぷん》も経たない中《うち》に、遠くから勇ましい行進曲がきこえてきた。トタンに彼はスックと立ち上って、

『アッ!!　スッカリ忘れていた!!』

とおしるこや中に響くような大声で叫んだ。

『アラ、どうしたの？』ときくと、

『大急ぎで社へカメラをとりに行って来る。今日の海陸空の大行進を写すように昨日いわれていたんだが、君との約束に気を奪《と》られてスッカリ忘れていた。じゃ失敬!!　危なくコレ（首に手刀《てがたな》をあて）になるところだった』

とポケットから緑色の札《さつ》を二枚だしてテーブルの上に投げ出し、脱兎《だつと》の如く外へ飛び出した。

彼女が、写真を写したら何処かで会おうと、云おうとして直ぐ後を追って出た時は、彼の姿はもう六丁目の方の向う側へ往来を斜《なゝめ》に突っ切っていた。

呆然として、腹立たしく、物悲しく、なんとも複雑な気持でつっ立っていた彼《か》の女《じょ》のポーズが、即ち諸君御覧の如きものである。

第三話　歌わぬ歌姫

橘 外男

偶然と云おうか幸運と云おうか、丁度その時、私はこの佳人の間近《ぢ》かに立っていて、その不可解な態度と表情を目撃していたのである。飛行機や軍楽隊の行進はそっちのけで、私はこの芳芬《ほうふん》漂うが如き異国風《エキゾチック》な美女の後姿や横顔に、飽くなき視線を送り乍《なが》ら、そのあまりにも優れた美しさに魅せられていたのであるが、ふと、何かに驚いて飛び上るような身のこなしを演ずると共に、さっとこちらに体を向けた彼《か》の女《じょ》の顔を眺めた瞬間、私にはそれが誰であるか直ちに頷かれた。確かに昨秋動乱の欧洲より新帰朝した、わがソプラノ歌手村山美弥子《むらやまみやこ》嬢に違いない。

　村山美弥子嬢と云えば御承知の如く第二の田中路子《たなかみちこ》として、墺太利《オーストリー》の楽壇にその美貌と才能を謳われ、既に早くもあちらの金持連中と浮名を流し始めていたようなゴシップも流布されていたが、大戦勃発直前、彼の女は舞台で突然倒れたのであった。

　伯林《ベルリン》のクルフュルステン・オペラ座で、昨年度各国音楽学校卒業の女流声楽家の大規模なコンクールが催された時、その中の唯一人の大和撫子《やまとなでしこ》として、在留同胞の声援を一身に浴びて華々しく登場し、その可憐な振袖姿を以て満堂を魅了した彼の女が、今や、チエルマック・ラヴォッタ作曲の匈牙利《ハンガリー》の民謡「我は忘れじ」の優艶なメロディーを唱《うた》い始めんとして、どうしたのか、突如失神して舞台に倒れた事は、当時の日本新聞にもかなり大きく記載されたから、記憶されている方も多かろうと思われる。

爾来《じらい》伯林大学附属病院に入院中であった彼の女が、大戦勃発と同時に帰朝してからと云うもの、ついに我が国で今日《こんにち》まで一回の音楽会も催さずして楽壇の期待を裏切り、「歌わぬ歌姫」と綽名《あだな》される位、その不可解な沈黙ぶりに、はては、色々のデマさえとび、ふしだらな愛慾生活の結果声がすっかり駄目になっているのだ、などと見て来たような蔭口をきく者さえある始末である。

この疑問の歌姫が、今、不思議な表情でくるりとこちらに体を向けたと思うや否や、脱兎の如くに足を早めて、小走りにかけ始めた……と思った途端、なんとした事か、私の足は自然に彼の女のあとを追っていた。年甲斐もないと諸君笑いなさんな。もうその時には私は彼の女の美しさよりは、その不審なそぶりに多大の好奇心を抱いていたのである。

彼の女はすぐ近くのMデパートにかけ込んだ。そして、一目散に二階にかけ上ると、そのまま化粧室《トイレット》に風の如くにかけ込んだのである。

私は苦笑した。御苦労にもここまでつけて来た自分の物好きさ加減に自分で呆れ乍ら、階段をとって返そうとすると、パッタリ出会ったのが、暫く会わなかった中学時代の同窓の友、今はX大学医学部の至宝として知られた鼎《かなえ》博士であった。

私達はそれから食堂で四方山《よもやま》の雑談を交したのであったが、談たまく、私が「歌わぬ歌姫」を追跡して此処《こ》まで実はやって来たのであると云う打明話《うちあけばなし》に及んだところ、彼はびっくりして、

『ほほう……いや可哀《かあい》そうに、此処だけの話だが、実は彼の女は大変な病気を持っていてね、

実は僕が任されて今治療につくしているんだが、なかなか癒《なお》らんので弱ってるんだ。彼の女は維納《ウィーン》で勉強中、墺太利《オーストリー》の一種の風土病である頑固な慢性湿疹《エクゼマ・クロニカム》に足の裏をやられてね……猛烈な瘙痒性《そうようせい》湿疹なんだ。ほら新聞にも出ていたろう、伯林の劇場の舞台で失神して倒れたと云う話が……。あれは足の裏が突然痒《かゆ》くなってどうにも我慢が出来なくて、カーッとして来て失神したんだよ。脳貧血なんて書かれていたが、病院の皮膚科に入院した事など、こっちの新聞には出なかったから、病気は誰も知らん訳さ。日本へ帰って一度もステージに立たんのも、まだ全快せんからだよ。何しろ墺太利の風土病てえやつは、足の裏が時々猛烈に痒くてね、その痒さに堪えきれなくて、癇癪《かんしゃく》を起して足首から切断してしまった人間なども、幾人いるか分らんと云う程なんだ』

解説

久生十蘭《ひさおじゅうらん》は北海道出身の小説家、演劇人である。一九〇二年生。水谷準の勧めで『新青年』に翻訳、小説を寄稿。第一作は阿部正雄名義の「ノンシャラン道中記」(三四・一〜八)。爾来、一作ごとに舞台設定・作風を変えながら、高度な物語世界を演出。「鈴木主水」(『オール讀物』五一・十二)で第二十六回下半期直木賞を受賞した。一九五五年、『ニューヨーク・ヘラルド・トリビューン』紙主催の第二回世界短篇小説コンクールに「母子像」が一席入選。一九五七年歿。

石黒敬七《いしぐろけいしち》は新潟県出身の柔道家、文筆家。一八九七年生。『新青年』には「二十四時間世界一周」の「砂漠の月(カイロ)」(三四・六)で登場。以後、軽妙なコントから手に汗握る異種格闘技戦記まで手広く担当した。座談の名手でもあり、戦後はラジオ番組「とんち教室」出演でお茶の間の人気者となった。一九七四年歿。

橘 外男《たちばなそとお》は石川県出身の小説家。一八九四年生。「酒場《バー》ルーレット紛擾記《トラブル》」(『文藝春秋』三六・五)で文壇デビュー。「ナリン殿下への回想」(『文藝春秋』三八・二)で第七回上半期直木賞を獲得。奇抜でエキゾチックな題材と「説話体」と呼ばれた異風の文体で好評を博す。『新青年』には「逗子物語」(三七・八)で初登場。一九五九年歿。

「奇妙な佳人」は以上三名、異色の顔合わせによるコント競演だ。出題は**大下宇陀児**。長野県出身、一八九六年生。農商務省臨時窒素研究所在勤時に同僚の甲賀三郎に勧められ、『新青年』に寄せた「金口の巻煙草」(三五・四)で探偵作家に。「凧」(三六・八)、「鉄の舌」(三七・三〜九)など、巧緻をきわめた人間描写や重厚な物語展開を得意とした。戦後は江戸川乱歩に続いて日本探偵作家クラブ会長をつとめ、NHKラジオ「二十の扉」レギュラー回答者としても広く愛された。一九六六年歿。

挿画は茂田井武《もたいたけし》。一九〇八年、東京生まれ。二十代前半はヨーロッパを放浪。絵画修行に明け暮れ、帰国後、横溝正史の幻想綺譚「かひやぐら物語」(三六・一)に挿画を提供。『新青年』におけるこの初仕事が、茂田井の挿画作家としてのデビューであったという。そのきっかけも、「小栗虫太郎の紹介」であったという説と、「水谷準からの勧め」であったという説が今日では錯綜し、画風のみならず、その生涯もまことにミステリアスである。一九五六年歿。

さて、『新青年』では一九四〇年一月号から九月号まで、同一の「課題」に則して複数の作家が当意即妙のコントを練り上げるという競演企画を九回にわたって実施した。出題は大下が中心となり、他に徳川夢声、摂津茂和も名を連ねるが、課題に挿画が添えられたケースは、第三回にあたる本作と、四月号掲載の第四回(「挿絵課題コント競演　停車場風景」。出題は大下宇陀児、挿画は近藤日出造。渡辺啓助の「春は婆さんから」は一読の価値あり!)の二回のみである。こうした遊び心に溢れた企画も、同年九月二十七日、日独伊三国同盟の締結とともに国内を席巻した新体制運動の下に、同誌の誌面から一掃されてしまうのだ。(谷口　基)

編輯さろん（抜粋）

【一九四二（昭和十七）年二月】

遂に日本は起った。起ったと見るや疾風迅雷の勢いで太平洋全面に蔓延る米英軍を蹴散らしてしまった。その疾さと強さについては、恐らく敵ばかりでなく世界の何処の国の人間も見当がつかず、鳥渡化かされているような感情を禁じ得ぬだろう。だがそれは物の結果ばかりを見るからで、電車の動くのを不思議がって発電所があるのを知らぬようなものだ。皇軍の強さは三十年来の不撓不屈による錬磨が一時に凝って爆発したからである。本誌は、曩《さき》に「近代海戦座談会」を催して国民一般の覚悟を促したが、本号では、今こそ具体的に英米を敵として戦う「太平洋海戦座談会」を催すことが出来た。わが海軍の強さを知って来るべき長期戦にいかに備えるべきか、充分味読して頂きたい。（水）

五ヶ年間、国をあげて戦い抜いた支那事変が、大東亜戦争遂行上いかに必要なものであったか――中島少佐の大文字は、国民の一人々々が身に泌みて感銘すべきもの。それにつけてもわれ〴〵は、極寒の支那大陸、満洲の曠野に活躍される皇軍将士に、新なる感謝を贈ろうではないか。

さて、本号は御覧のとおり戦争小説の特輯となった。必勝の信念固く、作家の愛国の至情こゝに迸ったのである。一々についての自慢話は遠慮するが、ただ摂津茂和氏の「或る外人記者の手記」は、過般中支の戦野に従軍された同氏の帰還第一作。その生々しいところを特に味って戴きたい。なお、同時に従軍された久生十蘭氏の傑作は次号に掲載される筈。御期待あらんことを。（相）

我々の最も苦心する事は、この時代に正しく生きる読者諸氏に、如何にしたらその血肉ともなり、明朗な生活力の淵源ともなる読物を提供するかということである。こゝに日本民族蹶起の秋にあたり、その感銘は愈ゝ深い。（洋）

5章

新時代の夢

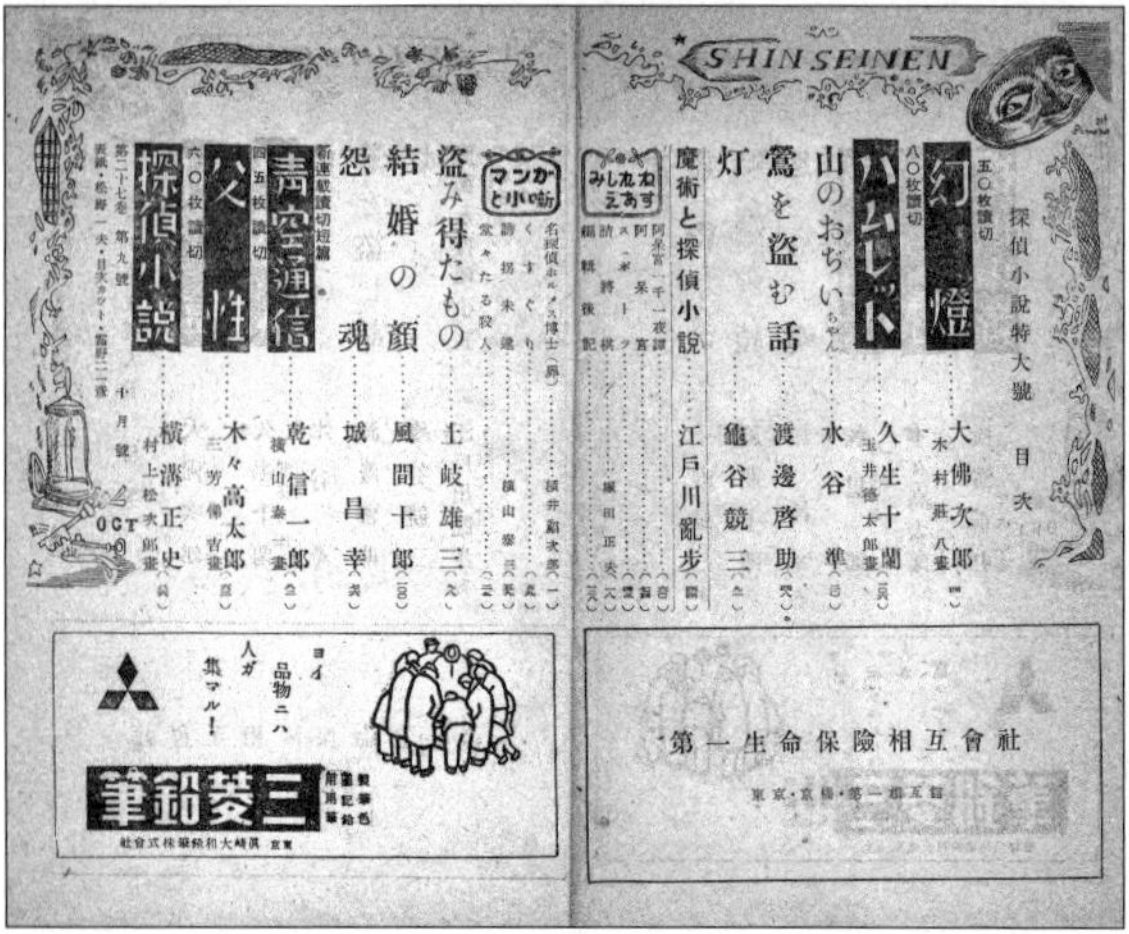

目次（1946年10月号）

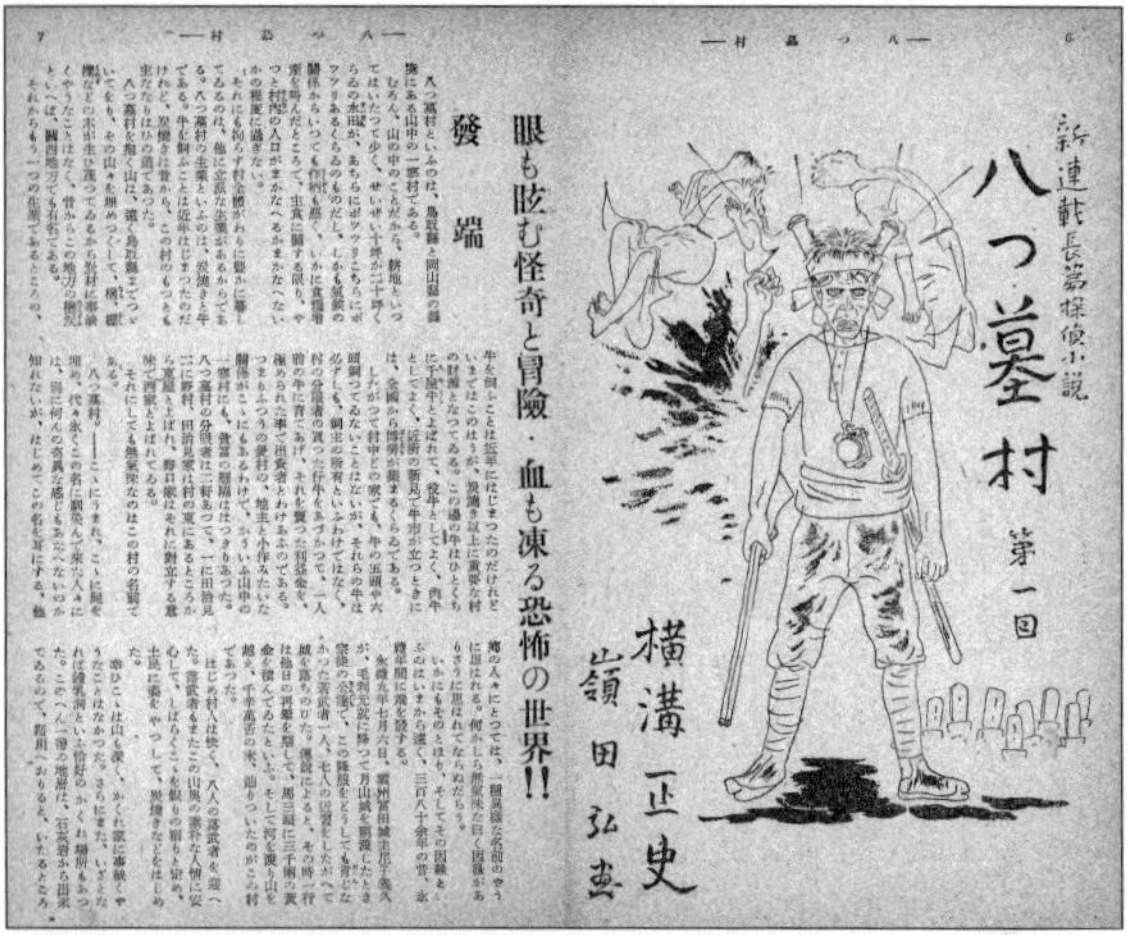

横溝正史（画：嶺田弘）「八つ墓村」（1949年3月号）

火野葦平（画：松野一夫）
「亡霊の言葉」（1949年11月号）

小川哲男「奇談千夜一夜」（マンガ）
（1948年4・5月号）

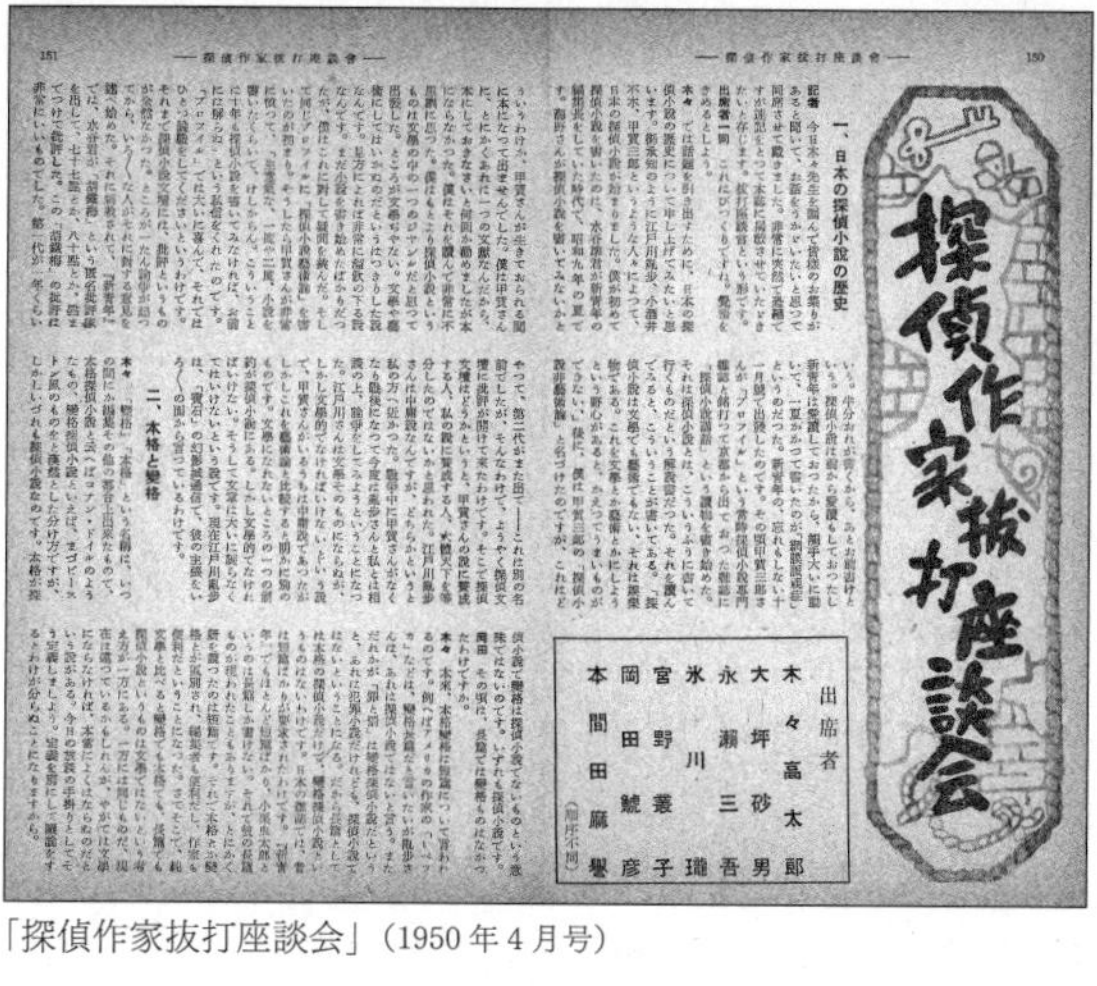
151　—探偵作家抜打座談会—　150

探偵作家抜打座談会

出席者
木々高太郎
大坪砂男
永瀬三吾
氷川瓏
宮野叢子
岡田鯱彦
本間田麻譽
（順序不同）

一、日本の探偵小説の歴史

二、本格と變格

「探偵作家抜打座談会」（1950年4月号）

最期の光芒

小松史生子

いよいよ本章をもって、『新青年』は終刊へ向かって最終走《ラスト・ラン》の時代となる。水谷準は一九四六年九月号を最後に編集長の座を退いた。幾多の作家を見出し『新青年』を活気づかせた名伯楽は、時局下で陸軍省情報部に編集方針の自由を奪われていた（「高森栄次さんに聞く博文館の時代」／『叢書新青年　聞書抄』博文館新社、一九九三年六月）にもかかわらず、戦後は公職追放の憂き目にあってしまう。水谷の後を継いで第七代編集長に就いたのは横溝武夫（横溝正史の異母弟）であったが、如何せん彼は探偵小説に関心が薄く（「座談会「新青年」あれこれ④」／『新青年傑作選　第4巻』月報　一九九一年九月）、その故か明朗小説と銘打った恋愛ものや青春もの、または人情噺に近しい時代ものが主に掲載されるようになる。もっとも『新青年』は都会のメンズマガジンという趣向を持つ総合誌でもあったから、戦後という現代を生きる若者層をターゲットにした恋愛風俗小説に紙幅を割くのは、それなりの妥当性はあったと言えよう。しかし、他の読物雑誌との差異化という点では、こうした編集方針は裏目に出た。コアな読者層を摑み取るのに失敗したのである。横溝武夫編集長の代にもっとも読者の反響があったのが、**〈探偵小説特大号〉**（一九四六年十月）や山本周五郎「寝ぼけ署長」（一九四六年十二月〜四八年一月）の連載であったことからも、戦後になっても『新青年』がやはり探偵小説雑誌として読者に期待されていた状況がうかがえよう。

一九四八年四・五月合併号から編集長は高森栄次となり、『新青年』は探偵小説への熱情《パッション》を今一度回復せんと試みる。巷には既に『宝石』や『ロック』といった戦後創刊の探偵小説雑誌が話題作や新人発掘に成功して気炎を吐いており、懸賞小説を設けなかった『新青年』は出遅れた感が否めなかった。それでも高森は果敢に挑戦する姿勢を見せ、まずは雑誌巻頭に小川哲男「奇談千夜一夜」（～一九四九年五月）を連載させた。勢いのある流麗な線描と小気味のいいテンポで展開されるこの漫画は、戦前の『新青年』が持っていた都会的な洒落たセンスを現代に甦らせた。加えて、雑文的読物をバラエティー豊かに揃えた点は、『新青年』の特色をよく理解していた高森ならではの英断である。森下雨村「探偵作家思い出話」（一九四九年六月～八・九月）や江戸川乱歩「探偵小説三十年」（四九年十月～五〇年七月）といった回想録が載る一方、鈴木徹男や三橋一夫といった新人作家も登場した。そして、一九四九年三月号からいよいよ横溝正史「八つ墓村」の連載がスタートする。作家の体調不良のためしばしば休載を余儀なくされたが、横溝の代表作となる本作を掲載した功績は大きい。また、火野葦平に「亡霊の言葉」（一九四九年十一月）をはじめ何本か寄稿や対談を依頼した着眼点も、戦後世相へ一家言持つ雑誌としての主張を読者に印象づける役目を果たした。一方、高森はライバル誌『宝石』から有力な新人作家を引っ張ってくることにも成功している。高木彬光、山田風太郎らの良作が『新青年』誌面で読めるようになった事態は読者にとって喜ばしいことであった。しかし、この事態がやがて「探偵作家抜打座談会」（一九五〇年四月）を企画させ、探偵小説文壇を二分する一大論争の発端となり、『新青年』はその論争の行く末を見届けないままに終刊となってしまうのであった。

山茶花帖《さざんかちよう》

【一九四八（昭和二十三）年十二月】

山本周五郎

一

その仲間はいつも五人づれと定《きま》っていた。こういう世界のことで身分の詮索はしない習わしであるが、おそらく三千石以上の家の息子たちに違いない、ときたま取巻きを伴《つ》れて来たりすると、遊び振《ぶり》に育ちの差がはっきりみえる。ごくおっとりとした勤めよい座敷なのだが、井村と呼ばれるその男だけは初めから酒癖が悪く、芸妓や女中たちをてこずらすので嫌われていた。――その夜は五人のほかに初めての客が一人加わっていた。年は二十五六であろう、ぬきんでた人品で、眉の凜とした、唇の小さい、羞《はに》かんだような眼の、どこかにまだ少年の俤《おもかげ》の残った顔だちであるが、時にびっくりするほど表情に威の現われるのが注意をひいた、彼はその仲間から「結城」と呼ばれた。

――どこかで見たことのあるお顔だ。

八重は客のあいだを取持ちながら頻りに首を傾げた。幼な顔のほうだろうか、威厳の現われるほうだろうか、どちらともはっきりしないが慥《たし》かにどこかで会ったことがある、それもすぐに思いだせそうなのだが。——井村はひどく荒れていた、なだめると却っていけないので誰も構わない、いつもならそのうちに酔い潰れるのだが、その夜はしつこく八重に絡んできた。

『おい八重次、おまえいやに鼻がつんとしてると思ったら漢学をやるんだってな、たいそうな見識だ、いったいどういう積りなんだか聞かして貰おうじゃないか』

座にいる妓《おんな》たちの眼が自分のほうへ集まるのを痛いほどはっきり感じながら、八重はできるだけさばさばと笑って受けた。

『井村さんにかかっては手も足も出ません、お願いよ、もうこのくらいで勘忍して下さいまし』

『そいつはこっちで云う科白《せりふ》だ、芸妓のくせに漢学をやる歌を詠む、おまけに絵を描くというんだからやりきれない、どうせ跛《ちんば》の高跳びだろうが、おまえその手でいまに家老の奥へでも坐ろうという積りじゃあないのか』

『あら嬉しい井村さん貰って下さるの』

わざとはすはに云ってすり寄り、椀の蓋を取って相手に差した。この話題だけはすぐに打切らなければならない、そのためには酔い潰すよりほかに手はないのである。

『かための盃よ、はい受けて下さいまし』

『よし受けてやろう、だが肴に望みがあるぞ』

注《つ》がれたのを三杯、ぐっぐっと呷《あお》ったが、さすがに上体がふらついて片手が畳へ滑った。顔色がさっきから蒼いところへ、眸子《ひとみ》の焦点が狂って相貌がまるで変ってきた。

『八重次、おまえの三味線を持って来い』

はいと立って、隅に置いてあったのを持って来た。かりん棹のごくありふれた品であるが、七年まえ彼女が十四の年の秋に、この料亭「桃井」の主婦おもんが亡くなるとき、八重へ形身に呉れていったものだ。亡くなったおもんも二十年ちかく愛用したそうだし、そんな品にしては珍らしく音色が冴えているので、八重は自分の持物の中でもなにより大切にして来たのであった。

『はい、なにを聞かせて頂《いた》だけますの』

こう云って八重がその三味線を膝へ置くと、井村は『おれに貸せ』と云いながら手を伸ばして来た。避けようとしたが井村の手は早くも天神《てんじん》を摑んでいた。

『ああ乱暴をなさらないで』

『貸せばいいんだ』

『お貸ししますから乱暴をなさらないで』

『いい音《ね》を聞かせてやるんだ文句を云うな』

井村は三味線を受取ると、八重の差出す撥《ばち》をはねのけ、片膝を立てて坐り直した。

『いいか、このぼんぼこ三味線のいちばんいい音《ね》を聞かせてやる、みんなよく聞いていろよ』

三味線をそこへ横にしたと思うと、いきなり足をあげて上から力任せに踏んだ。あっという隙《ひま》もなかった。棹の折れる音と絃《いと》の空鳴《そらな》りを聞きながら、人々はちょっと息をのむかたちで沈黙した――。井村は唇を歪めて笑い、紙入から小判を三枚出すと、まっ蒼になっている八重の前へ投げてよこした。

『取って置け、もう少しはましなのが買えるぞ』

そのとき結城と呼ばれるあの客が立って来た。静かにこっちへ来ると、投出された金を集めて井村の袂へ入れ、片手で腕の附根のところを摑んだ。

『少々やり過るな井村、おまえ悪酔いをしたんだろう、あっちへいって少し風に当るがいい、おれが伴れていってやる、さあ立て』

よほど強く摑まれたのだろう、井村は低く唸り声をあげてよろよろと立上った。結城という客は片手でそれを抱えながら、

『済まなかったね』

と囁《さゝ》やくように八重へ云い、そのまま廊下へ出ていった。八重はああと口のうちで叫びそうになった、今こっちを見て囁やいた声、廊下へ出ていった後ろ姿、

――あの方だ、あの方だった。

思いだしたのである、その声とその後ろ姿から、はっきり八重はその人を思いだしたのである。彼女は云いようのない羞恥のために、踏折られた三味線をそこに残したまま、逃げるようにその座敷から辷り出ていった。

二

城下町の東に当る松葉ケ丘に持光寺がある。永平寺系の古い禅刹であるが、それよりも境内に山茶花《さざんか》が多いので名高く、季節にはそれを観に来る人のためにに茶店が出るくらいだった。八重はごく幼ない頃からその花を知っていた。いちばん初めは五歳から七歳へかけてのことで、哀しさと恥かしさに今でも身の竦《すく》む思出である。担ぎ八百屋をしていた父に死なれ、八重をかしらに三人の子を残された母が、どのようにして生計を立てていたかは覚えていない。ただ持光寺に葬式があると八重は妹を背負ってお貰いにいった。葬列の左右に並んで投げ銭を拾うのである。それから会葬者の尻について、菓子とか饅頭などの施物《せもつ》を貰って帰るのだが、幼な心にもどんなにそれが恥かしかったか知れない——泣きむずかる背中の妹をあやしながら、施物の始まるまで境内で待っている、われながら哀れなよるべない気持だった。ふと気がつくと山茶花が咲いていた、まだ若木で高さも五尺そこそこである、おそらく初咲きなのだろう、純白の花が一輪、あとは綻ろびかかったのと蕾と合せて七八つばかりしか数えられなかった。

そこは講堂の裏に当る日蔭だった。雪のように白い弱そうな、しんとしたその花を眺めていると、ふしぎに胸がしずまり、誰かに慰さめられているような気持になった。——あたしは可哀そうな子、おまえも可哀そうな花。そんなでたらめな言葉が口に出て、暫らくは哀しさよるべなさを忘れていた。どうしてそんなに強い印象が残ったのだろう、それからは葬式のない日もよく持光寺へいった、花の季節には雨の日にもいったことを覚えている。

八重が十歳になるまでの貧しい生活は、詳しく記すに耐えない。幾日も水のような粥を啜ったことがある、母は料亭の下働きに出たり、土工のようなこともしたらしい。腹をへらして泣く弟と妹を左右に抱きながら、時雨空《しぐれぞら》の街角の暗くなるまで、母の帰りを待つときの悲しさ、雨続きの日には小さな妹を負って、僅かな銭を借りるために何軒かの家をまわって歩いた。——彼女が十になった年の秋はやり病で弟と妹をいっぺんに取られ、母が長患《ながわずら》いの床に倒れた。これらの入費をどうしてまかなうことが出来よう、人が中に立って料亭「桃井」から幾許《いくばく》かの金が渡され、八重は桃井へ住込んだ。母親は二年病んで死んだが、身のまわりの寂しさは別として、医者にも薬にもさして不自由はしなかったようだ。もちろんそれはみな八重にかかってきたのであるが、そのことに就ては少しも負担は感じていない、一流の腕にさえなればそのくらいの借を返すのは訳のないことだ。ただ「貧乏は怖い」ということだけは骨身にしみていた。どんなことをしても再び貧乏な暮しだけはしたくない、それには人にぬきんでなければならぬ、人と同じことをしていたのでは末が知れている。……子供ごころにも八重はかたく心をきめ、三味線や唄や踊りの稽古をするひまひまに、主婦のおもんについて仮名文字を習いだした。

年より長けてみえる八重は十三の春から客席に出た。桃井は格式のある家で、客は身分のある武家が多い、どこか違うのであろう、八重は早くからその人たちに愛されたが、同じ理由で十二人いる抱え芸妓からは白い眼で見られた。客席へ出るようになれば外の使い走りはしなくともよいのであるが、八重はあね芸妓たちから暇もなく追い使われた。

——字なんか書いてる暇があるんならちょっと香林坊までいって来てお呉れ。

こんな風によく云われた。それを庇って呉れたのが主婦のおもんであった、おもんは字のほかに算盤《そろばん》や針の持ちようも教えて呉れた。主婦が亡くなってからは、主《ある》じの平助が眼をかけて呉れたが、男のことで細かいところには気がつかず、八重には辛い年月が続いた。——十六の年の冬のことである、吉弥《きちや》というあね芸妓にひどく叱られて、ふらふらと外へ出たまま持光寺へいった。なんの積りもなかったのだが、講堂の見える庭まで来たときはっと昔のことを思いだした。あの施物を待つあいだに見た白い山茶花のことを、……八重は裏へまわっていった、するとそこの日蔭の沈んだ光のなかに、山茶花が白く雪のように咲いていた。八重は大きく育ったその木の側に近寄り、あふれてくる涙を拭きながら別れた友をでも見るようにじっとその萼《はなびら》に眺めいった。

私は可哀そうな子

おまえは可哀そうな花

幼ない日でたらめに口にのぼった言葉が、そのまま舌の上にかえって来た。涙は後から後から溢れてくるが、胸はふしぎにしずまり慰さめられるような気持になった。——そのときから八重はその花を写すために、たびたび持光寺を訪ずれたのである。

三

おと年の冬だった。朝もまだごく早い時刻に、八重は持光寺の講堂裏で、あの山茶花の前に蹈《かゞ》んでいた。

紬縞《つむぎじま》のくすんだ着物に黒い帯、髪は解いて背へ垂れているし、もちろん白粉《おしろい》も紅《べに》も付けてはいない。——講堂の石垣の上に矢立硯と水を入れた貝を置き、紙と筆を持って蹈んだまま花を見ている。地の上には霜が白く、空気はきびしく凍《い》てて澄徹《すみとお》り、深い杉の森に囲まれた境内には小鳥の声も聞えない。……八重は心を放って静かに眺め続ける、やがて気持がおちつき、頭が冴えて、すがすがしい一種の香気に似たものが胸に満ちてくる、そのとき初めて八重は筆を取る、すらすらと自在に筆の動くこともあるが、たいていは渋滞しがちで、思う半分もかたちが取れないでしまう、然しそれはそれで悪くなかった。八重は絵を描こうとするのではない、花の気品をさぐるのが目的であった。かたちは取れなくとも、その花のもっている気品が幾らかでもつかめていると思えるときは満足であった。

その朝は珍らしく筆の辷りがよくて、五枚ばかり続けざまに写した。咲き切ったのと、蕾を添えた半開の枝とを、——そのうちにどういうきっかけであったか、ふと後ろに人のけはいを感じて振返ると、そこに一人の若侍が立ってこちらを見ていた。際立った人品で、凜と張った眉と小さな口が眼を惹いた、幼な顔でいて自然に備わる威があった。

『失礼しました』若侍はこう会釈をした、『——あまり珍らしい描きようをなさるので、お邪魔になるのを忘れてつい拝見していたんです、失礼ですが誰に就て学んでいらっしゃるんですか』

『いいえほんの我流でございますの』

八重は恥かしさに全身が赤くなるかと思え慌てて描いたものをまるめながら立上った。若侍もちょっと戸惑いをしたようすだった。彼は持っている扇で無意味に袴をはたいた。

『四五日まえに江戸から来たばかりで、此処の山茶花がみごとというから観に来たんです、貴女はいつも来るんですか』

『いいえときたまでございますわ』

そこでまた話しが途切れた。八重はなにかつぎほをと焦ったが、なにか云えば日頃の生活が出そうでどうにも口がきけなかった。――若侍は会釈をしてすぐにそこを立去った。八重はその姿が山門の彼方へ隠れてしまうまで見送っていた、云いようもなくなつかしい後ろ姿であり、心に残る声であった。八重は自分の髪かたちをふりかえって、そのように地味づくりにして来たことをせめてもの救いに思った。

――どんな家の娘とお思いなすったかしら。

早朝の寺の境内で、ひとり山茶花を写している娘、なにも知らないあの人がそれをどんな風に想像するだろうかと、八重は飽きずに考《かん》がえ続けるのであった。――それから五六度も持光寺へいったが、その年はそれっきり会わず、忘れるともなく忘れていたのであるが、去年の十一月はじめ、いつものとおり講堂裏で山茶花を写していると、思いがけなくその人に声をかけられた。

『また会いましたね』こう云って彼は近寄って来た、『――そしてまた山茶花ですか』

まったく思いがけなかったのと、去年の印象がいっぺんに甦がえってきた心の動揺とで、八重はちょっと膝の竦《すく》むような感動を受けた。その人は振返って山のほうを見ながら『こうたくさんあると、山茶花もうるさいですね』

そんなことを独り言のように云った。

こちらからはなにも話しかけることができず、あっけなく別れてしまったが、その人の俤は八重の心にしみついて離れなくなった。花の終るまで、殆んど毎日のように持光寺へいってみたが、その年も二度と会うことはできなかった。――そして今年になって、もう二十日ほどまえから、たびたび寺へ花を写しにいっているのであるが、まだその人の姿をいちども見なかったのである。もう花は間もなく終ってしまうのにどうなすったのだろう、……八重はおちつかない日を送った。こんど会えばなにかがひらけそうであった。なにがどうひらけてゆくかはわからないが、漠然とした新らしい運命が感じられた。

――山茶花もこうたくさんあるとうるさいと仰しゃった、それでもういらっしゃらないのかも知れない。

半ば諦らめかかっていたとき、まるで考がえもしなかった場所でその人に会ったのである。その人にだけは会いたくない場所で、その人にだけは見られたくない姿で。――

四

雨の日が続いた。そのまま雪になるように思えた。八重は病み疲れた人のように、雨の音を聞いては溜息ばかりついていた。

――あの方は自分に気がついたろうか。

――自分だということがわかったとしたらどんな風にお思いなすったかしら。紬縞の着物に束《つか》ね髪の、町家の娘としかみえない姿で山茶花を写していた姿には、お心を惹かぬまでも好意はもって下すったに違いない。それが料亭の抱え芸妓で、客に三味線を踏折られるような、みじめな姿を御覧になって、同じ人間だということをお知りになったらどうお考がえなさるだろう。

――でもお気がつかずにいたかも知れない。

余りに姿が変っていたし、お声もかけて下さらず、そんな容子もみえなかったから。そうも思ってみた、然しどう思ってみたところで心はおちつかず、絶えずものに怯えているような気持で日を送った。

結城新一郎はあの日から七日めの宵に独りで桃井へ来た。名指しで呼ばれたがその人とは思いもよらず、座敷へいってみてはっと息の止るほど驚ろいた。新一郎はかげのない眼で微笑した。疎《うと》からず親し過ぎず、然も温かな包むような微笑であった。

『今日は届け物があって来たんだ』彼はこう云いながら、側に置いてある桐の箱をこっちへ押してよこした、『――あけて見てごらん』

八重は挨拶の言葉にも苦しみながら、すり寄って箱の紐を解いた。中にはその頃まで珍らしい継ぎ棹の三味線が入っていた。出してみろと云うので、そのとおり出して棹を継いでみた、紫檀のすばらしく高価な品らしい、八重が膝へ据えるのを眺めながら、新一郎は静かなさりげない調子で云った。

『私の亡くなった母がつかったものなんだ、私に教えてそれを呉れる積りだったらしいんだ、芸ごとの好きなひとでね、鼓《つゞみ》だの笛だの色いろやったらしい、三味線がいちばんものになったようだって父は云っていたが、……私はまたてんでいけないんだ、弾いてみて気にいったらつかって呉れ』

『勿体のうございますわ、こんなお立派なお道具を、わたくしなどがお預かり申してもそれこそ宝の持ぐされでございます』

新一郎の眼に有るか無きかの陰影が現われて消えた。ほんの一瞬に掠め去るかげだったが、八重ははっとして眼を伏せた。

『済みません、頂戴いたします』

『酒を少し飲もうか』

彼はもう機嫌のいい眉をしていた。――それが井村の踏折った三味線の代りだということは疑がう余地はない、彼はなにも云わなかったが八重にはすぐわかった。あの夜、井村の投げだした金を拾い集めて返し、廊下へ伴《つ》れだして呉れたとき、それだけでも……白い眼で見ている朋輩たちの前だけに嬉しかったが、彼のほうではもう代りを持って来る積りだったのに違いない。思いつきでない親切が感じられて、八重は柔らかく抱かれるような心の温もりに包まれた。

新一郎はそれから三日おき五日おきくらいに来た。やや親しく口をきくようになったのは四五回めからで、名前はそのとき初めて知った。——彼は酒が強くて、かなり飲んでも色にも出ないし崩すこともない、ただいかにも寛ろいだように、二時間ほど飲んで話して帰ってゆくのであった。かなり遠慮がとれてから、……もう年の暮に近い頃であったが、とうとう山茶花の話しが出た。

『初めから持光寺で会った女だということを御存じでございましたの』

『井村が乱暴をしたときわかった、顔色が変って眼が据《すわ》ったよ、すぐに山茶花の娘だなと気がついた、そうでなくってもその横顔は隠せない』

『おさげすみなさいましたでしょう』

『誰が、なにを……』

こう云ったとき彼の眼にまた一瞬あのかげがさした。八重はどきりとし、慌てて眼を伏せたが身が竦《すく》むように思った。

『あの三味線を弾いてみないか』

彼はすぐ穏やかにこう云った。救われた思いで三味線を取りにゆき、少し離れて坐った。大阪のなにがしとかいう名のある職人の作だそうで、怖いように冴えた音が出る、とうてい八重などに弾きこなせるものではなかった。

『もうこれで堪忍して下さいまし、これ以上は息が切れてしまいますわ』

『聞いているほうでも神経にこたえるよ』こう言って彼は微笑した、『——母の弾くのはたびたび聞いたけれども、こんなことはなかったがね』
『それはお母さまがお上手でいらしったからですわ、このくらいのものになりますと相当の腕がなければ却って、――』
『では少し稽古をおしよ』
新一郎は静かな眼でこう云った。

五

雪に埋れて年が明けた。二月にはいる頃には二人の親しさもずっと深くなり、それにつれて朋輩の嫉視《しっと》も強くなっていった。

八重は二十一という年になって、あね芸妓の多くはそれぞれがおちつくようにおちついた。残った者はほんの二三で、いちおう姐《ねえ》さんということになってはいたが、日常の習慣の違いや座敷での客の応待などから、今でも白い眼で見られることに変りはなかった。

『結城さまって御城代家老のお跡取りでいらっしゃるんですってね』こんなことをあてつけがましくよく云われた、『――八千五百石の奥さまには及びもないけれど、せめてお部屋さまくらいにはなりたいわね』

『そう思って精ぜいてくだをつかうがいいのさ、よっぽどうまくいって槍持ちか、土方人足の神さんになるのがおちだろう、人間には分々というものがあるからね』

八重は黙って聞きながしている、自分にあてつけていることは明らかだ、その頃には新一郎の父の大学が城代家老で、八千五百石という大身《たいしん》であり、彼がその一人息子だということも知っていた。初めにそれがわかっていたら八重も身を引いたであろう。然し二人のあいだにはもうそんな片付けた気持の入る隙はなかった。八重は新一郎の眼をかすめる一瞬のかげを知っていた、不必要に卑下するとき必らず表われる不快そうなあの陰影は、彼女になにかを約束して呉れるように信じられた。――この気持を信じていればいい、そのほかの事には眼も耳もかすな、こう自分を励ましていた。

『おまえ漢学をやるんだって』或夜、新一郎はからかうように云った、『――いつか井村が云っていたが本当かね』

『嘘でございますわ、七番町の裏に松室春樹と仰しゃる歌の御師匠さまがいらっしゃいますの、あるお客さまの御紹介で五年ほどまえから手解《てほど》きをして頂きにあがっているんですけれど、伊勢物語のお講義を伺《うか》がっていたとき、家《うち》の朋輩の者がまちがえて漢学だなんて申したんでございますわ』

『まだ続けていっているのか』

『癖になってしまったんですわね、きっと、いかない日はなんですか忘れ物でもしたようで』

『三味線より性に合ってるらしいな』

『そんなことはございません』こう云ってからすぐに赤くなった、『――あら、でもあのお三味線が弾けるような方は、それこそ何千人に一人というくらいでございましょう、どうしたってわたくしなどには無理でございますわ』

『大阪に母の師匠の検校《けんぎょう》がいるが、習う気があるなら来て貰ってやるよ』

どういう積りでそんなことを云うのかと、八重は男の顔色をうかがったが、新一郎は漫然と微笑しているだけであった。——雪解けの季節までそんな調子で逢い続けた、あとで考えるとそれが二人にとっていちばん楽しい時期だった。過去も未来もなく逢っている現在だけに総てを忘れる、逢っているだけで充分に仕合せだった。もう三味線を弾けというようなこともなく、唄をうたう訳でもない、酒を飲んで、とりとめのない話しをして別れる、それ以上のことはなにもなかった。時には向合ったままぼんやりと黙って過すようなこともあるが、それでさえそれなりに心愉《こころたの》しい時間だったのである。

暖かい雨が降りだし、みるみる雪が溶けはじめると、誘われるように客が多くなり、桃井の広い座敷も夜ごと賑やかなさんざめきが続いた。——そんな一夜、井村をまじえたあの五人づれが飲みに来た。初めからようすがおかしいと思っていたが、盃がまわりだすとすぐ一人が八重に向って新一郎のことを云いだした。

『だいぶ噂さが高いが、相変らず結城の若旦那はやって来るかね』

『今夜あたりも来ているんじゃないのか』

別の一人がそう口を入れると、井村が卑しめるように冷笑して云った。

『彼は江戸でも相当だらしなく遊んで、詰らない色街の女なんぞと出来たりしたもんで、予定より三年も早く追い返されたんだそうだが、いちどしみついた癖は治らないもんだ、こんどはどこへ追っ払われるかさ』

『心配はいらない、八重次が付いてる』

『竹の柱に茅《かや》の屋根といくか』

棘のある言葉が続いた。みんな大身《たいしん》の息子たちで、これまでそんな風な口をきいたことがない、なにか理由がありそうに思えた。新一郎とかれらのあいだに、八重などに関わりのないなにかの事情が起ったように。……それから三日ほど間をおいて新一郎が来た。別に変ったところもみえず、毎《いつ》ものとおり寛ろいで楽しそうに飲んでいたが、そのうちにふとさりげない調子で微笑しながらこっちを見た。

『少し足が遠のくかも知れないよ』

『なにかございましたの』

『いや大したことじゃない、ちょっと訳があって睨まれてるんだ、そう長いことじゃないから少し辛抱しよう』

さりげない云い方が却って八重には強く響いた。そしてはいと答えながら、暗い不吉な予感のために胸がふるえた。

六

訳があって睨まれていると云う。はたしてなにかあったのだ、然しなにがあったのだろう。まるで違う世界のことで、八重などにはどう推察しようもなかったが、それだけ不安も大きかった。——大したことではないと云ったけれどもしもあの方の身に間違いでもあったら、こう思うと、居ても立ってもいられないような気持に駆りたてられた。

中《なか》一日おいて、暖たかく晴れた日の午後、川岸の「西源」という料亭から八重に呼状が来た。この土地ではよその抱え芸妓を呼ぶということは稀である、殊に西源という家はあまり縁がなかったけれど、なにやら誘われるような気がしてでかけていった。——そこは町の西の端れで、川に面して広く庭を取り、まわりに椎や杉や松などの深い樹立がある、八重が入ってゆくと女中が出て来て、『そのままこちらへ——』と庭づたいに案内して呉れた。川のほうへ寄って藪囲いをした別棟の離れが建っている、茶室めいた造りで、入口に苔の付いたつくばいなどがあり、満開の梅がぬれ縁のさきまで枝を伸ばしている、その梅の脇に新一郎が立っているのを見て、八重は思わずああと声をあげた。彼は微笑しながら頷ずいて、先にぬれ縁から座敷へあがった。

『名を云わないんで来るかどうかと思っていたんだ、——驚ろいたかね』

『びっくり致しましたわ、まさか貴方とは思いもよりませんでしたもの』

『あんなことを云った一昨日《おとゝい》の今日だからね』

支度の出来ている膳の前へ坐ると、新一郎はこれまでに見たことのない眼で、じっと八重の顔を見まもった。——抑えかねた感情の溢れるような眼である、それはまっすぐにそのまま八重の心へくい入ってきた。

新一郎は黙って手を差出した、同時に八重はそれを両手で握り、膝をすり寄せた。かっと頭へ血がのぼり、一瞬なにも見えなくなった感じで、気がつくと肩を抱緊《だきし》められていた。軀じゅうが恥かしいほどわなわな顫《ふる》えた。

『山茶花を描いているのを見たときから』彼は囁やくように云った、『――あのときから八重の姿が忘れられなくなっていた、一昨日あんなことを云って、暫らくは逢うまいと決心してから、……初めてそれがわかったんだよ』

八重はむせびあげた、よろこびというより寧ろかなしく切ないような思いだった。彼は抱いている手を少しゆるめ、涙で濡れた八重の顔を仰向かせた。

『これ以上なにも云わなくてもわかるな、八重、……簡単にはいかない、色いろ障害があるだろう、もう暫らく辛抱するんだ、いいか私を信じているんだよ』こう云ってそっと手を放しながら、彼は明るく微笑した、『――さあ涙を拭いておいで、今日は悠《ゆっ》くりしていられないんだ、楽しく飲んで別れよう』

八重は夢のなかにいるような気持だった。陶酔と云ってもよいだろう。初めて持光寺で見たときから、――男のそう云った言葉がいつまでも耳に残り、それが譬えようのない幸福感で彼女を押包んだ。その日は半刻ほどして別れたが、翌日また西源から呼ばれ、それからは三日おきくらいに逢い続けた。

『こんなことを申上げるとまたお叱りを受けるかも知れませんけれど、わたくし段々こわいような気持になってきますわ、だってあんまり仕合せが大き過ぎますから』

『自分のものに気臆《きおく》れをしてはいけない、仕合せはこれからじゃないか』

『それが信じられなくなってゆくようなんですの、貴方のお心もよくわかっていて、このほかに生きる希望はないのですけれど、なんですか誰かの仕合せを偸《ぬす》んでいるような気持で――』

『人間は幸福にも不幸にもすぐ馴れるものさ、いまにもっと幸福を望むようになるよ』

そんな問答がときどき出た。八重は誇張して云っているのではなかった、新一郎が将来の約束をして呉れてから、日の経つにつれてふしぎな不安がわいてきた。眼のまえに開けている運命がどうしても自分のもののように思えない、彼が愛を誓えば誓うほど、それだけずつ自分が遠くなってゆくような気持さえする、――いつかは醒める夢だ、そんな囁やき声まで聞えるように思うのであった。

『もうたくさんだ、その話しはよそう』

なんどめかに新一郎は語気を強くしてこう云った。

『悪いことばかり考がえていると本当に悪い運がやって来る、私を信じることが出来るなら、そのほかのことはなんにも思う必要はないじゃないか、それは愚痴というものだ』

『ごめんあそばせ、もう決して申しませんわ』

八重は新一郎の手を求め、その手に頬を寄せながらあまえるように見上げた。彼は手を与えたまま庭のほうを見ていた。八重はそのとき彼の眼のなかにも、自分と同じ不安のかげが動くのをありあり見たと思った。

七

春の遅いこの土地では、梅の散るより早く桃や桜が咲きはじめる。西源の離れのぬれ縁に立つと、川の中に延びている二つのかなり大きな洲が、林になっている松の木越しに見える。つい昨日まで白茶けた枯れ葦で蔽われていたのに、猫柳がいつか柔らかい緑の葉をつけ、葦の芽立ちが青みをみせ始めてきた。

『私の母は普通とは違う神経があったようだな』

或日の昏《たそが》れ方、その離れの縁端に坐って、川波を眺めながら新一郎がそんな風に話しだした。それまでにも彼はよく親たちの話しをした、殊に亡くなった母のことはずいぶん詳しく、時には同じことを二度も繰返すほど楽しそうに話す。はじめは家庭の容子を知らせて呉れるためだと思っていたが、聞いているうちにそのひとの人柄がありありと眼にうかぶようになり、こちらから話しをせがむようにさえなっていた。

『例えば雨が降るとか地震が揺《ゆす》るとかいうときは、たいてい五拍子ばかり先にわかるんだ、ああ雨ですねと云う、冗談じゃないいま見たら星が出ていたよ、父がこんなように笑うと間もなくぱらぱらぱらと聞えてくるんだ』

『御自慢でございますね』

『あけっ放しで自慢するんだね、子供のように嬉しそうなんだ、そらごらんなさい降って来たでしょうって、……地震のときはもっと確実だった、さっと顔色が変る、こうやってすばやく天床《てんじょう》を見あげてああ地震だと呟やく、居合せた者がはっとしたように息をのむと、五つ勘定しないうちにきっと揺れてきたね、そう云われてもわからないくらい小さな地震でも必らず母にはわかるんだ』

『芸ごとに御堪能でいらっしゃったのですから、神経がそれだけ細かかったんですわ』

『もっとおかしいのは、この頃の陽気になると思いだすんだが、蛇が穴からぬけるのがわかると云うんだ、誰も信用しなかったが大まじめでね、なにかしているのを止《や》めてふとどこか遠くの物音でも聞くような眼つきをする、それからこういう具合にその眼をつむって、ああ蛇が――』

そこまで云いかけたとき、突然さっと彼の姿勢が変った。動作には殆んど現われないが、なにか異常な事が起ったという感じは八重にすぐ響いた。新一郎は手招きをしながら立ち、座敷に附いた戸納《とだな》を明けて、この中へ入れと口早に云った。

『おれを跟《つ》けまわしている連中だ、ちょっと騒ぞうしくなるかも知れないが決して出ちゃあいけない、いいか』

夜具の積んである一隅へ、八重は身を縮めて入ったが、軀《からだ》がひどく震えた。――新一郎は八重の穿物《はきもの》を片づけたらしい、そのすばやい動作に続いて、ぬれ縁の先へ四五人の近寄る足音が聞えた。

『やあ、折角しけこみの邪魔をしたようだな』

こう云ったのは井村の声であった。

『午睡《ひるね》をしに来ていたんだ、お揃いでどうしたんだね』

『美人は早くも雲隠れか』やはり井村のせせら笑う声だった、『――相談があって来たんだ、構わないからみんな上ろう』

『堅苦しい話しは御免蒙むるぜ』

『なに堅固《かたぐる》しかあない、例の問題から手を引いて貰えばいいのさ、来月は殿さまが御帰国なさる、こっちはそれまでに片を付ける必要があるんだ』

『まえにも云ったが、その話しならおれのところへ持って来たってしようがない、おれはまだ部屋住《へやずみ》だよ、御政治むきのことにはまるで縁がないんだから』

『結城さんそれは本気で云うんですか』

聞いたことのない若い声である、少し嗄《しゃが》れて殺気立っているのがよくわかった。

『御帰国と同時に貴方が城代家老の席に直り、御改革とやらいう無謀な政治を始めるということは我われにはよくわかっているんです、貴方は江戸で勉強して来られたか知れないが、一知半解《なまはんか》の机上論で、長い伝統を叩《たた》き毀《こわ》すようなことはして貰いたくありません』

『繰返して云うが私はなにも知らない』新一郎は穏やかに制止した、『――私にそんな力があると思うのは誤解だ、御改革があるとすれば老臣一統の協議であって、その是非は殿さまが御裁決をなさるだけだ、そこもと達は拵らえられた風評に騙されている』

そこから問答は烈しくなり、八重には理解のできない言葉の応酬が続いた。新一郎はできるだけ冷静にしようと努めるらしいが、相手は反対に熱狂的で、殊に嗄れ声の一人はしだいに暴言を吐きだしたと思うと、急にだっと畳を踏みながら絶叫した。

『逃げ口上はたくさんだ、議論では埒があかぬ外へ出よう』

八

だだっと総立ちになったようだ。――八重は思わず手を握り緊めた、喉へなにか固い物がつきあげるようで、息が詰り、蹈《しゃが》んでいる膝が激しくおののいた。

『いやだね、そんな事はまっぴらだ』

新一郎の声は含み笑いをしているように静かだった。

『卑怯者、刀が恐ろしいか』

『人間の馬鹿のほうがずっと怖い、井村――おまえの友達なんだろう、伴れてって呉れ』

『彼は真剣なんだよ』井村の嘲けるような声がした、『――立合ってやるほうが早いじゃないか』

新一郎はちょっと黙った。井村の態度をみきわめたらしい、そうかと云うと静かに立上るけはいがした。

『そうか、その積りで来たのか、井村』

『なんの積りもないさ、おれはただの立会人だ』

『よかろう、それで責任が遁《のが》れられたら結構だ、諄《くど》いことは嫌いだからひと言だけ云って置くが、おれが結城新一郎だということ、そろそろ辛抱を切らしたということを忘れるな』

云い捨てて庭へ下りたらしい、殺気に満ちた足音と声が遠くなり、嗄れた叫びが聞えたと思うと、突然ばったり物音が絶えた。――ぞっとするような緊迫した沈黙のなかに、空の高みで雲雀《ひばり》の鳴くのが聞えた。

――新一郎さま、……貴方。

八重はがくがくと震えながら、暗がりの中でひしと合掌した。相手は少なくとも四五人いるらしい、あの方は斬られる、これでなにもかもおしまいになるのだ。絶望が胸をひき裂き、出てゆこうとして襖に手をかけた。――その瞬間にするどい絶叫が起り、人の倒れる響きと、ぬれ縁へ刀の落ちる烈しい音がした。

待て待てと喚きながら二三人の人の駈けつけて来たのはそのときであった。人の倒れる不気味な響きを聞いて、八重は殆んど失神しかかっていたが、駈けつける人の足音と、ずぬけて高い喚き声に、はっと眼の覚めるような気持で耳を澄ました。――二人か、せいぜい三人くらいであろう、走り続けて来たものとみえ、喘ぎ喘ぎ叱咤するのが聞えた。短慮なとか、愚か者とか、侍の本分などと云う烈しい語調が、矢継ぎ早に響いてきた。あとで考がえると、それが桑島儀兵衛だったのである。

『中老職として命ずる』りんりんと響く声でその人は云った。『――沙汰のあるまで双方とも居宅謹慎だ、違背する者はきっと申付けるぞ、引取れ』

そして誰かが座敷へ上って来た。新一郎であった、なにか取りに来たように装おったものだろう、戸納《とだな》の側へ寄って、低い声でこう囁やいた。

『暫らく逢えないかも知れない、心配しないで待っておいで、……悪かったね』

うっと八重は泣きそうになった。御無事でようございました、去ってゆく彼の足音を聞きながら、彼女は全身でこう呼びかけていた。――貴方こそ八重のことなど御心配なさいますな、本当に御無事でようございました、わたくし大丈夫でございます。

惧《おそ》れていたことが現実になってあらわれたのは、それから僅かに七日後《のち》のことであった。桃井へ来る武家の客たちから、西源での諍そいの始末が聞けるかと思ったが、おもて沙汰にならなかったものかそんなような話しは絶えて出ない、ただ老職のあいだに対抗勢力があって、城代家老は去就に苦しんでいるだろうというようなことを聞いた。――あの日からちょうど七日めの午後、髪結いが終ると間もなく客があり、名指しで八重が呼ばれた。

客は一人で、六十ちかい肥えた老人であった。禿げる性《たち》なのだろう、半ば白くなった髪が薄く、瞼のふくれた眼に鋭どい光のある、赭《あか》い大きな顔をした重おもしい恰幅の人だった。――肴には手をつけず、黙って酒を二本ばかり飲んだが、そのうちにぐいとこっちを睨むように見た。

『八重次というんだな、ふむ、結城新一郎を知っておるか』

八重はぎくっとして眼を伏せた。

『わしは桑島儀兵衛といって、新一郎の外伯父《そとおじ》に当る者だ、隠さずにすっかり云え、彼となにか約束したことでもあるか』

西源の諍そいのとき駈けつけて来て喚いたあの声であった。八重はそれを思いだしたがどう返辞をしていいのかわからなかった。

『云えなければ云わずともよい、おまえが彼とゆくすえの約束をしたことは知っている、だがそれはならん、そんな馬鹿なことが許される道理はない、それはおまえもよく承知しているだろう』

『いいえ存じてはおりません』

八重は静かに顔をあげた。

『なに知らぬ、ふむ、知らぬと云えば沙汰が済むとでも思うのか』

『済むか済まぬかはあの方が御承知だと存じます、わたくしはただ新一郎さまをお信じ申しているだけでございますから』

『すっかりまるめ込んだという訳だな』

『それはどういう意味でございますか』

『問答は要らん』老人は吐きだすように云った、『——話しは早いほうがいい、金は幾ら欲《ほし》いんだ』

九

八重の顔は額から蒼くなった。こういう境涯にいれば客に卑しめられる例も少なくはない、なかには妓《おんな》たちを辱しめるのが楽しくて来るような人間もある。たいてい底が知れているので、それほど苦痛にも思わず受けながすことに馴れていたが、そのときは烈しく怒りがこみあげてきた。どうにも抑えようがなく、膝の上で手が震えた。

『失礼ではございますが貴方さまはお嬢さまをおもちでいらっしゃいますか』

『わしに娘があったらどうするのだ』

『お嬢さまがお有りになって、その方がいまわたくしのように人から辱しめ卑しめられたとしたら、貴方さまはどうお思いなさるでしょうか』

『折角だがわしの娘は芸妓にはならぬ』

『それがわたくしの罪でございましょうか』八重は殆んど叫ぶように云った、『――わたくしは五つの年から乞食のようなことを致しました、よそのお葬式へいって投げ銭を拾い、施物を貰うために、泣きむずかる妹を負って雪の冰《こお》る吹曝《ふきさら》しに半刻も一刻も立っていたことがございます。母は女の身で土工のようなことをしたり、料理屋の下働らきや走り使いや、時にはもっとひどい稼ぎまでしたようです、それでも食いかねて、人さまの家のお台所に立ち、僅かな銭を泣いて借りまわったことも度たびございました、こんなこともみなわたくしの罪でございましょうか』


こみあげこみあげする怒りと悲しさに耐えきれなくなり、ここまで云いかけて八重は泣きだしてしまった。――袂《たもと》で面《おもて》を掩い、咽《むせ》びあげていると、持光寺の境内の寒い日蔭がありありと眼に見えた、背中ではまだ乳呑み児の妹がぐずっている、手も足も凍えていた、五つか六つの自分も泣きそうな顔で、施物の始まるのを辛抱づよく待っている、われながら哀れな、よるべないみじめな姿――それがいま痛いほど鮮やかに眼にうかぶのであった。

『わたくしがこんな育ちようをせず』

八重は涙を押拭いながら続けた。

『貴方さまのようなお家に生れ、親御さまたちに大切にされて、なに不自由なく読み書きを習い、琴華《ことはな》の芸を身につけていましたら、決して卑しいとも汚らわしいともお考がえはなさいますまい、――乞食のように貧しく育ったことで、芸妓などをして来たことで、ただそれだけで、このように卑しめ辱かしめられなければならないものでしょうか』

つきあげてくる嗚咽《おえつ》で言葉が切れ、八重はまた歯をくいしばって泣伏した。儀兵衛というその客は間もなく立上った、こんこんと咳をし、冷やかな、突放すような調子で、『わしは帰る――』と云った。

『近いうちに来るから、それまでに思案を決めて置け、おまえは気の毒な育ちようをしたかも知れぬが、新一郎にその責任を負わせる理由はない筈だ、――もしおまえが本当に彼を愛しているなら、自分からすすんでも身を退く筈だと思う、そこをよく考がえてみるがよい』

そして客は去っていった。

八重は数日まるで病人のようになった。食事も殆んど手をつけず、一日じゅう寝たまま、人さえいなければ泣いて過した。頭がどうかなってしまったように、纏まった考がえは少しもうかばず、断片的な思出や回想をとりとめもなく追っている。――小さな弟と妹を左右の手に抱えて、昏《たそが》れかかる冬の街角に立って母の帰りを待ったこと、料亭の厨口《くりやぐち》へいって残った飯や肴を貰ったこと、喰べる物がなにも無くって、母が貰って来た蕎麦湯を啜り、四人で躯を寄せ合って寝た夜のこと、桃井へ来てから肌の合わないあね芸妓たちに意地悪く追い使われたこと……。

——これが自分の運命なのだろうか、ここからぬけだすことは出来ないのだろうか。

桑島儀兵衛が二度めに来たとき、八重はげっそりと痩せ、泣き腫らした赤い眼をしていた。そしていきなり『あの方に逢わせて下さいまし——』と云って泣きだした。儀兵衛は冷酷な眼つきで、黙って泣くだけ泣かせて置いた。八重はすっかりとりみだし、身悶えをして訴え歎願した。……どんな条件でもいいから二人を引離さないで貰いたい、必要なら二年でも三年でも逢わずにいよう、この土地にいて悪ければ自分はよそへ移ってもよい、また結城家の正妻にならなくとも一生かこい者でもいい、ただあの方から自分を裂かないで貰いたい、あの方なしにはもう生きることが出来ないのである。——儀兵衛は頑くなに黙っていた、そして八重が哀訴のちからも尽きて、絶入るように泣伏してから、極めて非情な、突放した調子で口を切った。

『おまえはこんな暮しをしている女に似ず、読み書きにも明るく和学まで稽古をしたそうだ、絵も描くというから少しはものの道理もわきまえていると思ったのに、云うことを聞いてみるとどんな無知な女にも劣ったことしか考がえられないのだな』

十

『人間には誰しも自分の好みの生き方がある、誰それと結婚したい、庭の広い家に住みたい、金の苦労をしたくない、美くしい衣裳が欲い、優雅に暮したい、——だが大多数の者はその一つをも自分のものにすることが出来ずに終ってしまう、それが自然なんだ、なぜなら総ての人間が自分好みに生きるとしたら、世の中は一日として成立ってはゆかないだろう、人間は独りで生きているのではない、多くの者が寄集まって、互いに支え合い援け合っているのだ、……おまえは着物を着、帯を締めているが、それは自分で織ったのではなかろう、畳の上に坐っているがその畳も自分で作ったものではない、家は大工が建て壁は左官が塗った、百姓の作った米、漁師の捕った魚を喰べている、紙も筆も箸も茶碗もすべて他人の労力に依るものだ、おまえにとっては見も知らぬこれらの他人が、このようにおまえの生活を支えている、わかるか』

儀兵衛はちょっと口を噤んだ。八重はまだ嗚咽が止らなかったが、老人の言葉には明らかに心を惹かれたらしく、じっと耳を傾むけて聞き入る容子だった。

『こうして多くの人に支えられて生きながら、他人の迷惑や不幸に構わず、自分だけの仕合せを願う者があるとしたら、おまえはいったいどう思うか、——新一郎は城代家老になる人間だ、藩では近く政治の御改革がある、それをめぐって新旧勢力の激しい諍そいが既に始まっている、彼は中心の責任者として当然その矢表《やおもて》に立たなくてはならない、御改革に反対する一派は、彼を排して別の人物を据えようとしている、新一郎の身にどんな些細な瑕《きず》があっても、彼等はのがさず矛《ほこ》を向けて来るに違いない、新一郎の倒されることはそのまま御改革が挫折することだ、……おまえとの仲はもうかなり評判になっている、これ以上逢えばもう取返しはつかない、この事情をよく考がえて呉れ』

八重はいつか坐り直していた。まだ時どきせきあげてくるが、とりみだした気持は鎮まったようだ。

『こんどの御改革は大きな事業だ、五年かかるか十年かかるかわからない、殿も御一代の仕事だと仰せられ、特に新一郎を中心の責任者に選ばれたのだ、――彼の一身は無瑕でなくてはならない、後ろ指をさされるような事は断じて避けなければならない、おまえがもし新一郎を愛しているなら、彼を失脚させるような危険はさせない筈だ』

八重は儀兵衛の云うことを聞き終ると、静かに会釈をして立っていった。顔を洗い化粧を直しにいったのであろう、戻って来たときは唇に紅の色が鮮やかだった。

『よくわかりました、我儘を申上げて恥かしゅうございました、わたくし、……仰しゃるとおりに致します』

『そうなくてはならぬ、それでわしも舌を叩いた甲斐があった』儀兵衛はやや顔色を柔らげながら、『――おまえの今後のことはわしがどのようにも力になろう、金のことも身の振方に就ても、望みがあったら遠慮なく申し出て呉れ』

『有難うございます、そのときはまた宜しくお頼み申します』

八重は唇に微笑さえうかべながら、こう云って静かなおちついた眼で儀兵衛を見上げた。

――その夜、八重は更けてから、描き溜めてある山茶花の白描を取出して見た。十八の年から三年のあいだに、数えてみると百三十枚ほどあった。初めから絵にする積りはなかったので、布置も巧みもない稚拙な線描であるが、それだけに却ってその時その時の印象がはっきり残っている、ああこれはあの朝だった、これはあの時だった。これを描いているときに粉雪が舞いだしたので、急いで描きあげて帰ったものだ。……こんな風にして見てゆくうち、次のような歌を書入れてあるのが出て来た。

さむしろに衣《ころも》かたしき今宵《こよひ》もやこひしき人にあはでわが寝ん

八重は思わず眼をつむった。新一郎から二度目に声をかけられた年のものだ、もういちど会えるかとひそかに待ったが、ついに会えなかった歎きを、伊勢物語から抜いた歌に托して書入れたのである。かたくつむった眼から涙があふれ出て、白描の山茶花の上へはらはらと落ちた。

——可哀そうな子、可哀そうな花、……いっそあのまま二度と会わないほうがよかったのに。

十一

八重の性質は人の驚ろくほど変っていった。儀兵衛の言葉を聞いて新らしく眼がひらけたという風だ。乞食のような生立《おいたち》にも、芸妓だということにも、かくべつもう屈辱や卑下の感情は起らない、朋輩たちともよく折合うようになった。おまえさん達とは違うという、これまでの気位《きぐらい》がとれたせいかも知れない、みんな『八重次さん』『姐さん』とうちとけてきた。

——こんなに善《い》い人たちだったのだろうか。

八重はこう思って吃驚《びっくり》することが度たびあった。一帖の畳でさえ誰かの汗と丹精で作られたものだ、一本の柱も、一枚の瓦も、人が生きてゆくために必要などんな小さな物も、誰かの汗と丹精に依らないものはない、……八重はいまそれを身にしみて理解する、そして自分がいかに多くの人に支えられて生きて来たか、これからもいかに多くの人の労力と誠意に支えられて生きてゆくかを思い、自分が決して孤独でもなければ閉め出された人間でもないということを感ずるのだった。

その年の秋ぐちに、「越梅《えちうめ》」という大きな絹物問屋の隠居から、八重を養女に欲しいという話しがあった。隠居は宗石《そうせき》という俳名で知られ、桃井では古い客でもあり八重も以前からひいきにされていた。よほど気性をみこんだのであろう、養女にして然るべき婿を選び、ゆくゆくは絹物店を出してもやろうということだった。――八重は桑島儀兵衛に相談をした、儀兵衛はもちろん異議なしで、

『絹物店を出す出さぬは別として、今のような稼業からぬけるだけでもよかろう』こう云ってから、ふと八重の眼をじっと見た、『――これでわしも本当に安堵した。よく思い切って呉れたな』

八重は黙ってすなおに微笑していた。

話しはすぐに纏まった。十月にはいると間もなく八重は桃井をひき、笠町という処にある宗石の住居へひき取られた。そこは城下町の東郊に当り、附近には武家の別墅《しもやしき》や大きな商人の寮が多く、松葉ケ丘へはほんのひとまたぎでゆける。――その家は野庭づくりで、櫟林《くぬぎばやし》や

竹囲いのなかに五間《いつま》ほどの母屋と、別棟の茶室とがある。櫟林の中には川から引いた細い流れがあって、澄徹《すみとお》った秋の水の上へ櫟の落葉がしきりに散っていた。

家人は宗石夫妻のほかに下男下女が五人いた。もよという妻女はたいそう肥えた明るい賑やかな人で、初めから『八重さん八重さん』とうるさいほど親身に世話をやいて呉れた。——おちついた静かな生活が始まった、琴を稽古するがいいということで、盲人の師匠が三日に一度ずつ教えに来る、また歌の道をもう少し続けたいと頼んだら、『外出《そとで》はしないほうがよかろう』と、松室春樹にもこちらへ来て貰うようにして呉れた。

『これではまるで大家《たいけ》のお嬢さまのようでございますわ』

『越梅といえば京大阪から江戸まで知られた大家ですよ』もよ女は大きな胸を反らせながら云った、『——養女といえば娘なんですから、大家のお嬢さまに違いないでしょう、でもあたしのように肥ることはありませんよ』

八重はそれをもすなおに受容れた。

その年は持光寺へはゆかなかった。ついひとまたぎの処ではあるが、もし新一郎が来でもして、彼と逢ったらこの気持が崩れるかも知れない、そうなっては桑島へ義理が立たぬと思ったからである。持光寺へはゆかぬ代り茶室の横に若木の山茶花が一本あるので、その花を写した。まだ花は多くは付かないが、やはり雪のように白く、然も葩《はなびら》がみごとに大きい。こんどは時間にいとまがあるので、終るまでに五十枚ほど写し、その中のもっとも気に入ったのへ、やはり伊勢物語からぬいて次のような歌を書入れた。

すみわびて今はかぎりと山里に身をかくすべき宿をもとめん

いちばん終りの一輪を写しているときだった。まっ白に霜のおりた早朝、凍える手を息で温めながら、殆んどわれを忘れて描いていると、後ろへそっと近づいて来る人の足音がした。宗石か、それとも妻女かと思っていたが、いつまでも声がしないので振返った。そして振返るなりああと叫び、持った筆をとり落して棒立ちになった。

結城新一郎であった。新一郎がそこに立っていた、寒さに頰を赤くし、幼な顔の残っている柔和な表情で、包むように微笑しながらこっちを見ていた。――八重はくらくらと眩暈《めまい》におそわれ、総身《そうみ》の力がぬけるようによろめいた。『ああ危ない』新一郎は駈け寄って両手で八重の肩を抱いた、『――驚ろいたんだね、堪忍して呉れ、済まなかった』

『放して、どうぞ放して、――いけません』

『いや放さない、いけなくはない、なにも心配することはないんだよ、八重、私の顔をごらん、これはみんな私と宗石とで相談したことなんだよ』

八重は失神したような眼で、半ば茫然と新一郎を見上げた。彼はその眼をしかと捉え、明るく微笑を送りながら頷ずいた。

『そうなんだ、宗石が養女にひき取ったのはおれと相談のうえだ、この次は殿村右京《とのむらうきょう》という大寄合《おおよりあい》の家へ養女にゆく、いいか、殿村から中老柏原頼母《かしわばらたのも》の養女になる、その次は結城新一郎の妻になるんだ、――桑島の伯父はひとりで肝を煎ってる、苦労性でごく小心な、そして人の好い単純な伯父貴だ、然し世の中はそう息苦しいものじゃない、そんな些細なことにびくびくして、御改革などという大きな事業が出来る訳はないんだ、……八重、眼をあげてよく私の顔をごらん』

肩を抱いた片手で、彼は八重の顎を支え、やさしく仰向かせて眼と眼を合せた。

『今おまえの見ている人間は、この国の城代家老結城新一郎だ、そして私はおまえに云ったろう、信じておいで、私を信じておいでって……』

『あなた』

八重は双手《もろて》を彼の頸に投げかけ、頰へ頰をすり寄せ、全身をふるわせて泣きだした。

『あなた』

解説

山本周五郎《やまもとしゅうごろう》（本名・清水三十六《さとむ》）は、一九〇三年に山梨県で生まれた。四歳の時、山津波で家を失い一家で上京。横浜市の尋常西前小学校を卒業後、東京の質店・山本周五郎商店（屋号「きね屋」）の従業員になる。山本周五郎の筆名は、文学趣味があったきね屋の店主の名に由来している。一九二六年に「須磨寺附近」でデビュー。少女小説の執筆を勧めてくれた井口長次（後の山手樹一郎）が博文館に転職したため、一九四〇年頃まで同社の雑誌『少女世界』『少年少女譚海』『新少年』などに探偵・冒険小説などを数多く発表した。

この時期の博文館には、戦後に『新青年』の編集長になる横溝武夫、高森栄次がいた。周五郎が、行方不明の恋人を復員兵が捜す「花咲かぬリラ」（一九四六年五月号）を皮切りに、探偵小説〈寝ぼけ署長〉シリーズ（覆面作家名義。一九四六年十二月号〜一九四八年一月号）などを『新青年』に発表したのは、博文館人脈の影響もあったと思われる。

「**山茶花帖**」（一九四八年十二月号）は、江戸の芸者・八重次と城代家老の嫡男・結城新一郎の恋を描く時代小説である。挿絵・木下二介《じかい》。幼くして父を亡くし辛酸を舐めた八重次の境遇、二人が身分の違いを乗り越えようとする展開、改革派の新一郎と保守派の対立など、随所に戦後の世相と重なる設定も見受けられる。「柳橋物語」（一九四九年一月号〜三月号）を最後に『新青年』を離れた周五郎は、その後も医療時代小説『赤ひげ診療譚』、倒叙時代ミステリ『五瓣の椿』、芸道小説『虚空遍歴』などの名作を残し一九六七年に没した。（末國善己）

不思議な帰宅

稲村九郎（三橋一夫）

【一九四九（昭和二十四）年三月】

一

年に一度の帰宅。

大きくなったね――両親にこう言われたい。

私は海に沿った道を歩《あ》るいていた。左手が山で右手が海。夕もやで、沖の小島が霞んでいる。人影一つ見えない。松が潮風に鳴り、いか釣る漁舟が五艘、岸辺近くに見えるだけだ。両親の家はもうすぐだ。私は静かに夕暮れてゆく周囲《あたり》を眺めながら歩るいた。頭上の松でアーアーと鴉《からす》が鳴いた。そして私は、十五年前、両親と遠く離れて暮らすようになった日のことを想い出した。

十五年前の六月、私はある事情のため、両親と別れなければならないことになった。互いに、あんなにも愛し合っていたのに、一年に一度、会えるのを楽しみに日を過さなければならないことになった。その頃、両親は青山に住んでいた。別れる日の朝、屋根で鴉が鳴いたことを、私ははっきりと憶えている、私の父は最も尊敬すべき画家で、母はこの世で最も優しく美しい人だ。父は日毎に立派な作品を残し、母はそれを助けている。両親が最も美しい宝をこの世に残した者として、後世に記憶されることを、私は知っている。

私が両親と別れて過すようになってから、五年して、まるで思い出したように妹が生れた。私一人しか子供のなかった両親は、哀しさと淋しさに堪え兼ねていたのだ。どんなことがあっても、妹は、両親と一緒に居なければならない。まだ、八つなのだ。その間、両親は住居を、青山、渋谷、世田ヶ谷と転じ、あの無意味な戦争がはじまると、幼ない妹をつれ、湯河原、熱海と転々し、今は、この先きの漁村に間借りして暮らしているのだ。だから、一年一度の七月の帰宅にも、この十五年間、両親の住居を探さねばならぬことも屢々《しばしば》あったわけである。

青山の家は、細い横町のそのまた折れ曲った突き当りにあって、貧弱なお妾《めかけ》さんの家のような造りであったが、そこは、今焼野原になって、終戦後三年経っても、まだそのままに捨て置かれている。私はこの家で生れ、この家で両親と別れたのだ。私の両親との生活の記憶は全てそこにある。私は父母と散歩した、焼ける以前の青山の通りがなつかしい。あたゝかい陽《ひ》ざしの中に、父に抱かれて坐っていた、その家の廊下が、母の乳房を吸った座敷がなつかしいのだ。

私と別れてから間もなく、両親は渋谷に移ったが、そこも、横町のそのまた横町のようなところで、溝川《どぶがわ》を渡り、狭い急な坂を登った左側にあった。東南が高くなり、西北を向いているので、夏は暑く、冬は寒い。何かインチキな料理屋か待合のような感じの家であった。七月、私が帰えった時、その家はうち中、西日が射し込むので、両親は玄関横のやっと西日から蔭になった板の間で、裸でやすんでいた。この家も戦災で焼けてしまった。

次ぎの世田ヶ谷の家は、今でも残っている安っぽい、小さな文化住宅風の家であったが日当りも風通しもよく、ここで妹が生れたのだ。妹の生れた歳の暮に世界大戦になり、何もかも不自由になり、両親は妹を風呂に入れてやることも出来なくなり、あたまがオデキだらけになったので、湯河原に貸間をさがした。仲々適当なところが見附らないで困っていると家主が「この家は売ろうと思うから出て行ってくれ」と云うので、両親は仕方なく湯河原のへンなところに一時身を落着けて貸間をさがしたが駄目だった。そこへ、熱海としては、少し辺ぴなところだけれど、八畳一間借してもらえるというはなしがあって、ここに引越して来たのである。――

年に一度の帰宅だけれど、もう、この熱海へは七度目。駅から歩るいて一時間半、漁村の離室《はなれま》一間ではあるが、両親、妹の住居に近づくとうれしさに胸がおどる。母はいつまでも私を子供とおもい、幼ない頃の私の好物、お豆腐とお麩を甘く煮たのを、今年も拵らえて待っていて下さるのだろう。父は、私を呼び戻し得ない運命をおもって、黙ってお酒を召し上るだろう。今年もまた、妹は日焼けして真黒になり、何もかも私の前に並らべ「お兄ちゃまも一緒にズーッと居て！　一緒に遊んで！」と甘えるだろう。

日が沈むと、海の色はくろずみ、空が灰色になり、生暖かい微風《そよかぜ》が吹きはじめた。黒い大きな蝶が二羽、私の前を舞ってゆく……

私は一年ぶりに、離室《はなれ》の薄暗い裏庭に立った。そこの小さな格子窓から、そっと中を覗くと八畳一間が全部見られる。父は廊下にしゃがみ、暮れてゆく海を茫然と哀しい眼つきで眺めていた。去年より痩せられたようだ。縁先きで、母が私の好物を七輪で作っていた。松の枯枝が煙りをあげ、母は美しい顔をしかめていた。粗末な夏服を召していた。妹は部屋のまん中に寝ころんで、漫画の本をみていた。真黒に海水浴で日焼けした、やせた体に、父と同じに白パンツ一枚であった。床の間には仏壇がかざってあった。黄色と水色の野花がさしてあった。母と妹が摘んできたものに相違ない。

——今日はお盆であった。

私は静かに格子窓から部屋の中に滑り込み仏壇の奥深く、二歳の——私の亡くなった年に撮《うつ》した、自分の写真の飾ってあるかげに、そっと消えていった。……

解説

三橋一夫《みつはしかずお》（本名・敏夫《としお》）は一九〇八年兵庫県に生まれる。武術の家系に育ち、幼い頃から武道の稽古に励み、健康法にも関心を示して持病の喘息を快癒させるに至る。一方で同級生と同人誌を作るなど文学や映画にも親しんだ。

一九三二年、慶應義塾大学経済学部を卒業後、騎砲兵大隊に入隊、除隊後は三菱石油に勤務。小説家としては一九三六年『戯曲　山縣大弐』を刊行。一九三九年、中河与一主宰の『文芸世紀』の同人となり、一九四〇年十二月には『三田文学』に「島底」を発表する。『新青年』には一九四八年十二月号に「腹話術師」で登場。林房雄の推薦による。滑稽さと幻想性を内包した不思議小説は好評を博した。横溝正史の命名による〈まぼろし部落〉として全百回の予定で連載されたが終刊により中絶した。その後はユーモア小説に転じ、『天国は盃の中に』で第二五回直木賞候補となる。一九六六年以降は創作の筆を折り、健康法に関する執筆活動を展開した。一九九五年十二月没。

「**不思議な帰宅**」は一九四九年三月号に掲載。**稲村九郎**名義。挿絵は初山滋。三橋一夫は自らの不思議小説を変形した私小説と語ったが、長男を喪う過去を反映してか、男の子を亡くした家族のモチーフが度々登場する。死後に魂が成長するという三橋の死生観を見る上でも興味深い作品といえる。（樽本真応）

放浪の歌

鈴木徹男

【一九五〇（昭和二十五）年一月】

1　首途《かどで》する新米作家

『お気をつけていっていらっしゃいませ』

『はい、いって参ります』

『今日はおそくなるんでございますか』

『いや、適当な時間に切りあげてかえります』

叮重《ていちょう》なあいさつの言葉だけをきいたなら、事務屋の朝の出勤を、近所のマダムが明るい微笑で送ってでもいるのかと間違えよう。だが、御出勤になる紳士の風態《ふうてい》は、袖のあたりで千切れたボロボロの軍服に、下は猿また一枚と藁ぞうりの、みごとないでたちである。

相手のマダムは、泥水につかった馬のわらじのような円顔に、雀の巣みたいな乱髪をふりかぶった四十女で、縦にほころびたモンペのすきまから、これだけは輝くばかりに白いお尻のほっぺたを、ひらひらとのぞかせながら、たきびの上の飯ごうをかきまわしている。

こゝは栃木県那須野《なすの》の一角、豊穣な米所両郷村《こめどころりょうごうむら》の県道わきの高台にある村社の境内で、滑らかな赤土の五十坪あまりの広場に、十人近い貰い人《もらいにん》がたむろしていた。

夜露にぬれたこもをかぶったまま、神社の縁側に眠っている復員らしい若者がいる。大きな数珠を首からたらしたおがみ屋は味噌をなめ〳〵鍋の中の真白な御飯に箸をつきたてゝいる。

八時をすぎた真夏の朝の太陽は、厚くあたりをとざした喬木の梢《こずえ》から、はらはらと地面にこぼれて散った。

『皆さん、では行って参ります』

『おだいじに、いってらっしゃい』

黒の眼帯をかけて、海賊のように頑丈な紳士は、雑のうをかけた肩をゆすぶりながら、百三十段もある急な石段をゆらりゆらりとくだってゆく。

やがて、拝殿の奥から、切り下げ髪の「御母堂」が、黒のモンペに白の肌着のきちんとしたなりで、境内へ出てくる。と、間もなくその息子の「作曲家」が、これも普通にととのったワイシャツ姿で、長身の秀麗な顔をあらわした。

これはほんものである。乞食《もらい》の中にも作曲家がいる。その名は玉利明、二十八歳で、上野の音楽学校出身だった。歌人前田《まえだ》夕暮《ゆうぐれ》の、門弟だった亡父の子として生れ、彼の才能を生かすためなら、殺人の犠牲をもしのぶであろう烈婦型の母を持つ彼は、上品で、わがまゝで、ごうまんなくせに、臆病な、一見貴公子然とした乞食だった。

彼は雄鶏のような細心な無関心さで、広場をあるき廻っていたが神社のぬれ縁に右肘をかけて、いま乞食行《ぎょう》の秘伝を受けている大山吾狼《おおやまごろう》の姿をみとめると、

『や、お早うございます』と、番頭のような気軽さで近づいてきた。

新米作家大山吾狼が、二児をつれて東京の家をとびだしてから二十日目の今日であった。そして集団乞食《もらい》の群に身を投じてから七日目の朝であった。彼の現在の姿だけを見れば、どの点から云っても第一流の乞食であった。

もともと長かった髪とひげは、伸びほうだいに陽にやけた顔をかくしていたし、上着は売りはらい、シャツはおむつにしたので、よれよれのズボン一枚の半裸体にはだしである。

二十日まえに、二十五歳の彼の妻のテルは、十九歳の若いつばめとあわただしく飛びたって行ったのだ。あとに残された三十八歳の大山は、洗うような赤貧の三年間を、歯をくいしばって耐えて来た妻の苦労をおもえば、時折は彼の作品が二三の雑誌にものり、生活の曙光がようやくちらちらと射しはじめた今となって、何の準備もなく飛び立たねばならなかった彼女の不運と苦衷があわれでならなかった。

無智ゆえに夫の文学的才能を買いかぶり、その未来のために献身しながらも、絶えずその無智無教養を軽蔑されつづけてきた妻の、それは女らしい突発的な夫への反逆の手段であり、また常々幼ない子らの前で卑しめられてきた母としての憤りのあらわれであることは、十分なっとくできるのであったが、さて、上が四歳の女の児と、下が二歳の男の児をおきざりに

されてみれば、さすが不屈の大山も、やり切れない苦笑をうかべて閉口頓首、実に云うべき言葉もない次第であった。

苦悶と、てんてこまいのいく日かがつゞいて、ある朝大山は、とつぜんわけのわからぬ郷愁のとりこになった。それは宗教的な郷愁と云ったものに似た感じだった。その感じが、落莫とした現在の生活と結びついたとき、彼のもちまえの求道者じみた放浪性が目ざめたのである。

突嗟に大山吾狼は旅立の決心をした。

『デブチーン』

彼は窓から首を出して表へ呼んだ。

『ハーイ、ごはんなの、お父ちゃーん』

遠くから、澄んだ四つになるデブチンの声がはね返ってくると、書きつぶした紙屑の中に眠っていた男の子のヨーチンが、小さな両手をつっぱり、ぐいと頭を起して、

『ウマ、ウマ、あーい、バ、バ』と這いだしてきた。

大山はあわただしく朝の食事を終えると、男の子を背中に結びつけ、女の子の手を引きながら、爽やかな風にふかれて国道を歩き出していた。三人とも季節はずれの粗末な着のみ着のままであった。朝露にしっとりとぬれた麦のかげに、部落々々の藁屋根が、高くひくく見えかくれしている。そしてつばめの低くかすめる白いアスファルトの路面が、この文学のドン・キホーテ親子の足もとから長くのびて、その中に消えていた。

それから二十日、そしていま彼は、ぐったりとして泣き声もたてずに、彼の首にしがみついている男の子を左の腕に抱きあげて、新しい職業《しょうばい》の秘伝をさずかっているところなのである。

『こーれ、よそ目せずと、聞かっしゃい』

頭の毛のうすい、まる裸《はだか》同様の乞食《こつじき》大先生は、大山の肩をポンとひとつ叩いて云った。

『一日一升五合のかせぎしかできんあんたが、二人の子供を抱えていて、いまさら芸術の、文学のと、とぼけたことを云っておられることかどうか、ようく自分のケツに手をあてゝ考えて見っさい。おまけにその小っちゃい子は腹をこわして死にかけてるではないか。芸術なんと云うもんは、誰かに喰わせて貰ってるもんのやるこっちゃ。あんたは玉利さんとはちがうぜえ、あの人はお袋さんに乞食《もらい》をさせて、自分は朝から晩まで、あゝやってこの庭を歩きまわってればいいんや。あんたは今日こそ思い切って、一人で県道の両側を打《う》って来っさい。あんたがその死にかけてるような子供を抱いて、一けん一けん貰って歩けば、どんなに少なくとも三升の米が毎日集るはずだんね。姉《ねえ》やの方はわしが今日留守番をしながら見ておるわ、早う行って来っさい』

叱るようにこん〳〵とさとされて、大山はこの朝はじめて単独で乞食に出かける気になった。それまでは、先輩の背中にかくれるようにして門付けをしてきた彼だ。

彼は近づいてきた「作曲家」玉利に朝の礼を返し、男の子をしっかりと抱きなおすと、しずかに広場を横切って、目もくらむように高い真夏の石段のおり口に立った。そこは世間に通じる垂直にちかい緑のトンネルである……。

『まあ、まあ、今日は赤ちゃんだけをつれてお一人でございますか。赤ちゃんは、おいていらっしゃいませ。おなかをひどくこわしているんでございましょう。それを炎天にさらしたら、ひとたまりもございませんわ』

小走りにおいかけてきた「御母堂」が、そう云って彼を引きとめた。

『そりゃあ、僕もわからないことはないんですが、乞食大先生《ちょうろう》がそうしろと云うんです。そうすれば薬ももらえるし、うまくいけば入院もさせられるかも知れないし、第一、もらいの分量が多くなると云うんです』

『あの大馬鹿野郎が』

大股に近づいて来た「作曲家」が、それが癖の、ペッと唾をはきながら、腹立たしげにつぶやいた。

『まあ、ともかく、長老の言葉だから、云うとおりにして見ましょう。もしそのために、この子の容態が急に悪くなったり、貰いが少なかったりしたら、あの禿あたまをぶん叩って、この石段からころげ落してやります』

まんざら冗談でもなさそうに、大山の語気は強かった。

その様子を、大あぐらの膝頭をぽりぽり掻きながら、老眼のめがねごしにじっと眺めていた長老は、自分に対する面白からぬ気配を感じとったらしく、火箸のようにやせた脚をぐいと組み返すと、

『聞いてくれ、皆の衆』と、しわがれ声をふりしぼった。そして、一同の注意が自分に向ったのを見定めると、彼が物乞いの門口に立つ時のもっとも得意とする身ぶり――半身不随の中風《ちゆうき》をまねて、ぶるぶる全身をふるわせながら、ぬれ縁の上にたちあがった。

2　『別離の曲』におくられて

『皆の衆、わしは復員者でも、引揚者でもないんし、小説家でも、音楽家でもありません。だからわしは、缶詰のあきかんや飯《はん》ごうでしゃりを炊いて喰うようなモダン乞食ではありまっせん。三十年来、この部落を中心にくらしている心《しん》からの乞食です。だから、皆の衆に使ってもらう鍋釜も、茶道具もあるわけです。ところが、そのことで皆の衆は、このわしを心の中で馬鹿にしている。自分で乞食をしながら、乞食のこの大先輩を馬鹿にしてくさる。馬鹿にされてもいゝわ。つら〳〵乞食の歴史を案ずるに、今日《こんにち》ほど平均して、乞食を稼業とする人間のガクが高まり、素質の向上したことは空前絶後である。強いてその前例を求むれば、お釈迦さまとその教団をあげ得るのであるが、その事はしばらくおき、ええ、まさに、そのとおりなのでありまっす――』

『えらいぞ、おやじ、いや、長老』

　二日まえにこのテン場（黙許された乞食の宿所）に流れてきた若い復員者が、こぶ巻のようにして寝ていたこもの中から首をつき出した。

『問題はそれだ、おやじ、いや長老、かくも有為の才能を抱く一群を、かくも悲惨な境涯におとしいれた者は誰だ、お丶畜生、俺は……』

『やかまし。阿呆《あほ》たれ』長老は一喝して若者を沈黙させた。『なんだ、い丶気になりやがって。うぬぼれんな。いくら豪《えら》くても乞食は乞食だわい。わしの云いたいのは、三十年来乞食ぐらしをして、みじめで下等で意気地のない仲間ばっかし見てきたから、乞食の全盛時代とも黄金時代ともいうべき、今日《こんにち》に際会したことを、心からよろこび慶賀したいのであります。あ丶然らば、何が故にか丶るめでたき時代が現出したか。この問題の解答を、テン場の長老として、作曲家玉利君か、小説家大山君に求める。両君のいずれか答えさっしゃい』

そう云って長老は、教師のにくしみをこめて、二人の方を刺すように見た。

『大したもんですね、あいつきっと文学青年のお古ですよ、大山さん、同志のよしみです、済度して彼の妄執をはらしてやって下さい』

玉利はうれしそうに、優しい眉をよせてさ丶やいた。

『よし』何ごとにも簡単に動く大山は、長老の足もとにとび散った虱《しらみ》を、面白そうに眼で追っている姉娘のデブチンを気にしながらも、子供を抱いたま丶、しっかりと長老に頭をふり向けて近づきつ丶声を大きくした。

『長老、天保の茂平さんよ』彼は大いに気どって云った。『長老が我々に設けられた疑問への解答は極めて簡単明瞭である。それは、現在はこんとんたる生活の戦国時代であり、我々乞食のアプレゲールは、即ち生活のふちをはなれた浪人野武士のたぐいであるからだ。吾々は大志大望を抱く一種のさむらいの徒《と》であるから、一朝風雲に再会すれば、或る者は赤く、或る者は白くなって一国一城のあるじとなるのは易々たることだ。これを在来の職業乞食と比較して、質的にも量的にもすぐれているのは、長老のおっしゃるように明らかな事実で、あえて異とするに足りないことだ、と私は考える』

『ふふッ、うめえことを云いやがる』

長老は相好をくずして、中気の身ぶりをぴたりと止めた。『違《ちげ》えねえよ。全くてめえらぁ、浪人野武士の徒でっさ。イケしゃあしゃあした面《つら》をしているところは今の駄じゃれで云う、何とか蛙《ケール》の仲間だわ。仲間の仁義も、世間の人情も踏みつけにして、強盗みたような了見で、百姓から米を貰って歩いてけつかる恥知らずだ。ま、この小説屋が今云ったように、今の世が戦国時代ならそれもよかろう。それもよかろうが、風雲をのぞむ浪人野武士のたぐいなら、もう少し目先がきかなきゃいけねえぜ』

長老は、そこで頭を右から左へとくるりと廻転させて、えへんとひとつ痰を切ってつゞけた。

『な、これ、このテン場には、上野《ノガミ》派の浪人や宇都宮《ミヤ》党の野武士もいるんだが、こん中に、もらいの稼業も、もう底をついた、と気がついている者が何人いるんだね。百姓だって、物や金があまっていたり、もうける当《あて》のあるうちこそ、浪人や野武士が怖《こわ》かんべが、自分《てめえ》のくらしが不安になってくりゃ、こんどは生きるための勇気やヤケが、捨て身のおめえ達蛙《ケール》どもと同じくらいになってくるわい。しかし、な、皆の衆、百姓の中にも、まだ〳〵たくさん、昨日の夢を見ているのがいる。そこがわれわれのつけめだ。そうして、な、今年の出来秋こそ、乞食の関ケ原だんね。ここんとこで一国一城の生活の資本をつかんだものが勝だ。ぐうたらで、理窟の夢ばかりみている奴は、もう一生の乞食だ。関ケ原で破れても、みじめな乞食になり切れない奴は、長い間歩きまわって、勝手知った他人の家を荒しまわる泥坊になる。そんな時の来るのが、今からわしには見えるんね。そうなったらおしまいじゃ、乞食というもの、信用が地におちる。その時こそ乞食の受難時代だんね。それを考えると、三十年の先輩としてわしは胸がいたくなるでえ。それであるから、どうか皆の衆諸君、今から心をひきしめて、腹がへったら、百姓の食うのとおなじ麦飯をいたゞいてたべて辛棒し、もらった白米は煮てくわないで、闇屋になるべく高値に売りこかして、この関ケ原に備えていて貰いたいんや。この両郷村の乞食は、出来秋以後は、わしとおがみ屋の二人だけしかいない、という工合《ぐあい》にしたいのが、この天保の茂平のねがいだんね』

南原《なんばら》学長が卒業生をおくるにも似た熱弁であった。拍手の音が、さわやかな朝の空気をゆるがして起った。

『なに云ってやがるんでえ、つまらねえ時間《ひま》をつぶさせやがる』と拍手をしながら皆の衆はつぶやく。それからめい〳〵のたむろ場所にとって返すと、その日の行脚《あんぎや》の準備にとりかゝるのである。

「作曲家」玉利は、拝殿の奥から、あまり上等でないヴァイオリンを持出してくると、ぬれ縁の端につっ立ち、若々しい眉をあげて、さっと高く右手の弓をあげた。次の瞬間、少しばかりこわれかけたような楽器の中から、あたりを圧するような壮重なせんい律があふれ出してきた。藤村《とうそん》の詩「別離」に作曲した彼の作品であったが、若い仲間達は朝な朝なそのせんい律におくられて農家訪問のかどでに立つのがならわしであった。

青春の憂鬱にみちたせんい律の流れの底に、やるせない憤りを秘めたそのうたには、別離の哀調はなくて、過去への訣別と未来へのよろこびを暗示する力強さがあった。

人々はそれを伴奏にして雑のうをかけた肩をあげ、力足をふんで、緑のトンネルをくだっていった。

長老は「作曲家」の足もとに、ながながと枯れた体を仰向けにして、わずかに張り出た下腹部を、メロディに合わせて起伏させている。

馬のわらじの乱髪女史は、木の間もるまだらの陽を美しく全身にあびながら、モンペをひっくりかえして、丸々と肥えた虱のゆくえをまさぐりはじめた。

大山は、ポカンと口をあけて、ほれぐ〵と「作曲家」の手元をみあげている女の児のデブチンに愛撫の微笑をおくってから、ゆっくりと石段をおりていった。

十段、二十段、五十段と遠のいても、別離の曲のメロディは、少しもその音量を減じないで、彼の身辺にまつわりついてくる。

最後の石段をおり切って、カッと白く輝やく県道の上にたつと、この数日下痢をつゞけて弱り切ったヨーチンが、汗ばんだ顔をふり仰ぎ、黙ってうったえるように彼の瞳をみつめた。

『うむ……』

大山は眉をあげ、大股にひたすら前進していった。

3　もらいの生態

『おいそがしい所を、甚だ恐縮千万ですが、もし、何かいたゞけましたら、お願いできませんでしょうか。もちろん、いたゞけましたら、で結構なのですが』

身にまとった襤褸《ぼろ》はともかく、卑屈にならない程度に頭を下げたのち、まっすぐに腰をのばし、壮重沈痛な語調で、一勺《しゃく》の米を農家の門口でもらい受けるのは紳士型である。

『ごめん――』

ずい、と土間へ踏み込んで、上りかまちへ腰をおろし、正《しょう》三合はたっぷり入る飯《はん》ごうのふたを、忠治《ちゅうじ》気どりの手つきで相手の鼻先へつきつけ、

『お、これへ米をたのんます。麦ならいらねえが……』

相手の出ようひとつで、あごを撫でながら、じろりじろりと、奥座敷の総桐箪笥の小引出しのあたりを眺めたり、用もないマッチをポケットから取り出して、ぱっ、ぱっと摺り飛ばしてその威力を実験して見せたり、そうして所期の目的を達して行くのが強盗型、一名御用盗型ともいう。

泣き笑いしているような粗末な泥製の大黒天を片手にさゝげ、

『さあ福の神が舞い込みましたぞ。お迎えなさろうと、お断りなさろうと、こちら様のお勝

別離

島崎藤村詩
王利明曲

たれ かと どーめーむ たびーびと の あ
キヨ キコ ヒートーヤ カターシガ ヒ ワ
す はくもーまーに かくーるーる を た
レ ノミモーノーヲ オモーフーヨ リ コ
れ か きくーらーむ たび ーびーとの あ
ヒ ハ アフーレーテ ニ ゴ ールートモ キ
すーはわかれーと つげーましを あ
ミーニナミダーハ カケーマシヲ キ
すはわかれと つげーまーしーを
ミニナミダハ カケーマーシーヲ

別離

誰か止めむ旅人の
あすは雲間にかくるゝを
誰か聞くらむ旅人の
明日は別れと告げましを

清き戀とや片し貝
我のみものを思ふより
戀はあふれて濁るとも
君に涙をかけましを

人妻戀ふる悲しさを
君が情に知りもせば
せめてはわれを罪人と
呼びたまうこそ嬉しけれ

以下略

手だ。コノ頃の福の神はお気が短かい。さあ、さあ、お早くしないとお隣りへおうつりになりますぞ』

早朝からの福の神の訪問には、迷信ぶかい農家の人々は、一大恐慌を感じて、そゝくさとお供物を献じて御機嫌を損じないようにしていたゞく。これが布教型とも宗教型とも云われる。

哀歌型《エレジー》というのは、門口に立って、『伊豆の山々、月青く……』などと歌って歩く乞食ではない。戦災やら引揚げやらの悲惨な経歴を、通俗的な哀調で語りあるいて、同情の喜捨《きしゃ》を受ける連中である。

弁護士型、この型の連中には復員者がだんぜん多く、そもそも軽犯罪とは何ぞや、から説きおこし、これをなさしむる者は政府であると断じ、一転して東京裁判から平沢《ひらさわ》公判に言及して、避けがたき時代悪（?）を立証し、次いでワレ等の存在理由を弁明して、一粒でも多く米を獲得しようと口角泡をとばすのである。

――現在この県内には概算五千人の乞食《もらい》がいるそうだ。もちろん、この数はおかみの統計に依るものではなく、もらい仲間の合議計算の結果である。

大抵の村に十人ちかくの連中がすんでいて、その一人々々が、毎日一軒々々の農家を廻ってあるく。新米乞食か、よほどな目当てのある家でないかぎり、非農家の門口には立たない。もちろん、農家でも主食の配給を受けているような家には立ちよらない。そうした所はカンでわかる。そんな所で五十銭や一円の新円《おしん》をちょうだいするよりも、一勺ずつでも白米をもらい集めた方が、はるかに割がよろしいからだ。

彼等は朝の九時、十時にテン場を出発し、午後の四時頃で切りあげる日帰りのコースでなら、一升五合乃至《ないし》二升の白米と、まるむぎ若干をあげてくる。

一晩泊りのコースなら三升位というところ。しかし、二人組で出かければ、九升や一斗の白米はらくにかついで帰ってくる。組んでのし歩く連中は、どうしても御用盗型と見られがちで、都会人でも持たないような電蓄や洋服箪笥など、むき出しに飾り立てゝいる臆病な農家の人々は、早々に村から立去ってもらいたいために、先を争って（は少し大げさだが）、当節の煎餅よりも薄くて少《ちい》さな神皿に、山もり一ぱいの白米を喜捨するからである。

もらう側に、だいたい右の五通りの型があるように、くれる側にも幾種類かの型がちゃんと備わっている。

納税型——この型に入る農家の人たちは、毎日少ない時でも二三人、多い時なら十人以上のもらい人達が、一人ずつ、ごめん下さいと門口から呼びかけてくる声を聞くやいなや、ハイと気軽に立上って、彼等にとっても端境期《はざかいき》のつらい米びつの底を、ガリガリと鳴らしてでも、木皿に盛った一勺足らずの米をほどこしてくれる。彼等は乞食と税務署は、持てる者にとって、どちらも避けがたい災難とあきらめ切っているようだ。

慈善型、は説明の要はない。たゞ、もらい人側から云えば、たとえ一度に一升の米を恵んでくれたにしろ、こういう型は甚だ有がたくない。親切な人のいる家には、二度と迷惑やめんどうをかけにには行きにくいからである。

挑戦型――一名ヤケクソ型、

『なに、麦ならいらねえと？　お前《めえ》さんは誰方《どなた》さまのなれの果てか知らねえが、大したもんでねえか。お前さん方は、神社で毎日白いめしを炊いて食ってべえが、こちとらは七分三分の麦めしに、とうなすやとうもろこしばかり食ってるのだぜ。ナニ、共産党の世界になれば、乞食がいなくなると？　そりゃいいことでねえかね。お前さん方の顔が見られなくなるっていうのなら、おらは田地《でんち》田畑《でんぱた》をそっくり共産党に献納してもいいくらいなもんだあ……』

――

しかし、どんなタイプに区分してみたところで、もらいの方には一貫した野武士気分が横溢しているように、くれる側の気持は、いずれも納税型の、憤りをかくしたあきらめの上に立脚していることは事実である。そして、金づまりの昨今では、しだいに自棄《ヤケクソ》型の傾向が強くなってきているのだ。

4　セパードのいる家

さて戦後派乞食の仲間に身を投じてから、今日はじめて先輩の指導をはなれて、ショウバイにでかけた大山吾狼は、太い眉の下に眼をほそめて、白い往還の涯をにらみつゝ、ひたすらに前進していった。

『ヨーチン、しっかりするんだぜ。今日はお前にとっても世の中への初陣なんだから』

細い両腕に、かぼそい力をこめて首にまきついている赤ん坊へ吾狼はさゝやいた。

一片の雲もない大空は、銀粉のようにけぶって、強烈な太陽の直射をうけた地上の花の、紅《くれない》は紅に、緑は緑に、そのまゝ炎をあげて燃えたっている。

田の草をかく村の男女たちは、みんな葉の繁った木の枝を腰にさして、もぐるようなかっこうで、青々とのびた稲の中から顔もあげない。たゞ旱天《かんてん》にも減らない豊富な水が、清冽な音をたて、田のまわりを流れめぐっているのが、誘うように涼しかった。

涼しげな木かげの細道をえらんでくると、長い石垣の上に、反《そ》りを打った瓦屋根を、羽のようにひろげた白壁づくりの、一見して豪農らしい家の前に出た。

いくら、人を圧するような威容をととのえていても、大ていの農家なら一足《ひとあし》庭内へふみこむと、堆肥の香がたゞよう中に、こわれた農具や切れた藁ぞうりなどが散乱して、山猿みたいに野蛮な子供たちがはね廻っているのだから、外見だけでは少しも恐れ入らないが、

(待てよ、俺はたしかに、一度この家に来たことがあるぞ)

大山は、大戸を八文字にひらいてある長屋門の前で考えこんでしまった。もし誰かに一度つれてこられたことがあるとすれば、すこぶるまずい。仲間の不文律にしたがえば、同じ家に出かけるには、少くとも一週間の日がたっていなければいけないのだ。

だが、今日は先輩の指図にしたがって、新しいコースを辿ってきた筈だから、これは俺の錯覚だろう。どうせ目新しい建築法をとりいれることなんか考えもつかない田舎御大尽が、新円景気にうかされて、われもわれもと人真似で、改築やら増築やらしたことだから、どこ

にもある建物なのだろう。

大山吾狼はひとりでのみこんで、門内に足を入れようとした、とたん、
バウ――バウバウバウバウ、わん
と、中学時代に習ったリーダーにある犬の鳴声をそのまゝの、余韻のない猛犬の狂い立った吠え声がした。その声で、彼は自分の錯覚と感じたことが正しかったのを悟った。一度きたことのある家である。新米の彼は道をまちがえていたのだ。

腕の中の赤ん坊は、びっくりして顔を彼の首すじからはなした。そして、小さな両手を肩にかけたまゝ大きく眼をみはって父の顔をおじおじと眺めていたが、やがて安心したように、再び彼の首すじに顔をうずめて、小さく深呼吸した。

この子の信頼に対してゞも、今日はこのまゝ退却できるものではない、と彼は決心した。

『このうちだけは、たいていの連中は素通りするんや。わいも御免や。だいいち、セパードの物凄いのがいて、初めから終りまで吠えどおしで、泣きおとしの文句《うたい》もなにも、向うにはちっとも通ぜん。おまけに、こんな大きな屋台骨をかまえているくせしてな、うちのもんが呉れゝば五十銭が一枚、それもいゝ方で、庭男の野郎ときたら、おそろしい眼つきでこっちをにらみながら、何も握ってない拳《こぶし》を米ぬかでよごしてきてな、それをわいらの袋の中でパッとひらくだけや。腹がたつだけあほらし。つぎへまわろ』

開業三日目に、彼の指導にあたっていた先輩の一人が、そう云ってこの家の屋根をさしたことを彼は思い出した。

『なんだ、成り上りの田舎大尽め、よし、一番俺が征服してやろう』

あたりを見回すと、門のわきに赤ん坊の腕ぐらいな太さのある、青竹の杖が投げすててあった。何だか見おぼえがあるような気がした。乞食《もらい》仲間の一人が、ほうほうの態《てい》で退却した時のものと思われた。

拾いあげた杖を片手に、ともすれば滲み出る汗ですべり落ちそうになる子供を抱きあげると、大山はまるで武者修業者のような意気込みの眼附きをすえて、広い庭内へ入って行った。思ったより豪壮な建物だった。

塵一つおちていない庭には、箒目《ほうきめ》が濃くたっていて、泉石《せんせき》の布置もまことによろしく、開けはなった縁側から眺める座敷の中には、無人のまゝ、高価な家具調度のたぐいが閑《かん》として見られた。

もし、左手の土蔵のそばに、刈り入れた煙草の葉が一面にほしてなかったら、知らない者は、ここを誰かの別荘としか考えられなかったろう。その煙草の葉の乾物の杭《くい》に、たくましいセパードが、一頭つながれて、バウ、バウ、バウバウと跳ねくるい、地面を掻きながらろくでもない吠え声をあげているのだった。

彼は、ざまあ見ろ、とそれに流し目をくれながら、玄関らしく構えたあたりへ行こうとしたが、ふと立止って真直ぐに犬の方へむいた。それから、そっとあたりを見廻したが、誰も居ない。大山はつかつかと歩いて行って、近々と犬の鼻先へ立ちはだかった。そして、

『こら、犬、セパード。俺は貴様をにくむぞ』と、宣言した。

彼は犬なら、どんな犬でも恐れない自信があったし、狆《ちん》のほかならどんな犬とでも友達になれる自信があったが、セパードに関するかぎり、はなはだ不愉快な思い出があった。

それは彼がまだ外地に抑留されていて、赤軍発行の日本字新聞の懸賞小説に、さて、応募しようか、どうしようかと思いあぐんでいるころのことだった。その新聞には、戦争中はあまり聞いたこともない作家と名乗る連中が、しきりに短篇ものを書いていて、その中の一人がこのたび選者になっているわけだった。

文学的な鼻息なら、人並み以上に荒らい彼のことだから、その気になれば十分入選する自信があった。その気というのは、つまり赤い小説を書くことである。

勤労者の生活をホメたゝえて、日本軍閥をクソ味噌にこきおろし、それに目新らしい恋物語をちょっぴり加えて、われ等万国の労働者、しいたげられたる者の平和の城塞たるソ連邦よ万歳！　で万事ＯＫなのである。

妻も子もあった彼は、その気になるべく大いに発奮して、一夜、机にむかってみた。だが、その気になり切らないうちに、北方圏の明けやすい夏の夜は白々と明けてしまった。

あきらめのいい彼は、とにかく一応の努力はしてみたことに安心して、机にもたれたまゝ心たのしい座睡に入ろうとした。と、不意に屋外から、胸を衝くような犬の悲鳴が聞えてきたのである。はね起きて窓から首をつき出してみると、一頭の見事なセパードが、小柄な駄犬ののど首をしっかりとくわえて、じっと大地に抑えつけているのだ。駄犬氏は四肢をキリキリとちゞめながら、絶望的な最後の悲鳴を、笛のように継続させている。その声が寂《せき》とした早朝の日本人街の空気をびりびりとふるわせている。が、誰も起き出してくるものもいない。絶対の勝利者であるセパードは、明らかに勝利の快感に酔いながら、徐々にその顎骨に力を加えていくらしく、駄犬氏の笛の音は次第に悲痛に細まって行く。

と、見てとった瞬間、彼はいきなり窓を押し上げて表へ飛び出していた。その瞬間の彼の気持は、狼に似たセパードよりも獰猛になっていた。現場にかけつけるなり彼は、遠慮会釈もなく、勝利者の後肢《あとあし》を一本つかんで引きずりまわした。

このフウテンの出現に対して、セパードはより効果的な反撃をあたえようと、泡を噴きちらし、全身の毛を逆か立て、奮闘したが、宿命の四本肢を三本しか使用できない不利な立場のために、ついに駄犬氏よりもはるかに劣る悲鳴をあげて、主人であるロスケを呼びはじめた。そこで日本人街に雑居しているロスケの一人であるかれの主人が、バンドを締めながら駈け出してきて、急がしく彼と一問一答することになった。二人の間に、かるい脳シントウを起こしたらしいセパードが長々とのびていて、その枕もとには立直った駄犬氏が、きょとんと座り込んで、感慨ぶかげにその顔をのぞきこんでいる。

『貴下も犬を食うヤポンスキーの一人か』

『否《いな》、貴下の犬が、わたしの愛犬を食おうとしたのだ』

『スミません。貴下は、優秀な軍用犬であったコレを見事にやっつけた。どうか今後とも、犬を食おうなどという了見にならないで欲しい』

『OK、分り《ポニマイ》ます』

だが今、外地ではない日本の農村の、この清潔な庭前《にわさき》で、彼を目がけて吠え狂っているセパードをにらみすえながら、彼はこいつなら煮て喰ってもいいと考えていた。

『こら、もっと吠えろ、吠えろ、もっと』

大山は外地の恨みも、内地の憎しみも、みなこの一頭の犬にあつめる思いで、一足ずつ追いつめながら威嚇した。

外地での恨みというのは、あのセパードとの一戦に全精力を傾注したせいか、その後いっこうにその気になることができなかったために予期した文名を外地で挙げることもできず、平凡な引揚者となってしまったことである。

内地での恨みは、いうまでもない。米一勺の実績に、悪影響をおよぼす不逞な存在に対するにくしみである。

『さあ吠えろ。度胸があったら俺の足にでも嚙みついてみろ。そしたら、うん、そしたら、この子の薬代《やくだい》ぐらいはふんだくれるだろう』

さもしい了見を、つい、犬の前にさらけ出して、いさゝか彼も恥じた。

麦めしで飼われている農家の犬は、気魄に於てもロスケの犬に劣るところがあるらしく、たちまち彼の権幕に恐れをなしてしっぽを垂れた。

『分ったか。分ったらこれから俺達の仲間に絶対に吠えるなよ。いいか馬鹿野郎』

訓戒をすませてふりかえると、縁側においてあるミシンのそばに、すらりとワンピースを着こなした若い女が立っている。

大山は紳士型を意識しながら近づいていって、頭の高いおじぎを、しかしまごころをこめてした。そして云った。

『旅先でくるしんでいるものです。もし、何かいたゞけましたら、お願いできませんでしょうか』

『ハイ、何がほしいのですか』

娘らしくもない落着いた物腰で、若い女は反対にたずねた。

あ、このテだ、と大山はとたんに警戒した。なんでもくれそうな顔をして、こっちの要求を聞いてから、その後でさも気の毒そうな顔をして、それはいま品切れだと断わるテもあるそうだ。

『いたゞけましたら、何でもよろしいです』

『赤ちゃんがいるから、お握りにしますか』

『それでもいいです』

『子供さんはその方《かた》だけですか』

『もう一人、神社にいます』

『――何か入れものをお持ちですか』

『これ――』

彼は借り物の二食弁当をさし出した。

しばらくしてから、一度ひっこんだ彼女が、何か思いついたようににこにこ顔で出てきた。

彼女は目顔で大山を縁先き近くまで呼んで、大きな握り飯の四つも入っている弁当箱を返しながら、中味の一つ一つを指さして云った。

『この大きな二つは、あなたと、あなたの奥様のぶんですよ。それからこの小さな二つはこの坊やと、そして母さんと一緒に神社で待っている赤ちゃんの分――』

『ご親切なことです、奥様』大山もいたずらっぽくこたえた『あなたが私の女房を御存じでしたら、どうかその一つを届けてやって下さい。私は今では彼女のいるところさえ知らないのですから』

『まあ、ほんとうに、その子には《ねんね》お母さんがいないんですか。わたしはまた、あなた達は御夫婦で、別々に行動をとる共同戦線を張っているのかと思った』

『そんな人も居ります』

『亡くなられたんですか』

『うえの子がそういうから、そういうことにしています』

『ちょっと待ってらっしゃい』

彼女はまた引っ込んだと思うと、黒ぬりの盆に白米を山盛りにして大急ぎで出てきた。なんとはなしに大山もその急がしさにつられて、あわてて雑のうの口を開けた。

お礼をして帰えろうとしたら、彼女はまた呼び止めた。そして今度は色も見事な沢庵を二本くれた。

『このへんには沢庵の漬物はあまりありませんからね、田で働いてる人達に見られないようにして持ってって下さいよ。この季節ではめずらしいものなんです、農家でも、ね』
大山は言葉もなく深く頭をさげた。そして感激屋の彼は、この場の情景をいっそう印象的にするために、自分はたゞの物もらいではなく、実は活字になった作品を持つ作家であると名乗りたい衝動に駆られたが、やめておくことにした。それでも、少しは気の利いた言葉を残して行きたかったから、最後のあいさつにかえてこう云った。
『どうか、セパード君にも、気を悪るくしないようにおつたえ下さい』

5　部長さんはお人好し

最初の一軒でほとんど二十軒ちかい農家をまわるだけの収穫をあげた大山吾狼は、全身をつゝむ熱気も、ながれだす汗も気にならないほどかろやかな足どりで、そこから少し離れた農家の庭先へ、ぐんぐん入っていった。こゝも表構えだけは堂々たる長屋門であった。

取りちらかした庭先で、しゃがみこんで穀物をむしろにひろげていた老婆が、人のけはいに顔をあげたとたん、びっくりしたように腰をのばして、いきなりきめつけた。

『なんだ、なんだ。この暑いのに、子供なんか抱いて歩いて、どうかしたのかえ』

『私の子だから、私が抱いて歩くのですよ、お婆さん、それがどうかしましたか』

たのしい幻想を破られた気持で、彼もいきなり口をとがらした。

『子供が陽にあたって、脳病にでもなったらどうすっか。おっ母《かか》あやはどうした、この子のよう』

『死にました』

『誰でも同じことをいうわい。見るも、はや罪つくりだね。今日は、若いもんがおらんで、隠居のわしには分らんから、この次に来てけさい』

『あ、そうか、忘れていた。えへん』彼はせきばらいをしてから姿勢を正した。『お婆さん、ご迷惑でしょうが、もし何かいたゞけましたらお願いいたします。すみません』

『ふむ。うんだら米を少しやるべ。そのかわり、涼しくなるまで、おらえの納屋で休んでゆくかえ。子供が死ぬぞい』

『もう一人、四つになる子が神社で、わたしの帰るのを待っているのですよ、お婆さん』

『あゝそうか。お前《めえ》さのことだね、裸で子供を二人だいてこの村にながれてきた本屋さんというのは。駐在の春山さんから聞いた。いい年をして、何たら事だべのう』

『すみません』

『米をやるから早く帰《け》んなせえ。お前《めえ》さはいつまでこの村にいる気かしらねえが、子供を抱いて来たら、これから米粒一つやらねえよ。早く帰んなせえ、え、なに、あゝそうかい、米かい、どれどれ、どっこいしょと』

大井に一杯の米は優に五合はあった。これでほゞ一日のコースであげるだけの収穫はあったのである。しかし、彼は帰ろうとはしなかった。

はるかに見渡す青田のあちこちや、山の根ちかい石垣の上に、こんもりした緑のしげみにかこまれて、聳《そび》えている豪農らしい藁屋根のたたずまいを眺めると、そのどこへでも入ってゆけるという悪魔的な好奇心と征服慾が、油然《ゆうぜん》と湧きあがるのだった。その屋根の下にある愛憎好悪《こうお》の人情の秘密が、因習の影が、しきりに彼を誘惑するのだ。

腕の中の子供はびっしょりと汗にぬれながら寝息をたてはじめた。彼は立木の枝を折ってその上にかざした。

三軒、四軒、五軒、とみな普通に米がでた。いや、普通よりはいくらか多い目にでていることは、雑のうの重さが急速に加ってゆくことでもわかった。

と、ある一軒の門をくゞろうとした時、中から、彼と同じように半裸体に長髪の若者が、片手に木綿の袋をぶらさげて出てきた。お仲間であるのが一目でわかった。

『どうです、でましたか』

大山はいっぱしの世間師らしくたずねてみた。

『こゝは、いつ誰が行っても握りめしだけですよ』

ロイド縁《ぶち》のかげから、人なつこい目をちろりとさせて若者は笑った。清潔な白い歯だった。

『あ、そうだっけ。いつか僕らも貰った。じゃ、今日は敬遠しておこう。ところで、今何時ごろですか』

『もう、ひるですよ』

『じゃ、御飯にしようかな』

『あすこがいいですよ。僕も一緒にやりましょう』

門の前に道路をへだてゝ小川が流れ、そのそばに、厚く葉の繁った柿の大木が四方に枝をのばしている。その下のやわらかな草に腰をおろすと、無理をした足の裏が、じんと痛んで、子を抱いた左の腕はすっかりしびれていた。

『いやだな。あいつ、どうもポリ公らしいな。在郷《ざいご》の兄イにしちゃアクぬけのしたスタイルだ』

真白な握りめしを頬ばりながら、若者は遠くから自転車を走らせてくる白い姿をながめて、つぶやいた。しかし、べつにあわてた様子もなく、すぐ、大空に浮んでいる一片の白雲に目をやって、無心に口を動かしている。

大山も、目をさました子供に、御飯を噛んで口うつしにしながら平気でいられた。

『本署のポリ公だ』

二つ目の握りめしにかゝりながら、若者はまた云った。乾いた路面に小さな砂煙りをあげて走ってきた自転車は、案の定、二人の前まで来ると、ずしっ、と止った。

『おい、君達はどこからきた』

大股に近よってきながら、丈の高い私服の警官が、職務尋問をはじめた。

『東京からです』

大山吾狼は子供から脣を離しながら云った。

『僕は宇都宮《みや》からです』

二人とも腰を下ろしたまゝだった。

『お前は先だって、檜沢村で会ったな。どうだ、その後、戦果があがるか』

『戦況次第に不利ですよ。日に二升か三升、それも五里六里とのし歩かなきゃだめです。百姓衆も持米《もちまい》が少なくなってきたんですね』

『出来秋も近いからな。しかし、このへんは県内切っての米どこなんだぜ。せっせと貰い集めて、早く更生してくれや。いったい、一升いくらで売ってるんだね』

『百拾円か、二十円というとこですね』

『安い。拾円は安い。ところで君達も二人づれだが、相当にとゝのった身なりをした二人組のもらいに合わなかったかね』

『合いませんねえ。ホシですか』

『ホシと云えばホシなんだが――ま、いい、君達もそいつに会ったら気をつけたらいい。と、いんびに油揚をさらわれんようにな。それから君――』

陽にやけた顔を初めてまっすぐに大山の方へ向けた。

『あんただろう、モノを書くもらいと云うのは。いろ〳〵聞いてるがね。僕はいま神社へ寄って来たんだがね、小さい娘さんが待ってたから、早く帰ってあげなさい。僕はこのとおりの男で、むずかしいことは云えん男なんだが、中々の苦労はしてきたつもりです。二年前までは外地にいたのですよ。内地にかえってきて、いま表面だけはあたりまえらしい生活《くらし》をしているが、苦しいことなら、あんたらに負けないくらい苦しい生活をしているんだ。だがね、生活に背をむけて、世の中をすねてみたところで、現代の世の中は、そんな人間を容《い》れてくれるほど風流気《げ》はありませんや。せめて人に待たれたり、期待をもたれたりしているうちが花ですよ。娘さんの待っている所へ、早く帰ってあげなさい』

『……』大山は眼をつむって黙っていた。

『僕はあんた方をせめたり誡《おし》えたりする資格はないが、それどころかあんた方は敗戦日本史に逸すべからざる存在でもあるのだから、どうか自重して、新しい時代の動きに、正当に参与すべく心がけて下さいよ』

ほめられているのか叱られているのかわからなかったが、暖かいその人の心持が胸をうって、大山は立上るとまた眼をつむって頭を下げた。

『いや、愉快だな』

何が愉快だかわからなかったが、私服警官は自転車のハンドルに手をかけながら、輝やく夏空をあおいで眼をほそくして云った。

『これだから敗《ま》けても、腹がへっても日本人であることが楽しくなるな。笑われるかも知れないが、戦争中僕は「み民われ生けるしるしあり天地《あめつち》の」と云った気分に酔っていたが、あめつちが栄えなくっても日本はいゝな』

警官は自転車にのって小さく路面を乗り廻したのち、

『いや、どうも、失礼、子供さんをお大切に』

ペコリとひとつ頭をさげてさっと走り去っていった。

『あれ、ほんとの警官ですか』

大山はや、呆気にとられた感じで若者にたずねた。

『本署の巡査部長ですよ。軍隊のめしを、十年もくったあげくに、六年も山西《サンシー》の奥地あたりを引きずり廻されたんだから、とても人恋しくって仕方がないんでしょうさ。ところであなたはいったい誰ですか』

『ごらんのとおりです』

『そうですか』

『あんた今夜はこの村へ泊るのですか』

『日が永いんだから、次の宿《しゅく》まで流してゆきますよ。ところで、これを子供さんに――』

若者はへゝそのあたりをさぐって、汗でしめった百円札を一枚とり出した。

『――飴でも買ってあげて下さい』

『いりませんな。あんたの更生資金でしょう、いりませんな』

『そうですか、では折角出したものが役に立たなかったから、破いてすてましょう』

『ごしんせつ有がとう、いたゞきますよ』

『そうですか、ありがとう、では――』

二人の戦後派は向き合って立って、ていねいに頭を下げた。

6　村の野獣あらわる

大山は、その日そのまゝ、警官の忠告にしたがってかえればよかったのだ。が、慾につられたわけではないが、依然として強く前方に心ひかれた。陽は強烈にかゞやいてはいるが、いくらか風が出て涼しくもあった。

前方には、なにかありそうな気がする。

子供の目をじっとのぞきこむと、いくらか元気が出て来たようにも見えて、小さな口のはしに微笑をうかべたりする。

『さあ、ヨーチン、前進だ、うんとお米をもって帰って、みんなをびっくりさせてやろう』

それが乞食《もらい》の一人である彼の、いつわりのない気持でもあった。そして、そこから振出した午后のかせぎも相当な成績をあげたのである。

大抵の農家では、ふしぎな好意を彼に示してくれた。

(子もちの乞食は俺ばかりではないのになぜだろう)

それを追求する気持と、何か強い刺戟を期待する心で、次から次と彼は人の門口をまわって歩いた。そして彼の期待はついに裏切られなかった。

たそがれ頃、肩からつるした雑のうも、かりものゝ袋も、ほとんどいっぱいになった頃、彼は帰路についた。——その途中の出来ごとである。

神社へもどるうろ覚えの近路をたどっていると、切通しの坂道へはみ出した松の太根に腰をおろして、ひる頃出あった私服警官が、じっと彼の姿を見おろしている。ホシをはりこんでいるらしい姿だった。

道の両側からおおいかぶさる雑木林の濃い影をくゞって行って、さて、挨拶しようとしたら人が違う。しかも、その人物は甚《はなは》だ険悪な目付きをして彼を見すえている。いやな奴だと思いながら通りすぎようとしたら、

『おい、こら、待て』

と、その男はおもむろに立上った。やせ型だが、逞しい背丈の三十男だった。そして、

『お前はいったいどこから来た』とたずねた。

やはり警官だったな、と思ったが、頬肉のうすい兇悪な御面相に対して、どうも素直に返事をする気になれない彼は、だまっていると、いきなりばしっと右の頬を張りつけられた。打たれて（この野郎、左利きだな）と気づいたのと、（あっ恐喝屋《かつあげ》だ）と気付いたのと同時だった。

抱いていた赤ん坊は、あわてゝ彼の首にしがみついて、小さなお臀《しり》を急がしくあげさげした。

かつあげというのは、乞食《もらい》をおどかして、その日の収獲《みいり》を全部とり上げる連中で、上野《ノガミ》あたりで落ち目になった兄イ連が、二人三人と組んで遠征にくるのだ、ということは大山も聞いていた。

（そうすると、仲間がまだいるはずだな）と思っていると、道端のやぶをガサガサさせて、横幅のがっしりした薄汚ない顔の男が、ズボンをあげながら出てきた。野糞を垂れていたにちがいない。

『どら、その袋を見せろ』

向き合っている男は、雑のうと、竹杖の先につけて担いでいた木綿袋をあごで指した。大山は黙々と地面へおろした袋から、竹杖を抜きとり、つゞいて雑のうを外《は》ずした。

『おんや。大したもんでねえか。米麦あわせて五升がとこはたっぷりあるぜ。よしよし、一升は返してもらってやるからな』

背の低い方が袋の中を調べながら云った。

『お前は黙ってな』高い方が云った。『新円《おしん》を持ってるか、おい』

『持ってる』

『出しな』

『待ちな』

おうむ返しに云い捨て、大山吾狼はあたりを見廻してから、道端の赤土のくぼみへ、やわらかそうな草をおしたおして、その上へ子供を下ろした。

『やい、何だって餓鬼《がき》を下ろすんだ。抱いてろい』

『新円《おしん》は臍《へそ》の下へかくしてあるんだよ。一寸待ちな』

開戦の決意を固めた彼は、後向きのまゝぐいとバンドを締めなおしてから、おびえて両手をのばす子供へ、はっきりした声で云った。

『これも勉強だよ。ヨーチン、ようく見てるんだよ。父さんはバカでいつも飛んでもないことばかりやらかすけど、まじめはまじめなんだからね。人間がおっちょこちょいにできてるせいか、どうもいつも事件が俗っぽくて困る――』

最後の言葉は、彼自身の正直な述懐でもあった。

『野郎、泣き言を云わずに早くだせ。俺達はな、手前《てめえ》らから巻きあげたもので呑んで喰ってチョンとやる訳じゃねえんだぞ。新日本建設の中堅たる善良なる農民諸君を、手前たち寄生虫から護ろうというのが我々の任務だ。取りあげた金品《きんぴん》は、みな役場を通じて各村の貧窮者へほどこすのだ。分ったか。これにこりたら早くもらいの足を洗え。その上でなら更生の相談にいつでも乗ってやるから、上野駅前、大日本窮民更生同志会事務所へ俺をたずねてきな――』

かつあげのきまり文句を聞きながら、大山吾狼はわが子の頬をそっとなでた。

『ヨーチン、お前も男なんだから、勝っても負けても、喧嘩はこうやるもんだと、見ておくんだよ』

『なんだと、野郎――ッ』

猛然と近よってきたのへ、ふりむきざま、

『やあ――っ』

大山は全身ごと銃剣のかたちで力一杯竹杖をつき出した。急所は外ずれたが、のどのあたりへ無茶な一つきをくらって倒れかゝるのへ、持直した竹杖で、がっと横面《よこめん》を入れた。

両はしを節《ふし》の所で切って、赤児の腕ほどは太さのある青竹である。相手は苦し気に地上を転々したまゝ動かなくなった。

『こ、この野郎』

他の一人がぱっと躍りあがって、いきなり竹杖のはしを両手でつかんだ。

そこで二人は両足を踏ん張り、押すともなく引くともなく、竹杖を中にして睨み合う格好になったが、お互いの烈しい鼻嵐を聞いているうちに、大山吾狼は馬鹿らしくもなり、そして可笑《おか》しくもなったので投げ捨てるように竹杖から両手をはなして云った。

『おい、止そうよ。屁っぴり腰をして見っともないいや』

『誰が、くそ――』

得物を捨てたと見るや、相手は土を蹴ってとびかゝってきた。

『コン畜生』

腕力に自信のない大山だけに腹を立てた。死者狂いの力を出して相手の襟に手をかけるなり、強引な背負い投げ――。

『えーい』

気合い一つにも観戦しているわが子を意識しながら、一二間《たい》むこうへ投げ飛ばすつもりだったが、さっき用便をすましたばかりなのに相手のフン袋の重さはまた格別で、向うむきにどたりと彼の足元へ尻餅をついただけだった。が、びっくりしてふり仰いだその両眼へ、適当な力をこめて指突きをくれてやった——。

『参った。うお——』

猛獣のような悲鳴をあげて、両手で顔をかくしたまゝ、つっ伏してしまった。

これは思いがけない瞬間の勝利であった。吾狼は更にこの勝利を確実にするため、ともすればのどから飛び出そうに躍る心臓に、

（静まれっ）と、必死に無言の号令をかけた。すると、全精神の集中するところにしたがって、体内の一機関にすぎない心臓は直ちに鎮静に帰したのは事実である。

これは実際に腕力を行使して肉体の勝利を獲得すると同時に、さらに肉体に対する精神の勝利を実証したことでもあるから、彼は非常に気をよくして、ケロリとおどけた調子で、落着いた口を切った。

『ねえ、君達がほんものの慈善事業屋さんなら、竹杖や背負い投げの寄附だけでは失礼にあたるから、お望みの米を少々置いて行ってもいいけど、かつあげの専門屋なんだろう。君達は——』

『そうであります、はい』

『それで安心した。それなら君達に忠告するがね、この村のテン場には、一人々々が映画や小説の主人公にでもなりそうな英雄豪傑が雲のごとく集《あつま》っているんだぜ。主人公が追いはぎに裸にされるなんてことは先ずないからね、まあ、君達は河岸をかえるとか、改心して英雄豪傑の仲間入りするとかしたほうがいいな。分ったね』

『すみません』

『それから、もう一人の、その君の相棒ね、もしそのまゝ死んだとしたら僕が責任をとるからね、僕の名は大山吾狼。子供を二人つれた乞食《もらい》と云えばすぐ分るさ。とにかく善《よ》かれ悪《あ》しかれ、生命《いのち》がけで世間の荒波をしのいでいる人間から、人並みなおどし文句で甘い汁をしぼろうとする了見が甘いよ』

『おみそれしました』

『どういたしまして。……ヨーチン』

はっと気付いたように彼はわが子をふり返えった。小さな裸の観戦武官は、投げ出した股の上にぴたりと両手を置いた反り身のかたちで固く口をむすんだまゝ、眼をパチクリさせていたが、父親の呼び声にこたえて、あーあーとそら泣きをしながら両手をさし出した。瞬間、大山吾狼は胸をしめられるようないとしさを感じ、ぐいとわが子を抱きあげて頬ずりをした。──と、何ごとか、不意に、全身をおおいつくすような寂寥が、雲のように彼をおそってきた。

すでに、人の顔も見分けのつかぬ時刻であった。とおく、高台のテン場のあたりに、ちらちらと燃える焚火のあかりが見える。

大山吾狼は、その寂寥のまったゞ中に、そのまゝ、いつまでも立ちつくしていた。

解説

戦後の『新青年』を代表する新人であった鈴木《すずき》徹男《てつお》は、外地からの引揚者救済としての「乞食《もらい》」をしながら作品を発表していた「乞食作家」として知られていた。鈴木徹男（これが本名かは不明）は一九〇九年、岩手県釜石市に生まれ、日本大学に在籍するが素行が悪く、北海道の炭坑や監獄部屋での放浪の後、樺太で紙芝居屋となる。徴兵忌避のため、自ら右手人差し指を切断したという。樺太で結婚し、終戦後、幼子とともに引き揚げ、作家を目指す。一九四八年、投稿した短編が『大衆文芸』誌の賞に入選して作家デビュー。『新青年』初登場は、一九四九年三月号の「文豪記」で、本作「放浪の歌」（一九五〇年一月号）は、乞食集団に身を投じた主人公（鈴木自身）の生活を描くシリーズの第一作。同二月号の「アリガト演芸団」、四月号の「さよなら幽霊屋敷」と続くが、三橋一夫の「まぼろし部落」同様、『新青年』廃刊によって発表の場を失う。鈴木の作品は、実体験をもとにした小説がほとんどで、暗い内容ながら不思議な明るさを持つ作品は高く評価され、援助する者もいたが、有名作家の友人を騙った無銭飲食、仮病を使った寸借といったことで次第に援護者をなくす（三橋『酔っぱらい健康法』一九七五年、學藝書林）。『新青年』以降では、一九五四年の『少年クラブ』に作品が確認できるが、続かなかったようだ。作中の作曲家「玉利明」は実在の人物で、鈴木とともに生活していた仲間。「別離《わかれ》の歌」は実際に生前の島崎藤村《しまざきとうそん》の賛辞を受けたという。譜面中と下の歌詞に齟齬があるが底本を優先し、音符の誤りは訂した。（末永昭二）

◆揚場町だより

【一九五〇（昭和二十五）年二月】

出でよ『新しき探偵作家』！
奮って本誌に御投稿を待つ

新青年編集部

◇最近「新人起用」の意志があるかないかとしきりに問合せがある。そこでこの欄をかりて広く諸賢にお願いを申し上げる。勿論本誌は「新人発掘」の意向は充分に持っている。それどころか、連日の御投稿の中から、素晴しい傑作はないものかと、鵜の目鷹の目で探している次第である。

◇およそ探偵小説ほど興深く探偵小説ほどむずかしいものはない。本誌がこの頃往年のように探偵小説雑誌の方向に進んでいることは御承知のとおりであるが、その進み方が文字通り月に一歩の前進を出られないのは、実に探偵小説のむずかしさに起因する。もっともその根底の原因は編者の努力不足にあることを認めてお詫びするけれど、ともかく面白い探偵小説の出現を待つことは、決して人後に落ちないつもりである。

◇既に「宝石」「ロック」等の努力によって幾多の新鋭探偵作家が生れているが、その多くはもはや不動中堅の位置に進んで、今後しばし新しい作家は現れないだろうと噂されている。果してそうであろうか。懸賞募集の形式は採らないけれど、本誌は切に新人の御投稿を待っている。四百字詰百枚前後の劃期的傑作が現われないものであろうか。我と思わん方は当編集部まで（探偵小説原稿）と朱書してお送り願いたい。一応編集部の予選を経たのち、江戸川、横溝、木々諸先生に見ていたゞいて、採用の分には相当の稿料をお払いする。

◇たゞ、その場合、本誌の信条として、「日本の探偵小説界の進展の為に」相当の厳選をしたい。既成作家の亜流や、一応読める程度では何の意味もない。ほんとうにユニイクな、現在の作家達を蹴落とすくらいの快作が欲しい。今の日本の探偵小説界に、何としても、一人でもそうした作家が現われてほしい。誰方か私達を欣喜雀躍せしめて下さらないだろうか。いわゆる探偵小説の鬼も、ファンも、探偵小説ぎらいも、一も二もなく頭を下げる作家は出て来ないか。〆切は別に設けないたゞ御投稿の返戻は多忙のため御ゆるし願いたい。

補章

『新青年』ナビ

『新青年』の翻訳

平山雄一

創刊した当時は、地方青年向けの修養訓や海外渡航奨励の記事を主にせよとの上層部からの命令で、森下雨村編集長が本来意図していた「時の流れに棹してゆくだけの意気込みと使命を帯び」（森下雨村『日本探偵小説傑作集』序）た、「『太陽』や『中央公論』より若い層の総合雑誌」（森下時男『探偵小説の父森下雨村』）とはかけ離れた内容に、練り直さなくてはいけなかった。一般記事は上層部に沿いはしたが、小説欄が雨村の独自色を発揮する場所になった。のちの『新青年』らしさを初めて発揮した「橋頭堡」であったと言ってもいいだろう。

地方青年が主な読者層なら、同じ博文館が発行する『講談雑誌』のような講談調の時代小説でもおかしくない。しかしあえて雨村は、大正時代になって翻案から翻訳へ脱皮した、翻訳探偵小説に着目した。合理的科学的であり、かつ海外の都会生活が生き生きと描写される内容は、本来狙っていた読者層である都会の中産階級の青年にぴったりだと考えたのだろう。

最初の二年間は、翻訳探偵小説は一号に一、二作掲載されたり、増大号に五作前後訳出されることもあれば、まったく掲載されない号もあった。しかし三年目からは、ほぼ毎号に翻訳探偵小説が掲載され、増刊号では十作二十作も掲載された。それと共に、次第に『新青年』らしさが、雑誌全体に確立されていったのである。

初代編集長の森下雨村は早稲田の英文科出身で自らも翻訳の筆を取り、二代目編集長横溝正史は、学生時代から海外雑誌を古本屋で買い集めるマニアだった。本書収録の「決闘家倶楽部」は彼の翻訳である。三代目編集長延原謙は、ホームズ全訳で知られる当代一流の翻訳家。

続く四、六代目編集長水谷準は早稲田仏文出身で、英仏の探偵小説をよく翻訳した。五代目編集長乾信一郎も、学生時代の翻訳がきっかけで編集部入りした。このように、編集部自体がまるで翻訳家集団のようだというのも、特徴の一つだろう。ちなみに『新青年』は小説だけでなく、洋雑誌の漫画の翻訳も転載することで、海外の息吹をおしゃれに紹介していた。

さらに翻訳家として保篠龍緒《ほしのたつお》、田中早苗、浅野玄府、坂本正雄、和気律次郎、妹尾アキ夫、西田政治などがおり、また助言者として、初期は井上十吉、馬場孤蝶、長谷川天渓らがいて、その後は数多くの読者が様々な海外の小説の情報をもたらしてくれた。

『新青年』と現代の翻訳ミステリの違いとして、ヨーロッパ各国の小説が数多く掲載されたことがある。戦後は英米作品が幅を利かせたが、『新青年』に掲載された海外作家は、英米以外にも、フランスはルヴェル、ルブラン、カミ、またドイツはエーヴェルス、ローゼンハイン、オーストリアのグローラア、スウェーデンのドゥーゼ、イタリアのピランデルロなど、多岐にわたっている。その理由は、当時は英語圏と非英語圏の文化的重みに大きな差がなかったからだろう。当時、医学や軍事学の留学はドイツが、芸術関係の留学はフランスが主な目的地だった。

ただ、『新青年』即ち翻訳ではなかったのは、同じ博文館が発行した、娯楽雑誌から探偵小説専門誌に転じた『新趣味』や、のちの『探偵小説』が多くの翻訳を掲載したにもかかわらず、早々に廃刊になったことからもわかる。『新青年』はあくまでも、雨村の意図した通りの青年向け総合雑誌だったのだ。

『新青年』の科学記事

湯浅篤志

『新青年』に掲載された科学記事の内容は、時代の流れと軌を一にしている。一九二〇年代前半にアインシュタインが来日した頃は、第一次世界大戦での科学技術の進歩に目が向けられていた。関東大震災後、近代的なビルが建ち自動車も増え、ラジオ放送も始まった昭和になると、生活に役立つ機械に日常が満たされている記事が出てきた。その後、軍部が大陸進出をした満州事変以降は戦争と科学技術の関係を取りあげることが中心になっていた。

ここで問題になってくるのが、その核をなす「科学精神」の紹介の仕方である。大正後期は「科学精神」よりも読者に対して科学への興味を湧き立たせる内容が多かったのである。小酒井不木は「文芸復興期の追慕」（一九二二年六月号）の中で、「科学知識の普及といふことは、単に科学的知識を得せしむるのがその本意ではなく、真の目的は、科学的態度の養成にある」と述べていた。「科学精神」の中身を語るのではなく、その姿勢を質す視点に力点が置かれている。昭和初期になると、科学知識を身近な機械を使って語ることが多くなった。佐野昌一（海野十三）は生活に密着した地下鉄の構造を「架空線はないから随つてポールやパンタグラフは無い。皆レールのところから電気を取つてゐる」（「科学時潮」一九二八年一月号）と説明していたのであるが、そこには「科学精神」がすでに内包されていたといえるだろう。『新青年』のこの頃の編集長が科学畑出身の横溝正史や延原謙であり、彼らが機械のモダニズムを牽引したのに違いない。しかし、時代が進むにつれ、それも徐々に戦争へとつながる「精神」となってしまった。世間が「科学」に求めていたものをすくい上げた結果である。

そうなると、やはり創刊から大正の終わり位の『新青年』が、多様な好奇心を刺激していたと考えるのが自然なのかもしれない。その頃、渡辺白鷹という名前の『新青年』によく登場する科学ライターがいた。東京朝日新聞の記者だったが、身体を壊して辞職。当時は千葉県の鴨川中学に週に一度植物学を教えに行っていた。渡辺は『科学知識』『科学画報』『子供の科学』の創刊、編集に関わった原田三夫人脈の一人であり、また百性愛道場を主宰していた江渡狄嶺《えどてきれい》にも出会っている。それゆえ、さまざまな話題から「科学」の興味を引き出すのに長けていた。

白鷹の科学記事をいくつかあげてみよう。「宇宙の涯」（一九二一年五月号）の冒頭は「今年小学二年の凸坊《でこ》が、珍らしく読方のお復習《さらい》をしてゐるのをきくと」で始まり、自分の家族を引き合いに出しながら、ニュートンの万有引力の法則を持ち出し、それでも語れない今日の現象を説明しようとしていた。「バクテリヤは人間より偉い学者である＝荳科植物の話＝」（一九二二年八月号）では、白鷹が中学校のとき、先生に聞いた友だちの馬鹿げた質問から、マメ科植物の特徴をすんなりと読者に伝える内容となっている。「夏の夜の星物語」（一九二三年九月号）の冒頭「今年の梅雨は、いつまでもあけなくて、晴れた涼しい夏の夜の空を仰ぎ見る機会の少ないのは残念だ」のように、生活に対する自分の感想を語ることも多かった。

さらに『新青年』を読む若者たちの境遇も考えていた。「涼み台を天文台にして＝月のあばたの研究＝」（一九二一年九月号）では「学問は、必ずある特定の研究室に入らなければ出来ぬとは限らない」とし、自然科学の研究は野原でも畑でもできる例として、ファーブルの観察を持ち出していたのである。渡辺白鷹によって紹介された身近な世界の科学は、『新青年』の読者の心に染み入っていく「科学精神」の宝箱のようなものだったのだろう。

『新青年』の挿絵

末永昭二

創刊直後の『新青年』では樺島勝一《かばしまかついち》らが挿絵を描いていたものの、その点数は少なかった。『新青年』が挿絵に力を入れ、誌面のビジュアル化を始めるのは、江戸川乱歩の登場（一九二三）とほぼ同時期で、金属版の普及という要因もあるが、この新しい小説ジャンルを育てるにあたっての戦略だったのだろう。

『新青年』の挿絵を語るうえで最大の存在が松野一夫《まつのかずお》だ。一九二一年五月号以降ほとんどの号の表紙と多くの小説をその彩管で飾り、『新青年』のビジュアルイメージを方向付けた。

昭和に入った一九二七年三月号から編集長に就任した横溝正史は『新青年』を「モダン雑誌」化する。この時期に起用されたのが内藤賛《ないとうさん》、坪内節太郎《つぼうちせつたろう》、武井武雄《たけいたけお》、初山滋《はつやましげる》、山名文夫《やまなあやお》らで、中でも内藤は変幻自在なタッチで長きにわたって華々しい働きを見せたが、この時代に特筆すべきは竹中英太郎《たけなかえいたろう》だろう。一九二八年に斬新なボカシ技法とハイライト製版を最大限に生かした画風で登場した竹中は、江戸川乱歩とのコンビで名を上げ、時代の寵児となった。『新青年』の特徴として、作家と挿絵画家をペアにして売り出すことがあげられる。新人作家の「連続短編」に特徴的なように、夢野久作と竹中、森下雨村と高井貞二《たかいていじ》、木々高太郎と横山《よこやま》隆一《りゅういち》、渡辺啓助と茂田井武《もたいたけし》というように、作家と挿絵画家のペアリングで作家のイメージを強化していたようだ。

一九三一年、松野一夫は約一年にわたって渡欧する。その不在を埋めるため、尾崎三郎《おざきさぶろう》、高井、吉田貫三郎《よしだかんざぶろう》、横山らといった多くの画家が起用される。いずれも画家あるいは漫画家として後に大活躍する面々だ。後に「フクちゃん」シリーズで国民的漫画家となる横山は、若手漫画家のグループ「新漫画派集団」の中心メンバーであり、吉田、矢崎茂四《やざきしげし》、近藤日出造《こんどうひでぞう》、小山《おさな》内龍《いりゅう》、中村篤九《なかむらとく》らを『新青年』編集部に挿絵画家・漫画家として紹介する。童画家として著名な茂田井は、一九三六年の登場以来、高井や霜野《しもの》二一《ふい》彦《ひこ》（一九三四年初登場）らとともに、戦中の『新青年』を支えた。一九三七年、高井は『新青年』の挿絵画家仲間である吉田、三芳悌吉《みよしていきち》、坪内、内藤、茂田井、田代光《たしろひかる》（後の田代素魁《そかい》）らと「新挿絵の会」を結成する。

一九三九年になると、いわゆる探偵小説は減少し、軍事読物、海洋小説、動物小説などの比率が上がる。そして第二次世界大戦開戦前の時局を反映して増加した国際小説（秘境冒険やスパイもの）では、海外渡航経験のある茂田井や高井をはじめ、玉井徳太郎《たまいとくたろう》らが活躍した。

一九三八年のピーク時には六百ページに及ぼうとした『新青年』は、一九四二年には二百ページ台まで落ちる。少ないスペースを小川真吉《おがわしんきち》、霜野、松野、坪内、中一彌《なかかずや》、村上松次郎《むらかみまつじろう》、霜野らが分けあった。さらに一九四五年には三十二ページにまで落ち込んだ『新青年』だが、戦後の用紙事情の好転によってページは次第に増えてくる。挿絵も徐々に復活してくるが、漫画にも力が入れられ、二色ページなどが充実してくる。一九四六年は霜野の独擅場と言ってよく、戦地から帰還した高井も復帰し、『新青年』を超えて戦後の挿絵の第一人者となった。

戦後の誌面からランダムに挿絵画家を挙げる。風間完《かざまかん》、玉井、三芳、生沢朗《いくざわろう》、横山泰三《よこやまたいぞう》、横山隆一、伊藤静夫《いとうしずお》、中尾進《なかおすすむ》、御正伸《みしょうしん》、富永謙太郎《とみながけんたろう》、嶺田弘《みねたひろし》、福田貂太郎《ふくだてんたろう》、初山、東郷青児《とうごうせいじ》、根《ね》本進《もとすすむ》。新旧の画家が『新青年』の旗の下に結集した感がある。

【執筆者紹介】

芦辺拓　作家。
阿部真也　東京大学大学院人文社会系研究科院生。日本近代文学。
天瀬裕康　日本ペンクラブ会員。『ＳＦ詩群』主宰。
井川理　明治大学他非常勤講師。近現代日本の大衆文学・文化。
大鷹涼子　主婦。
大森恭子　ハミルトン大学（米国NY）東アジア文学言語学科准教授。
柿原和宏　駒澤大学他非常勤講師。近現代日本の大衆文学・文化。
小松史生子　金城学院大学文学部教授。日本近現代文学・比較文学。
沢田安史　探偵小説愛好家。共同編集『定本久生十蘭全集』など。
末國善己　文芸評論家。編著に『周五郎少年文庫』など。
末永昭二　大衆文学研究家。近年の編著に『挿絵叢書』シリーズ。
鈴木優作　成蹊大学非常勤講師。著書に『探偵小説と〈狂気〉』。
谷口基　茨城大学人文社会科学部教授。猟奇耽異の研究者。
樽本真応　在野研究者。主な研究対象は木々高太郎。
中島敬治　元大学教授。メタラジー分野で世界トップ2％科学者。
西川蘭　聖心女子大学非常勤講師。主な研究対象は江戸川乱歩。
浜田雄介　成蹊大学文学部教授。日本近代文学。
平山雄一　日本推理作家協会会員。翻訳家。
穆彦姣　関西学院大学大学院研究員。主な研究対象は江戸川乱歩。
松田祥平　立教大学大学院。探偵小説史に関する研究が中心。
森永香代　白百合女子大学言語・文学研究センター研究員。
湯浅篤志　大正文学研究者。著書に『夢見る趣味の大正時代』。
横井司　専修大学人文科学研究所特別研究員。

・本書はちくま文庫のためのオリジナル編集です。
・底本はすべて『新青年』本誌としました。編集方針については「はじめに」を参照ください。
・本書のなかには今日の人権感覚に照らして不適切と思われる語句がありますが、差別を意図して用いているのではなく、また時代背景や作品の価値、作者が故人であることなどを考え、原文通りとしました。
・ムサシ・ジロウ氏、立川賢氏、鈴木徹男氏、玉利明氏の著作権継承者との連絡がとれませんでした。当該の方、またご連絡先をご存じの方はお教えくださいますようお願い致します。
・写真提供：県立神奈川近代文学館（12、13、134、135、260、261、360、361、512、513頁の図版）

ちくま文庫

『新青年《しんせいねん》』名作《めいさく》コレクション

二〇二一年四月　十　日　第一刷発行
二〇二一年五月二十五日　第二刷発行

編　者　『新青年』研究会（しんせいねんけんきゅうかい）
発行者　喜入冬子
発行所　株式会社　筑摩書房
東京都台東区蔵前二―五―三　〒一一一―八七五五
電話番号　〇三―五六八七―二六〇一（代表）
装幀者　安野光雅
印刷所　株式会社精興社
製本所　株式会社積信堂

ISBN978-4-480-43730-3　C0193